BASTEI
LÜBBE
TASCHENBUCH

Weitere Titel der Autorin:

Tochter des Nordens
Kinder des Feuers
Meisterin der Runen
Das Lied der Nebelinsel

Titel in der Regel auch als E-Book erhältlich

Über die Autorin:

Julia Kröhn wurde 1975 in Linz an der Donau geboren. Heute lebt sie mit ihrer Familie in Frankfurt am Main. Sie veröffentlicht unter verschiedenen Pseudonymen sehr erfolgreich Kinderbücher, Familiensagas und historische Romane. In *Das Lied der Nebelinsel* sowie in *Distel und Rose* hat sie zwei Genres verbunden und einen historischen Roman um ein Familiengeheimnis geschrieben, der die Leser nach Schottland führt. Besuchen Sie die Autorin unter www.juliakroehn.de im Internet.

Julia Kröhn

DISTEL UND ROSE

Historischer Roman

BASTEI LÜBBE TASCHENBUCH

BASTEI LÜBBE TASCHENBUCH
Band 17 306

Dieser Titel ist auch als E-Book erschienen

MIX
Papier aus verantwortungsvollen Quellen
FSC® C083411

Originalausgabe

Dieses Werk wurde vermittelt durch
die Literarische Agentur Thomas Schlück GmbH, 30827 Garbsen.

Lektorat: Melanie Blank-Schröder
Landkarten: Reinhard Borner
Titelillustration: © getty-images/JimFrost m43.im;
© getty-images/Josef Philipp; © FinePic, München®
Umschlaggestaltung:
Pauline Schimmelpenninck Büro für Gestaltung,
Berlin
Satz: Urban SatzKonzept, Düsseldorf
Gesetzt aus der Garamond
Druck und Verarbeitung: CPI books GmbH, Leck – Germany
Printed in Germany
ISBN 978-3-404-17306-8

5 4 3 2

Gun tog sibh bhur ceann 'n àm
teanndachd mar churaidhean.

Wenn die Zeit kommt, werdet ihr euch wieder erheben und einmal mehr zu Helden werden.

Vorbemerkung

Mein Roman wird auf zwei Zeitebenen erzählt. Ende des 18. Jahrhunderts, in dem der eine Handlungsstrang spielt, war in den schottischen Highlands die englische Sprache weit verbreitet. Im mittelalterlichen Schottland, dem Schauplatz des anderen Handlungsstrangs, wurde hingegen Gälisch gesprochen. Dennoch entschied ich mich, auch hier die englischen Begriffe für Städte, Flüsse, Berge ... zu benutzen, weil diese bekannter sind. Auch den historischen Persönlichkeiten wie König Malcolm, Königin Margaret, William dem Eroberer habe ich englische Namen gegeben oder im Falle von König Macbeth (der im Gälischen als Mac Beathad bekannt ist) die allseits gebräuchliche Namensform beibehalten.

Die gälischen Eigennamen fiktiver Protagonisten aus den Highlands werden als Zeichen ihrer kulturellen Zugehörigkeit hingegen gälisch geschrieben. Im Folgenden finden Sie eine kurze alphabetische Auflistung der Namen und ihrer jeweiligen Aussprache, sofern diese stark von der geschriebenen Form abweicht:

Arailt – Arilt
Bláán – Bla-an
Caelan – Käilen

Earc – Erk
Ébha – Eva
Finnghuala – Finnula
Gael – Gähl
Giorsal – Girsal
Gruoch – Gruokh
Maelsnechta – Mäilsnecte
Nathair – Naher
Peigi – Pegi
Seòras – Schorass
Taraín – Tara-in

Nicht gälischen, sondern angelsächsischen Ursprungs sind die Namen Aelswith und Hlothere. Aelswith spricht man wie Älswith (englisch th) aus, Hlothere wie Lother (englisch th).

Prolog

In den schottischen Highlands, 1058

Tod lag in der Luft.

Ébha fühlte das genau, obwohl sie nicht wusste, wie der Tod roch. Gewiss nicht süß, obwohl die verwesenden Leiber irgendwann süßlich stanken. Nicht salzig wie die Tränen derer, die zurückblieben. Nicht bitter, obwohl der Tod oft so ungerecht war. Vielleicht roch er nach gar nichts – erst recht nicht, wenn er ein Kind holte, das noch keine Ahnung davon hatte, wie das Leben duftete.

Ébha hatte schon vielen Kindern auf die Welt geholfen und manches sterben sehen, aber nie war sie so überzeugt gewesen wie an diesem Tag, dass es die Geburt nicht lange überleben würde. Die Mutter im Übrigen auch nicht. Tuathla hieß diese, und sie quälte sich schon seit Stunden. Nichts brachte Linderung – nicht einmal das Stück Koralle, das Ébha irgendwann aus dem dunklen Meer gefischt hatte, das sie seitdem wie einen Schatz hütete und von dem schon die Römer gesagt hatten, dass es das Böse banne. Sie hatte es Tuathla in die schweißnassen Hände gedrückt, doch es war diesen ebenso entglitten wie das Stück Eisen, das Ébha in ein Geißblatt gewickelt hatte, um damit die Elfen fernzuhalten. Auch der Kranz aus Vogelbeeren half nichts und erst recht nicht der Urin, mit dem Ébha die Bettstatt besprenkelt hatte, weil das für eine leichtere Geburt sorgen könnte.

Was sie noch nicht gemacht hatte, war, einen Pfeil von Osten nach Westen zu schießen, damit dieser den Schmerz wegtrüge, aber sie hatte nun mal keinen Pfeil und war insgeheim überzeugt, dass auch das nicht helfen würde.

Seufzend massierte Ébha die Schultern der Gebärenden. Deren Stöhnen war mittlerweile etwas leiser geworden, es riss dennoch nicht ab, und die Luft stand zum Schneiden dick. Es war ein niedriges Gebäude, in dem sie sich befanden, mit Wänden aus Torf, einem Dach aus Gestrüpp und Tierhäuten und einem eiskalten Boden, der im Winter die Vorräte frisch hielt, auf dem sich in diesem verregneten Frühling jedoch tiefe Pfützen gebildet hatten. Das zuckende Herdfeuer spiegelte sich darin und färbte das Wasser rot.

Kein Wunder, dass die Gebärende es für Blut hielt. Denn obwohl Ébha damit rechnete, dass sie jeden Moment das Bewusstsein verlieren würde, fuhr Tuathla plötzlich hoch, deutete auf die Pfützen und kreischte: »Er verblutet! Er verblutet langsam! Er hat keine Kraft mehr, um die Krähen fernzuhalten. Sie kommen in großen Schwärmen, du musst sie verjagen, verjag sie doch!« Und dann begann sie, wild um sich zu schlagen und sich das Gesicht zu zerkratzen.

»Ruhig, ganz ruhig …« Ébha umfing rasch ihre Handgelenke und drückte sie wieder aufs Lager.

Du dumme Frau, dachte sie, wenn hier jemand verblutet, dann bist du es.

Allerdings war es auch kein Wunder, dass die Arme im Wahn von Krähen schwafelte. Die hatten schließlich auch den Himmel über Alba durchpflügt, als einige Monate zuvor König Macbeth unter dem Schwert seiner Feinde gefallen war, und es waren noch mehr gekommen, während sein Stiefsohn

Lulach ebenfalls besiegt worden war. Im März war das geschehen, und obwohl sie mittlerweile wie jedes Jahr Anfang Mai Belthane gefeiert hatten, hörte der Himmel nicht zu weinen auf ... Desgleichen Tuathla nicht zu stöhnen.

»Krähen ... so viele Krähen ... der Himmel ist finster ...«

Wieder begann sie wild um sich zu schlagen, und dieses Mal reichten Ébhas Kräfte nicht, sie festzuhalten. Sie bekam einen schmerzhaften Faustschlag zu spüren. Herrgott! Schlimm genug, dass die Frau verbluten würde und das Kind in ihr sterben – wenigstens sie selbst wollte die Geburt ohne Blessuren überstehen!

Ébha erhob sich. »Ich sorge für etwas mehr Licht. Es wird die Krähen vertreiben.«

Sie stand auf und blickte sich um. Neben der Feuerstelle lagen ein paar mit weißlichem Moos überzogene Zweige, doch als sie sie ins Feuer warf, zischten sie und spuckten nur Rauch – kein Wunder, hatten sie doch die Feuchtigkeit des Bodens aufgesogen. Ébha sah sich nach einer anderen Lichtquelle um. In jenem Regal, das mit zwei Haken an der Decke befestigt war, fand sie Kräuter, Äpfel mit bräunlichen Flecken und eine Öllampe. Sie war mit ranzig riechendem Fischöl gefüllt, ihr Docht war aus einer Moorbinse hergestellt worden. Nun gut, das war besser als nichts.

Ébha brauchte eine Weile, bis sich eines der Zweiglein am Herdfeuer entzünden ließ und bis auch der Docht, an den sie dieses hielt, fauchend Feuer fing. Der Lichtschein war nur schwach, dennoch versuchte sie frohlockend zu klingen, als sie sich wieder der Gebärenden zuwandte.

»Sieh nur! Die Krähen flattern hinfort!«

Ébha erstarrte. Während sie die Lampe entzündet hatte, hatte sie gar nicht bemerkt, dass das Stöhnen der Gebärenden plötzlich abgerissen war. Die Stille erschreckte sie zwar nicht, war diese doch ein Beweis dafür, dass es die Arme endlich hinüber nach Andernwelt geschafft hatte – umso mehr aber tat das ein Ton, der dem Kreischen eines Vogels glich – keinem schwarzen Vogel wie einer Krähe, sondern einem weißen wie einer Möwe, die ihre Flügel weit ausstreckt und dicht über den Wellen durch die salzige Meeresluft gleitet.

Ébha stürzte auf die Bettstatt zu. Schmerzhaft bohrten sich die Spitzen der Koralle in ihren Fuß, als sie darauf trat, doch sie beachtete es nicht. Zwischen Tuathlas Schenkeln lag etwas – ein roter, schleimiger Klumpen, und was dieses Etwas ausstieß, war kein sehnsuchtsvolles Kreischen, sondern ein hohes Quietschen.

Sie stellte die Öllampe ab und zögerte eine Weile, bis sie den Klumpen berührte. Er war mit rotem Blut und mit gelblicher Schmiere bedeckt, aber so sahen die Menschen nun mal in der Stunde ihrer Geburt aus. Am Anfang glichen sie einem glitschigen Frosch – unvorstellbar, dass am Ende ihres Daseins nur Staub übrig blieb.

Der Frosch hatte zwei Beine, zwei Arme, einen strammen Leib und einen großen Kopf. Am erstaunlichsten war, dass der Frosch noch lebte – und Tuathla auch. Ihre Augen waren weit aufgerissen und unverwandt auf Ébha gerichtet, die ihrerseits die Stirn runzelte.

Wo war nur der Tod, dessen Gegenwart sie so deutlich gespürt hatte?

Ébha nahm ein Stück Leinen, hüllte das Kind darin ein und wollte es der Mutter reichen, doch deren Arme blieben schlaff neben ihrem Leib liegen.

»Rette es!«, presste sie zwischen den Lippen hervor.

Ébha war nicht sicher, ob sie Tuathla richtig verstanden hatte. Retten? Wovor denn? Sie war hier, um es auf die Welt zu holen, doch das hatten Kind und Mutter ganz allein geschafft.

»Vor den Elfen musst du keine Angst haben«, sagte Ébha schnell. »Ich werde ein paar Ästchen vom Vogelbeerbaum im Feuer verbrennen, der Rauch wird das Kleine schützen. Und ich habe bereits einen Trog mit Wasser gefüllt. Ich werde eine Silbermünze hineingeben und etwas Salz, und dann werde ich …«

Tuathla schüttelte den Kopf. »Rette es!«, sagte sie wieder, und ihre Stimme klang unheimlicher als all das Stöhnen und Kreischen zuvor. »Rette es!«

Hilflos zuckte Ébha die Schultern. »Kinder, die im Herbst geboren werden, kriegen die Milch der Haselnuss als erstes Mahl gereicht, damit sie stark für den Winter werden. Wir könnten etwas anderes nehmen und …«

»Nimm es, und verschwinde von hier!« Nun hob Tuathla doch die Hände, um das Bündel an sich zu nehmen, aber nur, um es Ébha gleich darauf wieder in die Arme zu drücken. »Beeil dich, du darfst nicht lange hierbleiben. *Sie* wird bald kommen …«

»Sie? Wen meinst du denn?« Tuathla sah sie nur panisch an. Das Quieken des Kindes war verstummt, doch sein Leib fühlte sich warm an. »Und wer … wer bist du eigentlich?«, fragte Ébha. »Ich dachte, du wärest eine Bäuerin!«

Eine Bäuerin, die ihr ganzes Leben in diesem einfachen Dorf verbracht hatte, in einem von dessen einfachen Häusern lebte und die *davochs*, wie man die Landeinheiten nannte, bewirtschaftete. Der Boden war zu trocken, um Getreide anzubauen, doch das Gras, das darauf wuchs, nährte Rinder, die trotz ihrer dürren Leiber würzig schmeckende Milch gaben und deren schwarzes Fell glänzte.

»Ich … ich stamme nicht von hier …«, flüsterte Tuathla. »Ich habe hier nur Unterschlupf gefunden … mich vor *ihr* versteckt … Aber bald wird *sie* hier sein … Rette es! Rette mein Kind.«

Unruhig wanderten ihre Augäpfel hin und her, und schließlich war nur mehr das Weiße zu sehen. Ébha befühlte Tuathlas Stirn, doch die war nicht sonderlich heiß. Nein, auf Fieberwahn konnte sie die wirren Worte nicht zurückführen.

»Ich kann doch nicht …«, setzte sie an. Ich kann doch kein Kind mit nach Hause bringen, mein Mann würde das nicht verstehen, hatte sie erklären wollen. Dann war ihr eingefallen, dass es Unglück brachte, einer Sterbenden den letzten Wunsch zu versagen. »Tuathla?«

Sie vernahm keine Reaktion.

Ébha erhob sich seufzend, drückte das Kind an sich und trat nach draußen. Es zu retten hieß ja nicht, auf ewig allein für das Kind zu sorgen, irgendwie würde sie es schon loswerden, wenn sie erst einmal von hier fortgekommen war.

Die anderen Dorfbewohner hatten sich in ihre Hütten verkrochen. Die Einzigen, die sie aus ihren schwarzen Augen bösartig musterten, waren Krähen, wenngleich kein ganzer Schwarm, wie ihn Tuathla zu sehen geglaubt hatte, sondern nur zwei.

Lasst mich bloß in Ruhe.

Ébha beschleunigte ihren Schritt, sobald sie die Hütten hinter sich ließ. Das Kind gab weiterhin keinen Laut mehr von sich, aber sie spürte seinen warmen Atem an ihrer nackten Halsbeuge, und sie labte sich an seiner Wärme. Ohne das Kleine würde sie wohl schrecklich frieren, denn die Luft war kalt wie im Winter. Kleine Wölkchen stiegen beim Ausatmen von ihrem Mund auf und waren grau wie das Land.

Im Herbst waren die Wiesen von purpurrotem Weidekraut bedeckt, jetzt wuchsen nur bräunliche Ranken. Die Baumkronen des nahen Waldes standen nicht in sattem Grün, sie waren durchlässiger als die Dächer der armseligen Hütte. Und nicht nur die Gipfel der fernen Berge waren weiß, auch die Hügel.

Dieses Jahr schien nicht jung und frisch zu sein, sondern alt, uralt. Und plötzlich fühlte Ébha sich selbst alt, als sie über die sumpfigen Wiesen schritt. Das Atmen fiel ihr immer schwerer, und sosehr sie das auch wollte, sie konnte ihren Schritt nicht beschleunigen. Verdammt! Sie musste schleunigst weg von hier, weg von Tuathla, weg von dem Dorf, in das diese geflohen war, weg von ... *ihr*, dieser namenlosen Feindin, vor der das Kind gerettet werden musste!

Die Krähen konnte sie jedenfalls nicht hinter sich lassen. Sie flogen ihr nach und zogen über ihr Kreise, obgleich sie eigentlich scheue Vögel waren, die tote und keine lebendigen Menschen mochten.

Ébha hob misstrauisch den Blick und zischte in ihre Richtung, und als sie den Kopf wieder sinken ließ, stand in der Einöde vor ihr und gleichsam aus dem Nichts gekommen ein Mann. Eine Weile kreisten die Krähen auch über ihm, ehe sie wegflogen. Nach ihrem Gekreisch wog die Stille, die folgte, schwer.

Der Mann sagte nichts, sondern blickte sie nur an, dennoch war sie sich sicher, dass er auf sie gewartet hatte ... nein, auf das Kind. Es schien noch schwerer zu werden, und beinahe hätte sie es fallen lassen. Stattdessen sank sie demütig auf die Knie und wartete darauf, dass der Fremde einen Schritt auf sie zumachte, es ihr entriss.

Doch er tat nichts dergleichen, stand nur ganz steif da und ließ ihr Zeit genug, ihn zu mustern. Die weiten Pluderhosen waren fleckig, die geschnürten Schuhe waren abgetragen, sahen jedoch robust aus. Das Lederwams und der pelzverbrämte Umhang verrieten, dass der Fremde reicher war als ein Bauer, und noch mehr war der breite Gürtel ein Beweis dafür ... ein Gürtel, an dem ein Dolch hing.

Ébha umklammerte das Kind, als ihr Blick nunmehr sein

Gesicht fixierte. Er sah nicht böse oder hasserfüllt aus, noch nicht einmal verächtlich, eher … mitleidig. Sein Haar war farblos wie das Land, die Augen waren grau wie der Himmel, nichts verriet sein Alter. Er schien einer jener Menschen zu sein, die nie Kind hatten sein dürfen, weil sie früh zu kämpfen lernten, die aber auch im Alter wendig blieben, wenn andere schon mit steifen Gliedern geschlagen waren.

»Was … was willst du?«, stammelte sie.

Jetzt machte er doch noch einen Schritt auf sie zu. »Gib mir das Kind!«

Wenn es weiter nichts war … Damit war sie gleich zwei Sorgen los. Sie musste sich nicht um das Kleine kümmern, und zugleich konnte sie sich sagen, dass sie ihr Versprechen gehalten hatte. Schließlich galt es, das Kind vor *ihr* zu retten – nicht vor einem fremden Mann.

Sie stand auf, stolperte zu ihm, reichte ihm das Kleine. Er nahm es in die Arme, betrachtete es kurz und schob dann das Leinentuch zur Seite, um zu sehen, ob es ein Mädchen oder ein Knabe war – etwas, worauf Ébha selbst gar nicht geachtet hatte. Erst nach einer Weile ging ihr auf, dass er weniger das Kind als das Leinentuch, in das es gehüllt war, neugierig betrachtete.

»Das … das ist aber nicht das Rabenbanner«, stellte er fest. Das Rabenbanner? Wovon, zum Teufel, redete er? »Du weißt auch nicht, wo es ist …«, fuhr er fort.

Sie blickte ihn nur ratlos an. Er verzog sichtlich enttäuscht sein Gesicht, tiefe Kerben gruben sich in seine Wangen.

Plötzlich fühlte sie wieder den Tod. Mit jedem Atemzug kam er näher, und tatsächlich legte der Mann das Kind auf den Boden, griff an seinen Gürtel, zog den Dolch.

Ébha verkniff sich einen Aufschrei und sah schnell weg. Wenn sie nicht zusah, wie das Kleine starb, würde sie sich später nicht vorhalten müssen, dass sie nichts getan hatte, um es zu beschützen. Neugeborene starben ohnehin so oft – manche verhungerten quälend langsam an ausgedörrten Brüsten. Unter einer scharfen Klinge geschah es wenigstens schneller.

Als die kalte Luft es traf, gab das Kind wieder einen Laut von sich, kein Quietschen dieses Mal, sondern ein Wimmern.

Es dauert nicht mehr lange, du hast es gleich geschafft.

Ébha wartete darauf, dass das Wimmern abriss, wartete so inständig, dass sie die Augen schloss und sie erst wieder öffnete, als sie ein leises Zischen vernahm. Der Dolch fuhr durch die Luft, jedoch nicht über dem Kind. Dieses hatte der Mann einfach auf dem sumpfigen Boden liegen lassen, bevor er zu ihr getreten war, um ihr die Klinge in die Brust zu rammen. Zeit, darüber überrascht zu sein, gar erschrocken, hatte Ébha nicht.

Da war nur Schmerz, rot, laut und gleißend, und in dem Loch auf ihrer Brust versickerten Angst, Panik, Bedauern. Nur ein nüchterner Gedanke ersoff nicht im Meer des Schmerzes.

Ich habe gewusst, dass der Tod in der Luft liegt. Ich bin nur nicht auf die Idee gekommen, dass es mein eigener ist.

Einem gefällten Baum gleich fiel sie um. Der Schmerz tobte in ihr, aber sie hatte noch genügend Kraft, um zu erkennen, wie der Mann den Dolch wieder einsteckte, das Kind behutsam an sich nahm, liebevoll über sein Köpfchen streichelte.

»Es tut mir leid«, murmelte er. »Manchmal verlangt das Rabenbanner, dass wir sterben. Und manchmal verlangt es, dass wir töten ...«

Raben, Raben ... Warum sprach er von Raben? Es kreisten doch bloß wieder die beiden Krähen über ihr! Der Himmel wurde noch blasser, die Tiere wurden noch schwärzer, ihr Kreischen verkam zu einem Rauschen.

Der Tod roch nach nichts, man sah ihn nicht, man hörte ihn nicht. Der Tod war ein tiefer schwarzer Tümpel, in dem sie lautlos versank.

Erster Teil

Der rote König

I.

1791

»Siehst du es endlich?«

Der Septembernebel, der den ganzen Tag zäh über dem Land gehockt hatte, hatte sich gelichtet, doch nun war es das Grau der Dämmerung, das die großen Ulmen verschluckte. Die riesigen Bäume, die die Allee zum Herrenhaus säumten und die bei Tageslicht wohl in sattem Grün standen, glichen jetzt einer schwarzen Wand, die Stämme der Birken gleich dahinter wirkten grau, und als Magdalene ihre einstige Kinderfrau und nunmehr treue Dienerin vom Fenster der Kutsche wegschob, um selbst einen Blick hinaus zu erhaschen, sah sie kein prächtiges Herrenhaus, sondern eine verfallene Ruine. Vom einst gewiss mächtigen Turm waren nur wenige verwitterte Steine geblieben; das etwas besser erhaltene viereckige Gebäude wurde von Efeuranken und dornigem Gebüsch überwuchert. Das Dach wiederum glich dem löchrigen Gebiss eines uralten Menschen.

Magdalene fuhr zurück. »Das … das kann es doch nicht sein.«

Abigail folgte ihrem Blick und lachte. »Natürlich nicht!«, rief sie. »Ich habe gehört, dass sich auf dem Grundstück die Ruinen einer mittelalterlichen Burg befinden, in denen die

MacBrannans einst residiert haben. Das Herrenhaus wurde später an einer anderen Stelle errichtet.«

Und tatsächlich fuhr die Kutsche eben an der Ruine vorbei, erreichte das Ende der Allee und passierte das einstöckige Pförtnerhaus, ehe sie in einem gepflasterten Innenhof stehen blieb. Magdalenes Gesicht haftete regelrecht am Fenster.

»Das … das ist es also.«

Zugegeben, als ihr Vater das Anwesen der MacBrannans in höchsten Tönen gelobt hatte, hatte sie sich unbeeindruckt gezeigt. Sie war so zornig auf ihn gewesen, dass nichts sie versöhnlich hatte stimmen können. Jetzt kam sie nicht umhin, den Atem anzuhalten. Das Gebäude vor ihr war weniger ein Herrenhaus als ein Schloss. An den vier Ecken wurde es von Spitztürmen flankiert, in dessen Stein alte Wappen eingraviert waren. Zinnen und Türmchen verliehen dem Gebäude etwas Verspieltes wie Mittelalterliches zugleich. Zwei bogenförmige Treppen liefen am Hauseingang zusammen, sie erinnerten Magdalene an das französische Schloss Fontainebleau, und direkt über dem breiten Portal aus dickem Eichenholz, das von einer grünlichen Schicht überzogen war und breite Furchen und Eisenbeschläge aufwies, befand sich ein Uhrturm, der sie an den Holyrood Palace in Edinburgh denken ließ. Die Fenster im Erdgeschoss und in der ersten Etage waren mannshoch und einmal längs unterteilt, während die im obersten Stockwerk eher winzigen Luken glichen. Der Sandstein, aus dem das Haus errichtet worden war, wirkte jetzt fahl wie die Bäume, doch wenn das rötliche Licht der auf- oder untergehenden Sonne darauf fiel, würde er wohl einen sanften Roséton annehmen.

»Es … es ist wirklich schön«, gab Magdalene etwas widerwillig zu.

Abigail hatte das Herrenhaus nicht minder neugierig

gemustert, ließ sich nun aber wieder auf die gepolsterte Bank fallen. »Endlich haben wir es geschafft!«, stieß sie aus.

Auf der Reise hatte Abigail ständig vor den Gefahren gewarnt, die auf dem Weg in den Norden lauerten. General Wade habe wenige Jahre zuvor eine große Straße nach Inverness bauen lassen, alle anderen Wege seien jedoch in sehr schlechtem Zustand – voller Schlaglöcher, Unrat oder umgefallener Bäume. Die Herbergen wiederum müsse man wohl eher Ställe nennen, würden die Gäste dort nämlich nicht in gemütlichen Zimmern, sondern in riesigen Sälen untergebracht. Gut möglich auch, dass in dem Bett, das der Wirt einem zuwies, schon jemand lag. Vom Essen ganz zu schweigen. Nördlich des Tweeds werde ein solcher Fraß aufgetischt, den man südlich dieses Flusses nicht einmal Schweinen vorsetze.

Wie so oft hatte Abigail übertrieben. Weder hatten sie während der Reise Hunger gelitten, noch mussten sie auf beheizte Kammern und weiche Betten verzichten. Das Schaukeln und Rütteln in der Kutsche war zwar unangenehm gewesen, doch der Wagen gut gefedert. Gewiss, am Morgen hatte sich ein unangenehmer Zwischenfall ereignet, als auf der Fahrt durch eine Moorheide eine Lederschlinge am Wagen gerissen war, doch das Verbindungseisen hatte gehalten, und die Rast, die sie hatten einlegen müssen, bis der Schaden behoben war, hatte nicht lange gewährt.

Abigail wollte allerdings nicht zugeben, dass sie sich geirrt hatte. »Was für eine Tortur wir hinter uns haben!«, rief sie eben.

Magdalene widersprach nicht, sondern schloss nur kurz die Augen, um der Stationen der Reise zu gedenken. Sie waren an grauen, dünn gesäten und selten eingefriedeten Steingebäuden vorbeigekommen, an grünen, fruchtbaren Tälern, an dunklen Flüssen und niedrigen Bäumen. Wie aufregend war es gewesen, in der Ferne erstmals hohe Berge zu sehen und die Grampian Highlands zu durchqueren – eine braunen Einöde, die immer wieder von großen Flächen tiefroten Heide- und Farnkrauts durchbrochen war. Schließlich hatten sie zur Rechten das Meer aufblitzen sehen, zur Linken schienen die Hügel vor den gewaltigen dunkelblauen Wasserfluten zurückzuweichen und genügend Platz für die Weizenfelder zu lassen, die von den Bauern mit Seetang gedüngt wurden. Der Anblick des Meers hatte Weite und Freiheit verheißen, und als sie kurz vor Inverness in Richtung Landesinnere weitergefahren waren, hatten sie gesehen, dass die dortigen Lochs gleichfalls von Schaum gekrönt und von Vögeln umkreist wurden. Doch deren Kreischen hatte in Magdalenes Ohren nicht fröhlich geklungen – zu groß war bereits ihr Unbehagen gewesen, da sie des Kommenden gedacht hatte.

»Mylady!«, rief der Kutscher.

Sie riss die Augen auf und nahm verspätet wahr, dass er die Wagentür geöffnet hatte. Kalte, feuchte Abendluft traf sie, als sie sich hinausbeugte.

»Bist du ... bist du aufgeregt?«, fragte Abigail.

Magdalene verkrampfte die Hände unwillkürlich, zuckte aber vermeintlich gleichgültig die Schultern. »Warum sollte ich?«, fragte sie bewusst gelassen.

Der Kutscher hatte einen kleinen Schemel aufgestellt, auf den sie nun stieg, die Augen starr auf den Boden gerichtet. Sie hatte erwartet, dass David ihr entgegeneilen und sie begrüßen würde, doch es war der Kutscher, der sie beim Aussteigen stützte. Als sie auf festem Boden stand, vermeinte sie kurz, dass der ebenso bebte wie die Kutsche es getan hatte, aber sie trotzte dem Schwindel und hob den Blick ein wenig. David war immer noch nicht zu sehen, jedoch jede Menge ... toter Fasane.

Etwa ein Dutzend lag nicht weit von der Treppe entfernt sorgfältig nebeneinander aufgeschichtet. Bei Tageslicht glänzte das bunte Gefieder gewiss silbrig oder gar golden, doch jetzt machte es keinen farbenprächtigeren Eindruck als das eines Raben.

»Lieber Himmel!«, entfuhr es ihr, und sie konnte nur schwer den Drang unterdrücken, wieder zurück in die Kutsche zu flüchten.

»Die Jagd war heute sehr erfolgreich.«

Sie hob den Blick noch weiter und sah einen Mann auf sich zukommen, nicht etwa David MacBrannan, ihren frisch angetrauten Ehemann, sondern einen Fremden mit schlichten grauen Hosen und einem dunklen Plaid, der einen lächerlich tiefen Kratzfuß machte.

»Ich bin Tómas Elliott, der Verwalter«, stellte er sich vor, »ich habe die Ehre, Euch willkommen zu heißen und hineinzubegleiten, Lady MacBrannan.«

Er lächelte freundlich, nachdem er sich wieder aufgerichtet hatte, doch etwas an ihm ließ Magdalene zurückweichen.

»Der Lord ...«, setzte sie an.

»Er hat leider noch zu tun.«

Magdalene blieb etwas unschlüssig stehen, doch Abigail hakte sich bei ihr unter und zog sie mit sich. »Nun komm schon. Es wird Zeit, dass wir uns aufwärmen.«

Sie zitterte mittlerweile tatsächlich, doch just als sie auf die erste Stufe steigen wollte, hielt Magdalene inne. Der Hof wurde von Wirtschaftsgebäuden umsäumt, und in einem von diesen stritten den wütenden Stimmen nach zu schließen zwei Männer lautstark miteinander.

Magdalene war nicht sicher, ob einer davon ihr Ehemann war, denn sie hatte zu wenig Zeit mit David verbracht, um mit seiner Stimme vertraut zu sein. Während der Nachmittagstees in ihrer Verlobungszeit hatten sie kaum miteinander gesprochen, bei der Hochzeitszeremonie in einer kleinen Kirche nahe Edinburgh sowie beim anschließenden Empfang im Stadthaus ihres Vaters ebenso wenig. David hatte neben ihr gestanden und jede Frage – ob von den Gästen oder von ihr – höflich, aber einsilbig beantwortet. In der Hochzeitsnacht hatte er erst recht geschwiegen. Nur seiner Miene war die Erleichterung, dass sie seine Berührungen starr und teilnahmslos über sich ergehen ließ, keine Träne weinte und keinen Schmerzenslaut von sich gab, anzusehen gewesen. Er selbst hatte einmal gestöhnt, sich danach jedoch sofort auf die Lippen gebissen, damit ihm kein weiterer Laut entwich. So war das Quietschen des alten Bettes das einzige Geräusch geblieben. Noch tagelang hatte sie es nicht aus den Ohren bekommen.

Ob hier im Herrenhaus die Betten auch so quietschten? Und worüber David sich wohl so ärgerte?

Denn obwohl seine Stimme ihr fremd war, erkannte sie nun umso deutlicher seine Statur, als sie quer über den gepflasterten Hof ging und jenes Gebäude erreichte, von dem sie nicht sicher war, ob es die Wäscherei oder das Brauhaus, das Sattelhaus oder die Bäckerei war.

»Magdalene!«, rief Abigail.

»Lady MacBrannan!«, rief Tómas Elliott.

Sie hörte auf keinen der beiden.

»Gebt Euch nicht ahnungslos!«, rief David eben erbost. »Ihr wisst genau, dass es verboten ist!«

Der selbstbewusste, befehlsgewohnte Tonfall in seiner Stimme passte zwar nicht recht zu seiner Statur, denn David war kein sehr großer und stattlicher Mann, vor allem nicht gemessen an dem Riesen, dem er gegenüberstand, doch seine aufrechte Haltung wirkte respekteinflößend. Während ein anderer Schwäche gezeigt hätte, indem er nachdrücklich auf den

Boden gestampft oder unruhig an der Jacke genestelt hätte, stand David steif wie ein Soldat da.

Magdalene trat noch näher, um ihn eingehender zu mustern. In Edinburgh hatte sie ihn nur mit Perücke gesehen, nun war sein dunkles, an der Stirn etwas schütteres Haar zu einem Zopf zusammengebunden. Gemessen an den Kniehosen aus dunkelroter Seide, die er bei der Hochzeit getragen hatte, fiel auch seine Kleidung an diesem Tag schlichter aus – wie sein Verwalter trug er dunkelgraue Hosen, ein Hemd aus steifem Leinen und eine schwarze Jacke aus Samt.

»Ich weiß, dass es verboten ist«, sagte der Riese eben in einem verständlichen, gleichwohl kehlig gesprochenen Englisch, »ich sehe nur nicht ein, warum das so ist.«

Magdalenes Blick fuhr zu dem Fremden hinüber. Bis jetzt hatte sie nur wahrgenommen, dass er sehr groß war und derbe Schuhe trug, aus denen kräftige, rötlich behaarte Waden ragten. Erst jetzt stellte sie fest, dass auch das restliche Erscheinungsbild Abigails Vermutung bestätigte, wonach die Highlander allesamt wilde Barbaren waren. Auf der Reise waren sie zwar keinem mit Kilt begegnet, war es doch lange Zeit verboten gewesen, einen solchen zu tragen und hatten sich die Highlander deshalb an Hosen gewöhnt – der Riese aber trug jenen Rock aus Tartanstoff, der kunstvoll in Falten gelegt und mit einem breiten Ledergürtel festgehalten wurde. Ein weiteres Stoffstück verlief quer über den Oberkörper und hing über der rechten Schulter herunter. Die Ärmel des Leinenhemdes darunter waren etwas kurz, sodass man die gleichfalls muskulösen Unterarme sehen konnte, doch anstelle von Pranken, wie man sie bei einem solchen Riesen vermutet hätte, waren die Hände des Fremden unerwartet feingliedrig. Wie David hatte auch er sein Haar im Nacken zusammengebunden, sein Zopf hingegen war viel üppiger und von einem kräftigen Rot.

»Wenn ihr Binsen oder Heidekraut sammelt, scheucht ihr Moorhühner und anderes Federvieh auf«, erklärte David eben nachdrücklich.

Der Riese deutete mit seinem Kinn auf das Herrenhaus. »Das Jagdglück war Euch heute aber trotzdem hold«, sagte er.

»Es geht hier nicht um mein Jagdglück, es geht um das Gesetz.«

»Und dieses Gesetz ist nicht gerecht«, knurrte der Rothaarige. »Wir dürfen kein Wild erlegen, noch nicht einmal einen Hasen, und damit Ihr bequem jagen könnt, dürfen wir obendrein kein Holz sammeln, um Besen herzustellen.«

Magdalene entging nicht, dass Davids rechte Schulter kurz zuckte, ansonsten blieb er starr stehen. »Ich habe das Gesetz nicht gemacht.«

»Aber Ihr pocht auf seine Einhaltung.«

»Übrigens ist es nicht nur verboten, Heidekraut zu pflücken ... Ich weiß, dass ihr in eurem Dorf immer noch Ziegen haltet.«

»Und es wäre doch eine Schande, wenn sie Eure kunstvoll geschnittenen Hecken anknabberten«, höhnte der Riese.

Während seine Stimme immer dröhnender geklungen hatte, war die von David immer leiser geworden. Magdalene war plötzlich sicher, dass er die nächsten Worte – wohl eine unmissverständliche Warnung – nur bedrohlich flüstern würde, doch in diesem Augenblick fiel der Blick des Fremden auf sie, und als sich seine Augen überrascht weiteten, ging auch David auf, dass sich jemand genähert hatte.

»Magdalene!«, rief er überrascht.

Zum ersten Mal erlebte sie ihren Ehemann, dessen Benehmen so geschliffen und dessen Gesten so durchdacht und beherrscht ausfielen, im Zustand der Verwirrung. Eine Weile flog sein Blick unruhig zwischen dem Riesen und ihr hin und her, doch ehe er eine Entscheidung treffen konnte, ob er sie in dessen Gegenwart begrüßen oder vorerst lieber missachten sollte, kam Tómas Elliott zu ihnen, gefolgt von zwei Bediensteten, die jeweils ein Paar großer silberner Leuchter trugen.

»Ihr solltet nun wirklich ins Haus kommen, Mylady, Ihr habt eine lange, beschwerliche Reise hinter euch.«

David fand seine Fassung wieder. »Ich komme gleich nach«, sagte er und schien sichtlich erleichtert, dass der Verwalter sich um sie kümmerte. Dann hatte er sich schon wieder dem Riesen zugewandt, und seine Züge wurden eisig.

Nicht dass Magdalene eine besonders herzliche Begrüßung erwartet hatte – dennoch enttäuschte sie sein gleichgültiges Verhalten, und es konnte ihr gar nicht schnell genug gehen, den Hof zu überqueren und die Treppe hochzusteigen. Schon trat sie durch das Portal in den Empfangsraum, dessen riesiger Kamin fast eine ganze Wand einnahm. Ein großes Schwert hing unmittelbar darüber, die Wand gegenüber war von mehreren Hirschgeweihen geschmückt.

Magdalene blickte nur flüchtig darauf, aufmerksamer musterte sie die marmornen Büsten in der Galerie im ersten Stock, die man über eine breite Treppe mit einem Geländer aus Mahagoniholz erreichte und von der aus man Zugang zu den anderen Räumlichkeiten hatte. Eine von ihnen stellte Apollo dar, den Gott der Poesie, dessen Kopf von der Sonne umstrahlt wurde. Sie kannte ihn, weil im Arbeitszimmer ihres Vaters eine ähnliche Statue stand. Deren Anblick hatte stets ihr Herz erwärmt, sah sie in diesem Gott doch ihren persönlichen Fürsprecher.

Nun blieb alles in ihr kalt, und ihr Rücken begann zu schmerzen.

»Ihr seid gewiss hungrig«, sagte Tómas Elliott, der sie und

Abigail die Treppe hoch begleitet hatte. »Im Salon wartet eine kleine Stärkung.«

Magdalene schüttelte den Kopf. Zwar lag ihre letzte Mahlzeit einige Stunden zurück, aber ihr Magen war immer noch gefüllt. Abigail hatte behauptet, dass es in Schottland nur Hafergrütze und Schafsköpfe zu essen gebe, stattdessen hatten sie Schinken, Pökelzungen, Brot und *bannocks* bekommen, jene dünnen Fladen aus Hafermehl. Außerdem war in einer Zinnkanne ein ihr unbekanntes, stark schäumendes Malzgebräu serviert worden. Der Kutscher hatte erklärt, dass kein Highlander so etwas trinken sollte, sondern immer Whisky vorziehe, der hierzulande schon Kindern eingeträufelt werde, doch ihren Durst hatte es gelöscht.

»Ich ... ich bin einfach nur müde«, stammelte sie.

»Aber gewiss«, sagte der Verwalter und machte wieder eine tiefe Verbeugung. »Peigi wird Euch in Euer Schlafzimmer bringen.«

Als er in die Hände klatschte, kam ein Mädchen mit einem schwarzen Kleid und einem weißen Tuch um den Kopf herbeigelaufen. Es war so klein, dass Magdalene kurz dachte, es sei noch ein Kind, doch als sie das sommersprossige Gesicht genauer musterte, ging ihr auf, dass sie es mit einer jungen Frau zu tun hatte. Diese starrte sie ihrerseits neugierig an, woraufhin Tómas Elliott mahnend ihren Namen rief.

»Oh, vergebt«, sagte Peigi, zog hastig den Kopf ein, aber fuhr aufgeregt zu sprechen fort, und das so schnell und mit einem so starken schottischen Akzent, dass Magdalene Mühe hatte, ihr zu folgen. »Ich wollte Euch nicht so aufdringlich mustern, ich bin nur froh, dass Ihr wohlbehalten angekommen seid. Ich meine, draußen ist es schon finster, und wir haben heute Vollmond. Nicht selten treibt dann die Gräfin von Tair ihr Unwesen. Sie wurde einst als Hexe verbrannt, weil sie mit einem Besen durch die Luft fliegen konnte, und manchmal tut sie das immer noch. Robert Gordon wiederum, der keinen Schatten hat, weil ihm der Teufel diesen stahl, ist ...«

Magdalene schmunzelte, während Tómas Elliott die Züge entglitten. »Genug!«, rief er scharf. »Du gibst keine Schauergeschichten zum Besten und sprichst nur, wenn dir eine Frage gestellt wird.«

Peigi zuckte zusammen, duckte sich noch tiefer und stammelte eine Entschuldigung.

»Ist schon gut«, murmelte Magdalene, der das Mädchen von Herzen leidtat, doch Elliotts Miene blieb unerbittlich.

Sie fühlte sich plötzlich zu erschöpft, um noch mehr zu sagen, und nahm ihre Umgebung kaum wahr. Obwohl sich Abigail wieder bei ihr unterhakte, konnte sie sich nicht erinnern, sich jemals in ihrem Leben so verloren gefühlt zu haben. Sie war mit einem Fremden verheiratet ... musste in den schottischen Highlands leben, die ihr genauso fremd waren, und an allem war nur ihr Niesen schuld.

Dass ihr Schicksal mit einem Niesen besiegelt worden war, war eigentlich nicht das Schlimmste. Das Schlimmste war, dass dieses Schicksal sie am schönsten Ort getroffen hatte, den sie kannte. Es war die Bibliothek im Stadthaus ihres Vaters, in die sie sich schon als kleines Kind geflüchtet hatte, wenn ihr die Gouvernante wieder einmal das Nähen beibringen wollte. Magdalene konnte sich nicht mehr an ihre Mutter, die früh gestorben war, erinnern, das strenge Gesicht dieser Frau jedoch sah sie bis heute deutlich vor sich. Wann immer Magdalene beim Handarbeiten einen falschen Stich gemacht hatte, hatte diese die Nadel genommen und ihr in die Hand gestochen.

Welch grässliche Person! Und wie schön, sich inmitten von Büchern vor ihr verstecken zu können!

Später hatte sie sich in der Bibliothek verkrochen, wenn ihre Tante sie zu einer der langweiligen Teestunden hatte mitnehmen wollen, wo über nichts anderes gesprochen worden war als über Mode und den neuesten Klatsch. Magdalene interessierte sich weder für das eine noch das andere, sondern hatte lieber den staubigen Geruch der vielen Bücher eingeatmet, auf einer kleinen Bank unter dem Erkerfenster gesessen und Romane gelesen.

An jenem verhängnisvollen Tag, als unvermutet ihr Vater und ihr Onkel die Bibliothek betreten hatten, war es ein Roman von Fanny Burney gewesen, *Evelina*, in dem vom Schicksal einer jungen Frau erzählt wurde. Ihr Vater bekannte sich zunächst nicht zu ihr und ließ sie auf dem Land aufwachsen, doch als sie erwachsen war, kehrte sie nach Bristol zurück und verliebte sich dort.

Ach, dachte Magdalene einmal mehr, genau das will ich auch.

Nein, verlieben wollte sie sich nicht. Aber einen Roman wie diesen schreiben, einen Roman, der Menschen zum Träumen brachte, zum Lachen und Weinen und Hoffen und Sehnen, einen Roman, der sie in andere Welten versetzte. Leider hatten solche Fluchten nicht lange gewährt, schon gar nicht an diesem Tag, an den sie nun zurückdachte.

Während Magdalene noch überlegte, was sie als Nächstes lesen wollte – vielleicht ein Buch von Alain-René Lesage, von dem man sagte, dass er von nichts anderem als dem Verkauf seiner Bücher lebte – vernahm sie plötzlich Schritte und Stimmen. Und ehe sie aufspringen und sich zu erkennen geben konnte, sagte ihr Onkel etwas, das sie verharren ließ. Einem Schutzschild gleich presste sie das Buch an ihre Brust.

»Ich denke, wir könnten uns auf eine Mitgift von zwanzigtausend Pfund einigen.«

Onkel Richards Schritte fielen wie immer energisch aus, ihr Vater zog sein steifes Bein mit einem schlurfenden Geräusch hinter sich her. Wenn er nachdachte, konnte man meinen, dass auch sein Gesicht gelähmt wäre, weil er dann den rechten Mundwinkel herunterzog und gleichzeitig den anderen nach oben. Magdalene konnte zwar sein Gesicht nicht sehen, war aber überzeugt, dass er das gerade wieder tat.

»Ich weiß nicht, ich weiß nicht. Mir gefällt die Vorstellung nicht, Magdalene in die Highlands zu schicken ... nach allem, was man hört, ist es doch eine wilde Welt«, erklärte er wie so oft grummelnd.

Magdalenes Herz dröhnte so laut, dass sie die nächsten Worte kaum hörte.

Mitgift ... Highlands ... wilde Welt ...

Es ging tatsächlich um sie! Oder nein, es ging um ihren ... Bräutigam!

Eben drang Onkel Richards Stimme erneut zu ihr durch: »David MacBrannan ist keiner dieser unzivilisierten Highlander, im Gegenteil. Ich habe ihn in London kennengelernt, wo er seine ganze Jugend verbracht hat. Seine Ausbildung hat er auf Eton erhalten. Ich kann dir versichern, dass er ein gebildeter und gut situierter Mann mit den besten Manieren ist.«

Die Schritte – sowohl die energischen des Onkels als auch die schleifenden des Vaters – kamen näher. Gleich würden die Männer Magdalene entdecken.

Sie ließ das Buch sinken, erhob sich möglichst lautlos und hielt nach einem Versteck Ausschau. Der Globus war ebenso zu klein, um sich dahinter zu verstecken wie die Büste von Cicero. Aber hier! Das Regal, das die Werke von Pufendorf,

Grotius und insgesamt vierundneunzig Bände von Voltaire beherbergte, war breit genug!

»Dass sie allerdings so weit im Norden leben würde ... ich dachte immer, es wäre schön, wenn sie in Edinburgh bliebe ...«

Immer noch konnte sie den Gesichtsausdruck ihres Vaters nicht studieren, aber ihr Blick fiel auf seine Perücke, die wie so oft zerzaust war, weil er sich ständig die Haar raufte. Das tat er auch jetzt, als sich ihr Onkel Richard zu ihm vorbeugte.

»Ach, Edward, begreif doch! Der Norden bietet im Moment große Chancen! David MacBrannan wird schon in naher Zukunft sehr reich sein.«

»Große Chancen?«, fragte ihr Vater. »Dieses sumpfige, windige, kalte, hügelige Land ...«

»Land, das für die Schafzucht wie gemacht ist! Das wissen die großen Kompanien seit Langem. David MacBrannan steht der Idee, große Teile des Landes zu verpachten, sehr aufgeschlossen gegenüber. Es ist ja nicht so, dass Magdalene dauerhaft in den Highlands leben müsste, die MacBrannans besitzen auch ein Stadthaus in Edinburgh. In jedem Fall ist MacBrannan ein Lord. Stell dir doch nur vor – endlich würde eine Norwood wieder eine Lady sein!«

Magdalene duckte sich tiefer. Wenn sie es recht im Kopf hatte, war die letzte Lady Norwood ihre Urgroßmutter gewesen, deren Mann jedoch den Titel verloren hatte, weil er unter König William von Oranien in Ungnade gefallen war. Die Landgüter in Northumbrien und in den schottischen Lowlands allerdings hatte er behalten können, sie sicherten ihrem Vater heute einen Teil des Lebensunterhalts, obwohl Geld nichts war, das ihn sonderlich interessierte. Es war Onkel Richard, der gerne Geschäfte machte und sich so kleidete, dass man ihm auch sofort ansah, wie gut diese liefen. Sein

Bruder Edward lief stets in fleckigen schwarzen Hosen herum.

Wie Magdalene liebte auch ihr Vater Bücher, wenngleich nicht Romane, sondern Gesetzesbücher. Er war leidenschaftlicher Jurist, der als Richter am Court of Session arbeitete, und obwohl sie mit seinen Vorlieben wenig anfangen konnte, hatte sich Magdalene doch immer von ihm verstanden gefühlt. Er schalt sie nie, wenn sie eine Kerze zu lange brennen ließ, um ein Buch zu Ende zu lesen. Er hatte nie dem Hauslehrer recht gegeben, der ihr die Lektüre dieser frivolen Literatur verbieten wollte. Er hatte sich nie beschwert, wenn sie große Gesellschaften schwänzte, und sie war sich sicher, wenn sie ihm sagen würde, dass sie auch einen Roman schreiben wollte, würde er sich durch die Perücke fahren, seine Mundwinkel verziehen und schließlich gedankenverloren murmeln: »Tu nur, was du für richtig hältst, mein Liebes.«

»Ach«, seufzte er jetzt. »Warum muss es denn ein schottischer Adliger sein, warum nicht ein englischer?«

»Wer von diesen würde denn schon um Magdalene werben? Nicht nur, dass sie keinen bedeutsamen Titel trägt – sie ist auch nicht besonders schön.«

Dies war keine überraschende Enthüllung. Louise, die Frau von Onkel Richard, war klein und zierlich, und ihre Füße und Händchen glichen denen eines Püppchens. Magdalene war groß und hager. Nicht nur, dass ihr Dekolleté zum Weinen war, wie Tante Louise behauptete – außerdem trug sie wie ihr Vater vorzugsweise dunkle Kleidung und vergaß oft, ihre Perücke aufzusetzen, und das, obwohl ihr Haar nicht einmal einen gefälligen Goldton aufwies, sondern dunkelbraun und glanzlos war. Ihre Augen wiederum waren so grün wie Hexenaugen.

»Hm …«

Ihr Vater hüstelte. Wahrscheinlich hatte er noch nie darüber nachgedacht, ob seine Tochter schön war, und erst recht war es ihm wohl nicht in den Sinn gekommen, dass sie irgendwann heiraten musste.

Er wird nicht zustimmen, er wird nicht zustimmen, er wird nicht zustimmen … ging Magdalene durch den Kopf.

Tatsächlich schwieg er lange, während Onkel Richard immer energischer auf ihn einredete. »Den MacBrannans ist es egal, dass wir unseren Titel verloren haben. Lord David ist vor allem an der Mitgift interessiert.

»Warum braucht er Magdalenes Mitgift, wenn er doch bald reich werden wird?«

»Nun, zunächst muss er in die Schafzucht investieren.«

Kurz fühlte sich Magdalene selbst wie ein Schaf, das mit einem Strick über die dornige Heide gezerrt wurde.

Er wird nicht zustimmen …

»Willst du, dass deine Tochter eine alte Jungfer wird? Sie ist zwanzig Jahr alt, bald wird sie keiner mehr nehmen.«

Er wird nicht zustimmen …

Magdalene klammerte sich unwillkürlich an das Bücherregal, woraufhin eines der Bücher beinahe umgekippt wäre. Gerade noch rechtzeitig griff sie zu. Sie konnte allerdings nicht verhindern, dass ihr eine Staubwolke in die Nase stieg. Wie es kitzelte! Selbst dann noch, als sie verzweifelt den Atem anhielt!

»Ach, Edward, ich weiß, dass du sie liebst, aber du hast leider nie viel Zeit auf ihre Erziehung verwendet. Wenn Margery noch leben würde, hätte sie dafür gesorgt, dass in diesem Haus Zucht und Ordnung herrschen. Du hingegen hast ihr viel zu viel Freiheit gelassen, und das bekommt niemandem, schon gar nicht einer jungen Frau. Wenn sie jetzt heiratet, wird ihr Ehemann ihren Geist formen. In ein paar Jahren hingegen wird sie endgültig daran gewöhnt sein, dass sie tun und lassen kann, was sie will, und dass sie sich nicht um die Haushaltsführung kümmern muss …«

Magdalene glaubte zu ersticken – und das nicht nur wegen dieser Worte. Sie konnte gar nicht anders, als tief Atem zu holen, woraufhin sich prompt das Kitzeln verstärkte. Sie nieste, und sie nieste nicht wie eine Lady, sondern dröhnend laut wie die Köchin, wenn die sich wieder einmal vom Kutscher Schnupftabak geliehen hatte.

Später war sie überzeugt, dass ihr Vater das Anliegen des Onkels abgelehnt hätte, wenn sie nicht hätte niesen müssen. Zumindest hätte er mit ihr gesprochen und sich in Ruhe angehört, was sie davon hielt. Doch als sie mit hochrotem Kopf kleinlaut vor die beiden Männer trat, ihr Onkel wütend rief, ob sie sie etwa belauscht habe, warum sie überhaupt hier sei, dass solch Verhalten keiner Lady entspreche und dass ihr Leben endlich in geregelten Bahnen verlaufen müsse, ja, als der Vater den einen Mundwinkel immer tiefer hängen ließ und den anderen immer höher zog – da wusste sie, dass er seine Entscheidung ganz ohne sie getroffen hatte.

Als Magdalene nach der ersten Nacht in ihrem neuen Zuhause erwachte, hatte sie kurz vergessen, wo sie war. Sie streckte sich wohlig, genoss es, die seidigen Laken zu fühlen und das weiche Polster. In den letzten Nächten hatte sie oft auf härteren Matratzen geschlafen, einmal sogar auf einem Strohsack … Richtig … die Reise … und richtig, sie war nicht mehr in ihrem Schlafzimmer in Edinburgh …

Abrupt richtete sie sich auf. Um sie herum war es stockfinster, und sie brauchte eine Weile, um zu begreifen, dass es nicht am nächtlichen Himmel lag, sondern weil ihr Bett von schweren Damastgardinen umgeben war. Sie beugte sich vor, schob eine zur Seite und blickte sich um.

Am Abend zuvor war sie zu müde gewesen, um ihr Schlafzimmer in Augenschein zu nehmen, nun fiel ihr Blick sofort auf einen riesigen Gobelin, der eine Jagdszene zeigte. Ein Jäger richtete gerade seinen Speer auf ein Reh, und obwohl es nicht sicher war, dass er es tatsächlich treffen würde, blickten dessen Augen ebenso verzweifelt wie resigniert. Bei dem Anblick musste Magdalene an die vielen toten Fasane vor dem Hauseingang denken. Am liebsten hätte sie sich wieder auf das Kissen sinken lassen, doch entschlossen schob sie den Damastvorhang noch weiter zurück. Auf der gegenüberliegenden Wand erblickte sie eine Vertäfelung aus dunklem Holz, die das Zimmer finster wirken ließ – ein Eindruck, den der Gobelin in düsteren Grüntönen und die Bettpfosten aus Ebenholz ebenso verstärkten wie die Tatsache, dass im steinernen Kamin kein Feuer brannte.

Abigail hatte am Abend behauptet, das Bett sei uralt, und schon Charles I. habe bei seinem Besuch in Schottland hier geschlafen. Der Gedanke daran, dass er kurz nach diesem geköpft worden war, ließ Magdalene frösteln, gleichwohl erhob sie sich und trat zum Fenster. Sie erhoffte sich einen Blick auf den grünen Park, starrte jedoch nur in eine graue Nebelsuppe und wich rasch wieder zurück. Und dann sah sie, dass das Schlafgemach zwei Türen hatte – die schmalere aus wurmstichigem Holz führte in das Ankleidezimmer, hinter der anderen befand sich eine spiralförmige Steintreppe, auf der man nach unten ins Esszimmer gelangte.

»Was machst du denn hier?«, hörte sie eine Stimme. »Du holst dir ja den Tod.« Magdalene stand mitten im Raum, als Abigail im Schlafzimmer erschien und sie wieder ins Bett scheuchte. Wenigstens band sie die Vorhänge mit dicken

Schnüren, an deren Ende sich kindskopfgroße Quasten befanden, an die Bettpfosten, sodass Magdalene nicht wieder im Dunkeln lag. »Du bist ja ganz blass, meine Kleine, es wird Zeit, dass du frühstückst.«

Obwohl ihr der Magen knurrte, war Magdalene nicht sicher, ob sie etwas herunterbringen würde.

»Denk dir nur«, fuhr Abigail fort, »sie wollten mir doch tatsächlich nur Haferbrot anbieten, ich musste mehrmals darauf bestehen, dass wir nur Weizenbrot essen. Und der Porridge wird hier mit Ale angerührt und kalt gegessen. Aber keine Angst. Ich habe dir welchen mit warmer Milch und einer ordentlichen Portion Butter gebracht.«

Sie stellte das Tablett auf das Nachtkästchen und zog die Decke wieder über Magdalene.

»Und in den Tee schütten sie Whisky!«, rief Abigail empört. »Das habe ich natürlich auch verhindert. Wenigstens gibt es Zucker, man bekommt ihn in Inverness zu kaufen.«

Sie reichte Magdalene die Tasse, und diese trank dankbar einen Schluck. Abigail hatte es tatsächlich geschafft, ihn hochzubringen, ohne dass er ausgekühlt war.

»Ich fürchte wirklich, dass wir künftig unter Wilden leben müssen«, fuhr Abigail schnaufend fort. »Einer der Stallknechte hat mich heute beim Frühstück doch tatsächlich gefragt, ob ich die Lochaber Axt sehen will.«

»Die … *was*?«

»Ja! Darauf sind sie auch noch stolz! Anscheinend hängt sie im Esszimmer über dem Kamin. Sie ist eine der zweiundvierzig Äxte, die man auf dem Feld von Bannockburn fand, wo Robert the Bruce einst die entscheidende Schlacht um Schottlands Freiheit ausgefochten hat, und wohl eine Rarität für alle Waffenkammern. In Schottland gibt es nur mehr zwei davon.«

»Dann verstehe ich, dass sie stolz darauf sind«, murmelte Magdalene.

»Das mag ja sein, aber warum muss man sie ausgerechnet im Esszimmer aufhängen? Mir verginge der Appetit davon.«

Magdalene verging der Appetit, wenn sie in den grauen Nebel starrte oder auf das verstörte Reh, doch sie wehrte sich nicht, als Abigail einen Löffel nahm und sie mit Porridge fütterte. Schon als kleines Mädchen hatte die treue Dienerin sie zum Essen gezwungen, wenn sie keinen Appetit gehabt hatte.

»Nun, meine Kleine, hast du wenigstens gut geschlafen?« Magdalene schluckte brav, sagte aber nichts. »Und hast du Lord MacBrannan gestern noch gesehen?«

Abigails Blick blieb starr auf die Porridge-Schüssel gerichtet, denn sie hätte nie offen zu fragen gewagt, ob er sie in der Nacht besucht hatte.

Magdalene schüttelte den Kopf. Nachdem Peigi ihr am Abend erklärt hatte, dass man über ihr Ankleidezimmer auch zu dem des Lords und in sein dahinterliegendes Schlafzimmer gelangen konnte, hatte sie gewartet, ob er noch klopfen würde, und sei es nur, um ihr eine gute Nacht zu wünschen. Doch er war wohl überzeugt gewesen, dass seine junge Ehefrau nach der Ankunft vor allem ihre Ruhe haben wollte – und hatte damit nicht falsch gelegen.

Bei der Vorstellung, ihm bald gegenüberzutreten, hätte Magdalene sich am liebsten im Bett verkrochen, doch nachdem der Porridge aufgegessen war, ließ sie sich von Abigail ins Ankleidezimmer ziehen. Wie immer in den letzten Wochen wählte diese ihre Kleidung aus – ein wollenes Morgenkleid in einem dunklen Rotton mit fuchsiafarbenem, raschelndem Futter, eine Musselinhaube, die mit zwei Bändern unter dem Kinn zusammengebunden wurde, und ein Paar gelbe Seidenschuhe.

Diese stammten aus Italien und waren eine Kostbarkeit, wie Abigail nicht müde wurde zu wiederholen.

»Ich fürchte nur, hier unter den Wilden wird das niemand anerkennen«, bemerkte sie missbilligend.

Als sie wenig später an dem Esszimmer vorbeikamen, vermied es Magdalene, einen Blick auf die Lochaber-Axt zu werfen, und dann hatten sie schon den nächsten Raum – das Morgenzimmer – erreicht, in dessen Kamin ein Feuer prasselte. Es warf zuckende Schatten auf den steinernen Löwen und das Einhorn, die diesen flankierten. Grimmig starrten die beiden Tiere sie an, wenn sie auch nicht ganz so streng und feindselig wirkten wie die vielen Männer auf den Porträts an der Wand. Offenbar waren es Vorfahren der MacBrannans oder schottische Könige. Wenigstens war der Raum nicht so dunkel wie ihr Schlafzimmer. Decke und Wände waren mit überreichen Stuckverzierungen ausgestattet, die sie an eine Puderzuckerdekoration denken ließ.

Während sie sich gedankenverloren umsah, ertönte plötzlich ein Räuspern, und als Magdalene zur Tür blickte, stand dort eine Frau, die ähnlich gekleidet war wie das Hausmädchen Peigi, wenngleich sie viel älter zu sein schien, wie das runzlige Gesicht und der graue Bartflaum über den Lippen verrieten. Den Rücken hielt sie jedoch gerade, und die dunkelbraunen Augen blickten wach. Ob auch freundlich, vermochte Magdalene nicht zu sagen.

»Das ist Giorsal«, sagte Abigail schnell, »die Haushälterin.« Ihr Tonfall ließ nicht eindeutig erkennen, ob sie auch diese für eine Wilde hielt.

»Ich möchte Euch vor dem Mittagessen gerne die Dienstboten vorstellen, Mylady«, erklärte Giorsal. »Im Haus arbeiten vier Küchenmädchen, vier Zimmermädchen, drei Lakaien und zwei Küchenjungen, im Garten und in den Wirtschaftsgebäuden noch weiteres Personal. Und wir haben sogar einen französischen Koch.« Abigail zog bewundernd die Brauen hoch, doch Magdalenes Laune hätte sich auch dann nicht gehoben, wenn es ein chinesischer gewesen wäre. »Wenn die Lady es wünscht, kann ich ihr die Haushaltsbücher zeigen«, fuhr die Frau fort.

»Vielleicht ... später«, sagte Magdalene ausweichend.

Sie wusste, dass viele Frauen die Übersicht über die häuslichen Kosten selbst erstellten und dafür sorgten, dass das Geld, das sie vierteljährlich von ihrem Ehemann zugewiesen bekamen, ausreichte, um einen Teil davon dem Koch zuzuweisen und mit dem Rest Räume einzurichten und für die Erhaltung des Gebäudes zu sorgen, aber sie hatte keinerlei Ehrgeiz, diese Pflichten auf sich zu nehmen.

»Habt Ihr noch einen Wunsch, Mylady?«

»Wo ... wo befindet sich eigentlich die Bibliothek?«

Als Giorsal zögerte, packte Magdalene kurz die Angst, es gäbe gar keine. Doch dann erklärte die Haushälterin: »Peigi kann Euch später dorthin bringen.«

Magdalene nickte dankbar, und als sie in den Hof blickte, schien der Nebel nicht mehr ganz so dick zu hängen. Von den toten Fasanen war nichts mehr zu sehen, stattdessen wurden eben die Pflastersteine geschrubbt – was ihr eine unnötige Arbeit erschien, wenn es tatsächlich so viel regnete, wie Abigail behauptete.

»Wartet!«, rief Magdalene, als Giorsal sich zum Gehen wandte. »Gestern habe ich gesehen, wie der Lord mit einem Mann gesprochen hat. Er war sehr groß ... und sehr ...«, sie stockte, weil sie nicht sicher war, wie sie ausdrücken sollte, was Abigail wohl schlichtweg als barbarisch bezeichnet hätte.

Doch Giorsal schien auch so zu ahnen, wen sie meinte. »Das war Seòras, einer unserer Pächter.«

»Er … er schien sehr wütend zu sein.«

Giorsal blieb stehen, und ihre wachen Augen glitten zweifelnd über Magdalene. »Ihr müsst keine Angst vor ihm haben. Er ist etwas durcheinander, denn seine Frau ist vor einiger Zeit gestorben. Vor Trauer wäre er beinahe wahnsinnig geworden.«

Sie nickte ihr zu, ehe sie das Morgenzimmer endgültig verließ, und Magdalene trat zu Abigail, die ihre Hände über das Kaminfeuer hielt. Wieder murmelte sie etwas über die Wilden hier, doch Magdalene hörte kaum zu.

Eigentlich hatte sie keine Angst vor diesem Seòras gehabt, vielmehr hatte es ihr imponiert, wie er mit David sprach. Vielleicht hatte er sich nicht zum ersten Mal dessen Befehlen widersetzt – ganz anders als sie, die nur laut hatte niesen können, aber nicht laut protestieren, als sie gegen ihren Willen mit einem schottischen Lord verheiratet worden war.

Erst beim Mittagessen sah Magdalene David wieder. Er hatte bereits an einem Ende der großen Tafel Platz genommen, Giorsal wies ihr den Stuhl auf der gegenüberliegenden Seite zu. Einerseits war Magdalene erleichtert über die große Distanz, andererseits fühlte sie sich an dem riesigen Tisch verloren. Sie wusste nicht, wohin sie schauen sollte, und David erging es anscheinend nicht besser. Als das Mahl aufgetragen wurde, studierte er das Holzmuster des Tisches, während sie es doch noch wagte, einen Blick auf die Axt zu werfen, von der Abigail erzählt hatte. Sie befand sich hinter Glas, und der Rahmen war dicker als ihr Stiel.

So versunken, wie sie sie betrachtete, bemerkte Magdalene zu spät, dass ihr einer der Hausdiener von den Speisen anbot. Erst sein Räuspern ließ sie zusammenzucken, und sie nahm sich schnell etwas von dem Fisch, der unter einer dicken Schicht Aspik verborgen lag. Sie führte ihre Gabel nur langsam zum Mund, David dagegen aß sehr gehetzt. Ob dies eine Eigenart von ihm war oder Ausdruck von Verlegenheit, wusste sie nicht.

Er wollte es ja genauso wenig wie ich … Er brauchte die Mitgift, nur deshalb hat er mich geheiratet.

Magdalene ließ unwillkürlich die Gabel sinken und starrte ihren Mann an, und obwohl sein Blick immer noch auf das Holzmuster gerichtet war, schien ihm das nicht zu entgehen.

»Giorsal hat gesagt, du wolltest dir die Haushaltsbücher nicht ansehen«, sagte er.

Er sprach leise, gleichwohl nachdrücklich, und sie war nicht sicher, ob seine Stimme enttäuscht, vorwurfsvoll oder vielmehr erleichtert klang.

»In Edinburgh hat stets die Haushälterin dafür die Verantwortung getragen«, sagte sie schnell.

Wieder nahm er hastig ein paar Bissen. Er schien wie sie kaum zu schmecken, was er aß.

»Und wie hast du dir in Edinburgh die Zeit vertrieben?«

Ich habe Romane gelesen … und davon geträumt, ein Buch zu schreiben.

Laut sagte sie jedoch nur: »Ich hatte Unterricht bei einem irischen Tanzlehrer, der noch den alten Menuettstil lehrte.« Was sie nicht zugab, war, wie sehr sie das Tanzen immer gehasst hatte. Master Colum war ein dürres Männchen mit Streichholzbeinen, und sie hatte jeden Augenblick damit gerechnet, dass sie durchbrechen würden. Doch selbst bei kompliziertesten Schrittfolgen geriet er nicht ins Stolpern – was man von ihr nicht sagen konnte. »Außerdem habe ich jeden Tag eine Stunde am Cembalo geübt«, fügte sie hinzu.

Da sich ihre Finger als fast noch steifer als ihre Beine erwiesen hatten, hatte sie das erst recht gehasst, doch David nickte nur geistesabwesend, aß seinen Teller leer und blickte wieder starr auf das Holzmuster.

Das kann doch nicht mein neues Leben sein …

»Gesangsunterricht habe ich auch bekommen, und ein Lehrer unterwies mich im Blumenmalen«, fuhr sie leise fort. »Ich fürchte allerdings, ich bin darin nicht sehr begabt. Man konnte die Bilder bestenfalls im Ankleideraum aufhängen, damit kaum jemand sie zu Gesicht bekam. Manchmal kam eine Französin, um mich in ihrer Sprache zu unterweisen, und ich habe auch das eine oder andere Theaterstück auswendig gelernt …«

David hob seinen Blick. Die Augen waren leicht zusammengekniffen, die schmalen Lippen verzogen sich zur Andeutung eines Lächelns. Schon früher war ihr aufgefallen, wie schmal sein Gesicht war und wie eng Augen, Nase und Mund beisammenstanden, doch nun musste sie bei seinem Anblick zum ersten Mal an einen Vogel denken – keinen Adler mit scharfen Krallen und spitzem Schnabel, sondern an ein Küken, das sich verlaufen hatte.

Welch unsinniger Gedanke …

»Spitze Zungen behaupten, das Leben einer Frau gleiche dem einer Schauspielerin«, sagte er. »Morgens würde sie für die abendliche Aufführung proben – sich folglich den ganzen Tag damit beschäftigen, wie sie bei den Empfängen und Gesellschaften aufzutreten hätte.«

Magdalene war nicht sicher, worauf er hinauswollte, und erst recht nicht, in welchem Theaterstück sie gelandet war.

»In Edinburgh ist ein Spiel namens Golf sehr verbreitet«, murmelte sie. »Dabei gilt es, mit Schlägern, die eine Hornspitze haben, ein mit Federn ausgestopftes Lederbällchen in ein Loch zu stoßen.«

Sie verschwieg, dass sie einmal Tante Louise am Kopf getroffen hatte – sie war nicht mehr sicher, ob mit dem Schläger oder dem Lederbällchen –, und diese ihr, als sie ihre riesige Beule kühlte, verboten hatte, jemals wieder Golf zu spielen.

»Ich kenne nur Kricket«, sage David leise und widmete sich der Suppe, die eben aufgetragen wurde. Einige wenige Löffel später fragte er unvermittelt: »Und was … was liest du gerne?«

Magdalene zögerte, ihre Liebe für Romane preiszugeben, als wäre jene eine kostbare Schatztruhe, die man nicht leichtfertig öffnen durfte. Allerdings verlor der Inhalt nicht an Wert, wenn man es tat, und er war immerhin nun ihr Ehemann.

»Fanny Burney«, antwortete sie, »auch Ann Radcliffe oder Charlotte Turner Smith.«

David runzelte die Stirn. »Romane?«, fragte er. »Ist das nicht eine reichlich oberflächliche Lektüre?«

Dieses Urteil hörte sie nicht zum ersten Mal, dennoch versetzte es ihr einen Stich, und sie begriff, warum sie gezögert hatte, die Wahrheit zu sagen. Sie hatte nicht die letzte Hoffnung zunichtemachen wollen, dass ihr David ein echter Gefährte sein könnte. Nicht dass die steifen Berührungen in der unseligen Hochzeitsnacht diese Hoffnung geschürt hatten. Aber sie hatte sich gleichwohl eingeredet, dass er sich in seiner Heimat vielleicht anders verhalten würde als in Edinburgh.

Schon lag es ihr auf den Lippen, die Romane zu verteidigen, desgleichen hinzuzufügen, dass sie nicht nur diese, sondern auch Zeitschriften wie den *Athenian Mercury* oder das *Country Magazin* las, außerdem Reiseberichte und Bücher über die Astronomie. Doch sie bemerkte nur spitz: »Mein Hauslehrer hat einmal gemeint, wenn man den Geist einer Frau mit dem eines Mannes vergliche, sei seiner ein Fass und ihrer eine winzige Mokkatasse. Letztere könne nun mal nicht so viel in sich aufnehmen.«

David ließ den Suppenlöffel sinken und lehnte sich zurück.

»Denkst du das auch?«, fragte er, und sein Gesicht schien noch schmaler und kleiner zu werden.

»Ich weiß nur, dass meine Freundinnen überhaupt nichts lesen, noch nicht einmal Romane. Sie klatschen lieber oder spielen Karten. Eine von ihnen dachte, man könne die schottischen Highlands nur auf dem Seeweg erreichen.«

Magdalene lachte, ein Laut, der in den eigenen Ohren künstlich klang und fast so peinvoll war wie Davids Schweigen, das folgte.

Er aß nicht weiter, wartete auch den Hauptgang nicht ab, sondern erhob sich abrupt. »Du entschuldigst mich, ich habe viel zu tun.« Er hatte schon die Türschwelle erreicht, als er noch einmal innehielt. »Und in der Tat kannst du Giorsal gerne die Haushaltsführung überlassen«, sagte er, »sie ist eine sehr tüchtige, vertrauensvolle Person. Nimm du dir alle Zeit, die du brauchst, um dich hier einzuleben.«

Sie konnte freier atmen, sobald er gegangen war, fühlte zugleich aber ein vages Unbehagen in sich hochsteigen. Dass er nicht minder enttäuscht von ihr schien wie sie von ihm – aus welchen Gründen auch immer –, erfüllte sie statt mit Genugtuung mit leisem Bedauern.

Am Abend kam David zu ihr ins Schlafzimmer und legte sich zu ihr. Er wich beharrlich ihrem Blick aus, sodass sie bald die Augen schloss. Sie nahm sich vor, im Stillen bis dreißig zu zählen, als er sich auf sie legte, und war erleichtert, dass schon bei fünfundzwanzig alles vorbei war. Ehe er wieder ging, beugte er sich über ihr Gesicht, und sie rechnete damit, dass er sie mit seinen schmalen Lippen auf die Stirn küssen würde. Doch er tat nichts dergleichen, sondern wünschte ihr nur mit heiserer Stimme einen gesegneten Schlaf.

Am nächsten Morgen ritt er früh fort, wurden doch jetzt im Herbst, wie Abigail zu berichten wusste, fast jeden Tag Füchse, Moorhühner oder Hirsche gejagt. Ausufernd und mit vernehmbarem Grusel in der Stimme erzählte sie, wie dem Hirsch mit einem Wildmesser die Knieflechten durchschnitten wurden, damit er bewegungsunfähig war.

Magdalene ließ sich zurück auf ihr Kissen sinken und fühlte sich kurz selbst wie ein Hirsch, der nicht mehr laufen konnte.

Später stand sie doch auf, läutete nach Peigi und fragte sie nach der Bibliothek, und zu ihrer Freude lud die junge Frau, die sie trotz des Verbots neugierig musterte, sie ein, mitzukommen. Wenig später betraten die den Blauen Salon im obersten Stockwerk, der seinen Namen von den blauen Seidentapeten und dem gleichfarbigen Teegeschirr, aus dem hier getrunken wurde, erhalten hatte, und Peigi öffnete ein fingiertes Bücherregal, hinter dem eine Tür verborgen war, die zu einer Treppe führte.

»Die Bibliothek befindet sich dort oben, Mylady. Man kann sie aber auch von der anderen Seite erreichen, vom Arbeitszimmer des Lords aus, das ebenfalls unter dem Dach liegt.«

Magdalene lächelte dankbar und stieg die Treppe hoch. Die Bibliothek war ebenso wenig beheizt wie der Salon, doch obwohl sie fröstelte, atmete sie gleichwohl beglückt den ihr so vertrauten Staub ein, der in der Luft lag. Anstatt wie seinerseits zu niesen, seufzte sie wohlig, als wäre ihr der Geruch eines köstlichen Parfüms in die Nase gestiegen.

Die Decken waren mit Stuck verziert, die Wände mit Holz verkleidet – bis auf eine, die von Terrakottabüsten von großen

Dichtern gesäumt wurde. Darüber hing die eingerahmte Deklaration, mit der 1643 den schottischen Presbyterianern die Souveränität ihrer Religion garantiert worden war, und auf der gegenüberliegenden Wand entdeckte Magdalene Vitrinen mit Fossiliensammlungen und Muscheln sowie Kieselsteinen in ungewöhnlicher Form und Farbe. Sie widmete sich ihnen nicht lange, sondern trat zu den raumhohen Bücherregalen aus dunklem, lackiertem Tannenholz, die mit schwarzen Zierleisten abgesetzt waren.

Bücher ... so viele Bücher ... es musste doch irgendeines zu finden sein, das sie ihr Leben vergessen ließ! Auch wenn sich ihre Beine gelähmt fühlten wie die eines verletzten Hirsches – sie hatte ja noch immer ihre Flügel, um ins Reich der Fantasie zu fliegen, wo alle Nöte und Ängste nicht die eigenen waren, während Freundschaft und Liebe, die die Heldinnen fanden, das Herz wärmten.

Magdalena zog Buch um Buch aus dem Regal und wurde immer mutloser. Da gab es eine Sammlung von über tausend Vogelarten, Werke über Schmetterlinge, Fische, Insekten und Blumen, eine große Bibel, ein Buch über Botanik, schließlich Biografien – zum Beispiel über Gustavus Adolphus, dem Earl of Ormond –, George Edwards' *Gleanings Naturgeschichte* und Reiseberichte über Fahrten nach Wales sowie in die Toskana. Romane aber gab es nicht.

Nicht dass sie solche Reiseberichte nicht auch lesen würde, allerdings strotzten sie meistens vor langweiligen Schilderungen, was wo gegessen wurde und wie die Herbergen eingerichtet waren.

Magdalene schob das letzte Buch wieder zurück und schimpfte auf sich, weil sie – aus Trotz und um dem Vater zu zeigen, wie sehr er sie enttäuscht hatte – kein einziges Buch aus ihrer eigenen Bibliothek mitgenommen hatte. Anstatt sich

Hader und Verzagtheit aber vollends hinzugeben, stieg sie lieber auf eine kleine Leiter, um auch zum obersten Regal zu gelangen.

Die Bücher dort sahen anders aus, hatten nämlich fast allesamt farbenprächtige Einbände – ein Buch war in Marokkoleder gebunden und hatte vergoldete Blätter, ein anderes war in rötlichen Samt eingeschlagen. Neugierig schlug sie einen der Folianten auf, doch es war kein Roman, nur *Die kleine Geschichte von Rom*. Auf einem der Bilder war eine Frau zu sehen, die mit ihrem Gefährt über den Körper eines Mannes fuhr, und obwohl Magdalene nicht wusste, wer das war und warum die Frau den Mann tötete, vermeinte sie doch, nie etwas Trostloseres gesehen zu haben.

In dieser Bibliothek gab es keine Romane, warum auch. Jedes Buch erinnerte daran, dass David ein nüchterner Mann war, zwar gebildet, aber unfähig zu verstehen, warum sie sich Flügel wünschte …

Mit einem Seufzen stellte sie das Buch wieder zurück ins Regal, stieß dabei jedoch auf Widerstand. Sie stellte sich auf die Zehenspitzen, sodass die Leiter bedrohlich wackelte, ließ sich davon hingegen nicht abhalten, sich vorzubeugen, und erkannte, dass sich hinter dem Buch etwas verbarg – eine Pergamentrolle.

Vorsichtig zog Magdalene sie hervor und betrachtete sie nachdenklich. Gut möglich, dass es sich dabei auch um eine Deklaration handelte. Warum allerdings war sie hier versteckt worden?

Sie stieg von der Leiter, trat an den kleinen Schreibtisch, dessen Platte mit grünem Leder überzogen war, und legte die Rolle ab. Erst jetzt sah sie, dass sie ebenso von Flecken übersät war wie das rote Seidenband, mit dem sie zusammengebunden worden war, und dass die Ränder etliche Risse aufwiesen. Sie nestelte an dem Band, konnte den Knoten mühelos öffnen, und schon fiel ihr Blick auf einen Text, zwar etwas verblichen, aber dennoch lesbar. Nicht dass sie auch einen Sinn ergaben. Sie wiederholte die Sätze mehrmals laut, erkannte allerdings nicht, in welchem Zusammenhang sie standen.

Von Raben war die Rede ... einem Banner ... einem Kind ...

Und dann fiel ein Name. Mac Beathad mac Finnléach.

Magdalene zog langsam den Stuhl vom Schreibtisch zurück, setzte sich und fuhr mit ihrer Fingerkuppe die Schriftzeichen des Namens nach.

Mac Beathad mac Finnléach, der letzte König von Alba.

Im Mittelalter, das wusste sie, war Schottland Alba genannt worden, den Namen des Königs hatte sie jedoch noch nie gehört. Oder etwa doch?

»Mac Beathad«, sagte sie, »Mac Beathad ... Mac Beathad.« Solange sie ihn nur las, brachte er nichts in ihr zum Klingen, doch nachdem sie ihn mehrmals laut ausgesprochen hatte, ging ihr plötzlich ein Licht auf. »Macbeth!«, rief sie. »Es muss Macbeth gemeint sein!«

Die Erkenntnis erfüllte sie kurz mit Triumph und außerdem mit angenehmen Erinnerungen an Theateraufführungen in Edinburgh oder London, der Heimat ihrer Mutter, wo sie mit ihrem Vater manchmal Verwandte besucht hatte. Doch als sie weiterlas, war sie überzeugt, sich geirrt zu haben. Einmal mehr war hier von Alba die Rede – einem Königreich, in dem zu leben sich jeder erträumte. Der Weizen wuchs golden, die Rinder waren fett, auf den Wiesen blühten duftende Blumen, und die Schwerter wurden rot, weil sie rosteten, nicht weil sie blutbefleckt waren. Und solch ein reiches, friedliches Land war Alba, als Mac Beathad sein König gewesen war.

Nein, unmöglich, dass damit Macbeth gemeint war. Wann

immer Magdalene Shakespeares Drama gesehen hatte, hatte sie sich vor diesem Unhold, diesem Usurpator, diesem Königsmörder gegruselt und erst recht vor seiner durchtriebenen, skrupellosen, bösen Frau.

Sie fröstelte, die Hände, mit denen sie über das Pergament fuhr, waren längst steif vor Kälte. Am Ende aber war die Neugier größer als das Unbehagen. Ob er nun Macbeth war oder nicht – sie wollte mehr über diesen König erfahren, der einst in Schottland geherrscht hatte. Und so begann sie, den Text, der auf dem Pergament geschrieben stand, von Anfang an und Wort für Wort zu entziffern.

II.

1078

Bruder Andor hustete oft. Er konnte kaum einen Schluck trinken, ohne sich zu verschlucken – gut nur, dass er lediglich Wasser zu sich nahm, niemals Wein. Er konnte auch kaum einen Bissen essen, ohne zu würgen, wobei er sehr asketisch lebte. Fleisch lehnte er ab, stattdessen begnügte er sich mit Buchenlaubsuppe und trockenem Brot. Wenn er ins Freie trat und die kalte Luft ihn traf, waren die Hustenanfälle besonders schlimm, wenngleich das nur selten vorkam. Entweder betete er in der Kapelle oder er unterrichtete im Schulzimmer die jungen Frauen, die am Hof von Königin Margaret in Edinburgh lebten.

Aelswith war eine von ihnen, und an diesem Morgen rutschte sie unruhig auf der harten Holzbank hin und her. Während sie sich ein Gähnen kaum verkneifen konnte, belehrte Bruder Andor sie über die Geschichte Albas und gestikulierte dabei zunehmend heftig. So wie er nach Luft schnappte, stand wohl bald ein neuer Hustenanfall bevor.

»Gottlob wurdet ihr Kinder geboren, als diese dunkle Zeit schon vorbei war. Ich selbst erblickte das Licht der Welt, als ein Schatten über Alba lag. Noch schlimmere Jahre waren jene als die Zeit, da die Druiden ihre teuflische Lehre verbreiteten.

Diese hatten sich schließlich vom heiligen Columban bekehren lassen. Aber der König, der Alba damals regierte, war noch gottloser als sie, obwohl er getauft war. Man nannte ihn den roten König, und ich sage euch auch, warum: weil sich alle Teiche und Flüsse ob seiner vielen Morde rot färbten und weil das Blut seiner Opfer, vor allem das von Duncan, dem rechtmäßigen König, den er vom Thron gestürzt und getötet hat, zum Himmel schrie. Wenn es regnete, fiel übrigens auch von dort Blut herab – als Zeichen dafür, dass alle Engel ob der Blutschande, die dieser König betrieb, weinten.«

Anfangs musste Bruder Andor nur zwischen den Sätzen, dann nach jedem Wort husten, und Aelswith, die diese Rede nicht zum ersten Mal hörte, hoffte, sie etwas abzukürzen, indem sie einwarf: »Mit Blutschande meint Ihr, dass dieser böse König die Witwe seines Vetters geheiratet hat, nicht wahr?«

Trotz des Hustens konnte Bruder Andor zumindest nicken, aber damit war es noch lange nicht genug. »Auf dem Boden krochen giftige Nattern«, fuhr er japsend fort, »sie kamen überall dort aus der Erde, wo er jemals einen Schritt hingesetzt hatte. Und der Himmel war stets dunkel wegen …« Nun kam nur mehr ein seltsam gurgelndes Geräusch aus seinem Mund.

»Wegen der Krähen oder wegen der Raben?«, fragte Aelswith. »Oder wegen des Laubes, das von den Bäumen fiel, weil deren Äste verdorrt waren?«

Bruder Andor musterte das junge Mädchen nachdenklich, als er seiner Stimme kurz wieder Herr wurde, und lobte dann: »Du hast gut aufgepasst.«

»Alba war damals wahrhaft ein verfluchtes Land«, fuhr Aelswith fort, »doch gleich einem Stern in dunkelster Nacht hat Gott das Licht unseres jetzigen Königs aufgehen lassen. König Malcolm hat dieses Ungeheuer Macbeth vom Throne in jene Tiefen der Hölle gestoßen, wohin er gehört.«

Husten, husten, husten … Jetzt würde er den Unterricht endlich beenden, oder?

Doch leider fuhr Bruder Andor mit erstickter Stimme fort: »Die Hölle ist ein scheußlicher Ort. Grässliches Getier wütet dort – dämonische Zwitter, Schlangengeier, Basilisken und der Mantikor, der den Leib eines Löwen, aber den Kopf eines Menschen hat. Würmer verbeißen sich in die Hundsköpfe, und diese Hundsköpfe in …«

Husten, husten, husten …

Aelswith unterdrückte ein Seufzen. Das Getier der Hölle war leider noch zahlreicher als jene Bestien, die Alba während der Schreckensherrschaft von Macbeth heimgesucht hatten, was bedeutete, dass es lange dauern würde, bis es aufgezählt war. Wahrscheinlich saß sie bis zum Abend hier fest, und sobald der Unterricht beendet war, würde die Königin sie in die Kapelle scheuchen, um die Vesper zu beten. Danach folgte mit viel Glück das Abendessen, mit wenig Glück kamen weitere Belehrungen, und mit gar keinem Glück eine strenge Prüfung. Es wurde abgefragt, was sie sich alles gemerkt hatten, und wenn es zu wenig war, gab es nichts zu essen.

»Die Sümpfe in der Hölle, in denen Macbeth seine gerechte Strafe erhält, bestehen aus glosenden Kohlen, und Vulkane speien Feuer, das sich in der Luft zu Eis verwandelt und auf die Sünder im Tal der Folterungen herunterprasselt wie Tausende Schwerter.«

Husten, husten, husten.

Aelswith blickte sich unauffällig um. Die anderen jungen Damen ließen den Unterricht gleichgültig über sich ergehen. Vielleicht schliefen auch manche, weswegen sie nicht auf ihre Hilfe hoffen konnte, den Unterricht abzukürzen. Nicht dass ihr viele Mittel zur Verfügung standen, um das zu erreichen. Jedes der Mädchen saß hinter einem Schreibpult, auf dem sich ein Wachstäfelchen befand, um das Schreiben zu üben. Im Schreibpult gab es ein kleines Loch, in dem sich ein mit Tinte gefülltes Kuhhorn befand. Die Tinte, die aus Eich- und Galläpfeln hergestellt wurde, war pechschwarz, und Aelswith überlegte kurz, ob sie das Kuhhorn vielleicht umstoßen könnte, ahnte aber, dass es Bruder Andor wohl nicht weiter bekümmern würde, wenn seine ohnehin schon fleckige graue Kutte noch schmutziger wurde. Etwas mehr konnte sie vielleicht mit den Gänsefedern anfangen, die gleich neben der Tinte lagen.

Aelswith nahm eine vorsichtig in die Hand, und während Bruder Andor eindringlich beschrieb, warum es in der Hölle so bestialisch stank – nicht nur wegen der Schwefelseen, auch wegen der Ausdünstungen der leidenden Sünder –, zog sie sie unauffällig auf ihren Schoß. Zumindest hatte sie gehofft, dass es unauffällig war, doch leider beugte sich Bruder Andor vor.

»Was tust du denn da?«, fragte er streng.

Aelswith legte beide Hände auf das Schreibpult. »Wir müssen Gott sei Dank nicht in der Hölle schmoren«, sagte sie schnell. »Schließlich hat unser König Malcolm nicht nur den finsteren Macbeth vertrieben, sondern auch eine Frau geheiratet, die schöner und frommer als jeder Engel ist. Unsere Königin Margaret.«

Ihre Worte verfehlten ihre Wirkung nicht. Ob der Ehrfurcht, die ihn überkam, hörte Bruder Andor sogar kurz zu husten auf. »Gewiss!«, rief er. »Sie packt das Heidentum, das hier in noch so vielen Herzen vergraben ist, gleichsam an der Wurzel und reißt es aus.«

Welch ein Bild! Die feinen, immer etwas roten Hände Margarets hatten gewiss noch nie Unkraut berührt!

»Kein Opfer ist ihr zu groß«, fuhr Bruder Andor gleichwohl fort. »Eigentlich hat sie sich dazu berufen gewähnt,

Ordensschwester zu werden, sich dann aber entschieden, für die Erlösung Albas zu arbeiten.«

Nicht zum ersten Mal dachte Aelswith, dass Margaret ihretwegen gerne Nonne hätte werden können. Dann hätten sie eine andere Königin, die die jungen Damen an ihrem Hof vielleicht nicht zwingen würde, ständig die Schriften großer Heiliger und Kirchenväter zu lesen. Trotzdem nickte sie zustimmend, versteckte ihre Hände zugleich wieder unter dem Schreibpult und begann, an der Feder zu zupfen.

»Margaret ist, obwohl eigentlich Angelsächsin, in Ungarn aufgewachsen«, sagte sie schnell, damit Bruder Andor ihr heimliches Treiben nicht bemerkte. »Ihr stammt auch von dort, nicht wahr?«

Er nickte stolz. »Ich zähle zu den Benediktinermönchen, die Margaret eingeladen hat, nach Alba zu kommen, um hier den wahren Glauben zu verkünden.«

Ehe er dem Schreibpult zu nahe trat, fuhr Aelswith schon zu sprechen fort. »Ich habe auch gehört, dass es in Ungarn einmal einen König gab, der Stephan hieß. Er ließ seinen eigenen Sohn blenden und ihm die Ohren mit geschmolzenem Blei füllen, als der ihm den Gehorsam verweigerte. Habt Ihr ihn auch gekannt?«

Bruder Andor zuckte zusammen. »Woher weißt du davon?«

»Ich bin mir nicht sicher, ich frage mich nur: Wenn in Alba schon Blut vom Himmel fiel, nur weil Macbeth die Frau seines Vetters geheiratet hat – was regnete es dann wohl in Ungarn nach solcher Freveltat. Etwa Blei?«

Noch während sie die Worte sagte, ahnte sie, dass Bruder Andor der feine Spott nicht entging und dass dieser eine schlimme Strafe mit sich ziehen würde. Aber es war einfach gar zu lustig mitanzusehen, wie er vor Empörung rot anlief und tief Atem holte, um sie zurechtzuweisen. Das wiederum war der richtige Zeitpunkt, um die Feder zu heben und darauf zu pusten. Prompt stieg Bruder Andor der Flaum, den sie abgezupft hatte, in die Nase, und zu dem wohlbekannten Husten kam ein Niesen. Es schien gar nicht mehr abzureißen, und nicht nur Aelswith musste kichern – auch die anderen Mädchen erwachten aus dem Tiefschlaf und amüsierten sich.

Leider war das Schauspiel viel zu schnell zu Ende. Bruder Andor hielt sich die Nase zu, atmete mehrmals durch den Mund und konnte so den Niesreiz unterdrücken.

»Dafür wirst du büßen!«, tobte er. Natürlich musste er wieder husten, aber das hielt ihn nicht davon ab, mit der Faust auf ihr Schreibpult zu dreschen. »Dafür ...«, husten ..., »wirst ...«, husten ..., »du ...«, husten ..., »büßen!«

Bruder Andor wollte Aelswith persönlich bei der Königin anschwärzen, was bedeutete, dass er lange darauf warten musste, denn Margaret hatte die königliche Residenz in Edinburgh am Morgen verlassen, um in Begleitung zweier anderer Benediktiner und eines Mädchens, das eine ganze Woche lang täglich hundertfünfzig Psalmen gebetet hatte, zur Quelle der heiligen Katharina zu reiten. Margaret hatte diese Quelle selbst entspringen lassen, als sie einen Tropfen Blut der heiligen Katharina, das sie in einer kleinen Phiole aus Ungarn mitgebracht hatte und von dem es hieß, dass es süß wie Milch duftete, in den Boden hatte sickern lassen.

Aelswith hatte einmal gescherzt, ob aus der Quelle auch Milch fließe, doch Margaret war taub für ihren Spott gewesen und hatte ernsthaft erklärt: »Das Wasser der Quelle ist so klar, dass man bis zum Grund des Baches sehen kann, der von ihr gespeist wird. Es hat die Kraft, Leprosen zu heilen.«

Einmal im Monat ritt die Königin selbst zur Quelle, um sich die Hände zu waschen, obwohl diese niemals schmutzig wurden. Aelswith vermutete insgeheim, dass in ihren Adern weder Blut noch Milch flossen, sondern einfach gar nichts. Schließlich aß die Königin noch weniger als Bruder Andor – bis sie einen Bissen aus einer vollen Schüssel genommen hatte, verging genug Zeit, um eine halbe Messe zu feiern.

Als Margaret zurückkehrte, bedurfte sie somit keiner Stärkung, sie ließ sogleich Bruder Andor und Aelswith zu sich kommen. Der Benediktiner hatte zu husten aufgehört und war nicht mehr rot im Gesicht, doch die Empörung über Aelswith' Streich war ungebrochen. Sie zu zeigen wagte er dennoch nicht, er zog demutsvoll den Kopf ein, als er Margaret erblickte.

»Was ist passiert?«, fragte diese wie immer so leise, dass sie kaum zu hören war.

Bruder Andor konnte vor lauter Ehrfurcht weiterhin nichts sagen. Er senkte den Kopf noch tiefer, und allein das war für Aelswith ein Ansporn, die Königin stattdessen selbst unverwandt anzustarren. Margarets Gesicht war nach dem anstrengenden Ritt noch blasser als sonst, aber falls das Ufer der Quelle schlammig gewesen war, sah man es ihrer Kleidung nicht an. Wie so oft trug Margaret über einem Leinenhemd, dessen Ärmel reich bestickt waren, eine Tunika aus feiner gefärbter Wolle, einen juwelenbesetzten Gürtel und einen mit Fell eingefassten Mantel, der an einer Schulter mit einer goldenen Fibel zusammengehalten wurde. Anders als Aelswith, deren braune Strähnen zu Zöpfen geflochten waren, zeigte Margaret ihr Haar nicht. Sie trug ein weißes Tuch um den Kopf gebunden, das an der Stirn mit einem Goldreif festgemacht wurde. Wer sie nicht kannte, mochte sie ob des teuren Schmucks für eitel halten, doch Margaret erklärte oft, dass die edle Kleidung, die sie trug, nicht die eigene Schönheit unterstreichen, sondern auf die Herrlichkeit Gottes verweisen sollte. Die Stickereien an den Ärmeln hatten ihre Hofdamen angefertigt, denn wenn sie nicht gerade beten mussten, lehrte Margaret sie zu nähen.

Aelswith war nicht sicher, was ihr jetzt als Strafe lieber war. Beim Beten schmerzten rasch die Knie, beim Sticken stach sie sich die Finger blutig.

Falls es Bruder Andor noch länger die Sprache verschlug, würde sie einer Strafe vielleicht ohnehin entgehen, doch leider räusperte er sich eben, und aus seinem Mund kamen erstaunlich feste Worte. Ausufernd beschrieb er ihre Untat, ehe sich wieder Stille über sie senkte.

Das feine, blasse Gesicht der Königin blieb ausdruckslos, und als Margaret zu Aelswith trat und ihren Kopf zwischen die Hände nahm, schien sie sie gar nicht richtig anzusehen.

»Ist es wahr, was Bruder Andor sagt?«

Aelswith mochte an Margaret, dass sie eine gerechte Frau war, die ihren Worten genauso viel Gewicht zukommen ließ wie denen des Mönches. Allerdings blieb ihr nichts anderes übrig, als kleinlaut zu nicken.

Margarets Blick schien wieder woanders zu verweilen, ehe sie sagte: »Du hast eine Sünde begangen, und ich denke, das weißt du. Du weißt auch, dass man Sünden nicht nur bereuen, sondern für sie büßen muss.«

»Ich denke, wenn ich die hundertfünfzig Psalmen …«

Margaret löste abrupt die Hände von ihrem Gesicht und brachte sie mit einer energischen Geste zum Schweigen. »In diesem Fall wird das nicht genügen. Wer sein Kind liebt, der züchtigt es. Und ihr Mädchen, die ihr in meiner Obhut hier lebt, steht mir nahe wie meine Kinder. Du wirst zwölf Schläge mit der Gerte erhalten.«

Bruder Andor wurde wieder ganz rot, dieses Mal vor Genugtuung. »Ich denke, es ist meine Pflicht, das Mädchen persönlich zu bestrafen«, erklärte er mit glitzernden Augen.

Hoffentlich erstickst du beim Husten.

Doch Margaret trat zu ihm. »Da es eine traurige Pflicht ist, befreie ich dich davon. Eine meiner Damen wird die Aufgabe übernehmen.«

»Aber …«

»Vielleicht kannst du die hundertfünfzig Psalmen beten – für die Seele unserer Aelswith.«

Der Mönch rümpfte beleidigt die Nase, und Aelswith konnte sich ein schadenfrohes Lächeln kaum verkneifen. Allerdings verging ihr das bald, als sie sah, welche ihrer Untergebenen Margaret ausgewählt hatte, um die Bestrafung vorzunehmen – ausgerechnet Cyneburg, eine Angelsächsin, die zwar sehr klein war, doch riesige und vor allem sehr kräftige Hände hatte. Und sie würde gewiss nicht zögern, gnadenlos fest zuzuschlagen. Schon ihr Griff war eisern, als sie Aelswith am Arm mit sich ins Freie zog, obwohl diese sich ihrem Schicksal längst ergeben hatte, sich nicht wehrte und im Hof lediglich die Gelegenheit nutzte, ihr Gesicht in die Sonne zu halten.

Einst war Edinburgh oder vielmehr Din Eidyn, wie man es damals nannte, nur eine Befestigung gewesen, von der aus wenige Männer das Umland überschauten und manchmal aufbrachen, um im Wald von Drumselch Tiere zu jagen. Doch dann hatten König Malcolm und Margaret die Burg zu einer ihrer königlichen Residenzen auserkoren, und hinter der Mauer der ersten Feste, die direkt aus der steilen Felswand herauszuwachsen schien, waren aus dicken Holzstämmen mehrere Gebäude errichtet wurden – die königliche Halle und die Schlafgemächer, außerdem Vorratskammern, Scheunen und Ställe, wo etliche Dienstboten ihre Arbeit verrichteten.

Da der König gerade nicht zugegen war, wurden die Latrinen geleert, einige Frauen rösteten Flachs, um ihn später zu schwingen, bis sich die Hülle von der Faser löste. Ein Mann setzte aus vergorener Gerste Bier an, ein anderer schichtete Torfstücke zu einer kleinen Mauer aufeinander, damit sie in der lauen Frühlingsluft besser trockneten, und ein weiterer deckte das Dach des Stalls mit frischem Stroh.

Cyneburg hatte Aelswith eigentlich dorthin führen wollen, doch da sie nicht ungestört wären, nahm sie den Weg in Richtung jener Kammer, in der die Waffen aufbewahrt wurden. Nicht weit davon entfernt schlug ein Knabe mit einem Holzschwert auf einen Strohsack ein, ließ es aber fallen, als er Aelswith sah, und lief zu ihr

»Aelswith! Ist es wahr, dass Bruder Andor deinetwegen fast erstickt wäre?« Er klang keineswegs vorwurfsvoll, eher erheitert.

Aelswith nickte stolz, woraufhin Cyneburgs Griff noch schmerzhafter wurde. »Das ist nichts, worüber noch ein Wort fallen sollte«, erklärte die Hofdame streng.

Der Knabe war Prinz Edmund, König Malcolms und Königin Margarets zweitgeborener Sohn. Er hatte noch einen älteren Bruder, Edward, und zwei jüngere Geschwister, Aethelred und Edgar. Letztere waren noch zu klein, um die Ausbildung zum Ritter zu beginnen, Edmund hingegen wurde schon seit über einem Jahr von einem gewissen Hlothere unterrichtet. Er beklagte sich oft bei Aelswith über den strengen Angelsachsen, während sie ihrerseits über Bruder Andor lästerte.

»Ich habe gehört, dass du mit der Gerte bestraft werden sollst«, sagte er mitleidig.

Wieder nickte Aelswith, woraufhin Cyneburg sie rasch weiterzog.

»Aber wo ist die Gerte überhaupt?«, rief Edmund ihnen nach.

Der Griff lockerte sich, als Cyneburg aufzugehen schien, dass sich die Gerte nicht in der Waffenkammer, sondern im Stall befand.

»Du wartest hier«, sagte sie zu Aelswith.

Nicht dass sie mehr als einen kurzen Aufschub gewonnen hatte, dennoch lächelte Aelswith Edmund dankbar an. »Wo steckt denn Hlothere?«, fragte sie. »Quält er dich wieder einmal?«

Edmund seufzte. »Ich muss so lange auf den Strohsack einschlagen, bis er platzt.«

»Nimm doch einen Dolch und schlitze ihn auf.«

»Das würde ja doch irgendjemand sehen und mich dann verraten.«

Aelswith grinste schief.

»Ich würde dir die Schläge gerne ersparen«, fuhr er fort, »aber ich fürchte, das kann ich nicht.«

»Ich werd's schon ertragen«, sagte sie leichtfertiger, als ihr zumute war.

»Ich habe etwas für dich, das dich hinterher die Schmerzen leichter vergessen lässt.«

Edmund nahm ein Ledersäckchen von seinem Gürtel und öffnete es. Schwarze Beeren befanden sich darin, zwar nicht mehr prall und saftig, sondern schon getrocknet und darum runzlig, aber sicherlich süß.

Es war nicht zum ersten Mal, dass Edmund ihr heimlich etwas zu essen gab, weil er zwar ebenso oft wie sie in der Kapelle beten, doch als angehender Ritter deutlich weniger fasten musste, und Aelswith nahm die Beeren dankbar entgegen.

»Vielleicht solltest du sie jetzt schon essen«, meinte er, »nicht dass sie zerplatzen.«

Aelswith blickte nachdenklich auf die Innenfläche ihrer

Hand, wo eine der Beeren einen kleinen dunkelblauen Fleck hinterlassen hatte.

»Ich glaube, ich werde sie gar nicht essen«, sagte sie plötzlich.

»Was willst du denn dann damit tun?«

»Warte es nur ab«, erwiderte sie und grinste.

Im trüben Licht der Waffenkammer wirkten die langen Speere, die an der Wand standen, noch unheimlicher. Cyneburg sah sie eine Weile erschaudernd an, ehe sie sich wieder an Aelswith wandte, um die leidliche Pflicht hinter sich zu bringen.

»Nun los, zieh dich aus.«

Aelswith zögerte. Sie war nicht sicher, wie viele Rutenschläge sie bekommen würde, wenn Cyneburg ihre Hinterlist durchschaute. Allerdings war es ohnehin zu spät, die Sache rückgängig zu machen, also nestelte sie an ihrem Gürtel und legte ihn ab. Cyneburg starrte sittsam zu Boden, während Aelswith ihre Tunika nach unten schob, bis diese nur mehr Beine und Hüfte, aber nicht mehr den Oberkörper bedeckte, und danach aus dem Leinenhemd schlüpfte. Es machte ihr fast ein wenig Spaß, sich so hinzustellen, dass Cyneburg die nackten Brüste sehen musste.

»Nun dreh dich schon um!«, fauchte diese.

Wieder zögerte Aelswith, ehe sie gehorchte. Sie hörte Cyneburg schnaufen und unterdrückte ein Seufzen. Wenn das die einzige Reaktion war, war ihr Plan gründlich missglückt. Doch Cyneburg blickte noch prüfend auf die Gerte, und als sie endlich den Kopf hob und ihr Blick auf Aelswith' nackten Rücken fiel, entfuhr ihr ein Schrei des Entsetzens. Prompt ließ sie die Gerte fallen und schlug beide Hände vor den Mund.

»Was … was ist denn los?«, frage Aelswith unschuldig.

Cyneburgs Augen waren weit aufgerissen. »Dein … dein Rücken …«

Aelswith warf einen Blick über ihre Schultern. Sie konnte sie zwar nicht so gut wie die andere erkennen, doch die dunklen Beeren hatten wie erhofft große blaue Flecke hinterlassen, die fast ein wenig so aussahen, als hätte ihre Haut zu schimmeln begonnen.

»Warum schreist du denn so?«, fragte sie dennoch verwirrt.

Cyneburg hatte in der Tat einen weiteren Schrei ausgestoßen und außerdem rasch ein Kreuzzeichen gemacht, woraufhin wenig später polternd die Tür aufgerissen wurde und ein Mann in die Kammer stürmte.

»Was habt ihr Weiber hier verloren? Und warum macht ihr solchen Lärm?«

Dann fiel auch sein Blick auf Aelswith' Rücken, und er erstarrte – wohl nicht nur wegen der großen blauen Flecken, sondern wegen ihrer nackten weißen Haut.

Der Mann war Hlothere, einer jener angelsächsischen Ritter, die nach der Eroberung Englands durch William von der Normandie Margaret und ihre Familie ins schottische Exil begleitet hatten, und er war hier für die Ausbildung ihrer Söhne verantwortlich. Sein knöchernes Gesicht mit den ungewöhnlich dichten Brauen und den in dunklen Höhlen versunkenen Augen wurde von einer sachten Röte überzogen. Vergeblich rang er nach Worten, während Cyneburg in einem fort schrie.

»Pest … Pest … das ist die Pest! Sie hat schon einmal in Alba gewütet … die Iren haben sie gebracht … Alle Menschen sind gelb geworden und lebendigen Leibes verfault.«

Hlothere hatte seinen Blick rasch gesenkt, kam nun aber nicht umhin, noch einmal Aelswith' Rücken zu beschauen. »Die Flecken sind blau, nicht gelb«, stellte er fest.

»Nun, anfangs waren sie sicher gelb, haben sich dann jedoch verfärbt. Das Blaue wird noch dunkler werden, und wenn es schwarz ist, platzen die Wunden auf, und das Blut, das austritt, ist auch schwarz und ...«

»Hör auf mit dem Unsinn!«

»Und wenn es kein Unsinn ist?«

Hlothere zuckte unschlüssig die Schultern. Seine Bewegungen fielen auch sonst steif aus, was wohl an dem Kettenhemd lag, das er anders als die schottischen Krieger, die sich mit Woll- und Lederjacken begnügten, stets trug, doch als er jetzt von einem Bein aufs andere trat, schienen auch die nicht aus Fleisch und Blut zu sein, sondern aus Eisen.

»Soweit ich weiß, weilt am Hofe gerade ein Wanderarzt«, murmelte er. »Er hat die Mönche zur Ader gelassen, um ihren Körper zu reinigen. Er ... er soll sich das anschauen ...«

Er machte Anstalten zu gehen, doch Cyneburg hastete vor ihm zur Tür der Waffenkammer. »Ich hole ihn!«, rief sie und stürmte hinaus, ehe Hlothere sie aufhalten konnte.

Aelswith hatte sich indessen schützend die Hände über die Brust geschlagen, war sich nun aber nicht sicher, ob sie so verharren oder lieber versuchen sollte, die Tunika hochzuziehen. Hlothere warf ihr wieder einen durchdringenden Blick aus seinen grauen Augen zu, wandte sich danach jedoch hastig ab.

»Du rührst dich nicht vom Fleck«, befahl er, ehe er die Kammer verließ.

Sobald er gegangen war, zog Aelswith rasch die Tunika hoch. Ihr Plan war geglückt, doch der Triumph blieb aus. Als ihr Blick wieder auf die Speere fiel, kam sie nicht umhin zu frösteln.

Die Zeit verrann, in der Waffenkammer blieb es still. Aelswith begann auf und ab zu gehen, versuchte dann und wann durch die Ritzen in der Wand nach draußen zu lugen, doch der Einzige, der dort zu sehen war, war Edmund.

»Es scheint gelungen zu sein«, murmelte er.

»So ist es. Verschwinde lieber, niemand soll dich hier sehen.«

»Der Wanderarzt ist schon auf dem Weg zu dir.«

Kurz nachdem Edmund weggehuscht war, näherten sich Schritte. Aelswith ließ sich rasch auf den Boden sinken, als wäre sie zu geschwächt zum Stehen, und kniff unwillkürlich die Augen zusammen, als die Tür aufgerissen wurde und das Sonnenlicht sie traf. Zunächst konnte sie deswegen nur die Umrisse des Mannes erkennen, der die Waffenkammer betrat – erst als er die Tür hinter sich schloss, vermochte sie ihn eingehender zu mustern.

Die Wanderärzte, die sie bislang gesehen hatte, hatten gefurchte Gesichter, die der Rinde von alten Eichen glichen, weil sie ständig unterwegs waren und fast immer im Freien schliefen. Die Haut des Mannes hingegen, der vor ihr stand, war glatt und weiß wie Milch. Er trug keine Kopfbedeckung, die schwarzen Locken fielen ihm bis auf die Schultern. Und seine Hände waren keine kräftigen Pranken, die manch aufbäumenden Patienten festzuhalten imstande waren, wenn es Knochensplitter aus einer Wunde zu ziehen und diese mit Torfmoor zu stopfen galt, sondern glichen den feingliedrigen, weichen eines Mönches, dessen einzige Arbeit das Gebet war.

»Bist … bist du der Wanderarzt?«, fragte sie erstaunt.

Der junge Mann sagte nichts, er deutete ihr nur an, den Rücken freizumachen und sich umzudrehen. Sie tat es mit Bedauern, hätte sie ihn doch gerne länger gemustert und herausgefunden, welche Farbe seine Augen hatten. Hell waren diese ohne Zweifel, doch sie konnte nicht bestimmen, ob eher grün, grau oder blau. Als er wenig später zu ihr trat, fühlte sie seinen warmen Atem auf ihrem Nacken. Er hob seine Hand, nahm einen der beiden Zöpfe, schob erst ihn zur Seite, dann den anderen. Obwohl ihre Haare gefühllos waren, ging ihr die Berührung durch und durch, als wäre die Fingerkuppe über ihre nackte Haut gewandert.

Sie warf einen Blick über ihre Schultern. »Ich habe keine Schmerzen, mir ist nur etwas kalt ... und die Flecken sind ganz plötzlich aufgetreten.«

Er nickte, ging leicht in die Knie und betrachtete eingehend ihren ganzen Rücken.

Und wenn er meine Lüge längst durchschaut hat?

»In meinen Händen fühlte ich ein eigentümliches Kribbeln«, sagte sie schnell, »und ein wenig Magenschmerzen habe ich auch.«

Als er den Blick hob, konnte sie ihm kurz in die Augen sehen. Im Sonnenlicht waren sie wohl blau, doch hier in der trüben Waffenkammer wirkten sie grau wie der Nebel – und jenem schien, lautlos wie er sich gebärdete, auch sein Wesen zu gleichen. So befremdet sie darüber war, dass er gar nichts sagte – sein Schweigen strahlte Ruhe und Selbstbewusstsein aus. Sie kannte zwar viele Männer, die kaum Worte machten, doch diese grölten, brüllten, lachten, schnarchten und grunzten stattdessen wie Tiere. Dieser Mann hier, das ahnte sie, würde nie solche Laute von sich geben.

»Bin ich sehr krank?«, fragte sie.

Immer noch kam keine Antwort.

Und wenn ihm womöglich die Zunge fehlt?

Aelswith war einmal einem Sklaven begegnet, dem man sie herausgerissen hatte und der mittlerweile im Stall arbeitete und auf die Pferde mit gurrenden, dunkeln Lauten einredete, doch ehe sie weiterbohren konnte, kamen wieder Schritte näher.

»Nun, Taraín … Woran leidet sie?«

Der junge Mann zog den Kopf ein, als ein älterer die Waffenkammer betrat. Dieser sah genau so aus, wie Aelswith sich einen Wanderarzt vorstellte – er hatte ein gegerbtes Gesicht, raue Hände und einen Buckel, weil er sich wohl oft über Sieche beugte.

»Diese … diese Flecken«, sagte Aelswith rasch, als nun auch er sie untersuchte, »sie sind ganz plötzlich aufgetreten …«

Der Alte betrachtete sie nachdenklich. »So wie du sprichst, scheinst du nicht aus Alba zu stammen«, stellte er fest.

War es ein gutes oder ein schlechtes Zeichen, dass er mehr über sie wissen wollte?

»Ich stamme tatsächlich nicht von hier«, sagte sie. »Meine Eltern lebten in Northumbrien und verloren nicht nur ihren Besitz, sondern auch ihr Leben, als William von der Normandie über ihre Heimat herfiel. Meine Amme Gytha hat mich damals gerettet. Wie viele Angelsachsen hat sie in Alba Zuflucht gefunden, genauso wie Edgar Aetheling, der Bruder unserer Königin und der wahre König von England.«

Obwohl sie zu dem alten Mann gesprochen hatte, hatte sie aus ihren Augenwinkeln den jungen Taraín gemustert. In seinem Blick stand etwas, das sie nicht recht deuten konnte – Verlegenheit und … Mitleid.

Plötzlich machte er sogar den Mund auf. »Es muss schlimm gewesen sein, die Heimat zu verlieren«, sagte er.

Aelswith zuckte die Schultern. »Ich war damals zwar schon sechs Jahre alt, aber ich kann mich kaum mehr daran erinnern – auch nicht an meine Eltern. Mein Vater war selten zu

Hause, und meine Mutter hat mich stets meiner Amme überlassen. Diese lebt noch, allerdings in Dunfermline, weil ihr der Ritt nach Edinburgh zu mühselig ist.«

Sie war nicht sicher, warum sie so viele Worte machte und diese immer hastiger über ihre Lippen perlten – weil Taraín sie so durchdringend anstarrte oder der Wanderarzt.

»Nun«, wandte der Alte sich an Taraín, »was hältst du von dieser Krankheit?«

»Ich habe nie dergleichen gesehen.«

»Und wie würdest du diese Flecken behandeln?«

Mit einem feuchten Tuch, dachte Aelswith. Das würde nämlich reichen, um sie verschwinden zu lassen. Doch sie biss sich auf die Lippen, um sich nicht zu verraten.

»Es könnten die Blattern sein«, murmelte Taraín, »und diese behandelt man am besten mit Milch, in der man Schafäpfel gekocht hat.«

Das fehlte ja noch.

»Moormyrte hilft gegen Geschwülste jeder Art«, fuhr Taraín fort, »Mutterkraut gegen Insektenstiche, die Blütenblätter der Ringelblume gegen Entzündungen. Ob sie allerdings in diesem Fall nützen würden ...«

Seine Stimme klang sehr rau, nahezu heiser, was verriet, dass er nur selten so viel und lange sprach.

Der Wanderarzt lauschte nachdenklich, ehe er Aelswith ein Zeichen gab, ihre Tunika wieder anzuziehen.

»Es genügt doch, dass ich ein wenig ausruhe, oder?«, fragte sie.

So lange nämlich, bis vergessen ist, dass ich mit der Gerte geschlagen werden sollte?

Doch der Wanderarzt schüttelte bedauernd den Kopf. »Du musst die Burg sofort verlassen«, erklärte er. »Ich bin noch nicht sicher, an welcher Krankheit du leidest, doch dein Atem könnte giftig sein und anderen schaden. Besser, du kommst mit uns, bis du genesen bist.«

Aelswith traute ihren Ohren kaum, doch ehe sie widersprechen konnte, befahl der Arzt Taraín, den Esel bereitzumachen. Wieder fiel dessen Blick auf Aelswith, und wieder glaubte sie Mitleid darin zu lesen.

Kurz lag es ihr auf den Lippen, den Irrtum aufzuklären und zuzugeben, dass die Flecken nur von blauen Beeren stammten, doch als sie Taraín nachblickte und – nachdem er die Tür zur Waffenkammer öffnete – wieder Sonnenlicht auf sie fiel, verkniff sie es sich. Nein, sie würde sich die Gelegenheit, ihrer Bestrafung, den Belehrungen von Bruder Andor und den langen Gebeten mit Königin Margaret zu entkommen, ganz bestimmt nicht entgehen lassen.

Der Esel, der die Habseligkeiten des Wanderarztes und seines Gehilfen trug, war eigentlich ein gutmütiges Tier. Den steilen Weg, der hoch zur Burg führte, hatte er ganz mühelos erklommen. Doch auf dem Weg nach unten setzte ihm der Blick in die Tiefe wohl zu. Immer wieder blieb er stehen und weigerte sich weiterzugehen. Drostan, wie der Wanderarzt hieß, zog ihn an den Ohren, doch bewirkte er damit nichts anderes, als dass das Tier verzweifelt schrie. Als er es am Schwanz zog, ließ es hingegen nur ein paar stinkende Knödel fallen – einer wäre beinahe auf den Fuß des Wanderarztes gefallen. Der fleckenübersäte Umhang des Alten bewies, dass er keiner war, der Schmutz scheute, dennoch sprang er fluchend zur Seite.

»Verdammt, wir haben nicht viel Zeit!«

Aelswith sah ihn verwundert an. Die Burg, auf der regelrecht Panik ob ihrer geheimnisvollen Krankheit ausgebrochen war, lag doch mittlerweile weit genug hinter ihnen – bis auf die beiden Männer traf ihr giftiger Atem also niemanden mehr. Desgleichen erstaunte sie, dass sie neben dem Esel gehen musste, anstatt auf dem Tier zu sitzen. Das Tier hätte sich dann zwar erst recht geweigert, einen Schritt zu tun, doch wenn sie so krank war, wie Drostan glaubte, müsste er sie eigentlich für sehr geschwächt halten.

Ehe sie jedoch etwas sagen konnte, trat Taraín vor, kraulte den Esel erst zwischen den Ohren und hielt ihm dann die Augen zu, sodass er nicht länger auf den schroffen Felsen sehen konnte. Schon machte das Tier den ersten Schritt, und da es schwierig war, beide Augen zugleich zuzuhalten, gesellte sich Aelswith zu Taraín, um ihm dabei zu helfen, woraufhin das Tier noch schneller ging und Taraín schüchtern lächelte.

Er hält meinen Atem anscheinend nicht für giftig, ging ihr durch den Kopf – wobei sie das wohl weniger als Zeichen von Zuneigung deuten sollte, sondern dafür, wie vielen Kranken er im Laufe seines Lebens schon begegnet war. Gerne hätte sie gefragt, woher die beiden kamen, was sie schon erlebt hatten und was sie nach Edinburgh geführt hatte, und vor allem interessierte es sie, wie sie es angestellt hatten, alle anderen von ihrer Krankheit zu überzeugen. Königin Margaret scheute ansonsten nicht einmal Leprakranke, ja sie wusch diesen regelmäßig die Füße, war nun aber nicht einmal in den Hof gekommen, um einen letzten Segen über sie zu sprechen.

Doch Aelswith musste sich auf den Weg konzentrieren, der von etlichen kleinen Steinen überhäuft war. Die spitzeren stachen in die Sohle ihrer Lederstiefel, die runden begannen unter ihrem Tritt zu rollen, sodass sie mehrfach schwankte. Außerdem galt es, auf die vielen Wurzeln der dürren Bäume am Wegesrand zu achten, die sich regelrecht am schroffen Berg festzuklammern schienen und deren Blätter erst dann von einem saftigen Grün waren, als sie das steilste Stück hinter sich gelassen hatten. Hier stiegen sie nicht länger auf Steine, sondern auf dunkle, weiche Erde, doch Aelswith stellte immer noch keine Fragen, sie lauschte ergriffen dem Lied der Freiheit. Es mochte nicht aus vollendeten Tönen bestehen wie das Harfenspiel und der Gesang der Barden, die die Taten des Königs rühmten, das Rascheln von Blättern, das Seufzen des Windes und das Kreischen von Möwen hingegen klangen so fröhlich, dass Aelswith versucht war, nicht einfach nur Schritt vor Schritt zu setzen, sondern sich lustvoll im Kreis zu drehen.

Und erst der Anblick des silbrigen Streifens am Ende des Horizonts! Der Firth of Forth musste das sein, der irgendwann im großen Meer mündete, und auch wenn dessen Rauschen nur zu erahnen war – es rühmte etwas Großes, an dem gemessen jede Tat eines Königs nur ein Sandkorn war, das sich unter unendlich vielen anderen verlor.

Manchmal stand der Wald so dicht, dass sein Grün den Blick auf den blauen Himmel verschluckte, dann wieder waren die Hügel zu sehen, die den Eindruck erweckten, dass das Land in der Nähe des Meeres nicht stillstehen könnte, sondern sich wie die blauen Fluten in Wellen wiegten. Der Esel trabte nun auch, ohne dass man ihm die Augen zuhalten musste, was das Fortkommen erleichterte, zu Aelswith' Enttäuschung aber dazu führte, dass Taraín von ihr abrückte. Sein Blick blieb selbst dann starr auf den Boden gerichtete, als das Moos und die Farne, auf die sie traten, in der Dämmerung ihre Farbe verloren.

Ehe sie endgültig von Schwärze verschluckt wurden und jeder weitere Schritt nicht mehr nur Freiheit verhieß, auch Schmerzen in den Gliedern, fragte Aelswith: »Müssen wir noch weit gehen?«

Taraín warf Drostan einen Blick zu, der Aelswith irgendwie lauernd erschien.

»In der Tat haben wir uns ausreichend von den anderen Menschen entfernt …«, murmelte der.

Er hatte nicht erklärt, wie lange sie unterwegs sein würden, und auch jetzt fügte er nichts hinzu, sondern begann lediglich, mithilfe eines Feuersteins und getrockneten Blättern, die als Zunder dienten, ein Feuer zu entfachen. Taraín half, indem er Steine herbeischleppte, um es zu begrenzen und vor dem aufziehenden Wind zu schützen.

»Kann ich helfen?«, fragte Aelswith.

»Du musst dich ausruhen«, gab Taraín zurück.

Endlich wieder ein Wort aus seinem Mund!

»Kommt das nicht ein wenig zu spät?«, fragte sie. »Wäre ich wirklich schwer krank, wäre ich längst zusammengebrochen.«

Unruhig mahlten Taraíns Kiefer, und der Blick, den er nun Drostan zuwarf, war nahezu verzweifelt.

»Nun«, mischte sich der schnell ein. »Der lange Marsch erfüllte genau jenen Zweck. Ich wollte prüfen, ob diese Krankheit, die ich noch nicht kenne, den Menschen schwächt.«

Aelswith sah ihn misstrauisch an. »Ich dachte, es gälte vor allem, die anderen Bewohner der Burg vor meinem giftigen Atem zu schützen.«

Drostan sage nichts, sondern nahm vom Rücken des Esels einen Ledersack und packte ihn aus. Mehrere kleine Trinkgefäße befanden sich darin, außerdem eine größere bronzene Schüssel. Er goss aus einem Lederschlauch etwas Wein hinein und verrührte ein paar Kräuter.

»Das wird dich stärken«, erklärte er dann und füllte einen der Becher.

Nicht dass sie nicht durstig war. Ihre Kehle war ebenso trocken, wie die Lippen es waren, und doch erschien es ihr verrückt, dass er ihr nur etwas zu trinken gab, anstatt auf ihre vermeintlichen Wunden eine Salbe aufzutragen.

Gerade wollte sie den Wein ausschlagen, doch als er ihr das Gefäß grob an die Lippen presste, blieb ihr gar nichts anderes übrig, als ein paar Schluck zu nehmen, und nach diesen war der Durst mächtiger als jedes Misstrauen. Sie trank das Gefäß in einem Zug leer. Hinterher fühlte sich ihre Zunge wie taub an, und als sie damit über die Zähne wanderte, konnte sie diese kaum spüren, nahm nur wahr, wie bitter das Gesöff gewesen war.

»Was … was …« Was war das?, wollte sie fragen. Sie konnte es nicht mehr, denn ihre Zunge wurde noch tauber, ja schien anzuschwellen, bis sie eine riesige, fleischige Masse war, an der sie zu ersticken drohte. Und so wie die Zunge nicht gehorchte, verloren ihre Augen ihre Macht. Sie sah weder Taraín noch Drostan noch den Esel, nur viele kleine Sterne, die nicht am abendlichen Himmel funkelten, sondern auf sie herabzuregnen schienen. »Was …«, setzte sie erneut an.

Nur ihre Ohren waren noch nicht tot. Sie hörte ein dumpfes Poltern, als ihr Körper zu Boden fiel, hörte das leise Wiehern des Esels, hörte schließlich Taraín fragen: »War das wirklich notwendig?«

Ehe sie ergründen konnte, was seine Worte bedeuteten, war sie schon eingeschlafen.

Als Aelswith erwachte, schmeckte es immer noch bitter in ihrem Mund, doch alles andere hatte sich verändert. Das Licht wurde nicht mehr von der Nacht verschluckt, sondern war grau, weil Wolkentürme vor der Sonne standen. Ihre Glieder waren kalt und steif vom langen Marsch. Die Bäume und Gräser reckten sich nicht stolz, sie wurden von jenem Sturm geknickt, der auch an ihren Zöpfen zerrte. Etliche Strähnen hatten sich gelöst und kitzelten ihr Gesicht, doch als sie die Hand heben wollte, um sie zurückzustreichen, war das nicht möglich. Kurz dachte sie, dass ihr Körper noch steif vom Schlaf wäre, bemerkte dann aber, dass sie durchaus zwinkern konnte, sich mit der Zunge über die Lippen lecken und Zehen wie Finger bewegen. Nur mit den Fingern zum Gesicht fahren konnte sie nicht – weil ihre Handgelenke mit Hanfstricken gebunden waren.

Gefesselt … ich bin gefesselt!

Vergebens kämpfte sie gegen die schmerzenden Stricke an, versteifte sich aber sofort, als sie Stimmen vernahm. Rasch schloss sie die Augen und tat so, als würde sie noch schlafen.

Atme, atme, atme!

Es fiel ihr schwer, als sie die Wahrheit erkannte.

Drostan und Taraín … sie hatten nie an ihre Krankheit geglaubt, hatten diese vielmehr genutzt, um sie von der Burg wegzulotsen … Hatten ihr den Trank gegeben, der sie die ganze Nacht schlafen ließ, und sie gefesselt, sodass sie nicht mehr fliehen konnte, sobald sie wieder erwachte …

Nur … warum?

Atme, atme, atme!

Mit der Angst wuchs die Wut. Taraín … Er war doch so freundlich gewesen … Nein, nicht freundlich, sondern voller Mitleid. Er musste von Anfang an gewusst haben, was der Alte plante, hatte es aber nicht verhindert.

Atme, atme, atme!

Am liebsten hätte sie Angst und Wut aus sich herausgeschrien, doch sie verkniff es sich. Nur wenn sie sich still verhielt und lauschte, konnte sie herausfinden, was Drostan und Taraín planten.

Aelswith blieb ganz steif liegen, ignorierte den brennenden Schmerz in ihren Handgelenken und auch den dumpfen im Hinterkopf. Ihr Herz pochte zwar heftig, und es fühlte sich an, als trommelte eine Faust gegen die Brust, doch es war nicht laut genug, die Stimmen zu übertönen.

»Wie lange wird sie wohl noch schlafen?«, fragte Taraín.

»Das kann man nie genau sagen«, erwiderte Drostan. »Manchen schwinden ob des Tranks tagelang die Sinne, manche sind nach einer Nacht schon wieder hergestellt. So oder so müssen wir aufbrechen. Der Esel wird sie tragen.«

Na, hoffentlich erweist sich das Tier so störrisch wie gestern!

Aelswith wappnete sich davor, fremde Hände zu spüren, die ihren Körper packten, doch Taraín machte keine Anstalten, sich zu erheben.

»Was genau hast du ihr gegeben?«

»Etwas, das selbst den stärksten Ritter vom Pferd fallen lässt. Ein wenig Sternmiere, Bilsenkraut, Mohn und Weißdorn. Eigentlich sollte man das mit dem Weißen eines Eis vermischen, aber Wein tut es auch.«

Er klang regelrecht stolz, und Aelswith ballte ihre Fäuste – zu dem Preis, wieder schmerzhaft die Hanfstricke zu spüren. Nun stand Taraín doch auf und trat zu ihr. Anstatt sie hochzuheben, blieb er hingegen vor ihr stehen.

»Schade, dass wir ihr das nicht ersparen konnten …«

Ein Zischen ertönte, jedoch nicht aus Drostans Mund, wie Aelswith kurz dachte, sondern weil der aufs Feuer eintrat, bis es erlosch.

»Ich habe dir doch erzählt, dass an ihrem Geschick die Zukunft Albas hängt. Sie ist der Schlüssel, mit dem sich ein Tor öffnen lässt, das vermeintlich für immer zugefallen ist, und dahinter wartet ein Königreich, in dem zu leben sich jeder erträumt. Der Weizen wächst golden, die Rinder sind fett, auf den Wiesen blühen duftende Blumen, und die Schwerter werden rot, weil sie rosten, nicht weil Blut sie befleckt. Oh, ein reiches, ein friedliches Land könnte Alba wieder sein – so wie einst, als Mac Beathad sein König war.«

Aelswith' Gedanken schienen ebenso gefesselt wie die Hände. Erst regten sie sich gar nicht, dann kreisten sie um den Namen, als hätte sie ihn zum ersten Mal gehört.

Mac Beathad ... Mac Beathad ... Mac Beathad.

Sie kannte ihn nicht ... zumindest nicht in dieser Form. Von wem sie schon oft gehört hatte, war König Macbeth. Erst am Tag zuvor hatte Bruder Andor das Bild von jenem Teufel auf Erden heraufbeschworen.

Unmöglich, dass Drostan denselben meinte und nicht von Schlangen und Dämonen sprach, sondern von fetten Rindern und Blumen! Doch der fuhr tatsächlich eben fort: »Als König Malcolm Macbeth getötet hat, hat er nicht nur seinen Leib vernichtet, auch seinen Namen. Und selbst damit hat er sich nicht begnügt. An seinem Hof leben mittlerweile mehr Angelsachsen als Schotten, und die sehen nicht nur in unserem letzten großen König, ebenso in uns grausame Barbaren. Sie stehlen unser Land, sie stehlen unsere Geschichte, und deshalb müssen wir eine neue erzählen. So laut, dass niemand sie überhören kann.«

Wieder gingen Aelswith' Gedanken eine Weile im Kreis, drehten sich nun nicht um Macbeth, sondern auch um die Worte, die sie am Tag zuvor zu Drostan gesagt hatte. Von ihrer Amme hatte sie erzählt, von den Eltern, von Northumbrien. Wie konnte Drostan, wenn er doch von ihrer Abstammung wusste, sie für einen Schlüssel zu einem neuen Alba halten?

»Nun los, wir müssen endlich aufbrechen.«

Ehe sie Taraíns Griff spürte, schlug sie die Augen auf, rappelte sich hoch, und dass er zurückzuckte und sein bleiches Gesicht jäh rot anlief, als sie ihn anfunkelte, erfüllte sie mit tiefer Genugtuung. Sie überlegte, mit welcher Beleidigung sie ihm am meisten zusetzen konnte, ahnte dann aber, dass das Schweigen die schlimmste Strafe für ihn wäre – nicht sein ruhiges, bedächtiges, sondern ein peinvolles, vorwurfsvolles Schweigen.

Drostan konnte sie damit leider nicht zusetzen. »Sie ist wach«, stellte er fest, »umso besser, dann kann sie selbst laufen. Lös die Fesseln an den Fußgelenken, die an den Händen sollen bleiben.«

Er hatte nicht einmal einen müden Blick für sie übrig, und auch Taraín senkte nun den Kopf, gleichwohl Aelswith nicht entging, dass seine Hände zitterten, als er den Knoten ihrer Fußfesseln zu lösen versuchte, ihm das aber nicht gelang.

»Lügner! Betrüger! Ihr seid gar keine Wanderärzte!«, zischte Aelswith wütend.

Taraín zuckte zusammen. »Es ist anders, als du denkst …«, setzte er hilflos an.

Ehe er fortfahren konnte, trat Drostan zu ihm. »Probier es damit«, sagte er, reichte Taraín ein kleines Messer und durchschnitt, da der es nicht nahm, selbst den Strick. Aelswith erschauderte, als sie kurz die kalte Klinge auf ihrer Haut fühlte, und brachte keine weitere Beschimpfung mehr hervor. »Und nun los!«, befahlt Drostan. »Wir haben keine Zeit mehr zu verlieren. Im Moment glauben alle, das Mädchen wäre schwer krank und würde zurückkehren, sobald es genesen ist. Wenn sie erkennen, dass wir sie belogen haben, werden sie die Verfolgung aufnehmen.«

III.

1791

»Dahinter wartet ein Königreich, in dem zu leben sich jeder erträumt. Der Weizen wächst golden, die Rinder sind fett, auf den Wiesen blühen duftende Blumen, und die Schwerter werden rot, weil sie rosten, nicht weil Blut sie befleckt. Oh, ein reiches, ein friedliches Land könnte Alba wieder sein – so wie einst, als Mac Beathad sein König war.«

Magdalene ließ das Stück Pergament fallen. Mit jedem Satz, den sie gelesen hatte, war ihre Verwirrung gewachsen. Immer wieder hatte sie Pausen eingelegt und des letzten Theaterbesuchs in Covent Garden gedacht, bei dem sie Shakespeares *Macbeth* gesehen hatte. Im kleinen Vorzimmer der Privatloge waren Eis, Früchte und Kuchen serviert worden. Sie erinnerte sich, dass etwas geschmolzenes Eis auf Edward Norwoods Jacke getropft war, der dies aber gar nicht bemerkt hatte.

Etwas vager fielen die Erinnerungen an einen Geburtstag aus, als sie und ihre zwei Cousinen eine Szene aus Macbeth aufgeführt hatten. Sie hatten die drei Hexen gespielt, wobei Lizzie und Victoria sich den Text nicht merken konnten und sich außerdem weigerten, zerrissene Kleider anzuziehen und sich die Haare zu raufen, wie Magdalene es vorgeschlagen hatte. Ob der vielen Zankereien im Vorfeld war sie sich nicht mehr sicher, ob es überhaupt zur Aufführung gekommen war.

So oder so – in diesem Text war nicht von drei Hexen die Rede, nur von blühenden Wiesen, goldenem Weizen und fetten Rindern ...

Magdalene blickte hoch. In einem der vielen Lexika, die sie entdeckt hatte, waren vielleicht nicht nur Vögel oder Pflanzen aufgelistet, sondern auch die schottischen Könige. Ehe sie sich aber durchringen konnte, danach zu suchen, ertönte ein Klopfen, und obwohl sie nichts Verbotenes getan hatte, zuckte sie zusammen und versteckte das Pergament schnell hinter ihrem Rücken.

Ein fremder Mann trat über die Schwelle, blieb dort stehen und lehnte sich an den Türrahmen. Sein dicker Mantel erinnerte an den eines Kutschers, die Stiefel mit den ausladenden Stulpen, den ledernen Gamaschen und Sporen an den Knöcheln muteten exotisch an. Noch weniger als diese passte die restliche Kleidung zu dem Mantel, der gerade weit genug offen stand, um einen Blick auf gelbe Kniehosen, eine rotkarierte Seidenweste und ein steifes weißes Halstuch zu gestatten. In der linken Hand trug er einen Spazierstock mit einem goldenen Löwenkopf, in der rechten einen Hut. Das Haar des Fremden war so dunkel wie das von David, hingegen dichter und lockiger, und es war wie bei ihrem Ehegatten im Nacken mit einer schwarzen Samtmasche zusammengehalten.

»Seid Ihr etwa auf eine Leiche gestoßen?«

Magdalene lief glühend rot an, als sie sich erhob. »Eine ... eine Leiche?«

»Nun, irgendetwas versteckt Ihr doch hinter Eurem Rücken.«

»Eine Leiche wäre viel zu groß ...«

»Stimmt«, sagte der Mann und zwinkerte ihr zu. Seine

Augenbrauen wuchsen buschig und schwarz wie das Haar, das Gesicht war anders als das von Männern seines Ranges gegerbt und tief gebräunt. »Ich meinte es auch eher im sprichwörtlichen Sinn«, fuhr er fort. »Dieses Pergament verrät womöglich ein Geheimnis über meine Familie. Vielleicht hat einst ein MacBrannan seine Frau umgebracht und im Schlossteich versenkt. Oder er hat sie in den Turm gesperrt, vorausgesetzt, er lebte in den Zeiten, da die MacBrannans noch die alte Burg bewohnten, nicht das Herrenhaus.«

Magdalene zog das Pergament hinter dem Rücken hervor und legte es auf den Schreibtisch.

Ein Geheimnis über meine Familie …

»Ihr … Ihr seid Caelan MacBrannan, Davids Bruder und somit mein Schwager, nicht wahr?«, fragte sie. »Ich dachte, Ihr wäret ein Soldat und in Indien stationiert.« Sie war nicht sicher, ob David ihn einmal erwähnt hatte oder ihr Onkel Richard.

»Mittlerweile bin ich aus der Armee ausgeschieden und soeben aus Indien zurückgekehrt. In der tropischen Hitze habe ich mich nach den Highlands gesehnt. Leider habe ich vergessen, dass es hier so viel Nebel und Regen gibt.« Er deutete auf das Fenster, an dessen Scheiben tatsächlich große, dicke Tropfen herunterliefen, ehe er sich vom Türrahmen löste und etwas näher trat. »Habt Ihr schon die Gelegenheit gehabt, unser Land besser kennenzulernen?«

»Ich bin gerade erst angekommen.«

»Dann hätten wir dieselbe Kutsche nehmen können …« Sein Lachen klang dunkel und warm. Kaum zu glauben, dass er Davids Bruder war. »Lasst Euch vom Nebel und Regen nicht verstören«, fuhr er fort. »Die Highlands sind wunderschön. Irgendwann müsst Ihr in den äußersten Westen reisen, um auf den Atlantik zu blicken. Oder zu den Shetlandinseln ganz im Norden.«

Sie senkte den Kopf. »Vielleicht ...«

»Was steht denn nun auf dieser Pergamentrolle?«

Sie war nicht sicher, ob er aus ehrlichem Interesse oder nur aus Höflichkeit fragte. Und sie wusste auch nicht, was sie dazu bewog, die Wahrheit zu verschweigen, obwohl sie ihn doch schlichtweg hätte fragen können, was er über König Macbeth wusste und ob es irgendeine Verbindung zwischen diesem und seiner Familie gab.

»Es geht um die heilige Margaret«, sagte sie.

»Lieber Himmel!«, stieß Caelan aus. »Die heilige Margaret! Ihretwegen habe ich einst heftige Prügel bekommen.«

»Warum das denn?«

»Nun ja, der Pfarrer hat mir erzählt, dass man ihren Kopf, der heute in einer Kapelle in Dunfermline verehrt wird, einst einbalsamierte. Man sagt, dass sich noch immer ihre blonden Haare daran befänden, dass sie gerötete Wangen habe und nach Blumen dufte.«

»Und deswegen habt Ihr Prügel einstecken müssen?«

»Nein, weil ich gefragt habe, ob ihr restlicher Körper auch dufte und ob unter den Achseln und zwischen den Beinen auch noch Haare wüchsen.«

Magdalenes Gesicht färbte sich noch röter. Noch nie hatte sie einen Mann so freimütig über den Körper einer Frau sprechen hören, und auch Caelan schien aufzugehen, dass er es ein wenig übertrieben hatte, wurde sein spöttisches Grinsen doch zu einem fast verlegenen Lächeln.

»Nun, ich überlasse Euch jetzt gerne der heiligen Margaret und werde meinen Bruder begrüßen. Ich bin nur hochgekommen, weil ich ein Geräusch hörte.«

Er nickte ihr zu, bevor er die Bibliothek verließ. Magdalene blieb eine Weile mit pochendem Herzen stehen, ehe sie das Pergament in das Regal zurücklegte und auch hinabging.

Magdalene hoffte, dass nach Caelans Rückkehr die gemeinsamen Mahlzeiten nicht mehr so schweigsam und peinvoll verlaufen würden wie zuvor, doch zu ihrem Bedauern nahm Caelan so gut wie nie daran teil. Sie wusste nicht, was er den ganzen Tag über trieb, desgleichen sprach sie mit David selten über seinen Alltag.

»Du solltest ihm Fragen stellen, dich interessiert zeigen«, forderte Abigail sie auf. »Die Verwaltung solch großer Ländereien bedarf viel Zeit und Mühe.«

Magdalene zuckte die Schultern. Mit ihrem Vater hatte sie nie darüber geredet, was er den Tag über gemacht hatte; jeder war seiner Leidenschaft nachgekommen und darüber glücklich gewesen, ohne viele Worte zu verlieren.

»Begleite ihn doch einmal bei einem Ausritt«, drängte Abigail.

»Ich soll freiwillig das Herrenhaus verlassen und meinen Fuß auf dieses barbarische Land setzen?«, fragte Magdalene spöttisch.

»Es geht doch nur darum, dass ihr euch näherkommt.«

Magdalene lag es auf den Lippen zu sagen, dass sie sich schon in den Nächten, wenn er auf ihr lag, nicht näherkamen – wie sollten sie es dann, wenn sie nebeneinanderritten, zumal sie Pferde nie sonderlich gemocht hatte?

Aber sie wollte über das, was in den Nächten geschah, nicht mit Abigail reden, sondern nickte und fragte David am nächsten Tag, ob er ihr den Garten zeigen könne.

Weder regnete es, als er es tat, noch hielt der Nebel das Land in seiner erstickenden Umarmung gefangen. Stattdessen wehte ein beißender Wind, der daran erinnerte, wie nahe der Moray Forth war, jener Meeresarm, der tief ins Land schnitt. Magdalene genoss es, die salzige Luft einzuatmen und erst recht, dass ihr Haar verweht wurde, bis sich kaum mehr ein

Stäubchen Puder darauf befand. Obwohl sie fröstelte, wollte sie sich nicht bei David unterhaken, und er bot es ihr ihrerseits nicht an.

Mit ruhiger, samtiger Stimme sprach er über den Garten, bewies, dass er jedes kleinste Detail kannte, zeigte jedoch keinerlei Besitzerstolz, als handelte es sich um fremdes Eigentum.

»Der Garten wird von manieristischen Pfeilern eingerahmt. Die Steinterrassen, die vom Garten hin zur Allee abfallen, sind nach den Maßgaben der französischen Architektur errichtet worden.«

Magdalene folgte seinem Blick und fragte sich, wie man in einem Land, das ohnehin oft vom Nebel verschluckt wurde, so viel grauen Stein verwenden konnte, anstatt Blumen und Wiesen einfach wild wachsen zu lassen. Was ihr gefiel, war der Rhododendrongang, obwohl die Blüten schon braun wurden, außerdem ein kleiner Pavillon, an dessen Gitter wahrscheinlich noch vor Kurzem Rosen und Geißblatt hochgeklettert waren. Jetzt, da der Oktober nahte, wucherten nur mehr dornige Ranken. Ein schmaler Weg aus rötlichen Kieselsteinen, der von Marmorbüsten berühmter Philosophen begrenzt war, führte zu einem Teich, von dessen schwarzem Wasser sich deutlich das glänzend weiße Gefieder der beiden Schwäne abhob, die lautlos über die Fluten glitten.

Der Anblick war schön und traurig zugleich. Obwohl die Schwäne dicht nebeneinanderschwammen, sahen sie sich nicht an – sie erinnerten Magdalene an David und sie selbst. Als sie näherkamen, flatterte einer empört hoch und flog davon, während der andere mit lautem Kreischen ans Ufer kam und seinen Schnabel weit aufriss.

»Wir sollten wieder hineingehen«, sagte David.

Das Kreischen des Schwans begleitete sie, als sie an den Ruinen der mittelalterlichen Burg vorbeikamen, die heute, wie David erklärte, als Eishaus und Kohlenkeller diene. Gleich daneben befanden sich ein Fischteich und ein Taubenschlag, und obwohl das Gurren der Vögel freundlicher als das Kreischen der Schwäne klang, lud nichts zum Verweilen ein, zumal es wieder zu nieseln begann.

In den nächsten Tagen ging sie häufig im Garten spazieren, denn sie war unruhiger als zuvor. Bis jetzt war ihr das Herrenhaus als Zuflucht erschienen, in dem sie sich, wenn sie nur reglos ihre Zeit vertrödelte, am Leben vorbeischummeln konnte. Jetzt wurde sie von einer Unrast gepackt, die sie nicht abschütteln konnte.

Einmal ging sie auch in die Bibliothek und zog die Pergamentrolle aus dem Regal, in das sie sie beim letzten Mal zurückgelegt hatte, doch der Text verschwamm vor ihren Augen, und die vielen Fragen, die er erzeugte, ohne Antworten zu geben, überforderten sie.

Wie so oft nahm sie auch an diesem Tag den Nachmittagstee allein ein und starrte gequält von Düsternis auf das kostbare Porzellangeschirr, die Scones und die Gurkenschnittchen. Sie zögerte, sich etwas davon zu nehmen, war sie doch überzeugt, keinen Bissen herunterzubringen, und blickte erst hoch, als Peigi, das Hausmädchen, ihr Tee einschenkte.

Waren Giorsal und Abigail in der Nähe, erwies sich Peigi als schüchtern und still. Hatte Giorsal allerdings zu tun und war Abigail wie so oft von ihren Kopfschmerzen ans Bett gefesselt, erzählte sie gerne Geschichten, vorzugsweise über Geister von jenen Hexen, die man einst verbrannt hatte und die die Lebenden heimsuchten, um sie zu bestrafen. Heute aber brachte Peigi kein Wort über die Lippen, und als Magdalene sie genauer musterte, erkannte sie, dass ihre Augen rot gerändert waren und ihre Hände zitterten.

»Peigi, was hast du denn?«

»Nichts, Mylady, gar nichts.« Sie hielt die Teekanne, die mit hellroten Rosen bemalt war, deren verschlungene Stängel keine Dornen hatten, fest umklammert.

»Aber du hast geweint, das sehe ich doch.« Ein Teetropfen bahnte sich seinen Weg in Richtung Spitzentischdecke, versickerte dort und hinterließ einen bräunlichen Fleck. Magdalene ergriff Peigis Hand.

»Willst du mir nicht erzählen, was geschehen ist? War Giorsal streng zu dir?« Peigi schüttelte den Kopf. »Hat dich jemand gekränkt?«

»Ach, Mylady, um mich geht es doch gar nicht.«

»Um wen dann?«

Voller Unbehagen duckte sie den Kopf. »In unserem Nachbardorf ... ein Streit ... der Lord ... und Mr. Elliott ...« Nicht länger zitterte nur ihre Hand, auch ihre Stimme.

Magdalene verstand kein Wort. »Du stammst von hier, oder?«

Peigi nickte. »Meine Familie zählt seit Jahrhunderten zu den Pächtern der MacBrannans. Ich bin sehr dankbar, dass ich hier im Herrenhaus arbeiten darf. Ich muss nun wieder ...«

»Nein!«, Magdalene erhob sich, ohne Peigi loszulassen. »Ich möchte wissen, was da draußen vorgeht. Bring mich ... bring mich in dieses Nachbardorf.«

Peigi sah sie verblüfft an. »Aber Mylady ...«

»Dieses Land untersteht in gewisser Weise auch mir.«

»Aber Mylady ...«

»Ich habe eine hohe Mitgift mit in die Ehe gebracht.«

»Aber ...«

»Still jetzt, du wirst mich nicht umstimmen.«

»Ich will Euch doch gar nicht umstimmen. Ihr könnt dennoch nicht einfach so mit mir kommen.«

Peigis Blick glitt über Magdalenes rostfarbenes Seidenkleid, das üppig mit Rüschen, Falten und Volants verziert war, dann über ihre weinroten Schuhe, die zu den Zehen hin spitz zuliefen und hohe Absätze hatten.

»Nun gut, hilf mir, mich umzuziehen.«

Wenig später war Magdalene in ein Kleid aus dunklem Flanell geschlüpft und hatte die Schuhe gegen Lederstiefel ausgetauscht. Dazu trug sie einen Mantel mit Kapuze und einen breiten Schal aus dickem Wollstoff, den man um den Körper wickelte und *arisaid* nannte.

Vor dem Herrenhaus herrschte rege Betriebsamkeit, doch als Magdalene die Treppe hinunterstieg, war weder von David noch von Tómas Elliott etwas zu sehen. Die Bediensteten senkten den Blick, als sie den Hof überquerte und am Pförtnerhaus vorbei zur Allee ging. Peigi hatte gefragt, ob sie reiten oder die Kutsche nehmen wolle, doch Magdalene bevorzugte es, zu Fuß unterwegs zu sein, zumal es laut Peigi nicht weit bis zum Dorf war.

Bald hatten sie die gepflasterte Allee hinter sich gelassen. Auf der linken Seite erstreckte sich eine Sumpflandschaft, in deren bräunlichen Lachen sie wohl bald knöcheltief versunken wäre, doch Peigi deutete auf den schmalen Weg rechts, der durch rot blühendes Heidekraut und an moosbewachsenen Steinen vorbei bis zur Spitze eines Hügels führte. Magdalene hielt inne, atmete tief durch und genoss den Ausblick auf das ferne, machtvoll rauschende Meer, auf dem unzählige silberne Kronen tanzten. Noch erhabener war der Anblick der Bergkette im Landesinneren. Etliche Gipfel waren von Wolken verhangen, doch der höchste, weiß verschneite schien sich stolz in Richtung der fahlen Sonne zu recken. Die abgeernteten Felder davor standen im Sommer wohl in goldenem Glanz, während sie jetzt die Farbe von Bronze angenommen hatten. Pechschwarz hingegen waren die Lochs, die nicht breiter als ein Fluss waren und deren Wasser vom Wind nicht annähernd so gekräuselt wurde wie das des Meeres. Die Wälder, die sie umsäumten, waren von Nebel umhangen, als hockten dichte Spinnweben zwischen den Ästen, doch der Wind vertrieb ihn mit der Zeit, und als die Sonne etwas kräftiger schien, funkelten die Regentropfen, die sich auf den herbstlich roten und gelben Blättern gesammelt hatten.

»Es ist schön hier«, platzte es aus Magdalene heraus.

So viel schöner, als ich dachte.

Was sie mit jeder Faser auskostete, schien Peigi kaltzulassen. Sie nickte und drängte darauf weiterzugehen, und bald hatten sie den Hügel hinter sich gelassen und ein Stück Land erreicht, das, je weiter sie sich dem Meer näherten, zunehmend flacher wurde. Auf das Moor folgten grüne Wiesen. Etliche Kühe grasten hier, manche mit dunkelbraunem, dickem Fell, andere schwarz-weiß gefleckt. Ihr Anblick war Magdalene etwas unheimlich, vor allem, wenn sie den Kopf hoben und in ihre Richtung starrten, aber Peigi warnte sie nur vor den Kuhhaufen und nannte die Tiere ansonsten ungefährlich.

»Warum sind sie denn nicht in Ställen?«, fragte Magdalene.

»In den Ställen?«, gab Peigi verständnislos zurück. »Sie laufen das ganze Jahr über frei herum, bei jedem Wetter, und sie fressen, was immer sie auf der Heide finden.«

Peigi beschleunigte den Schritt, ohne dass es ihr Mühe bereitete, während Magdalene, die sich so viele Tage immer nur im Haus aufgehalten hatte, zunehmend erschöpft wurde. Einmal mehr blieb sie stehen, und als sie sich umblickte, kam ihr ein Gedicht von Robert Burns in den Sinn, in dem er von seinen geliebten Highlands Abschied nahm.

Mein Herz ist in den Highlands, mein Herz ist nicht hier;
Mein Herz ist in den Highlands, im wald'gen Revier.
Da jag ich das Rotwild, da folg ich dem Reh,
Mein Herz ist in den Highlands, wo immer ich geh.
Mein Norden, meine Highlands, lebt wohl, ich muss zieh'n;
Du Wiege von allem, was stark und was kühn,
Doch wo ich auch wandre und wo ich auch bin,
Nach Hügeln der Highlands steht allzeit mein Sinn.
Lebt wohl, ihr Gebirge mit Häuptern voll Schnee,
Ihr Schluchten, ihr Täler, du schäumende See,
Ihr Wälder, ihr Klippen, so grau und bemoost,
Ihr Ströme, die zornig durch Felsen ihr tost.

»Es … es ist schön hier …«, stammelte Magdalene wieder, und plötzlich schämte sie sich dafür, sich so lange verkrochen zu haben.

Nicht länger klang das Stöhnen des Windes feindselig. Es hörte sich an wie ein Lachen, als wollte er sie zum Tanz auffordern, und als sie weiterging, schien er die müden Glieder zu stützen und sie gleichsam mitzuziehen, damit sie das Land, das er jeden Tag küsste, noch besser kennenlernte. Jäh war auch ihr zum Lachen zumute, obwohl sie nicht wusste, warum.

Da blieb Peigi unvermittelt stehen. »Dort hinten ist es.«

Der Weg nahm eine letzte Kurve, und Magdalene musste über etliche dornige Ranken, Wurzeln und Geröll steigen, ehe sie die Siedlung erreichten. Dort angekommen schien der Wind zu verstummen, desgleichen ihr Frohlocken erstarb.

Sie war nicht sicher, was sie erwartet hatte – wohl ein Dorf wie jenes vor den Toren Edinburghs, wo sie einmal ein Picknick gemacht hatten. Es lud mit einer hübschen Kirche, etlichen Wirtsstuben und einer alten Burgruine zum Verweilen ein. Nun hätte sie am liebsten sofort die Flucht ergriffen.

Vage erinnerte sie sich daran, dass ihr Onkel einmal die *blackhouses* erwähnt hatte und dass darin eigentlich nur Tiere, keine Menschen leben sollten, doch die Hütten mit den unverputzten Wänden, die aus losen Feldsteinen und Torf ohne Mörtel gebaut waren, in deren Ritzen man nur ein wenig Reisig und Moos gestopft hatte, wirkten so armselig, dass man sie selbst mit düstersten Worten nicht hätte beschreiben können. Die Dächer bestanden aus Stroh, Treib- und Tannenholz, Weidekraut, Farn und Binsen, das man mit Hanfseilen befestigt hatte. Sie waren mit Steinen beschwert worden, doch etliche von diesen waren auf den Boden gerollt, weswegen riesige Löcher darin klafften.

Als Magdalene den Kopf wieder senkte, fiel ihr Blick auf einen alten, zahnlosen Mann, der nichts weiter als einen Kittel aus grobem rostbraunem Tuch trug, aus dem schmutzige Füße heraussahen. Er starrte in ihre Richtung, schien sie aber nicht zu sehen, während ein jüngerer Bursche, der in der Nähe die Sense schliff, sie neugierig musterte. Dieser trug zwar Hosen, doch die waren viel zu kurz und zu eng, und auch die Frau, die ein paar zerrupfte Hühner und einen Hahn mit blutigem Kamm fütterte, trug ein so kurzes schwarzes Kleid, dass der Unterrock aus rauer Wolle hervorsah. Das Leinentuch, das sie um den Kopf geschlungen hatte, war schmutzig und voller Flicken.

Wieder erinnerte Magdalene sich an Onkel Richards Worte und wie er die Rückständigkeit der Frauen in den Highlands beklagt hatte. Dort würden die Verheirateten immer noch Kopftücher tragen, während das in Edinburgh seit Langem verboten war.

Eine Weile starrte auch die Frau auf Magdalene, zog dann den Kopf ein und machte ein Geräusch, das wie ein Gackern klang. Prompt kamen noch mehr Hühner herbei, die allesamt dürr waren, außerdem drei Kinder, die eben noch einen Hund hatten aufwecken wollen, der auf dem Misthaufen schlief. Das tat er auch weiterhin mit heraushängender Zunge. Die Kinder begannen nun, sich mit den Hühnern um die Körner zu streiten und sich die, die sie ergattern konnten, gierig in den Mund steckten.

Magdalene beobachtete starr vor Entsetzen die Szenerie, während Peigi auf eine andere Frau zuschritt, die eben auf einem großen Tuch Hagebutten, Holunder- und Heidelbeeren ausbreitete, um sie in der Sonne trocknen zu lassen. Sie redete eine Weile auf sie ein, bekam auch eine Antwort, wenngleich Magdalene diese nicht verstand, und gesellte sich wieder zu ihr.

»Sie … sie sind schon fort.«

»Wer ist fort?«

»Kommt mit, Mylady …«, sagte Peigi und zog sie durch das Dorf, das aus einem halben Dutzend Häuser bestand. Die Menschen, denen sie begegneten, hoben kurz den Blick, wandten sich dann aber wieder ihrer Arbeit zu. Einer rieb ein Schaf mit einer übel riechenden schwarzen Masse ein, nichts anderem als Teer, wie Peigi erklärte, der das Tier im nahen Winter gegen Lungenfäule schützen sollte, eine Frau stand in einem großen Bottich und stampfte auf etwas ein.

»Was treibt sie denn da?«, entfuhr es Magdalene.

»Sie weicht die Wäsche in Kuhdung ein.«

»In Kuhdung?«

»Ja, das wirkt wie Seife.«

Schließlich begegneten sie einer Frau, die mit einem scharfen Messer Heidekraut und Birkenzweige kleinschnitt und diese um einen Stiel aus Haselnussholz band, um einen Besen daraus zu machen. Magdalene gedachte des Streits von David und jenem Seòras am Tag ihrer Ankunft, bei dem es darum gegangen war, dass die Highlander kein Heidekraut sammeln durften, um die Jagd nicht zu stören.

Sie berichtete Peigi davon und schloss mit der Frage: »Ging es ... ging es bei diesem Streit heute auch darum?«

Doch Peigi schüttelte Kopf, und dann hatten sie das Dorf schon hinter sich gelassen und erblickten sechs oder sieben Männer, die mit gesenktem Kopf einem Pferd nachgingen, auf dem Tómas Elliott, Davids Verwalter, ritt.

»Er scheint sich durchgesetzt zu haben«, murmelte Peigi. »Wir können nichts mehr tun.«

»Durchgesetzt ... bei was?«

Peigi war stehen geblieben, doch Magdalene beschleunigte ihren Schritt, umso mehr, als plötzlich ein weiterer Mann nahte. Seòras kam nicht vom Dorf, sondern aus der anderen Richtung über die kniehohe Wiese gelaufen. Wie bei ihrer ersten Begegnung trug er einen Kilt, ein graues Leinenhemd und ein Plaid darüber, das der Wind blähte. Als die Männer ihn sahen, blieben sie stehen, und auch der Verwalter hielt widerwillig sein Pferd an. Die Worte, die er ausstieß, wurden vom Wind verweht, doch selbst wenn sie ihn erreicht hätten, hätte sich Seòras, so entschlossen wie er sich gab, wohl nicht einschüchtern lassen. Eben hatte er das Grüppchen erreicht und stellte sich zwischen Pferd und Männer.

»Ihr werdet sie nicht dazu zwingen!«, hörte Magdalene ihn sagen.

Peigi zupfte sichtlich unbehaglich an ihrem Mantel. »Vielleicht sollten wir wieder heimkehren ...«, murmelte sie.

Magdalene aber schüttelte sie ab und ging neugierig näher.

»Hier wird niemand gezwungen«, vernahm sie Tómas Elliotts Stimme sagen. »Die Männer werden einer rechtschaffenen Arbeit nachgehen.«

»Nein, einer Sklavenarbeit!«

»Sie verschafft ihnen immerhin einen guten Zuverdienst.«

»Zuverdienst?«, rief Seòras. »Für die Mühen, die sie auf sich nehmen, werden sie mit einem Hungerlohn bedacht. Stundenlang müssen sie entweder im eiskalten Wasser waten oder sich über Boote beugen, bis der Rücken krumm ist, um Seetang von den Felsen loszuschneiden. Ganz zu schweigen, welch übler Gestank aufsteigt, sobald der Tang zu Kelp verbrannt wird.«

Der Verwalter runzelte die Stirn. »Warum mischt du dich überhaupt ein? Du stammst nicht einmal von hier.«

»Ich weiß genau, was Ihr vorhabt! Uns wird es doch als Nächstes treffen. Damit er genügend Männer zum Arbeiten findet, vergibt der Lord immer kleinere Pachtzellen, die nicht genug zum Leben abwerfen. Und während unsereins stundenlang Kelp herstellt, wird das Land noch mehr vernachlässigt. Wir werden immer ärmer, und der Lord macht ein Vermögen.«

Je mehr Worte fielen, desto größer wurde Magdalenes Verwirrung. Sie wusste, dass David MacBrannan auf ihre Mitgift angewiesen war, aber ihr Onkel Richard hatte immer nur von der Schafzucht gesprochen, in die er investieren wollte, nicht dieses ... Kelp. Was war das überhaupt?

Sie wandte sich an Peigi und fragte sie raunend danach.

»Ich bin mir nicht so sicher ...«, murmelte diese. »Man stellt es her, indem man Seetang verbrennt, und Seòras hat recht, wenn er meint, dass das eine sehr unangenehme Angelegenheit ist. Das, was dabei herauskommt, braucht man in den Fabriken. Es werden offenbar Seife und Glas daraus gemacht, Leinen wird damit geblichen und ...«

Sie brach ab. Obwohl sie leise gesprochen hatte, war den Männern nicht entgangen, was sich hinter ihrem Rücken zutrug, und sie drehten sich zu Peigi und Magdalene um. Seòras musterte Magdalene nur kurz, in Tómas Elliotts Blick hingegen stand Entsetzen.

»Mylady! Was tut Ihr hier?«

Nicht dass sie sich nicht eingeschüchtert fühlte. Dennoch hob sie das Kinn und trat auf den Mann zu. »Was geht hier vor?«

»Weiß Lord MacBrannan, dass Ihr hier seid?«, gab Elliott zurück.

Magdalene zögerte, ahnte sie doch, dass David es nicht gutheißen würde, wenn sie sich einmischte. Doch da es bei ihrer Eheschließung vor allem um Geld gegangen war, war es gleichwohl ihr gutes Recht zu wissen, wo er dieses investierte.

»Ich will wissen, was hier vor sich geht«, bestand sie.

Elliott wand sich verlegen, und die Männer, allen voran Seòras, spürten seine Unsicherheit.

Schon verkündete Seòras dröhnend: »Die Männer gehen heim!«

Und ehe der Verwalter widersprechen konnte, nickten sich diese zu und traten den Rückweg zum Dorf an.

Elliott lief vor Wut rot an, doch Magdalene nahm wieder all ihren Mut zusammen und befahl: »Lasst sie gehen.«

Wieder warf Seòras ihr einen kurzen Blick zu, und obwohl er nicht länger als die Dauer eines Wimpernschlags verweilte, glaubte sie, ein Lächeln über seine Lippen huschen zu sehen. Schon folgte er allerdings den Männern und begleitete sie zurück ins Dorf.

Tómas Elliott stieg von seinem Pferd und trat zu Magdalene. »Dem Lord wird nicht gefallen, dass Ihr hergekommen seid.«

»Ich habe einen Spaziergang gemacht … Wer will mir das schon verwehren?«

»Diese Männer«, Elliott deutete in Richtung Dorf, »diese Männer glauben, sich allen Neuerungen widersetzen zu können, aber das alte Leben ist unwiderruflich vorbei. Die Produktion von Kelp bietet eine riesige Chance für Schottlands Wirtschaft, vor allem jetzt, da wegen des Krieges das spanische Salzkraut nicht zu bekommen ist. Die Nachfrage ist hoch wie nie.«

Magdalene wurde unsicher. Sie wusste weder etwas über dieses Kraut noch von welchem Krieg er sprach, wollte das aber nicht offen zugeben.

»Ich werde heimgehen, komm, Peigi.«

»Und ich begleite Euch«, sagte Tómas Elliott schnell. »Ich kann nicht zulassen, dass Ihr Euch ganz allein hier herumtreibt – nicht in der Nähe von so viel … Gesindel.«

Die Sonne verschwand hinter den Wolken, es begann zu nieseln, und Magdalene zog den Umhang über ihr Haar. Der Rückweg erschien ihr viel länger und anstrengender, die Landschaft viel grauer und unwirtlicher. Als sie die Ulmenallee erreichte, war sie erleichtert – umso mehr, da David nirgendwo zu sehen war. Wer ihr an seiner statt entgegenkam, war Abigail.

»Da bist du ja endlich!«

Anstatt zu fragen, wo sie gewesen war, drängte Abigail nur, sich für das Dinner umzukleiden, und verspätet fiel Magdalene ein, dass David Gäste angekündigt hatte – einen gewissen Dr. Matthew Brinks und seine Frau. Dr. Brinks war ein praktischer Arzt aus London, der mit Isobel MacLaren eine reiche Erbin geheiratet, deren Land allerdings verkauft hatte, um in die Industrie zu investieren. In Inverness betrieb er eine Hanffabrik, die Taschen, Säcke und Abdeckplanen herstellte.

Während Abigail Magdalene in die Abendkleidung half, für ein heißes Bad war keine Zeit mehr, wusste die Dienerin auch von weiteren Gäste zu berichten.

»Adam und Lauren MacInnes werden ebenfalls kommen – ihm gehört eine Flachsspinnerei. Ach, mein Gott, Kindchen, dein Haar ist ganz nass!«

»Gib mir einfach eine Perücke.«

»Lieber Himmel, was hast du nur getrieben?«

»Ich habe nur ein paar Blumen gepflückt.«

Abigail fiel gottlob nicht ein, dass auf den Hügeln nur Heidekraut wuchs, sie stellte keine Frage mehr, sondern konzentrierte sich darauf, ihr Gesicht zu pudern und ihr einen Schönheitsfleck aufzumalen.

Als Magdalene wenig später das Speisezimmer betrat, ließ sich Dr. Brinks – ein Mann, der mehr rund als lang war und von seiner Frau um zwei Köpfe überragt wurde – gerade die Lochaber-Axt zeigen, um diese erst zu loben und dann von seiner eigenen Sammlung zu prahlen, zu der der Brustharnisch und die Sporen von König James I. zählten.

»Na, hoffentlich bringt das kein Unglück«, sagte jemand dicht an ihrem Ohr.

Magdalene fuhr herum und sah ihren Schwager Caelan am Kaminsims lehnen. Vertraulich zwinkerte er ihr zu.

»Warum soll es denn Unglück bringen?«, fragte sie.

»Nun, König James I. fiel einem Mordanschlag der schottischen Adligen unter Walter Stewart und Sir Robert Graham zum Opfer. Er versuchte, ihnen durch die Kanalisation zu entkommen und steckte zwei Tage lang bis zur Brust in der Kloake fest, ehe ihn die Häscher fanden.« Wieder zwinkerte er ihr zu. »Da ist es wohl besser, unter dem Schutz der heiligen Königin Margaret zu stehen. Die MacInnes rühmen sich, glaube ich, einer eigenen Hauskapelle, die ihr geweiht ist.«

In diesem Moment trat David zu ihr, um ihr Adam und Lauren MacInnes vorzustellen, die eher wie Bruder und Schwester, nicht wie Mann und Frau aussahen. Sie hatten beide ein längliches Pferdegesicht, und ihre gegerbte Haut bewies, wie viel Zeit sie im Freien verbrachten, liebten sie die Jagd doch ebenso wie die Falkenzucht.

Über Falken wurde auch geredet, nachdem David alle zu Tisch gebeten hatte, und da Magdalene nichts dazu beitragen konnte, nutzte sie die Gelegenheit, sich zu sammeln.

An diesem Abend war die lange Tafel besonders vornehm gedeckt worden – die Tischtücher und Servietten aus Damast trugen allesamt das Wappen der MacBrannans, und nicht nur unzählige Kerzen spendeten Licht, auch Öllampen aus feinem geschliffenem Glas. Die Silberkannen glänzten ebenso wie das Besteck und die silbernen Obst- und Gemüsestücke, die als Zierde dienten. Die Teller waren aus Chinaporzellan, die Platten, auf denen das Essen gereicht wurde, vergoldet.

An Speisen wurde bei den MacBrannans nie gespart, doch an diesem Tag hatte sich der französische Koch besonders viel Mühe gegeben. Es wurden gesalzener Kabeljau mit Petersilie und Meerrettich aufgetischt, gebratene Tauben, Rehragout, Hühnerfrikassee in stark gewürzten Saucen, schließlich Brotpudding voller Rosinen und Orangenschalen sowie Portweincreme. Dazu wurde eine Frucht serviert, die Magdalene nicht kannte.

»Das sind Mangos, nicht wahr?«, fragte Isobel Brinks. Von allen hatte sie am meisten geredet, erst recht, als es nicht länger um die Falkenzucht, sondern um einen Ball gegangen war, der bald in Inverness stattfinden würde und zu dem sie auch Magdalene eingeladen hatte. »Sie schmecken köstlich«, fuhr Isobel fort und wandte sich an Caelan. »Auf diese Weise müsst Ihr Indien nicht mehr so schmerzlich vermissen, nicht wahr?«

Magdalene kostete auch von der Frucht, die unerwartet süß und saftig war und auf der Zunge zu schmelzen schien.

»Nun ja«, sagte Caelan, »in Indien haben wir nicht immer nur Mangos gegessen oder Zucker und Ingwer. Manchmal ernährten wir uns auch von ... Schlangen.«

»Schlangen?«, rief Isobel pikiert.

»Natürlich nicht sehr oft. Mein General hat mir einmal vom Aufstand von Hyder Ali erzählt. Damals wurde das englische Heer von vierundzwanzigtausend Hindus belagert, und es kamen nicht nur Schlangen, auch Katzen, Hunde und Mäuse auf den Tisch. Nun, mir persönlich blieb es zumindest erspart, Letztere zu kosten.«

»Wie erleichtert Ihr sein müsst, wieder heil zurück nach Schottland gelangt zu sein«, sagte Isobel.

»Nun ja«, mischte sich Adam MacInnes ein, »die Mühen waren gewiss nicht umsonst. Ich habe von etlichen Männern gehört, die in Übersee nicht nur eine militärische Karriere, sondern ein Vermögen gemacht haben. Ein Freund von mir hat auf Jamaica für einen Spottpreis eine riesige Plantage gekauft, die bald ein Vielfaches seiner Investition abwarf. In Indien war dergleichen doch sicher auch möglich.«

Caelan beugte sich vor, um zu antworten, doch David kam ihm zuvor. »Ich fürchte, meinem Bruder ist es nie um Geld und Ruhm gegangen, nur um ein Abenteuer.« Davids Augen waren schmal, sodass keinem entging, was er davon hielt.

»Nun«, sagte Matthew Brinks, »das soll uns nicht davon abhalten, auf seine Heimkehr anstoßen.«

Sie taten es mit Wein, den die MacInnes so schnell wie Wasser tranken, ohne dass er ihnen sonderlich zu Kopf zu steigen schien. Vielleicht waren sie wie Highlander erzogen worden, und man hatte ihnen von klein auf Whisky in die Milch gemischt. Magdalene selbst nippte nur an ihrem Glas, fühlte sich nach ihrem langen Marsch aber so müde, als hätte sie eine ganze Karaffe Wein getrunken.

»Verglichen mit Indien sind die Highlands nicht ganz so exotisch«, wandte sich Isobel an Magdalene. »Dennoch müsstet Ihr Euch ein wenig fremd vorkommen, da Ihr doch in Edinburgh aufgewachsen seid.«

Ehe sie etwas sagen konnte, kam ihr Lauren zuvor. »Nun ja, gerade in Edinburgh wurden viele vom Ossian-Fieber angesteckt«, sagte sie und ließ sich nachschenken.

»Vom Ossian-Fieber?«, fragte Magdalene verständnislos.

Matthew Brinks lachte. »Zum Glück ist das kein Fieber, das so hoch steigt, dass es gefährlich für den Menschen wird. Und es verursacht auch keine Kopfschmerzen.«

»Dennoch ist die Verklärung der Highlands blanker Unsinn«, wandte David ein. »Das Bild, das James Macpherson entwirft, hat nichts mit der Wirklichkeit zu tun.«

»Ich fürchte, mein Bruder hat keinen Sinn für echte Helden«, spottete Caelan, woraufhin David ihm einen finsteren Blick zuwarf.

»Ossian ist ein mythischer keltischer Held«, erklärte Lauren an Magdalene gerichtet. »Ebenso wie Fingal. Und ein gewisser James Macpherson hat behauptet, er habe ein altes Manuskript mit Gedichten gefunden, das ihre Heldentaten besingt, und dieses übersetzt und veröffentlicht. In England und im Süden Schottlands stellen sich nun viele die Highlander wie Ossian und Fingal vor – als heroische Männer, die stärker sind als jeder Stier, ausdauernder als jedes Pferd, die Wind und Kälte und der Einsamkeit trotzen und ihre Heimat noch mehr lieben als ihre Frauen.«

Ein altes Manuskript ...

»Das ist doch Unsinn«, sagte David. »Ich bin überzeugt,

Macpherson hat sich das alles selbst ausgedacht, und dieses Manuskript ist eine Fälschung.«

»Es besteht doch aber kein Zweifel, dass die Highlander robuste Menschen sind«, sagte Matthew Brinks, »sonst hätte auch Caelan kaum ertragen, Schlangen zu essen.«

»Die Heldentat, die ich mir von den Highlandern erhoffe, wäre, dass sie sich den Reformen der Landwirtschaft öffnen«, rief David erbost. »Dann würden sie endlich einsehen, dass sie in Zukunft nicht auf Rinder setzen sollten, sondern auf Schafe und ... Kelp.«

Magdalene zuckte zusammen, doch Davids Blick war auf Caelan gerichtet, während er sie gar nicht wahrzunehmen schien – ein Zeichen dafür, dass Tómas Elliott ihm noch nichts vom heutigen Vorfall erzählt hatte.

»Nun, jedes Volk hat seine Träume«, sagte Isobel, »wir wollen den Highlandern ihre lassen.«

»Nicht, wenn das Einzige, wovon sie träumen, ihre glorreiche Vergangenheit ist und sie darob vergessen, für ihre Zukunft zu sorgen!«, erklärte David wütend.

Er stellte sein Glas Wein so energisch ab, dass er seinen Inhalt verschüttete, während Caelan seines seelenruhig zum Mund führte und einen kräftigen Schluck nahm, ehe er erklärte: »Ihr müsst meinem Bruder nachsehen, dass er heute nicht allerbester Laune ist. Er ist schließlich von den jüngsten Rebellenakten des roten Königs selbst betroffen.«

»Rebellenakten?«, fuhr David auf. »Es handelt sich hier um Dummejungenstreiche!«

Die anderen nickten wissend, doch Magdalene verstand kein Wort. »Wer ist denn der rote König?«, fragte sie erstaunt.

David machte eine unwirsche Handbewegung, als lohnte es sich nicht, darüber zu sprechen, doch Isobel beugte sich zu ihr und raunte sensationslüstern: »Das weiß niemand so genau, denn er trägt bei seinen Unternehmungen stets eine Maske … nach dem Vorbild von Alexander Peden, dem Covenanter, der einst für Unruhe sorgte.«

Dies war ein weiterer Name, den Magdalene noch nie gehört hatte, und wenn es nach David gegangen wäre, wäre es wohl dabei geblieben, doch Caelan erklärte bereitwillig: »Die Covenanter rebellierten im 17. Jahrhundert gegen die Stuart-Könige. Alexander Peden war einer ihrer bekanntesten Anführer. Sie kämpften für die Presbyterianer, aber vor allem für die Freiheit Schottlands von England. Bei den Rebellenakten, die er verübte, versteckte er sein Gesicht hinter einer Maske. Und eine ähnliche Maske trägt wie gesagt auch der rote König, wenn er den englischen Soldaten im Fort Augustus den Proviant stiehlt, die Stalltüren der Schafzüchter nachts öffnet, sodass die Tiere fliehen, oder ein ganzes Lager Kelp verbrennt.«

Auch Adam MacInnes nickte düster. »Das alles hat er tatsächlich verbrochen. Und in meinen Augen sind das weitaus schlimmere Taten als die Streiche eines dummen Jungen.«

»Dennoch sollten wir ihnen nicht mehr Gewicht geben, indem wir darüber sprechen«, sagte David schnell. »Bald werden sie ihn schnappen, und dann kommt er hinter Schloss und Riegel, wohin er gehört.«

Er klopfte energisch auf den Tisch, um zu zeigen, dass er das Thema für beendet hielt, aber Magdalenes Neugier war noch nicht befriedigt.

»Warum nennt er sich denn roter König?«, wollte sie wissen.

»Eine interessante Frage«, sagte Isobel, »es sind schließlich die englischen Soldaten – seine erklärten Feinde –, die rote Kleidung tragen und die man deswegen Rotröcke nennt.«

David erhob sich entschlossen. »Ich möchte Euch einladen, mich in den Salon zu begleiten.«

Caelan aber blieb ungerührt sitzen, und auch Matthew Brinks wollte sich die Gelegenheit, seine Bildung unter Beweis zu stellen, nicht entgehen lassen. »Nun, den großen Widerstandskämpfer Robert MacGregor nannte man auch Robert den Roten – Rob Roy. Des Weiteren ist der rote König eine Bezeichnung für Macbeth. Ich meine nicht den finsteren Despoten aus Shakespeares Theaterstück, sondern den echten Macbeth, der im 11. Jahrhundert gelebt hat und der – bevor er König von Schottland wurde – als Mormaer, als Fürst sozusagen, unsere Region Moray regierte. Gerade hier gibt es deshalb viele Menschen, die ihn als letzten keltischen König verehren, als König eines Landes also, das von England ganz und gar unabhängig war. Der maskierte Rebell, der sich nach ihm ›roter König‹ nennt, scheint dasselbe in ihm zu sehen – einen Kämpfer für Schottlands Freiheit nämlich.«

»Der Rebell, also wirklich!«, grummelte David. »Ein irregeleiteter Narr ist er, nichts weiter. Aber wie gesagt … er wird sein Unwesen nicht lange treiben. Und nun lasst uns doch den Abend mit etwas erfreulicheren Themen beschließen.«

Nach dem Abendessen saßen sie noch eine Weile im Salon zusammen. Die Herren tranken Rotwein und später Rumpunsch, für die Damen war eigentlich Likör vorgesehen, den Isobel und Lauren jedoch zugunsten eines Glases Whisky ausschlugen. Dennoch waren ihre Blicke klar und ihre Bewegungen entschlossen, während es Magdalene schwerfiel, sich auf das Gespräch zu konzentrieren.

Sie war erleichtert, als sich die Gäste verabschiedeten, und noch mehr, als David meinte, sie sei sicher müde und ihr eine gute Nacht wünschte.

Anstatt sich allerdings in ihr Schlafgemach zurückzuziehen, stieg Magdalene einen Stock höher. Sosehr ihre Beine schmerzten – ihr Geist war hellwach.

Macbeth … der letzte keltische König … der rote König … ein Rebell, der sich so bezeichnete und sich gegen die englischen Soldaten, die im Norden stationiert waren, ebenso aufzulehnen schien wie gegen die moderne Landwirtschaft …

Magdalene war nicht sicher, wie das alles zusammenpasste, doch das alte Pergament in der Bibliothek erschien ihr ein wesentliches Mosaiksteinchen zu sein, um das Bild zu vervollständigen, und sie wollte es noch einmal lesen, um dieses Mal vielleicht schlauer daraus zu werden.

Die Kerze, die sie trug, verbreitete nur einen fahlen Lichtschein. Sie brauchte eine Weile, bis sie das Regal gefunden und sich vergewissert hatte, dass sich die Pergamentrolle noch hier befand. Nahezu ehrfürchtig strich sie darüber. Ob dieses Schriftstück so alt war wie jenes, das Macpherson gefunden hatte? Oder ob es sich bei diesem um eine Fälschung handelte und bei dem Manuskript über Macbeth erst recht?

Und am entscheidendsten war die Frage: Warum befand es sich ausgerechnet in dieser Bibliothek … folglich im Haus einer Familie, die seit Jahrhunderten in Moray lebte, jener Provinz, aus der auch Macbeth stammte?

Magdalene stellte den Kerzenständer auf den Schreibtisch, setzte sich und begann zu lesen.

IV.

1078

Der Esel musste Aelswith schließlich doch noch tragen. Der Fußfesseln entledigt, hätte sie zwar gehen können, aber sie weigerte sich.

»Ich weiß nicht, wohin ihr mich verschleppt, ich weiß auch nicht, warum. Ich weiß nur, dass ich keinen Schritt freiwillig gehen werde.«

Anders als erwartet nahm der Esel die zusätzliche Last ebenso hin wie die vielen Steine auf dem Weg vor ihnen, der sich an den Hügeln vorbeischlängelte, und setzte beharrlich, wenn auch langsam, Schritt vor Schritt. Er blieb nur stehen, wenn er etwas Ungewöhnliches hörte oder witterte – für Drostan ein Zeichen, ihn vom Weg in Richtung Wald fortzuziehen und im Schatten der Bäume zu warten, bis andere Reisende vorübergezogen waren. Einmal war das ein Reiter, der weder nach rechts noch nach links blickte, einmal ein Händler, dessen Wagen quietschende Räder hatte und der auf den Ochsen, der diesen Wagen zog, ungeduldig einprügelte. Als der sich trotzdem weigerte, schneller zu gehen, begann der Händler jäh zu singen, und das klang so schief, dass der Ochse freiwillig den Schritt beschleunigte. Von allen am langsamsten waren zwei Frauen in grauen Kitteln, die auf ihrem Rücken verrotzte Kinder und auf ihrem Kopf Getreidesäcke trugen. Wahrscheinlich waren sie zur nächsten Mühle unterwegs.

Jedes Mal, wenn sie in der Ferne Menschen erblickte, überlegte Aelswith zu schreien – zumindest so lange, bis sie den Dolch in Drostans Hand sah.

»Wenn du es nur versuchst, wirst du die Klinge an der Kehle spüren«, drohte er. »Wenn du es wirklich tust, schneide ich dir die Kehle durch.«

Nicht dass ihr der Anblick der Waffe keine Angst machte. Dennoch erwiderte sie seinen Blick. »Wäre ich tot, wäre es gleichsam so, als würde euer Schlüssel schmelzen. Wie wollt ihr dann das Tor aufstoßen zu eurem großartigen Königreich?«

Drostans nachdenklicher Blick verriet keinen Ärger, nur etwas Überdruss. »Ich will dir doch nichts Schlechtes, Mädchen«, sagte er. »Wenn du dich nicht wehrst, wirst du keinen Schaden nehmen. Aber du musst wissen ... nur, weil du dich nicht an deine Kindheit erinnern kannst, ist deine Herkunft gleichwohl von Bedeutung.«

»Warum?«

Drostan antwortete nicht, zumal die Frauen endlich an ihnen vorbeigezogen waren, er gab Taraín ein Zeichen, ihren Marsch fortzusetzen. Sobald sie den Weg erreichten, wollte der sie wieder auf den Esel heben, doch Aelswith war nicht entgangen, dass sich etwas weißer Schaum vor dem Maul des Tieres gebildet hatte, und sie brachte es nicht über sich, den Esel leiden zu lassen.

»Ich gehe doch zu Fuß«, erklärte sie.

Der Esel konnte nicht lächeln, Taraín hingegen tat es flüchtig – zumindest so lange, bis sie ihm einen finsteren Blick zuwarf. Die Wut auf ihn beflügelte ihren Schritt, und obwohl sie es sich nur ungern eingestand, konnte sie wie am Tag zuvor kaum genug vom Anblick des weiten Landes bekommen. Sehr lange reichten ihre Kräfte allerdings nicht, und sie war erleichtert, dass Drostan einmal mehr stehen blieb und die Hand hob.

Dieses Mal hatte der Esel niemanden gehört, der denselben Weg nahm, doch in der Ferne war eine einsam stehende hölzerne Hütte zu sehen. Dass kein Rauch aus der Dachluke stieg, war ein Zeichen, dass sie unbewohnt war – wenn auch kein ausreichendes, um Drostans Misstrauen zu zerstreuen.

»Ihr wartet hier!«, befahl er. »Ich sehe nach.«

Obwohl er sie auf der letzten Wegstrecke nicht hatte tragen müssen, spuckte der Esel noch mehr Schaum. Taraín wischte ihn fürsorglich ab und kraulte das Tier zwischen den Ohren.

»Wir ... wir gehen in den Norden, nicht wahr?«, fragte Aelswith, sobald Drostan außer Hörweite war. Taraín sagte nichts. »Es muss so sein«, beantwortete sie sich die Frage selbst. »König Macbeth ... er stammt auch aus dem Norden ... aus Moray ... Er hat von dort aus geherrscht.«

Wieder kam keine Antwort, und sie überlegte fieberhaft, was sie von Bruder Andor über diesen König erfahren hatte. Wenn man all die Schlangen, Dämonen und Ströme an Blut wegließ, mit denen der Mönch seine Geschichten ausgeschmückt hatte, blieb nicht mehr viel übrig.

»Moray ist jenes Gebiet, das früher Fortriu hieß und wo die Pikten gelebt haben«, sagte sie. »Später ist dieses Volk mit dem der Skoten, die in Dalriada lebten, verschmolzen.«

Wenn er weiterhin schweigt, ist das Gespräch unweigerlich zu Ende, dachte Aelswith, doch zu ihrer Überraschung nickte Taraín.

»Die Angriffe der Wikinger stärkten dieses Königreich«, murmelte er. »Hätte es keinen Feind von außen gegeben, wäre es bald auseinandergebrochen. Nicht einmal so gab es kaum einen König, der keinen gewaltsamen Tod starb.«

»Genau wie Macbeth.« Er nickte, und Aelswith dachte wieder nach – nicht nur über die Worte von Bruder Andor, sondern über all das, was Drostan am Morgen gesagt hatte. »Macbeth wollte, dass sein Königreich unabhängig von England blieb, während an Malcolms Hof so viele Angelsachsen leben – nicht zuletzt Verwandte von Königin Margaret –, dass manch einer sein Reich ein zweites England nennt.«

Taraín nickte wieder, doch ehe er noch etwas sagen konnte, winkte Drostan ihnen aus der Ferne zu. Die Hütte diente wohl nur als Unterschlupf für Tiere, denn es war niemand zu sehen. Taraín trieb den Esel an, der sich bereitwillig in Bewegung setzte.

»Was frisst er eigentlich gerne?«, fragte Aelswith angelegentlich.

»Brennnesseln.«

»Dann schau nur, wie üppig sie hier wachsen. Wir sollten einige ausreißen.« Sie wartete seine Zustimmung nicht ab, sondern bückte sich und griff nach den Pflanzen.

»Warte! Sie werden deine Haut wie Feuer brennen lassen. Lass mich das lieber machen.«

Ha, sie war nicht nur mit einem Esel unterwegs, sondern derer zwei!

Aelswith verbarg ihre Gedanken hinter einem freundlichen Lächeln, und während Taraín sich an ihrer statt bückte, hob sie unauffällig einen der glatten weißen Steine, die überall auf dem Weg verstreut lagen. Schon als er nach der ersten Brennnessel griff, hätte sie die Gelegenheit gehabt, den Stein auf seinen Kopf zu schmettern, doch allein sich das Geräusch von splitternden Knochen nur auszumalen, ließ sie zurückzucken. Als sie den Stein hob, zielte sie nur auf den Nacken – schlug aber umso energischer zu. Der Schlag klang dumpf, Taraíns Ächzen schmerzvoll. Ob er in die Brennnesseln fiel, wie sie es vorgesehen hatte, sah sie nicht mehr, denn sie war schon fortgerannt – in jene Richtung, aus der sie gekommen waren und wohin die Frauen mit den Getreidesäcken verschwunden waren.

Die ersten Schritte brachte Aelswith noch schnell hinter sich. Als sich immer mehr Steine in die Fußsohlen bohrten, wurde sie etwas langsamer, und nahezu gar nicht mehr kam sie voran, als sie plötzlich eine Stimme hörte.

»So warte doch!«

Sie ärgerte sich, weil sie gezögert hatte, auf Taraíns Kopf zu zielen, und noch mehr ärgerte sie sich, weil sie so erleichtert darüber war, dass es ihm gut ging. Sie drehte sich kurz um, um zu sehen, wie viele Schritte sie noch von ihm trennten, und als sie, sobald sie sich vergewissert hatte, dass es ein gutes Stück war, wieder weiterlaufen wollte, stolperte sie über eine Wurzel, die quer über den Weg wucherte. Nicht nur, dass diese sie zu Fall brachte – sie war so knorrig und rau, dass Aelswith sich das Knie aufschlug.

»Aua!«, entfuhr es ihr.

Schon war Taraín bei ihr, doch anstatt sie ob des Fluchtversuchs zu schelten und sie an den Haaren zurück zum Esel zu zerren, hatte er nur Augen für die blutende Wunde.

»Hast du dir wehgetan? Ich habe etwas, das Blut stillt.«

Ihr Knie brannte höllisch, und sie war nicht sicher, ob sie auftreten konnte, aber als Taraín in dem Lederbeutel kramte, den er und Drostan bei sich trugen, hätte Aelswith ihm diesen am liebsten aus der Hand geschlagen. Wenn sie jetzt einen Stein in der Hand gehabt hätte, hätte sie ihm gewiss den Schädel zertrümmert.

»Ich brauche deine Hilfe nicht«, fauchte sie und rappelte sich auf. Sie konnte zwar gehen, doch nur humpelnd. Um sich nicht noch mehr zu beschämen, verzichtete sie auf einen weiteren Fluchtversuch und hinkte zurück zum Esel.

»So warte doch!«, rief Taraín wieder. Er eilte zu ihr und reichte ihr seinen Arm, um sie zu stützen, doch sie schlug ihn zurück. »Lass mich wenigstens das Blut abwischen«, flehte er.

Ehe sie ablehnen konnte, war er schon auf die Knie gesunken und hatte ihre Tunika etwas angehoben. Ein Blutstropfen perlte langsam vom Knie über den Unterschenkel, und als er ihn mit einem Stück Leinentuch behutsam abwischte, spürte sie plötzlich keinen brennenden Schmerz mehr, nur ein sanftes Kribbeln, wo seine Fingerkuppe ihre Haut berührte. Gerade weil es nicht unangenehm war – im Gegenteil –, hob sie den Fuß und trat nach ihm. Zwar scheute sie sich, ihre ganze Kraft einzusetzen, doch auch so schien der Tritt schmerzhaft genug, um ihm wieder ein Ächzen zu entlocken. Sie grinste schadenfroh, und das Grinsen wurde noch breiter, als Drostan herbeigeeilt kam, erst etwas abfällig auf den jungen Mann starrte, der sich auf dem Boden wand, und schließlich mitleidlos verkündete, Taraín solle sich zusammenreißen, schließlich könne der Esel sie nicht beide tragen.

Die Königin blickte nicht auf, als Hlothere ihre Schreibstube betrat. Ein süßlicher Geruch lag in der Luft, von dem er nicht sagen konnte, ob er von den Bienenwachskerzen, dem Pergament oder ihrem blonden Haar herrührte. Er war nicht einmal sicher, ob ihr Haar wirklich blond war, vermutete es nur aufgrund ihrer blassen Haut, den blauen Augen und den goldenen Brauen – und weil es schlichtweg unmöglich war, sich an einer lichten Gestalt wie der Königin etwas Dunkles vorzustellen. Allein der Anblick der vielen Mönche, deren graue Kutten sich deutlich von ihrem silberblauen Kleid abhoben, war störend und ließen ihn an eine Horde Raben denken, die einen Schwan umkreisten. Anders als ein solcher hob Margaret jedoch nicht stolz den Kopf, sondern saß in geduckter Haltung da, als gälte es, sich noch kleiner und zarter zu machen, als sie ohnehin schon war.

»Wir müssen uns nach dem Vorbild des heiligen Benedikt richten«, sagte sie mit ihrer samtenen Stimme. »Es gilt nicht, die Sünder zu verdammen, sondern sie zur Umkehr zu bewegen.«

»Aber wenn sie sich weigern?«, fragte einer der Mönche. »In vielen Klöstern beginnt die Fastenzeit weiterhin statt am Aschermittwoch am Sonntag darauf. Die Äbte behaupten, dass es schon immer so gewesen sei.«

»Nun«, sagte Margaret, »dann sollten wir sie mit genau diesem Argument schlagen. Schließlich ist es auch immer schon so gewesen, dass die Fastenzeit vierzig Tage lang währt. Und ebenso üblich war stets, dass am Sonntag nicht gefastet wird. Um aber auf vierzig Tage zu kommen, wenn man die Sonntage nicht hinzuzählt, muss die Fastenzeit am Aschermittwoch beginnen.«

Während sie sprach, warf die Königin einen kurzen Seitenblick auf Hlothere, ließ sich davon gleichwohl nicht aus der Ruhe bringen. Einen theologischen Disput unterbrach sie ebenso wenig wie das Gebet. Einmal hatte sie mitten in einem Psalm geniest und sich dafür so verachtet, dass sie den restlichen Tag mit weit ausgestreckten Händen im Freien verbracht hatte.

Allerdings war auch den Mönchen nicht entgangen, dass er den Raum betreten hatte. Keiner kannte seinen Namen, aber jeder wusste, dass er einer jener angelsächsischen Ritter war, die Margaret einst nach Schottland begleitet hatten und die bereit waren, deren Leben mit dem eigenen zu schützen. So begannen sie, unruhig zu werden.

»Wir werden den Klöstern schreiben, und ihre Entscheidung abwarten«, erklärte einer der Mönche.

Margaret erhob sich, nur um sogleich wieder auf den Boden zu sinken. »Segnet mich.«

Hlothere wartete, bis die frommen Männer das getan und den Raum verlassen hatten, ehe er nun seinerseits auf die Knie fiel.

»Vergebt mir, meine Königin.«

»Ich weiß, dass du mich nur unterbrochen hast, weil es wichtig ist.«

»Nicht dafür erbitte ich Eure Vergebung. Sondern weil ich mich habe täuschen lassen. Wie alle anderen habe ich dem Wanderarzt geglaubt und zu spät herausgefunden, wie er heißt. Hätte ich seinen Namen von Anfang an gekannt, hätte ich seinen Betrug sofort durchschaut.«

»Und wie ist sein Name?«

»Drostan«, sagte er schlicht.

Margaret runzelte kurz die Stirn, wie sie es immer tat, wenn sie nachdachte. Gedankenverloren trat sie zur Seite und strich über etliche Pergamente – die Evangelien, die Regel des heiligen Benedikt oder die Homilie vom heiligen Gregorius. Als das Pergament glatt war, war es auch wieder ihre Stirn.

»Drostan … so hieß doch auch …«

»… einer von Macbeth' Kampfgefährten«, sagte Hlothere schnell. »Derjenige, der bei der letzten großen Schlacht von Lumphanan zugegen war.«

Margaret seufzte schwer. »Komm mit«, befahl sie dann, »ich will nicht, dass schwere Gedanken diesen Raum verdunkeln.«

Wenig später betraten sie die große Halle. Sie wurde von Öllampen und Fackeln erhellt. Ehe Margaret hier Einzug gehalten hatte, waren die Wände kahl gewesen, doch mittlerweile waren sie mit Teppichen aus dem fernen Spanien und

Wandbehängen, die die Damen der Königin angefertigt hatten, geschmückt. Früher hatte man an der langen Tafel mit den Händen gegessen und laut geschlürft, aber Margaret hatte nicht nur Silber- und Goldbesteck aus ihrer Heimat mitgebracht und die Humpen aus Horn und Holz mit silbernen Kelchen ausgetauscht, auch streng verboten, zu gierig zu essen und zu trinken. Außerdem durfte niemand den Tisch verlassen, ehe sie gegessen hatte – was immer sehr langsam geschah. Den besonders Ungeduldigen, die schon mit den Füßen zu scharren begannen, ließ sie Wein einschenken.

Jetzt aßen die anwesenden Ritter nicht, sie spielten Schach oder mit Würfel, doch als sie Margaret ansichtig wurden, erhoben sie sich schnell. Die Männer trugen allesamt saubere Umhänge – mit dem Pelz von Mardern oder Luchsen verbrämt und gefüttert –, da Margaret nicht nur für bessere Tischmanieren, sondern auch für edlere Kleidung gesorgt hatte. Obwohl Hlothere alles, was Margaret tat, für gewöhnlich guthieß, hatte er dafür nicht viel übrig. Ein Ritter, so fand er, sollte es nie zu warm haben.

Margaret ließ ihren Blick schweifen und nannte die Namen von fünf Rittern. »Geht hinaus und sattelt die Pferde!«

»Wohin wünscht Ihr aufzubrechen, Königin?«

»Ich werde nirgendwohin reiten. Ihr werdet Hlothere begleiten ... und euch alle wiederum Gottes Segen.« Die Männer gehorchten sofort, und erst jetzt wandte sich Margaret wieder an Hlothere. »Du weißt, was du tun musst.«

Er nickte. »Ich werde Aelswith zurückholen. Um jeden Preis.«

»Ich vertraue darauf, dass es gelingt.«

Wieder ging er auf die Knie. »Ich habe Euer Vertrauen nicht verdient, meine Königin. Nicht nach dem, was ich einst getan habe.«

Sie trat so dicht zu ihm, dass er ihren warmen Atem spüren konnte. »Steh auf, Hlothere.« Königin Margaret hielt inne. »Gewiss, du hast recht. Du hast mein Vertrauen nicht verdient – genauso wie wir alle Gottes Gnade nicht verdient haben, weil wir Sünder sind. Doch wir werden nicht kleiner, wenn wir das zugeben, sondern größer. Du hast einst ein schreckliches Verbrechen begangen, du weißt hingegen um die Schuld, die du auf dich geladen hast, und bist bereit, Buße zu tun.«

Obwohl sie ihm anderes befohlen hatte, blieb Hlothere knien, bis die Königin die Halle verließ. Erst danach richtete er sich auf und ging nach draußen in den Hof, wo die Männer schon mit den Pferden warteten.

Ich hätte es nicht tun sollen, dachte Taraín, ich hätte Drostan nicht helfen sollen, sie zu entführen.

Am vierten Tag, nachdem sie Edinburgh verlassen hatten, war ihnen der Himmel nicht länger gnädig. Die Wolken schwollen an und platzten, über ihnen ergossen sich regelrechte Fluten, und binnen weniger Augenblicke waren sie nass bis auf die Haut. Die Hufe des Esels gruben sich in den Schlamm, und Aelswith' Stiefel blieben immer wieder darin stecken.

Jedes Mal hastete Taraín zu ihr und wollte ihr helfen, doch sie funkelte ihn mit ihren braunen Augen an und schlug seine Hand weg, weswegen ihm nichts anderes übrig blieb, als hilflos zuzusehen, wie sie auf einem Bein stand, das andere abwusch und wieder in den Stiefel schlüpfe. Sobald sie es geschafft hatte, warf sie ihm einen Blick zu, in dem ebenso viel Triumph wie Verachtung stand.

Ich hätte es nicht tun sollen, dachte er wieder, ich hätte Drostan nicht helfen sollen, sie zu entführen.

Nicht dass er ihn hätte davon abhalten können – dafür kannte er Drostan, mit dem er seit vielen Jahren durch die Lande zog, zu gut. Drostan konnte lustig sein, wunderschöne Lieder singen und spannende Geschichten von heidnischen Göttern erzählen, aber manchmal wurde seine Miene so kalt und entschlossen wie die eines Kriegers in der Schlacht. Das geschah, wenn er sich um Kranke kümmerte und gleichsam gegen den Tod kämpfte. Und das geschah, wenn er von Macbeth, seinem König und Kampfgefährten, erzählte und gleichsam um dessen guten Namen kämpfte.

Seufzend und mit eingezogenem Kopf ging Taraín Aelswith und Drostan nach. Wie der salzige Geruch verriet, war das Meer nicht weit, wenn auch noch nicht zu sehen. Zwischen den sanften Hügeln klafften etliche Geröllfelder, und sobald Drostan ein Zeichen gegeben hatte, dass sie hier rasten würden, nahm Taraín einige der spitzen Steine und stapelte sie übereinander. Das war zwar kein Dach, immerhin aber eine halbwegs stabile Wand, hinter der sie während ihrer Rast vom Wind geschützt waren.

Drostan wühlte in dem Lederbeutel und zog etwas getrocknetes Fleisch hervor, das vom Regen aufgeweicht und doppelt so groß geworden war. Es war dadurch leichter, einen Bissen abzubeißen, es schmeckte dennoch seltsam modrig. Taraín brachte nichts herunter und bot Aelswith seine Ration an.

»Das brauche ich nicht«, erklärte sie schroff.

Wenig später beobachtete er, dass sie einen besonders zähen Bissen ausspuckte und einen Stein darüber schob, doch er sah rasch wieder weg, damit sie sich nicht belauert fühlte. Sobald ihr Mahl beendet war, erhob sie sich.

»Wohin willst du?«, fragte Drostan barsch.

Sie trotzte eine Weile stumm seinem Blick. »Mich erleichtern«, sagte sie schließlich.

Drostan, der aufgesprungen war, ließ sich wieder auf einen der Steine sinken, nickte Taraín allerdings zu. »Lass sie nicht aus dem Blick.«

»Aber ich kann doch nicht …«

Bis jetzt hatte Drostan immer erlaubt, dass sie sich ein Stück weit von ihnen entfernt erleichterte.

»Die Hügel sind nun flacher«, erklärte Drostan, »das heißt, wir sind von allen Himmelsrichtungen zu sehen. Die Ritter des Königs haben wiederum gewiss die Verfolgung aufgenommen, und das Mädchen sollte nicht auf falsche Ideen kommen.«

Taraín widersprach nicht, obwohl ihm einmal mehr durch den Kopf ging, dass er ihre Entführung nicht hätte zulassen dürfen und dass er Aelswith nicht beobachten, sie vielmehr befreien sollte. Er musste nur warten, bis Drostan schlief, dann …

Nicht dass er einen Augenblick glaubte, er wäre dazu fähig, den väterlichen Freund zu hintergehen, doch sich allein vorzustellen, wie er es tat, war ihm ein wenig Trost. Außerdem lenkten ihn die Gedanken davon ab, dass Aelswith nicht weit von ihm entfernt ihre Tunika hob und sich über ein Stück Moos hockte. So stark, wie es regnete, war nichts zu hören, doch sie schien sich absichtlich lange Zeit zu lassen, um ihn zu beschämen.

Taraín blickte in die andere Richtung. Aus den Regenfluten wurde langsam ein Nieseln, die Luft war schwer von Feuchtigkeit, und der dunkle Himmel über ihnen ließ nur in weiter Ferne ein wenig Blau erahnen. Vom Grün der Wiesen hob sich deutlich ein kräftiger roter Fleck ab.

Taraín schirmte die Augen ab, damit kein Regentropfen hineinfiel, und starrte gebannt darauf. Der Fleck schien sich zu bewegen – ein Zeichen, dass nicht bloß rote Blüten im Wind wogten. Er glich auch eher einer Gestalt ... einer Gestalt, die einen roten Mantel trug.

»Was ist das?«

Er hatte nicht bemerkt, dass Aelswith ihre Tunika wieder hatte sinken lassen und zu ihm getreten war. Dass sie in dieser Einöde einem Menschen begegneten, schien sie hoffnungsfroh zu stimmen, und dass es ein solcher war, wurde schon wenig später zur Gewissheit, als sie einen heiseren Ruf vernahmen.

»Helft mir ... so helft mir doch!«

Nun sprang auch Drostan auf und eilte zu ihnen. Er konnte wohl nicht sonderlich viel mehr erkennen als sie – dass die Gestalt nämlich auf die Knie sank und sich nicht wieder aufzurichten vermochte.

»Er ... er scheint nicht wieder hochzukommen«, stammelte Taraín, »vielleicht ... vielleicht wurde er verletzt ...«

Wieder ließ sich heisereres Geschrei vernehmen, aber es wurde vom jäh aufziehenden Wind, der ihnen die Regentropfen ins Gesicht wehte, verschluckt. Drostan kehrte zurück zu ihrem Rastplatz, bückte sich und verstaute hastig die Reste der Proviants in seinem Lederbeutel.

»Kommt, wir gehen weiter!«

Er wollte das Tier mit sich ziehen, doch während der Esel gehorchte, bockte Taraín. »Dort hinten liegt ein verwundeter Mann«, rief er. »Vielleicht ist er von seinem Pferd gestürzt, vielleicht ist er ...« Er brach ab. »Ach, egal, wie er sich verletzt hat. Wichtig ist nur, dass wir ihm helfen!«

»Das können wir nicht!«, erwiderte Drostan. »Das ist viel zu gefährlich.«

Er hatte den Esel losgelassen, um nunmehr ihn zu packen, doch Taraín entging der Zweifel in seiner Stimme nicht. Vielleicht konnte Drostan es mit seinem Gewissen vereinbaren, ein junges Mädchen zu entführen, doch er hatte mittlerweile mehr Jahre seines Lebens als Wanderarzt verbracht denn als König Macbeth' Krieger, um sämtliche Prinzipien zu ignorieren.

»Es ist mir egal, was du machst«, sagte Taraín, »ich werde diesem Mann helfen!«

Drostans Griff wurde zwar kurz noch fester, sein Blick aber unruhiger. Taraín nahm alle Willenskraft zusammen, um ihm zu trotzen, und tatsächlich ließ Drostan ihn endlich los. Noch mehr Mut gab Taraín Aelswith' Blick, der halb erstaunt, halb bewundernd auf ihm ruhte, und schon zog er den Beutel vom Rücken des Esels und stapfte entschlossen auf die Gestalt zu.

Bald wuchs sein Unbehagen. Er hatte gehofft, den Verwundeten rasch zu erreichen, nun erwies sich die Entfernung größer als gedacht, und dass die heiseren Schreie nachließen, war kein gutes Zeichen.

Wenigstens konnte er etwas mehr sehen, wenn auch nicht das Gesicht des Mannes. Mit diesem voran war der nämlich in den Schlamm gefallen, und so wenig wie der Rücken sich regte, war zu vermuten, dass er darin ersaufen würde. Taraín begann zu laufen, versank sofort in knöcheltiefen Pfützen und wäre beinahe ausgerutscht. Mühsam fand er die Balance wieder, und als er endlich den Verletzten erreicht hatte, sah er nicht nur, dass der noch lebte, sondern seinen Kopf hochgehoben hatte. Er starrte mit schreckgeweiteten Augen zurück, und jetzt hörte auch Taraín, welches Geräusch sich von dort näherte und bald das Regenprasseln übertönte: Hufgetrappel.

Plötzlich bereute er sein eigenmächtiges Handeln bitter. Am liebsten hätte er kehrtgemacht und wäre zurückgelaufen, doch ehe er sich aus der Starre löste, ertönte ein Schrei.

»Taraín!«

Wieder und wieder rief Drostan seinen Namen, als sich das

Hufgetrappel näherte, ja kam plötzlich auf ihn zugelaufen, die Hände warnend erhoben.

Warum hat er bloß Aelswith zurückgelassen?

Taraín ahnte die Antwort, noch ehe er sich den Reitern zuwandte.

Weil mein Leben in Gefahr ist …

Sie kamen in atemberaubendem Galopp auf sie zu und ritten so dicht nebeneinander, dass mehrere Pferdeleiber zu einem zu verschmelzen schienen und die Körper der Reiter mit ihnen. Erst als sie sie beinahe erreicht hatten, teilten sie sich in zwei Grüppchen. Eines ritt auf Drostan zu, das andere auf Taraín, und auf sie beide richteten sich Pfeile – bei Weitem nicht die einzige bedrohliche Waffe. Taraín sah, dass die Reiter auch Äxte und Wurfschlingen trugen, Schwerter und Speere. So gebannt von dem Anblick, hätte er sich beinahe nicht geduckt, als ein Pfeil auf ihn abgefeuert wurde, doch als der Verletzte aufschrie, zog er den Kopf ein, und der Pfeil schoss knapp an ihm vorbei. Er blieb im lehmigen Boden stecken. Den zweiten sah Taraín früher kommen, und dieses Mal musste er sich auf den Boden werfen, um ihm auszuweichen. Schlamm drang in seinen Mund. Er wartete nicht auf den dritten Pfeil, sondern rollte sich erst auf den Rücken, dann wieder auf den Bauch, kroch auf allen vieren, stand auf und begann zu laufen. Bei jedem Schritt war er überzeugt, dass der nächste Pfeil ihn tödlich treffen würde, doch als er sich umdrehte, sah er, dass die Reiter es nicht länger auf ihn abgesehen hatten, sondern allein auf Drostan. Und der wiederum versuchte, anders als Taraín, gar nicht erst zu fliehen, er lief ihnen entgegen.

Ja, ist er wahnsinnig geworden?, dachte Taraín, um sogleich zu erkennen, dass es nicht Wahnsinn war, der Drostan trieb, es war Liebe … Liebe zu ihm. Er wollte ihn schützen, indem er den eigenen Körper zur Zielscheibe machte, indem er Steine hob und sie in Richtung der Angreifer warf, um sie zu provozieren und ihre Aufmerksamkeit allein auf sich zu lenken! Gemessen an den blitzschnellen Pfeilen waren sie eine nutzlose Waffe. Kein einziger traf einen der Männer, doch ein Pferd scheute, wieherte und stieg auf seine Hinterläufe, bis sein Besitzer vom Rücken rutschte. Ehe der sich wieder aufgerappelt hatte, war das Pferd schon geflohen.

Drostan konnte sich nicht lange seines Triumphes erfreuen. Ein anderer Reiter schoss wieder einen Pfeil auf ihn, und der traf ihn am Oberarm. Ein weiterer folgte, der in seinem Schenkel stecken blieb, und ein dritter trieb sich in seine Brust.

Und immer noch stand Drostan aufrecht, fiel nicht, brüllte nur: »Lauf! Lauf weg!«

Taraín lief, aber er lief nicht, um sich in Sicherheit zu bringen, sondern lief auf Drostan zu und konnte ihn gerade noch wegziehen, ehe der nächste Pfeil ihn traf. Erst jetzt sank Drostan auf seine Knie.

»Lauf weg!«, keuchte Drostan.

Taraín gehorchte immer noch nicht, packte seinen Körper, versuchte ihn mit sich zu ziehen.

Nicht dass er sehr weit kam. Der Körper war so schwer ... so voller Blut ... er wusste nicht, aus welcher Wunde am meisten Blut sickerte, nur dass mindestens eine tödlich war.

»Bitte, du musst mithelfen ... du darfst nicht aufgeben ...«

Nun sank auch Drostan in sich zusammen.

»Nein!«, schrie Taraín, »nein!«

»Lauf endlich!«

Bald ertönte der gleiche Befehl noch einmal – wenngleich er dieses Mal aus einem anderen Mund kam. Nicht Drostan schrie auf ihn ein, sondern Aelswith. Anstatt sich zu verstecken oder den Reitern, die sie doch um ihretwillen verfolgt hatten, entgegenzulaufen, war sie zu Taraín gehastet und wollte ihn mit sich zerren.

»Komm! Wir müssen fort von hier!«

Sein Griff, mit dem er Drostan umklammerte, lockerte sich, der von Aelswith hingegen blieb fest.

»Nun komm schon!«

Taraín folgte ihr drei Schritte, blieb stehen, warf einen letzten Blick auf Drostan. Dessen Gesicht war grau, als hätte er alles Blut verloren, doch seine wachen Augen richteten sich auf Aelswith. Ehe sie und Taraín endgültig flohen – auf dem Pferd nämlich, das zuvor den Reiter abgeworfen und das Aelswith, wie er nun sah, am Zügel gepackt hatte –, sprach Drostan seine letzten Worte.

»Du … du bist das Kind von Macbeth. Du musst das Rabenbanner suchen.«

V.

1791

Magdalene lebte seit einem Monat im Herrenhaus der MacBrannans, als sie zum ersten Mal ausritt. Sie hatte lange mit sich gerungen, ob sie es wagen sollte, doch am Ende gab Abigail den Ausschlag, die behauptete, die Pferde seien hier genauso wild wie die Menschen und sie werde sich gewiss das Genick brechen.

»Aber ich kann doch nicht immer nur im Haus bleiben«, bestand Magdalene.

»In Edinburgh hast die ganze Zeit in der Bibliothek verbracht. Mittlerweile hast du doch etwas zu lesen gefunden, nicht wahr?«

Das stimmte ohne Zweifel. Mittlerweile hatte sich Magdalene so oft in das Pergament vertieft, dass sie den Text auswendig konnte, war daraus jedoch nicht klüger geworden. Nicht nur, dass die Geschichte nicht bis zum Ende erzählt wurde, obendrein konnte sie mit vielen Andeutungen nichts anfangen.

Von einer gewissen Aelswith war die Rede, gerüchteweise ein Kind von König Macbeth, obwohl – wie Magdalene mittlerweile in einem Lexikon nachgelesen hatte – seine Ehe mit Gruoch kinderlos geblieben und auch an keiner anderen Stelle von Bastarden die Rede war. Noch weniger konnte sie die Bedeutung des gleichfalls erwähnten Rabenbanners einschätzen, das anscheinend den Anspruch von besagtem Kind auf die Macht in Alba legitimierte.

»Du bist doch gerne in der Bibliothek, oder?«, bemerkte Abigail. »Und wenn du schon spazieren gehst, so bleib im Garten!«

»Das ist doch langweilig.«

Mittlerweile kannte Magdalene jedes Fleckchen, und wann immer ihr Blick auf die fein beschnittenen Hecken fiel, vermeinte sie, selbst jeden Tag ein wenig mehr zurechtgestutzt zu werden, bis kaum mehr Blätter, nur dürre Äste blieben. Wenn wiederum die Schwäne vor ihr davonflogen, sehnte sie sich danach, die Flügel auszubreiten und ihnen zu folgen. In Momenten wie diesen erinnerte sie sich nur mehr daran, wie schön das Umland vom Herrenhaus war – nicht daran, wie Tómas Elliott die Männer des Dorfes zur Kelp-Ernte hatte heranziehen wollen.

»Ich reite aus«, beharrte sie entschlossen, ließ sich von der weiterhin nörgelnden Abigail in ihr Reitkleid helfen und befahl wenig später einem Stallburschen, ihr ein Ross zu satteln. Die Hoffnung, dass es kein allzu großes, wildes sein würde, behielt sie für sich.

Falls der Knecht erstaunt war, sie im Reitstall zu sehen, zeigte er es nicht. Er nickte nur und ging davon, während sich Magdalene neugierig umblickte. Etwa ein Dutzend Tiere fanden hier Platz, doch nur die Hälfte der Boxen war besetzt, und an der Rückwand einer leeren hingen zu ihrem Entsetzen zwei Pferdeohren.

»Du lieber Himmel!«, entfuhr es ihr.

Als Gelächter hinter ihr ertönte, fuhr sie herum. Caelan bot wie immer einen exotischeren Anblick als David. Diesen hatte sie kaum je in etwas anderem als Schwarz und Grau gesehen, wogegen sein Bruder stets farbenfrohe Kleidung trug – heute einen safrangelben Mantel.

»Keine Angst, das Tier war schon tot, als man ihm die Ohren abschnitt«, erklärte Caelan.

»Aber warum hat man das gemacht?«

»Das ist ein alter Aberglaube. Wenn ein Pferd im Stall stirbt, so heißt es, müssen die Ohren abgeschnitten und aufgehängt werden, damit der Tod nicht noch weitere Tiere heimsucht.«

Caelan schien dieser Brauch zu belustigen, während Magdalene zweifelnd auf die Ohren blickte.

»Ich kann Euch gerne auf einen Ausritt begleiten und Euch das Land zeigen«, bot er an. »Bis zum Loch Oich und zum Loch Ness ist es nicht weit. Selbst Täler wie das Glen Urquhart sind von hier aus gut zu erreichen. Was ich in Indien am meisten vermisst habe, waren die langen Ausritte.«

Kurz lag es Magdalene auf den Lippen, begeistert zuzustimmen, doch sie verkniff es sich, wollte sie doch nicht, dass Caelan sah, wie erbärmlich gekrümmt sie auf einem Pferderücken saß. Nicht auszudenken, wenn sie gar hinunterfiele!

»Ich will nicht so lange unterwegs sein«, sagte sie.

Caelan deutete eine Verbeugung an und tippte an seinen breitkrempigen Hut, ehe er selbst auf einen Rappen zutrat, dessen Augen so spöttisch glänzten wie seine.

Kaum hatte er den Stall verlassen, brachte der Pferdeknecht ein kleines Tier mit dickem braunem Fell und weißen Flecken auf den Beinen.

Ob wir uns wohl verstehen werden?

Sie suchte den Blick des Pferdes, aber so tief wie ihm die Mähne ins Gesicht hing, waren seine Augen kaum zu sehen.

Bald stand sie auf demselben Hügel wie bei ihrem ersten Ausflug und ließ sich den Meereswind ins Gesicht blasen. Dieses Mal konnte sie den Ausblick ganz ohne schmerzhaften Druck in der Brust genießen, war doch das Pferd, das Astala hieß, für sie gelaufen. Es war ihr erstaunlich leichtgefallen, sich auf seinem Rücken zu halten, da das Tier keine Anstalten gemacht hatte, in wilden Galopp zu verfallen, sondern gemächlich Schritt vor Schritt setzte. Zunächst hatte sie zwanghaft auf die Zügel gestarrt, dann aber gewagt, den Blick nach rechts und links zu richten.

Das Heidekraut stand mittlerweile in einem dunklen Violettton – eine fast schmerzhaft schöne Farbe, mit der das teuerste Seidenkleid aus Mailand oder Paris nicht mithalten würde und von der man sich kaum vorstellen konnte, dass die Natur selbst sie hervorgebracht hatte. Und nicht nur am Violett erfreuten sich ihre Augen. Wenn jede Farbe hier einen Ton von sich gäbe – welch wunderschönes Lied würde dann dieses Land singen mit seinen sattgrünen Hügeln, dem Weiß der Berggipfel in weiter Ferne, dem dunklen Blau des Meeres und dem hellen des kleinen Bächleins, das nicht weit von ihr durch ein silbrig schimmerndes Birkenwäldchen plätscherte, während die Wälder allesamt von Bronze übergossen schienen. Die Wiesen wurden von braunen und schwarzen Punkten gesprenkelt, und Magdalene brauchte eine Weile, um zu begreifen, dass dies nicht nur Rinder waren, sondern Schafe – einer ganz anderen Rasse zugehörend als die weißen, die sie kannte.

Sie trieb Astala wieder an und schloss kurz die Augen, um sich ganz und gar dem Geruch hinzugeben, der in der Luft lag – ein wenig salzig nach dem Meer, ein wenig süß nach dunkler, feuchter Erde. Blind wie sie war, schien er noch durchdringender – und der Laut, den sie jäh vernahm, ebenso.

Sie schlug die Augen auf und konnte kurz nicht einschätzen, aus welcher Richtung er kam. Was ihr hingegen sofort klar wurde, war, dass ein solches Geschrei nur von Menschen ausgestoßen wurde, die in Bedrängnis geraten waren.

Auch Astala hatte es gehört und schnaubte ängstlich, doch als sie ihn in Richtung des Geschreis trieb, gehorchte er ihr.

Das Dorf … das Geschrei kam vom Dorf, das sie beim letzten Mal zu Fuß erreicht hatte. Nur zu gut konnte sie sich an ihr Entsetzen erinnern, als sie die armseligen Hütten und die dreckige Kleidung der Bewohner betrachtet hatte, was sie heute dort erwartete, war hingegen abstoßender als die Zeichen von Armut.

Gewalt war es, nackte, rohe Gewalt.

Schon aus einiger Entfernung erkannte sie, dass niemand seinem Tagewerk nachging, da sich die Dorfbewohner auf einem kleinen Platz inmitten der Häuser versammelt hatten. Mütter trugen ihre Kinder und ein alter Mann seine Frau, während eine weitere gerade versuchte, ein verzweifeltes Huhn einzufangen, das davongelaufen war. Bevor sie es erwischte, richtete sich ein Mann in roter Uniform drohend vor ihr auf. Er war nicht der Einzige – insgesamt zählte Magdalene sechs Soldaten.

Einer brüllte zwei Frauen an, die, wie ihre zuckenden Schultern verrieten, unter Tränen etwas in einen zweirädrigen Wagen packten. Drei andere stritten mit etlichen männlichen Dorfbewohnern, deren Stimmen eben anschwollen, erst recht als einer von ihnen einen Stein erhob, woraufhin einer der Uniformierten den Revolver zog und ein anderer ihn mit dem Bajonett bedrohte.

Magdalene schrie auf – und sie war nicht die Einzige. Die Frauen, die eben den Wagen beluden, ließen ihre Bündel fallen und liefen auf die Männer zu, um sie zu mäßigen – doch auch wenn es ihnen gelang, sie zu beschwichtigen, den Zorn eines anderen konnten sie nicht eindämmen.

Seòras war als Einziger mit einem Kilt bekleidet. Eben stritt er mit einem der Soldaten – offenbar der Sergeant, der die anderen befehligte –, und als der nicht zurückwich, wandte er sich an Tómas Elliott, den Magdalene nun erst entdeckte. Sie trieb Astala an und kam nahe genug, um Elliotts Worte zu verstehen.

»Im Grunde ist es deine Schuld«, rief er. »Die Männer können ihre Pacht nicht zahlen. Wenn sie Kelp abgebaut hätten, wie es vorgesehen war, hätten sie genug verdient.«

»Nein!«, schrie Seòras. »Wenn sie Kelp abgebaut hätten, hätten sie die Landwirtschaft noch sträflicher vernachlässigt. Ihr lasst die Menschen hier absichtlich fast verhungern, damit Ihr einen Vorwand habt, sie von ihrem Land zu vertreiben.«

Magdalene stockte der Atem.

Vertreiben ...

Darum packten die Frauen ihren Hausrat ein ... darum warf eine weitere unter Tränen ein Bündel Kleidung auf das Gefährt, dessen Räder ob der Last knirschten ...

»Es ist nicht unsere Schuld, dass das Land kaum Ertrag abwirft, sondern eure, weil ihr nicht mit der Zeit geht, um diesen Ertrag zu steigern«, erwiderte Elliott streng. »Und was machst du überhaupt hier, Seòras? Das hier ist nicht dein Dorf.«

»Meinem blüht doch bald ein ähnliches Schicksal, nicht wahr?«

»Und dafür solltest du dankbar sein. Es ist nicht so, dass wir euch einfach fortschicken. Wir siedeln euch nur an einen besseren Ort um ... Direkt an die Küste, damit ihr euch dort ein neues Leben aufbauen könnt.«

Seòras stampfte wütend auf den Boden. »Oh, ich weiß, wie dieses neue Leben aussieht. Ihr wollt aus Highlandern Fischer machen, doch weil sie nichts von dieser Arbeit verstehen, ertrinken sie zu Dutzenden. Und statt Rinderfleisch sollen wir Seegras essen.«

»Je früher ihr es lernt, Schellfisch zu fangen, desto schneller werdet ihr satt werden.«

Elliott ließ ihn stehen und wandte sich an die anderen Dorfbewohner. »Ihr solltet nicht mehr viel Zeit verlieren. Bis zum Abend müsst ihr euer Hab und Gut einpacken, danach darf niemand mehr das Dorf betreten.«

Das Huhn, das der Frau entwischt war, lief gackernd in Magdalenes Richtung, und kurz hatte sie Angst, dass Elliott sie bemerken würde. Der hingegen wurde abgelenkt, trog doch der Eindruck, dass sich die Menschen endlich fügen würden. Nachdem Seòras ihm ein Zeichen gegeben hatte, hob der Mann, der vom Soldaten mit der Pistole bedroht worden war, plötzlich das Knie und schlug ihm die Waffe aus der Hand. Dies war für die anderen das Signal, noch mehr Steine zu heben, und einer von ihnen traf den Sergeant. Prompt wehrten sich zwei der Rotröcke, indem sie drohend die Bajonette erhoben – einer schlug damit sogar auf einen Mann ein. Wenn der sich nicht rechtzeitig geduckt hätte, wären nicht nur ein paar Strähnen seines rötlichen Haares auf den schlammigen Boden gerieselt.

So gerne Magdalene geflohen wäre, erfasste sie doch ein eigentümlicher Sog, der sie dazu trieb, noch näher an das Dorf heranzureiten. Nein, sie konnte sich nicht blind stellen, und sie konnte auch nicht stumm bleiben! Ehe sie allerdings den Mund öffnete, um zu schreien, kam ihr ein anderer zuvor.

»Was ist hier los?«

David hatte sich dem Dorf von der anderen Seite genähert. Nicht nur Tómas Elliott, sondern ein dünner Mann mit weißer Perücke und schwarzem Frack, den Magdalene bis jetzt nicht gesehen hatte und der nun ein Blatt Papier schwenkte, trat auf ihn zu.

»Wer seid Ihr?«, fragte David.

»Dr. Hugh Martin, ein Anwalt aus Inverness. Vergebt, dass ich mich bislang noch nicht persönlich vorgestellt habe. Mr. Elliott hat mich beauftragt, dafür zu sorgen, dass die Räumung der Siedlung ohne Gewalt und Plünderung vor sich geht. Zu diesem Zweck begleiten mich etliche Soldaten vom Highland-Regiment aus Stirling.« Er deutete auf die Uniformierten, von denen mittlerweile noch mehr ihre Pistolen gezogen hatten, um die Männer in Schach zu halten.

»Und warum herrscht hier dennoch Chaos?«, fragte David schneidend.

»Etliche Iren sind Unruhestifter«, erklärte Hugh Martin und deutete anklagend auf Seòras. »Wenn diese erst mal hinter Schloss und Riegel wären, könnte man die Räumungen viel leichter durchführen.«

Wen meint er denn mit *Iren*?, fragte sich Magdalene verwirrt. Stammt Seòras etwa nicht von hier?

Doch dann erinnerte sie sich vage daran, dass das eine Beleidigung für die Highlander war, weil diese als so stur und barbarisch wie die Iren galten.

David starrte Seòras eine Weile an – weniger wütend, als vielmehr überdrüssig –, ehe er sich an den Sergeant wandte. »Gebt Euren Männern den Befehl, die Waffen einzustecken.« Magdalene atmete erleichtert aus. David war also doch kein Unmensch, er würde nicht zulassen, dass die Menschen hier ihre Heimat verloren. Tómas Elliott hatte eigenmächtig gehandelt, wurde nun aber in die Schranken verwiesen. Doch dann fuhr David mit fast sanfter Stimme fort: »Ich werde niemanden in den Kerker werfen, niemanden in Fesseln legen und niemanden gewaltsam hier forttragen lassen. Wenn ihr euch jedoch weigert zu gehorchen, zerstöre ich nicht nur dieses Dorf, sondern auch das, was an der Küste auf euch wartet. Und ich nehme euch eure Kinder weg, damit sie in den Fabriken im Süden arbeiten und ihr Lohn die Pacht ersetzt, die ihr mir schuldig bleibt. Es ist eure Entscheidung, heute der Vernunft zu folgen oder eure Fäuste sprechen zu lassen. Glaubt mir, wenn ihr euch für Letzteres entscheidet, stürzt ihr euch und eure Familien ins Verderben.«

»Bitte, bitte, Ihr müsst sofort mitkommen!«, rief Magdalene. Unter Tränen war sie vom Dorf fortgeritten. Sie hatte gar nicht recht gewusst, was sie tat, als sie das Pferd wendete und ihm die Fersen in die Flanken hieb, und hatte nicht einmal Angst hatte, als es zu galoppieren begann. Erst wollte sie einfach nur weg vom Dorf … weg von den verzweifelten Menschen … weg vom wütenden, hilflosen Seòras und ihrem höflichen, steifen Ehemann, der den Dorfbewohnern kaltherzig ihre Heimat nahm. Als sie aber in der Ferne Caelan reiten sah, begriff sie: Sie wollte nicht einfach nur weg, sie wollte helfen! »Ihr … Ihr müsst etwas tun!«, rief sie Caelan zu, sobald sie ihn erreichte. »Ihr könnt es nicht einfach zulassen.«

Caelan, der zunächst gelächelt hatte, musterte sie zunehmend besorgt. »Lady Magdalene …«

Wieder kam nur ein Keuchen über ihre Lippen, ehe sie ihm mit knappen Worten berichtete, welch ungeheuerlicher Vorgänge sie Zeugin geworden war.

»Das … das ist doch nicht möglich«, schloss sie. »David kann doch nicht einfach das ganze Dorf räumen lassen!«

Caelans Sorge wich Mitleid. »Ich fürchte, er kann es durchaus«, sagte er. »Die Pächter haben hierzulande kaum Rechte, auch wenn ihre Familien seit Jahrhunderten das Land bewirtschaften. Der Court of Session ermöglicht es jedem Landbesitzer, die Pächter jederzeit zu entlassen.«

»David will sie an die Küste umsiedeln!«

»Was besser ist, als sie einfach nur zu vertreiben, wie es andere Landbesitzer tun. Etlichen Menschen bleibt nicht einmal ein Dach über dem Kopf.«

»Das heißt, dergleichen ist hier in den Highlands schon einmal passiert?«

»Sogar schon öfter ... eigentlich passiert es andauernd.«

Sie konnte nicht entscheiden, ob sich hinter seiner ausdruckslosen Stimme Resignation oder Ärger verbarg. Als sie wieder erklärte, das nicht einfach zulassen zu können und Astala zurück in Richtung Dorf trieb, folgte er ihr jedenfalls.

Wenig später erreichten sie die Siedlung, und es schien, als hätten die Menschen aufgegeben. Viele weinten, als sie noch mehr Hausrat aus den Häusern trugen, andere taten es mit leeren, toten Augen. Die Männer, die sich aufgelehnt hatten, wurden von den Soldaten in Schach gehalten, andere gingen mit Hammer und Sägen daran, die Dächer ihrer Häuser zu zerstören. Zumindest sah es auf den ersten Blick so aus.

»Was tun sie denn da?«, entfuhr es Magdalene.

»Nun, sie werden das Holz brauchen, um neue Häuser zu errichten«, sagte Caelan. »Es gibt hier nicht viel davon, denn die Wälder dürfen nicht abgeholzt und das Treibholz darf nicht eingesammelt werden. Es ist sehr gnädig von meinem Bruder, ihnen den Dachstuhl zu überlassen. Andernorts werden die alten Häuser einfach angezündet.«

Gnädig?

Nein, David war nicht gnädig. Obwohl er ihr den Rücken zugewandt hielt, war sie überzeugt, dass seine Miene so nüchtern und kalt war wie in den Nächten, wenn er zu ihr kam und tat, worauf er ein Recht zu haben glaubte – ohne Rücksicht, ohne Verständnis, ohne einen Versuch, um sie zu werben.

Tómas Elliott wiederum sah sehr zufrieden aus. Obwohl er nicht in ihre Richtung sah, war sie überzeugt, dass er sie längst bemerkt hatte, und dass das Lächeln, das seine Lippen verzerrte, ihr galt.

Natürlich … er hatte einen Sieg errungen … Dieses Mal würde sie nicht einschreiten und seine Pläne vereiteln können wie beim letzten Mal … Dieses Mal konnte sich auch Seòras nicht gegen ihn durchsetzen …

Wo war er überhaupt?

Sie sah ihn weder bei den Männern, die die Dachbalken absägten, noch bei jenen, die von den Soldaten bedroht wurden, doch als sie schon dachte, er wäre in sein eigenes Dorf zurückgekehrt, kam er aus einem der Häuser.

»Catriona ist alt«, hörte sie ihn sagen, »sie kann unmöglich aufstehen, ihre Füße tragen sie längst nicht mehr.«

David fuhr zu ihm herum und musterte ihn nur herablassend, während Tómas Elliott erklärte: »Dann muss ihr Sohn sie eben tragen.«

Seòras' Gesicht rötete sich vor Wut. »Diese Frau ist über achtzig Jahre alt, sie hat ihr ganzes Leben hier verbracht. Sie zu vertreiben, ist, als wollte man eine alte Eiche fällen, die nirgendwo anders Wurzeln fassen kann.«

Elliott stieß ein verächtliches Zischen aus. »Die alte Catriona ist seit Jahren blind, das weiß doch jeder. Sie wird es gar nicht merken, wenn sie anderswo in ihrem Bett liegt.«

»Verfluchter …«, setzte Seòras an.

»Was hast du hier überhaupt noch verloren? Kehr lieber in dein Dorf heim und beginn schon mal zu packen.«

»Ich werde mich nicht vertreiben lassen, das schwöre ich Euch.«

»Schluss jetzt!«, rief David. Eine tiefe Falte furchte seine Stirn, als er sich umdrehte. »Die Alte soll endlich das Haus verlassen.«

Eine Weile senkte sich Stille über sie – eine so bedrohliche, als hätte die Welt selbst ihren Atem angehalten –, doch schließlich stieg einer der Männer vom Dach, vielleicht Catrionas Sohn, um auf deren Haus zuzugehen. Seòras stellte sich dazwischen.

»Lass dich doch nicht wie ein blökendes Schaf zur Schlachtbank führen!«

Der Mann hielt verstört inne, doch als er sich mit flehendem Blick an David wandte, nickte der einem Soldaten zu. »Dann holt eben Ihr sie!«

Seòras stellte sich auch dem Uniformierten in den Weg. »Das wirst du nicht!«

Schon richtete sich ein Revolver auf ihn, und während einige Soldaten ihrem Gefährten zu Hilfe kamen, scharten sich um Seòras etliche Männer. Magdalene hatte unwillkürlich ihre Hand vor den Mund geschlagen, und wieder war der Drang zu fliehen oder wenigstens wegzuschauen übermächtig. Zugleich war sie unsinnigerweise überzeugt, dass einer dieser Menschen tot umfiele, sobald sie nur kurz die Augen schloss.

»So tut doch etwas, tut doch etwas!«, rief sie in Caelans Richtung.

Der hatte wie sie alles beobachtet, nickte nun grimmig entschlossen und stieg vom Pferd.

Er wird seinen Bruder zur Vernunft bringen ... Er wird ihm erklären, dass er eine alte Frau nicht aus dem eigenen Bett werfen kann ... Er wird die Dorfbewohner nicht verjagen ...

Caelan trat auf die Männer zu, stellte sich zwischen die Soldaten und die Highlander und hob die Hand, um mit einer Stimme, die fast so samtig wie die von David klang, zu erklären: »Ich denke auch, dass wir die alte Catriona nicht entwurzeln sollten. In der Fremde wird sie sich nicht zurechtfinden, also erweisen wir ihr Barmherzigkeit. Lasst sie doch in ihrem Bett liegen. Und dann …«, er hielt inne, ehe er genauso nüchtern wie David hinzufügte, »… und dann zündet das Haus an. Auf diese Weise liegt sie in den letzten Momenten des Lebens nicht nur weich gebettet, sondern hat es auch noch warm.«

Als Magdalene später auf das Herrenhaus zuritt, vermeinte sie, dass nicht bloß ein halber Tag hinter ihr lag, nein, ein halbes Leben. Verlassen hatte sie es als junges Mädchen, zurück kehrte sie als alte Frau, die im Laufe der Jahre nicht weiser geworden war, nur verbitterter. Wenigstens müsste sie, wenn nicht nur ihre Seele, sondern uch ihr Körper hinfällig, faltig und weißhaarig geworden wäre, nicht mehr lange leben und von diesen Bildern verfolgt werden …

Wie Seòras nachgab und die alte Catriona aus dem Haus holte. Wie dieses dürre Weiblein, das kaum mehr ein weißes Haar auf dem Kopf hatte, wimmerte und klagte, und dann plötzlich verstummte, weil ihr Herz die Aufregung nicht verkraftete. Wie ihr Sohn mit einem lauten Aufschrei neben der toten Mutter auf die Knie sank, sie wie ein Kind an sich presste und die eingefallenen Wangen streichelte. Wie alle anderen Bewohner ihn erst schweigend musterten, sich dann aber abwandten und das Dorf verließen. Der Kummer stand ihnen im Gesicht geschrieben, doch kein Schrei erhob sich zum grauen Himmel, nur eine stumme Anklage. Ein Huhn, das man mittlerweile in einen Käfig gesperrt hatte, gackerte, ein Kind, das in eine Decke eingerollt worden war, lachte.

Dieser Laut hallte lange in Magdalene nach … genauso wie Caelans Worte.

… und dann zündet das Haus an … zündet das Haus an … zündet das Haus an.

Sie hatte gedacht, dass sie niemanden mehr als David oder Tómas Elliott verachten könnte, aber Caelan hatte sie von allen am meisten enttäuscht.

Als sie den Hof erreichte, war sie wie betäubt. Sie merkte kaum, dass Abigail ihr entgegenkam und besorgt fragte, wo sie so lange gewesen sei, dass der Stallknecht ihr vom Pferd half – offenbar derselbe, der Astala gesattelt hatte, sein Gesicht aber war ihr fremd.

Wahrscheinlich wäre ihr das eigene Gesicht fremd, wenn sie sich im Spiegel gemustert hätte – genauso wie sie ihre Stimme nicht wiedererkannte, als sie Abigail anfuhr.

»Lass mich in Ruhe!«

Abigail wich zurück, während David, der eben auch das Herrenhaus erreichte, auf sie zutrat.

»Magdalene …«

Er musste schnell geritten sein, denn etliche Strähnen hatten sich aus seinem Zopf gelöst. Als sie ihn unverhohlen anklagend anstarrte, schien er immerhin verlegen zu sein, Caelan, der ihm folgte, war nicht einmal das.

»Du hast diese alte Frau getötet …«, stieß Magdalene hervor. »Zwar nicht mit deinen eigenen Händen und nicht mit einer Waffe, aber du hast es getan.«

Abigail blickte verwirrt zwischen ihnen hin und her. »Magdalene …«

Magdalene hörte nicht auf sie. »Mörder!«, zischte sie. »Ihr seid alle Mörder!«

David machte einen Schritt auf sie zu und hob die Hände, um sie zu beschwichtigen, besann sich dann hingegen anders und blieb stehen. »Mein Verhalten mag grausam anmuten«, erklärte er ruhig, »aber wenn du wüsstest, was mich dazu getrieben hat, würdest du einsehen, dass es das Richtige, weil das einzig Vernünftige war.«

»Das einzig Vernünftige?«, entfuhr es Magdalene.

David trat unruhig von einem Bein auf das andere. Seine Mundwinkel zuckten nervös. »Du weißt nichts vom Leben dieser Menschen hier, rein gar nichts.«

»Ich weiß, dass du sie aus ihrem Dorf vertrieben hast.«

»Einem Dorf, in dem sie langsam verhungert wären. Seit Jahrzehnten wird der Ackerbau vernachlässigt, Felder liegen brach. Die Rinder brauchen viel Land, werfen jedoch zu wenig ab. Ein, zwei Seuchen genügen, und der ganze Bestand ist vernichtet. Und die Schafe, die die Highlander halten, die Caoraich Bheagan, geben kaum Wolle. Die wenige, die sie in den Manufakturen von Aberdeenshire verkaufen können, bringt kaum etwas ein. Die Zukunft dieser Menschen liegt im Kelpabbau und in der Schafzucht – vorausgesetzt wir kaufen widerstandsfähige Rassen wie Cheviot oder Linton. Diese Tiere überstehen auch den Winter in den Highlands. Mit ihnen könnten die Leute hier sechs-, gar zehnmal so viel erwirtschaften wie mit der Rinderzucht.«

Nicht länger glaubte Magdalene seine Stimme, sondern ein Blöken zu hören. Schafe, Schafe … Er dachte wohl, auch Menschen wären Herden, die die Hütehunde auf eine andere Weide trieben, wenn die bisherige abgegrast war, und die man an den Hinterfüßen zusammenbinden konnte, wenn sie sich als störrisch erwiesen. Vielleicht war sie selbst ein Schaf gewesen, weil sie von Caelan Hilfe erwartet hatte.

»Du hast den Menschen nicht eine Herde Schafe gebracht, damit sie gut davon leben können«, sagte sie trotzig. »Du hast sie aus den Häusern vertreiben lassen.«

David seufzte, seine Mundwinkel zuckten wieder. »Seit Jahren verschließen sie sich sämtlichen Reformideen. Die

Bevölkerung ist rasant angestiegen, seitdem sich die Clans untereinander nicht mehr bekriegen. All diese Menschen kann man nicht allein von schwarzen Rindern und Whisky ernähren. Damit sie überleben, sind grundlegende Veränderungen notwendig!«

»Du sprichst vom Überleben, aber diese alte Frau ist gestorben!«

»Und in den nächsten Jahren wären ihr fünf junge Frauen gefolgt, weil sie verhungert oder vom Kindbettfieber dahingerafft worden wären. Die Highlands sind kein Ort für Menschen, sie sind ein Ort für Schafe. Begreif doch! Ich bin keiner der Landbesitzer, die nur an sich denken und aus Pächtern so viele Abgaben wie möglich erpressen wollen. Ich will, dass wir alle eine Zukunft haben. Und dafür gibt es eine berechtigte Hoffnung, nun, da der Wollpreis nahezu explodiert.«

»Und wie viel werden die Highlander an der Wolle verdienen, wenn du sie an der Küste als Fischer leben lässt?«

»Auch so wird es ihnen besser gehen als bisher. Ich habe ihnen die Wahl gelassen, beim Kelpabbau oder bei der Schafzucht zu helfen, doch sie haben sich geweigert. Die Kelp-Ernte erscheint ihnen als zu schmutzig, die Schafzucht als zu minderwertig. Nun müssen sie mit den Folgen ihrer Entscheidung leben. Sie werden nicht vertrieben, nur umgesiedelt. Sie können sogar in Moray bleiben – ganz anders als viele andere, die von ihren Landherren nach Glasgow und Dundee in die Manufakturen gebracht werden.«

Als er innehielt, war er von der langen Rede erschöpft. Auch Magdalene war schrecklich müde und fühlte ihre Glieder kaum mehr, doch sie wusste, dass die Kälte selbst nach einem heißen Bad in ihr hocken bleiben würde, und mit keiner noch so köstlichen Speise, nach der sich der knurrende Magen sehnte, würden sich Ärger, Enttäuschung und Ohnmacht schlucken lassen.

Als Abigail sie am Ärmel zupfte, um sie ins Haus zu geleiten, riss sie sich los, und als David ihr seinen Arm anbot, stieß sie ihn zurück.

Verkriechen wollte sie sich … einfach nur verkriechen … irgendwohin, wo sie niemanden sehen musste … Aber nicht im Haus, nicht im Stall, nicht im Garten …

Das hier war nicht ihr Zuhause und würde nie eines sein.

Magdalene raffte ihr Kleid und rannte davon.

VI.

1078

Aelswith klammerte sich an die Pferdemähne. Sie lag quer über dem Rücken des Tieres, den Kopf auf der einen, die Füße auf der anderen Seite. Bei Taraín war es genau umgekehrt, sodass sie, wann immer sie den Kopf hob, nicht nur die galoppierenden Hufe sah, sondern seine herabbaumelnden Beine. Sie fragte sich, wer von ihnen als Erstes fallen würde und ob es möglich war, einen Sturz von einem derart schnell rennenden Tier zu überleben. Eigentlich glaubte sie das nicht, doch dieser Gedanke machte ihr keine Angst, sondern sorgte eher für Erleichterung.

Wenn ich sterbe, muss ich nicht mehr über Drostans Worte nachdenken … nicht darüber, dass ich Macbeth' Kind sein soll.

Aber weder fielen sie vom Pferderücken noch wurden sie von den Pfeilen ihrer Verfolger getroffen, und endlich hatten sie ein Stück Wald erreicht, wo der wilde Ritt des Pferdes sich etwas verlangsamte. Nur kurz löste Aelswith den festen Griff um die Mähne und begann prompt zu rutschen. Sie landete wenig später im Moos, das weich und feucht war. Die Feuchtigkeit durchdrang jede Faser ihrer Kleidung, doch nach dem langen Regen war eh schon alles klamm. Ihre Zähne klapperten, obwohl sie sie entschlossen aufeinanderbiss.

»Lass … lass mich dir helfen …«

Als Aelswith hochblickte, war das Pferd verschwunden, und Taraín kniete über ihr. Seine Haut hatte – vor allem mit der wettergegerbten von Drostan verglichen – immer hell gewirkt, doch jetzt war er leichenblass und zitterte genauso wie sie.

»Du … du blutest ja …«, stieß sie hervor.

Er blickte an sich hinunter und schien erst jetzt wahrzunehmen, dass ihn einer der Pfeile am Oberarm gestreift hatte. Ein paar Tropfen roten Bluts perlten auf den Waldboden.

»Nicht … nicht so schlimm …«, stammelte er.

Sie richtete sich auf, und zu ihrem Erstaunen waren sämtliche Knochen heil geblieben. Kurz stand sie reglos und lauschte, doch entweder wurde das Hufgetrappel von Buschwerk und Bäumen gedämpft, oder sie hatten ihre Verfolger tatsächlich abgeschüttelt.

»Wir … wir haben es geschafft …«

Taraín starrte sie an, als sähe er sie zum ersten Mal, ehe er seinen Blick wieder auf seine Wunde richtete.

»Der Beutel mit der Medizin … ich habe ihn verloren … Ich bräuchte Beinwell, Rosmarin, Torfmoos …«

Aelswith musterte die Verletzung. »Ich glaube, du überlebst auch ohne das alles.«

»Drostan …«, presste er hervor und starrte sie fragend an.

Konnte es sein, dass er nicht gesehen hatte, wie er gestorben war? Oder konnte er es schlichtweg nicht glauben? Jedenfalls musste er seine letzten Worte gehört haben, und als sie an diese dachte, packte sie die Wut. Wenigstens schien diese den bebenden Körper zu wärmen.

»Was … was soll das für ein Unsinn sein!«, platzte es aus ihr heraus. »Ich bin nicht Macbeth' Kind … das kann nicht sein. Meine Eltern waren Adlige aus Northumbrien … Und dass ich mich nicht an sie erinnern kann, ändert gar nichts … Nein, es ist unmöglich.«

Taraín senkte den Blick, woraufhin sie ihn erbost auf die Schulter schlug. »Nun sag auch etwas dazu! Hast du es gewusst?«

Er rührte sich nicht, und sie schlug eine Weile auf ihn ein, bis er sich vor Schmerz krümmte. Erst jetzt sah er sie an. »Hör auf«, bat er leise.

Aelswith ließ kraftlos ihre Hände sinken, und die Ahnung von Wärme, die sich in ihrem Leib ausgebreitet hat, schwand. Sie setzte sich ins Moos, starre auf die Baumkronen, die sanft im Wind wogten.

»Warum hast du das getan?«, fragte er unwillkürlich. Sie hatte keine Ahnung, was er meinte. Jeder vernünftige Gedanke schien wie sein Blut im Moos zu versickern. »Die Männer, die uns angegriffen haben …«, fuhr er fort, »sie folgten uns sicher von Edinburgh. Sie müssen von der Königin geschickt worden sein, um dich zu retten. Warum bist du davongelaufen … Warum hast du versucht, Drostan und mich zu retten?«

Immer noch lahmten ihre Gedanken, doch selbst wenn sie sich nicht wie betäubt gefühlt hätte, hätte sie keine Antwort geben können. Sie war ihrer ersten Regung gefolgt, ohne darüber nachzudenken, hatte sich nicht von ihrer Sehnsucht nach Wärme, Essen, Sicherheit leiten lassen, sondern von … Unbehagen. Dieses Unbehagen hatte sie bereits gefühlt, als Hlothere sie halb nackt in der Waffenkammer musterte, und als er nun auf Unbewaffnete Pfeile abgeschossen hatte, war dieses Unbehagen gewachsen, ja, war Verachtung daraus geworden.

Aber das wollte sie Taraín nicht anvertrauen.

»Ich weiß es nicht«, brach es aus ihr hervor. »Ich weiß auch nicht, was ich von Drostans Worten halten soll. Er muss sich irren ... es kann nicht sein ... König Macbeth hatte keine Kinder ... Jetzt sag doch endlich etwas!«

Er zuckte die Schultern. »Was soll ich denn sagen, wenn ich nichts weiß? Es stimmt, Macbeth hatte keine eigenen Kinder, nur einen Stiefsohn, Lulach, den Gruoch, seine Frau, mit in die Ehe brachte. Er war sein Nachfolger, starb aber bald nach ihm.«

Taraín bot ihr seine Hand an, und sie ließ sich tatsächlich von ihm hochziehen, doch sobald sie stand, machte sie sich abrupt von ihm los. »Das glaube ich nicht!«, rief sie.

»Dass Lulach tot ist?«

»Nein, dass du sonst nichts weißt! Du hast Drostan geholfen, mich zu entführen. Du hast doch gewiss gefragt, warum er das tat.«

Verlegen duckte er seinen Kopf. »Er hat immer wieder beteuert, es sei wichtig für Albas Zukunft, und ich habe ihm vertraut. Aber dass du König Macbeth' Kind sein könnest ... nein, davon hatte ich keine Ahnung. Ich glaube, Drostan hat einmal eine Frau erwähnt, die Macbeth heimlich liebte. Sie hieß Tuathla und hatte piktische Wurzeln, ich wäre dennoch nie auf die Idee gekommen, dass sie irgendetwas mit dir zu tun hat.«

Die vielen Fragen verwoben sich in ihrem Kopf zu einem noch dornigeren Dickicht als dem, das sie umgab – Fragen, was Drostan geplant hatte, ob er die Wahrheit gesagt hatte, ob sie, wenn sie nur lange genug ihr Gedächtnis erforschte, nicht irgendwo auf eine Erinnerung stoßen könnte, die seine Worte als Betrug entlarvten oder sie bestätigten. Doch am Ende hatte nur eine Frage Gewicht.

Was soll ich jetzt tun?

Ehe sie eine Entscheidung getroffen hatte, wandte sich

Taraín ab und stapfte den Weg zurück, den sie gekommen waren. Aelswith folgte ihm so schnell, dass sie ausrutschte und auf ihr Gesäß fiel.

»Wohin willst du denn?«, rief sie ihm nach.

»Zu Drostan …«

Sie rappelte sich auf und lief ihm nach. »Er ist tot … du hast doch gesehen, dass er tot ist!«

Verspätet merkte sie, dass sie geschrien hatte. Vögel stoben hoch, nur Taraín stand wie erstarrt da, zitterte nicht einmal mehr. Unwillkürlich zog sie ihn an sich, und obwohl er deutlich größer war als sie, legte er seinen Kopf an ihre Schulter. Seine Hände begannen wieder zu zittern und verrieten die tiefe Trauer.

Nach einer Weile löste er sich von ihr. »Ich muss zu Drostan …«, wiederholte er.

»Aber …«

»Ich weiß, dass er tot ist. Ich kann ihn dennoch nicht einfach liegen lassen, ich muss ihn bestatten.« Wieder ging er einige Schritte. »Wenn du nicht willst, musst du mich nicht begleiten.«

Eine Weile starrte sie ihm nach. Ihre Sinne waren so überreizt, dass sie die Geräusche des Waldes viel lauter wahrnahm als zuvor. Das Tropfen der Blätter klang wie ein Knacken, das Rascheln im Geäst wie ein Knurren, das Ächzen der Bäume wie Schmerzensschreie.

Wenn du nicht willst …

Was wollte sie? Zurück nach Hause? Aber war Edinburgh überhaupt ihr Zuhause?

Aelswith gab sich einen Ruck und holte Taraín ein. »Wir müssen vorsichtig sein. Hlothere sucht uns bestimmt.«

Er nickte. Der Wald schien kein Ende zu nehmen, das Licht wurde trüber, und das Blätterdach schützte sie nicht länger vor dem Regen. Doch gleichwohl sie immer mehr fror – zumindest musste sie sich im Schatten der Bäume auf nichts weiter konzentrieren als auf den nächsten Schritt und war darob von allen Zweifeln, Fragen und Zukunftsängsten befreit. Kurz wünschte sie, sie müssten nie wieder unter den freien Himmel treten, wo sie dem Blick unsichtbarer Augen ungleich ausgelieferter wäre und sie nicht einschätzen könnte, ob dieser Blick wohlwollend oder feindselig war.

Von Hlothere fehlte jede Spur, und auch der rot gekleidete Mann, der auf der Straße gelegen hatte, war nirgends mehr zu sehen. Entweder war seine Verwundung nicht so schlimm gewesen und er hatte seine Reise wieder aufnehmen können, oder er hatte diese nur vorgespielt, um ihre Aufmerksamkeit auf sich zu ziehen und sie in die Falle zu locken.

Wer noch immer da war, war der Esel, der ihnen mit dunklen, feuchten Augen entgegenblickte. Er war zu Drostan getrabt und neben ihm stehen geblieben, als gälte es, den toten Körper vor dem Wind zu beschützen. Aelswith hingegen scheute sich, zu ihm zu treten. Schon aus der Ferne war es grässlich anzusehen, wie die Pfeile aus dem Körper ragten. Nicht auszumalen, welch Anblick die klaffenden Wunden bieten würden, falls sich das Blut so schwarz gefärbt hatte wie das auf Taraíns Oberarm. Dieser hatte seinen Schritt beschleunigte, war neben Drostan auf die Knie gesunken, doch auf welche Weise auch immer er Abschied von ihm nahm – viel Zeit wollte er sich dafür offenbar nicht gönnen. Schon begann er Stein für Stein zur Seite zu legen, bis inmitten des Geröllfeldes ein Loch klaffte, in das er wohl den Toten legen wollte. Ob ihn das ausreichend davor schützen würde, Opfer von Aasvögeln zu werden, wusste Aelswith nicht, aber sie überwand die Scheu vor dem Leichnam – die Wunden, die graue Haut und den leeren Blick –, trat näher und half Taraín dabei.

Etliche Steine waren spitz und gruben sich tief in ihre Handinnenfläche, doch sie hieß diesen Schmerz willkommen, da er sie von düsteren Gedanken ablenkte. Immer wieder blickte sie hoch und hielt nach Reitern Ausschau, doch Hlothere und seine Männer schienen den Spuren des Pferdes im Wald zu folgen, denn weiterhin war nichts von ihnen zu sehen oder zu hören. Als der Himmel nicht mehr bläulich, sondern violett über ihnen stand, war das Loch endlich tief genug, um den Toten hineinzuwuchten.

Aelswith hatte ein schlechtes Gewissen, weil sie Taraín das allein tun ließ – nie und nimmer hätte sie sich überwinden können, den Leichnam zu berühren –, doch er schien es ohnehin als seine alleinige Pflicht anzusehen, den Gefährten in die letzte Ruhestatt zu betten, die so ausgerichtet war, dass der Kopf nach Osten und die Beine nach Westen wiesen. Später half Aelswith, das Grab mit Steinen zu verschließen.

Erst jetzt begann Taraín wieder zu sprechen. »Als meine Mutter starb, haben wir sie in einer mit Steinen beschwerten Kiste vergraben und ihr einen Becher Wein mitgegeben ... Die Steine waren notwendig, damit sie nicht aus der Kiste steigen konnte, bevor sie das Jenseits erreichte – Drostan sagte stets, die Grenze zum Jenseits sei keine Mauer, sondern einem durchsichtigen Vorhang ähnlich. Der Becher Wein sollte als Reiseproviant dienen, damit sie das Jenseits erreichte.«

»Wer war deine Mutter?«

»Eine Bäuerin, die vor vielen Jahren starb. Einen Vater hatte ich nie. Drostan, der als Wanderarzt an unserem Dorf vorbeikam und sie noch zu retten versuchte, schlug mir vor, ihn zu begleiten. Ich weiß nicht, was aus mir geworden wäre, wenn er sich nicht meiner angenommen hätte. Jahrelang bin ich mit ihm durchs Land gezogen, habe alles über Heilkräuter gelernt ...«

Und du hast ihn zu lieben gelernt, sodass du schließlich bereit warst, ein Mädchen zu entführen, weil er es so wollte ...

Nachdem Taraín den letzten Stein auf den Toten gelegt hatte, richtete er sich auf, und Aelswith trat dicht an ihn heran. Sie wollte ihn nicht wieder an sich ziehen, ihm jedoch den Beistand nicht verwehren.

»Es tut mir leid«, murmelte sie.

»Meine Mutter ... meine Mutter war lange krank ...«, stammelte er. »Sie meinte immer, es sei nicht schlimm, wenn sie stürbe ... Ihr gehe es wie Brigantia, der keltischen Göttin des Feuers, die vom Winter gefangen genommen, aber dann von Angus befreit wurde. Auf einem weißen Pferd war der gekommen und hatte sie darauf mitgenommen. Der Tod ist kein Feind, sagte sie immer, der Tod ist ein weißes Pferd ...«

Er kreuzte seine Arme auf der Brust.

Hlothere war nicht auf einem weißen Pferd gekommen, sondern auf einem schwarzen ... und für Drostan war der Tod keine Erlösung gewesen. Er hatte ihn davon abgehalten, sein Ziel zu erreichen: Macbeth' Kind zu finden, das Alba von einst wiederherstellen. Nur wie?

Die letzten Reste des grauen Lichts schienen schneller zu schmelzen als Eis in der Mittagssonne, und das Geröllfeld wurde fast schwarz. Wortlos bückte sich Taraín, um den Lederbeutel mit den Heilkräutern aufzuheben, der nicht weit von Drostan entfernt auf dem Boden lag, danach trat er zu dem Esel, nahm den Strick und zog ihn in Richtung Wald. Ebenso wortlos folgte ihm Aelswith.

Ein Teil von ihr hieß sie verrückt, dass sie hier nicht auf Hlothere wartete oder zumindest den Weg in Richtung Edinburgh einschlug. Der andere Teil ahnte, dass sie in Edinburgh nie erfahren würde, was all das zu bedeuten hatte und ob Drostan die Wahrheit gesagt hatte oder nicht.

Als sie den Wald endlich erreichten, war der schon nicht mehr zu sehen, sondern nur am Geruch zu erkennen. Taraín blieb stehen, machte aber keine Anstalten, den Esel festzubinden. Er ließ ihn einfach stehen, ehe er sich selbst an einen Baumstamm lehnte.

Aelswith dachte, er wollte sich seiner Trauer und Erschöpfung hingeben, doch unerwartet begann er zu sprechen, immer lauter und immer schneller …

»Das Rabenbanner …«, setzte er an. »Drostan hat mit mir nur selten über seine Vergangenheit gesprochen, als er noch als Krieger unter König Macbeth kämpfte und Wunden zufügte anstatt sie zu heilen. Ich glaube jedoch, einmal hat er das Rabenbanner erwähnt.«

Richtig, dieses Rabenbanner, das Drostan vor seinem Tod erwähnt und das zu suchen er sie aufgefordert hatte …

»Welche Bedeutung hat es?«

Taraín zuckte die Schultern. »Manchmal hat Drostan davon geträumt. Ich muss es finden, ich muss es finden, ich muss es finden, hat er dann gerufen.«

»Aber was genau hat dieses Rabenbanner mit Macbeth' Kind zu tun?«

Was mit mir?

Aber nein, das wollte sie nicht glauben, wollte es nicht einmal denken!

»Ich weiß es nicht. Ich glaube, das Rabenbanner gehörte ursprünglich nicht dem König von Alba, sondern dem König von Caithness und Sutherland. Das sind zwei Provinzen hoch im Norden, wo die Wikinger leben. Sigurd hieß einer der Könige und ist mit dem Rabenbanner in eine Schlacht gezogen.«

»In eine Schlacht gegen Macbeth?«

»Ich glaube nicht. Sigurd lebte lange vor ihm. Und er starb in Clontarf, das ist eine Stadt in Irland. Er hat dort nicht nur das Leben, sondern auch das Rabenbanner verloren …«

Aelswith konnte sich nicht erinnern, die Namen jener Königreiche im Norden und ihrer Herrscher je gehört zu haben. Nur von Wikingern hatte Bruder Andor erzählt, waren diese doch ein Beweis dafür, welch schreckliche Kreaturen Gott auf die Menschen losließ, wenn sie sich nicht an seine Gebote hielten.

»Warum wollte Drostan, dass wir das Rabenbanner suchen? Und warum meinte er, dass ich der Schlüssel zu Alba sei?«

Taraín zucke wieder die Schultern. »Ich nehme an, wer das Rabenbanner findet und besitzt, ist der wahre König von Alba.«

»Aber ich bin eine Frau … ich kann niemals ein König sein«, murmelte sie.

Taraín schwieg und hing wohl Erinnerungen an Drostan nach, Aelswith gingen in den nächsten Stunden, bis sie endlich trotz der Kälte und Feuchtigkeit einnickte, nur zwei Worte durch den Kopf.

Raben … Banner …

Sie wusste, dass Ritter stets unter einem bestimmten Banner kämpften und den Ehrgeiz hatten, dass dieses während einer Schlacht stolz im Wind knatterte anstatt von Pferdehufen in den Dreck getreten zu werden. Was wiederum Raben anbelangte, so hatte Bruder Andor einmal behauptet, diese Tiere brächten Unglück, obwohl ihre Amme Gytha ihr erzählt hatte, dass diese Vögel alle Sprachen beherrschten – die der Tiere ebenso wie die der Menschen.

Allerdings: Auch wenn sie selbst all dieser Sprachen mächtig wäre – sie war überzeugt, nicht die richtigen Worte zu finden, um Taraín in seiner Trauer zu trösten. Und auch keine brauchbaren, um sich selbst Mut zu machen für die Entscheidung, die sie nun treffen musste – die Entscheidung, was sie tun sollte.

Taraín war überzeugt, nie wieder Schlaf zu finden und dass, selbst wenn es doch geschähe, er von grässlichen Träumen heimgesucht würde. Doch als er einnickte, sah er deutlich seine Mutter vor sich – nicht als sterbende Frau, die auf ein weißes Pferd hoffte, sondern als junge, noch gesunde, die eines Tages ein Ferkel davor bewahrt hatte, vom Muttertier erdrückt zu werden, und dieses zu ihnen beiden in die Schlafstatt geholt hatte, damit sich das Tierchen nicht einsam fühlte. »Schau nur«, hatte sie gesagt und ihm das Ferkel vors Gesicht gehalten, »seine Haut ist noch weicher als die eines Neugeborenen, fast so weich wie Samt.«

Taraín hatte nicht gewusst, wie sich ein Neugeborenes anfühlte, und auch Samt hatte er noch nie berührt, doch als er da mit seiner Mutter gesessen und das Ferkelchen gestreichelt hatte, hatte er gewusst, wie sich ein Zuhause anfühlte. Wann immer er sich später, als er mit Drostan durch die Welt zog, einsam gefühlt hatte, hatte er seine Hände um die Knie geschlungen und sich vorgestellt, dass er wieder das Ferkel hielt.

Auch als er nun erwachte und es ihm kalt in den Nacken tropfte, saß er mit umschlungenen Knien da, und sie fühlten sich nicht hart an, sondern weich wie ein Säugling, weich wie Samt, vor allem warm. Ja, da war noch Wärme in ihm. Die Welt hatte nicht nur Kälte, Einsamkeit, Krankheit und Tod zu bieten, obwohl Letzterer am stärksten zu sein schien.

Drostan ist tot, tot, tot …

Doch er dachte es nur, er fühlte es nicht. Seine Seele schien jäh eine dickere Haut als das Ferkel zu haben ... eine Haut aus festem Leder ... Richtig, der Lederbeutel ... er musste prüfen, ob sein Inhalt noch da war!

Er hob den Kopf und blickte in die feuchten Augen des Esels.

Drostan ist tot, tot, tot ...

Wieder regte sich kein Kummer, auch dann nicht, als er sich mit steifen Gliedern erhob, sich umsah, feststellte, dass von Aelswith jede Spur fehlte. Natürlich ... sie war nicht bei ihm geblieben ... warum sollte sie auch ... Drostan und er hatten sie gegen ihren Willen entführt. Schon am Tag zuvor hatte er nicht verstanden, warum sie nicht einfach gegangen war oder um Hilfe geschrien hatte.

»Na du«, murmelte er, trat zum Esel und strich über sein Fell, das so nass wie sein Haar war. »Wohin sollen wir jetzt gehen?«

Er ahnte, dass ihn die Trauer einholen würde, sobald er den Wald verließ, dass er dann nicht nur Drostan, auch Aelswith schmerzlich vermissen würde. Doch hier konnte er ganz besonnen darüber nachdenken, was Drostan gewollt hätte, was er selbst wollte und dass das immer zwei verschiedene Dinge gewesen waren.

Drostan war aus Not Wanderarzt geworden, weil er sich nach Macbeth' Tod vor dessen Nachfolger verstecken musste, Taraín selbst hatte sich schon lange vor dem Tod seiner Mutter für Kräuter und ihre Wirkung interessiert. Sogar das Ferkelchen hatte er heilen wolle, als es einmal an Magenkrämpfen gelitten hatte. Woran war das Ferkelchen eigentlich gestorben?

Drostan ist tot, tot, tot ...

Und Drostan hatte ihm nie etwas über Macbeth' Kind

erzählt, noch nicht einmal viel vom König selbst. Das meiste wusste Taraín von seiner Mutter. »Macbeth war eigentlich nicht zum König geboren worden«, hatte sie ihm einmal erzählt, als sie mit dem Ferkelchen auf der Schlafstatt lagen. »Er war zwar der Enkelsohn eines Königs, aber nur über den Familienzweig seiner Mutter. Zunächst folgte diesem ein anderer König namens Duncan. Erst als sich Duncan als schwach herausstellte und das Land beinahe ins Verderben gestürzt hätte, griff Macbeth ein. Am Ende musste Macbeth Duncan töten.«

Taraín hatte sie fragend angesehen. »Man muss doch nicht töten«, hatte er gesagt, »leben muss man und sterben. Aber töten muss niemand.«

»Ist es so? Hat der Wolf denn eine Wahl, wenn er ein Lamm sieht?«

»Dann war Macbeth also kein großer König, sondern ein Wolf?«

»Vielleicht … Aber Wölfe sind meist barmherziger als große Könige. Ein Wolf tötet nur so viele Lämmer, bis er und seine Jungen satt sind, und keines mehr.«

Und Raben, dachte Taraín jetzt. Töten auch Raben Tiere? Was hat es mit dem Rabenbanner auf sich?

»Komm«, sagte er zum Esel, »lass uns gehen.«

Doch alles Kraulen und An-den-Ohren-Ziehen half nicht, der Esel stellte sich stur. Kein Wunder, dass er Angst vor dem Dickicht hatte … Angst vor den Wölfen, die dort womöglich lauerten.

»Nun komm schon, komm!« Taraín befahl es immer wieder, erst mit leise raunender Stimme, dann mit wütend lauter, schließlich zutiefst verzweifelt. Auch wenn die Bäume und Büsche noch so dicht standen, sie boten nicht länger einen ausreichenden Schutzschild für seine Trauer.

Drostan ist tot, tot, tot …

Mutter ist tot, tot, tot …

Das Ferkelchen ist tot, tot, tot …

Und auf der Welt lebten nur mehr Wölfe.

Längst liefen nicht mehr nur Regentropfen über Taraíns Gesicht, sondern Tränen. Er versuchte, sie mit der Zunge zu erwischen, zu schmecken, zu prüfen, ob sie salzig waren oder bitter. Eigentlich schmeckten sie nach gar nichts. Und er selbst fühlte auch gar nichts – weder Angst noch Erleichterung –, als er plötzlich ein Rascheln im Gebüsch vernahm.

Komm nur, Wolf. Leben müssen wir und sterben müssen wir, nur töten müssen wir nicht.

Doch wer sich durchs Dickicht kämpfte, war kein Wolf, sondern Aelswith, die in den Händen etliche rote Beeren trug. Sie musste schon einige von ihnen gegessen haben, denn von ihren Lippen perlte Saft, und als auch er eine nahm und darauf biss, schmeckte es weder salzig noch bitter in seinem Mund, es schmeckte süß.

»Du … du bist ja immer noch hier«, murmelte er.

Sie hatte nicht nur Beeren, auch grüne Triebe gepflückt und hielt sie dem Esel hin. »Ich war mir nicht sicher, was Esel fressen.«

»Mit den Trieben liegst du schon mal nicht falsch. Eigentlich sind Esel genügsamer als sämtliche andere Tiere. Unser Esel frisst Blätter, Gräser, gerne die Blüten von Kamillen und auch Disteln. Manchmal knabbert er auch nur an Holzzweigen.«

»Wir hingegen werden davon nicht satt werden, wir müssen weiter.«

»Aber wohin?«

Zum ersten Mal an diesem Morgen sah sie ihm ins Gesicht. »Ich muss wissen, ob das, was Drostan sagte, ein Körnchen Wahrheit enthält. Über den Firth of Forth gelangen wir nach

Dunfermline, wo meine Amme Gytha lebt. Sie hat mich die ersten Lebensjahre an ihrer Brust genährt, und wenn jemand weiß, wer meine Eltern waren, dann sie.«

In Taraíns Magen rumorte es, als er noch mehr Beeren aß, zugleich stärkten sie ihn – sie und die Aussicht, ein Ziel zu haben, auf das er all seine Sinne richten konnte.

»Wie heißt er eigentlich?«, fragte Aelswith.

»Wer?«

»Nun, der Esel.«

»Er hat keinen Namen.«

»Dann müssen wir uns einen überlegen.«

Sobald sie losgingen, machte sie ein paar Vorschläge, und dieses Mal bockte das Tier nicht, sondern folgte ihnen willig durchs Unterholz.

VII.

1791

»Mylady! Bitte, Lady MacBrannan, bleibt stehen!«

Ich bin nicht Lady MacBrannan, ich will sie nicht sein, ich weiß allerdings auch nicht, wer ich stattdessen sein will … sein kann … sein darf.

Dennoch hielt Magdalene inne – weil die Stimme so flehentlich klang.

Die kleine Peigi schloss zu ihr auf. »Ich habe gehört, was passiert ist …«

Magdalene war nicht sicher, was sie meinte. Dass das Dorf geräumt worden oder die alte Catriona gestorben war, dass Caelan sich genauso hartherzig wie sein Bruder erwiesen hatte oder dass sie einfach davongelaufen war.

»Wer schickt dich?«, fragte Magdalene. »Abigail oder der Lord?«

»Niemand schickt mich«, erklärte Peigi hastig. »Ich bin Euch einfach gefolgt. Ihr … Ihr müsst wieder mit mir kommen.«

Magdalene atmete tief durch. Als sie aufgebrochen war, hatte sie nur alles hinter sich lassen wollen, doch jetzt hatte sie ein konkretes Ziel vor Augen.

»Bring mich … bring mich ins Dorf!«

»Was wollt Ihr denn dort? Alle Menschen sind fort.«

»Nicht in das Dorf, das heute geräumt wurde, sondern in das, in dem Seòras lebt und aus dem du stammst.«

»Aber Mylady, ich kann doch nicht ...«

Magdalenes Augen wurden schmal. »Notfalls finde ich es auch allein.«

Dessen war sie sich zwar nicht so sicher, als sie hingegen entschlossen drauflosstapfte, folgte Peigi ihr rasch, übernahm schicksalsergeben die Führung und führte sie zum Dorf. Magdalene war erleichtert, dass sie keinen langen Weg dorthin zurücklegen mussten. Schon bald war die Siedlung zu sehen – eingebettet inmitten sanfter Hügel und etwas größer als die andere, dennoch genauso ärmlich. Die langen Häuser waren rund gebaut und hatten löchrige Dächer. Sie waren durch Holzwege miteinander verbunden, doch zwischen ihnen klaffte nackte Erde, die von Schritten und Hufen aufgewühlt war. Schafe grasten in der Nähe, von denen eines einen besonders grotesken Anblick bot, weil ihm ein drittes Horn aus dem Kopf wuchs. Magdalene starrte es verwirrt an, doch Peigi verschwendete keinen Blick darauf – wohl ein Zeichen dafür, dass diese Missbildung nicht so selten vorkam. Hühner gab es in diesem Dorf anscheinend nicht, aber etliche Enten schnatterten, als sie sich näherten. Die Stimmen der Menschen erstarben sofort.

Viele waren es nicht, und männliche Wesen waren gar keine zugegen – sah man von einem Greis und zwei sich balgenden Jungen ab. Vor einem der Häuser strickte eine Frau im Stehen, eine andere spann gleichfalls stehend. Eine weitere kam mit einem großen Korb auf dem Rücken, der randvoll mit Torf beladen war, herbei.

Sie alle erstarrten, als sie Magdalenes ansichtig wurden, und ihr Blick sprach von Misstrauen. Der von jener, die den Torf trug, war regelrecht feindselig.

Sie stellte den Korb ab, nahm einen Brocken in die Hand, und als sie auf Magdalene zutrat, hatte diese kurz Angst, die andere würde ihr den Torf vor die Füße werfen oder – noch schlimmer – ins Gesicht. Stattdessen zischte sie aber nur: »Was wollt Ihr hier, Mylady?« Während Magdalene noch nach Worten rang, wandte sich die Frau an Peigi. »Und warum bist du hier?«

Peigi lief rot an, als hätte sie etwas Verbotenes getan. »Die Lady hat sich gewünscht ...«

»Ach, hat sie das?«, fragte die Frau gedehnt.

Sie war ein ordentliches Stück größer als Magdalene, obwohl diese nicht gerade klein gewachsen war, hatte kräftige, sehnige Arme, unter deren gegerbter Haut deutlich die dunklen Adern hervortraten, und ein Gesicht voller Sommersprossen, die den gleichen Farbton wie das Haar aufwiesen, das unter dem nur locker gebundenen grauen Tuch hervorsah.

»Ich bin gekommen, um ...«, begann Magdalene, brach aber gleich wieder ab. Um zu sagen, dass es ihr leidtat? Was sollte die Frau damit anfangen?

Spätestens jetzt war sie sich sicher, dass diese gleich das Torfstück schleudern würde, doch da ertönte eine weitere Stimme: »Was ist los, Andra?« Magdalenes Herz schlug bis zum Hals, als Seòras aus einem der Häuser trat. Sein Rücken war selbstbewusst gestreckt, nur seine Augen erschienen ihr irgendwie müde, als sein Blick von Andra zu Magdalene und schließlich zu Peigi wanderte. »Worauf wartest du?«, fragte er schließlich an Andra gerichtet. War das etwa der Befehl, das Torfstück auf sie zu werfen und sie zu verjagen? Andra aber blieb steif stehen, und Seòras sagte schließlich: »Wir haben Besuch bekommen, und die Gastfreundschaft ist hier ein hohes Gut. Niemand soll sagen, er wurde von uns abgewiesen.«

Andras Lippen wurden ganz schmal, und kurz machte sie

den Eindruck, als würde sie das Torfstück nunmehr Seòras entgegenwerfen, doch schließlich trat sie wortlos zurück.

»Vergebt meiner Schwester, Mylady«, wandte sich Seòras an Magdalene. »Und lasst Euch von ihr nicht abhalten, unser Gast zu sein.«

Er wies mit der Hand auf das Haus, aus dem er eben gekommen war, und obwohl Magdalene weiterhin Andras' Feindseligkeit spürte und nicht sicher war, ob seine Einladung von Herzen kam oder Ausdruck von Spott war, trat sie entschlossen darauf zu.

Als sie das Haus betrat, brauchten ihre Augen eine Weile, um sich ans schwache Licht zu gewöhnen, was ihr Zeit gab, sich zu fassen und sich vor dem Anblick, der sie erwartete, zu wappnen. Wie sie bereits vermutet hatte, wirkte das Haus im Inneren fast noch ärmlicher als von außen. Es gab nur eine Tür, einen Rauchabzug und keine Fenster – zumindest nicht auf den ersten Blick. Erst als Magdalene genauer hinsah, erkannte sie einige kleine Löcher, die allerdings mit Strohsäcken oder Schafvlies abgedeckt worden waren. Auf der einen Seite des Hauses befand sich die Wohnstube, auf der anderen der Stall. Getrennt wurde beides nur durch ein hüfthohes Holzbrett, über das sie allzu gut die Kuh und das Kälbchen sehen konnte, die sie beide anglotzten.

»Kommt nur näher«, forderte Seòras auf, und sie musste alle Willenskraft zusammennehmen, um ihm in den Wohnraum zu folgen und nicht gleich wieder zu fliehen.

Der Boden bestand aus nackter Erde, was bedeutete, dass die Bewohner bei Regen wohl knöcheltief im Schlamm wateten. Die erhöhte Kochstelle in der Mitte des Raums sah so aus, als hätte man sie aus einem alten Mühlstein und einigen Bruchsteinen gebaut, das Holz des Rauchfangs, der darüber hing, war fast schwarz. Von Ruß bedeckt waren ebenso das

Blechgeschirr, die Löffel und die Krüge. Ansonsten gab es nur eine Sitzbank und einen Tisch, der sehr wacklig aussah, außerdem einen offenen Schrank, in dem sich eine gälische Bibel, eine Fiedel und ein Dudelsack befanden.

Andra hatte nach ihnen das Haus betreten und warf nun das Torfstück, das sie immer noch in der Hand hielt, ins Feuer. Prompt tanzten Funken, und Magdalene stieg nicht nur ein süßlicher Geruch in die Nase, sondern so viel Rauch, dass sie husten und niesen zugleich musste.

»Mylady hat ein feines Näschen«, sagte Andra spöttisch. »Es tut mir leid, aber wir können nur mit Torf heizen. Manchmal vielleicht mit Stechginster, Dung oder Seekohle, anständiges Holz jedoch benutzen wir nicht. Schließlich dürfen die Wälder lediglich von den Schafzüchtern abgeholzt werden. Uns ist es verboten, auch nur ein Zweiglein zu verwenden.«

»Andra!«, mahnte Seòras, doch sein Blick blieb müde, wurde gar etwas überdrüssig. »Setzt Euch, wenn Ihr wollt«, wandte er sich wieder an Magdalene.

Zögerlich schritt sie auf die Bank zu.

Auf dem Tisch stand eine Öllampe, in deren Öl vom Wal oder von der Dorschleber eine dicke Binse schwamm. Eine weitere Lichtquelle wurde gerade hergestellt – im hinteren Teil des Raumes war eine Frau damit beschäftigt, Binsen zu schälen, zu Paaren zu bündeln und sie in eine weiße Flüssigkeit, offenbar Talg, zu tauchen. Danach hängte sie sie an Nägel, die aus einem Holzgestell ragten. Um den Oberkörper gebunden trug sie ein Kind, das gerade mit halb geschlossenen Augen an ihrer nackten Brust nuckelte, und als sie Magdalenes erstaunten Blick spürte, verhüllte sich die Frau nicht, sondern starrte sie nur herausfordernd an.

Rasch senkte Magdalene den Kopf, um ihn gleich wieder zu

heben, als über ihr ein Huhn gackerte. Gleich drei davon hatten es sich auf dem Dachsparren gemütlich gemacht.

»Manchmal fällt ein Ei in die Suppe«, sagte Andra spöttisch, »und manchmal auch eine Maus.«

»Aber keine Angst«, mischte sich Seòras ein, »wir essen sie nicht lebendig mit Haut und Haar. So barbarisch sind wir denn doch nicht.«

Peigi, die ebenfalls das Haus betreten hatte, warf Magdalene einen flehentlichen Blick zu – offenbar die stumme Bitte, nun endlich mit ihr heimzukommen –, doch Magdalene ignorierte sie, setzte sich auf die Bank und atmete tief durch.

»Es tut mir leid ... Ich meine, was geschehen ist ... in dem anderen Dorf ... Es ... es tut mir unendlich leid.«

Andra schnaubte verächtlich, doch Seòras setzte sich zu ihr an den Tisch. »Wollt Ihr ein Glas Milch oder Molke?«

Magdalene schüttelte den Kopf. »Ich habe Eure Gastfreundschaft nicht verdient.«

»Was geschehen ist, ist nicht Eure Schuld, Mylady.«

»Der Lord behauptet, es sei Teil notwendiger Reformen und auch, dass die Schafzucht mehr abwerfe als die Rinderzucht ...«

Nun war es Seòras, der schnaubte. »Wahrscheinlich hat er sogar recht, dass sich mit Schafen mehr Geld machen lässt als mit Rindern. Aber was er dabei völlig übersieht, ist, dass die Schafe aus dem Süden nicht zu unserer Rasse passen. Sie bringen Krankheiten, die nicht nur unsere Schafe, auch die Ziegen sterben lassen. Zudem sind für Schafe große Ställe notwendig – und diese Ställe brauchen Platz. Das bedeutet, dass Wälder abgeholzt werden müssen, damit man sie bauen und großflächige Weideflächen anlegen kann ... dass Dörfer dem Erdboden gleichgemacht werden. Doch das Land, das dabei entsteht, wird niemals reichen. Schafe muss man immer wieder von einer Weide auf die nächste treiben, denn wenn Schafe zu lange grasen, wächst kein frisches grünes Gras nach. Der Boden ist dann auf lange Zeit nicht zu gebrauchen.«

Magdalene sah Seòras hilflos an und bereute es, die Milch ausgeschlagen zu haben. Dann könnte sie jetzt einen Schluck nehmen und müsste nicht zugeben, dass sie kaum eines seiner Worte erreicht hatte.

»Mylady macht mir nicht den Eindruck, als würde sie sonderlich viel von dem, was du sagst, verstehen«, lästerte Andra prompt.

Wie recht sie hat, wie recht sie hat ...

Dennoch nahm Magdalene allen Mut zusammen und sagte: »Vor allem kann ich nicht verstehen, warum niemand etwas gegen die Vertreibung der Menschen tut.«

Seòras seufzte. »Die Bewohner unseres Nachbardorfes hätte es noch schlimmer treffen können. Vor allem im Westen Schottlands hört man oft, dass Männer gegen ihren Willen auf Schiffe verschleppt und nach Amerika gebracht werden, als wären sie Sklaven. Aber nicht einmal das wird von den Mächtigen verhindert.«

Im Schweigen, das folgte, war kurz nur das Knistern des Feuers zu hören, dann auch ein leises, aber ein stetes Prasseln, das den aufkommenden Regen verriet. Wie Magdalene befürchtet hatte, fielen die schweren Tropfen wie Tinte auf den Boden und sammelten sich dort binnen kurzer Zeit in einer Pfütze.

»Aber es muss doch irgendein Gesetz geben, das die Menschen schützt.«

»Welches Gesetz denn?«, fuhr Andra sie an. »Seid Culloden befindet sich unser Land in den Händen von Fremden oder zumindest von Männern, die in der Fremde aufgewachsen sind und die es nicht wert sind, Highlander genannt zu werden.« Culloden … richtig … diesen Namen hatte Magdalene schon einmal gehört. Es war der Name eines Ortes, nicht weit von Inverness entfernt, wo lange vor ihrer Geburt eine große Schlacht ausgefochten worden war. Ihr Onkel hatte einmal von den aufrührerischen Jakobiten erzählt, die einen gewissen Charles Stewart zum König ausgerufen hatten, letztlich aber den Engländern unterlegen waren. So wie ihr Onkel es dargestellt hatte, verdient. Andra sah das anders. »Nach Culloden wurden Verwundete einfach erschossen, Landbesitzer enteignet und ihre Grundstücke geldgierigen Rechtsanwälten aus Edinburgh übertragen.«

Sie stützte ihre Ellbogen auf dem Tisch ab und beugte sich immer näher zu Magdalene, die ihrerseits beinahe von der Bank gefallen wäre, als sie von ihr wegrutschte.

»Andra«, mahnte Seòras wieder, »das alles ist nicht die Schuld der Lady. Und mittlerweile wurden viele Gesetze, die nach Culloden erlassen wurden, wieder aufgehoben. Wir dürfen Kilt tragen und den Dudelsack spielen, was vor Kurzem noch verboten war.«

»Ach, wie schön«, höhnte Andra, »dann können wir ja Dudelsack spielen, während sie uns vertreiben, damit ihre verfluchten Schafe genug Platz haben.« Magdalene atmete auf, als sie sich ihrem Bruder zuwandte, aber nur allzu bald bohrte sich der Blick der jungen Frau erneut in sie. »Früher verhielten sich die Clan-Anführer wie Väter, die für ihre Familie sorgten. Jetzt geht es ihnen nur mehr darum, Geld zu scheffeln. Solche, die für uns das Beste wollen, findet man so oft wie Hühnerzähne – nämlich gar nicht. Die meisten leben nicht einmal hier, sondern in London oder Edinburgh. Sie überlassen es ihren Verwaltern, uns Highlander auszubeuten oder zu vertreiben, damit sie das Land an Schafzüchter aus dem Süden verpachten können.«

»Lord MacBrannan lebt immerhin hier«, warf Seòras ein.

»Die Frage ist nur, wie lange noch. Dank der hohen Mitgift, die Ihr ihm eingebracht habt, kann er großzügig in die Schafzucht investieren.«

Magdalene wusste nicht, wohin mit ihrem Blick. Ihre Mitgift ... richtig ... Ihr Onkel hatte damals in der Bibliothek erwähnt, dass die MacBrannans Geld brauchten und auch, wofür ...

»Mylady sollten nun wirklich ...«, setzte Peigi an, und Magdalene ergriff die Möglichkeit zur Flucht. Sie erhob sich schnell.

Auch Andra stand auf, und obwohl sie zuvor den Eindruck gemacht hatte, sie liebend gerne zu vertreiben, blieb sie nun breitbeinig vor Magdalene stehen. Die versank mit den feinen Lederstiefeln immer tiefer in einer Pfütze, kämpfte aber dennoch darum, sich nicht zu ducken, sondern Andras Blick zu erwidern.

»Ich ... ich würde wirklich gerne helfen.«

Kurz glaubte sie, Respekt in Andras Augen aufblitzen zu sehen, doch bald wurde deren Blick wieder hart. »Der Einzige, der uns hilft, ist der rote König.«

Magdalene war erleichtert, von diesem zu wissen. »Er nennt sich so im Andenken an Macbeth ... dem letzten keltischen König von Alba ...«

Andra zuckte die Schultern. »Manche sagen auch, dass er sich Rob Roy, Robert den Roten, zum Vorbild genommen hat. In jedem Fall zeigt er aller Welt, dass die Highlands vielleicht zur Schafzucht taugen, aber wir Highlander keine Lämmer sind, die sich zur Schlachtbank führen lassen.«

Endlich trat sie zur Seite, und Magdalene huschte hinaus. Der Himmel war fast schwarz, es hatte dennoch zu regnen aufgehört.

»Wir müssen uns beeilen«, drängte Peigi.

Magdalene aber nahm sich die Zeit, sich noch einmal zu Seòras umzudrehen, der mit ihr das Haus verlassen hatte.

»Lebt wohl«, murmelte sie.

»Habt Dank für Euren Besuch, MyLady«, antwortete er. »Wir wissen Euer Mitgefühl zu schätzen. Die alte Catriona wird übrigens in drei Tagen auf unserem Friedhof begraben. Ihr seid zum Begräbnis selbstverständlich eingeladen.«

Magdalene vermeinte, die vielen misstrauischen, feindseligen Blicke in ihrem Rücken zu spüren, die ihr die anderen Dorfbewohner zuwarfen, doch die eigenen Augen waren unverwandt auf Seòras gerichtet, und der lächelte flüchtig.

»Ich werde kommen«, sagte sie.

Wann immer Magdalene David oder Caelan in den nächsten Tagen zu sehen bekam, schwieg sie zwar eisig, zeigte ihre Verachtung jedoch mit keiner anderen Geste, um deren Aufmerksamkeit nicht auf sich zu ziehen. So blieb sie meist sich selbst überlassen und konnte in Ruhe ihr Vorhaben planen. Nur Peigi wusste davon. Sie wartete drei Tage später im Garten auf ihre Herrin, um sie zu Catrionas Begräbnis, für das sie selbst freibekommen hatte, zu begleiten.

Die erste Wegstrecke brachten sie schweigend hinter sich, bis Magdalene unvermittelt sehen blieb. »Ich weiß, du hältst es für keine gute Idee«, erklärte sie. Peigi sagte nichts. »Denkst du, es ist anmaßend, wenn ich dort erscheine?«

»Anmaßend?« Peigi hob überrascht den Kopf. »Ich fürchte, Ihr wisst nicht, worauf Ihr Euch einlasst, Mylady.«

Magdalene, die wieder weitergegangen war, blieb erneut stehen. »Könnte es sein, dass man mich trotz Seòras' Einladung wieder fortschickt?«

Peigi grinste. »Mylady, was wisst Ihr eigentlich über ein schottisches Begräbnis?« Magdalene zuckte unsicher die Schultern. »Ihr solltet Euch darauf gefasst machen, dass es bei einem schottischen Begräbnis lauter und lustiger zugeht als bei einer englischen Hochzeit.«

Magdalene hatte keine Ahnung, was das junge Mädchen damit meinte. Erst als sie das Dorf erreichten, bekam sie einen vagen Eindruck davon. Lustig war es allerdings nicht, denn etliche betrunkene Männer verprügelten sich vor Seòras' Haus, und als ihre Fäuste flogen, ging es tatsächlich lautstark zu.

»Sie haben die ganze Nacht Totenwache gehalten und dabei getrunken«, erklärte Peigi, während Magdalene erstaunt gewahrte, dass niemand die Rangelnden zu trennen versuchte, sondern ihr Kampf vielmehr durch Pfiffe und Klatschen befeuert wurde.

»Getrunken?«, fragte sie. »Ist das nicht respektlos gegenüber den Toten?«

»Im Gegenteil. Es wäre eine Beleidigung für sie, wären sie nüchtern geblieben.«

Während das Gejohle und das Ächzen anschwollen, glaubte Magdalene zu begreifen, warum sich niemand an diesem Benehmen störte. So stolz wie die Highlander waren, wollten sie auch vor dem Tod nicht den Kopf einziehen und nicht verlegen am kalten Blick seiner schwarzen Augen vorbeisehen. Nein, trotzig ins Gesicht wollten sie ihm starren und ihm mit jeder Geste, jedem Wort zu verstehen zu geben: Am Ende magst du uns schnappen, aber zuvor musst du uns erst noch fangen, und bis dahin trinken wir, essen wir, singen wir, tanzen wir. Und so wenig der Tod die Menschen hier einzuschüchtern vermochte – so wenig tat es der Anblick der Toten.

Eine lange Prozession hatte sich vor Seòras' Haus gebildet,

wo sie – da es in ihrem eigenen Dorf nicht mehr möglich war – aufgebahrt worden war. Jeder wollte die alte Catriona noch einmal sehen, und als Magdalene sich einreihte, warf man ihr zwar manch zweifelnden Blick zu, verwehrte es ihr aber nicht. Anstatt nur mehr die Fäuste spielen zu lassen, warfen die sich prügelnden Männer nunmehr mit Holzklötzen um sich, doch spätestens, als einer dicht vor Magdalene liegen blieb, schritt Seòras ein.

»Jetzt ist es genug!«, brüllte er, nahm Magdalene ungefragt an die Hand und zog sie vor den anderen Wartenden ins Haus.

Der lehmige Boden war an diesem Tag von vielen Fußstapfen aufgewühlt worden. Die Hühner hatte man hinausgescheucht, doch eine schnurrende Katze räkelte sich wohlig auf der Bank. Ob der vielen Leiber, die sich hier drängten, aber auch ob der Kerzen und Binsenlichter, die verhindern sollten, dass der Leichnam im Finstern lag, war es viel wärmer als bei Magdalenes erstem Besuch.

Kurz konnte sie einen Blick auf die Tote erhaschen, weil sich so viele über sie beugten und berührten. Ein Mann schien sie gar abzulecken.

Magdalene zuckte zusammen. »Was tut er denn da?«

»Oh, das ist der alte Biorna«, erklärte Seòras, der ihre Hand wieder losgelassen hatte, aber dicht hinter ihr stehen geblieben war. »Er behauptet, er sei ein Sündenesser.«

»Ein Sündenesser?«

»Gewiss. Es gilt als besondere Gabe, einem trockenen Schwamm gleich Sünden aufzusaugen. Ob Biorna diese Gabe wirklich besitzt, kann keiner sagen – in jedem Fall lässt er sich hinterher bezahlen. Zwar nicht mit Geld, aber mit reichlichem Essen. Die anderen wiederum berühren Catriona, weil es heißt, dass das vor Warzen schützt.«

So ausdruckslos wie Seòras sprach, war Magdalene nicht sicher, ob er selbst auch daran glaubte.

Mittlerweile waren etliche zurückgewichen, sodass nun auch sie näher an die alte Frau herantreten konnte. Sie schien fest zu schlafen. Das Haar war unter einem Tuch verborgen, die Augen lagen in tiefen Höhlen, als wären sie von den Hautfalten verschluckt worden, und der Mund war schmallippig, aber zur Andeutung eines Lächelns verzogen. Wenn Magdalene es nicht anders wüsste, wäre sie bei diesem Anblick überzeugt gewesen, dass die Alte friedlich nach einem erfüllten Leben gestorben war – nicht im Augenblick größten Schmerzes.

Eben legte eine der Frauen eine Münze auf Catrionas Augen.

»Warum macht sie das?«, fragte Magdalene.

Seòras zuckte die Schultern. »Es ist wichtig, dass ihre Augen geschlossen bleiben. Ihr Blick wäre zu gefährlich für die Lebenden. Außerdem kann sie damit den Fährmann bezahlen, der sie ins Jenseits bringt. Auf ihrem Bauch wiederum liegen Schuhe, damit sie den Weg nicht mit nackten Füßen antreten muss.«

Der Blick wäre zu gefährlich für die Lebenden …

Was würde Catriona wohl von ihr denken, wenn er auf sie fiele?

Magdalene schlug rasch ein Kreuzzeichen neben dem Bett und floh wieder nach draußen – erleichtert, der stickigen Luft ebenso zu entkommen wie dem lauten Bimmeln einer Glocke, das offenbar die Geister vertreiben sollte.

Nicht dass im Freien kein Gedränge herrschte. Wie Peigi ging heute niemand seiner Arbeit nach. Alle Dorfbewohner und auch die Familien, die von weit her gekommen waren, hatten ihre Sonntagstracht angelegt. Bei den Frauen waren das frische weiße Schürzen, die sie über dunklen Kleidern trugen, Lederschuhe oder Holzpantoffeln, bei den Männern farbenprächtige Kilts, Plaids sowie auf dem Kopf das Bonnet – eine schwarze Kappe. Etliche trugen den *dirk*, den Highland-Dolch, oder Gewehre mit kunstvoll gravierten Kolben.

Als Seòras Magdalenas Blick folgte, sagte er rasch: »Keine Angst. Mittlerweile ist es uns Highlandern wieder gestattet, Waffen zu tragen, aber Munition besitzen wir keine.«

So blieb es dabei, dass sich die jungen Männer mit dem Einsatz ihrer Fäuste und dem von Holzpflöcken begnügten. Nach dem ersten Scharmützel hatte eine weitere Rauferei begonnen. Nun war es Andra, die mit einem lauten Klatschen den Kampf beendete. Schlagartig senkte sich Stille über sie, und die Männer nahmen ihre Kopfbedeckung ab, als Catriona in einer offenen Holzkiste aus dem Haus getragen wurde. Ein langer Trauerzug begann, führte über ausgetretene Wege und an Grenzmalen vorbei bis zu einer kleinen Kirche und dem Friedhof. Angeführt wurde er von vier Frauen, die nicht nur laut heulten und sangen, sondern immer wieder rhythmisch auf die Holzkiste einschlugen.

»Sind das Catrionas Verwandte?«, fragte Magdalene leise.

»Nein, das sind die Klageweiber«, erklärte Peigi, die dicht neben ihr lief. »Eine von ihnen ist die hiesige Hebamme.«

»Die Hebamme?«

»Ja, einer Frau, die so vielen Kindern auf die Welt hilft, traut man am ehesten zu, die Toten auf ihrem letzten Weg zu begleiten. Am besten ist es, wenn auf jeden Tod eine Geburt kommt. Wenn zu viele Menschen sterben, verlaufen die Geburten immer schwerer. Wenn zu viele Menschen geboren werden, währt hingegen der Todeskampf der Sterbenden länger.«

Als die Kiste abgestellt wurde, berührten nicht nur die Klageweiber diese, auch alle anderen Frauen – hieß es doch, dass das Holz der Eiche das Kopfhaar schneller wachsen ließ.

»Wollt Ihr sie nicht auch berühren?«, fragte Peigi erstaunt, weil Magdalene keine Anstalten machte, ihr zu folgen.

Magdalene schüttelte rasch den Kopf. Nicht nur, dass ihr dunkles Haar ohnehin kräftig wuchs – es schien ihr einfach nicht zuzustehen, sich unter den anderen Trauernden einzureihen.

Es folgten eine Rede über die Tote, ein Gebet und ein letzter Segen, und als die Menschen später wieder den Rückweg zum Dorf antraten, überlegte Magdalene kurz, eine andere Abbiegung zu nehmen und sich diskret zurückzuziehen. Seòras, der zu ihr aufschloss, machte ihr Vorhaben allerdings zunichte.

»Von einem schottischen Begräbnis hungrig wegzugehen, hieße, den Toten zu beleidigen«, sagte er nachdrucksvoll. »Wenn man dessen Leben mit trockenem Brot feierte, würde das nicht heißen, er wäre selbst saftlos gewesen? Und wenn man nur mit lauem Wasser darauf anstieße, würde das nicht heißen, er hätte selbst nach nichts geschmeckt? Wenn man wiederum nur Tränen über seinen Tod vergösse, würde das nicht heißen, er hätte zu wenig gelacht? Und wenn man ruhig und schweigend zusammensäße, würde das nicht bedeuten, dass er selbst sein Leben lang nicht tüchtig zugepackt, sondern die Hände in den Schoß gelegt hat? Nein, heute sollen sich die Tische biegen zum Zeichen dafür, wie reich das Leben ist. Jede Schüssel soll gefüllt werden, um zu zeigen, dass der Tote keine große Leere zurücklässt, sondern lebhafte Erinnerungen.«

Seòras übertrieb nicht. Selbst die lange Tafel, an der David und sie dinierten, hätte man mit den vielen Speisen, die an diesem Tag im Dorf aufgetischt wurden, bis zum letzten Fleckchen bedecken können.

Es gab schottische Graupensuppe aus Gerstenkörnern, Hammelkeule und Karotten sowie *cockyleekie* – eine Hühnersuppe mit Lauch. Was immer man aus Hafer zubereiten konnte, war gekocht worden – ob Hafermehlgrütze aus Hafermehl, Salz und Butter, *cranachan*, eine Hafercreme, außerdem Haferpudding und *brochan*, ein dünner Haferschleim mit Kartoffeln, Grünkohl, Käse, Milch und Fisch. Auf heißen Steinen oder gusseisernen Blechen waren dünne Fladen gebacken worden, knusprig und so heiß, dass sich Magdalene prompt die Lippen verbrannte. Aber genau so, erklärte Seòras, müssten *bannocks* gegessen werden.

Magdalene war bald satt, doch als sie ihre Hände in den Schoß legen wollte, hörte sie eine Stimme. »Ihr müsst unbedingt auch noch davon probieren.« Andra, Seòras Schwester, lächelte sie vermeintlich freundlich an, als sie hingegen auf das Gericht zeigte, das sie Magdalene anbot, hätte diese schwören können, dass das Lächeln nur geheuchelt war. Es handelte sich um Schafsmagen, in den man Haggis gestopft hatte – ein Mus aus fein gehackter Lunge, Leber, Talg und Hafergrütze, sowie Zwiebeln und Pfeffer, wie Andra eifrig erklärte. »Ihr solltet auch den schwarzen Pudding kosten, er wird aus Gänsefingerkraut, Bitterklee, Möweneiern, Kalbsblut und Weizenmehl hergestellt.« Allein vom Anblick wurde Magdalene blass, aber sie wagte nicht, die Speisen abzulehnen. Vorsichtig führte sie einen Bissen an den Mund, versuchte, so wenig wie möglich zu kauen und rasch zu schlucken, und obwohl ihr Lächeln etwas verkrampft geriet, erwiderte sie Andras Blick, die sie nicht aus den Augen ließ. Dass Magdalene auch beim dritten Bissen noch nicht würgte, ließ sie anerkennend nicken, doch alsbald spottete sie: »Seid froh, dass Ihr keine Brühe aus Milch und Nacktschnecken kosten müsst.«

Magdalene spürte noch ein knorpliges Stück Fleisch zwischen zwei Zähnen und schlug sich allein ob der Vorstellung, Schnecken zu essen, die Hand vor den Mund.

»Ich kenne niemanden, dem das schmeckt«, sagte Seòras, »Ríona hat das immer gehasst.«

Sein Gesicht blieb ausdruckslos, als er seine verstorbene Frau erwähnte, während Andra kurz etwas mitleidig blickte, um danach umso beißender fortzufahren: »Nun, was bleibt uns in Hungerzeiten anderes übrig, als Schnecken zu fressen? Es ist nicht so, dass uns der Lord in solchen Fällen mit feinem Rinderbraten verköstigt.«

»Heute wollen wir aber weder von Hunger noch von Durst reden«, sagte Seòras schnell und erhob sich, um alle Gäste mit Whisky und Branntwein zu versorgen. Der Alkohol wurde in glänzenden Silberpokalen oder mit Schnitzereien versehenen Kuhhörnern ausgeschenkt. Außerdem gab es etliche Fässer mit Bier, an denen eine Kette mit dem Schöpflöffel hing, um dieses in die hölzernen Trinkbecher zu gießen – ganz zu schweigen von der großen Rolle Tabak, die von Mann zu Mann weitergereicht wurde.

Magdalene versuchte zu ignorieren, wie ein alter Mann auf dem Boden spuckte. Sie trank *tody* – mit Wasser verdünnten Whisky.

»Dann könnt Ihr doch gleich *omhan* trinken wie die Kinder«, höhnte Andra.

Magdalene kannte *omhan* – ein Getränk aus Molke und Milch, das so lange gekocht wurde, bis es schäumte. Mittlerweile hatte sich das Stück Fleisch aus ihren Zähnen gelöst, und sie trotzte Andras Blick.

»Tatsächlich? Kinder trinken *omhan*? Ich dachte, sie würden mit Whisky groß. Deshalb gelten die Highlander doch als so stark.«

Seòras lachte auf, Andra schien nicht sicher, ob sie die

Worte als Lob oder Beleidigung aufnehmen sollte. Ehe sie eine Antwort fand, ertönten von draußen her die Klänge eines Dudelsacks.

Gespielt wurde das Instrument vom alten Camran, der, wie es hieß, von Dorf zu Dorf zog. Wenn er früher auf Begräbnissen gespielt habe, sei er oft vierzig Tage geblieben, erzählte Peigi Magdalene, heutzutage seien es nur mehr vier, halte es der riesige Mann mit dem wettergegerbten Gesicht doch nicht lange an einem Ort aus. Bei seinem Anblick musste Magdalene an jene Geschichten denken, wonach die Highlander, wenn sie durchs Land reisten, sich nachts einfach auf ihr Plaid legten und unter freiem Himmel schliefen, anstatt Zuflucht unter einem Baum zu suchen. Obwohl Camran regelrechte Pranken hatte, spielte er unglaublich geschickt auf dem Instrument mit Basspfeife und Rohrflöte. Erst stimmte er düstere, schwere, langsame Töne an – dann wurden die Trauerlieder von Tanzmusik abgelöst. So schwungvoll und fröhlich wie er nun spielte, konnte kaum einer ruhig sitzen, und bald tanzte das ganze Dorf.

Magdalene erinnerte sich an ihren dünnen, irischen Tanzlehrer, der ihr den Menuetttanz beigebracht hatte und dem wohl allein bei diesem Anblick die dürren Beinchen entzweigebrochen wären. Plötzlich bedauerte sie es, dass sie weder den Highland Fling noch den Schwerttanz oder Reel beherrschte, dass sie sich darum nicht die Seele aus dem Leib tanzen konnte und kurz die Gewissheit der anderen teilen, wonach der Tod nicht schrecklich ist, solange man noch die Mach hat, das Leben zu feiern, und dass man niemanden aus seiner Heimat vertreiben konnte, solange der noch fähig war, jene Musik zu machen, die hier seit Jahrhunderten erschallte.

So stand sie steif und merkwürdig verloren am Rand, erst recht, als der alte Camran sich kurz ausruhte und stattdessen

Seòras vortrat, um die Fiedel zu spielen. Auch seine kräftigen Hände erwiesen sich als unglaublich geschickt. Er legte die Stirn in Falten, als er ganz und gar in den Klängen aufging. Jäh war Magdalene überzeugt, dass er dieses Lied für seine verstorbene Frau Ríona spielte und dass ihm das keine Tränen in die Augen trieb, vielmehr einen trotzigen Zug um den Mund verlieh, war für sie kurz ein deutlicheres Sinnbild seiner Stärke, als wenn er mit bloßen Händen einen Baumstamm ausgerissen hätte. Prompt fühlte sie sich noch mehr fehl am Platz. Bis jetzt hatte sie vermeint, kein Recht zu haben, die Trauer der Menschen zu teilen – nun dachte sie, dass es ihr noch weniger zustand, an ihrer ungebrochenen Lebensfreude teilzuhaben.

Seòras war zu sehr ins Spiel vertieft, um zu bemerken, wie sie sich unauffällig entfernte, Andra hingegen froh, dass sie ging, und Peigi tuschelte mit einem jungen Mann, den sie zuvor als Robby, ihren Verlobten, vorgestellt hatte.

Wenn schon Begräbnisse so lautstark gefeiert wurden, wie ging es dann wohl auf einer Hochzeit zu? Gewiss aß man, bis man platzte, trank, bis man betrunken war, tanzte, bis man keinen Atem mehr hatte. Wer selbst den Tod so zu feiern wusste, wie laut würde dieser dann erst die Liebe beklatschen – wobei jemand, der die Liebe nicht feiern konnte, in gewisser Weise bereits tot war!

Magdalene beschleunigte den Schritt und begann gar zu laufen, als sie das Dorf hinter sich gelassen hatte. Lange hörte sie noch die Musik, aber kurz bevor sie das Herrenhaus erreichte, wurde diese vom Wind verschluckt.

»Lieber Himmel, Maggie, wo bist du schon wieder so lange gewesen?« Abigail hatte sie seit Ewigkeiten nicht mehr Maggie genannt, erst recht nicht, seit sie verheiratet war, und es war

Jahre her, dass sie so schnell auf sie zugerannt gekommen war. »Du kannst doch nicht einfach so lange fortbleiben! Der Lord hat mehrmals nach dir gefragt!«

Abigail wollte sie an sich ziehen, doch Magdalene machte sich unwirsch los. Seit der Räumung des Dorfes ein paar Tage zuvor, war sie sowohl David als auch Caelan hartnäckig aus dem Weg gegangen und hatte sich bei jedem Dinner entschuldigen lassen. Auch an diesem Abend hatte sie nicht vor, an der langen Tafel zu sitzen und sich zu jedem Bissen überwinden zu müssen.

»Und wie siehst du überhaupt aus?« Magdalene griff sich ans Haar und merkte erst jetzt, dass es sich gekräuselt und aus dem Haarband gelöst hatte. »Herrgott«, schnaufte Abigail, »ich habe dem Lord gesagt, dass du deine Ruhe brauchst, weil du an Kopfschmerzen leidest, aber noch einmal lüge ich nicht für dich.«

Abrupt blieb Magdalene stehen. »Du musst nicht für mich lügen. Du hättest ihm gerne die Wahrheit sagen können – dass ich am Begräbnis einer Frau teilgenommen habe, deren Tod er selbst verschuldet hat.«

»Maggie!«, entfuhr es Abigail entsetzt.

»Ich maße mir nicht an, seine Taten gutmachen zu können, aber zumindest habe ich den Menschen gezeigt, dass ich nicht blind für ihre Nöte bin wie David und dass ich sie nicht für Barbaren halte wie du.«

»Ach, Maggie ...«

Sie betraten das Herrenhaus über den Hintereingang und liefen auf dem Weg nach oben nur Giorsal über den Weg. Falls die überrascht war, Magdalene zu sehen, noch dazu in diesem Aufzug, zeigte sie es nicht. Sie nickte nur, als Abigail befahl, heißes Wasser für ein Bad hochbringen zu lassen.

Als Magdalene später aus der Wanne stieg, war sie nicht so

müde wie gedacht. Sie schickte Abigail fort und ging ruhelos im Schlafzimmer auf und ab, das dunkel und bedrückend wie nie wirkte. Selbst liebliche Details wie die vielen Fransen und Quasten an einem der Stühle, der mit einer roséfarbenen Gobelinstickerei bezogen war, konnten davon nicht ablenken – im Gegenteil. Je länger sie auf die gestickten Rosen starrte, desto mehr vermeinte sie, dass sie wüchsen und wüchsen, bis sie die Höhe einer Dornenhecke erreichten, hinter der sie langsam erstickte.

Hastig verließ sie den Raum, stieg die Treppe hoch in die Bibliothek. Und wenn sie das Stück Pergament hundertmal gelesen hatte und immer noch nicht deuten konnte – sich der langen Geschichte der Menschen der Highlands zu widmen, erschien ihr die einzige Möglichkeit, ihnen nahe zu sein, ohne sich aufzudrängen und sich fehl am Platz zu fühlen wie zuvor beim Tanz!

Die Rolle lag in jenem Regal, in dem Magdalene sie versteckt hatte, doch als sie sie vorsichtig ausbreitete, stutzte sie. Das Pergament fühlte sich an wie beim letzten Mal, die Schrift war ähnlich verblichen – und doch las sie einen ganz anderen Text.

Es dauerte eine Weile, bis Magdalene begriff, dass jemand das Pergament ausgetauscht und damit gleichsam dafür gesorgt hatte, dass sie die Geschichte weiterlesen konnte – die Geschichte von Macbeth' Kind … vom wahren Erben des roten Königs, der anscheinend auch heute noch in der Gestalt jenes maskierten Rebellen seinem Volk zu helfen versuchte.

VIII.

1078

Die Pilger, in deren Kreis sie sich einreihen wollten, um unbemerkt durchs Land zu reisen, starrten misstrauisch auf den Esel. Als Aelswith und Taraín zu ihnen stießen und behaupteten, dass sie wie sie zum Schrein von St. Andrews in Fife pilgern wollten, glaubten sie ihnen das unumwunden. Zum einen war ihre Kleidung zerlumpt und schmutzig – ein Zeichen dafür, dass sie einen langen Marsch hinter sich hatten und ihnen keine Anstrengung zu groß war –, zum anderen wusste Aelswith etliche Psalmen auswendig. Dass sie allerdings auf ihren Weg ein Tier mitnahmen, diesem Tier auch noch einen Namen, Earc, gegeben hatten und dieser Name so viel wie »gefleckt« hieß, obwohl der Esel doch nur grau war, erweckte ihr Misstrauen.

»Das Schreien des Esels klingt ja wie Gelächter«, erklärte ein alter Mann, der mit einem rötlichen Hautausschlag auf dem Kopf geschlagen war. So gequält wie er dreinblickte, hatte sich dieser Ausschlag auf dem ganzen Körper ausgebreitet – wahrscheinlich auch zwischen den Beinen, weil er merkwürdig breitbeinig ging.

»Und das Gelächter klingt wie das des Teufels«, fügte ein anderer hinzu. Der junge Mann, der beim Holzfällen die rechte Hand verloren hatte und nun hoffte, er könne sich künftig auch mit der linken geschickt erweisen, wenn er in Dunfermline nur lange genug vor den Splittern des wahren Kreuzes betete, das Königin Margaret einst nach Schottland mitgebracht hatte, nickte. »Ich habe einmal von einem bösen Menschen gehört, der wegen seiner Sünden in einen Esel verwandelt wurde. Ich bin sicher, wenn wir in der Nacht schlafen, wird er versuchen, uns zu treten.«

Doch bevor noch mehr empörte Stimmen laut wurden, kam eine alte Frau auf sie zu. Sie hatte sich der Pilgergruppe angeschlossen, um für die Seele ihres toten Mannes zu beten, und litt an schlimmen Rückenschmerzen.

»Aber der Esel kann mich ein Stück tragen«, erklärte sie.

Taraín stimmte zu, wenngleich dem Tier deutlich anzusehen war, dass es nicht sehr begeistert war, diese zusätzliche Last zu schleppen, sich bald seine Schritte verlangsamten und sie immer weiter von den übrigen Pilgern abfielen. Obwohl Aelswith Earc bemitleidete und es ihr eigentlich nicht schnell genug vorangehen konnte, war sie doch erleichtert, nicht mehr mit Taraín allein zu sein. In den letzten zwei Tagen hatte er stetig geschwiegen, anstatt seine Trauer mit ihr zu teilen, und sie darum ihren eigenen Zweifeln und Fragen überlassen. Blàr hingegen, wie die alte Frau hieß, lenkte sie davon ab, weil sie ununterbrochen von ihrem verstorbenen Mann erzählte. Da sie seinetwegen die Pilgerreise angetreten hatte, vermutete Aelswith zunächst, sie hätte ihn aufrichtig geliebt, doch in Wahrheit schimpfte sie andauernd auf ihn.

»Er war der geizigste Mensch, den ich je gekannt habe, und da ihm außerdem immer warm war, hat er mir streng verboten, Torf fürs Feuermachen zu verschwenden. ›Aber ich friere‹, habe ich ihm gesagt, woraufhin er erwiderte: ›Dann geh eben im Kreis!‹ ›Wenn kein Feuer im Herd brennt, sehe ich nichts und stoße überall an‹, habe ich erwidert. Daraufhin hat er alle Möbelstücke, die wir besaßen, zu Brennholz geschlagen. Nur verheizen, wie ich es ihm vorschlug, wollte er dieses nicht. Er hat es gegen ein Schwein verkauft, und so lebten wir mit einem Schwein in einer finsteren, kalten Hütte wie in einem Stall. Ehe wir selbst wie das Tier grunzten, wollte ich es schlachten, doch mein Mann meinte, wir sollten damit warten, bis wir es wirklich bräuchten. Ach, warum hat er nicht wenigstens ein Huhn gekauft, das hätte Eier legen können, oder eine Kuh, die hätte Milch gegeben? Von einem Schwein hat man nur das Fleisch, sonst gar nichts. Irgendwann starb das Schwein von selbst, und mein Mann war so gierig, dass er das Fleisch fast allein gegessen hat. Hinterher bekam er schreckliche Magenkrämpfe und starb.«

»Und du?«, fragte Aelswith.

»Ich habe alles vom Schwein gegessen, was übrig blieb – sogar den Rüssel und die Ohren – und litt hinterher auch an Magenkrämpfen. Falls ich nicht stürbe, so habe ich mir geschworen, würde ich nach St. Andrews pilgern.«

»Deswegen also hast du die Pilgerreise angetreten«, stellte Aelswith fest.

»Ach was. Ich glaube nicht, dass der heilige Andrew irgendetwas mit meinen Magenkrämpfen zu tun hatte. Aber als ich wieder gesund wurde und dennoch weiterhin fror, dachte ich, ich sollte nicht in einem dunklen Haus herumlaufen, sondern im Freien, um etwas von der Welt zu sehen.«

»Und jetzt leidest du an Rückenschmerzen.«

»Kein Wunder, da ich doch jahrelang immer gefroren habe und meine Knochen so steif sind. Ach, mein Mann war der geizigste Mensch, den ich je gekannt habe ...« Und prompt erzählte sie ihre Geschichte erneut.

Von der Burg in Edinburgh aus war es eigentlich nicht weit

zum Firth of Forth, auf dem täglich ein Floß verkehrte – etwas, das Königin Margaret veranlasst hatte und bezahlte, damit die Pilger ohne Kosten von einem zum anderen Ufer gelangen konnten. Da sie mit Drostan zunächst eine andere Richtung eingeschlagen hatten, dauerte es aber mehrere Tage, bis sie die Anlegestelle erreichten, und so langsam wie sie mit dem Esel und Blàr vorankamen, hatte das Floß schon abgelegt, als sie sich dem Ufer näherten. Blàr sprang vom Rücken des Esels, lief trotz der Rückenschmerzen erstaunlich schnell zum Wasser und watete ein paar Schritte durch die grauen Fluten, ehe sie vom Fährmann ins Boot geschoben wurde. Als aber Taraín und Aelswith es ihr gleichtun wollten, mussten sie nicht nur einen bockigen Esel ins kalte Wasser zwingen, sondern sich außerdem vom Fährmann sagen lassen: »Euch beide kann ich mitnehmen. Ihr seid so dürr, dass ihr gemeinsam nur das Gewicht von einem stattlichen Mann habt, aber der Esel muss hierbleiben.«

»Richtig so«, sagte jener Pilger, der Earc von Anfang an misstraut hatte, »es ist ein Tier des Teufels.«

»Oder ein verzauberter Mensch«, meinte ein anderer.

»Ich kann den Esel doch nicht zurücklassen!«, rief Taraín verzweifelt.

So gut Aelswith ihn auch verstand, sank ihr doch das Herz. »Und wie kommen wir dann nach Dunfermline?«

»Ihr müsst euch jetzt entscheiden«, sagte der Fährmann und hob das Ruder so bedrohlich, als wollte er sie gleich damit erschlagen.

Während Aelswith und Taraín sich noch ratlos anschauten, ertönte plötzlich eine Stimme, so dröhnend wie ein Gewitter. »Der Esel kann meinen Platz haben.«

Schon die Stimme ließ vermuten, dass es sich um einen großen Mann mit breiter Brust handelte, aber wer da vom Floß sprang, war ein Riese, wie Aelswith noch nie seinesgleichen gesehen hatte.

»Das geht doch nicht …«, setzte der Fährmann an.

»Ich bin wahrscheinlich noch schwerer als der Esel. Was ist also dein Problem?«, schnaubte der Riese.

»Es ist nicht vorgesehen, dass das Floß Tiere mitnimmt.«

»Auch Jesus ist nach Jerusalem auf einem Esel geritten. Von wegen also, er ist ein Teufelstier. Heilig ist er vielmehr und wird euch alle auf der gefährlichen Überfahrt beschützen.«

Der Fährmann ließ das Ruder sinken und sah sich unsicher um. Keiner der anderen Pilger, die zuvor noch den Mund aufgerissen hatten, wollte sich einbringen, hatten sie doch ebenfalls den großen Hammer gesehen, den der Riese an einem Strick um seinen Hals trug und der wohl schnell zur gefährlichen Waffe werden konnte.

Seufzend ergab sich der Fährmann seinem Schicksal und winkte Aelswith und Taraín aufs Floß. Während Taraín sich plagte, den Esel mit sich zu zerren, betrachtete Aelswith den Riesen eindringlicher. Der Hammer gab ihm den Anschein, ein Handwerker zu sein, doch die Tonsur wies ihn als Mönch aus. Sein Bart war strohblond und struppig, seine Kutte viel zu klein. Sie reichte nur bis zu den Knien, die Beine darunter waren dicht behaart und nackt. Die Daumen des Mannes waren so groß wie eine Kinderhand und so platt, als wäre ein Hammer darauf gefallen, und wenn er damals vor Schmerzen geschrien hatte, hatte wohl die Erde gebebt. In der rechten Hand trug er einen Stab, der dick wie sein Arm war – also fast so dick wie ein Baum.

»Danke«, murmelte Aelswith, »danke, dass du unseretwegen auf die Überfahrt verzichtest. Wir werden für dich beten.«

Sie schwor sich, das auch wirklich zu tun, doch der Mönch lachte dröhnend. »Für mich muss niemand beten. Nynias ist mein Name, das heißt, ich stehe unter dem Schutz des heiligen Nynias, der einst den Glauben zu den Pikten gebracht hat. Er war nicht nur ein mächtiger Heiliger, sondern ein überaus starker. Man sagt ihm nach, dass er eigenhändig mehrere Klöster gebaut hat.«

»Und deswegen trägst auch du einen Hammer mit dir?«

»Nein, den trage ich, weil ich Steinmetz bin. Mein Abt schickt mich in den Norden, denn der Bischof von Moray hat um Hilfe gebeten, das Kloster Portmahomack wieder aufzubauen. Einst war es dafür bekannt, dass dort Glas hergestellt wurde, dass kostbare Bücher mit farbigen Bildern gefertigt wurden und Steine graviert.«

»Aber warum lässt du dann uns den Vortritt?«

»Ach, das Kloster liegt seit Jahrhunderten in Trümmern, und Steine können warten. Sie sind nicht lebendig, ich hingegen sehr wohl, und jetzt gehe ich in die Herberge, um mir den Magen vollzuschlagen. Gute Reise!« Er wandte sich ab.

Aelswith überlegte kurz, ihm zu folgen und ihm Fragen zu stellen. Moray war schließlich die Provinz, aus der König Macbeth stammte, vielleicht wusste Bruder Nynias mehr über ihn. Doch mittlerweile hatte Taraín es geschafft, den Esel auf das Floß zu zerren, und der Fährmann nahm das Ruder, um sich damit vom Grund abzustoßen. Also kletterte sie schnell auf das Floß, und als sie später einen letzten Blick aufs Ufer warf, war der Riese von Mönch schon in der dortigen Herberge verschwunden.

»Ob ich eine junge Frau und einen jungen Mann gesehen habe?«, fragte die Wirtin. »Lasst mich mal nachdenken. Oh, ich sehe jeden Tag Männer und Frauen. Es ist ja so, dass der Allmächtige nur zwei Arten von Menschen geschaffen hat,

Männlein und Weiblein. Und ob auch junge dabei waren? Oh, es gibt Menschen, die wirken jung und sind alt, und andere, die wirken alt und sind jung. Da hier so viele nächtigen, ist die Wahrscheinlichkeit, dass junge Menschen dabei waren, groß. Also ja, ich habe eine junge Frau und einen jungen Mann gesehen.«

Hlothere sah die Frau verdrossen an. Noch bevor sie ihm zugezwinkert hatte, als würden sie sich kennen, und sie auf seine Frage in diesem schnippischen Tonfall geantwortet hatte, hatte er gewusst, dass er sie nicht mochte. Sie trug das struppige rötliche Haar offen und solch obszöne Kleidung, wie sie nicht nur die sittenstrenge Königin Margaret missbilligt hätte – einen ärmellosen Kittel nämlich, der nach Wikingersitte mit zwei Trägern und Broschen befestigt war und der die Oberarme nackt ließ.

Natürlich musst eine Herbergswirtin keine Nonne sein, doch diese Unterkunft diente einem heiligen Zweck – nämlich Pilgern Unterschlupf zu gewähren, während sie auf die Überfahrt warteten –, und außerdem war sie wie die *statio* am gegenüberliegenden Ufer auf Margarets Wunsch hin errichtet worden. Gewiss wäre sie empört, wenn sie wüsste, welch liederlichen Anblick die Pilger hier ertragen mussten.

»Nun«, fuhr die Wirtin fort und sah Hlothere wieder aufreizend an, »kann ich dir sonst noch etwas Gutes tun? Du siehst aus, als könntest du eine Stärkung gebrauchen.«

Hlothere hatte in der Tat seit Tagen kaum etwas gegessen, sondern das Land durchkämmt und nach Spuren gesucht, die auf Aelswith' Verbleib verwiesen. Dennoch wollte er, dass der Magen weiterhin leer und die Sinne darob wach blieben. Seine Männer sahen das leider anders, denn ohne seine Zustimmung abzuwarten, ließen sie sich auf eine der Bänke fallen, die vor dem langen Tisch stand und mit Kissen gepolstert war. Der

Tisch nahm die erste Hälfe der strohgedeckten Halle ein, im hinteren Teil befand sich kein Mobiliar, es war nur mit Binsen ausgestreut. Etliche Pilger ruhten sich dort aus, doch Hlothere hatte mit einem Blick erkannt, dass Aelswith nicht zu dieser grau gekleideten Schar zählte.

Die Wirtin lächelte seine Männer dreist an. »Ihr werdet nicht lange auf euer Essen warten müssen. Vieles mag man Líobhan vorwerfen – aber nicht, dass sie ihre Gäste hungern lässt.«

Líobhan hieß sie also – das war ein angelsächsischer Name. Entweder gehörte sie zu den Menschen, die vor William von der Normandie geflohen waren oder zu jenen, die König Malcolm auf einem seiner vielen Raubzüge in die benachbarten Provinzen versklavt hatte. Insbesondere, als William York nach einem Aufstand verwüstet hatte, hatte Malcolm das Chaos genutzt, um Beute zu machen. Sosehr es Margaret auch missfiel, dass Engländer versklavt wurden, abhalten konnte sie ihren königlichen Gatten nicht davon, nur später dafür sorgen, dass etliche dieser Sklaven wieder befreit wurden – getreu dem Vorbild des heiligen Columban, der einst König Bridei von Fortriu nicht nur bekehrt, sondern von ihm auch die Freilassung eines irischen Sklavenmädchens verlangt hatte. Nur deswegen konnte er den König von einer schweren Krankheit heilen.

Nun, falls auch Líobhan zu den befreiten Sklaven gehörte, dankte sie es der Königin nicht mit einem frommen Lebenswandel.

Widerwillig nahm Hlothere an der langen Tafel Platz und ließ sich nicht gnädiger stimmen, als Líobhan wenig später etliche Speisen servierte – kleine Fladen, die wohl aus Wildgerste, Erbsenmehl, Milch und Butter bestanden und auf einem dünnen Blech gebacken worden waren, und Eintopf aus Schöpsenfleisch, dem Fleisch von jungen Hammeln. Erstaunlicherweise war es nicht so zäh, wie es aussah, doch an dem Gemüse, das gleichfalls darin schwamm, haftete noch Erde. Hlothere nahm nur wenige Bissen, das Dünnbier verwehrte er gänzlich.

»Bist du denn gar nicht durstig?«, fragte Líobhan. »Mein Bier wird allerorts gerühmt. Ich braue es aus getrocknetem Hopfen und aus Bierhefe.«

Wieder zwinkerte sie ihm zu, stützte sich auf dem Tisch auf und beugte sich so weit vor, dass der eine Träger etwas verrutschte und noch mehr nackte Haut, ja, gar der Ansatz ihrer Brust zu sehen war.

»An Hlothere wirst du dir die Zähne ausbeißen«, höhnte einer seiner Ritter.

»Man braucht doch keine Zähne zum Trinken«, sagte Líobhan unschuldig.

»Nun, er trinkt nichts ... nur Wasser.«

»Und wie wär's mit süßer Milch?«, fragte sie und beugte sich noch weiter vor, sodass ihr weicher Busen fast seine Schulter berührte. Hlothere rückte von ihr ab, woraufhin seine Männer lachten. »Weib und Wein ist für ihn eins. Er kostet von beidem nicht.«

»Beim Wein kann ich das ja verstehen.« Líobhan lachte. »Wenn er sauer ist, spucke ich ihn auch aus.«

»Oho! Weiber können ebenso sauer sein.«

»Und bitter!«, rief ein anderer.

»Und manche«, warf ein dritter ein, »sind wiederum so scharf, dass sie dir richtig Feuer unterm Arsch machen.«

Líobhan richtete sich wieder auf, leider nur, um sich ganz dicht neben Hlothere zu setzen. »Unter dem Arsch? Nicht ein kleines Stückchen darüber?«

»Genug jetzt«, rief Hlothere heiser und knallte die Faust auf den Tisch. »Wir sind hier nicht zum Vergnügen.«

Líobhan seufzte und sah ihn stirnrunzelnd an. »Was eigentlich schade ist. Auf dieser Welt ist das Vergnügen ein seltenes Blümlein. Es wächst nicht immer, und es wächst schon gar nicht überall. Wenn man eines findet, sollte man es nicht zertreten, sondern pflücken und daran riechen.«

Die Männer grölten nunmehr vor Lachen. »Wo andere ihre Nase rümpfen, die Gestank und Wohlgeruch voneinander unterscheidet, besitzt Hlothere nur ein Stück Knochen und Haut. Er kann guten Wein nicht vom schlechten unterscheiden und eine hübsche Frau nicht von einer hässlichen.«

Wenn ihr wüsstet ... wenn ihr wüsstet ... wenn ihr wüsstet ...

Plötzlich rief der Anblick von Líobhans Armen nicht nur Widerwillen und Verachtung in ihm hervor, sondern er erweckte eine Erinnerung ... eine Erinnerung an nackte Haut, die süßer als jedes Blümlein, weicher als jedes Blättchen war.

Er schüttelte den Kopf, und die Erinnerungen verwelkten prompt. »Aber ich kann einen toten Mann von einem lebendigen unterscheiden«, knurrte er, »und einen lebendigen zu einem toten machen, kann ich auch.«

Die Männer verstummten, und Líobhan erhob sich schulterzuckend. Sie entfernte sich vom Tisch, zumal gerade ein ebenso großer wie breiter Mönch die Herberge betrat und nach Essen verlangte.

»Und jetzt?«, fragte einer der Männer. »Wo sollen wir das Mädchen noch suchen?«

Kurz waren nicht nur Hlotheres Erinnerungen welk, sondern sämtliche Gedanken lahm. Dann gab er sich einen Ruck. »Ob sie nun hier eine Nacht verbracht hat oder nicht – ich bin sicher, sie will nach Dunfermline. Dort hat sie die letzten Jahre verbracht, und dort lebt ihre Vertraute. Mit dem nächsten Floß setzen wir über.«

Aelswith und Taraín erreichten Dunfermline in der Abenddämmerung. Der Wald, der die königliche Residenz im Süden Albas umgab, glich einer schwarzen Wand, doch der steinerne Turm hob sich noch deutlich vom dunkelgrauen Himmel ab. In diesem Turm hatte Margaret einst Malcolm geheiratet, und hier hatte auch das Hochzeitsmahl stattgefunden, bei dem blutroter Wein serviert wurde – für die einen die Hoffnung, dass die Ehe fruchtbar werden würde, für die anderen Erinnerung an das Opfer, das Margaret brachte, als sie zum Wohl vieler anderer angelsächsischen Flüchtlinge der Ehe zustimmte, anstatt wie geplant Ordensschwester zu werden. Nach der Eheschließung hatte das Paar vor allem in Dunfermline gelebt, weswegen auch Aelswith viele Jahre ihres Lebens hier verbracht hatte. Erst nachdem Margarets Ehrgeiz erwacht war, aus der schlichten Burg in Edinburgh eine prunkvolle Residenz zu machen, lebte sie vor allem dort.

Als Aelswith nun die schmale Straße entlangging, die vom Westen her auf die Burg zuführte, kam ihr diese merkwürdig fremd vor. Beim Anblick der Mauern meinte sie, dass seit ihrem letzten Aufenthalt ein ganzes Leben vergangen wäre und dass sie, die sie seinerzeit keine andere Hoffnung hatte, als die, in Edinburgh weniger beten zu müssen, nicht mehr hierhergehörte. Bleischwer wog überdies die Angst vor dem, was Gytha zu sagen hatte, wobei Aelswith nicht sicher war, wovor sie sich mehr fürchtete – dass Gytha Drostan der Lüge bezichtigte oder diese bestätigte.

»Wie sollen wir überhaupt auf die Burg kommen, wenn doch jetzt am Abend das Tor geschlossen ist?«, fragte Taraín und brach damit sein langes Schweigen.

»Neben dem Turm befinden sich die große reetgedeckte Halle, die Kapelle, diverse Schlafquartiere für Krieger und Sklaven, der Stall und die Schmiede …«

Aelswith hoffte, mit dieser Aufzählung konkrete Bilder heraufzubeschwören, doch es war, als würde sie von Orten reden, die sie nie selbst betreten hatte.

»Aber wie kommen wir nun hinein? Oder sollen wir bis morgen warten?«

»Ein Gebäude dient als Küche, und dorthin bringen die Bauern, die rund um die Burg leben, oft Vorräte. Ein kleines Holztor in der Mauer, das sich gleich daneben befindet, ist fast immer geöffnet.«

Sie erreichten das Tor, als der Tag den letzten Atemzug tat. Ein wenig später nur, und sie hätten das Holz nicht vom Stein unterscheiden können. So hatten sie gerade noch genug Zeit, den Esel an einem Eisenhaken anzubinden und ein paar beschwichtigende Worte zu sagen, ehe sie ins Innere huschten. Obwohl der Lichtschein des Feuers, das in der Mitte des Hofes brannte, auf sie fiel, fühlte sich Aelswith verzagt, sobald sich das Tor geschlossen hatte. Bis jetzt hatte sie vor allem gehofft, in Dunfermline Antwort auf die vielen Fragen zu finden, die sie umtrieben. Nun ging ihr zum ersten Mal durch den Kopf, dass man auch ihr Fragen stellen würde – wer nämlich der junge Mann sei, der mit ihr gekommen war. Falls sich die Nachricht von ihrer Entführung herumgesprochen hatte, würde er gewiss bestraft werden.

Aelswith wies auf eine kleine Hütte, in der sich der Brotofen befand. »Vielleicht ist es besser, du wartest hier«, murmelte sie.

Taraín sah sie kurz fragend an, brachte aber keine Einwände hervor. Sobald er in der Hütte verschwunden war, blickte sich Aelswith um. Gytha hielt sich oft in der großen Halle auf, um sich die müden Knochen in der Nähe des Steinkamins zu wärmen, aber dort waren stets viele Menschen versammelt, und Aelswith wollte nicht alle Blicke auf sich ziehen. Also steuerte sie die Küche an, wo abends wie immer das größte Mahl des Tages zubereitet wurde, und deshalb rege Geschäftigkeit herrschte. Ihr Magen verkrampfte sich, als ihr der Geruch der Speisen in die Nase stieg.

In einem Eisenkessel, der an einem Haken über dem Feuer hing, köchelte eine dicke Suppe aus Kohl, Porree und Gerstengraupen, und in einem Topf, der auf einem Dreibein stand, wurde eben ein Eintopf aus Wildfleisch zubereitet. Auf länglichen Holzplatten befanden sich Ziegenkäse, Schinken, Pasteten, dünne Fladen und gekochte Eier, und die Töpfe daneben waren randvoll mit Honig und Rahm.

Aelswith musste sich beherrschen, um sich nicht von den Speisen zu nehmen, sondern den Kopf einzuziehen und so selbstverständlich durch die Küche zu gehen, dass jeder sie aus den Augenwinkeln für eine Sklavin hielt. Dann entdeckte sie schon das vertraute Gesicht von Síle, einer Frau in Gythas Alter, mit der diese manchmal am Webstuhl saß. Síle war viel geschickter als Gytha und webte schneller als diese. Sie gab aber immer vor, der Stoff sei ihrer beider Werk.

»Síle …«

Obwohl Aelswith den Namen ganz leise sagte, zuckte die andere erschrocken zusammen. Síles Augen weiteten sich, und sie riss den Mund auf, ohne zunächst einen Ton hervorzubringen. Aelswith nahm behutsam ihre Hände, die zwar rau, doch auch warm waren und sie daran erinnerten, wie sehr sie selbst fror.

»Aelswith! Gott, bin ich froh, dich zu sehen!« Ehe sie sich's versah, zog die andere sie an ihre Brust. »Ich dachte schon, du wärest tot … Mein Herz hörte schier zu schlagen auf, als die Männer vorhin ankamen, dich suchten und erzählten, was passiert ist – dass man dich nämlich aus Edinburgh entführt habe … Ach, es war so schrecklich, davon zu hören … und das ausgerechnet, nachdem auch Gytha verschwunden ist …«

Die Worte gingen in trockenes Schluchzen über. Aelswith war von den vielen Neuigkeiten so überrumpelt, dass sie nicht wusste, was sie zuerst fragen sollte.

»Männer? Welche Männer?«

Síle schluchzte noch lauter, aber Aelswith brauchte keine Antwort. Es konnte nur Hlothere sein, der beauftragt worden war, sie mit ein paar Kriegern zurück zu Margaret zu bringen.

»Und Gytha ist verschwunden?«, rief Aelswith. »Was soll denn das heißen?«

Síle schnäuzte sich in ihren Ärmel. »Das wüsste ich selbst gerne. Vor zwei Tagen war jenes Fleckchen neben dem Ofen, an dem sie sich so gerne wärmte, leer. Auch am Webstuhl saß sie nicht. Ich dachte mir, sie hätte etwas länger geschlafen, doch zu Mittag begann ich sie zu suchen – vergebens. Sie blieb verschwunden.«

»Verschwunden?«, rief Aelswith.

»Niemand kann es sich erklären. Am Abend zuvor war sie noch da, es muss über Nacht geschehen sein …«

»Aber … aber …«

Aber das ist unmöglich!, wollte sie sagen. Es kann nicht sein. Gytha durfte nicht einfach verschwunden sein, Gytha musste ihr doch sagen, wer sie war und von wem sie abstammte. Gytha musste Drostan der Lüge bezichtigen. Wer sonst sollte es tun?

Vielleicht war jedoch gerade die Tatsache, dass ihre alte Amme verschwunden war, ein Zeichen dafür, dass es sich nicht um eine Lüge handelte.

»Wenigstens bist nun du hier!«, stieß Síle aus. »Setz dich, iss etwas und wärm dich auf. Du siehst aus wie der Tod. Gewiss werden wir auch Gytha finden, und dann wird alles gut.«

Sie umarmte Aelswith wieder, führte sie zu einem Stuhl,

wollte sie nötigen, sich zu setzen. Kurz war die Versuchung groß, sich einfach fallen zu lassen, zu essen, zu trinken und zu schlafen, Hlothere zu erklären, dass sie sich hatte befreien können, ihr altes Leben wiederzubekommen. Es war doch kein schlechtes gewesen. Worunter sie auch immer gelitten hatten – nichts war so schlimm gewesen, wie zu erleben, dass Pfeile an ihrem Kopf vorbeischossen und dass vor ihren Augen ein Mann starb, dass sie hungernd und frierend durch nasskalte Wälder hatte ziehen und auf der unruhigen Fahrt auf dem Floß befürchten müssen, im Firth of Forth zu ertrinken. Ja, es wäre so leicht, einfach gar nichts zu machen ... Nicht länger über Drostans Worte nachzudenken, keinen Gedanken an Taraín zu verschwenden, der im Backhaus wartete, und erst recht nicht an Earc, den sie draußen vor der Mauer angebunden hatten.

Doch ehe sie sich auf den Stuhl drücken ließ, versteifte sie sich. »Du darfst niemandem sagen, dass ich hier war«, rief sie eindringlich und nahm Síle an beiden Händen.

»Dass du hier *warst*? Du kannst doch nicht ...«

»Ich muss sogar!«, fiel Aelswith ihr heftig ins Wort. »Gytha suchen nämlich! Ich habe so viele Fragen an sie.«

»Aber wo willst du sie denn suchen?«

Wenn ich das nur wüsste!

Aelswith zuckte die Schultern. »Ich habe keine Ahnung ... Ich werde wohl im nächsten Dorf damit anfangen. Ach, Síle, ich muss es wenigstens versuchen ... ich muss herausfinden, wo Gytha ist.«

Und mehr noch, ich muss herausfinden, wer ich bin.

Síle schien ihre Entschlossenheit zu spüren. »Dann iss doch wenigstens etwas.«

»Dafür habe ich keine Zeit. Aber wenn du mir einen Gefallen tun willst, dann pack mir etwas ein. Ich ... wir können eine Stärkung dringend gebrauchen.«

IX.

1791

Drei Wochen waren vergangen, und der Oktober neigte sich dem Ende zu, ohne dass auf das letzte Pergamentstück ein weiteres gefolgt war. Jeden Tag ging Magdalene in die Bibliothek, blickte hoffnungsvoll auf den Schreibtisch und durchsuchte später alle Regale, aber nirgendwo stieß sie auf einen Teil jenes alten Manuskripts, der die Geschichte weiterschrieb – die Geschichte von Aelswith, die verzweifelt versuchte, die Wahrheit über ihre Herkunft herauszufinden.

Magdalene konnte ihr die Verzagtheit gut nachfühlen. Ihr eigenes Leben glich einem Kleid, das sie zwar Tag für Tag anzog, das dennoch einfach nicht passen wollte. Manchmal erschien es so eng, dass sie kaum atmen konnte, dann verließ sie das Herrenhaus, um stundenlang spazieren zu gehen – wenngleich sie Seòras' Dorf strikt mied. Manchmal erschien es so weit, dass sie sich unendlich verloren wähnte, und dann verkroch sie sich in ihrem Schlafzimmer.

Beides bereitete Abigail Sorgen, und die Dienerin war erleichtert, dass sie sich zwar den gemeinsamen Abendessen mit ihrem Ehemann, nicht aber den gesellschaftlichen Verpflichtungen entziehen konnte. So musste Magdalene an Davids Seite ein großes Fest in Inverness besuchen, zu dem die Duchess of

Gordon jedes Jahr einlud. Die Männer jagten und fischten, die Frauen plauderten, und abends fanden Bälle statt, auf denen die einen tanzten und die anderen Karten spielten. Nicht nur Landadlige, auch Doktoren, Anwälte und Industrielle kamen zusammen, und sie alle hielten sich an das ungeschriebene Gesetz, nicht über Politik zu sprechen, weil das ja doch nur zu Streit führen würde.

Abigail war begeistert von dem samtgrünen Kleid, das Magdalene an diesem Abend trug, und auch Lauren MacInnes und Isobel Brinks, die sie unter ihre Fittiche nahmen und sie den Menschen vorstellten, machten ihr überreich Komplimente. Magdalene hingegen fand, dass sie nicht einfach nur in unpassender Kleidung steckte, sondern im falschen Körper. Es war doch nicht sie, die freundlich lächelte, ihre Grübchen spielen ließ, Konversation trieb! Wie aus weiter Ferne beobachtete sie sich und war sich nicht sicher, was sie von dieser unbekannten Frau halten sollte.

Spät nach Mitternacht wurden Tee und Kaffee serviert, und Isobel Brinks, die sich Whisky dazu einschenken ließ, forderte danach mit schriller Stimme, dass nun auch schottische Tanzstücke gespielt werden sollten, der Reel, der Jig oder der Strathspey. Tatsächlich trat wenig später ein Mann mit einer Fiedel auf die Tanzfläche, und kurz wurde Magdalenes abwesender Geist wieder eins mit ihrem Körper.

Wie hungrig dieser Körper war! Wie gerne sie sich in die Mitte gestellt und getanzt hätte, bis sie außer Atem und ihr schwindlig war, bis sie nicht mehr wüsste, wer sie war oder sein wollte, bis sie einfach nur in jener Musik aufging, deren Rhythmus dem Herzschlag der Highlands folgte!

Doch ehe sie sich aus ihrer Starre lösen konnte, trat David, der sich bis jetzt ausschließlich mit diversen Herrschaften unterhalten hatte, zu ihr, murmelte etwas von einer scheußlichen Musik und pochte darauf, sich zurückzuziehen.

»Wir werden morgen früh die Heimreise antreten«, erklärte er, »ich habe viel zu tun.«

Was denn? Menschen aus Häusern zu vertreiben?

Das sagte sie zwar nicht laut, aber ihrer Miene schien dennoch deutlich anzumerken zu sein, was sie von ihm hielt. Seit dem Tag, als die alte Catriona gestorben war, war er abends nicht mehr in ihr Schlafzimmer gekommen, und eben senkte er den Kopf und zuckte unmerklich zusammen.

Schweigend verlief am nächsten Tag die Heimfahrt, und wieder folgte ein langweiliger Tag auf den anderen.

Meist war Magdalene beim ersten Morgengrauen wach, frühstückte im Bett und schrieb später Briefe an ihren Vater, die so kurz und knapp ausfielen wie seine Schreiben an sie. Er fragte, wie es ihr ergehe, und sie erklärte, es sei alles gut. Schließlich hatten sie sich auch früher nie ausgetauscht, sondern nur nebeneinanderher gelebt, wenngleich friedlich und glücklich. Manchmal musste sie ihre Briefe neu schreiben, weil Tränen darauf fielen, sehnte sie sich doch nach dem sicheren Kokon, in dem ihr Leben damals stattgefunden hatte. Jetzt glich sie einem verlorenen Schmetterling, der vielleicht schön war, aber nicht fähig, im rauen Wind zu fliegen.

Später legte ihr Giorsal die Menüpläne vor, die Magdalene absegnete, ohne auch nur einen Blick darauf zu werfen, und flüchtete entweder wieder ins Schlafzimmer oder in den Garten. Manchmal erhielt sie Besuch von Lauren MacInnes, die stolz von ihrem Garten berichtete und dass sie dort höchstpersönlich Steckrüben, Karotten und Obst anbaue – offenbar ein Zeitvertreib vieler Landadliger.

»Das Gemüse schmeckt sicherlich köstlich«, meinte Magdalene.

»Ja, denkt Ihr, dass wir es selbst essen?«

»Etwa nicht?«

»Nein, es wird an die Armen verschenkt.«

Sie lachte, und Magdalene war nicht sicher, was ihr verlogener erschien – dass sie beim Gemüseanbau das Leben der einfachen Bauern nur nachäffte, ohne es jemals in der ganzen Härte zu erfahren, oder dass sie die Ernte den Armen überließ, als wäre sie ernsthaft an ihrem Wohl interessiert. Ob jemand wie Lauren MacInnes wusste, was in den Highlands vor sich ging?

Nun, sie selbst wusste es, aber sie tat nichts, um es zu verändern. Gewiss, sie dachte oft an das Dorf, an Seòras, sogar an die bissige Andra, sie mied sie jedoch weiterhin. Erst als Abigail an einem Nachmittag beklagte, dass Peigi am Morgen vor Aufregung ein Stück Porzellan kaputt geschlagen habe, packte sie die Furcht, dass auch deren Familie vor der Vertreibung aus dem eigenen Dorf stand, und sie betrat einen Raum, den sie bis jetzt noch nie aufgesucht hatte – die Küche im Erdgeschoss, die sich hinter einer grün gestrichenen Holztür befand. Auch die Regale waren grün, während die Wände weiß gekalkt worden waren. An hölzernen Haken hingen Kupferpfannen, Töpfe und Kannen in allen Größen, und in der Mitte stand ein großer Holztisch, an dem eifrig gearbeitet wurde: ein Küchenmädchen schnitt auf dem Hackblock Fleisch, ein anderes zerrieb mit einem Mörser Kräuter, die einen durchdringenden Geruch von sich gaben, und in einer Porzellanschüssel wurde eben Milch mit Eiern verrührt. Nur ein Ei landete nicht in der Schüssel, sondern in einem Glas – genauer gesagt auch nur das Weiße, nicht der Dotter.

Das Küchenmädchen, das das gemacht hatte, drehte sich fragend zu Peigi um, die hinter ihr stand. »Mache ich es richtig so?«

»Lass mich schauen!«

Peigi beugte sich über das Glas. »Es könnte ein Huf sein«, erklärte sie vielsagend.

»Das heißt, es wird einer der Stallknechte sein?«, fragte das Küchenmädchen entsetzt.

»Vielleicht auch der Pferdedoktor.«

Magdalene hatte keine Ahnung, was die Mädchen trieben, aber sie war erleichtert, dass Peigis Stimme so fröhlich klang. Eben blickte das Dienstmädchen hoch, entdeckte sie und rief überrascht: »Mylady!«

Magdalene trat zu ihnen. »Was macht ihr denn da?«

»Wenn man das Weiße in ein Glas mit Wasser gibt, verrät die Form, die es bildet, das Handwerk des künftigen Ehemannes.«

Magdalene blickte zweifelnd auf das Glas. Welche Form hätte wohl in ihrem Fall das Eiweiß ergeben?

»Das ist doch nur dummer Aberglaube«, fuhr die Gehilfin des Kochs dazwischen.

»Ist es nicht«, bestand Peigi. »Mit Eiern lässt sich auf viele Arten die Zukunft voraussagen. Vom ersten Ei, das ein Huhn legt, muss man den Dotter schlucken, und der erste Mensch, dem man danach begegnet, trägt denselben Namen wie der Bräutigam. Ich habe es so gemacht, und es ist genau so gekommen: Ich habe einen Roibeart getroffen, und nun heirate ich meinen Robby.«

Sie wandte sich wieder an Magdalene. »Denkt Euch Mylady, ich werde schon nächsten Freitag heiraten. Es ist sehr wichtig, dass es ein Freitag ist. Dann wird die Ehe fruchtbar«, Peigi errötete sanft. »Und der Oktober ist ein guter Monat zum Heiraten, einer der besten. Gänzlich ungeeignet sind hingegen der Januar und der Mai.«

Magdalene freute sich, dass die baldige Eheschließung der

Grund für die Aufregung war, gleichwohl es sie auch mit leisem Bedauern erfüllte, dass Peigi wohl nicht länger auf im Herrenhaus arbeiten würde.

»Stimmt es eigentlich«, fragte das Küchenmädchen, »dass nach der Eheschließung in der Kirche die Füße der Brautleute mit Seife und Kohle gewaschen werden?«

»Was soll denn das für ein Unsinn sein!«, rief die Gehilfin des Kochs.

»Das geht auf eine alte Druidenzeremonie zurück«, sagte Peigi.

»Eben«, bestand die andere. »Es ist Unsinn. Und jetzt geht wieder an die Arbeit.«

Mit sichtlichem Bedauern ließ die Küchenmagd das Glas mit dem Eiweiß stehen, um damit zu beginnen, einen Berg Äpfel zu schälen. Peigi wandte sich an Magdalene.

»Was ich Euch noch fragen wollte, Mylady ... Vielleicht hättet Ihr die Güte ... ich meine, Ihr seid doch auch ...«

»Nur frei heraus damit, Peigi!«

»Ich würde Euch gerne zu meiner Hochzeit einladen.« Und ehe Magdalene eine Antwort geben konnte, fügte sie hastig hinzu: »Es wird ein großes, mehrtägiges Fest sein. Wettbewerbe werden stattfinden – im Dudelsackspiel und natürlich im Baumstammwerfen.«

»Man wirft einen ganzen Baumstamm?«

»Nun, von keinem sehr großen Baum, aber manche schaffen es schon. Und natürlich wird getanzt.« Magdalene vermeinte, ganz deutlich die Klänge der Fidel zu hören. »Also kommt Ihr? Ihr müsst unbedingt mein Kleid sehen! Es ist leuchtend blau, was eine gute Farbe ist. Eigentlich sind alle Farben möglich, nur kein Grün. Das Grün ist die Farbe der Elfen und bringt Unglück.«

»Du wirst sicher sehr hübsch sein«, murmelte Magdalene.

»Vor der Hochzeit werde ich mir mein Haar in einem Sud aus Birkenknospen waschen«, erkläre Peigi stolz. »Und mein Gesicht in Ziegenmilch, in der man Veilchen gekocht hat.«

»Wenn du willst, kannst du eine Kette von mir haben.«

»Aber Mylady, das könnte ich unmöglich annehmen. Ihr werdet also kommen, ja?«

Wenn ein schottisches Begräbnis lustiger als eine englische Hochzeit war – wie lautstark und fröhlich ging es dann auf einer schottischen Hochzeit zu? Zum ersten Mal seit Wochen glaubte Magdalene, das Gefühl der Lähmung ganz mühelos abschütteln zu können. Vielleicht war ihr Leben ein zu großes oder ein zu enges Kleid, aber wenn Peigi für einige wenige Tage ihre einfache Dienstbotentracht ablegen und in ein leuchtend blaues Hochzeitskleid schlüpfen konnte, dann könnte sie sich doch auch kurz aus ihrem Leben davonstehlen. Und dieses Mal, so nahm sie sich fest vor, würde sie nicht danebenstehen, sondern mittanzen.

David hatte ihre Ausreden und Entschuldigungen, die sie vorbrachte, um nicht am Dinner teilnehmen zu müssen, hingenommen. Seit sie sich entschlossen hatte, die Hochzeit zu besuchen, war jedoch ihr Hunger erwacht, und sie nahm wieder an der langen Tafel Platz. Zu ihrer Erleichterung musste sie nur David begrüßen, nicht auch noch Caelan. Wann immer sie ihm in den letzten Wochen begegnet war, hatte sie sein freundliches Lächeln mit einem grimmigen Blick erwidert, was das Lächeln noch breiter werden ließ, doch an diesem Abend blieb es ihr, wenn auch nicht das lähmende Schweigen, erspart.

Sie waren schon beim Dessert angelangt – einer kräftigen Eiercreme, die Magdalene an Peigis Prophezeiung mithilfe des

Eiklars denken ließ –, als David unwillkürlich zu reden begann.

»Magdalene …« Sie hob den Kopf und bemerkte, dass er sie etwas verwirrt anstarrte, als müsste er sich jeden Augenblick aufs Neue in Erinnerung rufen, dass sie seine Frau war und er mit ihr den Rest seines Lebens teilen musste. Und wenn es ihm wie mir geht?, fragte sie sich jäh. Wenn auch ihm das Leben zu groß oder zu klein erscheint – in jedem Fall nicht passt? »Ich weiß, dass du manchmal Spaziergänge machst.«

Bis zu diesem Tag konnte sie nicht mit Sicherheit sagen, ob er je erfahren hatte, dass sie auf Catrionas Begräbnis gewesen war. In der ersten Zeit danach hatte sie sich stets gegen einen Vorwurf gewappnet, doch der war ausgeblieben.

»Und?«, fragte sie knapp.

David räusperte sich und blickte nunmehr an ihr vorbei, als er erklärte: »Ich möchte, dass du in den nächsten Wochen davon Abstand nimmst.«

»Warum das denn?«

Ein eisiger Schrecken durchfuhr sie. Was, wenn er plante, auch Seòras Dorf zu räumen, und nicht wollte, dass sie erneut Zeugin einer solchen Vertreibung wurde?

Doch er erklärte nur: »Es ist zu gefährlich. In den letzten Tagen ist es zu erneuten Rebellenaktionen gekommen …«

Magdalenes Körper spannte sich an. »Etwa vom roten König?«

»Wer dahintersteckt, ist doch nicht so wichtig …«

»Was genau hat er denn getan?«

»Auch das ist nicht so wichtig.«

»Ich darf das Haus nicht verlassen, und es ist nicht wichtig?«, rief sie schrill.

Seine Miene verzerrte sich, als wäre die Eiercreme verdorben gewesen. »Etliche der Straßen, die Fort William, Inverness und Perth verbinden, sind mit Hindernissen, vor allem großen Steine, abgesperrt worden«, erklärte er widerwillig. »Natürlich konnte man sie wieder freilegen, aber das dauerte seine Zeit. In Fort Augustus fand überdies ein großer Empfang statt. Die Offiziere waren eingeladen und natürlich auch ihre Ehefrauen, doch man konnte den Ballsaal nicht benutzen, weil ... weil ...« Er brach ab.

»Weil dort auch große Steine lagen, über die man beim Tanzen hätte stolpern können?«, fragte Magdalene spöttisch.

»Es waren keine Steine, es war ... Schafdung.«

Magdalene konnte nicht umhin zu lächeln. »Der rote König scheint Humor zu haben.«

Davids Miene verzerrte sich noch mehr. »Ich finde das überhaupt nicht amüsant, und ich denke auch nicht, dass der Name, den man ihm gibt, angemessen ist. Er ist kein König, sondern bloß ein Unruhestifter. Was er noch plant, weiß ich nicht, dass man seiner aber bald habhaft wird, davon bin ich überzeugt. Und bis dahin solltest du hierbleiben.«

Magdalene versteifte sich. »Ich habe keine Angst vor Steinen und Schafdung.«

»Trotzdem ...«

Unwillkürlich stand sie auf. »Und warum sollte es der rote König ausgerechnet auf mich abgesehen haben?«

»Magdalene ...«

»Vielleicht, weil ich die Frau eines Mannes bin, der Menschen aus ihrer Heimat verjagt?«

»Magdalene, jetzt ist es aber genug. Setz dich!«

»Warum? Das Haus darf ich nicht verlassen, den Mund soll ich halten, warum hast du nicht gleich ein Schaf geheiratet, zumal in der Schafzucht ja vermeintlich die Zukunft der Highlands liegt? Oh, nein, es könnte dir schließlich ins Schlafgemach scheißen.«

Sie erschrak selbst darüber, dass dieses Wort über ihre Lippen kam. Sie hatte es noch nie ausgesprochen, und Abigail würde ihr – ungeachtet ihres Alters und ihres Ranges – als Strafe wohl den Mund mit Seife auswaschen. Dennoch überkam sie ein Triumphgefühl, als sie sah, wie David erbleichte. Nur allzu bald hatte er seine Miene jedoch wieder unter Kontrolle und nahm ein paar hektische Bissen von der Eiercreme.

»Magdalene, ich habe dich freundlich um etwas gebeten und darauf gehofft, dass du mich verstehen würdest. Falls du nicht einsichtig bist, werde ich die notwendigen Maßnahmen ergreifen, um dich zu schützen.«

»Willst du mich einsperren?«, entfuhr es ihr. »Aber schon in meinem Schlafzimmer, nicht im Stall, oder?«

»Setz dich«, verlangte er wieder.

Aber Magdalene tat nichts dergleichen. »Nun, wenn du gedenkst, mich im Schlafzimmer einzusperren, sollte ich mich bald daran gewöhnen. Am besten, ich ziehe mich gleich dorthin zurück.«

Wieder nahm er hektisch ein paar Bissen und lief dunkelrot an, sagte jedoch nichts. Ihre Genugtuung darüber, ihm den Appetit gewiss gründlich verdorben zu haben, währte nicht lange. Schon als sie die Treppe hochstieg, schnürte es ihr den Atem zu. Wenn er ihr nicht einmal erlaubte, einen Spaziergang zu machen, würde David niemals dulden, dass sie eine Hochzeit besuchte.

Eine Hochzeit in den Highlands sei, wie sie schon angedeutet habe, keine Hochzeit, wenn sie nicht mehrere Tage dauern würde, berichtete Peigi am letzten Tag, an dem sie im Herrenhaus arbeitete. Mindestens drei seien dafür angesetzt, manchmal sogar sieben, und nicht selten komme es vor, dass eine Familie hinterher verarmt sei.

»Nun«, schloss sie, »meine Eltern sind ohnehin schon arm, das kann kaum schlimmer werden, und wenn wir wirklich aus dem Dorf vertrieben werden, ist es besser, nichts zurückzulassen.«

»Aber das wird doch nicht jetzt passieren, da der Winter naht!«, rief Magdalene entsetzt, obwohl sie nicht sicher war, ob man es David nicht doch zutrauen konnte. Sie war sich auch nicht sicher, was sie selbst tun sollte.

Nach dem letzten gemeinsamen Abendessen war sie noch entschlossen gewesen, ihm nicht zu gehorchen und das Herrenhaus heimlich zu verlassen. Am Tag der Hochzeit selbst aber schwankte ihr Wille – weniger aus Angst vor David, sondern weil sie sich jäh fragte, ob man sie wirklich dabeihaben wollte. Peigi würde sich freuen, Andra dagegen gewiss nicht, und was Seòras anbelangte, war er von allen am schwersten zu durchschauen.

Die eigentliche Zeremonie ging ohne sie vorüber, und am zweiten Tag konnte sie sich auch nur vorstellen, nicht selbst sehen, was nun geschah: Die Mutter der Braut würde dieser nach der Hochzeitsnacht das Kopftuch umbinden, und der erste, der der Prozession, die nun folgte, begegnete, musste die Braut mit einem Lied preisen.

Am dritten Tag ertrug es Magdalene nur bis zum Nachmittag, in ihrem Zimmer zu sitzen, verließ dieses dann entschlossen und ging nach unten. Schon in der Eingangshalle hielt sie inne, stand sie dort doch plötzlich Giorsal mit den wachen, gleichwohl ausdruckslosen Augen gegenüber.

»Ihr geht spazieren?«, fragte die Haushälterin.

Magdalene duckte unwillkürlich den Kopf. »Ich weiß, der Lord möchte das nicht …«

»Peigi würde sich freuen«, sagte Giorsal knapp, drehte sich um und ging nunmehr wortlos davon.

Magdalene war nicht sicher, ob ihre Worte eine Ermutigung waren oder lediglich eine Prüfung. Sie versuchte sie jedenfalls als Erstere aufzunehmen, lief die Treppe hinunter und durchquerte mit eingezogenem Kopf den Hof, ohne dass sie von jemandem aufgehalten wurde. Bald hastete sie die Allee entlang und drosselte das Tempo auch dann nicht, als sie die Ulmen hinter sich gelassen hatte. Der Wind blies von hinten in ihr Plaid, blähte es auf und schien sie förmlich anzutreiben. Sie wähnte sich mehr zu fliegen, als zu gehen, zumal sie im Gestrüpp, auf das sie stieg, kaum Spuren hinterließ. Und dann lag vor ihr schon die weite Heidelandschaft – so rot, als wäre die Abendsonne vom Himmel gefallen und hier langsam geschmolzen, obwohl doch noch helllichter Tag war.

Vögel schossen an ihrem Kopf vorbei, die Birken glänzten, als wären sie mit silbrigen Ketten behangen, und plötzlich verstand sie nicht, warum sie gezögert hatte, die Hochzeit zu besuchen, wenn doch hier jeder Grashalm das Leben zu feiern schien.

Noch schneller lief sie nun mit dem Wind um die Wette, der ihr – fröhlich juchzend, statt müde stöhnend – den Vortritt ließ, obwohl er wusste, dass er so viel mächtiger war als sie. Einmal blieb ihr Fuß an Ranken hängen, und sie stolperte, doch sie lief ungeachtet weiter. Ihr Haar löste sich aus dem Haarband, fiel ihr ins Gesicht, sie stolperte wieder … Dieses Mal nicht über eine dornige Ranke, sondern über den Mann, der hier kniete.

»Was macht Ihr denn hier?«

Wie aus einem Mund hatten sie beide diese Frage gestellt, und Magdalene war nicht sicher, wer den größeren Anlass hatte, über das Erscheinen des anderen verwundert zu sein:

Sie, die sie Seòras doch bei der Hochzeit vermutet hatte, oder er, der ihr so lange nicht begegnet war, dass er wohl nicht mit einem Wiedersehen gerechnet hatte.

Magdalene atmete schwer, ja die Brust schien ihr zu zerspringen, während Seòras seelenruhig knien blieb. Er trug wie immer einen Kilt, nur dass der rot-blaue Stoff glänzender und dicker erschien als sonst und der Gürtel, an dem er Pistole und Dolch trug, breiter. Über der Brust lag, einer Schärpe gleich, ein gelbes Band, von dessen Bedeutung sie nichts wusste, und sein Haar erschien ihr noch röter.

»Ist die Hochzeitsfeier schon vorbei?«, fragte Magdalene bestürzt.

»Warum sollte sie?«

»Nun ... Ihr seid hier ... ich dachte, Ihr würdet auf dem Fest wieder die Fiedel spielen.«

»Das habe ich heute Gordie überlassen, meinem Neffen ... Andras Sohn ...«

Unsicher trat Magdalene von einem Fuß auf den anderen. Sie wollte nicht nachbohren, warum er hier allein hockte, anstatt mit seiner Familie zu feiern, ihn aber auch nicht einfach sitzen lassen und allein zum Dorf gehen. Schließlich fiel ihr Blick auf die weiße Blüte, die er in der Hand hielt.

»Ich wusste nicht, dass hier so schöne Blumen wachsen«, murmelte sie.

Er folgte ihrem Blick, als hätte er gar nicht bemerkt, was er da hielt. »Ach das ... das ist nur eine Sumpfmyrte ...«, erwiderte er. »Sie ist nicht weit entfernt von hier am Ufer eines Bächleins gewachsen.« Obwohl er große raue Hände hatte, strich er so zärtlich über das Blütenblatt, dass es nicht riss. »Meine Frau ... Ríona ... sie hat sie geliebt ... Ich habe sie ihr oft ins Kissen gesteckt, weil man sagt, dass Sumpfmyrten süße Träume schenken. Vorhin wollte ich ihr eine ans Grab bringen, damit sie gleichsam an der Hochzeit teilnimmt, aber dann habe ich mich erinnert, wie oft wir hier im Herbst saßen und auf das blühende Heidekraut blickten und dachte mir, es wäre der passendere Ort, ihrer zu gedenken.«

Und um sie zu trauern …

Magdalene fühlte sich unbeholfen und fehl am Platz. Gerne hätte sie gewusst, wie Ríona gestorben war, aber sie wagte nicht, danach zu fragen. Nicht einmal einen Blick auf die Sumpfmyrte zu werfen, schien ihr zuzustehen.

»Es … es tut mir leid …«, stammelte sie.

Sie war nicht sicher, ob die Worte ihn erreichten oder ob der Wind sie davontrug.

»Was?«, fragte er da plötzlich. »Was tut Euch leid?«

»Nun, der Tod Eurer Frau …«

»Dafür könnt Ihr nichts.«

»Ich kann auch für das … andere nichts, und dennoch …«

Er erhob sich wendig, und als er auf sie zutrat, wich sie unwillkürlich zurück. Nicht nur, dass er groß und breit war – zugleich ging etwas Unberechenbares von ihm aus, gleich einem Pferd, das einerseits verspricht, schneller zu reiten als der Wind, aber andererseits droht: Vielleicht werfe ich dich auch ab.

»Das stimmt … auch dafür könnt Ihr nichts …«

»Glaubt mir, wenn ich irgendeinen Weg wüsste …«

»Einen Weg, um was zu tun?«

Sie zuckte hilflos die Schultern. »Dem Lord ins Gewissen zu reden … sein Herz zu öffnen …«

Wahrscheinlich hat er gar keines.

Seòras sah auch nicht aus, als würde er daran glauben.

»Nun, vielleicht könnt Ihr etwas anderes tun.«

»Was?«

Er steckte die Sumpfmyrte zwischen sein Bonnet und das Haar, sodass nur mehr ein Blütenblättchen hervorlugte.

»Ihr wisst doch, dass nach und nach die Dörfer geräumt werden, um für die Schafzucht Platz zu schaffen. Noch sind die Herden nicht hier angekommen, zumindest nicht auf dem MacBrannan-Land. Ich denke, in diesem Jahr ist es zu spät, sie vom Süden herzutreiben, mich würde allerdings interessieren, was der Lord für den Frühling plant.«

Magdalene sah ihn unsicher an. »Ich könnte ihn fragen.«

»Würde der Lord Euch denn eine ehrliche Antwort geben?«

»Wie soll ich sonst mehr herausfinden?«

Seòras hob die Schultern. »Früher trieb ein sogenannter *tacksman* die Pacht ein. Er führte Bücher darüber, in denen alles genau festgehalten war. Der letzte *tacksman* ließ sich jedoch nicht mit Geld bezahlen, sondern mit Whisky und Rindern und verlangte meistens zu viel von beidem. Seitdem macht Tómas Elliott das für ihn, die Bücher wiederum führt der Lord selbst.«

Bücher, die sich in Davids Arbeitszimmer befanden, gleich neben der Bibliothek. Bücher, die sie genauso heimlich lesen könnte wie das Manuskript ... das Manuskript über Macbeth, den roten König.

»Ihr wisst, wer er ist«, entfuhr es ihr, »der rote König, meine ich. Der Rebell, der auf der Seite der Highlander steht. Ihr ... Ihr wisst, was er vorhat.«

Seòras starrte sie lange an, und seine Augen schienen grau wie der Nebel. Hatten sie immer diese Farbe oder nur jetzt? Und war es die Trauer um Ríona, die den Blick verdüsterte oder ein ganz anderes Gefühl, das ihn aufwühlte, als er seinen Blick über ihre Gestalt wandern ließ? Der Wind blähte Magdalenas Plaid nicht länger, schien vielmehr zurückzuweichen, wie sie da reglos verharrte.

»Ich weiß nur, dass es dem roten König helfen würde, um die Pläne Eures Mannes zu wissen.«

Nicht länger war sie regungslos. Ihre Knie bebten, ohne dass sie sagen konnte, was ihr mehr zusetzte oder sie vielmehr mit Erregung erfüllte: das Anliegen, David auszuspionieren, oder sein Blick, unter dem sie zu schmelzen schien. Das was übrig blieb, war so leicht, dass es mühelos vom Wind hätte mitgerissen werden können. Doch der Wind schwieg, und statt seines Stöhnens ertönte nur Hufgetrappel. Ehe sie ein Wort hervorbringen konnte – sein Anliegen rüde abweisen oder ihm bereitwillig zustimmen – kam Caelan auf sie zugeritten.

Seòras' Blick verfinsterte sich, ließ nicht mehr an Nebel denken, sondern an das kalte Meer, und Magdalene sah ihm an, dass er sich am liebsten sofort zurückgezogen hätte. Am Ende aber überwog der Trotz. Herausfordernd starrte er Caelan entgegen, Magdalene senkte unwillkürlich den Kopf.

»Meine liebe Schwägerin«, begann Caelan, sobald er sie erreichte und das Pferd anhielt. »Hat Euch mein Bruder nicht untersagt, das Haus zu verlassen?« Nun konnte sie gar nicht anders, als den Kopf wieder zu heben, und sei es, um ihm zu zeigen, dass sein Hohn ihr nichts anzuhaben vermochte. Leider begnügte sich Caelan nicht damit, ihn über sie zu ergießen, er wandte sich spöttisch an Seòras: »Und du? Hast du etwa Blumen gepflückt, damit deine Rinder etwas Süßes zu fressen haben?«

Seòras sah ihn lange an, ehe er bedächtig die Sumpfmyrte unter dem Bonnet hervorzog. Er hielt sie kurz einer Waffe gleich hoch, um sie dann unwillkürlich loszulassen. Prompt wirbelte ein Luftstoß sie hoch, sodass sie wie ein Schmetterling durch die Lüfte tanzte. Magdalene ahnte, was er damit sagen wollte – der Wind ist stärker als Ihr, und meine tote Frau ist frei wie er –, doch der Anblick tat ihr gleichwohl weh.

Könnt Ihr diesen Menschen nicht einmal eine Sumpfmyrte lassen?

Sie warf Seòras einen entschuldigenden Blick zu, doch der sah sie gar nicht mehr an, wandte Caelan den Rücken zu und stapfte fort.

»Nun, liebste Schwägerin. Er wird Zeit heimzugehen.«

Erst jetzt hörte sie in weiter Ferne die Klänge von Tanzmusik.

Werde glücklich, kleine Peigi. Werde glücklich.

Sie selbst war jäh sicher, dass sie es niemals werden konnte, solange ein stolzer Mann wie Seòras um seine Zukunft und die seines Volkes bangen musste.

Während des Heimwegs wollte Magdalene sich keine Blöße geben. Sie ging mit aufrechtem Kopf vor Caelans Pferd her. Er hatte dessen Tempo zwar gedrosselt, machte aber keine Anstalten abzusteigen. Wer sie von Weitem sah, mochte sie für einen Soldaten und dessen Gefangenen halten, der gerade abgeführt wurde. Gewiss, eine wenig fühlte sie sich auch so, zeigte es dagegen ebenso wenig, wie sie sich von ihren Gefühlen überwältigen ließ. Vielmehr überlegte sie ganz nüchtern, was sie nun tun sollte.

Schon als sie die Ulmenallee erreichten, kam ihnen David entgegengelaufen. Ob er im Haus vergeblich nach Magdalene gesucht oder sie hatte kommen sehen, ließ sich nicht erkennen, nur dass seine Mine nicht ausdruckslos wie sonst war, sondern Empörung ausdrückte.

»Ich habe dich ausdrücklich gebeten …«, setzte er an, brach aber ab, als Magdalene steif stehen blieb und ihn nur herausfordernd anstarrte.

»Es ist doch gefährlich, allein umherzustreifen«, fügte er lediglich hinzu.

»Oh, sie war nicht allein«, warf Caelan höhnisch ein. »Seòras hat ihr Gesellschaft geleistet.«

Magdalene musste sich zusammenreißen, um ihn nicht lautstark zu verwünschen. Stattdessen trieb sie nur ihre Nägel in die Daumenballen und sagte ruhig: »Ich sehe schon, mein lieber Schwager kann alles erklären. Erlaub mir, mich zurückzuziehen.«

Mit hoheitsvoller Miene und immer noch hoch gerecktem Kinn schritt sie an David vorbei. Sein Blick schien sich in ihren Rücken zu brennen, und sie hörte jedes von Caelans Worten, als er über die Barbaren vom Dorf herzog, doch erst als sie das Pförtnerhaus hinter sich gelassen hatte, begann sie zu rennen. Wenn ihr Plan aufgehen sollte, musste sie sich beeilen.

Wenig später hatte sie den kleinen Ankleideraum neben ihrem Schlafzimmer erreicht. An dreien der Wände hingen Spiegel, die vierte Wand war mit einer Tapete mit chinesischen Malereien dekoriert. Die Vorhänge vor dem kleinen Fenster waren aus grünem Damast, der kleine Toilettentisch aus Kirschholz. Unzählige Schachteln, Dosen, Körbchen und Täschchen aus Marokkoleder stapelten sich dort. Rasch schlüpfte Magdalene aus ihrem Kleid und wechselte auch das etwas verschwitzte Unterkleid gegen ein frisches aus Batist, zog allerdings kein neues darüber, sondern nur ein rosafarbenes Negligé und einen spitzenbesetzten Morgenmantel.

Danach starrte sie sich lange in dem runden Spiegel an. Sie wusste, dass sie nie eine klassische Schönheit werden würde, doch das dunkle Haar bot einen interessanten Kontrast zu den grünen Augen. Die Wangen waren rot vom schnellen Gehen, und sie biss sich auf die Lippen, bis diese die Farbe von Kirschen bekamen.

Es muss mir gelingen, es muss mir gelingen, es muss mir gelingen …

Eine Weile musste sie zwar warten, aber nach einer Stunde

hörte sie ein Klopfen an der Tür des Schlafzimmers, gefolgt von einer Stimme.

»Magdalene, wir müssen reden.«

Sie warf einen letzten prüfenden Blick auf ihr Spiegelbild und öffnete den Morgenmantel ein wenig, sodass der Ansatz ihrer Brüste zu sehen war. Erst dann gewährte sie David Eintritt.

»Magdalene, ich habe dir ausdrücklich gesagt, dass du das Herrenhaus nicht verlassen sollst. Ich kann nicht dulden, dass du ...«

»Ich weiß«, sagte sie schnell, starrte vermeintlich verlegen zu Boden und nestelte hilflos am Gürtel des Morgenmantels. Sie tat, als würde sie mehrmals zum Reden ansetzen, stürzte dann aber plötzlich auf David zu, umarmte ihn und legte ihren Kopf auf seine Brust.

»Ich weiß, ich habe dich schrecklich enttäuscht. Ich habe mich nicht wie eine vornehme Lady, sondern wie ein trotziges Kind verhalten. Es wird nicht wieder vorkommen, wenn du mir nur verzeihst. Oh, du kannst mir doch verzeihen, oder?«

Sie spürte, wie sein Körper sich versteifte, und als sie den Blick hob, stellte sie fest, dass seine Wangen noch röter waren als ihre.

»Magdalene ...«

»Ich will dir doch eine gute Ehefrau sein, will es von Herzen. Wenn ich nur wüsste, was du von mir erwartest! Sag es mir, ich tue alles, ich will nur, dass du zufrieden mit mir bist ... mir nicht länger böse ...«

»Ich bin dir doch nicht böse«, sagte er zunehmend unsicher, »ich sorge mich um dich ...«

»Wirklich? Das ist doch ein Zeichen dafür, dass du mich magst, zumindest ein klein wenig, nicht wahr?« Ihre Stimme zitterte ob all der Lügen, aber er schien zu glauben, dass sie nur fror. Nicht länger stand er steif da, hob stattdessen seine Hände und fuhr vorsichtig mit zwei Fingern über ihr Haar. Erwartungsvoll sah sie ihn an. »Wollen wir vergessen, was heute geschehen ist? Wollen wir neu anfangen?« Seine Mundwinkel zuckten, doch ehe er etwas sagen konnte, beugte sie sich vor und küsste ihn. »Ach, David, David«, sagte sie, indessen seine Verblüffung wuchs, sein Gesicht noch röter anlief und nun auch er erbebte. Ehe er wieder die Herrschaft über seinen Körper erlangt hatte, nahm sie ihn an der Hand und zog ihn zum Bett. »Ich muss wissen, dass du mir vergeben hast«, murmelte sie erstickt, streifte den Morgenmantel ab und ließ ihn auf den Boden fallen.

Jedes Mal, wenn er zu ihr ins Bett gekommen war, hatte David es wenig später wieder verlassen, doch an diesem Abend war er neben ihr eingeschlafen. Magdalene richtete sich auf und betrachtete ihn. Nie hatte sie gesehen, dass ihm das schüttere Haar ins Gesicht fiel, dass die Züge, ansonsten immer etwas verkrampft, so entspannt waren, dass die schmalen Lippen sanft lächelten und ihm weniger das Antlitz eines nüchternen Mannes gaben, der immer schon erwachsen gewesen zu sein schien, als das eines kleinen Jungen.

Nicht dass der Anblick sie rührte. Er mochte sich von ihr täuschen lassen, doch sie würde niemals darauf hoffen, dass er weich und zärtlich sein konnte.

Sie erhob sich, schlüpfte in den Morgenmantel, öffnete die Tür und lauschte. Von Abigail war nichts zu hören, sie musste sich schon in ihr Zimmer am Ende des Ganges zurückgezogen haben. Magdalene entzündete eine Kerze, bevor sie das Schlafgemach verließ. Wenig später stieg sie die Treppe hoch zu Davids Arbeitszimmer, lauschte kurz und schloss schnell die Türe hinter sich, als sie nichts vernahm.

Sie stellte die Kerze auf dem Schreibtisch ab, setzte sich und überflog die Briefe, Urkunden und Bilanzen.

Die Wörter und Zahlen schienen vor ihren Augen zu verschwimmen, aber sie versuchte, sich so vieles wie möglich zu merken. Nicht mit allem konnte sie etwas anfangen, Seòras oder der rote König, an den er die Informationen weitergab, würde es vielleicht verstehen.

Sie achtete nicht auf den zunehmend steifen Rücken, die kalten Hände, das heftige Zittern des frierenden Körpers, sondern las Texte und Zahlen, lernte sie auswendig und wiederholte sie, bis die Kerze fast heruntergebrannt war. Erst dann erhob sie sich, versuchte, alles wieder sorgsam so zu ordnen, wie sie es vorgefunden hatte,.

Als sie einen Blick in die angrenzende Bibliothek warf, lächelte sie stolz. Sie hatte keine Ahnung, wie die Geschichte von Macbeth' vermeintlichem Kind ausging, ob sie sie nur zufällig gefunden oder ob diese etwas mit ihr zu tun hatte, ja, ob sie überhaupt jemals ein weiteres Pergament zu lesen bekommen würde. Sie wusste nur, dass Shakespeare einer Lüge aufgesessen war, als er den letzten keltischen König zum grausamen Tyrannen machte. Und dass David gelogen hatte, als er meinte, er werde den Highlandern zu einem besseren Leben verhelfen, wenn er sie aus ihrem Dorf vertrieb.

Sie konnte vor dem Unrecht, das hier geschah, nicht die Augen verschließen. Sie würde für und mit dem roten König kämpfen.

X.

1078

Die Beeren waren groß und rot, aber sie schmeckten sauer. Zwar nicht so sauer, dass man sie nicht hätte essen können, Aelswith spuckte sie trotzdem aus.

Taraín blickte sie verwundert an, sagte jedoch nichts.

»Ich bringe sie unmöglich hinunter!«, stieß sie aus und meinte eigentlich etwas anderes.

Das kann doch unmöglich mein Leben sein. Ich kann doch unmöglich wieder in einen Wald verbannt worden sein – unter Blättern, von denen es tropft, auf Erde, in der man versinkt, mit einem Magen, der knurrt!

»Etwas anderes gibt es hier doch nicht«, murmelte Taraín.

Earc war genügsamer als sie, denn er fraß stachlige Ranken. Seine Zunge schien davon keinen Schaden zu nehmen, Aelswith dagegen hatte allein beim Zuschauen das Gefühl, Dornen zu schlucken.

Nachdem sie gestern überstürzt von der Burg zu Dunfermline geflohen waren, hatten sie im nahen Dorf nach Gytha gefragt, doch die Bauern hatten Aelswith' einstige Amme weder gesehen, noch waren sie so freundlich, ihnen einen Schlafplatz für die Nacht anzubieten. Im Gegenteil – einer der Bauern hatte drohend die Mistgabel erhoben und geschrien, dass sie alles, nur keine Pilger im Dorf bräuchten. Immer mehr kamen jüngst nach Dunfermline und zertrampelten die Felder. »Wir sind keine Pilger«, hatte sich Aelswith vereidigt, den Mann damit aber nicht gnädiger stimmen können. »Etwa noch Schlimmeres? Bettler? Leprosen?«, hatte er gewütet.

Mit Blick auf die Mistgabel waren sie lieber geflohen und hatten die Nacht im Wald verbracht.

»Hier, probier diese!«, murmelte Taraín und trat zu ihr. Er hatte noch andere Beeren gepflückt, und auch diese waren rot und groß. Sauer leider ebenfalls, und obwohl das nicht seine Schuld war, stieß sie so heftig gegen seine Hand, dass sie auf den dunklen Boden kullerten. Dort schienen sie ihre kräftige Farbe zu verlieren – so wie Aelswith ihren Mut und ihre Entschlossenheit.

»Ich will sie nicht!«, fuhr sie ihn an.

»Wenn du nichts isst, wird das deine Laune nicht heben.«

»Tu nicht so, als wäre ich selbst schuld, wenn ich hungrig bleibe! Deinetwegen bin ich doch überhaupt in diese Lage geraten.«

Sichtlich unbehaglich hob er die Schultern. »Das stimmt … zumindest zum Teil … Ich habe Drostan geholfen, dich von Edinburgh wegzubringen. Aber es war deine Wahl, nicht in Dunfermline zu bleiben.«

Aelswith atmete tief durch, konnte ihren Zorn dennoch ebenso wenig schlucken wie die Beeren. »Ich bereue, dass ich es nicht getan habe. Wenn Drostan mir nur nicht diesen Unsinn eingebläut hätte!«

»Wenn es Unsinn wäre, müsstest du ihn ja nicht glauben.«

»Ich weiß einfach nicht, was ich glauben soll.«

»Still!«

»Von dir lass ich mir nicht den Mund verbieten.«

»Still!«, rief er noch energischer und packte sie am Arm.

Erst jetzt bemerkte sie, dass auch der Esel zu fressen aufgehört, den Kopf gehoben und die Ohren zurückgelegt hatte, und als sie lauschte, hörte sie ein Rascheln im Gebüsch.

Hlothere ... es musste Hlothere sein ... er hatte sie nicht auf der Burg gefunden und durchstreifte jetzt die Umgebung.

Taraín wurde blass, Aelswith dagegen war kurz nur erleichtert. Wenn Hlothere sie fand und nach Edinburgh zurückbrachte, müsste sie die Entscheidung, was sie tun sollte, nicht länger selbst treffen.

Wer sich allerdings durch das Dickicht kämpfte, wessen Füße blutig von den dornigen Ranken waren und in wessen Haar sich einzelne Zweiglein verfangen hatten, war kein Krieger, sondern ... ein Mönch. Und zwar nicht irgendein Mönch, es war der Riese, der ihnen seinen Platz auf dem Floß überlassen hatte. Sein Mund war rot verschmiert – ein Zeichen dafür, dass er die Beeren nicht verachtete –, und so gierig wie er darauf war, zeigte er sich nicht weiter überrascht, sie hier zu treffen. Er bückte sich und pflückte weitere, um sie mit lautem Schmatzen zu verzehren.

»Habt ihr vielleicht irgendwo auch Pilze gefunden? Noch mehr Beeren? Oder Äpfel?«

»Was ... was machst du hier?«, entfuhr es Aelswith.

Die letzte Beere stopfte er sich mitsamt dem Zweig, an dem sie hing, in den Mund. »Das Gleiche könnte ich auch euch fragen.«

»Nun ja, wir haben nirgendwo Zuflucht gefunden. Du hingegen bist Mönch. Man sollte meinen, dass dir jede Klosterpforte weit offen stünde.«

»Von wegen!« Bruder Nynias spuckte den zerkauten Zweig wieder aus. »Das letzte Mal, als ich in Dunfermline weilte, lebten hier noch Mönche – solche, die viel arbeiten und darum auch viel essen, Eier, Speck, Brot, Wein. Und jetzt? Jetzt trifft man nur mehr diese dürren Männlein, die sich Benediktiner nennen! Sie behaupten, auch viel zu arbeiten, aber in Wahrheit tun sie nichts anderes als zu beten, und weil Beten nun mal nicht hungrig macht, trinken sie Wasser statt Wein. Die Butter, die auf den Tisch kommt, ist gelb und ranzig, und im Getreidebrei, den sie statt Brot zu sich nehmen, befinden sich jede Menge Steine, weil man es nicht ordentlich gesiebt hat. Kein Wunder, dass all diese Mönchlein keinen Biss mehr haben, denn die Zähne sind ihnen darob ausgefallen.« Er schmatzte, obwohl er keine Beeren mehr kaute.

»Du hast uns erzählt, dass du auf dem Weg nach Norden bist … nach Moray, nicht wahr?«, fragte Aelswith. »Um dort dieses Kloster wieder aufzubauen!«

Bruder Nynias ging nicht darauf ein, denn eben hatte er noch mehr Beeren gefunden, wenn auch nur grüne. Er aß sie trotzdem. »Ich habe von den Benediktinern besseres Essen gefordert, etwas Käse und Ei, aber sie haben mich beschieden, dass das den Kranken vorbehalten sei. Daraufhin habe ich Fleisch verlangt, doch sie meinten, dass sie, wenn überhaupt, nur das von zweibeinigen Tieren äßen. Was für ein Unsinn, in der Küche hat über dem Feuer ein Lamm geschmort! Das wiederum, haben sie gesagt, sei nur für die Armen bestimmt. Als ich daraufhin dem Lämmchen zwei Beine abschnitt und meinte, jetzt sei es so etwas wie ein Huhn, haben sie mich aus dem Kloster geworfen. Nicht dass ich freiwillig geblieben wäre. Ich dachte immer, die Culdeer seien schlimm, da wusste ich jedoch noch nicht, dass die Benediktiner ein noch freudloseres Leben führen.«

Der Hammer, den er um seine Brust gebunden trug, bebte, als er seine riesigen Pranken anklagend gen Himmel hob. Eigentlich war das ein bedrohlicher Anblick, doch nicht einmal der Esel fürchtete sich, denn der fraß seelenruhig weiter.

Und Aelswith musste plötzlich lachen, als sie sich vorstellte, dass Bruder Nynias mit Bruder Andor zusammentraf. Oder gar mit Königin Margaret, die so viel von den Benediktinern hielt und sie eingeladen hatte, nach Alba zu kommen, um ein Kloster zu gründen. Von den hiesigen Mönchen fanden nur die Culdeer vor Margarets Augen Gnade – heilige Eiferer, die keusch, nüchtern und arm waren, keinen Streit und keine Intrige kannten und oft als Eremiten lebten.

»Nun ja«, fuhr Bruder Nynias fort und stopfte sich wieder etwas in den Mund. Dieses Mal sah es wie Moos aus. »Sie haben einen Fehler gemacht, als sie mich verjagten. Die Benediktiner bauen doch eben eine Kirche zu Ehren der Dreifaltigkeit, und ich hätte ihnen dabei helfen können. Sollen doch ihnen die Steine auf die Zehen fallen!«

Seine Füße waren so platt wie seine Daumen, als wäre ihm selbst das öfter passiert, aber er machte nicht den Eindruck, als hätten ihm die Schmerzen sonderlich zugesetzt.

»Und jetzt gehst du in den Norden?«, fragte Aelswith.

»Nein, jetzt will ich erst einmal etwas Richtiges zu essen. Stellt euch vor, in dem Dorf neben der Burg wurde ich von einem Bauern mit der Mistgabel verjagt, weil er behauptete, ich würde ihm die Felder platttreten.«

»Du hättest dich doch wehren können. Dein Hammer ist nicht minder beängstigend wie die Mistgabel.«

Bruder Nynias richtete sich empört auf. Sein Mund war nicht länger rot, sondern grün verschmiert. »Den Hammer nutze ich nur, um die Herrlichkeit Gottes zu preisen. Mit dem Hammer würde ich nie auf etwas Lebendiges schlagen, nur auf toten Stein, und in diesen toten Stein meißle ich Bäume, um zu beweisen, wie stark das Leben ist. Die Mönchlein hingegen vergessen fast zu atmen, als wären sie selbst aus Stein. Sie haben gar keinen Sinn für die Herrlichkeit. Sie schneiden sich

Haar und Bärte kurz, geben nie ein lautes Geräusch vor sich, essen und trinken kaum, furzen und rülpsen nie, und sie haben ständig Angst vor der Sünde. Aber schaut auch diesen Wald an! Die rote Beeren und die dornigen Ranken, die mächtigen Bäume und die dicken Äste – sie wachsen, wie sie wollen und wohin sie wollen. Die Wurzeln graben sich tief in die Erde, und die Kronen recken sich stolz gen Himmel. Das, was Gott geschaffen hat, ist hungrig und ungezähmt, wild und selbstbewusst, es streckt und windet sich nach allen Seiten. Ein Unding wäre es, mit der Säge zu kommen und die Bäume und das Gebüsch beschneiden zu wollen!«

Sein suchender Blick glitt über die Lichtung, aber da er nichts Essbares mehr fand, wandte er sich ab.

Aelswith stellte sich ihm in den Weg, als er losstapfte. »Können … können wir mitkommen?«

»Zieht es euch auch in den Norden?«

»Nein, etwas zu essen findest du jedoch am besten in der nächsten Siedlung, und dorthin wollen wir auch.«

Bruder Nynias sah sie abschätzend an und musterte nun auch den Esel.

»Der ist nicht zu essen!«, sagte Taraín schnell.

Der Mönch knurrte etwas Unverständliches, und Aelswith war nicht sicher, ob er damit seiner Enttäuschung Ausdruck verleihen wollte, weil er auf saftiges Fleisch verzichten musste, oder der Empörung, weil man ihm so etwas zutraute.

»Wer seid ihr eigentlich?«, fragte er schließlich.

Wenn ich das wüsste … Aelswith, das Kind northumbrischer Adliger … Nein, Aelswith, das Kind Macbeth' … Nein, Aelswith, die erst ihre Amme finden muss, um zu erfahren, wer sie ist …

»Der Esel heißt Earc«, sagte sie schnell.

»Ihr habt einem Tier einen Menschennamen gegeben?«

Taraín duckte sich. »Wir wollten nicht respektlos sein, nur …«

»Oh, ich glaube, einer dieser dummen Benediktiner hieß auch Earc. Euer Esel gefällt mir, also kommt mit.«

Und schon stapfte er ins Dickicht. Anstatt nach einem Weg zu suchen, der durch den Wald führte, trat er einfach selbst einen aus. Nur dicke Baumstämme musste er umrunden, alles andere brach unter dem Gewicht seiner Füße. Aelswith und Taraín hatten Mühe, mit ihm mitzuhalten, doch sie schafften es. Bruder Nynias drehte sich kein einziges Mal nach ihnen um und fragte nicht wieder nach ihren Namen.

Für einige Stunden war das Leben für Taraín so einfach. Er musste seinen Fuß bloß dorthin setzen, wo ein anderer seinen Abdruck hinterließ. Er musste kein Wort sagen, weil Bruder Nynias lange Schmähreden über die Benediktiner führte. Und er musste sich nicht überlegen, wie seine Zukunft aussah, weil im Moment nur Aelswith' Vergangenheit zählte. Wenn sie ihre Amme gefunden hatte, wenn sie erfuhr, ob Drostan die Wahrheit gesagt hatte, dann gab es wieder Raum für eigene Gedanken … auch Raum für Trauer. Aber jetzt noch nicht.

Bruder Nynias schien niemals müde zu werden, denn mit der Zeit ging er eher schneller als langsamer, und obwohl Aelswith, wie er ihr ansah, deutlich erschöpfter war, weigerte sie sich, eine Rast einzulegen. Schließlich war es ausgerechnet Earc, der bockte, obwohl der für gewöhnlich genügsam und ausdauernd war. Und nicht nur, dass er sich versteifte – er stieß jenes Wiehern aus, das ebensolche Panik ausdrückte wie seine dunklen Augen.

Bruder Nynias bemerkte es nicht, denn er ging zunächst ebenso unbeirrt weiter wie Aelswith, doch plötzlich ließ ihn ein Laut stutzen. Taraín hatte sich unwillkürlich gegen Hufgetrappel gewappnet, was aber ertönte, war ein Grunzen.

»Schweine?«, entfuhr es Aelswith. »Ist es nicht viel zu früh, um sie frei im Wald laufen zu lassen, damit sie Bucheckern, Kastanien und Eicheln fressen?«

Selbst Bruder Nynias schien ratlos, umso mehr, als das Grunzen anschwoll. Auch Earc wieherte aufgeregter, als die Erde zu vibrieren begann und wenig später ein halbes Dutzend Schweine auf sie zugerannt kam. Erinnerungen an das Ferkel, mit dem er und seine Mutter im Bett geschlafen hatten, stiegen in Taraín hoch, und die Trauer streifte ihn wie ein kalter Windhauch. Doch alsbald war er zu beschäftigt, den Schweinen auszuweichen, die so unbeirrt ihren Weg gingen wie zuvor Bruder Nynias, um sich davon umwehen zu lassen.

»Ja, sind die Tiere irr geworden?«, schimpfte der Mönch.

Auf den ersten Blick konnte man das durchaus denken, doch je länger Taraín beobachtete, wie sie sich durchs Dickicht kämpften, desto mehr wuchs die Überzeugung, dass nicht der Wahnsinn sie trieb, sondern gleiche Panik, die auch Earc erfasst hatte.

Gefahr lag in der Luft, er konnte sie spüren, konnte sie riechen … Oder nein, was er da erschnüffelte, war nicht Gefahr, es war Rauch … viel Rauch … beißender Rauch. Flohen die Schweine vor einem Feuer?

Auch Aelswith runzelte die Stirn, während Bruder Nynias die Luft einsog, als stiege ihm ein Wohlgeruch in die Nase. »Ein totes Schwein, das auf einem Spieß über den Flammen brutzelt, ist mir deutlich lieber als eines, das mich über den Haufen rennt«, erklärte er, um unbeirrt in die Richtung zu stapfen, aus der die Schweine gekommen waren.

Taraín war nicht sicher, ob das eine gute Idee war, und auch Aelswith zauderte. Eine Weile flog ihr Blick zwischen dem

Mönch und ihm hin und her, doch am Ende entschied sie, dass sie in der Nähe eines Riesen mit Hammer sicherer war als in der eines Jünglings mit einem störrischen Esel. Wobei Earc sich nicht länger störrisch zeigte, er folgte dem Mönch nun ebenfalls bereitwillig.

Und wieder galt es eine Weile, fremden Fußspuren zu folgen, wieder musste er nicht selbst denken und reden, sondern konnte anderen die Entscheidungen überlassen, den Kopf einziehen und auf den Boden starren. Da ihm darob entging, wie Bruder Nynias unvermittelt stehen blieb, wäre er beinahe in ihn hineingelaufen.

»Gütiger Himmel!«, stieß der Mönch entsetzt aus, um hinterher ausnahmsweise zu schweigen. Aelswith indessen schrie, und Taraín schien erneut ein kalter Atem zu treffen, der des Todes. Gleichwohl dessen Odem an diesem Tag eigentlich nicht eisig, sondern schwarz und heiß war. Schwarz und heiß wie der Rauch ... so viel Rauch ... Rauch, der nicht vom Herdfeuer aus durch die Dachluke in den Himmel stieg ... Rauch, unter dem kein Schwein briet ... Nein, es war Rauch von verbranntem Holz, Buschwerk, Stroh und Reet – dem Material, aus dem die Häuser jener Siedlung gebaut waren. Sie lag direkt am Waldrand, auf der anderen Seite erstreckten sich Felder, Wiesen und sanfte Hügel. »Gütiger Himmel!«, entfuhr es Bruder Nynias wieder. Er blieb steif stehen, als Aelswith an ihm vorbeilief. Sie hatte anscheinend etwas ... nein, jemanden gesehen.

»Aelswith! Bleib!«

Sie hörte nicht auf ihn, hatte schon jene Anhäufung aus Bruchsteinen erreicht, die das niedergebrannte Dorf umgab, sprang darüber, lief nun an glosenden Dachsparren und einem Haufen Grassoden vorbei, der eigentlich am Dachstuhl befestigt sein sollte, nun aber heruntergefallen war. Zuletzt stieg sie über einen Wetzstein und einen Mahlstein, die vor dem Brand wohl an einer Hauswand gehangen hatten.

»Aelswith!«

Sein Ruf wurde von einem Grunzen übertönt. Ein Schwein war zurückgeblieben und stakte durch das zerstörte Dorf. Es war das einzige Wesen, das noch lebte – die Hühner waren ebenso tot wie die Menschen.

Taraín versuchte sie zu zählen, schaffte es hingegen nicht, wusste nur, dass jeder einzelne zu viel war. Benommen trat er näher, überwand ein Steinmäuerchen ... sah einen alten Mann dort liegen, daneben eine junge Frau, außerdem einen Jüngling, nicht viel älter als er ...

Und wieder schrie Aelswith auf, als sie neben einer alten Frau niedersank und über ihr graues Haar strich. Nein, es war gar nicht grau, es war rot ... rot wie das Blut, das aus einer Wunde am Hinterkopf geströmt war. Jemand hatte ihr den Schädel mit einem Spaten gespalten. Oder mit einem Schwert.

Er ahnte, dass diese Frau Gytha war, Aelswith' Amme, trat zu ihr, sank auf die Knie. Ihr Schreien ging in ein Schluchzen über, und plötzlich fühlte er, wie auch seine Wangen von Tränen benetzt wurden.

Drostan ist tot ... Drostan ist tot ... Drostan ist ja tot.

Und das Einzige, das von ihm geblieben war, waren offene Fragen und ein Geheimnis, so dunkel wie der Rauch, der vom abgebrannten Dorf hochstieg, und so tödlich wie die Angreifer, die diese Menschen niedergestreckt hatten.

Taraín wusste später nicht mehr, wie lange er neben ihr gehockt und wie lange Aelswith geweint hatte. Irgendwann verstummte ihr Schluchzen, sie zog die alte Frau auf ihren

Schoß, streichelte wieder über ihr Haar, bis ihre Finger rot waren.

Wasser ... irgendwo musste doch ein Brunnen sein ... oder ein Trog für die Tiere, damit Aelswith sich die Hände waschen konnte und ihr Gesicht. Doch als er sich umsah, entdeckte er weder einen Brunnen noch einen Trog, nur Bruder Nynias, der ebenfalls neben einem Toten auf die Knie gesunken war. Zumindest hielt er den Mann, der dort lag, für einen Toten. Als Bruder Nynias ihn rüttelte, ertönte jäh ein Ächzen, und als Taraín aufsprang und zu ihm stürzte, sah er, dass sich die Brust des Mannes hob und senkte. Er konnte nicht einschätzen, wie alt der Verletzte war. Seine Haut war ledrig und bleich, das Haar dunkel, aber vielleicht lag das daran, dass es sich mit Dreck vollgesogen hatte. Die schmalen Lippen formten Worte, von denen er keines verstehen konnte.

Taraín suchte den Körper nach einer Wunde ab. Kein Schwert hatte den Kopf gespalten, kein Pfeil ragte aus der Brust, nur die Beine lagen merkwürdig verkrümmt im Staub, und als Taraín sie berühren wollte, schrie der Mann auf.

»Nicht, nicht, nicht!«

»Ist der Fuß gebrochen?«, fragte Bruder Nynias.

Taraín war sich nicht sicher, solange er die Beine nicht abtasten konnte. Dass kein zersplitterter Knochen aus einer offenen Fleischwunde ragte, war aber ein gutes Zeichen.

»Nicht, nicht, nicht!«, keuchte der Mann wieder.

Taraín suchte seinen Blick. »Wenn dein Bein gebrochen ist, dann muss ich es schienen. Ich ... ich kann das ... ich bin Wanderarzt ... Ich verspreche nicht, dass es nicht wehtut, denn leider sind Schmerzen manchmal notwendig, damit eine Verletzung heilen kann. Ich verspreche dir dagegen, dass ich alles mir Mögliche tun werde, um dir zu helfen.«

»Aber ... aber ... meine Beine tun doch nicht weh, ich kann

sie nicht fühlen.« Kurz fürchtete Taraín, dass dem Mann die Sinne schwanden, denn von den Augäpfeln war nur mehr das Weiße zu sehen, doch dann fing er sich wieder und richtete sich sogar etwas auf. »Hilf mir ... bitte, hilf mir ...«

Taraín sah ratlos auf ihn hinunter. Einen Knochenbruch hätte er behandeln können, aber dass er seine Beine nicht spüren konnte, hieß, dass sie gelähmt waren. »Womöglich wurde er am Rücken verletzt«, murmelte er und bat Bruder Nynias, ihm dabei zu helfen, den Mann vorsichtig auf den Bauch zu wälzen. Er schob die Kleidung hinunter – eine lange, leinene Tunika, wie sie die meisten Bauern trugen – und konnte keine offene Fleischwunde entdecken, jedoch einen großen blauen Fleck über dem Gesäß. Vielleicht war ein Dachbalken auf ihn gefallen, vielleicht hatte ihn auch der Knauf eines Schwertes getroffen.

»Ist dieser Fleck der Grund, dass er die Beine nicht mehr bewegen kann?«, fragte Bruder Nynias.

Taraín zuckte die Schultern. Er erinnerte sich nicht, von einer Verletzung wie dieser gehört zu haben.

»Sorg dafür, dass er sich nicht bewegt, ich werde etwas ausprobieren.«

Er stand auf und holte den Lederbeutel mit der Medizin. Allein der Anblick hatte in den letzten Tagen an seinem Schmerz gerührt, doch als er ihn nun öffnete, beflügelte die Trauer ihn. Drostan hatte mehr hinterlassen als nur dieses dunkle, tödliche Geheimnis – er hatte ihm, Taraín, die Fähigkeit zu heilen vermittelt. Zwar war Taraín nicht sicher, ob er diesem Mann helfen konnte, aber es war ein gutes Gefühl, es zumindest zu versuchen und sich nicht einfach nur vom Schicksal treiben zu lassen.

»Ein gebrochenes Glied wird oft mit Kuhdung eingerieben«, erklärte er, als er wieder beim Verwundeten kniete.

»Aber hier wurden nur Schweine gehalten, keine Rinder. Auch ein Verband aus Kohlblättern kann helfen, doch die habe ich leider auch nicht. Allerdings kann ich eine Paste aus Beinwell und Feigwurz machen, die nicht nur bei Brüchen, sondern auch Schnittverletzungen hilft. Ich werde sie dir auf dem Rücken auftragen. Und dann habe ich noch etwas zerstoßenen Baldrian. Zwar sollte man den eigentlich mit Butter vermischen, aber auch wenn man Talg nimmt, wird das die Schmerzen lindern. Drostan hat einmal behauptet, dass es einen Schmetterling mit goldenen Flügeln gibt, und dass man aus diesem eine Salbe herstellen kann, die Knochenbrüche heilt. Leider habe ich so einen Schmetterling noch nie gesehen.«

Vielleicht, weil es einen solchen gar nicht gibt … weil kein Lebewesen, das auf dieser Welt lebt, wo so häufig Rauch von zerstörten Häusern hochsteigt und unschuldige Menschen geschlachtet werden, goldene Flügel hat.

Doch vielleicht war gar kein goldener Schmetterling notwendig, damit dieser Mann überlebte – nur die eigenen kundigen Hände.

Der Tag starb, die Nacht war schwarz und still. Gegen die Schwärze konnte Aelswith nichts tun, gegen die Stille aber schon. Sie summte ein Lied, das Gytha ihr einst vorgesungen hatte, wenn sie von Albträumen geplagt worden war.

Warum hatte sie überhaupt Albträume gehabt? Weil sie von Erinnerungen gepeinigt wurde, deren Schatten in der Nacht groß und bedrohlich waren, während sie bei Tageslicht verblassten?

Im Morgengrauen hörte Aelswith zu summen auf. Wer bin ich? Wer bin ich? Wer bin ich?, fragte sie sich stattdessen wieder und wieder. Das erste Sonnenlicht des Tages ließ den Himmel schüchtern erröten, Gythas Wangen dagegen blieben grau. Sie konnte ihr keine Antwort mehr auf die Frage geben, wer sie war – ihr lediglich vor Augen halten, zu was sie selbst geworden war: zu einer Toten, in deren Leib kein Leben mehr wohnte, keine Liebe, keine Erinnerungen, die vielmehr langsam verwesen und zu Staub zerfallen würde.

Sanft bettete Aelswith ihre alte Amme auf den Boden, erhob sich und streckte die steifen Glieder. Sie spürte ein Kribbeln, das fast schmerzhaft, ihr aber dennoch willkommen war, weil es die Müdigkeit vertrieb. Ein anderer war dieser längst erlegen – Bruder Nynias lag am Boden und schnarchte. Der einzige überlebende Bauer war auch eingenickt, während Taraín wohl wie sie selbst kein Auge zugetan hatte.

»Wird er ... wird er wieder gesund?«, fragte Aelswith. Es waren die ersten Worte, die sie seit Langem zu ihm sprach, und die raue Stimme klang fremd.

»Überleben wird er, ja ... Aber ob er jemals wieder laufen kann, bezweifle ich.«

»Hat er ... hat er erzählt, was passiert ist?«

Taraín senkte den Kopf. »Nathair heißt er, und er ist ein Bauer, der sein ganzes Leben lang dieses Dorf noch nie verlassen hat. Arm sind er und seine Familie stets gewesen, oft hungrig und schlecht gekleidet, man hat sie jedoch immer in Frieden gelassen bis ... gestern. Da ist plötzlich eine Horde Krieger aufgetaucht. Sie ... sie haben nach Gytha gefragt.«

Aelswith' Herz verkrampfte sich ebenso wie ihre Hände. »Sie musste meinetwegen sterben ...«

Taraín fuhr hoch und packte sie an den Schultern. »Nein, sie ist gestorben, weil diese Männer sie getötet haben. Sie und alle anderen.«

Sie riss sich los, blieb jedoch vor ihm stehen. »Ich weiß nicht, was du tun wirst, ich jedenfalls gehe in den Norden«, erklärte sie entschlossen. »Nach Moray. Macbeth' Heimat. Ich … ich werde dort nach Antworten suchen … und nach dem Rabenbanner.«

Taraín sah sie zweifelnd an. »Es ist ein gefahrvoller Weg. Du hast nicht viel mehr gesehen von Alba als Dunfermline und Edinburgh, doch dieses Land ist wild und rau, voller verwunschener Moore, dichter Wälder und Flüsse, über die keine Brücken führen. Es gibt Lochs, die so tief sind, dass die Fische, die darin schwimmen, ganz schwarz werden. Und auf den Bergen wehen eisige Stürme.«

Sie zuckte die Schultern. Es konnte nicht kälter werden, als es in ihrem Herzen war. Und in keinem Sumpf konnte sie je so tief versinken wie in jenem Morast aus Schuldgefühlen, Wut und Ohnmacht. »Hlotheres Männer haben Gytha getötet, damit sie mir nichts von meiner Herkunft erzählen kann. Wahrscheinlich würde er auch mich töten. Wohin sonst soll ich gehen, wenn nicht nach Moray?«

»Ich will dich doch gar nicht davon abhalten. Ich will dir nur helfen … will dich begleiten.«

Nun war sie es, die ihn zweifelnd anstarrte. Erst als sie erkannte, dass sich in seinem Gesicht die eigenen Schuldgefühle spiegelten, nickte sie. Wer weiß, dachte sie, wenn ich ihm helfe, seine Tat wiedergutzumachen, kann ich irgendwann auch mit Gythas Tod leben, ohne daran zu verzweifeln.

»Moray soll sehr fruchtbar sein«, murmelte Taraín, »aber es ist auch sehr groß, reicht von der Stadt Inverness an der Küste bis zum mächtigen Fluss Spey, von den großen Bergen bei Badenoch bis zu Glenelg an der Westküste.«

»Das heißt, wir werden lange unterwegs sein«, murmelte sie, »wir sollten uns stärken.«

Später suchten sie in den verkohlten Trümmern nach Resten an Essbarem und stießen bald auf ein Stück Schinken, der außen verbrannt, innen hingegen noch rosig war. Er schmeckte nach nichts, machte dennoch etwas satt. Bruder Nynias erwachte von ihrem hungrigen Schmatzen und bekam das größte Stück ab. Dafür war er es dann, der die glosenden Trümmer mit nackten Händen durchwühlte und ein paar Brotfladen hervorholte, auch diese verkohlt, wenn auch innen noch hell.

Taraín teilte seinen Anteil mit dem verletzten Nathair, der, sobald er erwachte, vor sich hinstarrte, zunächst ausdruckslos, dann zunehmend verzweifelt. Als Taraín fragte, ob er an Schmerzen leide, schüttelte er den Kopf.

»Ich fühle nichts, rein gar nichts ... und ich kann nicht hierbleiben, wo ich ja doch nur verhungern würde ...«

»Wir ... wir könnten dich nach Dunfermline bringen«, schlug Taraín vor.

»Kamen von dort nicht die Ritter, die meine ganze Familie getötet haben?« Durch seine Stimme klang weniger Trauer als vielmehr Wut, und Aelswith war fast neidisch darauf, verlieh dieses Gefühl doch deutlich mehr Kraft.

Taraín warf ihr einen flehentlichen Blick zu. »Wir können ihn nicht einfach im Stich lassen«, sagte er.

Aelswith nickte. Ihr war wohl bewusst, dass Nathair dieses Schicksal nur erlitten hatte, weil Gytha ausgerechnet an diesem Ort Zuflucht gesucht hatte. »Ich frage mich nur, wie wir ihn nach Moray mitnehmen könnten. Wir sind zu schwach, um ihn zu tragen. Und selbst vom Esel würde er fallen, wenn er seine Beine nicht gebrauchen kann.«

»Nun, auf meinem Rücken könnte er es schon aushalten!«, brachte sich Bruder Nynias ein.

»Du würdest ihn tragen?«, fragte Taraín.

»Wie ich damals beim Firth of Forth schon sagte: Ein Esel ist ein heiliges Tier, weil es Jesus, den Herrn, durch Jerusalem trug, und darum mache ich mich gar selbst zum Lastentier. Ich weiß allerdings nicht«, wandte er sich an Nathair, »ob du in den Norden willst.«

»Norden, Süden, Osten, Westen ... Was zählt schon die Richtung?«, murmelte Nathair. »Überall auf dieser Welt bleibt mein einziger Besitz meine Erinnerung.«

Und ich habe nicht einmal die, dachte Aelswith.

Später rieb Taraín Nathair den Rücken ein, während Bruder Nynias weiter nach Nahrungsmitteln suchte. Leider war das Schwein, das sie hier vorgefunden hatten, mittlerweile geflohen, doch Bruder Nynias fand einen heilen Eimer, füllte ihn mit Wasser aus dem Brunnen und schnüffelte daran.

»Das Wasser riecht nicht faulig. Habt ihr einen Ledersack, den man füllen kann?«

Aelswith rührte sich nicht. »Du hast gefragt, wer wir sind, doch wir haben dir nur den Namen des Esels gesagt.«

»Mittlerweile kenne ich auch deinen.«

»Du magst meinen Namen kennen ... aber du weißt nichts von meiner Herkunft.«

Bruder Nynias trank gierig den ganzen Eimer leer, ehe er ihn wieder sinken ließ, um neues Wasser heraufzuziehen. »Und was sollte ich darüber wissen?«

»Es kann sein, dass ich das Kind eines Mannes bin, den viele gottlos, grausam und ungerecht nennen und auch den Sohn des Teufels, der das Land ins Verderben stürzte, bis der jetzige König es von ihm befreite.«

Bruder Nynias trank noch mehr. »Ach herrje«, seufzte er, »der Teufel, so heißt es, trage die Knie auf der Rückseite der Beine, damit er nicht knien muss, und ich denke, ich hätte lieber ihn zum Gefährten als diese freudlosen Benediktiner. Wobei ich nicht glaube, dass der Teufel, wenn er sich denn zeigen würde, Menschengestalt annähme. Lieber würde er sich in grollenden Donner verwandeln, in alles verschlingendes Hochwasser, in Blitze und Morast und Feuersbrünste. Warum sollte sich der Teufel vom Menschen das Antlitz leihen, wenn die Natur so viel größer ist als dieser?«

»Wir können uns dir und Nathair also tatsächlich anschließen?«, fragte sie.

Bruder Nynias nickte nur. Erst als sie sich abwandte, um den Lederbeutel zu holen, rief er ihr nach: »Im Übrigen glaube ich nicht, dass er gottlos war.«

Sie fuhr herum. »Was?«

»Nun, es ist doch Macbeth, von dem du sprichst. Zumindest fällt mir kein anderer ein, dem man all das nachsagt. Aber wie gesagt: Ich glaube nicht, dass er so böse war. Er hat sogar eine Pilgerreise nach Rom gemacht, und zuvor hat er das Kloster in Loch Leven reich beschenkt, damit man dort für ihn betet, falls er auf der Reise stirbt. In Rom, so hieß es, verteilte er Silbermünzen an die Armen wie Saatgut. Ich weiß nicht, ob Gott ihm das ewige Heil schenkte – jedenfalls überlebte er die Pilgerreise und fand sein Land in Frieden und Wohlstand vor, als er heimkehrte. Es gab keine Aufstände und keine Kriege … auch keine Gewitter, keine Fluten, keine Feuersbrünste.«

Aelswith senkte ihren Blick. Obwohl seine Worte wohl als Ermunterung gedacht waren, fühlte sie sich plötzlich verzagt. »Alles, was du mir von ihm sagst, zeigt nur, dass ich rein gar nichts von ihm weiß.«

Nynias zuckte die Schultern. »Ich fürchte, ich weiß auch nicht viel mehr. Aber ich kann euch helfen, sicher nach Moray zu kommen. Und falls die Männer, die hier gemordet und gewütet haben, auf die Idee kommen, uns zu verfolgen, habe ich schon einen Plan, wie wir ihnen entkommen werden.«

Hlotheres Männer hatten ihre Pferde nicht im Griff. Je länger sie warteten, desto unruhiger schnaubten, tänzelten und schäumten sie. Lediglich sein Ross stand ganz steif da, ohne dass er auch nur den geringsten Druck seiner Beine auf das Tier ausüben musste, um es unter Kontrolle zu halten.

Sie hatten den Wald in kleineren Gruppen durchkämmt, um sich später wieder hier auf der breiten Lichtung zu versammeln. Manche gestanden die Wahrheit – dass sie nämlich auf keine Spur von Aelswith gestoßen waren –, ein anderer behauptete, riesige Fußabtritte gesehen zu haben, die von einem Bären stammen müssten und war sicher, dass die junge Frau von einem solchen gefressen worden war.

Hlothere musste sich beherrschen, um dem Mann, der diesen Unsinn erzählte, nicht die Faust ins Gesicht zu dreschen, doch die Wut war ihm so vertraut, dass er mit ihr umzugehen wusste. Heißer als das Höllenfeuer war sie, giftiger als der Odem des Teufels, spitzer als die Stacheln, mit denen die Sünder gequält wurden. Ihr nachgeben wie einst würde er gleichwohl nicht, denn er hatte schon zu viel Zerstörung angerichtet. Die Wut war das Pferd, er war der Reiter. Wenn sie ihn schneller machte, gefährlicher und stärker, war es gut so. Aber er würde ihr nicht gestatten, ihn in den Dreck zu werfen.

Hlothere lauschte angespannt, und endlich war Hufgetrappel zu hören. Die beiden letzten Männer, die noch fehlten und auf die nunmehr alle Hoffnungen ruhten, nahten, doch noch ehe sie die Lichtung erreichten und er sie sehen konnte, überkam ihn die Enttäuschung. Es lag kein Triumph in der Luft, nur das schale Gefühl der Niederlage.

Der Ritter sprang von seinem Pferd und ging auf sie zu. »Warum habt ihr sie entkommen lassen?«, fuhr er sie an.

»Wir haben sie nirgendwo entdeckt. Bis zur Küste hin haben wir den Wald durchforstet, haben jeden kleinsten Pfad genommen, doch keine Menschenseele war zu sehen, nur … Mönche.«

»Mönche?« Hlothere griff nach den Zügeln des Pferdes, das einen der Reiter trug, und umfasste mit der anderen Hand sein Bein, um ihn herunterzuziehen. Schon krachte er auf den Waldboden, doch bevor der andere aufstehen konnte, drückte Hlothere ihn mit seinem Fuß nieder. »Mönche?«, wiederholte er.

»Ja, wir haben mit ihnen geredet, sie gefragt, ob sie jemanden gesehen hätten. Sie selbst wollen den Schrein des heiligen Lorcan besuchen … in Merns …«

Der Lorcanschrein …

Auch Margaret hatte einmal dort beten wollen, aber kaum war sie in die Nähe des Allerheiligsten getreten, waren ihr die Sinne geschwunden. Ein Priester hatte erklärt, dass sie, und wäre sie noch so fromm, nun mal nur eine Frau sei und der Heilige eine solche nicht in seine Nähe lassen wolle. Hlothere hätte damals am liebsten auf den Priester eingedroschen, nur Margaret selbst hatte das verhindert. Nun musste er seiner Worte gedenken, und sie machten ihn hellhörig.

»Mönche!«, zischte er ein drittes Mal.

Nach Margarets Ohnmacht, so hieß es, hatte ein anderes Weib den Heiligen prüfen wollen und war als Mönch verkleidet zum Schrein getreten. Jemand wie der heilige Lorcan hatte sich natürlich nicht überlisten lassen – auch sie war ohnmächtig geworden. Doch von diesen Tölpeln von Rittern konnte man nicht Gleiches sagen.

Er trat den anderen noch einmal, ehe er zurück zu seinem Pferd ging. »Wahrscheinlich war Aelswith einer der Mönche, und du hast es nicht bemerkt. Ich will die Gottesmänner selbst befragen und sie mit eigenen Augen sehen, erst dann glaube ich, dass sie nichts weiter wollen, als zu Lorcans Schrein zu pilgern!«

Er sprang auf sein Pferd und trieb es in Richtung Norden. Selbst wenn die Mönche nichts mit Aelswith zu tun hatten, stand zu vermuten, dass es diese dorthin trieb – nach Moray nämlich, Macbeth' Heimat, aus der auch der verfluchte Drostan stammte.

Wieder packte ihn Wut, wieder trotzte er ihr, anstatt sich von ihr überwältigen zu lassen. Ihm durften ob des kalten Feuers, das der Teufel selbst entfachte, nicht Verstand und Sinne schwinden, wie der Königin in der Nähe der Reliquien. Er brauchte beides, um Aelswith endlich zu finden.

Zweiter Teil

Wie eine Ähre im Wind

XI.

1792

Süßlich duftende Frühlingsluft drang durch das geöffnete Fenster, und der launenhafte Aprilhimmel, der so schnell seine Kleider wechselte – mal tiefschwarze trug, dann wieder silbrig lichte –, war an diesem Tag strahlend blau. Wenn Magdalene sich weit aus dem Fenster beugen würde, sähe sie den Ginster, der so leuchtend gelb blühte, als hätte jemand vom Himmel Gold regnen lassen, doch sie blickte nicht hinaus, sondern konzentrierte sich auf die Briefe, die vor ihr ausgebreitet auf Davids Schreibtisch lagen.

Wenn sie später unter einem Vorwand das Haus verließ – um auszureiten oder spazieren zu gehen –, würde sie heimlich zur alten Burgruine schleichen, die nicht länger nur als Vorratskammer, sondern auch als Versteck diente. Unter einen der Bruchsteine, der sich aus der Wand gelöst und auf den Boden gefallen war, legte sie ihre Briefe, die Seòras später in der Dunkelheit holte. Wäre es nach ihr gegangen, hätte sie ihm ihre Informationen gerne persönlich überbracht, doch er hatte erklärt, dass man sie besser nicht gemeinsam sehen solle. So wie er es sagte, klang es, als wollte er ihr Schwierigkeiten ersparen, doch manchmal fragte sie sich bange, ob er nicht vielmehr die Sache nicht gefährden wollte, während sie ihm reichlich gleichgültig war.

So oder so blieb sie fest entschlossen, ihm und dem roten König zu helfen, und hin und wieder hatte sie Seòras in den letzten Monaten ja doch gesehen – einmal zu Weihnachten, als der Schnee nicht nur auf den Bergspitzen, auch in den Tälern liegen geblieben war, und sie die Dorfbewohner höchstpersönlich mit Rosinenfladen, Pfefferkuchen und Mürbegebäck beschenkt hatte, wovon sogar Andra gegessen hatte. Ein anderes Mal hatte sie Isobel Brinks begleitet, als diese im März auf einem zotteligen Pony durch die Highlands geritten war, um ebenfalls milde Gaben zu verteilen. Für Isobel war das ein riesiger Spaß gewesen, Magdalene dagegen hatte sehnsüchtig nach Seòras Ausschau gehalten. Lange Zeit schien ihr Hoffen vergebens, doch als sie schon auf dem Rückweg gewesen waren, hatte sich das Pony einen Dorn eingetreten und keinen Schritt mehr machen können. Ausgerechnet Seòras war zu Hilfe geeilt. Magdalene hatte ihm zugesehen, wie er den Dorn herauszog, und sein rotes Haar hatte gekitzelt – eine Berührung, die auf ewig ein Mal zu hinterlassen schien. Gottlob schob Isobel Brinks ihr glühend rotes Gesicht später auf den kalten Wind.

Als sie jetzt daran dachte, flog Magdalenes Hand unwillkürlich zu ihrer Wange, doch sie verbat sich, allzu lange den Erinnerungen nachzuhängen, und widmete sich bald wieder den Briefen, blieb ihr doch nicht mehr viel Zeit, bis David aus Inverness zurückkehren würde. Schon bevor sie beim letzten Brief angelangt war, hörte sie plötzlich Schritte auf dem Gang. Sie konnte gerade noch rechtzeitig die Briefe übereinanderschieben, vom Schreibtisch aufstehen und sich davorstellen, als Giorsal den Raum betrat.

»Mylady?«, fragte die Haushälterin und schien sichtlich verwundert, sie hier anzutreffen.

Magdalene kreuzte verlegen ihre Arme über der Brust. In

den letzten Monaten war sie stets überzeugt gewesen, dass alle ihre Lügen glaubten. David war mit seiner gefügigen Ehefrau zufrieden, Abigail erleichtert, dass nur sie und nicht auch Magdalene an Heimweh litt, und Caelan hatte viel Zeit in London und Edinburgh verbracht. Einzig Giorsal betrachtete sie manchmal mit rätselhaftem Lächeln, von dem Magdalene nicht recht sagen konnte, ob es abfällig oder freundlich war.

»Ich habe einen Brief an meinen Vater geschrieben«, sagte sie schnell.

»Das macht Ihr doch sonst immer im Salon.«

»Dort ist die Tinte ausgegangen«, sagte Magdalene. »Aber jetzt bin ich fertig.«

Entschlossen trat sie auf Giorsal zu, ein Zeichen dafür, dass sie gemeinsam mit der Haushälterin den Raum verlassen wollte, doch obschon Giorsal sich fügte und mit ihr auf den Gang trat, fragte die Haushälterin doch plötzlich: »Soll ich dafür sorgen, dass der Brief sogleich abgeschickt wird?«

»Das kann warten. Genau genommen fehlen noch ein paar Zeilen, jetzt will ich ...« Fieberhaft suchte sie nach einer Ausrede, die Giorsal dazu verleiten würde, das oberste Stockwerk zu verlassen, sodass sie später zurückkehren konnte, um alle verräterische Spuren zu beseitigen, doch da ihr keine einfiel, fragte sie unvermittelt: »Wie geht es eigentlich Peigi?«

Falls Giorsal über die Frage überrascht war, zeigte sie es nicht. »Unlängst hat sie uns in der Küche besucht und eine großartige Neuigkeit überbracht.«

Magdalene ahnte, was das sein könnte. »Sie ist guter Hoffnung?«, platzte es aus ihr heraus.

Giorsal senkte den Kopf – vielleicht, weil sie von Magdalenes Offenheit peinlich berührt war, vielleicht auch aus Mitleid, weil die Lady selbst noch nicht schwanger war, obwohl das ein Umstand war, der Magdalene insgeheim zutiefst erleichterte.

»Ich denke, ich werde Peigi besuchen!«, rief Magdalene übereifrig. »Lasst mir doch ein Körbchen richten, damit ich ihr ein paar Gaben bringe – vielleicht ein wenig Tee und Zucker von Inverness, und etwas von dem köstlichen Gelee aus Vogelbeeren, Schlehdorn und Äpfeln, das der Koch kürzlich gemacht hat.«

Die Worte verfehlten ihre Wirkung nicht. Giorsal nickte und machte sich tatsächlich in Richtung Küche auf, sodass Magdalene Zeit genug blieb, ihr Schreiben aus Davids Arbeitszimmer zu holen. Als sie sich später umkleidete, war sie nicht nur glücklich, weil sie ihr Geheimnis bewahrt hatte – es gab endlich einen Vorwand, das Dorf zu besuchen.

Das Land schien nach dem Winter aufzublühen, und ihre Seele tat es auch. Wann immer Magdalenes Blick auf eine kräftige Farbe fiel, vermeinte sie, gestreichelt zu werden, und als sie hochsah, wo eine Schleiereule über ein Geröllfeld kreiste, vermeinte sie, selbst zu fliegen. Schon die Ulmen, die die Allee säumten, blühten sattrot, und erst recht reckten sich die vielen Gänseblümchen auf den Kleefeldern der Sonne entgegen. Hier konnte sie der Versuchung nicht widerstehen, den Korb kurz abzustellen, sich zu bücken und etliche zu pflücken. Zwar gab es im Herrenhaus keinen Mangel an frischen Rosen oder Orchideen, doch diese glichen steifen, gepuderten Damen, die keinen Schritt im Freien tun konnten, ohne um den blassen Teint zu fürchten, während die Gänseblümchen hier unbekümmerte Mädchen zu sein schienen, die zu den Klängen der Fiedel tanzten.

Bald hatte Magdalene ein Sträußchen in der Hand – zu dem

Preis, dass sie mit dem rechten Fuß in ein Bächlein gestiegen war, das es erst seit der Schneeschmelze gab. Nun drangen kleine Kieselsteine in ihren rechten Schuh. Sie sah sich nach einem Stein um und setzte sich, um sich den Schuh auszuziehen, schreckte zusammen, als unmittelbar vor ihr Vögel hochstoben – Krähen und Raben – und erst recht, als sie jäh ein Huhn gackern hörte.

»Ja, wo bist du denn ausgerissen?«, rief sie und musste lachen. Das Huhn, das unvermittelt auf sie zukam, lief erst eine Weile im Kreis, ehe es stehen blieb, den Kopf schieflegte und Magdalene misstrauisch betrachtete.

»In gebratenem Zustand gefallen mir Hühner deutlich besser.«

Magdalene fuhr herum, als sie die fremde Stimme vernahm, und als sie sah, wer sich ihr fast lautlos genähert hatte, erstarb ihr Lachen. Es waren zwei Männer, von denen sich nicht sagen ließ, wie alt sie waren, nur dass sie sie weder im Dorf noch im Herrenhaus je gesehen hatte. Der eine war klein und rund, hatte einen hochroten Kopf und ein flaches Kinn, das etwas weibisch wirkte und zu dem die überaus kräftigen Unterarme mit den vortretenden Adern kaum passten. Der andere war deutlich größer, hatte feinere Hände, aber ebenso breite Schultern. Die Kleidung war zerlumpt, doch als Magdalene sie eingehender musterte, erkannte sie, dass der Stoff einst scharlachrot gewesen war und mit Uniformtressen besetzt, deren Gold- und Silberfäden mittlerweile völlig abgewetzt waren. Die kleineren Halfter und die Futterale waren aus dem gleichen Stoff, wenn auch keine Pistolen darin steckten, sondern Dolche. So uniformiert waren die Soldaten vom Fort Augustus.

Magdalene wusste nicht, ob die beiden Männer sie von Weitem gesehen hatten und deswegen näher gekommen waren oder ob sich nur zufällig ihre Wege gekreuzt hatten. So oder so stellten sich all ihre Härchen auf, als sie nicht weitergingen, sondern angelegentlich stehen blieben.

»Nun komm schon, Hühnchen, komm schon.«

Der Kleinere, der gurrend die Worte ausstieß, blickte auf das Huhn, die Augen des anderen richteten sich auf Magdalene. Unwillkürlich zog sie das Umhangtuch über der Brust zusammen, und je näher die beiden dem Huhn oder vielmehr ihr kamen, desto größer wurde der Drang zu fliehen. Allerdings wollte sie die Angst nicht zeigen, schlüpfte lediglich schnell in den Schuh und erhob sich. Während es ihr gelang, steif stehen zu bleiben, schlug das Huhn aufgeregt gackernd mit den Flügeln, ehe es davonstakte. Der Große eilte hinterher, kam aber nicht weit, weil er nach wenigen Schritten über einen Stein stolperte und der Länge nach hinfiel. Als er sich aufrappelte, prangte ein weiterer Fleck auf der abgegriffenen Uniform, und über seinem Knie klaffte ein langer Riss. Er fluchte laut, während der Kleinere lachte – ein wenig so, als würde man einen Haufen Scherben durchschütteln.

Magdalene spürte, wie die Hand, mit der sie den Strauß Gänseblümchen umklammerte, schweißnass wurde, als das Lachen erstarb und der Dicke nunmehr auf sie zutrat.

»Nun ja, wenn ich es mir genauer überlege, würde mir ein Täubchen besser schmecken«, erklärte er, und als sein Blick auf Magdalenes Korb fiel, den sie zuvor abgestellt hatte, grinste er noch breiter. »Und eine Flasche Wein würde gut dazu schmecken.«

Unauffällig verbarg Magdalene die Blumen unter ihrem Rock. Gewiss, die beiden hatten es nicht auf ihre Gänseblümchen abgesehen, dennoch vermeinte sie, etwas zugleich so Schönes wie Verletzliches schützen zu müssen. Den Inhalt des Korbes konnte sie gleichwohl nicht vom Zugriff der schmutzigen Hände bewahren.

»Untersteht euch!«, rief sie dennoch, mehr wütend als panisch, als der Dicke das Glas mit dem Gelee hervorzog.

»Das sieht mir aber nicht nach Wein aus.« Er ließ das Glas fallen, und obwohl es nicht zerbrach, wuchs Magdalenes Wut. Mit einem Satz sprang sie auf den Mann los, doch da stellte sich schon der andere dazwischen und packte sie am Oberarm. »Schmecken deine Küsse vielleicht so süß wie die Marmelade? Oder wird man davon so berauscht wie vom Wein?«

»Untersteht Euch!«, rief sie wieder, dieses Mal mit einem Beben in der Stimme. »Wisst Ihr überhaupt, mit wem Ihr es zu tun haben? Ich bin Lady MacBrannan.«

Sie erwartete, dass man sie sofort loslassen würde und es die beiden mit der Angst zu tun bekämen. Doch wenn sie mit ihrer Vermutung richtig lag, dass sie nämlich schändlich aus der Armee entlassen worden waren, hieß das wohl, dass ihnen nicht einmal ein strenger General Respekt einbläuen konnte, und erst recht nicht sie. Tatsächlich wurde der Griff noch fester, und nun kam auch der Dicke näher. Seine Wangen sahen aus, als würden sich unter der Haut rote Würmer krümmen.

»Eine Lady, so, so ... Meine Mutter hat immer gesagt, die Haut einer Lady wär so weich wie Rosenblätter oder Schmetterlingsflügel. Und ich hab mich immer gefragt, wie solche Haut spitze Knochen bedecken kann, ohne zu zerreißen ...«

Während er sprach, hatte er seine Hand ganz langsam gehoben. Ein säuerlicher Geruch hüllte Magdalene ein und zugleich der nach modriger Fäulnis, wie sie sich nur in feuchten Räumlichkeiten oder Höhlen festsetzte, wo in jeder Ecke Schimmel wucherte. Und dann umfasste die Hand schon ihr Kinn.

Ihre Haut war nicht so dünn wie Schmetterlingsflügel, und dennoch schien sie zu zerreißen, wobei das, was floss, nicht Blut, sondern Tränen waren. Sie schämte sich, nein, hasste sich dafür, umso mehr, da die beiden Männer lachten und die Finger des einen den Spuren der Tränen folgten.

»Schmetterlinge können doch nicht weinen«, sagte er, »aber vielleicht ist nicht nur Eure Haut so weich wie ihre Flügel, auch Euer Kleid.«

Schon fiel das Tuch von ihren Schultern, schon wanderte seine Hand in Richtung Dekolleté.

Nein, Schmetterlinge weinen nicht, und ich tue es auch nicht.

Mit einem wütenden Aufschrei schnellte Magdalenes Kopf nach vorne, und sie biss zu. Sie war nicht sicher, in was sich ihre Zähne gruben – in den Daumenballen, in einen Finger oder in den Unterarm, nur, dass prompt Haare auf ihrer Zunge hafteten und es so schmeckte, als würde sie in einen uralten Apfel beißen, an dem sich schon die Würmer gütlich getan hatten. Doch ihre Wut war noch größer als der Ekel, und sie biss noch fester zu, bis ein Schrei ertönte. Der, der sie berührt hatte, ließ sie sofort los, der andere erst, als sie mit dem Fuß austrat und ihn schmerzlich am Schienbein erwischte.

Sehr lange waren die beiden allerdings nicht außer Gefecht gesetzt. Sie konnte zwar noch losrennen, merkte aber schon nach wenigen Schritten, dass sie die falsche Richtung gewählt hatte – nicht die zum Herrenhaus nämlich, sondern die zum Dorf, das deutlich weiter von ihr entfernt lag. Sie fluchte innerlich, doch es war zu spät. Würde sie sich jetzt noch umdrehen, würde sie den beiden direkt in die Arme laufen. So konnte sie nur hoffen, dass sie schneller war.

Bei jedem Schritt spürte sie, wie sich ein Kieselsteinchen in die Fußsohle bohrte. Sie versuchte den Schmerz zu ignorieren, konnte aber nicht verhindern, dass sie den Fuß immer vorsichtiger aufsetzte und dadurch an Tempo verlor. Schon kam das Keuchen der Männer bedrohlich nah. Sie drehte sich um, sah, dass sie noch ein Stück entfernt waren, bemerkte somit jedoch nicht das Gestrüpp vor ihr. Sie verfing sich darin, kämpfte um ihr Gleichgewicht, schaffte es zwar, über die mit gelbem Moos bewachsenen Steine zu steigen, sah dann allerdings, dass das Bächlein ihren Weg kreuzte. Die Wiese an dessen Ufern war so sumpfig, dass sie prompt ausrutschte und auf ihr Gesäß fiel. Das Gras schnitt ihr in die Handflächen, die Feuchtigkeit durchdrang ihr Kleid, die Kälte ließ sie frösteln. Nicht dass ihr das viel ausmachte. Lieber spürte sie kaltes Wasser als den heißen Atem der Männer, und den würde sie spüren, wenn sie sie einholten, sich über sie beugten, sie wieder festhielten und ihren Körper betasteten …

Noch war ihr Griff jedoch nicht zu spüren, und Magdalene rappelte sich hoch. Das Kleid war schwer vom Schlamm, das Haar hatte sich gelöst und fiel ihr ins Gesicht. Zunächst sah sie nur genug, um zu erkennen, dass die Männer jäh die Verfolgung aufgegeben hatten. Erst als sie die Strähnen zurückstrich und es ihr kalt in den Nacken tropfte, begriff sie, warum sie erstarrt waren.

Magdalene holte tief Atem und war kurz überzeugt, dass sie auf den Kopf gefallen, ohnmächtig geworden war und das alles nur träumte. Dieser Mensch dort auf dem Pferd konnte unmöglich der Wirklichkeit entstammen, hatte sich vielmehr aus längst vergangener Zeit hierher verirrt!

Doch auch die beiden Männer hatten ihn gesehen. Selbst der Rotgesichtige erblasste und duckte sich, der andere hob abwehrend die Hände, als das Pferd auf sie zukam. Dass der Reiter nichts sagte, war bedrohlicher als jedes Gebrüll, und noch einschüchternder war das, was er in seinen Händen hielt – ein großes Schwert ähnlich jenen, die im Herrenhaus den Eingangsbereich schmückten. *Claymore* hießen diese, sie waren lang und gewiss schwer. Das hielt den Reiter nicht davon ab, sein Schwert stolz gen Himmel zu heben. Er war ein kräftiger, groß gewachsener Mann, doch viel mehr ließ sich von ihm nicht erkennen, trug er doch über seinem Gesicht eine Maske aus rötlichem Leder. Das breite blaue Bonnet und der hohe Kragen des braunen Mantels verdeckten sein Haar. Die Tartanhose und die Tartanweste hatten goldene Knöpfe, die wie die Edelsteine am Knauf des Schwertes glänzten – desgleichen die am Griff des Dolches, den er an seinem breiten Ledergürtel trug.

Magdalene stand da und starrte, und auch die beiden Männer regten sich zunächst nicht, als wäre die Zeit eingefroren. Doch plötzlich schrien sie umso lauter: »Allmächtiger, der rote König!« und begannen prompt zu laufen. Der Kleine machte die schnelleren Schritte, stolperte aber immer wieder, der andere hielt sich leichter aufrecht, drehte sich dennoch mehrmals um. Der Maskierte folgte ihnen nicht, sondern saß ganz reglos auf dem Pferd, das Schwert immer noch in die Luft gereckt. Erst als die Männer in den zerlumpten Rotröcken geflohen waren, das Pferd zu tänzeln begann und der Reiter das Schwert in die Scheide steckte, fielen seine Augen, die von winzigen Löchern in der Ledermaske freigegeben wurden, auf sie. Lange genug, um ihre Farbe zu erkennen, verweilten sie jedoch nicht auf ihr, schon ritt er auf ihren Korb zu. Er hob den Griff mit der Schwertspitze vorsichtig hoch, ritt damit zurück zu ihr und stellte den Korb ganz sanft vor ihr ab.

Trotz ihrer Neugier senkte Magdalene unwillkürlich den Kopf.

»Danke … habt Dank …«, stammelte sie.

Der Wind zerrte an ihrem feuchten Haar, wehte es wieder ins Gesicht, und bis sie es gebändigt hatte, war der rote König bereits davongeritten. Wie betäubt starrte sie auf ihr Kleid.

Wenn es nicht voller Schlamm gewesen wäre, wäre sie überzeugt gewesen, dass sie sich alles nur eingebildet hatte.

Der Schlamm verkrustete, aber Magdalene ging weiter, der Stein im Schuh scheuerte ihre Ferse wund, aber sie achtete nicht darauf, der Wind fuhr durchs feuchte Haar, aber nichts brachte sie zum Innehalten. Sie blieb erst stehen, als ihr Rauch in die Nase stieg, und obwohl er die Augen zum Tränen brachte und ihr die Kehle verätzte, folgte sie dem Gestank, weil nun auch Stimmen zu hören waren ... Stimmen von gewöhnlichen Menschen bei der Arbeit – nicht von Gesetzlosen oder von geheimnisvoll Maskierten.

Eine Weile sah sie aus der Ferne zu, wie Frauen Moos und Muscheln verbrannten, was als Düngemittel diente, andere pflügten mit Egge und Spaten mühsam ein Stück Boden, der feucht und steinig war. Wieder andere entfernten die schweren Steine, und Magdalene brauchte eine Weile, um eine von ihnen als Peigi zu erkennen, trug sie doch seit der Hochzeit ein Kopftuch statt des Haarbandes der jungen Mädchen. Als Peigi sie sah, ließ sie den Stein, den sie gerade in den Händen hielt, fallen.

»Lieber Himmel, Mylady, was ist denn mit Euch passiert?«

Obwohl Magdalene ahnte, welchen Anblick sie bot, sah sie verwundert an sich hinunter. Da war immer noch der Schlamm ... sie hatte nicht geträumt ... sie hatte den roten König leibhaftig gesehen ...

»Du solltest nicht so schwer tragen ...«, murmelte sie geistesabwesend.

»Man tut die Arbeit, die man tun muss. Gefährlich ist sie nur, wenn man dabei Werkzeuge aus Espenholz verwendet, denn das ist verflucht.«

Holz kann doch niemals böse sein, ging es Magdalene durch den Kopf, nur Menschen sind böse, wenn auch nicht alle. Der rote König hatte sie gerettet ... ihr sogar den Korb gereicht ... Lieber Himmel, sie hatte den Korb ja einfach stehen lassen ...

Während sie Andra gereizt nach Peigi rufen hörte, und Peigi wiederum erklärte, dass man ein wenig vom Getreide, das man im vergangenen Jahr geerntet hatte, im Frühjahr dem Ochs geben müsse, weil das später eine reiche Ernte verspreche, drehte sie sich um, um ihn zu holen. Schon nach wenigen Schritten wäre sie beinahe in Seòras hineingelaufen.

»Mylady?«, fragte er verwundert.

Auch sein Blick blieb an ihrem beschmutzten Kleid haften, doch obwohl sie es sich vielleicht nur einbildete – kurz hätte sie schwören können, dass er nicht so überrascht wie Peigi war. Und als sie ihn seinerseits musterte, entging ihr nicht, dass sich sein Gesicht gerötet und dass sich Schweißperlen auf der Stirn gebildet hatten. Das Haar stand etwas wirr vom Kopf, als wäre er schnell gelaufen.

Oder schnell geritten.

Ehe sie etwas sagen konnte, deutete er nach hinten. »Ich habe eben ein paar *lazy beds* ausgehoben«, erklärte er, und jetzt war sie sich nicht mehr sicher, ob er wirklich übereifrig klang oder sich das ihre überreizten Ohren nur einbildeten.

»Lazy beds?«

»So nennt man die kleinen Hügel aus Torf, die man mit Kompost, altem Stroh, Seegras und Muschelsand düngt, um Kartoffeln anzubauen. Allerdings weiß ich nicht, ob es überhaupt noch Sinn hat. Wer kann schon sagen, wie lange dieses Land noch für den Ackerbau genutzt wird ...«

Magdalene hob entschuldigend die Schultern. »Ich bin heute gekommen, um Peigi zu sehen.«

»Besser Ihr verzichtet künftig darauf – Euer Gemahl würde nur misstrauisch werden, wenn er uns zusammen sähe.«

Seine Stimme klang schroff, fast feindselig, seine Miene wurde ausdruckslos. An jedem anderen Tag hätte es sie geschmerzt, derart rüde behandelt zu werden, doch an diesem war das anders.

Er muss ja so zu mir sein … er will ja jeden Verdacht zerstreuen, dass niemand anderer als er selbst der rote König ist.

Sie nickte, holte schnell den Korb, um ihn Peigi zu bringen, und machte sich auf den Heimweg, ehe diese ihre Gaben ausgepackt hatte.

Die ersten Schritte in Richtung Herrenhaus fielen ihr schwer, doch dann beschleunigte Magdalene das Tempo. Nicht nur, dass sie so schnell wie möglich das schmutzige Kleid loswerden und das nasse Haar trocknen wollte – überdies war ihr siedend heiß eingefallen, dass sie nicht alle verräterischen Spuren verwischt hatte. Sie hatte Giorsal gesagt, dass sich im Salon keine Tinte mehr befinde – was diese dazu hätte veranlassen können, sie auffüllen zu lassen. Falls das noch nicht geschehen war, musste sie die Tinte umgehend verschwinden lassen und außerdem so schnell wie möglich einen Brief an ihren Vater schreiben und ihn der Haushälterin übergeben.

Als sie wenig später den Salon betrat, drang ihr der süße Geruch von frischen Schlüsselblumen in die Nase, gleichwohl er sich mit dem Gestank nach verbranntem Moos vermischte, der immer noch in ihrem Haar hing. Gedankenverloren trat Magdalene zur Blumenvase und strich über die Blätter …

Eine Haut, so fein wie Schmetterlingsflügel oder Rosenblüten …

Sie erschauderte, als sie an die beiden Gesetzlosen dachte, um gleich darauf zu erstarren. Nicht nur die Blumen waren hier von irgendjemandem abgestellt worden … jemand hatte auch etwas auf den Schreibtisch, der viel schmaler als der in Davids Arbeitszimmer war, gelegt.

Eine Pergamentrolle.

Gelblich und mit bräunlichen Flecken übersät wie die beiden, die sie im Herbst gefunden hatte.

Im Laufe des Winters hatte sie vergebens gehofft, mehr über den wahren roten König – Macbeth – und seine vermeintlichen Nachkommen zu erfahren, und es irgendwann aufgegeben, die Bibliothek danach zu durchforsten, und nun fand sie die Fortsetzung der Geschichte plötzlich hier im Salon, und zwar so, dass sie sie keinesfalls übersehen konnte!

Wer hatte sie hierhergelegt? Etwa Giorsal, die als Einzige wusste, dass sie zum Dorf aufgebrochen war? Aber warum sollte sie das getan haben?

Diese Fragen konnte ihr niemand beantworten, allerdings würde sie nun vielleicht erfahren, ob jene Aelswith wirklich Macbeth' Kind war, ob sie es bis nach Moray geschafft und was sie dort erlebt hatte.

Schwer atmend ließ sich Magdalene auf einen Stuhl fallen, rollte mit zitternden Händen das Pergament auf und begann zu lesen.

XII.

1078

Morgan war ein schweigsamer Mann. Sein Name hatte die Bedeutung »Meereskrieger«, doch als er sich vorstellte, erklärte er sofort, dass er keiner sei, der je Krieg gegen das Meer führen würde. Im Gegenteil, die grünen Wellen waren seine Freunde, die Gischt, die am Bug seines Schiffes hochspritzte, war es ebenso, und mit dem Wind, der ihm durchs Haar fuhr, schien er gerne ein Schwätzchen zu halten. Ihrer kleinen Reisegruppe gegenüber gab er sich allerdings wortkarg.

Sie hatten Morgan in einem kleinen Fischerdörfchen kennengelernt, wo etliche Boote an einem Steg festgebunden waren und auch ein stattliches Schiff. Dass es Morgan gehöre, hatten sie von der Fischersfrau erfahren, die ein wenig gesalzenen Fisch und gekochte Algen mit ihnen teilte. Sie hätten Glück, Morgan hier anzutreffen, erklärte sie, weil er es auf festem Boden nicht lange aushalte und eigentlich immer unterwegs sei.

Als Aelswith wenig später Morgan persönlich fragte, ob er sie auf dem Seeweg nach Moray bringen könne, stierte er sie zunächst nur schweigend an. Sogar als Taraín ihm Medizin anbot, falls vom kalten Seewind seine Knochen schmerzten, kam kein Wort. Schließlich trat Bruder Nynias, der wie immer Nathair auf dem Rücken trug, auf ihn zu.

»Im Namen Jesu Christi, nimm uns mit!«, sagte er. »Der Herr selbst wird dich belohnen, denn ich bin ein gottgeweihter Mann.«

Morgan schien lange nachzudenken, knirschte mit den Zähnen und spuckte schließlich etwas aus, das einer Muschel glich. Allerdings sagte er weiterhin kein Wort.

»Herrgott!«, entfuhr es Bruder Nynias wütend. Er setzte Nathair auf den Boden, nahm den Hammer und erhob ihn drohend. »Das, was du aus der Muschel gemacht hast, wird mit deinem Kopf passieren, wenn du nicht endlich einwilligst.«

Aelswith erschrak über die rüden Worte. »Bruder Nynias …«, setzte sie verlegen an, aber Morgan grinste nur breit.

Ein Mann, der die Stürme liebte, verstand wohl die Sprache des Hammers. Er wies endlich nickend auf sein Schiff und erlaubte sogar dem Esel, mit ihnen zu kommen. Erst als sie abgelegt hatten und von der Küste nur mehr ein grauer Streifen zu sehen war, sprach er die ersten Worte.

»Schade, dass euer Esel kein Geißbock ist.«

»Warum das denn?«, entfuhr es Aelswith.

»Nun, wenn man einen Geißbock am Schiffsmast aufhängt, sorgt das für günstigen Wind.«

»Noch lebend?«, rief Aelswith.

»Nein, natürlich muss der Geißbock tot und ausgeweidet sein.« Er hob seine Pranken, und Aelswith konnte sich gut vorstellen, wie er in blutigen Gedärmen wühlte.

Taraín stellte sich schützend vor Earc. »Wehe, du tust meinem Tier etwas!«

»Nun«, murrte Morgan, »es ist ja kein Geißbock … das heißt, wir müssen auf eine andere Weise für günstigen Wind sorgen.«

Aelswith hatte kurz Angst, dass er es nunmehr auf ihre

Gedärme abgesehen hatte, und beeilte sich, in die Nähe von Bruder Nynias und seinem Hammer zu kommen, doch Morgan zog zwei Möweneier hervor, zerquetschte sie mit der bloßen Hand und leckte etwas vom Dotter ab.

»Die Eierschalen sorgen für günstigen Wind?«, fragte sie verwirrt.

»Nein, aber damit verhindere ich, dass uns Hexen in die Irre führen. Das tun sie nämlich vorzugsweise mit zwei halben Eierschalen.« Seine Mundwinkel waren ganz gelb. »Wenn wir Moray erreichen, werde ich übrigens an der Schwarzen Insel anlegen«, fuhr er fort. »Eigentlich ist es keine Insel mehr wie früher. Sie ist mit dem Festland verschmolzen, denn das Meer hat sich vor langer Zeit zurückgezogen.« Morgan spuckte ein paar Eierschalenstücke aus. »Unser letzter König stammt von dort.«

»Macbeth?«, entfuhr es Aelswith. »Hast du ihn etwa gekannt?«

»Ich kenne jede Welle, ich kenne jeden Sturm, ich kenne jede Wolke, die über dem Meer treibt. Natürlich kannte ich auch Macbeth.«

Mittlerweile hatte das Schiff Fahrt aufgenommen. Das viereckige Segel knatterte, der Schiffsrumpf schien sich zu strecken und zu ducken. Jede Bewegung ging Aelswith durch Mark und Bein, doch anstelle von Übelkeit, wie sie befürchtet hatte, wurde sie von fiebriger Aufregung erfasst.

»Erzähl mir von ihm!«

»Doch nicht jetzt!«

»Wann denn dann?«

»Ich werde von Macbeth nicht reden, solange nur ein laues Lüftchen weht. Nein, erst wenn Sturm aufgezogen ist, ist die rechte Zeit dafür gekommen.«

Das laue Lüftchen, von dem er sprach, war in Wahrheit ein

lautes Heulen, das das Knattern des Segels übertönte. Als der Wind noch heftiger wehte, wurde Nathairs Gesicht noch bleicher, als es ohnehin schon war. Earc wieherte unruhig und ließ sich auch von Taraíns Flüstern nicht beschwichtigen, und Bruder Nynias umklammerte den Hammer – dieses Mal nicht, um jemandem zu drohen, sondern um sich an etwas festzuhalten. Morgan aber sollte recht behalten: Dies war noch kein Sturm. Ein solcher zog nämlich erst später, als sich die Nacht über das Meer senkte, auf.

Unter dem Wasser schien ein Ungeheuer zu schlafen und sich zu ärgern, dass es geweckt wurde, denn es erwachte mit bösartigem Zischen. Genauer betrachtet war es nicht eines, es waren Dutzende, die erst nur einen Buckel machten, sich dann noch weiter aufrichteten und das Schiff hin und her warfen, als würden sie sich um die Beute balgen. Die Laute, die zu hören waren, klangen denn auch hungrig – ein Röhren, ein Schmatzen, ein Knurren –, und hatten sich die Wellen zunächst begnügt, am Holz des Schiffes zu lecken, schienen sie es später zu kratzen, zu beißen und zu schlagen.

Als wären Wasserfluten nicht angriffslustig genug, hingen die Wolkentürme immer tiefer und schwärzer über ihnen – einer Mauer gleich, die den Wind nicht entkommen ließ. Ärgerlich brüllend musste der immer kleinere Kreise drehen, und mit ihm tat das auch das Schiff. Erst jetzt begann der Regen auf sie einzuprasseln, als wollte er den anderen Mächten, die zwischen Himmel und Erde wohnten, bekunden, dass er die größte Geduld hatte und seinen Auftritt am längsten hinauszögern konnte.

Obwohl es so kalt war, schien die Welt zu schmelzen. Aus nichts Festem schien sie mehr zu bestehen, nur aus Wasser, das von allen Seiten kam. Daran, ob es salzig schmeckte oder nicht, konnte Aelswith das Regenwasser von der Gischt unterscheiden. Wie Eisen wiederum schmeckte das Blut, das sie schluckte, nachdem sie sich auf die Lippen gebissen hatte. Sie spürte es warm über das Kinn laufen, aber sah kein Rot – nicht nur, weil es mittlerweile fast völlig finster war, sondern weil es auf dieser Welt keine Farben mehr zu geben schien, schon gar keine kräftigen.

Stark wie der Sturm waren nur Angst, Panik, Hilflosigkeit – erst recht, als sie von diesem erfasst und gegen die hölzerne Schiffswand geschleudert wurde. Der Sturm war kein Feind, der geradewegs auf sie zukam, er schickte vielmehr eine Vorhut, griff die Seitenplanken an und kam dann noch einmal von hinten. Dass er danach schwieg – ob nur für kurze Zeit oder für die restliche Nacht, wusste man nicht –, war nahezu unheimlich, traute man einem solch mächtigen Gegner doch nicht zu, dass er jäh so viel Gnade zeigte.

Aelswith hockte wie erstarrt da, leckte sich über die Lippen und schmeckte kein Blut mehr. Nur ein leichtes Brennen verriet die Verletzung, und sie war dankbar über diesen Schmerz, verriet er ihr doch ebenso, dass sie noch am Leben war wie die Stimme, die dicht an ihrem Ohr erklang. Es war die von Morgan.

»So, jetzt können wir über Macbeth sprechen«, erklärte er.

Lieber Himmel, dieser Mann muss verrückt sein!

»Macbeth?«, fragte sie, als hörte sie den Namen zum ersten Mal.

»Was willst du denn über ihn wissen?«

Eigentlich wollte sie in diesem Augenblick nichts wissen, sie wollte nur leben. »Warum willst du ausgerechnet jetzt über ihn sprechen?«, fragte sie mit klappernden Zähnen.

Morgan zuckte die Schultern. »Ein Mann wie Macbeth hätte diesen Sturm nicht gefürchtet. Er hat sich vor gar nichts gefürchtet. In seinen Adern floss wohl kein Blut, nur salziges

Meerwasser. All seine Vorfahren bis hin zu Kenneth MacAlpin haben das Meer nicht gefürchtet, und wer das Meer nicht fürchtet, hat auch vor sonst nichts Angst.«

Das Schiff machte wieder einen Ruck, und das Knirschen, das folgte, klang, als würde es in der Mitte entzweibrechen.

Wahrscheinlich bin ich doch nicht sein Kind, denn ich fürchte mich durchaus vor dem Meer, und in meinen Adern fließt ganz gewöhnliches Blut.

Die Angst höhlte zum Glück nicht all ihre Gedanken aus. Kenneth MacAlpin … das war auch ein Name, den sie kannte – der eines großen Königs, der die Pikten und Skoten geeint hatte. Wenn Macbeth von ihm abstammte, hatte er durchaus einen rechtmäßigen Anspruch auf den Thron von Alba gehabt.

»Du hast gesagt, dass Macbeth von der Schwarzen Insel stammt«, sagte sie.

»Gewiss. Und die Bewohner dort fürchten das Meer erst recht nicht, obwohl nirgendwo so hohe Wellen auf das Land zustürzen wie dort. Auch sein Vater wurde dort geboren – Findláech, der Mormaer of Moray.«

»Ein Mormaer?«

»Das ist so etwas wie ein Fürst.«

»Und Macbeth folgte ihm nach.«

»Nein, Findláech hatte einen Bruder, und der hatte wiederum zwei Söhne. Die beiden glichen auch einem Sturm, und zwar einem besonders heimtückischen, der wie aus dem Nichts kommt und sich nicht hinter den Wolken, sondern hinter der Sonne versteckt, ehe er plötzlich das Segel zerreißt. Sie haben Findláech, den eigenen Onkel, getötet, und sie hätten auch Macbeth getötet, wenn er nicht geflohen wäre. Weißt du, manchmal beweist man seine Stärke nicht, indem man sich gegen den Sturm stellt, man beweist sie, indem man sich nicht wehrt und von ihm verwehen lässt – in Macbeth' Fall an den Hof seines Großvaters, dem damaligen König von Alba. Und dort hat er gewartet, sehr lange gewartet. Zu warten ist das, was ein guter Krieger können muss. Jemanden zu töten, das vermögen viele, aber auf den richtigen Moment zu setzen, das schaffen nur wenige. Für einen Seemann gilt dasselbe. Er muss nicht nur wissen, wie man das Segel setzt und wie man es wieder einzieht, sondern vor allem, wann man beides tut.«

Morgan lachte, und dass es noch deutlicher zu hören war, weil das Stöhnen des Windes immer leiser wurde, wertete Aelswith als gutes Zeichen. Der Regen prasselte zwar immer noch auf sie ein, doch es klang nun mehr wie ein Gelächter, nicht wie ein Trommeln auf die Köcher, mit dem sich ein feindliches Heer ankündigt.

»Macbeth war also ein Enkelsohn des Königs von Alba.«

»Nur über seine Mutter, aber ja. Wenngleich er nicht der einzige war. Es gab noch einen anderen – Duncan, den offiziellen Thronfolger. O ja, in dieser rauen, stürmischen See, die Alba damals war, segelten viele Schiffe, wenngleich viele untergingen – nur Macbeth nicht. Er war einer, der viel Meerwasser schlucken konnte, ohne zu ersaufen. Erst wartete er auf den entscheidenden Moment, seine Vettern loszuwerden, heiratete die Witwe des einen und war somit Mormaer of Moray. Dann wartete er darauf, bis Duncan, der dem letzten König nachgefolgt war, mit seinem Schiff ins Schlingern geriet, dessen Mast brach und dessen Segel riss, um ihn über Bord zu werfen.«

»Macbeth hat tatsächlich den König ermordet ...«

»Im Krieg spricht man nicht von Mord. Macbeth hat Duncan in der Schlacht von Pitgaveny besiegt. Das war weder gut oder böse, gerecht oder ungerecht, ruhmvoll oder verdammenswert. Der Schwächere unterlag dem Stärkeren, nichts weiter. Wenn diese Wellen heute Nacht mein Schiff verschlungen hätten, hätte ich ihnen nicht die Schuld gegeben, vielmehr eingestanden, dass mein Schiff zu klein war. Und wenn ich nicht genügend Kraft gehabt hätte, zum Ufer zu schwimmen, hätte ich nicht das Wasser angeklagt, in dem ich ersaufe, sondern meine Arme, weil denen die Kraft fehlt. Macbeth war ein starker Mann, und genau so einen brauchte Alba damals. Der Bischof von St. Andrews selbst hat ihn gesegnet, und ein Barde proklamierte ihn zum König. Hätte man das mit einem Unhold gemacht, der das Blut Unschuldiger vergossen hat?«

Ihr eigenes Blut schien geschmolzenes Eis zu sein, denn es gab kein Glied, das sich nicht wie tot fühlte, obwohl der Regen endgültig erstarb, und die Wellen nur mehr sanft am Schiff leckten. Auch Morgans Zunge wurde träger, denn obwohl sie ihm noch viele Fragen stellte – vor allem, ob er von einem Rabenbanner wisse –, sagte er nichts mehr.

Als der Morgen graute, kroch Aelswith zu Taraín, der die ganze Nacht über neben Earc verharrt hatte. Sie presste ihre Finger an dessen Fell, und obwohl dieses nass war, spürte sie doch auch einen Hauch Wärme.

»Hast du gehört, was Morgan mir über Macbeth erzählt hat?«

Taraín nickte und rieb sich seine Hände, die nicht minder steif gefroren waren wie die ihren. »Macbeth hat die Witwe seines Vetters geheiratet, nachdem er diesen getötet hat. Ob sie ihn dafür hasste?«

»Vielleicht sah sie es wie Morgan: Das Meer ist nicht schuld, wenn man ersäuft. Es zählt nicht, ob man gut oder böse ist, es zählt nur, wer sich als der Stärkste herausstellt.«

In weiter Ferne färbte sich jene dünne Grenze zwischen Himmel und Meer erst grau, dann silbrig, wurde immer breiter und schlug die Schwärze der Nacht schließlich endgültig zurück. Der Mast war noch heil, das Segel hingegen etwas zerrissen, doch Morgan flickte es rasch. Seine riesigen Pranken stellten sich als erstaunlich geschickt heraus. Er deutete auf die Felsen, die vor ihnen aufragten und an etlichen Stellen von dornigem Gebüsch überzogen waren, und auf den getrockneten Seetang davor, der unter den Füßen wohl lauter knirschen würde als grobkörniger Sand.

»Wie gut, dass ich die Eier zerbrochen habe. Die Hexen haben uns nicht in die Irre geführt. Das hier … das ist die Schwarze Insel.«

Die Erleichterung, den Sturm überlebt zu haben, schwand. Regelrecht feindselig schienen die Felsen Aelswith anzustarren, und schwarz schien jäh auch ihre Zukunft zu sein. Auch wenn ein paar Lichtfunken auf Macbeth' Vergangenheit gefallen waren – es war anscheinend keiner mehr übrig, um den Weg zu beleuchten, der vor ihnen lag.

Just als sie langsam auf das Ufer zusegelten, fielen Aelswith die Augen zu. Sie spürte noch ein sachtes Schaukeln, ehe sie einschlief, und als sie später erwachte, stand die Welt still. Die Stille wurde von lautem Geschrei zerrissen.

»Warum willst du denn nicht ins Kloster gehen? Dein Abt hat dich doch dorthin geschickt, weil du gebraucht wirst. Und auch für mich würde man dort sorgen.«

»Ich habe nicht gesagt, dass ich niemals dorthingehen werde, nur, dass ich die beiden jetzt noch nicht allein lassen kann, und den Esel auch nicht.«

»Du hast versprochen …«

»Ich hab versprochen, dich zu tragen, ja. Aber wohin es genau geht, ist meine Entscheidung.«

Aelswith schlug die Augen auf. Sie lag direkt unter Earc,

nur, dass der nicht mehr auf dem Schiff, sondern auf festem Land stand. Inmitten der schroffen Felsen gab es ein kleines Stück Sand, auf das Morgan den Kiel des Schiffs geschoben hatte.

»Lieber Himmel, wie habt ihr denn den Esel vom Schiff gebracht?«, entfuhr es Aelswith.

Bruder Nynias, der sich eben streng vor Nathair aufgerichtet hatte, drehte sich um. »Nun ja, das Tier war etwas schwerer als du, unmöglich war es dennoch nicht. Leichter wird es sein, unseren Gelähmten noch eine Weile zu tragen.«

Aelswith ging auf, warum die beiden gestritten hatten. »Du willst vorerst noch nicht ins Kloster gehen, sondern uns weiter begleiten!«, rief sie und war so erleichtert, dass sie ihm fast seine Hand geküsst hätte ... oder den Hammer, wobei beides irgendwie aufs Gleiche hinauslief, da man sich das eine kaum ohne das andere denken konnte.

»Wie ich schon sagte – die Steine können warten«, sagte Bruder Nynias. »Vorerst hat mir Gott die Pflicht auferlegt, euch zu beschützen.« Er klang sehr ernsthaft, obwohl sie ahnte, dass er einfach keine Lust aufs Klosterleben hatte.

Nathair verzog sein Gesicht, als litte er an Schmerzen, und Aelswith bekam augenblicklich ein schlechtes Gewissen. Der arme Mann hatte eigentlich schon genug mitgemacht, um ihm auch noch ein unstetes Leben zuzumuten.

»Wir können ihn aber nicht gegen seinen Willen mitnehmen«, sagte sie leise.

»Wir können ihn erst recht nicht hier liegen lassen oder Morgan mit aufs Schiff geben«, erwiderte Bruder Nynias. »Vielleicht kommt der noch auf die Idee, ihn anstelle eines Geißbocks aufzuhängen, um für guten Wind zu sorgen. Oder wäre dir das etwa lieber, Nathair?«

Nathair blickte ihn nur finster an, während Aelswith sich

nach Morgan umsah. Der stand bis zu den Knien im Wasser, streifte an etlichen Felsen entlang, an denen die Wellen nur lustlos leckten, und löste Muscheln von dort, um sie mitsamt der harten Schale zu essen. So ekelhaft dieser Anblick auch war – der eigene Magen knurrte darob doch, und sie wurde schmerzhaft daran erinnert, dass sie ihren Proviant fast aufgebraucht hatten. Nur etwas getrockneter Fisch war übrig geblieben.

»Ich ... ich weiß gar nicht, an wen wir uns jetzt wenden sollen ...«, stammelte sie und warf Taraín einen Hilfe suchenden Blick zu.

»Aber ich«, sagte Bruder Nynias. »Solange das Schiff auf dem Meer trieb, war Morgan noch bereit zu sprechen. Ich musste zwar mit dem Hammer etwas nachhelfen, habe so allerdings erfahren, dass er nicht nur Macbeth kannte, auch einen gewissen Arailt.«

»Du hast Morgan mit dem Hammer geschlagen? Obwohl du sagst, dass du ihn nie auf Menschen richten würdest?«

»Wie so oft hat es genügt, ihn zu heben. Dieser Arailt wohnt in einem Dorf, nicht sehr weit von hier.«

»Und was kann er uns sagen?«

»Er hat einst Macbeth als Knappe gedient, und nachdem der in der Schlacht gegen König Malcolm gefallen ist, hat er seinen Leichnam nach Iona gebracht. Ich denke, das bedeutet, dass Malcolm Macbeth damals durchaus respektierte und ihn noch nicht für den bösen Tyrannen hielt. Wie auch immer. Arailt weiß sicher vieles über ihn, seinen Tod, sein mögliches Kind und vielleicht sogar über das Rabenbanner. Aber ich sage euch gleich: Nach Iona begleite ich euch nicht. Das liegt auf den westlichen Inseln, und bis dorthin ist es mir denn doch zu weit, um den da zu schleppen.«

Nathair warf ihm wieder einen finsteren Blick zu und

ächzte zugleich kläglich. Rasch kramte Taraín in seinem Beutel, zerstampfte sodann ein paar Kräuter, um ihm Linderung zu verschaffen.

»Falls das Rabenbanner mit ihm begraben wurde, ist es längst verrottet wie sein Leichnam«, murmelte Aelswith. »Vielleicht konnte Arailt es aber an einen sicheren Ort bringen.«

Und vielleicht würden sie an diesem Ort nicht nur das Rabenbanner finden, sondern auch Antworten auf all ihre Fragen.

Aelswith verstand nicht, woher die Schwarze Insel ihren Namen bekommen hatte, denn schwarz war hier nahezu nichts. Die Berge hinter den Wolken waren grau, die Gipfel weiß, die Hügel davor von einem gelblichen Grün, die Wälder etwas dunkler. Manche Blätter hatten einen Ockerton, als wäre jetzt nicht Frühling, der frische Triebe ans Licht drängen ließ, sondern Herbst, der aus diesen langsam das Leben sog, und der Boden war schlammig braun – erst recht, als sie das Meer hinter sich ließen und immer weiter ins sumpfige Landesinnere vordrangen.

Aelswith und Taraín umrundeten die großen Pfützen, die der Regen hinterlassen hatte, weitflächig, während Bruder Nynias einfach hindurchstapfte. »Wenn du im Moor versinkst«, warnte Nathair, »wird es dir nicht nutzen, groß und stark zu sein, und der Hammer wird dich erst recht nicht retten, sondern dich noch viel schneller in die Tiefe ziehen.«

»Gott leitet mich sicher auf meinen Wegen.«

»Gott hätte dich sicher ins Kloster geleitet.«

»Nun, wenn ich mich dorthin aufgemacht hätte, hätte ich denselben Weg genommen, wie ich es jetzt tue.«

»Ja, denkst du, der Allmächtige weiß nichts von deinen Plänen und lässt sich an der Nase herumführen?«

»Die Nase des Allmächtigen verträgt viel, was man von meinen Ohren nicht sagen kann. Wenn du sie mir weiterhin blutig redest, landest du im nächsten Moor.«

Am Ende waren Bruder Nynias' Beine kniehoch mit Schlamm bespritzt, doch sie schafften es heil durch das sumpfige Stück Land und stießen schließlich auf ein munter plätscherndes Bächlein, wo er sich waschen konnte. Später gingen sie das Bächlein entlang, versanken hier wieder, wenn auch nur knöcheltief, erkannten irgendwann neben dem Bächlein Fußspuren, die zu einem ausgetretenen Weg führten, und erreichten wenig später ein Dorf.

Es würde nicht das letzte sein, wo sie vergebens nach Arailt fragten, aber zumindest konnten sie etwas zu essen erbetteln. In den nächsten Tagen kamen sie an einem halben Dutzend Siedlungen vorbei, die meist aus drei, höchstens vier Torfhäusern bestanden. Sie waren allesamt so niedrig, dass Bruder Nynias darin den Kopf einziehen musste, und schrecklich eng, weil die Bauern in dem einzigen Wohnraum gemeinsam mit den Tieren lebten. Sie bearbeiteten gerade mal so viel Land, dass es zum Überleben reichte, und pflügten den Boden, auf dem sie Gerste, Weizen und Roggen anbauten, nur mit einem Spaten anstelle eines Pflugs, weil sie keine Ochsen besaßen.

Schon im ersten Dorf fielen sehnsüchtige Blicke auf Earc.

»Er ist viel zu stur, um einen Pflug zu ziehen«, sagte Aelswith.

»Nun, aber ich könnte für ein paar Stunden den Pflug ziehen«, erklärte Bruder Nynias, »dann werden die Menschen gewiss gesprächiger.«

Nicht nur, dass er den Boden pflügte – außerdem schleuderte er etliche große Steine, die auf den Feldern lagen, an den

Rand. Nur die dicke weiße Schicht, die die dunkle Erde bedeckte – Salz, den der Meereswind hierhergeweht hatte – konnte er nicht entfernen.

»Darunter können die Pflanzen doch nicht richtig gedeihen«, entfuhr es Taraín, doch die Bauern sahen ihn schulterzuckend an.

Der Herr gab, der Herr nahm, und meist nahm er eben mehr als er gab – warum sollte man sich darüber erregen? Ähnlich gleichmütig reagierten sie auf Bruder Nynias' Hilfe. Sie bedankten sich meist nur mit einem knappen Nicken. Stumm blieben sie auch, wenn sie mit den Fremden das Essen teilten, und erst recht, wenn diese sie nach Arailt fragten.

Niemand hatte den Namen je gehört, man nannte ihnen nur immer wieder den eines Bewohners des Nachbardorfs, der vielleicht mehr damit anfangen konnte. Doch auch in den Nachbardörfern blickten sie in ratlose Gesichter, und nach einer knappen Woche hatten sie kaum noch Hoffnung.

Bruder Nynias hob seine Hände, die voller Schwielen waren. »Mittlerweile habe ich wohl die Hälfte der Schwarzen Insel eigenhändig gepflügt, jetzt ist es langsam genug.«

»Nun«, spottete Nathair, »du bist eben nicht zum Bauern bestimmt, sondern zum Mönch.«

»Wer sagt, dass man seine Bestimmung hinnehmen muss? Dich hat das Schicksal dazu bestimmt, irgendwo zu liegen und langsam zu verhungern, aber das heißt nicht ...«

»Hört auf zu streiten!«, rief Taraín mahnend.

»Ich weiß, dass ich eurer Barmherzigkeit viel verdanke«, sagte Nathair, »dennoch verstehe ich nicht, was ihr in dieser Einöde eigentlich wollt.«

»Hört auf!«, rief Taraín wieder.

»Nun, wir wollen diesen Arailt finden, und dann sehen wir weiter.«

»Und warum seid ihr so sicher, dass Morgan nicht gelogen hat?«

»Still!«

Erst jetzt verstummten Bruder Nynias und Nathair, und als der Mönch aufblickte, sah er, was Aelswith und Taraín schon längst bemerkt hatten. Vor ihnen lag ein lang gezogenes Loch, dessen Ufer mit Schilf bewachsen war. Die Halme knacksten, wenn sie vom Wind niedergedrückt wurden, übertönten jedoch nicht ein anderes Geräusch, das menschlich klang – ein lang gezogenes Stöhnen. Als Taraín ein paar Schilfhalme brach, sodass sie nunmehr einen freien Blick auf das südliche Ufer hatten, erkannten sie, wer es ausstieß. Eine armselige Schar von Menschen, die allesamt die graue Kleidung der Bauern trugen, nur dass sie bei ihnen viel dreckiger und löchriger vom mageren Leib hing und einen Blick auf die nackte Haut gewährte, die von blauen Flecken und Hautabschürfungen übersät war. Ihre Blöße bedecken konnten sie nicht, denn ihre Hände waren mit Hanfstricken gefesselt, und wer an diesen jeweils zwei von ihnen hinter sich herzerrte, waren große Männer in Kettenhemden, deren Helme auch die Nasen bedeckten und an deren breiten Gürteln Schwerter hingen.

Im ersten Augenblick sah es so aus, als würden sie in Richtung Wasser gehen, um die armselige Schar dort zu ersäufen, doch als sich Aelswith auf die Zehenspitzen stellte, erkannte sie, dass sie ein paar Boote am Ende des schmalen Uferwegs ansteuerten. Offenbar wollten sie mit diesen das Loch überqueren, um vom anderen Ufer aus zu Fuß bis zur Küste zu ziehen.

»Wie es scheint, haben wir die Bewohner des letzten Dorfes gefunden«, murmelte Bruder Nynias, nachdem er schnell den Kopf eingezogen hatte.

»Meine Güte!«, stieß Taraín aus und beeilte sich, Earc im Schatten einiger Trauerweiden zu verstecken. »Was wird mit diesen Menschen geschehen?«

»Ich fürchte, künftig werden sie nur mehr Land beackern, das nicht ihres ist«, sagte Bruder Nynias düster.

»Aber ...«, setzte Aelswith an.

»Sklaven«, sagte Nathair vielsagend.

»Sie sind Sklaven?«

»Sie werden es bald sein«, erklärte Bruder Nynias. »Ich nehme an, die Krieger stammen aus dem Norden, aus Caithness oder gar von den Shetlandinseln – von dort also, wohin sich die Wikinger zurückgezogen haben, nachdem König Konstantin sie vertrieben hat. Manchmal machen sie Raubzüge in den Süden, vor allem in Zeiten, wenn der König geschwächt ist. Malcolm ist schließlich zu beschäftigt, der Normannen im Süden Herr zu werden, um sich um eine Provinz wie Moray zu kümmern.«

Das Stöhnen wurde eben lauter. Einer der gefesselten Männer war gestolpert, richtete sich auch dann nicht auf, als ein nordischer Krieger am Strick zog, sondern schlug mehrmals mit der Stirn auf den Boden, als wollte er sich selbst töten, um dem Los der Sklaverei zu entgehen. Leider war der Boden zu weich. Er konnte sich die Stirn nicht einmal blutig schrammen, da hatte der Krieger ihn schon am Nacken gepackt und hochgezogen.

»Wir ... wir müssen ihnen helfen«, sagte Taraín.

Aelswith dachte, sie hätte sich verhört oder Taraín hätte den Verstand verloren. Selbst Bruder Nynias lachte ungläubig. »Ich bin ja stolz auf meinen Hammer, aber gegen vier Schwerter kann ich mich unmöglich zur Wehr setzen.«

»Arailt könnte unter diesen Männern sein«, bestand Taraín.

»Ja, willst du gemeinsam mit ihm versklavt werden, damit du mehr über Macbeth herausfindest?«, fragte Nathair.

»Du hast mich falsch verstanden. Ich will nicht mit ihnen versklavt werden, ich will sie befreien!«

Alle Blicke richteten sich empört auf Taraín – nur Earc glotzte gutmütig wie immer.

»Bist du verrückt geworden?«, entfuhr es Aelswith. »Was willst du denn den Schwertern entgegensetzen?«

Taraín wühlte in seinem Lederbeutel und zog etwas hervor. »Zum Beispiel das da.«

Aelswith überkam eine vage Ahnung, was sich in dem Säckchen befand. »Ich weiß«, sagte sie, »du willst wiedergutmachen, dass du Drostan geholfen hast, mich zu entführen. Aber du hilfst mir nicht, wenn du von den Männern verschleppt wirst. Das hier ist ein Schlafmittel, nicht wahr? Wie willst du es ihnen denn einträufeln, bevor sie die Boote besteigen?«

Taraín ließ sich nicht beirren. »Ich habe schon eine Idee. Vertrau mir!«

»Das ist nicht gerade leicht nach allem, was geschehen ist.«

»Nun«, Taraín starrte sie aus seinen hellen Augen lange an, »dann vertraue ich darauf, dass du, falls ich nicht zurückkomme, für Earc sorgst.«

Dies schien ihm offenbar sehr leicht zu fallen, denn er wartete ihre Zustimmung nicht ab, strich dem Tier ein letztes Mal über den Kopf und eilte mit seinem Beutel in Richtung der armseligen Bauernschar und der Furcht erregenden Krieger.

Drostan hätte ihn für verrückt erklärt. Nicht, weil er den armen Menschen helfen wollte, sondern weil der Plan, den er ausgeheckt hatte, nur bis zur Hälfte gediehen war, und halbe

Pläne, wie Drostan oft erklärt hatte, nie eine gute Idee waren. Entweder man wusste ganz genau, was zu tun war, oder man wusste es nicht und verließ sich auf seinen Instinkt.

Trotz des ausgegorenen Plans hatte Taraín aber bereits den ganzen Weg zurückgelegt und wurde eben von den fremden Kriegern erblickt. Aus der Nähe betrachtet sahen sie noch Furcht erregender aus, waren sie doch sogar größer als Bruder Nynias. Ihr wahrscheinlich strohblondes Haar war derart verdreckt, dass es grau wirkte, ihre Gesichter waren gefurcht wie die von alten Menschen und die Blicke so leer, als wäre der Tod das Einzige, was sie noch sehen könnten. Taraín erwiderte diese Blicke so gebannt, dass er bei seinem letzten Schritt nicht auf den Weg achtete, und schon stolperte er über einen Stein … nein, vielmehr über den Mann, der sich erneut mit dem Gesicht voran auf den Boden geworfen hatte. Taraín blieb über ihm liegen und schluckte feuchte Erde, aber immerhin gedieh sein Plan nun ein wenig weiter, denn während der Mann unter ihm stöhnte, fiel ihm ein, wie er den Kriegern sein Verhalten erklären konnte.

Als einer ihn am Nacken packte und hochzerrte, als wäre er leicht wie ein Vögelchen, das aus dem Nest gefallen war, schrie er ein ums andere Mal: »Vater!« Kurz war der Blick des Alten, der auf dem Boden kauerte, so leer wie der der Krieger, doch dann regte sich auch Erstaunen. »Vater!«, wiederholte Taraín entschlossen.

Er verstand nicht, was die Krieger sagten – entweder, weil sie eine fremde Sprache nutzten oder weil sie alle ihm vertrauten Worte so kehlig aussprachen, dass sie eher wie Tiere als wie Menschen klangen. In jedem Fall grinsten zwei so breit, dass bei dem einen die fauligen Zähne zu sehen waren, dem anderen fehlten sie gänzlich. Ein weiterer grinste nicht, jedoch nur, weil sein Gesicht so schief war, als wäre er auf der einen Seite gelähmt. Er hatte keine Gewalt über den rechen Mundwinkel, auch das eine Lid hing schlaff über dem Auge. Von den Armen hingegen konnte er beide gut gebrauchen, denn er begann die Gefangenen nun ins Boot zu wuchten, das sich bereits gefährlich neigte. Der vierte wiederum stieß ein dröhnendes Lachen aus, das so klang, als würde jemand im glucksenden Moor ersaufen. Außerdem machte er eine Handbewegung, als wöge er einen großen Geldbeutel ab. Natürlich … er, Taraín, war jung und würde am meisten Geld einbringen … oder vielleicht waren auch die anderen noch jung, wenngleich vom Leben deutlich mehr gezeichnet …

Der Mann, den er Vater genannt hatte, war jedenfalls eindeutig alt. Taraín kam im Boot neben ihm zu sitzen, und als die Fahrt losging, starrte der ihn unverwandt an.

»Du … du bist verrückt …«, stammelte er und ließ offen, was ihn mehr befremdete – dass Taraín ihn Vater genannt hatte oder weil er sich freiwillig hatte gefangen nehmen lassen.

Taraín sah auf das schwarze Wasser, über das das Boot glitt. Als Einziger hatte er keine gefesselten Hände. Er könnte es sich noch anders überlegen … einfach vom Boot springen … schnell genug wegschwimmen …

Stattdessen fragte er: »Kennst du einen Mann namens Arailt?«

»Arailt?« Der Alte nickte. »Natürlich kenne ich Arailt … das heißt, ich kannte ihn … Er ist vor zwei Jahren gestorben. Eines Abends ist er eingeschlafen und nicht wieder aufgewacht. Es ist der schönste aller Tode, wenn man von ihm geküsst wird wie von einer zärtlichen Frau. Andere küsst der Tod nicht, er schlägt, quält und schändet sie. Junge, Junge, was hast du nur auf dich genommen?«

Das fragte sich Taraín auch. »Ich habe einen Plan«, murmelte er kleinlaut, doch der andere schien das nicht zu hören, da die Ruder immer lauter ins Wasser klatschten.

Wahrscheinlich würde ihn eines am Kopf treffen, wenn er sich ins Wasser fallen ließ und davonzuschwimmen versuchte. Außerdem war das Ufer kaum noch zu sehen, selbst das hochgewachsene Schilf schrumpfte zur Größe von Gras. Irgendwo dorthinten waren Aelswith, Bruder Nynias und Earc, und sie setzten alle Hoffnungen auf ihn.

»Was wolltest du denn von Arailt wissen?«, fragte der Alte müde.

»Ich habe ein Gerücht gehört, wonach er der Knappe von ... von König Macbeth war.«

»Hm«, machte der andere. »Das ist kein Gerücht, es ist die Wahrheit. Arailt sprach im Winter von nichts anderem. Im Sommer schuftete er wie alle Bauern, doch im Winter, wenn die Frauen spannen und webten, erzählte er von der Vergangenheit.«

»Dann hast du sicher viele Geschichten über Macbeth gehört?«

»Keine, die ich von meinem Vater nicht schon kannte.«

»Von deinem Vater?«

»Er zählte zu Macbeth' Leibwache, hat von ihm ein Pferd bekommen und ein Schwert. Er sprach oft von diesem Schwert.«

Sein Blick wurde kurz sehnsüchtig.

»Wie heißt du?«, fragte Taraín.

»Bláán.«

»Bláán«, wiederholte Taraín. »Dein Vater war also ein Krieger von Macbeth und ...«

»Nicht einfach nur ein Krieger. Die Leibgardisten waren von ähnlich hohem Rang wie der Barde des Mormaer. Der Barde von Macbeth hatte blonde Locken und konnte so hoch singen, dass manche behaupteten, man habe ihm die Eier abgeschnitten. Zwar holte er jede Nacht eine andere Frau zu sich, doch das Gerücht, dass er diese nur mit den Fingern rammelte, nicht mit seinem Schwanz, starb nie. Und weil Macbeth immer unterwegs war, von einer Burg zur nächsten zog und sein Haushalt ihm folgte, traf der Barde immer wieder andere Frauen.«

Taraíns Herz war so dunkel wie das Loch, über den das Boot fuhr, doch dass er tatsächlich einen Menschen getroffen hatte, der mehr von Macbeth wusste, gab ihm Lebensmut.

»Pass auf!«, raunte er Bláán zu. »Später musst du mir mehr sagen ... Vorerst ist es nur wichtig, dass wir uns befreien. Wenn wir am anderen Ufer ankommen, musst du tun, was ich dir sage.«

Bláán sah ihn nur erschöpft an, Taraíns Sinne dagegen wurden mit einem Mal hellwach, erst recht, als sie das Ziel erreichten, einer der Krieger vom Boot sprang und den Kiel unter lautem Knirschen auf das sandige Ufer schob.

Am liebsten hätte er seinen Plan sofort umgesetzt, aber er zwang sich zu warten. Noch waren die Krieger damit beschäftigt, das Boot festzubinden, danach, die Gefangenen herauszuheben, schließlich damit, ein Feuer zu machen. Es dauerte, bis dank Feuerstein und Zunder aus den getrockneten Blättern die ersten bläulichen Flammen zischten. Bald wurden sie von Zapfen genährt, färbten sich orange und verbreiteten Wärme. Die Krieger hielten die Hände darüber und murmelten miteinander.

Jetzt ... jetzt ist die beste Gelegenheit!

Taraín griff nach dem Lederbeutel, den er über der Schulter trug, zog einen Schlauch hervor und mischte unauffällig Kräuter hinein, ehe er ihn Bláán reichte.

»Tu so, als würdest du trinken, aber nimm bloß keinen Schluck, ja?«, raunte er ihm zu.

Bláán sah ihn wieder nur müde an und machte keine Anstalten, den Schlauch zu nehmen. Allerdings wehrte er sich nicht, als Taraín ihn an seine dünnen Lippen presste – und das genügte, den Krieger mit dem schiefen Gesicht auf sich aufmerksam zu machen.

»He, was gibst du ihm da?«

Die Worte waren erstaunlich gut verständlich. Nicht nur, dass der Mann Gälisch beherrschte – trotz des schiefen Mundes artikulierte er deutlich.

»Das ist nur ein wenig Wein, den ich aus der Moorbirke gebraut habe«, sagte Taraín schnell. »Mein Vater ... er braucht eine Stärkung ... sonst hält er nicht durch ...«

Schon machte der Mann einen Satz auf ihn zu. »Wenn, dann brauche ich eine Stärkung!«, rief er, riss ihm den Schlauch aus der Hand und setzte ihn an die Lippen.

Nicht alles, bitte nicht alles.

Gottlob war auf die anderen Verlass.

»He! Lass etwas für uns übrig!«, rief der, der keine Zähne hatte. »Birkenwein schmeckt nicht so gut wie echter Wein, aber immer noch besser als Pisse.«

Schon riss er dem einen den Lederschlauch aus der Hand und nahm selbst ein paar Schluck, ehe der mit den faulen Zähnen seinen Anteil verlangte. Er trank ... und trank ... was gut war ... trank leider danach immer noch ... Nein, nein, nein, das war zu viel, warum nur wollte der Vierte nichts?

Der blieb auf einem umgeknickten Holzstamm hocken und starrte nur missmutig zu den anderen. »Mit Birkenblättern waschen sich Frauen ihr blondes Haar, ein echter Mann benetzt seine Zunge damit ganz sicher nicht.«

Und dann war der Schlauch schon leer und fiel zu Boden. Nicht länger prall begann sich das Leder zu runzeln und mit ihm fiel auch Taraíns Hoffnung in sich zusammen.

Sein halber Plan war zu Dreivierteln geglückt: Bald schon

begannen sich die drei Männer, die getrunken hatten, die Augen zu reiben, lehnten sich an einen Baum und schliefen ein. Aber das nutzte nichts, denn der vierte blieb wach, und so erbost wie er auf die anderen Faulsäcke fluchte, war er wohl entschlossen, das auch zu bleiben.

Das Mondlicht tanzte auf dem schwarzen Wasser. Anstatt darin zu versinken wie das Blatt, das der Wind dorthin wehte, versank es nicht, sondern vollführte seine Drehungen, als wäre die Oberfläche so hart wie Eis. Je weiter die Nacht voranschritt, desto erschöpfter wurde Taraín, und schließlich nickte er ein und träumte davon, einfach über das Loch zu den anderen zurückzulaufen. Als er allerdings wieder aufschreckte, war der eine Krieger immer noch wach, und das Loch war nicht mehr schwarz, sondern spiegelte einen bleichen Himmel. Der neue Tag nahte ... Bald würde die Wirkung des Schlafmittels nachlassen, und dann gab es keine Chance mehr zu entkommen.

Allein dass er sich ein wenig aufrichtete, war für den Krieger Anlass genug, drohend sein Schwert zu heben. Und solange er dieses fest in den Händen hielt, gab es keine Möglichkeit, ihn zu überwältigen. Die Angst schnürte Taraín die Kehle schmerzhaft zu, und derart in seinem Elend versunken, merkte er nicht, dass Bláán zu ihm gerückt war.

»Willst du mir sagen, warum du dich als mein Sohn ausgegeben hast?« Taraín hob traurig den Blick. »Denk dir«, fuhr der andere fort, »ich habe gar keine Söhne. Meine Frau hat zwei Töchter geboren, doch die starben früh – genau wie meine Frau selbst. Ich weiß nicht, welcher Kummer größer ist – dass ich meine Töchter verloren habe oder dass ich keinen Sohn bekommen habe.«

Taraín dachte nach. Die Freiheit zu verlieren war bitter … Genauso bitter wie gar nicht erst zu wissen, warum.

»Bitte«, flehte er, »sag mir alles, was du von Macbeth weißt.«

»Und was nutzt dir das in dieser Lage? In die wären wir nie geraten, wenn Macbeth noch herrschen würde. Einst hatten diese Männer im Norden großen Respekt vor unserem König und hätten nie gewagt, das Land zu überfallen und die Menschen zu versklaven. Doch seit Macbeth tot ist, hilft uns keiner mehr. Ein großer Name allein hat keine Macht.«

»Aber die Namen deiner Töchter und deiner toten Frau weißt du doch auch sicher noch, und du wirst sie nie vergessen. Du zehrst vielleicht keine Macht daraus, aber zumindest schöne Erinnerungen.«

»Nun, an meinen Vater, Macbeth' Leibgardisten, habe ich keine schönen Erinnerungen. Er hat meine Mutter und mich so oft allein gelassen, dass wir uns kaum mehr an sein Gesicht erinnern konnten. Als man seinen Leichnam nach Hause schaffte – er war schon halb verwest, stank schrecklich und war voller Flecken –, hat sich meine Mutter trotzdem an ihn geklammert und sich kaum wegzerren lassen. Und als sie es endlich tat, hat sie wieder und wieder ihre Stirn auf den Boden geschlagen. Zu ihrem Bedauern starb sie nicht …«

Auf Blááns Stirn hatte sich ein blauer Fleck gebildet.

»Wie starb dein Vater?«, fragte Taraín.

»Das war im Jahr 1045, als Crinan jenen Aufstand anzettelte.«

»Crinan?«

»Du kennst Crinan nicht, Junge? Nach Macbeth war er einer der mächtigsten Männer Albas … zumindest, als sein Sohn Duncan noch König war.«

»Duncan … der König, der von Macbeth besiegt wurde …«

»Genau. Und damit schwand auch Crinans Macht, und das konnte er nicht zulassen. Er wollte einen der beiden Söhne von Duncan zum neuen König machen und Macbeth besiegen. Duncan war zwar der Abt eines Klosters, das hat ihn allerdings nicht davon abgehalten, Krieg zu führen. Er sah sich als Priester und Krieger in einem.«

Taraín musste voller Wehmut an Bruder Nynias denken.

»Und warum ist dein Vater gestorben?«

»Crinan suchte sich Hilfe beim angelsächsischen König und auch bei Siward, dem Herrscher von Northumbrien. Als er schließlich die Truppen, die er hinter sich versammelt hatte, in die Schlacht gegen Macbeth führte, trug Crinan eine Reliquie vom heiligen Columban bei sich. Es war ein winziges Kästchen, das kaum mehr als ein paar Finger beinhaltete, doch er dachte, es böte ausreichend Schutz – desgleichen der Bischofsstab von Columban, den man als Standarte benutzte. Aber ein Bischofsstab ist nicht so scharf wie ein Schwert, und was soll man mit Fingern eines Heiligen anfangen? Ich frage mich überhaupt, warum sich nur die Finger in dem Kästchen befinden? Wer hat sie dem Heiligen denn von der Hand geschnitten, und war er damals schon tot, oder lebte er noch? Die Hände sind für einen Heiligen doch besonders wichtig, schließlich betet er damit. Nun ja ... So oder so hat Crinan die Schlacht verloren. Er konnte nichts anderes tun, als Macbeth zu verfluchen und ihn als Sohn des Teufels zu beschimpfen, der sich unrechtmäßig die Krone erworben hat. Es war das erste, wenn auch nicht das letzte Mal, dass man auf seinen Namen spuckte, doch noch konnte ihm das nichts anhaben.«

»Dein Vater starb also in der Schlacht.«

Bláán wiegte nachdenklich den Kopf. »Weißt du, warum meine Mutter fast wahnsinnig vor Trauer wurde? Nicht, weil sie ihn so geliebt hatte, sondern weil sie ihn gar nicht hatte lieben können, so oft wie er fort war. Sie zumindest hielt es für schmerzhafter, etwas zu verlieren, das man nie hatte, als etwas, an dem man sich viel zu kurz erfreute ...« Bláán seufzte laut und vernehmlich.

»Du hast gesagt, dass Crinans Truppe den Bischofsstab als Standarte benutzte. Kann es sein, dass Macbeth wiederum unter einem Rabenbanner in den Kampf ritt?«

Das Seufzen verklang. »Davon weiß ich nichts. Der Leichnam meines Vaters wurde damals jedenfalls nur in Lumpen gehüllt.«

»Aber du hast schon einmal vom Rabenbanner gehört?«

Bláán starrte nachdenklich vor sich hin. »Vielleicht hatten Columbans Finger doch Macht ... nur dauerte es eine Weile, sie zu entfalten. Gewiss, Macbeth war damals siegreich, seit dieser Schlacht jedoch zählte Siward von Northumbrien zu seinen Erzfeinden. Er unternahm immer wieder Angriffe auf Alba, und obwohl er Macbeth nie besiegen konnte, vielmehr selbst den elenden Tod einer Kuh starb, weil er eines Tages zu scheißen begann und nicht wieder damit aufhörte, schwächte er Macbeth so sehr, dass der schließlich Duncans Sohn Malcolm unterlag.«

»Dem jetzigen König ...«

»Malcolm hat auch Macbeth' Stiefsohn Lulach besiegt. Er hatte ja keine Söhne, noch nicht einmal eine Tochter.«

Oder er hatte eine oder wusste es nicht ... Macbeth war schon tot, als Aelswith geboren wurde.

Was ist schmerzhafter: kein Kind zu haben oder eines, dessen ersten Schrei man nicht mehr hört?

Das Land schien im grauen Loch zu zerfließen, was nicht nur am Morgennebel lag, sondern an den Tränen, die plötzlich in Taraíns Augen stiegen. Ihm kam alles in den Sinn, was er selbst verloren hatte – Drostan und die Freiheit –, aber auch das, was er nicht mehr erleben würde, nämlich Aelswith dazu zu verhelfen, das Geheimnis ihrer Herkunft zu lüften und ihre Vergebung zu erlangen.

»Sag, hörst du mir noch zu?«, rief Bláán ungeduldig.

»Was hast du gesagt?«

»Dieses Rabenbanner ... Ich habe es nie selbst gesehen, ich habe nur mal davon gehört. Es heißt, wer immer unter dem Rabenbanner kämpft, sei der wahre Sieger einer Schlacht. Wenn jemand weiß, wo es sich jetzt befindet, kann das nur Gruoch sein.«

Taraín starrte ihn verwundert an. »Gruoch ... das ist Macbeth' Ehefrau, oder? Die Mutter von seinem Stiefsohn Lulach.«

»So ist es.«

»Sie lebt noch?«

»Zumindest habe ich nie gehört, dass sie gestorben wäre. Auch Finnghuala lebt noch, die Witwe von Lulach, sowie Maelsnechta und Gael, ihre beiden Kinder.«

Taraín konnte sich nicht erinnern, diese Namen schon einmal gehört zu haben – die Namen von Menschen, die keine leiblichen Verwandten von Macbeth, aber doch so etwas wie seine verbleibende Familie waren.

Bláán sah ihn mitleidig an. »Ich weiß allerdings nicht, ob du lange genug lebst, um deine Freiheit wiederzuerlangen. Die Wikinger lassen ihre Sklaven oft nach zehn Jahren frei, diese zehn Jahre muss man allerdings erst einmal überstehen. Mir wird das sicher nicht gelingen.«

Wieder seufzte er, während ein anderer Laut erstarb. Die drei Krieger schnarchten nicht mehr, und obwohl sie ihre Augen noch geschlossen hielten, würden sie nicht mehr lange schlafen.

Bláán überlief ein Zittern, und ehe Taraín ihn daran hindern konnte, schlug er seinen Kopf einmal mehr auf den Boden.

»Hör auf! Damit fügst du dir nur Schmerzen zu. Es wird dir nicht gelingen, dich auf diese Weise zu töten.«

»Aber mir sind Schmerzen im Kopf lieber als Schmerzen in der Seele. Wir sind Sklaven, verstehst du das nicht?«

Und wieder erklang dieses dumpfe Geräusch, als der Kopf auf dem Boden aufschlug. Er war sehr feucht, weswegen die Stirn bald schlammverkrustet war. Taraín packte Bláán an den Schultern und hielt ihn fest, doch das änderte nichts daran, dass plötzlich ein weiterer dumpfer Aufprall zu hören war. Er zuckte zusammen, hob den Blick. Nein, dieses Mal war nicht bloß ein Kopf auf den Boden geschlagen, sondern ein ... ganzer Körper. Jener Krieger, der eben noch sein Schwert umklammert hatte, war aufgestanden, um zu pissen, jedoch der Länge nach zu Boden gefallen, noch ehe er an seinen Beinkleidern nesteln konnte. Hatte er etwa doch noch von dem Birkenwein getrunken?

Selbst Bláán hielt inne und wischte sich die Stirn ab. »Allmächtiger ...«

Erst jetzt sah Taraín den Hammer ... den Hammer, den eine Hand umklammert hielt ... eine Hand, die aus dem Gebüsch ragte ... einem Gebüsch, das raschelte, als eine wuchtige Gestalt sich hindurchkämpfte.

»Bruder Nynias!«

»Mit vier konnte ich nicht fertig werden, mit einem kann ich es hingegen schon!«, rief der Mönch stolz. »Ich musste nur den richtigen Zeitpunkt abwarten.«

Taraín wurde kurz so schwindlig, als hätte der Hammer seinen eigenen Kopf getroffen, Bláán hingegen brach in Tränen aus. »Allmächtiger!«, rief er wieder und senkte erneut den Kopf, nicht, um sich Schmerzen zuzufügen, nein, um dem Mönch zu danken.

»Steh auf!«, befahl Bruder Nynias. »Von hier forttragen

kann ich euch nicht. Es genügt, diesen einen mit mir zu schleppen.«

Erst jetzt sah Taraín, dass sich Nathair an Bruder Nynias' Rücken klammerte, und auch Aelswith und Earc kamen aus dem Gebüsch.

»Ich dachte, du würdest mit deinem Hammer niemals auf Menschen dreschen«, murmelte Taraín.

Bruder Nynias stieg über den Ohnmächtigen hinweg. »Nun, diese Krieger haben Herzen wie Steine, also kann man sie schwerlich Menschen nennen. Jetzt kommt, bevor die anderen aufwachen.«

Rasch befreiten sie die Gefangenen von den Fesseln, und diese begannen sofort zu rennen. Nur Taraín stand steif da und konnte sich erst aus der Starre lösen, als Aelswith auf ihn zulief und ihn umarmte. Mit einem Juchzen packte er sie um die Taille und hob sie hoch.

Plötzlich wusste er, dass er irgendwie damit hätte leben können, seine Freiheit zu verlieren, nicht aber damit, sie niemals wiederzusehen.

Und selbst wenn sie mich hasst ... Hauptsache, ich bin bei ihr.

Als Aelswith sich von ihm löste, las er jedoch keinen Hass in ihren Zügen, im Gegenteil schien sie erleichtert und glücklich, ihn wohlbehalten wiederzusehen. Sie lächelte ihn so strahlend an wie damals, als sie sich zum ersten Mal begegnet waren und er sie noch für die Tochter von Adligen aus Northumbrien gehalten hatte.

XIII.

1792

Einige Wochen waren vergangen, seit Magdalene dem roten König begegnet war und ihr jemand eine weitere Pergamentrolle zugespielt hatte. Jeden Tag ging sie seitdem in die Bibliothek und suchte überdies in fast jedem anderen Raum des Herrenhauses nach einem weiteren Teil des alten Manuskripts. Doch so gerne sie auch erfahren hätte, wie es mit Aelswith und Taraín weitergegangen war – sie erfuhr es nicht, und ihre Neugier wuchs. Was war aus Aelswith geworden? Und wer hatte nur dafür gesorgt, dass sie, Magdalene, von dieser Geschichte erfuhr, um sie nun auf dem Trockenen sitzen zu lassen?

Nicht nur die Unwissenheit zehrte an ihren Nerven, auch, dass sie kaum etwas über Davids weitere Pläne herausfand. Wenn er sich mit Tómas Elliott unterhielt, kam sie nie nahe genug heran, um die beiden zu belauschen, und aus den Dokumenten, die auf seinem Schreibtisch lagen, erfuhr sie wenig Neues. Zwar schrieb sie weiterhin alles ab und brachte es zur Burgruine, doch sie befürchtete, dass Seòras nicht viel damit anfangen konnte. Überdies bedauerte sie es, dass sie ihm nie über den Weg lief. Manchmal wartete sie zwar eine Stunde, doch anscheinend wagte er es erst bei Dunkelheit, die Ruine zu betreten. Dem Dorf wiederum blieb sie fern, weil sie seinem ausdrücklichen Wunsch nicht zuwiderhandeln wollte.

Mit der Zeit befiel Magdalene eine eigentümliche Mischung aus Lähmung und Unrast, woran auch ein großes Dinner, das David plante, nichts änderte. Weder verstand sie, warum Abigail einen Schrei der Begeisterung ausstieß, als sie in ihr neues rosafarbenes Musselinkleid, das eben aus Edinburgh geliefert worden war, schlüpfte, noch konnte sie die Speisen des französischen Kochs genießen, der sich, so behauptete zumindest David, selbst übertroffen hatte.

Lustlos stocherte sie in der Forelle mit Majoran und Bärlauch und dem Kaninchenfilet, das in Sherry eingelegt worden war, und brachte erst recht nichts vom Kuchen herunter. Noch nicht einmal die exotischen Früchte – Melonen, Weintrauben und Ananas –, die Lauren MacInnes in ihrem Treibhaus gezüchtet hatte, regten ihren Appetit an.

Während Lauren übers Gärtnern sprach und die Männer über den niedrigen Kohlepreis, vermeinte sie in einem schwülen Treibhaus festzusitzen, weswegen es ihr fast entging, dass eine der weiblichen Gäste sie seit geraumer Zeit anstarrte. Es war Jane Maxwell, die Frau des Duke of Gordon, die sie bereits in Inverness kennengelernt hatte und die mit der schwarzen Samtrobe und der breiten Tartanschärpe sehr streng wirkte – ein Eindruck, der vom Kranz aus Heiderosen auf ihrem glänzenden schwarzen Haar aber ebenso gemildert wurde wie von ihrem leicht spöttischen Lächeln. Dieses wurde breiter, als Magdalene erst verlegen ihren Blick erwiderte, schließlich auf Jane Maxwells Hände starrte und entsetzt feststellte, dass ein Finger fehlte.

Anstatt den Makel zu verbergen, hob Jane Maxwell die Hand. »Ich bin als Kind einmal auf einem Schwein geritten. Das Tier fand das wenig lustig und biss mir den Finger ab«, erklärte sie.

David runzelte missbilligend die Stirn, Caelan dagegen, der zum ersten Mal seit Langem wieder an einem Dinner teilnahm, lachte auf.

»Nun«, fuhr Jane Maxwell ungerührt fort, »mein Vater hat mir nie etwas verboten. Weder auf Schweinen zu reiten noch bei kältestem Wetter in der Nordsee zu schwimmen. Ich durfte im Garten die ungewöhnlichsten Büsche züchten und hatte unbegrenzten Zugang zur Bibliothek.«

Lauren MacInnes schien fast ein wenig gekränkt, dass nicht länger ihre Gärtnerkünste im Mittelpunkt des Gesprächs standen. Sie begann wieder irgendetwas über die Reife von Ananas zu faseln, doch Jane Maxwell missachtete sie und richtete ihren Blick weiterhin auf Magdalene. »Ihr seid eine geborene Norwood, nicht wahr? Kann es sein, dass wir uns vor einigen Jahren einmal bei einem meiner literarischen Zirkel begegnet sind?«

Magdalene konnte sich beim besten Willen nicht daran erinnern. »Falls ja, hat mich meine Tante begleitet. Wobei diese es stets lieber gesehen hat, wenn ich stickte, als wenn ich las.«

»Ihr habt mir gleichwohl von einem Roman erzählt, den Ihr gerade gelesen hattet«, meinte Jane Maxwell, und plötzlich erwachten in Magdalene vage Erinnerungen – zwar nicht mehr an diese Lady, jedoch wie ihre Tante ihr über den Mund gefahren war, wann immer sie über ihre Lektüre sprach, und erst recht, als sie behauptet hatte, selbst einen Roman schreiben zu wollen.

Ein schlechtes Gewissen plagte sie nun, weil sie nicht nur vergessen hatte, dass sie Jane Maxwell kannte, auch weil ihr bewusst wurde, dass sie ihren Wunsch, ein Buch zu verfassen, am Tag ihrer Hochzeit so leichtfertig aufgegeben hatte.

»Von einem Roman?«, fragte David indessen. »Ist die Lektüre von Romanen nicht eine unnütze Verschwendung von Zeit, die man doch auch der Beschäftigung mit Naturwissenschaften widmen könnte?«

Jane Maxwell drehte sich langsam zu ihm um. »Nun ja. Solange hier Ananas gezüchtet werden, obwohl an jedem Baum Birnen und Äpfel wachsen, mag unsereins doch gestattet sein, dann und wann Ausflüge ins Reich der Fantasie zu machen.« Sie suchte wieder Magdalenes Blick. »Ich veranstalte manchmal Leserunden in Inverness, und Ihr seid herzlich eingeladen, daran teilzunehmen. Dann könnte ich Euch auch die Stadt zeigen, selbst wenn sie nicht viel zu bieten hat. Die Sehenswürdigkeiten reduzieren sich auf einen einzigen Punkt – auf den Hügel, auf dem einst Macbeth' Burg stand. Leider existiert davon nichts mehr, sie wurde 1746 in die Luft gesprengt. An ihrer Stelle befindet sich jetzt nur mehr das Gerichtsgebäude.«

Bei der Erwähnung des Namens Macbeth war Magdalene unmerklich zusammengezuckt. Sie ließ ihren Blick schweifen, um zu sehen, ob auch einer von den anderen an den roten König dachte, doch David widmete sich seinem Kuchenstück, die anderen Damen sprachen über die Zucht von Orchideen, und Caelan erzählte einem schwerhörigen Herrn von Indien. Magdalene wollte sich die Gelegenheit, mehr über Schottlands letzten keltischen König zu erfahren, gleichwohl nicht entgehen lassen.

»Macbeth wird in Shakespeares Theaterstück als Tyrann geschildert«, sagte sie, »doch ich habe den Eindruck, dass man hierzulande seiner als großen Herrscher gedenkt.«

Jane Maxwell atmete so tief ein, dass ihr Blumenkranz erzitterte. »Ich weiß nicht, wann die größten Lügen erzählt werden – ob in Zeiten des Krieges, wenn die Menschen behaupten, sie würden die Waffen sinken lassen, sobald der böse Feind besiegt sei, oder in Zeiten des Friedens, wenn jeder beteuert, wie viel ihm an diesem Frieden liegt und dass nur der böse Nachbar ein Interesse habe, ihn zu brechen. Wie auch immer: Männer schwingen gerne die Schwerter, und das Erste, was blutend unter ihren Klingen fällt, ist meist die Wahrheit.«

»Aber was ist die Wahrheit über König Macbeth?«, fragte Magdalene.

Jane Maxwell zuckte die Schultern. »Ich habe keine Ahnung. Ich denke nur, dass die Wahrheit, wenn sie denn eine Form annähme, gewiss nicht eckig wäre und darum keinen festen Stand fände. Nein, eine Kugel ist sie, die man von unendlich vielen Seiten betrachten kann, ohne zu sagen, dass eine davon die wichtigste ist. Wer immer sie besitzen will, dem rollt sie davon.« Wieder zuckte sie die Schultern. »Als mir damals das Schwein den Finger abgebissen hat, bin ich nicht auf die Idee gekommen, dem Tier die Schuld daran zu geben. Mein Vater hingegen hat dem Schwein eigenhändig die Kehle durchgeschnitten und später die Gedärme durchwühlt. Als ob man einen toten Finger wieder annähen könnte...« Magdalene fragte sich stirnrunzelnd, was ein verlorener Finger und die Gedärme eines Schweines mit Macbeth zu tun hatten, und Jane Maxwell schien ebenso eine Weile darüber nachzusinnen, ehe sie ihre Rede wieder aufnahm. »Auch König Malcolm, der Nachfolger von Macbeth, wollte sich nicht damit begnügen, dass das Schwein tot war«, fuhr sie fort, »er wollte es regelrecht ausschlachten. Nicht nur, dass er Macbeth besiegt und getötet hat, danach hat er dafür gesorgt, dass sein Name ebenso zu stinken begann wie sein Leichnam. Und Lügen, glaubt mir, geraten manchmal noch schneller ins Rollen als die Wahrheit, und man kann sie ungleich schwerer wieder aufhalten. Jeder Chronist, der später über Macbeth schrieb, hatte ein Interesse daran, ihn schlechtzumachen. Als 1296 der letzte schottische König starb, ließ der englische König nur allzu gerne erklären, dass die Ansprüche aller Anwärter auf den Thron so illegitim seien wie einst die des scheußlichen Macbeth. Und als James Stuart etliche Jahrhunderte später die Krone von Schottland und England vereinte, folglich aus den beiden Ländern eine Wiese machte, auf der Distel und Rose zugleich blühen, wollte er nicht wahrhaben, dass Alba einst ein starkes, unabhängiges Reich war. Viel lieber ließ er sich von Shakespeare glauben machen, dass der König eines solchen nur ein Tyrann sein konnte. Und mittlerweile … nun, mittlerweile gefallen sich die Engländer und die Schotten in den Lowlands in der Rolle der aufgeklärten, fortschrittlichen Menschen, die auf die Highlander als Barbaren herabsehen. Unmöglich würden sie in einem König, der hier geherrscht hat, je einen weisen Staatsmann sehen. Viel lieber glauben sie weiterhin daran, er wäre ein roher, sittenloser Wilder.«

Auf die letzten Worte folgte ein langes Schweigen. Isobel Brinks trank fast ihr ganzes Glas Portwein auf einmal leer, während Lauren irgendetwas über die Kohlrabi in ihrem Garten murmelte. Lauter als ihre Stimme war die von Caelan.

»Nun«, erklärte er, »ich bin nicht sicher, ob Macbeth ein Rohling war … jedoch, dass es der rote König, der sich nach ihm benennt, auf jeden Fall ist, so viel Schaden, wie er angerichtet hat. Gottlob hat es damit ja jetzt ein Ende.«

Magdalene umklammerte den feinen Seidenstoff ihres Kleides jäh so fest, dass sich ein Faden löste, und nur weil sie darauf starrte und sich fragte, ob daraus wohl ein Riss entstünde, konnte sie es sich verkneifen, aufzuschreien.

»Warum das denn?«, fragte Jane Maxwell.

»Erst kürzlich hat er eine Schaffarm bei Inverlochy überfallen«, berichtete Caelan. »Er wollte die Tiere freilassen, aber das blieb nicht unbemerkt. Schon wurde er von der Munition etlicher Schrotflinten getroffen. Wie schwer er verletzt wurde, weiß niemand, ich hoffe jedoch, es stecken genügend Kugeln in seinem Arsch, dass er nie wieder auf seinem Pferd wird sitzen können.«

Isobel kicherte, während David mahnend rief: »Caelan!«

Nicht tot … nicht tot … nicht tot … hämmerte es durch Magdalenes Kopf. Aber vielleicht schwer verletzt … schwer verletzt … schwer verletzt …

»Ich frage mich nur, wie die Schrotkugeln ausgerechnet in seinem Arsch stecken sollen, wenn er doch stets auf einem Pferd reitet«, warf Jane Maxwell ein. »Viel eher könnte ich mir vorstellen, dass er welche an Brust und Beinen abbekommen hat.«

Die Falte auf Davids Stirn wurde tiefer, Caelan hingegen lachte. »Vielleicht wurde zudem das Pferd getroffen, hat ihn abgeworfen und er hat sich ein paar Knochen gebrochen – meinetwegen auch gerne das Genick.«

Magdalenes Kehle wurde trocken, dennoch konnte sie hervorpressen: »Ihr wünscht einem Mann dieses Geschick und bezeichnet diesen und nicht Euch selbst als Rohling?«

Caelan hörte nicht zu grinsen auf, Davids Lippen wurden schmal. »Es ist Zeit, die Tafel aufzuheben und in den Salon zu gehen«, verkündete er.

Während sie sich erhoben, starrte Magdalene immer noch auf den Faden, der sich aus ihrem Kleid gelöst hatte. Mittlerweile hoffte sie regelrecht, dass ein Riss daraus würde, doch der Stoff blieb ganz, und irgendwie schaffte sie es, den restlichen Abend über nicht zu zeigen, wie rissig sich ihre Seele anfühlte.

In der Nacht fand sie kaum Schlaf, doch gegen Morgen hatte Magdalene sich so weit gefasst, dass sie Abigails neugierige

Fragen zu der berüchtigten Jane Maxwell beantworten konnte. Ja, es fehlte ihr tatsächlich ein Finger, und ja, sie badete jeden Tag in der Nordsee. Nur ob es stimmte, dass sie wie ein Mann auf dem Pferd saß, wusste Magdalene nicht. Sie selbst wäre gerne ins Dorf geritten, egal, ob im Damen- oder Herrensitz. Allerdings war sie schon glücklich, dass sie wenig später zu Fuß unbemerkt dorthin aufbrechen konnte. Den Hof durchquerte sie noch langsam, als wollte sie nichts weiter als einen kleinen Spaziergang im Garten unternehmen – etwas, das David ihr seit geraumer Zeit wieder gestattete –, doch sobald sie die Ulmenallee erreicht hatte, begann sie zu rennen. Unmöglich konnte sie darauf warten, dass Seòras die nächste Nachricht abholen würde! Sie musste sich schon jetzt vergewissern, ob es ihm gut ging, und weder die Furcht vor Wegelagerern noch vor der schnippischen Andra würden sie davon abhalten!

Nicht dass sie sich nicht unbehaglich fühlte, als deren feindselige Stimme erklang, kaum dass sie sich dem Dorf näherte.

»Scher dich weg!«, schrie Andra. Magdalene erstarrte und zog unwillkürlich den Kopf ein, die anderen Frauen des Dorfes verrichteten ungeachtet der schrillen Stimme weiter ihre Arbeit. Etwa ein halbes Dutzend war zugegen, und einige steckten mit ihren Füßen knietief in einem Trog, von dem der scharfe Geruch nach Urin hochstieg. Andere walkten Stoff auf einer aus den Angeln gehobenen Tür und sangen dazu ein gälisches Lied, das allerdings von dem Geschrei übertönt wurde. »Worauf wartest du noch? Nun geh schon!«

Magdalene war fast so weit, wieder zu fliehen, wollte sich dann aber doch nicht vertreiben lassen, bevor sie einen Blick auf Seòras erhascht hatte, und als sie sich suchend nach ihm umsah, erkannte sie, dass Andra gar nicht mit ihr redete, sondern ihr den Rücken zuwandte.

»Nun hab dich nicht so, Andra«, sagte eine der Frauen, die gerade Wäsche zum Trocknen im Gras ausbreitete. »Streite meinetwegen so viel du willst mit ihm, solange er hier ist. Aber schick ihn nicht mit bösen Worten in die Fremde.«

Andra fuhr wütend herum. »Ich schicke ihn nicht in die Fremde, er bricht freiwillig auf.«

Erst jetzt entdeckt Magdalene Andras Sohn Gordie. Er war so großgewachsen wie die übrigen Männer der Familie, doch ungleich schlaksiger. Sein Gesicht war voller Pickel, die in der Wut besonders rot glühten, doch trotz seiner Unsicherheit hielt er das Kinn stur hochgereckt.

»So ist es«, erklärte er. »Und dafür brauche ich deine Zustimmung nicht.«

Magdalene trat zu Peigi, die eben zwei Körbe mit Äpfeln und Zwiebeln aussortierte, begrüßte sie mit einem knappen Nicken und fragte raunend: »Worum geht es denn?«

Peigi zuckte die Schultern. Obwohl sie so klein und zart war, sah man ihr die fortgeschrittene Schwangerschaft kaum an.

»Gordie will unbedingt ins Highland-Regiment eintreten«, flüsterte sie Magdalene zu. »Er träumt davon, zur Black Watch zu gehören – das ist ein Korps zur Kontrolle der Highlands, das der britischen Krone untersteht.«

»Und was ist daran so schlimm?«, fragte Magdalene.

Peigi wog nachdenklich den Kopf, doch ehe sie eine Antwort geben konnte, brüllte Andra: »Warum, glaubst du wohl, wollen sie dich haben?«

»Weil sie sagen, dass niemand besser zum Soldaten geeignet ist als die Highlander«, hielt Gordie ihr entgegen. »Wir können bis zu fünfunddreißig Meilen täglich mühelos gehen, Hunger, Durst und Kälte ertragen, und wir sind gestählt genug, um unter freiem Himmel zu schlafen und schweres Gewicht zu schleppen.«

»Dummkopf!«, schimpfte Andra. »Du lässt dir Honig ums Maul schmieren und merkst gar nicht, dass dein ganzes Gesicht davon klebt.«

»Willst du etwa behaupten, Mutter, ich sei nicht so stark, wie man es uns nachsagt?«

»Nein, ich behaupte, dass sie euch nur anwerben, damit ihr beschäftigt seid und keinen Aufstand plant.«

Gordie kniff trotzig die Lippen aufeinander. »Auch Onkel Mícheal ist zum Militär gegangen.«

»Nur, weil er Schulden hatte.«

»Trotzdem ist er ein Held geworden!«

»Ein Held? Wer sagt das? Er wurde nach Kanada geschickt, um dort für die Engländer Franzosen zu töten. Willst du etwa auch Schottland verlassen und Menschen töten, die nicht deine Feinde sind?«

Gordie schien kurz ins Zweifeln zu geraten, denn er zog verlegen an dem Zopf, zu dem sein rotes Haar gebunden war. »Ich würde sehr gerne etwas von der Welt sehen. Und ich werde in der Armee viel Geld verdienen … womit ich euch wiederum helfen könnte.«

Andra stampfte auf den Boden. »Du denkst, das wäre eine Hilfe? Auch ein Maulwurf wühlt die Erde auf, aber keiner käme beim Anblick seiner Haufen auf die Idee, er hätte das Feld gepflügt! In der Armee wirst du vergessen, Gälisch zu sprechen und zu einem Engländer werden. Und das soll uns von Nutzen sein?«

»Nützt es denn, hier zu warten, bis wir von Schafen vertrieben werden?«

»In der Armee wirst du nur ein dummes Lämmchen sein.«

»Das stimmt nicht. Wäre ich ein Lämmchen, würde ich nach meiner Mutter mähen. Aber wie schon gesagt: Ich brauche deine Zustimmung nicht.«

Eine Weile standen sich Mutter und Sohn bewegungslos gegenüber und starrten einander an. So rot wie der Junge anlief, vermeinte Magdalene, dass es ein ungleicher Kampf war, der unmöglich zu seinen Gunsten ausgehen konnte. Sie selbst hätte Andras verächtlichen Blick zumindest nicht lange ertragen. Doch zu ihrem Erstaunen hielt Gordie ihm nicht nur stand, er trotzte ihm so lange, bis seine Mutter sich als Erste abwandte.

»Mach, was du willst«, knurrte sie und verschwand mit ungewohnt hängenden Schultern im Haus.

Gordie blieb zwar eine Weile etwas unschlüssig stehen, stampfte dann aber wie zuvor Andra auf – wohl weniger aus Ärger, als um sich selbst Mut zu machen. Dann nahm er sein Bündel und ging davon.

Kurz hatten alle mit der Arbeit innegehalten, machten jetzt aber weiter, und wieder ertönte im Rhythmus des Walkens jenes gälische Lied, nur dass es etwas krächzender klang als zuvor.

»Die alte Cíola hat die Stimme eines Raben«, versuchte Peigi zu scherzen, ehe auch sie wieder Äpfel kleinschnitt und zum Trocknen auf ein hölzernes Gestell legte.

Magdalene sah ihr eine Weile zu, dann besann sie sich darauf, warum sie ins Dorf gekommen war. »Ich ... ich muss Seòras sehen.«

Peigi schnitt eben das Kerngehäuse aus einem Apfel. Die Kerne fielen auf den Boden. »Ich fürchte, das ist unmöglich«, sagte sie, doch als Magdalene schon das Herz stillzustehen schien, fuhr sie fort: »Er ist vor einigen Tagen zu einer Siedlung an der Küste aufgebrochen. Catrionas Sohn, der dort als Fischer lebt, hat sich sein Bein gebrochen. Seòras hilft deswegen aus.«

Täuschte sie sich, oder wich Peigi ihrem Blick aus? Hatte sie

sie womöglich belogen? Aber falls Seòras in Wahrheit schwer verletzt war, würde Peigi doch nicht so seelenruhig die Äpfel entkernen und Andra mit ihrem Sohn streiten?

»Wann kommt er zurück?«

»Das müsst Ihr Andra fragen.«

Etwas unsicher trat Magdalene von einem Bein aufs andere, ehe sie sich einen Ruck gab.

Mehr als verjagen kann sie mich nicht, und vielleicht hat sie ihren Ärger für heute an Gordie aufgebraucht.

Sie klopfte vorsichtig ans Haus, in dem Andra verschwunden war, doch selbst wenn diese sie hereingebeten hätte, wäre ihre Stimme wohl von Cíolas krächzendem Gesang übertönt worden. Magdalene öffnete die Tür deshalb schließlich unaufgefordert, wappnete sich gegen Andras Beleidigungen – und war umso überraschter, dass diese ihr nur einen kurzen Blick zuwarf, danach aber wieder hektisch ihre Arbeit verrichtete. Mit der einen Hand schürte sie Feuer, mit der anderen rührte sie in der Messingpfanne, in der Haferbrei köchelte, und im Topf daneben wurde Farnkraut verbrannt – vielleicht, um Seife herzustellen. Sein Rauch stieg Magdalene in die Augen und brachte sie zum Tränen.

»Seòras ... ich ... ich wollte ihn sehen ...«, stammelte Magdalene. »Ich muss ihn sprechen.«

Andra hielt kurz inne. »Irgendwann werdet Ihr hier im Dorf gar keine Männer mehr antreffen. Sie müssen irgendwo Geld verdienen, damit wir nicht verhungern, oder sie helfen bei jenen aus, die es noch schlimmer als uns getroffen hat.«

Magdalene suchte in ihrer Miene nach einem Zeichen von Sorge, fand aber nur Überdruss. Offen zeigen, wie erleichtert sie darüber war, wollte sie gleichwohl nicht.

»Es ... es tut mir leid ...«, stammelte sie.

Andra stemmte ihre Hände in die Hüften. »Das habt Ihr

schon so oft beteuert. Was soll ich mit Eurem Mitleid machen? Damit das Haus heizen, die Tiere füttern, es selbst essen oder trinken? Wird die Wäsche davon sauber, und brennen die Kerzen darob länger?«

»Ich ... ich würde so gerne helfen ...«

»Helfen?«, fiel ihr Andra ins Wort. »Was ist heute bloß los? Alle wollen helfen! Gordie, indem er in dieses verdammte Highland-Regiment eintritt, Ihr, indem Ihr ... Ja was tut Ihr eigentlich? Irgendetwas, was mir eine echte Hilfe wäre? Vielleicht frisches Brennholz holen? Ich glaube ja doch nicht.«

Magdalene lag es auf den Lippen zu erklären, dass sie seit Wochen dem roten König heimlich Botschaften zuschanzte, doch Seòras hatte sie beschworen, mit niemandem darüber zu sprechen. Sie war auch nicht überzeugt, dass sie Andra damit gnädiger stimmen könnte, dienten deren rüde Worte doch gewiss allein dem Zweck, sie zu vertreiben.

Trotz ihres Unbehagens wollte sie ihr diesen Gefallen aber nicht tun. Sie verließ zwar tatsächlich das Haus, wandte sich dann jedoch an Peigi und fragte, wo das Holz gestapelt wurde. Ehe die verwunderte Peigi antworten konnte, hatte sie es schon selbst hinter dem Haus entdeckt, nahm etliche Scheite, die gottlob nicht so schwer waren wie befürchtet, und ging wieder zurück zu Andra.

Ein Holzschiefer stach schmerzhaft in Magdalenes Finger, sie beachtete das hingegen nicht und fragte Andra ungerührt: »Wohin soll ich das Holz legen?«

Andra war bis jetzt nie um ein Wort verlegen gewesen, starrte sie nun allerdings mit offenem Mund an. Erst nach einer Weile verzog sich der Mund zu dem altvertrauten herablassenden Lächeln.

»Wenn Ihr nur zwei Scheite auf einmal bringt, dauert es ewig, bis genug davon zusammengekommen ist.«

Magdalene zuckte nicht mit den Wimpern. »Ich habe Zeit.«

»Nun gut, dann schleppt ein halbes Dutzend herbei.«

Ohne zu zögern ging Magdalene wieder zum Holzstapel, brachte dieses Mal drei Scheite auf einmal zurück, ging ein drittes Mal. Als sie danach zurück ins Haus kehrte, erwartete Andra sie mit einem Zinnkrug.

»Ich denke, Ihr habt Euch eine kleine Stärkung verdient«, erklärte sie.

Schon bevor ihr der scharfe Geruch von Whisky in die Nase stieg, wusste Magdalene, dass Andra es nicht gut mit ihr meinte, dass sie ihr lediglich eine weitere Prüfung auferlegte. Dennoch trat sie näher, setzte den Zinnkrug entschlossen an ihre Lippen und trank, obwohl sie das Gefühl hatte, ihre Kehle würde augenblicklich in Flammen stehen. Sie verkniff sich zu husten, sog nicht einmal sonderlich laut ihren Atem ein und starrte Andra trotz hochsteigender Tränen herausfordernd ins Gesicht.

Dieses wirkte plötzlich bleicher als sonst, und ehe sich's Magdalene versah, ließ sich die groß gewachsene Frau auf die Bank fallen und nahm selbst einen kräftigen Zug aus dem Zinnkrug. Erst jetzt sah Magdalene, dass ihre Hände zitterten.

»Er hat ja recht«, brach es plötzlich aus ihr heraus.

»Seòras?«

»Nein ... Gordie ... Er hat hier doch keine Zukunft ... Hier kann er nichts anderes werden als ... arm.«

Magdalene nahm einen zweiten Schluck Whisky. Er brannte nicht mehr ganz so scharf in der Kehle, schmeckte eher rauchig, als hätte sie ein Stück Torf geschluckt.

»Es tut mir leid, dass mein Mann ...«

»Ach, Mylady«, unterbrach Andra sie und stieß ein Lachen aus, das nicht spöttisch, nur unendlich traurig klang. »Euer

Mann mag für vieles verantwortlich sein, doch das Todesurteil über uns hat nicht er gesprochen.«

Magdalene sah sie verwundert an. »Was ... was meint Ihr?«

»Ihr wisst nicht viel von der Welt, in der ihr lebt.«

»Ich weiß, dass hier Unrecht geschieht. Dass Menschen vertrieben werden ... dass man ihnen ihr Land nimmt ...«

»Ach, Mylady«, sagte Andra wieder, und dieses Mal hörte sie sich unendlich müde an, »nur weil Ihr ein wenig Holz geschleppt hab, habt Ihr noch keine Ahnung davon, wie man es kleinhackt. Und nur weil Ihr Whisky trinkt, ohne zu husten, wisst Ihr noch lange nicht, wie man ihn brennt. Und genau so verhält es sich mit unseren Nöten. Ihr habt Mitleid mit uns, aber Ihr kennt unser Leben mitnichten.«

»Dann erzählt mir davon!«

»Was bringt Euch das? Warum interessiert Ihr Euch für Menschen, deren Leben Ihr keinen Tag ertragen würdet?«

»Nun, ich habe immerhin eine Stunde überstanden. Eine zweite und dritte hielte ich gewiss auch durch.«

»Und danach kehrt Ihr zurück ins Herrenhaus. Ihr kommt doch nur hierher, weil ihr der Langeweile entfliehen wollt. Es ist gleichsam so, als stünden wir auf der Bühne und gäben ein Stück zum Besten, damit Ihr zuschauen und applaudieren könnt.«

Magdalene nahm einen dritten Schluck, wusste sie doch, dass sie ihren Verstand benebeln musste, um die nächsten Worte über ihre Lippen zu bringen. »Dann ... dann lasst mich mitspielen«, rief sie flehentlich. »Ich kann dem Herrenhaus nicht für lange Zeit entfliehen. Aber in diesen wenigen Stunden will ich mit Euch leben.«

Will ich Seòras sehen, will mich mit eigenen Augen vergewissern, dass es ihm gut geht.

Andra starrte sie ungläubig an. »Darauf wollt Ihr Euch einlassen?«

»Zeigt es mir! Wie man Holz hackt, wie man aus Asche Lauge macht, wie man *bannocks* backt, wie man walkt und spinnt. Oder traut Ihr mir nicht zu, es zu lernen?«

Eigentlich traute sie sich das nicht einmal selbst zu, und sie hatte erst recht keine Ahnung, wie sie sich regelmäßig aus dem Herrenhaus davonstehlen sollte. Doch Andras Augen glitzerten jäh, und das rührte gewiss nicht nur vom Whisky, sondern auch von Schadenfreude.

»Gut. Aber in dieser Zeit tragt Ihr dann auch die Kleidung von unsereins«, erklärte sie.

Magdalene gönnte ihr die Schadenfreude nicht. Sie nickte und klopfte bekräftigend auf den Tisch.

»Ich werde nicht nur Eure Kleidung tragen, ich werde eine von Euch sein.«

XIV.

1078

Hlothere hatte seit Tagen nicht geschlafen, und als er es endlich doch tat, musste er sich mit einem Bett aus modrigen Blättern, etwas Reisig und Moos begnügen. Er hoffte, dass seine Seele so schwer wie sein Körper würde, doch während seine Glieder nach Ruhe lechzten, durcheilte diese in den Träumen das weite, öde Land seiner Erinnerungen, erreichte eine verbotene Mauer und strich so lange umher, bis sie auf ein Tor stieß. Sie hämmerte dagegen, fand Einlass, betrat einen Garten, in dem sich viele Blumen der Sonne entgegenreckten. Und am süßesten von allen blühte … *sie*.

Hlothere fuhr auf, schmeckte keine süßen Blumen, sondern nur Moos und den eigenen säuerlichen Speichel. Sein Geist war rege genug, um sich ihrem Namen zu verweigern.

Nicht zum ersten Mal war ihm in seinen Träumen ihr Gesicht erschienen, doch immer konnte er es sich verkneifen, ihren Namen zu sagen, ja, ihn auch nur zu denken. Er rieb sich die Augen, das Tor der verbotenen Mauer schloss sich, das Land seiner Erinnerungen war wieder öde und leer.

Gut so. Er durfte nicht an *sie* denken. Die einzige Frau, auf die es ankam, war Aelswith, und vielleicht brachte der Mann, der eben die Lichtung erreichte, Nachricht von ihr.

Hlothere erhob sich und trat ihm entgegen.

»Und?«, fragte er. »Was hast du herausgefunden?«

Sie rasteten nie alle gleichzeitig. Immer rückten etwa drei oder vier von dem halben Dutzend Ritter, das ihn in den Norden begleitet hatte, aus, um nach Aelswith zu suchen – und wenn bislang auch niemand mit der Nachricht wiedergekehrt war, er hätte sie gefunden, gab es doch immer neue Spuren.

Erst vor einer knappen Woche waren sie einer Truppe Pilger gefolgt, die das Grampian-Massiv durchquerte – jene mächtige Bergkette, die das Land teilte. Doch als sie sie endlich eingeholt hatten, hatten sie nur in die müden Gesichter von fünf alten Männern und einer noch älteren Frau gestarrt, die dem Hungertod nahe schienen.

»Warum begibst du dich in deinem Alter auf diese weite Pilgerreise?«, hatte Hlothere die Frau ungehalten gefragt.

»Wer beim Pilgern stirbt, dem werden alle Sünden vergeben.«

»Du siehst nicht aus, als hättest du viel gesündigt.«

»Das ist doch das Wesen der Sünde. Man sieht sie nicht, man hört sie nicht, man riecht sie nicht.«

Nun, das Weiblein selbst hatte fürchterlich gestunken. Hlothere hatte überlegt, ihr etwas von seinem Proviant abzugeben – Schinken, getrocknete Makrelen und Käse –, sich dann aber ihrer Worte besonnen, wonach sie nicht das Ziel ihrer Pilgerreise erreichen, sondern zuvor sterben wollte.

Vor drei Tagen schließlich hatten sie den Fluss Ness überquert und mit dem Fährmann gesprochen, der sie mit dem Floß übersetzte, und der hatte behauptet, jeder auf dem Weg in den Norden komme hier vorbei. Ein Mädchen, einen jungen Mann und einen Esel habe er in jüngster Zeit aber nicht gesehen.

»Warte doch einfach hier beim Fluss«, hatte er vorgeschlagen, »irgendwann kommen sie bestimmt.«

Zwei Tage lang hatte Hlothere tatsächlich ausgeharrt, seine Ungeduld bezwungen und mehr als einmal beobachtet, dass der Fährmann, wann immer er mit Reisenden ans andere Ufer übersetzte, das Ruder nicht nur verwendete, um sein Floß zu lenken, sondern auch um den schlammig braunen Grund des Flusses aufzuwühlen.

»Warum tust du das?«, hatte Hlothere gefragt.

»Ich will mein Spiegelbild nicht sehen.«

Hlothere hatte sein eigenes Spiegelbild seit Wochen nicht gesehen, konnte sich aber denken, wie er aussah. Ihm war ein Bart gewachsen, und sein Haar war lang genug, als dass sich manches Ästchen darin verfing.

»Lass das heute einmal bleiben!«, fuhr er den Mann an.

Als der Fluss halbwegs klar war, wusch er sich sein Gesicht und dachte daran, wie er Königin Margaret einst auf eine Reise begleitet hatte. Damals war ein Evangeliar ins Wasser gefallen, und die Königin selbst hatte es wieder herausgefischt, ohne nass zu werden – desgleichen war keine einzige Seite des Evangeliars feucht geworden.

»Du hast ein Wunder gewirkt!«, hatte er ergriffen erklärt.

»Das war nicht ich«, hatte Margaret erwidert. »Das Buch ist heilig ... und dem Heiligen kann man nichts anhaben ... es kann nicht beschmutzt werden.«

Hat nicht die alte Frau auf der Pilgerreise gesagt, auch die Sünde stinke nicht?, fragte er sich jetzt. Was unterscheidet das Heilige eigentlich von der Sünde?

Und was unterschied ihn, den vermeintlichen Ritter, der einer Königin diente, von einem Tölpel, der sich von einem Mädchen hatte überlisten lassen und nun ziellos durchs Land strich?

Nachdem sein Gesicht sauber gewesen war, waren sie durch das morastige Landesinnere oder an der unwegsamen Küste entlang weitergeritten, bis sie Moray erreicht hatten. Die Wälder waren hier tiefer, dunkler und verwunschener als im Süden. Anstatt sie stundenlang jagen zu müssen, liefen ihnen Moorhühner, Rotwild und Wildschweine regelrecht vor die Füße, und das Fleisch der Lachse, die in den Flüssen schwammen, war saftig und rosig. Hlothere aß es aber immer erst, wenn es schon im Feuer verkohlt war. An diesem Tag, das wusste er, würde er gar nichts zu sich nehmen.

»Und?«, schrie er seinen Ritter an, der eben die Lichtung erreicht hatte. »Hast du irgendetwas herausgefunden?«

Der Mann schüttelte nur müde den Kopf, ehe er sich über die Reste des Lachses hermachte, und in Hlotheres Mund schmeckte es jäh so bitter, als hätte auch er davon gekostet. Unmöglich, dass er in der Nacht von süßen Blumen geträumt hatte, von ... *ihr*.

Ein Fluch lag ihm auf den Lippen, doch ehe er ihn ausstieß, erhob sich einer der anderen Ritter, der bis jetzt auf einem Stein gesessen und seinen Schild poliert hatte. Man nannte ihn Käfer, denn so stark und robust er auch anmutete – wenn er im Kampf auf den Rücken fiel, schaffte er es nicht, wieder aufzustehen.

»Wir haben es bis jetzt falsch angestellt«, erklärte er.

Hlothere funkelte ihn wütend an. »Wie meinst du das?«

»Wir haben immer nur nach dem Mädchen Ausschau gehalten. Vielleicht sollten wir lieber suchen, wen auch sie sucht.«

»Und wer soll das sein?«

Ein anderer trat hinzu, den man wiederum Wildkatze nannte, weil er sich seine Fingernägel lang wachsen ließ und sie so spitz feilte, dass er damit angeblich jemanden töten konnte. Hlothere wollte zwar nicht recht daran glauben, waren Fingernägel doch niemals so hart wie die Klinge eines

Dolches – doch jemandem das Gesicht zerkratzen, vielleicht sogar die Augen ausstechen konnte Wildkatze gewiss.

»Wenn dieser Drostan Macbeth' Krieger war, wohin wollte er das Mädchen dann wohl bringen?«, fragte Wildkatze.

»Nach Moray. Deshalb sind wir hier.«

»Aber wenn Drostan sie nicht nur nach Moray bringen wollte, sondern zu jemandem, der in Moray lebt, vielmehr, *die* in Moray lebt?«

Die Wildkatze sah ihn vielsagend an, doch Hlotheres Geist war wie betäubt.

»Du meinst Macbeth' Witwe Gruoch?«, fragte er nach einer Weile. »Wir wissen doch nicht, ob sie noch lebt.«

»Das Mädchen weiß das auch nicht – dennoch wird sie versuchen, zu ihr zu gelangen. Oder zu Maelsnechta, zu Finnghuala, zu Gael ...«

Da er sich vorher so sehr dagegen gewehrt hatte, an einen bestimmten Namen zu denken, sagten ihm all diese kurz nichts. Doch als er eine Weile seine Schläfen rieb, ergab alles einen Sinn. Macbeth hatte eine Witwe hinterlassen, Gruoch, und sein Stiefsohn Lulach hatte auch eine Witwe hinterlassen, Finnghuala ... Und diese wiederum hatte zwei Kinder geboren, einen Sohn namens Maelsnechta und eine Tochter namens Gael, die mittlerweile erwachsen waren.

»Nun«, sagte Wildkatze und hob seine spitzen Nägel, »ich denke, wir sollten die Menschen, auf die wir stoßen, nicht länger nach einem Mädchen und nach einem Esel fragen.« Kurz schimpfte sich Hlothere selbst einen Esel, weil ihm der Gedanke nicht früher gekommen war. »Und wenn sie uns freiwillig nichts sagen«, fuhr Wildkatze fort, »dann werde ich die Wahrheit schon aus ihnen herauskitzeln.«

Seine Handbewegungen ließen keinen Zweifel daran, wie er das erreichen wollte, und das bösartige Lachen erst recht nicht.

»Wir brechen sofort auf«, befahl Hlothere.

Die Erleichterung, nicht länger ziellos umherziehen zu müssen, war kurz so groß, dass er sich nicht gegen die Erinnerungen wappnen konnte. Just als er sein Pferd bestieg, wurde eine geweckt, von einer Frau mit dunklem Haar, das dem von Aelswith glich. Und plötzlich kam ihm auch der verbotene Name in den Sinn.

Sethrid.

Schöne, geliebte Sethrid.

Sie hatten Bláán und die anderen Männer, die versklavt werden sollten, zurück in ihr Dorf begleitet, doch dort waren diese nicht lange geblieben. Sie hatten nur Proviant und ein wenig Werkzeug gepackt, um damit in die Berge zu ziehen. Dort wollten sie sich verstecken und abwarten, ob die Krieger aus dem Norden womöglich zurückkehrten. Sie liefen noch ein Stück weit mit ihnen, ehe sich vor einem weiten Moor ihre Wege trennen sollten.

Bláán hatte keine Ahnung, wo sie Gruoch oder Finnghuala finden könnten. Falls es jemand wisse, so meinte er, dann einer, der in Inverness lebe, jener Stadt, von der aus Wege in alle vier Himmelsrichtungen führten – was bedeute, dass einer, der vom Meer kam und gesalzenen Fisch verkaufte, dort ebenso vorbeikomme wie der Bauer aus dem Landesinneren, der Rinderhäute feilbot. In der dortigen Befestigung habe erst Macbeth' Vater Findláech gelebt und später Macbeth selbst, wenngleich es Gerüchte gebe, dass König Malcolm sie zerstört hätte und nur eine Ruine geblieben sei.

»Nun ja«, schloss Bláán, »eine Ruine ist immer noch besser als nichts. Man kann den Stein und das Holz, das übrig geblieben ist, nutzen, um neue Hütten zusammenzuzimmern. Selbst wenn sie schiefstehen, halten sie Wind und Regen ein wenig ab. So tun wir es mit unserem Leben ja auch: Wir nehmen, was vom letzten Unglück übrig geblieben ist und hämmern und nageln es so lange zurecht, bis wir uns wieder ein wenig heimisch in unserem Alltag fühlen.« Aelswith entging nicht, wie traurig Blááns Blick wurde, als er Taraín umarmte. »Ich habe nie einen Sohn gehabt und mir auch nicht vorstellen können, wie es wäre, einen zu haben. Doch künftig werde ich mir ausmalen, dass er so mutig gewesen wäre wie du.«

»Ohne die Hilfe von Bruder Nynias wären wir nun alle Sklaven«, wandte Taraín ein. »Was bedeutet, dass ich weniger mutig als vielmehr dumm war.«

Bláán zuckte die Schultern. »Vielleicht braucht man viel Mut, um dumm zu sein oder viel Dummheit, um mutig zu sein, ich weiß es nicht. Ich weiß nur, dass nicht nur Sieger Helden sind …«

Taraín war in den nächsten Tagen sehr schweigsam, aber das fiel nicht weiter auf, weil sie alle an Worten sparten. Aelswith dachte darüber nach, was sie erfahren hatten – Macbeth' Frau Gruoch lebte vielleicht noch und seine Schwiegertochter sowie die Stiefenkel ebenso. Wenn sie tatsächlich sein Kind war, war das in gewisser Weise auch ihre Familie … selbst wenn sie diese Familie hassen würde. Zumindest Gruoch, die wahrscheinlich oft daran verzweifelt war, dem König kein leibliches Kind geschenkt zu haben, würde das tun.

Und wenn am Ende dieser Reise kein Rabenbanner steht, dessen Bedeutung wir enthüllen, und kein neues Alba – nur eine alte Frau, die bald sterben wird und an deren größten Schmerz wir rühren werden?

Nathair hatte offenbar auch Schmerzen, und das erstaunlicherweise ausgerechnet an den Füßen, obwohl er diese sonst nicht fühlte. Er jammerte so viel, dass Bruder Nynias schließlich den Vorschlag machte, mit seinem Hammer auf den Fuß zu schlagen, um die Schmerzen zu vertreiben.

»Bist du verrückt geworden?«, fragte Nathair erbost.

»Ich könnte dir auch den Hammer auf den Kopf schlagen, dann hätte zumindest dein ständiges Nörgeln ein Ende.«

Taraín kramte wieder schweigend in seinem Lederbeutel und fand etwas, das Nathair schlafen ließ – und obwohl Aelswith ungleich mehr Mitleid mit dem Gelähmten hatte als der Mönch, war das auch für sie eine Erleichterung.

Taraín trug noch mehr Nützliches mit sich, so auch die Wurzeln der Platterbse, an der sie, nachdem ihr Proviant zur Neige gegangen war, kauen konnten, bis der Hunger verging. Erschöpfter wurden sie gleichwohl, und irgendwann vermeinte Aelswith, keinen Schritt mehr vor den anderen setzen zu können. Ehe sie vollends entkräftet zusammensackten, erreichten sie jedoch einen Meeresarm, der sich wie ein breiter Fluss ins Land schnitt. Earc fraß hier gelbliches Gras, Taraín brach von den Steinen ein paar Muscheln, die sie ebenso essen konnten wie die Rotalge und das Irländische Moos. Beides wuchs überreich, und man konnte es über dem Feuer braten wie Fleisch. Es schmeckte salzig und ein wenig wie fauler Fisch, füllte aber zumindest den Magen, und solcherart gestärkt umrundeten sie den Meeresarm, kamen an ein paar Feldern und Rinderherden vorbei, Sümpfen und satten Wiesen voller Frühlingsblumen und Kräutern. Taraín hockte sich hin und pflückte einige gelbe Blütenblätter.

»Kann man die etwa auch essen?«, fragte Aelswith erstaunt.

»Nein, nur deren Wurzeln.«

Schon grub er tief und erklärte, dass man aus besagten Wurzeln des Gänsefingerkrauts ein Pulver mahlen könne, das fast so weiß wie Mehl sei und aus dem sich auf heißen Steinen dünne Fladen backen ließen. Weil diese nach fast nichts schmeckten, werde er auch Löwenzahn und Sauerampfer pflücken, um sie später in den Teig zu kneten.

Während dem Hunger irgendwie beizukommen war, blieb die Kälte eine Qual – vor allem nachts. Manchmal schliefen sie unter freiem Himmel auf einem Bett aus Gräsern, Farnen und Moos, manchmal unter dem Blätterdach größerer Bäume und in der Nähe des Meeres in feuchten Höhlen, von deren Wänden es tropfte.

»Es heißt, dass sich in so einer Höhle der heilige Serf mit dem Teufel gestritten hat«, erklärte Bruder Nynias. »Doch ich kann mir nicht vorstellen, dass der Teufel je freiwillig so ein Loch betreten hätte.« Seine dröhnende Stimme hallte von den Wänden wider, während er wie jede Nacht aus seiner Kutte schlüpfte, die mittlerweile vor Dreck und Schweiß starrte, und sie auf dem Stein ausbreitete. Darauf bettete er allerdings immer nur Nathair, nie sich selbst. »Auch der heilige Fillan lebte in einer Höhle«, fuhr er fort, »hier schrieb er seine Texte, während er von einem geheimnisvollen Licht erleuchtet wurde, das von seinem linken Arm schien.«

Sie selbst hockten im Dunkeln, und Aelswith vermeinte, nicht nur in einer Höhle zu sitzen, sondern von dieser regelrecht verschluckt worden zu sein. Und wenn sie sie nie wieder preisgab? Wenn nie wieder Sonnenstrahlen auf sie fallen würden?

Ehe sie sich entschied, wovor sie sich mehr fürchtete – vor ewiger Dunkelheit oder einem grellen Licht, das sämtliche Geheimnisse ihres Lebens enthüllen würde –, wurde es Morgen.

Manchmal schliefen sie auch mit einem richtigen Dach über dem Kopf – wenn sie an einer der kleinen Torf- oder Holzkirchen vorbeikamen, die meist piktischen Heiligen geweiht waren. Die Priester, die hier lebten, wachten eifersüchtig darüber, dass ihr Heiliger als der wichtigste angesehen wurde, und wenn sie ihm versicherten, dass sie nur um seinetwillen hierher aufgebrochen waren, erwiesen sie sich meist großzügig, teilten ihr Brot und boten ein Nachtlager an. Auch die Richtung nach Inverness konnten sie ihnen weisen – nur, wenn sie nach Gruoch und Finnghuala fragten, deuteten manche in den Süden, andere in den Norden, wieder andere in den Osten und einige in den Westen.

»Keiner weiß, wo die Frauen wirklich leben«, stellte Taraín mutlos fest.

»Vielleicht ziehen sie ja ständig umher«, sagte Aelswith.

»Nun ja, bald werden wir Inverness erreichen.«

»Das sagt ihr jetzt schon seit Tagen«, rief Nathair vorwurfsvoll. »Doch weit und breit fehlt jede Spur von der Stadt. Willst du nicht doch endlich in dein Kloster gehen, Mönch? Oder in einer der Kirchen bleiben?«

»Ich werde Taraín und Aelswith nicht allein lassen«, erklärte Bruder Nynias streng.

»Nun, sie können doch auch im Kloster leben.« Nathair wandte sich nun an Aelswith. »Ich weiß mittlerweile, warum du diese Frauen finden willst, aber bist du sicher, ob du die Antworten, die sie dir geben können, wirklich hören willst? Warum willst du nicht einfach vergessen, was einst geschehen ist?«

Kurz war diese Vorstellung verführerisch, sich nicht zu fragen, woher man kam, einzig zu bestimmen, wohin man ging, ja, selbst die Wahl zu treffen, wer man war … oder vielmehr sein wollte. Aber dann sagte sie: »Wenn man der, der man ist, nicht sein will, kann man vielleicht jemand anderer werden. Wenn man dagegen nicht weiß, wer man ist – wie soll das dann gelingen?«

»Nun, ich für meinen Teil weiß, was ich alles nicht bin –

weder ein Mann, der selbst über sein Leben bestimmen kann, noch einer, der laufen und ein Fleckchen Erde sein eigen nennt.«

Und wieder ging es weiter, und wieder schwiegen sie. Als sie ein Stück Wald durchquerten, war darum umso deutlicher zu hören, wie der Wind stöhnte und dünne Äste knackten, wie Vögel kreischten und ein Tier heulte. Earc ging immer langsamer und blieb irgendwann endgültig stehen.

»Hab keine Angst«, sagte Taraín zu dem Tier und streichelte über seinen Kopf, »da ist kein Wolf, und selbst wenn da einer ist, wäre er viel zu weit weg.«

Doch so inständig er auch auf ihn einredete – der Esel rührte sich nicht mehr.

»Nun mach schon. Ich kann ihn nicht auch tragen, wo ich doch ...«

Bruder Nynias verstummte, denn eben hörte er, was der Esel schon lange vor ihnen vernommen hatte – Schritte, sogar sehr schwere Schritte, außerdem Stimmen und ein dumpfes Geräusch. Aelswith vermutete, dass jemand einen Stock in die Walderde rammte, doch tatsächlich schlugen die zwei Männer, die wenig später in Sichtweite kamen, bei jedem Schritt auf ihre hölzernen Schilde. Nicht nur diese trugen sie mit sich, auch Schwerter ... große, schwere Schwerter.

»Schnell!«, rief Taraín, »versteckt euch!« Aelswith stand wie starr vor Schreck. Auch wenn es nur zwei waren – die Männer, die ihnen entgegenkamen, erinnerten sie an die Krieger aus dem Norden, denen sie so knapp entronnen waren, sie waren ebenso groß und breit, hatten Gesichter aus Leder und wohl Herzen aus Stein ... »Nun macht schon!«, rief Taraín wieder.

Aelswith vermochte sich immer noch nicht zu rühren, aber Bruder Nynias packte sie unvermittelt, nachdem er Nathair hinter den Bäumen versteckt hatte, trug sie selbst dorthin und ließ sie neben dem Gelähmten fallen. Bis sie sich wieder aufgerichtet hatte, waren ihr etliche Tannennadeln in den Mund geraten und stachen in ihre Zunge. Bruder Nynias eilte schon wieder zurück zum Weg – offenbar, um auch den Esel ins Dickicht zu ziehen, doch ehe er den Strick gepackt hatte, an dem bereits Taraín zu ziehen versuchte, hatten die Krieger abrupt aufgehört, auf ihre Schilde zu schlagen.

Entdeckt … sie haben Taraín und Bruder Nynias entdeckt …

Falls sie Furcht verspürten, ließ zumindest der Mönch sie sich nicht anmerken. Er reckte das Kinn und trat entschlossen auf die beiden zu.

»Gott segne Euch! Eben habe ich den Allmächtigen um Hilfe angefleht, und schon schickt er Euch. Gewiss könnt Ihr uns den richtigen Weg nach Inverness weisen.«

Aelswith versuchte, in den Mienen der Krieger zu lesen, doch als sie sich weiter vorbeugte, knackte es verräterisch. Nathairs Griff war erstaunlich fest, als er sie an den Schultern packte und ihr Gesicht in die Tannennadeln drückte.

»Sie dürfen uns doch nicht sehen …«, raunte er ihr zu.

Sie selbst sah nun jedenfalls nichts mehr, konnte jedoch hören, wie die Krieger auf Gälisch fragten, wer Bruder Nynias und Taraín seien.

»Ich komme aus dem Kloster von Portmahomack, wo ich dem Allmächtigen als Steinmetz diene«, erklärte Bruder Nynias mit selbstbewusster Stimme.

Wahrscheinlich hob er den Hammer, um seine Worte zu unterstreichen und den Männern zugleich zu signalisieren, dass er nicht unbewaffnet war.

Deren Schweigen wiederum ließ hoffen, dass sie offenbar nicht vorhatten, sie zu Sklaven zu machen.

»Nun, wenn ihr nach Inverness wollt, stimmt die Richtung«, sagte einer, während der andere wieder auf seinen Schild klopfte, ein Zeichen dafür, dass er weitergehen wollte.

Doch als Aelswith den Kopf hob und sich die Nadeln aus dem Gesicht strich, sah sie, dass Bruder Nynias sich ihnen in den Weg stellte.

»Und Ihr?«, fragte der Mönch. »Wohin seid Ihr des Weges?«

Auf ein neuerliches Schweigen folgte ein dunkles, tiefes Lachen, das an das Röhren eines Hirsches denken ließ.

»Selbstverständlich dorthin, wo sich in diesen Tagen alle aufrechten Männer Morays versammeln, die eine Waffe halten können.«

»Nun«, sagt Bruder Nynias, »ich könnte durchaus eine Waffe halten und mit dieser auch töten, aber ich habe mich entschieden, das nicht zu tun und stattdessen mein Leben Gott zu weihen. Deswegen müsst Ihr mir schon mehr erklären.«

Aelswith stützte ihr Kinn auf die Hand und konnte erkennen, wie sich die beiden Krieger kurz einen Blick zuwarfen.

»Habt ihr noch nicht von dem Aufstand gehört?«

»Von einem Aufstand?«, fragte Nynias verwirrt.

Wieder tauschten die Männer einen Blick, dieses Mal sichtlich misstrauisch, doch da sagte Taraín hastig: »Natürlich haben wir davon gehört. Alle Männer Morays greifen zum Schwert.«

Bekräftigend stampfte einer der beiden auf. »So ist es. König Malcolm kann gar nicht tief genug vor dem Normannen William buckeln. Jüngst hat er ihm gar den Eid geschworen, sein Vasall zu sein. Aber die Männer von Moray haben noch nie einem König gedient, der eines anderen Sklaven ist. Sollen doch die alten Männer mit weichen Knochen ihren Kopf einziehen – wenn der es tut, der eine Krone trägt, fällt diese auf den Boden. Wir brauchen keine Angelsachsen hier in Moray, wir brauchen keine Normannen, und erst recht brauchen wir keine Schotten, die keine echten Schotten sind. Moray war schon einst ein eigenständiges Land – warum soll es das nicht wieder werden?«

»Ihr wollt, dass Moray von Alba unabhängig wird?«, fragte Bruder Nynias.

»Wir wollen, dass König Malcolm nicht in Moray herrscht – was gleichsam heißt, dass wir ihn von seinem Thron verjagen oder zumindest von diesem Stück Land.«

»Und in diesem soll dann Maelsnechta herrschen«, sagte Taraín so ruhig, als wäre ihm dies Gewissheit, nicht nur eine Vermutung.

Aelswith bewunderte ihn dafür, dass seine Stimme nicht zitterte. Sie war noch nicht einmal fähig, richtig zu denken, geschweige denn zu sprechen. Maelsnechta ... Richtig, der Sohn von Lulach, der wiederum Macbeth' Stiefsohn gewesen war und in dem die Menschen von Moray gewiss einen legitimen Thronanwärter sahen.

Plante er wirklich einen Aufstand? Und hatte Drostan davon gewusst? Hatte er sie etwa deswegen entführt und nach Moray bringen wollen?

Maelsnechta würde gewiss an Macht und Einfluss gewinnen, wenn er behaupten könnte, dass Macbeth' leibliches Kind auf seiner Seite stand, und es war durchaus möglich, dass sich das Rabenbanner bei ihm befand ... dass sie beide gemeinsam unter diesem Banner kämpften. Der junge Mann und die junge Frau, die von sich behaupten konnten, Macbeth' wahre Erben zu sein ...

Derart in Gedanken versunken, hatte sie nicht bemerkt, wie einer der Krieger wieder dröhnend lachte. »So oder so, Maelsnechta braucht Krieger, keine Mönche.«

»Aber es hat noch keinem Krieger geschadet, wenn ein Mönch für ihn betete«, erklärte Bruder Nynias. »Ich würde ihn gerne mit Gottes Segen in den Kampf schicken … vorausgesetzt, ich kann ihm den persönlich geben.«

Das Gelächter riss ab. »Du willst also, dass wir euch zu ihm bringen?«

»Wie Ihr schon sagtet … alle Männer Morays wählen in diesen Tagen dieselbe Richtung.«

»Und wenn ihr keine Männer Morays seid, sondern Verräter?«

Unwillkürlich machte der Krieger einen Schritt auf Bruder Nynias zu, der prompt seinen Hammer schwang. Den Schild, den der andere drohend hob, würde der Hammer wohl bersten lassen – aber er konnte damit gewiss nichts gegen das Schwert ausrichten, zu dessen Knauf die Hand des anderen fuhr.

Aelswith biss sich auf die Lippen, um nicht zu schreien, doch ehe der Streit in einen Kampf ausartete, ging Taraín dazwischen.

»Wir sind keine Verräter, sondern unterstützen Euren Aufstand. Mag sein, dass wir nicht dazu taugen, mit Euch zu kämpfen, doch unsere Hilfe sei Euch gleichwohl sicher. Hier … habt ein wenig von unserem Proviant. Lasst uns an Eurer statt hungern – Gott wird uns bald wieder mit dem Notwendigen versorgen.«

Und schon öffnete er den Lederbeutel und verteilte großzügig ihren restlichen Vorrat – zwei mit Brennnesseln gefüllte Fladen und ein Stück Käse, das ihnen ein Priester gegeben hatte und das an der Ecke schon blau vom Schimmel war. Nur wenige Bissen genügten, dann war es in den Mäulern der Krieger verschwunden. Kurz schien es, als wollten sie sich nicht damit begnügen, denn einer starrte Earc sinnend an und überlegte wohl, wie viel Fleisch an dessen Knochen hing. Doch der andere wurde ungeduldig und begann wieder, auf den Schild zu schlagen. Ob des dumpfen Klanges, setzten sich ihre Füße wie von selbst in Bewegung. Nicht einmal ein knappes Danke war zu hören, dann waren sie schon hinter den nächsten Bäumen verschwunden.

Aelswith wäre am liebsten sofort auf Taraín zugestürzt, doch Nathair hielt sie fest. »Warte noch! Sie könnten zurückkommen.«

Wieder war sein Griff erstaunlich stark, und sie fügte sich, doch als sie wenig später lauschte, aber nichts zu hören war, konnte sie sich nicht länger halten. Sie kämpfte sich durch das Gebüsch, stolperte über ein paar Wurzeln und fiel Taraín um den Hals.

»Gott sei Dank haben sie euch nichts angetan!«

Bruder Nynias holte den gelähmten Nathair zu ihnen. »Na ja ... von wegen nichts getan ... Es wird nicht schön sein, einmal mehr zu hungern.«

Taraín machte sich sanft von Aelswith los, und erst jetzt konnte sie sehen, dass er über das ganze Gesicht grinste. »Falls es dir ein Trost ist – die Männer werden sich auch nicht lange daran erfreuen, dass sie satt geworden sind.«

Fragend blickte sie ihn an, doch er erklärte sich nicht, sondern nahm Earc beim Strick und führte ihn ausgerechnet in die Richtung, aus der sie selbst gekommen und in die die beiden Krieger nun gegangen waren.

»Es ist vielleicht eine gute Idee, ihnen zu folgen, wir müssen dennoch vorsichtig sein und immer genügend Abstand halten«, mahnte Bruder Nynias.

»O, ich denke nicht, dass das notwendig ist«, sagte Taraín

vielsagend, »und wir müssen ihnen auch nicht heimlich nachschleichen. Bald werden sie uns freiwillig sagen, wo wir Maelsnechta finden.«

»Was hast du denn …«, setzte Aelswith an.

»Du wirst schon sehen.«

Bruder Nynias hob sicherheitshalber seinen Hammer. »Wenn dein Plan wieder misslingt, gibst du mir rechtzeitig Bescheid, ja?«

»Dieses Mal wird er nicht misslingen, denn auf zwei Dinge konnte ich mich verlassen. Darauf, dass diese Männer hungrig waren und unsere Vorräte schnell aufessen würden. Und darauf, dass sie darum das Rizinusöl nicht schmecken würden, das ich auf den Fladen geträufelt habe. Es wird seine Wirkung nicht verfehlen.«

»Rizinusöl?«

»Eine sehr wirkungsvolle Sache, wenn man es auf schreckliche Magenkrämpfe und Durchfall absieht.«

Aelswith starrte Taraín ungläubig an, hätte sie einem Mann wie ihm, der so viel darauf gab, Menschen zu heilen, eine derartige Durchtriebenheit doch nicht zugetraut. Bruder Nynias hingegen lachte schallend.

»O ja, manch Ritter, der sich unbesiegbar wähnte, wurde schon von seinem eigenen Darm bezwungen – ein Zeichen dafür, wie klein der Mensch und wie groß Er ist.«

»Der Darm?«

»Nein, natürlich Gott der Allmächtige, der den sündigen Menschen gerne mal daran erinnert, dass er sterblich und sein Leib nicht unverwundbar ist.«

Bruder Nynias' Leib war robust wie eh und je, als er mit Nathair auf dem Rücken durch den Wald marschierte, und obwohl Aelswith Taraín vertraute, ließ sie dem Mönch gerne den Vortritt.

»Wie willst du denn die beiden dazu bringen, dir anzuvertrauen, wo Maelsnechta steckt?«, fragte sie.

»Nun, weil ich ihnen sonst das nicht gebe«, sage Taraín und deutete auf ein kleines Säckchen.

»Ein Mittel gegen Magenkrämpfe und Durchfall?«

»Genau. Blutwurz gemischt mit Schierling. Letzterer ist eine giftige Pflanze, aber in kleinen Dosen hilfreich. Glaub mir, sie werden uns alles sagen, was sie wissen, um ihre Qualen beenden zu können.« Er grinste immer noch.

»Ich hätte nicht erwartet, dass du mit deiner Medizin Menschen nicht nur gesund, sondern auch krank zu machen bereit bist«, murmelte Aelswith.

Taraín wurde wieder ernst. »Das habe ich gewiss nicht leichtfertig getan«, sagte er schnell. »Es war wichtig ... für dich. Du hast es verdient, dass wir endlich ans Ziel kommen und die Wahrheit herausfinden.«

Aelswith blieb unvermittelt stehen und nahm Taraíns Hand.

»Ich war sehr zornig auf dich ... aber du sollst wissen ... was immer du mir angetan hast, hast du längst gutgemacht. Dass du an meiner Seite geblieben bist, dass du mir hilfst, das bedeutet mir so viel ... *du* bedeutest mir viel.«

Dieses Mal huschte kein spöttisches Grinsen, sondern ein schmerzliches Lächeln über Taraíns Gesicht. »Ich handle nicht ohne Eigennutz, ich wüsste ja sonst gar nicht, wohin. In den letzten Jahren war Drostan meine einzige Familie, und jetzt ... jetzt ist er tot.«

Aelswith entging nicht, wie bedrückt seine Stimme klang und dass er rasch seine Lippen aufeinanderpresste, um kein verräterisches Schluchzen von sich zu geben. Sie trat dicht an ihn heran.

»Nun, jetzt bin ich deine Familie«, sagte sie, »und du bist meine.«

Sie hatte gehofft, ihn mit den Worten aufzumuntern, seine Miene war jedoch immer noch ernst und sein Blick traurig, und um zu verhindern, dass seine Lippen schmaler und seine Augen nasser wurden, beugte sie sich unwillkürlich vor und gab ihm einen Kuss. Er versteifte sich kurz, ehe er ihren Körper an seinen zog und sich seine Lippen öffneten, ehe er fühlte, was sie fühlte: Sehnsucht nach Leben. Sehnsucht nach Liebe.

Bevor diese Sehnsucht allerdings gestillt wurde und sich ihre Zungen trafen, ertönte Bruder Nynias' Triumphschrei, gefolgt von einem erbärmlichen Ächzen und Stöhnen. Obwohl sie kurz enttäuscht war, als Taraín sich von ihr löste, musste Aelswith plötzlich lachen – und er auch.

»Wer erlebt schon seinen ersten Kuss, wenn er die Jammerlaute von Geplagten im Ohr hat, deren Mageninhalt mit Vehemenz nach draußen drängt?«

XV.

1792

Magdalene blickte stolz in den Korb, bevor sie ihn ins Haus trug. Er war randvoll mit kleinen Torfstücken, die sie mit einem Spaten in Würfel geschnitten hatte. Den Korb hatte sie aus dem weichen Holz von Palmkätzchen selbst geflochten. Nun gut, er wies ein paar kleine Löcher auf, war aber stabil, und sie hatte beim Flechten keine schmerzhaften Risse an den Händen bekommen wie ein paar Wochen zuvor, als sie Dünengras gepflückt hatte, um damit Fenster- und Türritzen auszustopfen.

Nachdem Magdalene den Korb neben der ebenerdigen Feuerstelle abgestellt hatte, machte sie sich sogleich an die nächste Arbeit. Sie nahm einen Reisigbesen, fegte die Asche zusammen und ignorierte hartnäckig das Kitzeln in der Nase, als sie diese auf einer kleinen Schaufel hinaustrug.

»Was habt Ihr damit vor?«, traf sie eine Stimme.

»Nun, ich habe saubergemacht«, verkündete Magdalene stolz.

»Und jetzt wollt Ihr die Asche einfach dem Wind überlassen?«

Da es von der offenen Tür her zog, stand sie mittlerweile tatsächlich in einer grauen Wolke. Sie hoffte bloß, dass sich nicht zu viel Asche in ihren Haaren verfing – Abigail war misstrauisch genug, und David erlaubte ihr zwar mittlerweile, das Herrenhaus zu verlassen, weil der rote König anscheinend nicht länger sein Unwesen trieb, würde es ihr aber sicher erneut verbieten, wenn er einen Anlass dafür fand.

»Die Asche brauchen wir entweder im Kuhstall, um die Pisse aufzusaugen, oder als Dung für die Felder«, erklärte Andra streng. »Und wenn wir uns in der Grube neben dem Stall erleichtern, wird ebenfalls Asche darauf gestreut.«

Wahrscheinlich wollte sie sie mit diesem Hinweis schockieren – so wie vor nicht allzu langer Zeit, als sie ihr erklärt hatte, dass sie Blätter oder Moos zum Abwischen benutzten, nicht etwa feines Leinen wie im Herrenhaus. Doch anders als damals, als sie rot angelaufen war, hielt Magdalene heute Andras Blick stand.

»Das wusste ich nicht«, sagte sie.

Andra schnaubte nur.

»Soll ich denn nun mit der Zubereitung vom *kebbock* beginnen?«, fragte Magdalene. *Kebbock* war ein Hartkäse, den man herstellte, indem man in die noch warme Milch die Labessenz aus klein geschnittenen Kälbermägen einrührte, bis die Flüssigkeit gerann und zäh wurde. Die gallertartige Masse wurde später in ein Tuch gegeben, damit die Molke ablaufen konnte, ehe sie erst in eine Salzlake und später in die Käsepresse kam. Andra schüttelte den Kopf. »Was soll ich stattdessen tun?«, fragte Magdalene.

Sie konnte förmlich hören, was Andra dachte: Verschwinden und nicht wiederkommen, das könnt Ihr! Doch die andere verkniff sich ihre Worte.

»Hier in den Highlands sind die Menschen keine Sklaven, die Befehle blind befolgen. Auch keine treuen Hündchen, die dem Stöckchen nachlaufen, das ihr Herr fortgeworfen hat.

Wir tun nicht das, was uns gesagt wird, sondern das, was notwendig ist. Wenn Ihr eine von uns sein wollt, wartet nicht darauf, dass ich Euch Anweisungen gebe, sondern haltet einfach Eure Augen offen.«

Magdalene wischte sich die Hände an der weißen Schürze ab und hinterließ prompt graue Spuren, ehe sie sich ins Freie zu Peigi gesellte. Obwohl der Geburtstermin näher rückte, verrichtete diese weiterhin harte Arbeit. Eben stellte sie aus Pflanzen Farben her.

Dass Magdalene seit einigen Wochen regelmäßig im Dorf schuftete, hatte Peigi zunächst entsetzt, und was immer Magdalene in die Hand nahm, hatte sie ihr sofort entrissen. Doch Magdalene hatte stur darauf bestanden, dass sie schon wisse, was sie tue, und mittlerweile hatte Peigi es aufgegeben, sich ihr in den Weg zu stellen. An diesem Tag verkniff sie sich sogar die Warnung, welch übel riechender Prozess die Herstellung von Farben war.

»Es gibt kaum eine Pflanze, die keine Farbe hergibt«, erklärte sie. »Man braucht lediglich Beize, um diese zu gewinnen. Diese Flechten hier kann man in abgestandenem Urin gären lassen und hinterher auskochen. Man kann sie aber auch gleich auskochen – nämlich in einem verrosteten Topf.«

Peigi hatte im Freien mithilfe von Holz und Torf Feuer gemacht und einen blechernen Kessel auf ein Gitter aus Haselnusszweigen gestellt. Das Wasser darin begann schon zu sieden.

»Das beste Gelb gibt der Krokus. Da der zu dieser Jahreszeit nicht wächst, habe ich Ginsterblüten genommen. Auch die Brennnessel gibt ein Gelb her, aber ein grünliches, genau wie die Ringelblume und die Sumpfmyrte. Mit den Zweigen vom Holunder gewinnt man ein Braun, mit Sauerampfer ein Rot, mit dem goldenen Labkraut ein Orange. Und ganz verschiedene Farben gewinnt man aus den Flechten, die auf den Steinen wachsen.«

Magdalene nickte verständig, konnte Andras Murren dennoch nicht überhören. Sie war ihr aus dem Haus gefolgt und stellte nun ungnädig fest: »Das merkt sie sich ja doch nicht alles«, ehe sie sich wieder abwandte.

Magdalene sank das Herz. »Verstehst du das?«, fragte sie leise.

»Was? Dass die Welt so bunt ist und Gott so viele Farben geschaffen hat?«

Magdalene lächelte. »Nein. Warum ich Andra einfach nichts recht machen kann. Ich bemühe mich doch, und ich bin gar nicht so ungeschickt.«

In der Tat hatte sie in den letzten Wochen keine einzige Arbeit verweigert, hatte sogar Tierhäute in einem Sud aus Eichen- und Birkenrinde zu Leder gegerbt.

Peigi zuckte die Schultern. »Ich denke, Andra ist einfach nur missmutig, seit Gordie ins Highland-Regiment eingetreten ist.«

»Kann es nicht auch sein, dass sie sich um Seòras sorgt?«

Leider war der immer noch nicht von der Küste zurückgekehrt, und mit jedem Tag fragte sich Magdalene, ob er nicht doch der rote König und dieser tatsächlich ernsthaft verletzt worden war. Anfangs hatte sie häufig nach ihm gefragt, doch mit jeder Antwort war Andra einsilbiger geworden.

»Seòras geht es gut«, sagte Peigi schnell und rührte mit der einen Hand den Inhalt des Kessels um, mit der anderen massierte sie ihre Schulter.

»Hast du Schmerzen?«, fragte Magdalene beunruhigt.

»Ach«, seufzte Peigi, »manchmal denke ich, ich trage kein Kind, sondern Steine im Bauch.« Hastig schlug sie sich die Hand vor den Mund. »Oh, ich wollte das nicht leichtfertig sagen! Nicht dass als Strafe wirklich Steine herauskommen!«

»Wer sollte dich denn strafen wollen?«

Peigi sah sie stirnrunzelnd an. »Es gibt so vieles, was man falsch machen kann.«

»Du machst gar nichts falsch. Du bist so tüchtig wie keine andere.«

»Nun ja«, gab Peigi zu. »Immerhin bin ich sehr schnell guter Hoffnung geworden. Der Weidenzweig, den ich mir unters Brautbett gelegt habe, hat geholfen. Manche Frauen bleiben jahrelang unfruchtbar, weil jemand einen Knoten ins Taschentuch ihres Mannes gemacht hat.« Bei dieser Vorstellung musste Magdalene kichern. »Doch, wirklich!«, rief Peigi eindringlich. »Wenn man den Knoten nicht löst, kann die Frau nicht schwanger werden. Da nutzt es auch nichts, wenn sie eine Eiche umarmt oder durch das Loch eines großen Steines kriecht oder eine Strohfigur mit Blumen und Muscheln schmückt.« Magdalene wurde wieder ernst. Vielleicht hatte auch jemand in Davids Taschentuch einen Knoten gemacht, weil sie selbst noch nicht guter Hoffnung war. Ihretwegen konnte das gerne so bleiben. »Ich hoffe bloß«, fuhr Peigi fort, »dass es die Elfen nicht auf mein Kind abgesehen haben. Und ich hoffe, dass ich nicht irrtümlich über ein Grab gestiegen bin. Dann würden nämlich entweder ich oder das Kind sterben.«

Magdalene betrachtete sie nachdenklich. Früher hatte sie gedacht, dass Peigi spottete, wenn sie über Elfen sprach, doch jedes Mal, wenn Magdalene Zweifel an deren Existenz äußerte, spiegelte sich Entsetzen in ihrer Miene.

Magdalene deutete auf einen Korb mit Rinde. »Soll ich das jetzt in den Topf geben?«

»Könnt Ihr die Rinde zuvor etwas zerkleinern?«

Magdalene versuchte es mit den Händen, doch die Rinde

war zu fest. Sie sah sich nach dem richtigen Werkzeug um und fand eine Art Schere, mit der auch Leder geschnitten wurde. Doch kaum trat sie damit zum Korb zurück, schrie Peigi auf. »Nicht! Eisen darf niemals in Berührung mit einer Pflanze kommen, sonst verliert sie ihre Heilkraft.«

Magdalene hielt inne. »Warum denn das?«

»Nun, das war immer schon so«, sagte Peigi nahezu trotzig.

»Aber hast du mir nicht selbst gesagt, dass vor der ersten Saat Eier und ein Eisennagel in den Saatkorb gelegt werden?«

»Nun, das war auch schon immer so.«

»Es muss doch einen bestimmten Grund haben!«

»Es würde Unglück bringen.«

»So ein toter Gegenstand hat doch nicht die Macht, Unglück zu bringen!«

»Tot? Eisen ist nicht einfach tot. Überall wohnen Geister, in den Steinen, in den Bäumen und ...«

Mit einem Ächzen verstummte sie, ließ den Rührlöffel fallen und stützte ihren Rücken.

»Peigi, was hast du denn?«

»Ich ...« Die junge Frau war kreidebleich geworden und keuchte auf.

»Das Kind?«, rief Magdalene entsetzt. »Ist es das Kind?«

Peigi atmete ein paarmal tief durch, und endlich nahmen ihre Wangen wieder etwas Farbe an. »Mein Bauch«, sagte sie stöhnend, »er ist ganz hart ... es kommt gewiss davon, weil ich vorhin von Steinen gesprochen habe ...«

Magdalene schüttelte den Kopf. »Es kommt davon, dass du so lange gestanden hast. Setz dich eine Weile hin und ruh dich aus.«

»Vielleicht«, Peigi zögerte, und als sie ihren Blick hob, stand darin nicht nur Schmerz, sondern auch ein stummer Vorwurf.

»Vielleicht solltet Ihr jetzt gehen, Mylady. Ihr … Ihr wisst so vieles nicht.«

»Aber ich wollte doch nur …« Peigi ließ sie stehen und ging ohne ihre Hilfe zu einer der Bänke vor dem Haus. Ehe sie sich setzte, kontrollierte sie mit misstrauischem Blick, ob auch kein Nagel sichtbar war. Magdalene folgte ihr schnell. »Geht es … geht es dir auch wirklich gut?«, fragte sie besorgt.

Peigi nickte und murmelte etwas, das wie ein Zauberspruch klang, während sie über ihren Bauch strich.

Magdalene fühlte sich hilflos wie nie. Egal, was sie sagte – Peigi verstand sie nicht. Und egal, was sie machte – Andra würde sie nie dafür loben. Wenn sie es sich noch so einredete, sie würde niemals eine der ihren sein. Doch wenn sie im Herrenhaus beim Dinner saß und sich mit Gästen unterhielt, gehörte sie erst recht nicht dazu.

Allein … eigentlich war ich immer schon allein …

Ob es das Entsetzen über Peigis Schwächeanfall oder die eigene Erschöpfung war, weil sie so viel gearbeitet hatte – jäh stiegen heiße Tränen auf, und da sie nicht wollte, dass Peigi oder Andra sie weinen sahen, drehte sich um und hastete davon.

»Aber Mylady!«, rief Peigi ihr nach. »Ihr könnt nicht zurück zum Herrenhaus. Ihr tragt doch noch unsere Kleidung.«

Magdalene starrte an sich hinunter. Sie hatte keine Ahnung, wie sie diesen Aufzug David und Abigail erklären sollte, aber eben liefen ihr noch mehr Tränen über die Wangen, und anstatt umzukehren, raffte sie die Schürze und rannte weiter, wenn auch nicht zurück zum Herrenhaus, sondern in die entgegengesetzte Richtung.

Wie immer war ihr die herbe Schönheit des Landes ein Trost. Sie blieb stehen, betrachtete die breiten goldgelben Haferfelder, die sich einen Hügel hinaufzogen. Hier und dort standen Hecken und Baumgruppen, in denen sich einige Nebelschwaden wie Spinnennetze verfangen hatten. Sie glitzerten in der Sonne, das Wasser des lang gezogenen, inselreichen Sees dagegen blieb pechschwarz. Auf einer dieser Inseln wuchsen so viele Bäume, dass sie kaum Platz fanden. Etliche ihrer Äste waren geknickt und hingen ins Wasser.

Wahrscheinlich hat noch nie ein Mensch diese Insel betreten … und hat noch nie den Boden mit seinen Tränen benetzt …

Nur Vögel stoben von dort hoch, umschwebten mit Gekreisch bald diese, bald eine andere Insel, während sich das Weiß ihrer Flügel im Wasser spiegelte. Sie fühlten sich in der einsamen Weite des Himmels wohl nicht verloren, sondern einfach nur frei, und kurz konnte auch Magdalene von diesem Gefühl kosten, als sie auf den See und auf das gefleckte Hinterland starrte, wo sich grüne Wiesen und Geröllfelder abwechselten.

Leider bekam sie nur allzu bald Gesellschaft, und zwar solche, auf die sie selbst in größter Einsamkeit gerne verzichtet hätte: Ein Mückenschwarm stieg von den sumpfigen Wiesen hoch, roch ihr süßes Blut und hüllte sie bald wie eine schwarze Rauchwolke ein. Obwohl sie hektisch fuchtelte, spürte sie hier und da ein Brennen, und ihre Panik wuchs. Im Herrenhaus war es schwer genug zu verbergen, wie rot und rissig ihre Hände mittlerweile waren – wie sollte sie erklären, dass sie so viele Stiche hatte?

Da alles Wedeln nicht half, drehte Magdalene sich um und begann zu laufen, doch der Schwarm folgte ihr beharrlich. Mit beiden Händen schirmte sie ihr Gesicht ab und zog das weiße

Tuch, das sie von Andra bekommen hatte, tief über die Stirn. So aber war sie derart blind, dass sie gegen einen Baum lief. Zumindest fühlte sich das Hindernis vor ihr wie ein Baum an, stand es doch unbeweglich wie ein solcher da.

Als sie allerdings ihre Augen öffnete, erkannte sie, dass der Baum ein Mann und das, was sie für die raue Rinde gehalten hatte, nur der Stoff seines Kilts war.

»Hier darf man nie ohne Schutz unterwegs sein«, sagte er und zog vom dunklen Bonnet einen kleinen Strauß Sumpfmyrten.

Als er das letzte Mal eine Blüte dieser Art in der Hand gehalten hatte, hatte er von den süßen Träumen gesprochen, die diese schenkten, und mittlerweile wusste Magdalene, dass Sumpfmyrtenblüten nicht nur gegen Mücken schützten, sondern auch im Haus verstreut wurden, um frische Luft zu spenden.

»Seòras!«, stieß sie aus und vergaß vor Erleichterung jede Förmlichkeit. »Du … du bist endlich wieder zurück!«

Bis jetzt hatte sie bezweifelt, dass er wirklich an der Küste gewesen war, doch bei seinem Anblick konnte sie sich gut vorstellen, dass er lange Wochen dem rauen Seewind ausgesetzt gewesen war. Sein Haar war steif vom Salz, und sein Gesicht war tief gebräunt, was die blauen Augen noch strahlender wirken ließ. Nein, dies war kein Mann, der von einer schweren Verletzung gezeichnet und nur knapp dem Tod entronnen war, sondern ein durch und durch kraftstrotzender und gesunder. Gemessen mit ihm fühlte sie sich kurz noch verzagter, doch zugleich erwachte eine unbändige Sehnsucht, von dieser Stärke zu zehren.

Plötzlich konnte sie nicht anders, als ihren Kopf an seine Brust zu legen und seinen Geruch einzuatmen – den Geruch dieses Landes, in der die Natur so allmächtig schien und der

Mensch so unbedeutend. Ja, genau so musste der Himmel riechen, wo die Möwen ihre Kreise zogen, genau so mussten die Bäume auf der Insel riechen, wo es keinen Platz für Menschen gab, und der schwarze, unergründliche See, in dem sich kaum je Gesichter spiegelten, ebenso.

Eine Weile stand er ganz steif da, ehe er von ihr abrückte und sie ernst betrachtete.

»Weshalb ... weshalb tragt Ihr diese Kleidung, Mylady?« Sie folgte verlegen seinem Blick, als müsste sie sich erst selbst überzeugen, dass sie tatsächlich nur ein schlichtes dunkelblaues Leinenkleid trug und eine weiße Schürze darüber, die vor Aschenflecken strotzte. Als sie nicht antwortete, nahm er ihre Hände. »Und warum sind sie so gerötet, so rau, warum habt Ihr Blasen?« Seine Hände waren viel wärmer als ihre, und sie genoss die Berührung, doch viel zu schnell ließ er sie los. »Und warum seid Ihr überhaupt hier?«, fuhr er fort. »Ich habe doch gesagt, Ihr sollt nicht zum Dorf kommen, sondern die Botschaften zur Ruine bringen.«

Magdalene atmete tief durch. Die Freude über das unverhoffte Wiedersehen wich der Enttäuschung ob seines grimmigen Blickes und der kalten Stimme. »Du bist doch gar nicht hier gewesen, um die Botschaften entgegenzunehmen, also habe ich auch keine mehr dorthin gebracht«, setzte sie an und benutzte unwillkürlich weiter die vertraute Anrede, »du hast mir nicht gesagt, wohin du gehst und warum ... was hätte ich denn anderes tun sollen, als ...«

»Nicht auszumalen, wenn der Lord Euch in diesem Aufzug sähe!«, fiel er ihr scharf ins Wort.

Plötzlich stampfte sie auf den Boden. »Sag du mir nicht auch noch, was ich falsch gemacht habe!«, platzte es aus ihr heraus. »Was soll ich denn noch alles tun, um zu beweisen, dass ich nicht wie mein Mann denke?«

Ihr Ärger war nicht sehr langlebig. Schon brach sie wieder in Tränen aus, die noch heißer über die Wangen perlten als zuvor. Sie schämte sich dafür, senkte den Blick und wollte an Seòras vorbeilaufen, doch der hielt sie fest, und ehe sie sich's versah, ruhte ihr bebender Körper erneut an seiner Brust, nur dass er sie dieses Mal festhielt. Sie vergrub ihr Gesicht in dem Tartanstoff und fragte sich, wie sie ihn je mit einer Baumrinde hatte verwechseln können, er war doch so weich ... so warm ... Ewig hätte sie so stehen können, seinen Atem spüren, und auch, wie sich der eigene Herzschlag darob beruhigte.

»Jeder weiß, dass Ihr anders seid als Euer Mann.«

Sie blickte hoch. »Aber es weiß auch jeder, dass ich nie eine von euch sein werde. Ich bin keine Frau wie Andra, keine Frau wie Ríona ... diese würde nicht einfach hier stehen und heulen.«

Wieder wurde seine Stirn von einer Falte gefurcht, doch sie war nicht Zeichen von Zorn, sondern von Trauer. »Schämt Euch Eurer Tränen nicht. Ich habe Ríona geliebt, und gerade deswegen hat es mir leidgetan, dass das Leben sie so hart gemacht hat wie meine Schwester. Dass beide nicht mehr weinen können ist nichts, worauf man stolz sein soll. Ihr habt ein gutes Herz, Mylady.«

»Du ... du doch auch ... du hast den Menschen geholfen, die als Fischer an der Küste leben müssen. Und ich mache dir Vorwürfe ...«

Er starrte sie lange an. »Ich kann übrigens auch nicht mehr weinen«, murmelte er plötzlich. »Als Ríona ihr Kind verlor und wenig später selbst starb, habe ich keine Träne vergossen, obwohl ich mit ihr nicht nur einen geliebten Menschen, sondern gleichsam die Hoffnung auf eine glückliche Zukunft verloren habe.«

Seine Stimme brach und schien seine Behauptung, nicht

weinen zu können, ebenso Lüge zu strafen wie sein verzweifelter Gesichtsausdruck. Seine Augen hingegen blieben trocken.

Magdalene fuhr sich übers eigene Gesicht und benetzte die Fingerspitzen mit Tränen, um dann seine Wangen zu berühren, seine Nase, seine Lippen. Erst ließ er das steif über sich ergehen, doch als sie schon damit rechnete, dass er sie empört von sich stoßen würde, leckte er sich jäh über die Lippen. Er schien überrascht zu sein, dass die Tränen so salzig schmeckten, sah sie fragend an, und da hatte sie sich schon auf die Zehenspitzen gestellt, ihr Gesicht an seines gepresst und ihn geküsst. Sie schmeckte die eigenen Tränen, schmeckte seine Lippen, seine Zunge, und wieder dachte sie, so riecht dieses Land, so würde es sich anfühlen, die Flügel weit aufzuspannen und über den Himmel zu schweben.

Er zuckte nicht zurück, doch während ihre Lippen noch auf seinen lagen, stieß er hervor: »Wir dürfen das nicht tun.«

»Ich weiß«, sagte sie, und hörte nicht auf, ihn zu küssen.

»Es ist unmöglich.«

»Ich weiß«, sagte sie wieder und hörte immer noch nicht auf.

Seòras begleitete sie fast den ganzen Weg bis zum Herrenhaus, nachdem er zuvor im Dorf gewartet hatte, bis sie umgezogen war. Danach musterte er sie prüfend und entschied schließlich, dass man ihr die Schufterei nicht ansah. Ihr in die Augen zu sehen schaffte er jedoch nicht – noch nicht einmal, als sie in der Nähe der Ruine voneinander Abschied nahmen.

»Wenn Ihr Neuigkeiten erfahrt, versteckt die Botschaften wieder hier.«

Er nickte knapp, ehe er davonging, und sie blickte ihm lange nach, berührte mit den Fingern ihre Lippen und gedachte des Kusses.

Im Herrenhaus erwartete sie nur Abigail, die streng erklärte, dass es mit den vielen Spaziergängen nun ein Ende haben müsse. »Und wenn ich dir noch so viele Gesichtsmasken aus Buttermilch und Zitronen mache, du kriegst immer mehr Sommersprossen«, rief sie klagend.

Magdalene schwieg, trank aber immerhin willig aus der Tasse, die Abigail ihr reichte. Es war ein Tee, der mit etwas Whisky sowie schmackhaften Kräutern wie Minze, Wacholder und Thymian zubereitet war.

»Dieser Tee brennt einem die Seele aus dem Leib!«, rief Abigail, wogegen Magdalene fand, dass er nach nichts schmeckte ... zumindest im Vergleich zu dem Whisky, den sie oft im Dorf trank. Und erst recht schmeckte er nach nichts im Vergleich zu Seòras Küssen.

»Ich glaube, ich werde mich etwas ausruhen«, erklärte sie.

Nachdem Abigail den Raum verlassen hatte, wartete sie eine Weile, huschte dann aus dem Schlafzimmer und lief hoch zu Davids Arbeitszimmer. Gerade als sie beginnen wollte, seine Unterlagen gründlich zu durchforsten, ließ sie ein Geräusch aus der Bibliothek zusammenschrecken.

Entschlossen ging sie zum Nebenraum, riss die Türe stürmisch auf und wich zurück, als sie Caelan hier sah. Er stand vor jenem Regal, in dem sie einst das Pergament gefunden hatte, und hielt zu ihrem Erstaunen ein solches in der Hand. Ob ein schon bekannter Text darauf stand oder ein neuer, wusste sie nicht. Sie fühlte nur plötzlich, dass er kein Recht darauf hatte, diesen zu lesen, kein Recht, von jener Aelswith zu erfahren, die das Kind Macbeth' war ... des roten Königs, den heute dieser geheimnisvolle Rebell ehrte, nicht er, Caelan MacBrannan!

Trotz ihrer Empörung widerstand Magdalene allerdings dem Drang, auf ihn zuzustürzen und es ihm zu entreißen.

»Na, liebe Schwägerin«, sagte er freundlich, »wollt Ihr Euch wieder einmal mit Königin Margaret beschäftigen?«

Magdalene erwiderte seinen spöttischen Blick mit ausdrucksloser Miene. Sie hatte nicht übel Lust, wortlos den Raum zu verlassen, trat dann aber doch näher.

»Königin Margaret war eine Heilige. Es heißt, sie habe die Nöte ihrer Untertanen gelindert, wann immer sie konnte.«

Caelan zuckte die Schultern. »Es heißt auch, dass ihr Mann verglichen mit ihr ein Barbar gewesen sei – was sie nicht davon abgehalten hat, ihn zu lieben und treu zu ihm zu stehen.«

Magdalene spürte, wie sie erbleichte, und konnte nur hoffen, dass ihm das entging. Vor allem konnte sie nur hoffen, dass seine Worte keine Anspielung darauf waren, dass er sie womöglich im Dorf oder gar mit Seòras gesehen hatte.

»Nun«, fuhr Caelan fort, »Margaret ist so lange tot, dass man das, was damals tatsächlich passierte, nicht von den Legenden unterscheiden kann, die später in Umlauf kamen. Das Gleiche gilt für Macbeth. Wie lächerlich, dass sich der rote König nach ihm benennt.«

Während er sprach, rollte Caelan das Pergament zusammen und legte es zurück in das Regal, ohne den geringsten Hinweis darauf zu geben, ob er es gelesen hatte oder nicht.

»Der rote König erinnert daran, wer Macbeth in Wahrheit war«, erklärte Magdalene energisch. »Nämlich ein Segen für sein Volk und ein Segen für Alba, das damals stark und unabhängig war.«

Er zuckte die Schultern. »Wahrheit ist ein so mächtiges Wort. Wie Jane Maxwell schon sagte: Nähme die Wahrheit eine Form an, wäre sie eine Kugel. Man kann sie von so vielen Seiten betrachten und von keiner sagen, dass es die wichtigste ist.« Ihr war damals entgangen, dass er ihrem Gespräch zugehört hatte, und sie wusste nichts dazu zu sagen. »Nun«, fuhr er bereits fort, »genau genommen bin ich mir gar nicht sicher, ob die Wahrheit eine Kugel ist, und selbst wenn es so wäre, ist sie gewiss keine aus Stein. Sie erscheint mir eher wie eine Ähre im Wind. Mal weht dieser sie in die eine Richtung, mal in die andere, mal strotzt sie vor reifen Körnern, mal wird sie vom Hagel geknickt.«

Sie wusste nicht, was er meinte, und auch nicht, wie sie sein Lächeln deuten sollte. War es spöttisch, verächtlich oder … mitleidig?

Ohne ein weiteres Wort wandte sie sich ab und verließ die Bibliothek.

XVI.

1078

Die beiden Krieger hatten ihnen nicht sagen können, wo Maelsnechta zu finden war, jedoch beteuert, dass die meisten, die sich dem Aufstand anschlossen, nicht zu ihm selbst, sondern zunächst zu dem Dorf aufbrachen, wo Gruoch lebte, Macbeth' Witwe. Nur wer deren Vertrauen errang, so hieß es, bekomme den Weg zu ihrem Enkelsohn gewiesen.

Bis sie lange vor den Männern, die von Magenkrämpfen und Durchfall deutlich geschwächt waren, besagtes Dorf erreichten – in der Nähe von Elgin, wo das Land flach, der Boden sumpfig und das Gras hart vom salzigen Meereswind war –, waren sie etliche Tage unterwegs.

Taraín hatte keinen Grund, an der Aussage der Männer zu zweifeln, denn für Schmerzen galt das Gleiche wie für den Tod: Im Angesicht von beidem sprachen die meisten Menschen die Wahrheit. Dennoch wuchs seine Anspannung. Wenn Maelsnechta wirklich einen Aufstand plante und hier das Zentrum des Widerstandes lag, würde sie vor allem Misstrauen erwarten, entsprach doch keiner von ihnen dem Bild eines Kriegers, den der junge Rebell an seiner Seite brauchte.

»Wir sollten uns nicht sofort zu erkennen geben«, schlug er vor. »Am besten, ich gebe mich als Wanderarzt aus. Gewiss leben in dem Dorf Kranke, denen ich helfen kann. Und wenn wir erst mal mit ihnen ins Gespräch gekommen sind, sehen wir weiter.«

»Ich habe gewiss nicht vor, in das Dorf zu laufen und zu schreien, ich sei Macbeth' Kind«, sagte Aelswith schnippisch. Sie war wohl nicht minder aufgeregt wie er. Taraín wusste nicht, ob das nur daran lag, dass sie sich dem Ziel ihrer Reise näherten oder auch ein wenig an ihrem Kuss.

Über diesen hatten sie kein Wort mehr verloren und darum auch nicht geklärt, ob er ein Beweis ihrer Zuneigung war oder nur eine Laune des Augenblicks. Er bedauerte das zutiefst und hätte ihr gerne beteuert, wie viel sie ihm bedeutete und wie sehr er sich danach sehnte, sie wieder zu küssen. Doch er ahnte, dass sie mit zu vielem fertig werden musste, um sich auch noch seinen Gefühlen stellen zu können, und entschied darum, geduldig auf den rechten Augenblick zu warten.

Falls das Dorf wirklich gemeinsame Sache mit Aufständischen machte, wies aus der Ferne nichts darauf hin. Ein einfacher Holzzaun war um etwa ein Dutzend Häuser errichtet worden. Seine Pfähle waren ebenso verwittert und von einer grünlichen Schicht überzogen wie die halbierten Baumstämme, die man Wegen ähnlich nebeneinandergelegt hatte, um die einzelnen Häuser miteinander zu verbinden. Zwar waren Männer zu sehen, aber diese trugen weder Helme noch Kettenhemden, nur schlichte Hosen, Tuniken und einen Umhang, der mit Pelzen vom Dachs oder vom Hasen verbrämt war. Taraín zählte vier und genauso viele Frauen, die mit ihrem Tagewerk beschäftigt waren. Während die eine mit einer Handmühle Korn mahlte, eine andere Flachs einweichte und eine weitere auf den schon getrockneten einschlug, bis die Stängel brachen und die Faser darunter zum Vorschein kam, sangen sie. Von einem Haus ging ein durchdringender Gestank aus, denn gleich davor saß die vierte Frau – noch jung und mit roten Locken –, die Kerzen herstellte, indem sie das Harz von Kiefern mit Tierfett vermischte und in Gussformen abkühlen ließ.

Als Taraín seinen Blick über die Frauen streifen ließ, hoben sie alle den Kopf und blickten ihn misstrauisch an. Nur die junge Frau, die Kerzen machte, lächelte, wandte sich jedoch bald wieder ihrer Arbeit zu. Einer der Männer reparierte einen zweirädrigen Karren. Jetzt ließ er seinen Hammer sinken und trat auf sie zu. Er schien noch nicht alt zu sein, aber sein Blick war müde, und er zog das eine Bein beim Gehen nach. Auf seiner Stirn standen etliche Schweißperlen, da es sehr schwül war, dennoch legte er seinen Pelzumhang nicht ab, war er doch offenbar stolz darauf, einen solchen zu tragen.

»Wer seid ihr?«, rief er grußlos.

Meist war Bruder Nynias derjenige, der die Vorstellung übernahm, flößte er als Mönch doch am meisten Respekt ein. Doch da er nach dem langen Marsch nicht wirklich als solcher zu erkennen war, vielmehr wie ein roher Wilder wirkte, gab ihm Taraín ein Zeichen zu schweigen und trat selbst vor.

»Ich bin ein Wanderarzt und ziehe von einem Dorf zum nächsten.«

»Und welches war das letzte?«

»Eines in der Nähe von Inverness.«

Der Mann dachte eine Weile nach, und die gerunzelte Stirn glättete sich. Dass sie vom Norden kamen, wo mehr Verbündete von Maelsnechta zu vermuten waren als im Süden, vertrieb sein Misstrauen anscheinend.

»Wir haben keine Kranken hier«, erklärte er gleichwohl, »also gibt es keine Arbeit für dich.«

Taraín rang nach Worten, doch bevor ihm die richtigen einfielen, ertönte ein Aufschrei. Die rotlockige Frau hatte nicht nur Kerzen, auch Binsenlicht gemacht, und als sie den Talg über einem Feuer schmolz, bis er flüssig und klar war, hatte ihre Zehe einen Spritzer abbekommen. Wehklagend hüpfte sie im Kreis.

»Nun, ihr könnte ich helfen.«

»Und womit willst du bezahlt werden?«

»Mit einer Mahlzeit und einem Dach über dem Kopf«, sagte er schnell. »Morgen ziehen wir wieder weiter.«

Die Frau schrie nun durchdringend, obwohl Taraín insgeheim zweifelte, dass das an den Schmerzen lag. So freundlich wie sie ihn zuvor angelächelt hatte, erhoffte sie sich von Fremden wohl etwas Abwechslung und übertrieb darum.

Taraín wies mit dem Kinn auf Aelswith. »Das ist meine Gehilfin.«

»Und ich bin ein Mann Gottes«, erklärte Bruder Nynias, »ich bin auf Pilgerreise, um für meine Sünden zu büßen.«

»Und wen tragt ihr da?«

»Nun, das Opfer meiner Sünde. Ich habe ihm versehentlich den Hammer auf den Fuß fallen lassen, und seitdem kann er nicht mehr gehen. Ein Teil meiner Buße ist es, dass ich ihn auf der Pilgerreise mitschleppe.«

»Aber was hat der arme Mann davon?«, fragte der Mann. »Soll er etwa für deine Sünden mitbüßen?«

»Nein, ich hoffe, er wird in einer der vielen Kirchen wieder gesund.«

Der Mann blickte zweifelnd drein, aber Bruder Nynias nickte bekräftigend, und Nathair gab ein leises Seufzen von sich. Schließlich gab der Mann den Weg frei, und Taraín eilte zu der jungen Frau, die ihre Zehe geistesgegenwärtig in einen Trog mit kaltem Wasser getaucht hatte.

»Das war eine gute Entscheidung«, sagte Taraín, »später kann ich dir einen Umschlag aus Eiweiß und etwas Lilienöl machen, dann entsteht keine Brandblase.«

Die Rothaarige ließ ihren Fuß im Trog und grinste so breit, dass ihre Grübchen zu sehen waren. »Oh, wenn ich ehrlich bin, war es nicht so schlimm. Ich wollte nur, dass ihr bleibt. Die Tante meiner Mutter leidet seit Langem an einem Furunkel. Vielleicht machst du den Umschlag also besser ihr?«

»Die Tante deiner Mutter?«, fragte Taraín und überlegte kurz, wie alt die junge Frau wohl war.

»Ja, sie heißt Màili«, sagte diese aber schon, was bedeutete, dass diese Tante weder Finnghuala noch Gruoch war.

»Am besten, ich sehe mir den Furunkel mal an«, schlug er vor.

Wenig später betraten sie eine niedrige Hütte, in der ein groß gewachsener Mensch nicht stehen konnte, ohne sich den Kopf anzuschlagen. Der Furunkel der Frau befand sich am Oberschenkel, nässte und eiterte, und als Taraín vorsichtig mit der Fingerkuppe darüberstrich, verursachte er, wie das verzerrte Gesicht der Alten zeigte, große Schmerzen. Der junge Mann war glücklich, genau zu wissen, was zu tun war. Rasch hatte er ein paar getrocknete Kräuter – Wegerich, Mädesüß, Malven und Gänsefingerkraut – mit etwas Weizenmehl und Schweinefett vermischt, um diese Paste auf die wunde Stelle aufzutragen. Es würde eine Weile dauern, bis sie wirkte, doch schon jetzt seufzte die Alte erleichtert.

Taraín wollte sie gerade nach Gruoch fragen, als es an der Tür klopfte. Wie sich herausstellte, hatte der Mann mit dem Pelzumhang gelogen, denn im Dorf gab es durchaus Kranke. Die Schlange, die sich vor der Hütte bildete, wurde von Stunde zu Stunde länger. Nicht nur Taraín, auch Aelswith, die ihm so gut es ging half, hatte bald alle Hände voll zu tun.

Eine Mutter hatte ihren kleinen Sohn gebracht, der nicht aufhören wollte zu husten, doch als Taraín Stutenmilch empfahl, schüttelte sie den Kopf. »Die Männer, die sich für den Kampf vorbereiten, haben alle Pferde mitgenommen.«

Taraín und Aelswith sahen sich vielsagend an. »Nun, dann werde ich dir einen Tee aus Malven und Raute machen.«

Als Nächstes kam ein alter Mann, der behauptete, sein Herz hämmere so schwer gegen seine Brust, dass es wohl noch sämtliche Knochen zertrümmern werde. Ihm gab Taraín etwas Fingerhut und empfahl, heißes Meerwasser zu trinken. Während er mit ihm sprach, hatte Aelswith schon weitere Kranke befragt und erklärte ihm nun, woran sie litten. Nicht nur der kleine Junge wurde von einem hartnäckigen Husten geplagt, auch etliche andere, denen Taraín riet, Sirup vom Schildfarn zu sich zu nehmen oder Hirschzunge, die man mit Johanniskraut kochte. Wer wiederum an einem trockenen Hals litt, der könne sich mit einem Sud aus Weißdorn helfen. Einer Frau, die nicht schlafen konnte, legte er Molke mit Brennnesseln und Veilchenpulver ans Herz, weil das die Nerven beruhigte, eine andere, die an Gicht litt, sollte einen Tee aus Geißfuß trinken. Der, die ständig zu ersticken wähnte, riet er, sich einen Sud aus Huflattich zu machen.

Als der Tag sich neigte, hatten sie ein Dutzend Menschen kennengelernt, und sie alle nach ihren Namen gefragt, doch keiner von diesen klang vertraut.

Schließlich ging wieder die Türe auf, und herein kam ein altes, runzliges Weiblein mit krummen Beinen und einem Buckel, allerdings lebhaften dunklen Augen, aus denen sie Taraín und Aelswith aufmerksam musterte.

»Wie kann ich dir helfen?«, fragte Taraín. »Woran leidest du?«

Das Lachen der Alten klang ein wenig so wie das Kreischen einer Möwe. »Woran ich leide?«, gab sie zurück. »Oh, ich habe längst verlernt, Schmerzen zu haben. So lange, wie ihr euch nun schon um die Menschen hier kümmert, braucht ihr aber sicher eine Stärkung. Ich bringe euch einen Eintopf aus Steckrüben, außerdem ein paar getrocknete Stachelbeeren und Johannisbeeren. Sie stammen vom letzten Sommer, haben sich jedoch erstaunlich gut gehalten. Die frischen und knackigen faulen bald, aber wenn man sie erst einmal über dem Feuer getrocknet hat und sie runzelig geworden sind, kann man sie noch im nächsten Jahr essen. Das ist so wie bei den Menschen. Die jungen, frischen werden oft von einer Krankheit hinweggerafft, und wer vertrocknet ist wie ich, der lebt und lebt und lebt.«

Sie stellte die Holzschüssel mit dem Eintopf auf den niedrigen Tisch, und Taraín und Aelswith stürzten sich hungrig darauf.

Als sein Magen nicht mehr ganz so heftig knurrte, musterte Taraín die Alte genauer. »Wie verlernt man denn, Schmerzen zu haben?«

Die Alte hatte auch etwas gegessen, jedoch nicht vom Eintopf, nur von den getrockneten Beeren. Bei jedem Bissen schmatzte sie laut. »Wenn man in die Sonne schaut, blendet sie einen zunächst, und wenn man lange genug hineinstarrt, wird man blind. Genauso verhält es sich beim Schmerz. Wenn man ihn nicht scheut und wenn man nicht wegsieht, sondern sich ihm ausliefert, dann wird man irgendwann gefühllos.«

»Aber wenn man blind ist, wird man nicht nur von Sonne nicht geblendet, man sieht gar nichts mehr.«

»Und siehst du, beim Abgewöhnen des Schmerzes ist es ähnlich. Wenn man zu viel erlitten hat, fühlt man irgendwann auch das Schöne nicht mehr. Und wer zu alt wird, sieht dem Leben nur mehr zu, anstatt daran teilzuhaben.«

Sie stopfte sich die nächste Beere in den Mund und zwinkerte den beiden vertraulich zu.

»Was hast du denn alles erlitten?«, fragte Aelswith.

Eine Weile ertönte nur ihr Schmatzen, und Taraín zweifelte schon daran, dass sie ihnen antworten würde, doch schließlich sagte sie: »Ich habe einen Mann gehabt und geliebt, doch dann wurde er gemeinsam mit fünfzig seiner Krieger verbrannt. Der, der es tat, hat mir die Wahl gelassen, mit ihm in die Flammen zu gehen oder ihn zu heiraten. Damals hatte ich noch Angst, in die Sonne zu schauen, und darum mied ich auch die Hitze des Feuers. Außerdem hatte ich noch meinen kleinen Jungen.«

»Du musst deinen zweiten Mann gehasst haben.«

»Vielleicht. Für kurze Zeit bestimmt. Aber Liebe und Hass sind Schwestern. Es gibt das eine nicht ohne das andere. Außerdem war mein zweiter Mann nun mal stärker als der erste – und dafür konnte ich ihm nicht zürnen. Wenn ein Mann bei der Jagd stirbt, ist er doch auch selbst schuld und nicht das Wildschwein.«

»Und dann?«

»Dann habe ich auch meinen zweiten Mann verloren, und schließlich meinen Sohn.« Das Schmatzen verstummte, als sie sich über die Lippen leckte. Ihre Zungenspitze war rot von den Beeren.

»Und danach hast du keinen Schmerz mehr gefühlt?«, fragte Taraín.

»Nein, danach habe ich getrauert, geweint und geschrien, war jahrelang verzweifelt und habe ungeduldig gewartet, dass ich ihnen folgen kann. Doch der Tod wollte mich nicht, und so habe ich mir gedacht, dass ich wohl erst Frieden mit meinem Leben schließen muss, ehe ich sterben darf. Ich habe nicht mehr getrauert, nicht mehr geweint und geschrien, war nicht mehr verzweifelt, der Tod mied mich dennoch weiterhin. Dem Tod ist es nämlich egal, ob der Mensch bitter oder süß ist, scharf oder sauer, ob er in der Stunde, da er ihn holen kommt, vor Glück birst und vom Unglück niedergestreckt wird. Er findet hier in Alba schlichtweg einen zu reichlich gedeckten Tisch, sodass er mich leicht verschmähen kann.« Sie beugte sich vor. »Ihr seht noch hungrig aus, aber wie der Tod muss hier niemand fasten.« Das Weiblein erhob sich. »Dies ist übrigens meine Hütte, Màili lebt bei mir, seit ihr Mann gestorben ist. Ihr könnt gerne hier schlafen.« Sie deutete in den hinteren Teil des Raumes, wo auf dem Boden aus gestampftem Lehm ein paar Zweiglein und Äste und darauf zwei Strohsäcke lagen. Allein bei ihrem Anblick wurde Taraín todmüde, doch er erhob sich nicht, tauschte mit Aelswith lediglich einen Blick aus. Als sie zustimmend nickte, wandte er sich wieder an die Alte.

»Du bist Gruoch«, sagte er leise. Das alte Weiblein hatte die verbliebenen Beeren in ein Leinentuch gewickelt, gab jedoch keine Antwort. »Du bist Gruoch«, wiederholte er, »eine Nachfahrin vom großen König Konstantin MacKenneth sowie die Frau von Gillecomgain, dem Neffen Findláechs. Nach dessen Tod wurdest du die Frau von Macbeth, dem Mormaer of Moray, König von Alba, außerdem bist du die Mutter von Lulach, der ebenfalls König von Alba war, wenn auch nur für kurze Zeit. Und du bist die Großmutter von Maelsnechta, der einen Aufstand plant, damit Moray unabhängig wird.«

Während Taraín sprach, hatte die Alte den Kopf gesenkt. Nun blickte sie wieder hoch, die Lippen zu einem verschmitzten Lächeln verzogen. »Ach, deswegen seid ihr hier. Ihr wollt euch Maelsnechta anschließen. Fast alle, die hierherkommen, fragen, wo sie ihn finden können.«

»Wo das ist, weißt du doch, oder?« Die Alte zuckte nur die Schultern, da sie wohl noch nicht ihr Vertrauen errungen hatten. »Du könntest uns auch in einer anderen Sache helfen«, sagte Aelswith.

»Helfen wobei?«

Wieder schauten sie sich kurz an, wieder nickte Aelswith Taraín zu. »Mein Stiefvater Drostan ...«, setzte er an, »... er schickte uns hierher. Sagt dir sein Name etwas?«

»Nein.«

»Er sprach von einem Rabenbanner und dass wir dieses suchen sollten. Weißt du, was es damit auf sich hat?«

»Mit dem Rabenbanner? Aber gewiss.«

Die Alte lachte wieder. Alles an ihr war alt, nur ihr Lachen klang jung.

»Und?«, fragte Taraín.

Gruoch gähnte. »Es ist Zeit zu schlafen.«

»Aber ...«

Die Alte erhob sich. »Doch, doch, es ist längst finster geworden. Über manche Dinge spricht man besser im Sonnenlicht. Wenn man die warmen Strahlen spürt, tun die Erinnerungen nicht so weh.«

»Ich dachte, dass das Sonnenlicht blind machen würde ... und dass du keinen Schmerz mehr spürst.«

In das Lachen mischten sich Schluchzer, und in den dunkeln Augen schimmerten plötzlich Tränen. »Alte Weiber reden oft Unsinn, vor allem wenn der Tag sich neigt. Mein Geist ist zu müde, um noch klare Gedanken zu fassen, morgen ... morgen erzähle ich euch mehr.«

Selbst Bruder Nynias hatte in den letzten Wochen nie so laut geschnarcht wie Gruoch. Als Aelswith das erste Mal davon wach wurde, vermeinte sie, dass die Wände ob eines aufziehenden Sturmes knirschten. Eine Weile lag sie starr vor Angst da und rechnete damit, dass das Haus über ihr zusammenfiel, doch dann erkannte sie, woher die Geräusche kamen. Später nickte sie kurz ein, schreckte vom neuerlichen Schnarchen aber bald wieder hoch.

Nicht nur wegen des Lärms konnte sie danach nicht mehr einschlafen, sondern weil ihr die Worte der Alten wieder und wieder durch den Kopf gingen. Wenn man lange in die Sonne starrt, wird man blind, hatte sie gesagt ... Sie selbst starrte nun schon seit Wochen ins Dunkel der Vergangenheit und war erst recht blind. Solange sie Fuß vor Fuß gesetzt hatte, waren alle Fragen verstummt, nun hörten sie nicht auf, in ihrem Kopf zu kreisen.

Wer bin ich, was tue ich, was soll ich tun ... und zu wem gehöre ich?

Als Dämmerlicht durch die Ritzen fiel, erhob Aelswith sich mit einem säuerlichen Geschmack im Mund. Ihre Glieder waren taub, ihr Herz war schwer. Sie sagte sich, dass sie doch an diesem Tag endlich mehr erfahren würde und darüber glücklich sein sollte, doch das Unbehagen ließ sich auch vom kühlen Lufthauch nicht vertreiben, der sie traf, sobald sie nach draußen trat. Das Raunen des Windes blieb für einige Zeit das einzige Geräusch, dann kam ein Gackern hinzu, und als sie sich umdrehte, sah sie nicht nur etliche Hühner und einen Hahn, auch die junge Frau mit den roten Locken, die sich bei ihrer Ankunft die Zehe verbrannt hatte.

»Die Hühner sind schon so bald wach?«, fragte Aelswith und trat zu ihr.

»Eine Schande ist es«, meinte sie und streute ein paar Körner aus. »Der Hahn weigert sich beharrlich, sein Kikeriki bei Sonnenaufgang zu schreien und wartet bis zur Mittagszeit damit. Die Hühner hingegen werden schon unruhig, noch lange bevor sie ihre Eier legen.«

Sie lachte und wirkte ausgeruht, Aelswith dagegen rieb sich müde die Augen.

»Kann es sein, dass dich das Schnarchen meiner Großmutter wach gehalten hat?«

Aelswith ließ die Hand sinken und sah die Rothaarige erstaunt an. »Großmutter?«

»Ihr wisst doch mittlerweile, wer sie ist, nicht wahr?«

»G... Gruoch ...«, stammelte Aelswith. Obwohl ihr Verstand wie benebelt war, zog er doch die richtigen Schlüsse. Wenn Gruoch die Großmutter der jungen Frau war, dann war diese die Tochter vom getöteten Lulach und die Schwester von Maelsnechta. »G... Gael«, stammelte sie.

»So heiße ich, ja, und Gruoch ist Macbeth' Witwe. In all den Jahren sind so viele Menschen hierhergekommen, um Trost bei ihr zu finden und in Erinnerungen zu schwelgen. Dabei redet sie nicht gerne über ihn.«

Weil es noch wehtut, ganz gleich, was sie behauptet ...

»Die, die dieser Tage hier eintreffen«, sagte Aelswith, »wollen aber doch keine Geschichten von Macbeth hören, sondern wissen, wo Maelsnechta sich aufhält, um sich seinem Aufstand anzuschließen, nicht wahr?«

Mit weit ausholender Bewegung warf Gael den Hühnern noch mehr Körner zu.

»Davon will Gruoch erst recht nichts hören.«

Aelswith riss erstaunt die Augen auf. »Will sie denn nicht, dass Maelsnechta seinem Stiefgroßvater nachfolgt? Und dass Moray unabhängig wird?«

Die Hühner pickten munter, indessen Gael Aelswith zu einer Bank winkte. Sie befand sich gleich neben dem Trog, in den sie tags zuvor den verbrannten Fuß getaucht hatte. Ein Getreidehalm lag hier, und Gael nahm ihn und betrachtete ihn lange.

»Meine Mutter unterstützt meinen Bruder rückhaltlos. Sie nennt seinen Kampf einen Kampf um die Freiheit, und sie hasst König Malcolm, weil er ihren Mann Lulach besiegt und getötet hat. Außerdem wirft sie ihm vor, dass er besser Englisch als Gälisch spricht und seine Priester wiederum besser Latein, und auch, dass er nichts weiter als ein Vasall der Normannen ist …«

»Und Gruoch denkt das nicht?«

»Das schon, aber sie zieht andere Schlüsse daraus. Sie denkt, dass Männer immer einen Grund finden, um zu kämpfen, und immer eine Erklärung, um diesen Kampf gerecht zu nennen. Sie selbst unterscheidet hingegen nicht zwischen gerecht und ungerecht, gut und böse, Liebe oder Hass. Für sie gib es nur solche, die schnell sterben, und solche, die dem Tod eine Weile ein Schnippchen schlagen. Und sie hat Angst, dass mein Bruder zu Ersteren zählen könnte.«

»Und was denkst du?«

»Ich weiß es nicht genau. Ich habe dieses Dorf nur selten verlassen. Vielleicht ist es wahr, was meine Mutter über König Malcolm sagt. Aber was ist schon die Wahrheit? Ist sie die Sonne, die alles erleuchtet?«

»Oder die Sonne, die blind macht?«

»Oder womöglich ein Getreidehalm wie dieser hier, der wächst, wenn die Sonne ihn bescheint, der verdorrt, wenn ihre Strahlen zu heiß sind, oder der knickt, wenn Stürme aufziehen? Vielleicht tut mein Bruder das Richtige, vielleicht nicht. Jedenfalls habe ich große Angst um ihn.«

Gael, die bis jetzt so heiter gewirkt hatte, wurde plötzlich ernst. Unwillkürlich nahm Aelswith Gaels Hand und drückte sie. Bis jetzt hatte sie nicht recht gewusst, was sie mit Gruochs Worten anfangen und was sie von Maelsnechtas Aufstand halten sollte, aber diese junge Frau war ihr auf einmal ganz nah. Von ihr, dessen war sie sich sicher, konnte sie Verständnis erwarten, vielleicht sogar einen Rat.

»Hast du eigentlich …«, setzte sie an, kam allerdings nicht mehr dazu, nach dem Rabenbanner zu fragen, denn in diesem Moment fing eines der Hühner zu gackern an und der Hahn schrie unvermittelt sein Kikeriki.

Gael sprang auf. »Ja, ist denn dieses Vieh närrisch geworden?«

Sie machte ein paar Schritte auf den Hahn zu, der in den Hof gestakst kam, woraufhin dieser prompt wieder davonlief. Die Hühner kreischten hingegen so laut, dass sie jedes andere Geräusch übertönten. Doch just als auch Aelswith aufsprang, hörte sie es – hörte dieses … Knistern.

Sie drehte sich um und sah, dass von der Hütte, in der sie in der Nacht geschlafen hatte, Rauch aufstieg. Kurz war sie überzeugt, dass die Sinne sie trogen und es nur Morgennebel war, der auch über den Wiesen hing. Doch schon stieg ihr ein beißender Geruch in die Nase, und auch Gael begann zu husten.

»Lieber Himmel!«, stieß die junge Frau aus und ging ihrerseits auf das Haus zu, um schon nach wenigen Schritten wie erstarrt stehen zu bleiben. Nicht länger war es nur in Rauch gehüllt – auf dem mit Stroh und Reisig bedeckten Dach zuckten plötzlich rotgelbe Flammen. »Großmutter!«, schrie Gael.

»Taraín!«, rief Aelswith.

Ihre Rufe übertönten weder das Prasseln noch das Gackern und erst recht nicht die Schreie, die von den anderen Häusern kamen. Als Aelswith herumfuhr, sah sie, dass einige von ihnen ebenfalls brannten und die Flammen ein leichtes Spiel hatten.

Sie wusste nicht, in welchem Haus Bruder Nynias und Nathair schliefen, wusste nur, dass sie sich nicht unter jenen befanden, die herausgestürzt kamen. Rasch kam es zum Tumult, als die einen in Richtung Brunnen liefen, um Wasser zu holen, und die anderen in Richtung Zaun, um zu fliehen. Nur

Aelswith stand wie erstarrt da, obwohl sie hin und her gestoßen wurde.

»Taraín!«, schrie sie wieder und wieder, obwohl die Verzweiflung und das Entsetzen ihr die Luft abzuwürgen drohten, doch er antwortete nicht.

Nur Earc, den Taraín am Abend am Zaun angebunden hatte, stieß verzweifelt wie nie sein Iah aus.

XVII.

1792

Zwei Wochen waren vergangen, seit Magdalene Seòras geküsst hatte – eine Zeit, in der sie das Dorf gemieden, jedoch weitere Botschaften zur Ruine gebracht hatte. Es war in diesen Tagen deutlich schwieriger, sich fortzustehlen, da im Juni immer mehr Adelige Edinburgh oder London verließen, um die Sommermonate auf ihren schottischen Landsitzen zu verbringen. David sprach häufiger Einladungen aus als sonst und folgte ebenso vielen, sodass sie an manchen Tagen das Herrenhaus am Morgen verließen und erst nach Anbruch der Dunkelheit zurückkehrten. Eines Tages geschah das erst lange nach Mitternacht, und als Magdalene am nächsten Morgen benommen hochfuhr, fiel durch die Vorhänge ihres Himmelbetts bereits Sonnenlicht.

Magdalene warf einen Blick auf die Uhr. Dafür, dass es bald Mittag war, fühlte sie sich nicht ausgeruht, vielmehr von Träumen beunruhigt, an die sie sich nicht mehr erinnern konnte. Sie rieb sich die schmerzenden Schläfen und erkannte erst verspätet, dass sie nicht von selbst erwacht war, sondern laute Stimmen ihren Schlaf gestört hatten. Sie verstand nichts, hörte nur, dass sie aufgebracht klangen, und so schlüpfte sie in den Morgenmantel, öffnete die Tür einen Spaltbreit und vernahm nun ganz deutlich Davids Kammerdiener.

»Sie wollen sich dagegen wehren, diese Narren! Und geben sich dabei dumm wie Rinder, die denken, es wäre Ausdruck ihrer Macht, wenn sie mit den schweren Hufen den Boden zertrampeln. In Wahrheit zerstören sie die eigenen Wiesen.«

»Der Aufstand soll in Kildermorie begonnen haben«, warf ein anderer ein, dessen Stimme Magdalene nicht kannte.

Ein Aufstand?

»Na, na«, erwiderte der Diener, der stets bei Tisch servierte. »Von Aufstand zu sprechen, erscheint mir übertrieben. Sie wollen ihre Rinder weiterhin in den Höhen von Strathrusdale grasen lassen, das ist alles.«

»Nun, jetzt wurden die Rinder ja eingesperrt«, sagte Davids Kammerdiener zufrieden.

»Gewiss, aber ich kann mir nicht vorstellen, dass sie das auf sich sitzen lassen.«

Magdalene wich zurück und läutete nach Abigail, die prompt zu schimpfen begann, sobald sie schnaufend das Schlafzimmer betrat. »Du wirst dir noch den Tod holen mit deinen nackten Füßen.«

»Jetzt im Juni?«, gab Magdalene zurück, ehe sie mit dem Kinn in Richtung Tür deutete. »Was ist los?«

Abigail sah sie verwirrt an. »Was ... was meinst du?«

»Ich habe gehört, dass man von einem Aufstand spricht.«

Abigail zuckte die Schultern und versuchte, ein gleichmütiges Gesicht zu machen. »Es geht um Kühe und Schafe, also um nichts, was dir Sorgen bereiten sollte. Ich hole dir warmen Tee und dein Frühstück.«

Magdalene wartete nicht, bis ihre alte Dienerin zurückkehrte, sondern schlüpfte in ihre Hausschuhe und verließ das Schlafzimmer im Morgenmantel. Von den männlichen Dienstboten war nichts zu hören, nur Giorsal gab einem Mädchen gerade die Anweisung, das Silber zu putzen. Als sie Magdalene erblickte, blieb sie steif stehen.

»Guten Morgen, Mylady.«

»Was … was ist in Kildermorie passiert?«, fragte Magdalene grußlos.

Wie so oft ließ sich Giorsals Blick nicht deuten, desgleichen verriet das lange Schweigen nicht, ob sie über eine Antwort nachdachte oder mit sich rang, ob sie eine solche überhaupt geben sollte. Ehe sie etwas sagte, kam ihr das Dienstmädchen zuvor.

»In Easter Ross und Caithness kam es zu Unruhen«, berichtete es aufgeregt. »Sir John Sinclair hat etliche Herden einer neuen Schafrasse dorthin bringen lassen und für diese Weideland beansprucht. Doch die Menschen hinter dem Great Glen wollen das nicht hinnehmen.«

In der Miene des Mädchens war leicht zu lesen, verriet diese seine Begeisterung für die Sache doch nur allzu deutlich.

Giorsal jedoch erklärte streng: »Vom Schwatzen allein ist noch kein Löffel sauber geworden.«

Das Mädchen wandte sich seiner Arbeit zu, indes Magdalene die Haushälterin fragend ansah und diese sich nicht länger verschwiegen gab.

»Zu den ersten Pächtern, die nach Easter Ross gekommen sind, zählt ein gewisser Captain Allan Cameron«, erklärte sie, »er hat Teile des Besitzes von Munro in Culcairn übernommen, außerdem Ländereien von Sir John Lockhart.«

»Ich fürchte, ich habe all diese Namen noch nie gehört.«

»Wie es aussieht, werden wir noch lange über sie sprechen. Sie wollen eine riesige Schafzuchtkompanie aufbauen und haben den ansässigen Menschen verboten, ihre Rinder wie immer im Sommer durch das Gebiet zu treiben und auf den Hügeln grasen zu lassen. Als die es dennoch taten, haben

Captain Cameron und sein Bruder die Rinder nicht nur eingesperrt, auch Geld für deren Freilassung verlangt.«

»Ich verstehe …«, murmelte Magdalene, obwohl sie kaum einen klaren Gedanken fassen konnte.

Ob Seòras davon schon wusste … ob sie ihm eine Nachricht zukommen lassen sollte … ob sie wieder ins Dorf gehen sollte?

Giorsal runzelte die Stirn. »Womöglich werden sich die Unruhen ausweiten – schließlich werden auch hier bei uns bald etliche Schafherden erwartet.« Magdalene kämpfte darum, sich ihre Überraschung nicht anmerken zu lassen. In keinem von Davids Geschäftsbriefen, die sie in den letzten Tagen gelesen hatte, war davon die Rede gewesen. Sie musste wirklich sofort ins Dorf! »Der Lord hat übrigens gebeten, dass Sie das Haus nicht verlassen, solange dieser Aufstand nicht niedergeschlagen wurde.«

Magdalene erstarrte. »Wie bitte?«

»Es ist zweifellos sicherer, im Herrenhaus zu bleiben.«

»Aber …«

»Keine Sorge, Mylady. Hier seid Ihr gewiss nicht in Gefahr.«

»Ich … ich lasse mich nicht einsperren!«, platzte es aus Magdalene heraus.

Giorsal zuckte die Schulter. »Der Lord hat mich gebeten, Euch seine Entscheidung wissen zu lassen. Sie Euch zu erklären ist nicht meine Aufgabe.«

Und mit diesen Worten ließ sie Magdalene stehen, um das Dienstmädchen beim Silberputzen zu beaufsichtigen.

Magdalene ahnte, dass es besser wäre, erst dann mit David zu reden, wenn sie ihres Ärgers Herr geworden war. Doch ihre

Wut war zu groß, als dass sie hätte warten können, vor allem aber zu befreiend. Nicht nur, dass sie ihr Entschlossenheit verlieh – zugleich vertrieb sie den schäbigen Geschmack von all den Lügen, die sie David über Monate aufgetischt hatte – mit ihrem Mund, indem sie höflich mit ihm plauderte, und erst recht indem sie sich in den Nächten nicht nur willig, sondern auch zärtlich gab.

Eine Weile suchte sie ihn vergebens und betrat schließlich einen Raum, in dem sie ihn nicht vermutet hätte, in den sie jedoch von Klängen gelockt wurde, die bislang noch nie durchs Haus gehallt waren und die an einem Morgen so voller Misstöne unerwartet schön klangen. Es waren die Töne einer Violine, die sie an Seòras' Spiel mit der Fiedel erinnerten, wenngleich die Musik ungleich weicher wirkte. Wie kleine warme Wellen schienen sich die Töne über Magdalene auszubreiten, als sie auf der Schwelle des Morgenzimmers stehen blieb und kurz einfach nur lauschte.

Es war David selbst, der Violine spielte, und obwohl das Instrument auch im dunkelsten Stall die gleichen Töne von sich gegeben hätte, entfalteten sie erst in diesem Raum ihre Wirkung voll und ganz. Die Glasschränke mit dem kostbaren Porzellan schienen noch mehr zu glänzen, desgleichen die vergoldeten Uhren und Kerzenständer und die kunstvolle Wandtäfelung. Die Distel und die Rose an der Stuckdecke, die die Vereinigung der Kronen von England und Schottland 1603 symbolisierten, schienen regelrecht zu erblühen.

Eine Weile hörte David sie offenbar nicht, zumal sie ganz starr stehen blieb, doch dann brach er sein Spiel abrupt ab und drehte sich zu ihr um. Etwas von jener Zärtlichkeit, mit der er sie nie berührt, eben aber das Instrument gespielt hatte, war noch in seiner Miene zu erhaschen, ehe es von einem Gefühl der Trauer vertrieben wurde.

»Ich … ich wusste nicht, dass du Violine spielst«, sagte sie leise.

Er wandte sich ab. »Ich habe es während meiner Schulzeit in Eton gelernt«, murmelte er fast tonlos.

Was presste ihm die Kehle zusammen? Die eigene Musik oder etwas anderes?

Je länger er so steif stand, desto unbehaglicher wurde ihr zumute, zumal von den Wänden nicht länger die süßen Klänge hallten, sondern die vielen Lügen, die sie ihm ins Ohr geflüstert hatte, die aber nie darüber hatten hinwegtäuschen können, wie fremd sie sich waren.

Die Saiten vibrierten, als er die Violine in den Kasten legte – ein zaghafter, kaum hörbarer Ton, von dem sich umso lauter seine strenge Stimme abhob, als er plötzlich erklärte: »Sie wissen es von dir.«

Unwillkürlich wich Magdalene zurück, doch da ging er schon auf sie los, packte sie an den Handgelenken und zog sie ins Zimmer, dessen Tür er danach schloss.

»Wovon redest du?«, entfuhr es ihr zutiefst verwirrt.

Fieberhaft überlegte sie, ob sich unter all den Botschaften, die sie an Seòras weitergegeben hatte, tatsächlich ein Hinweis auf die Ereignisse im Norden befunden hatte, den zwar nicht sie, jedoch er hatte deuten können. Und sie versuchte sich an ein Zeichen dafür zu erinnern, dass David ihre Lügen durchaus durchschaut, ihr Gespinst jedoch auch aus eigenem Interesse aufrechterhalten hatte.

»Ich weiß, du hast romantische Vorstellungen vom Leben hier und von den Highlandern«, sagte er nunmehr etwas leiser, aber genauso beißend. »Schließlich hast du viele Romane gelesen, die deinen Geist gleichsam benebelt haben.«

»David …«

»Du hältst den roten König für einen Helden und dich für

eine Heldin, weil du ihm hilfst. Du weißt gar nicht, was du angerichtet hast.«

Sie wissen es von dir ... was du angerichtet hast ... der rote König ... ein Held ...

Magdalene hatte immer noch keine Ahnung, ob sie Seòras den entscheidenden Hinweis auf die Pläne der Schafzüchter in Easter Ross gegeben hatte, nahm jedoch an, dass der rote König bei dem Aufstand dort die Hände im Spiel hatte. Obwohl David sie immer noch schmerzhaft umklammert hielt, verzogen sich ihre Mundwinkel, und das erste Mal seit Wochen war das Lächeln, das sie ihm schenkte, nicht verlogen.

»Jemand musste den Highlandern helfen«, erklärte sie stolz.

Sein Griff lockerte sich etwas, als er ihr unverwandt ins Gesicht starrte. »Was weißt du eigentlich von ihnen?«

»Ich weiß, dass sie Menschen sind, die seit Jahrhunderten hier leben, die ihre Heimat lieben und ihre Familie. Die auf diesem Boden so viel mehr Rechte haben als die Pächter aus dem Süden. Und die vor allem ein Recht darauf haben, so zu leben, wie sie wollen.«

David wich ein wenig zurück, aber ließ sie immer noch nicht los. »So, so, sie haben ein Recht zu leben, wie sie wollen. Heißt das, sie haben auch ein Recht zu sterben, wie sie wollen – an Epidemien nämlich oder qualvoll am Hunger?« Er presste seine schmalen Lippen kurz aufeinander. »Wusstest du überhaupt davon? Dass vor etlichen Jahrzehnten eine große Hungersnot ein Fünftel der hiesigen Bevölkerung das Leben gekostet hat? Dass der Typhus, die Tuberkulose und die Masern ganze Landstriche entvölkert haben? Dass manche Frauen aus den Highlands bis zu zwanzig Kinder gebären, aber nur zwei von ihnen erwachsen werden?«

Sie wollte nicht zugeben, dass sie davon zum ersten Mal

hörte. »Tu doch nicht so, als würdest du aus Sorge und Mitleid handeln«, erwiderte sie bissig. »Wenn die Menschen an Krankheiten sterben, würde dir das doch zupass kommen – dann hättest du genug Weidefläche für deine Schafe.«

Seine Mundwinkel zuckten. »Wenn es so wäre, würde ich mich nicht seit Jahren gemeinsam mit Dr. Brinks für die Schutzimpfung gegen die Pocken einsetzen. Es wäre längst möglich, viel mehr Menschen zu retten, aber in etlichen Dörfern verweigern sich die Menschen dem medizinischen Fortschritt.« Magdalene sah ihn verächtlich an, ehe sie sich von ihm losriss. Den Raum verlassen konnte sie gleichwohl nicht – nicht nur, weil er sich ihr in den Weg stellte, auch weil er energisch zu sprechen fortfuhr. »Weißt du eigentlich, wie die Menschen hier die Blattern behandeln? Mit ebenso absurden Methoden wie alle anderen Krankheiten. Eine Stimme der Vernunft findet man hier nirgendwo, während der Aberglaube wie Unkraut wuchert. Leidet ein Mann an Gicht, isst er einen Kabeljaukopf, der einen Tag lang auf dem Misthaufen lag. Kinder will man stark machen, indem man sie gleich nach der Geburt ins kalte Wasser taucht und ihnen Whisky zu trinken gibt. Und wenn sie an Schwindsucht leiden, bindet man sie über Nacht an einen Holzstab im Freien. Senf und Knoblauch erscheinen den Highlandern als einzig wirksames Mittel gegen Fieber, und Junghähne, die man lebend begraben hat, setzt man für die Behandlung von Epilepsie ein. Wenn man von einer Natter gebissen wird, so soll man ihren Kopf essen, und wenn ein Rind krank wird, genügt ihrer Meinung nach Wasser, in dem Pfeilspitzen aus Feuerstein gekocht worden sind.«

Seine Speicheltröpfchen trafen sie und brannten sich in ihre Haut, als wären auch sie Natterngift. Wie gelähmt schien ihre Zunge jäh, denn obwohl sie ihm so gerne widersprechen wollte – sie konnte es nicht, standen ihr doch zu deutlich all die nutzlosen Diskussionen mit Peigi vor Augen. Ihm durch ihr Schweigen einfach recht geben, wollte sie allerdings auch nicht.

Sie schluckte schwer. »Was willst du damit sagen? Dass die Highlander allesamt Dummköpfe sind und du ihr Retter bist, weil du sie aus ihren Dörfern vertreibst?«

David trat zurück und ging eine Weile unruhig im Raum auf und ab, ehe er am Violinenkasten stehen blieb und erneut über die Saiten des Instruments strich. Dieses Mal glich der Ton, den sie von sich gaben, dem kläglichen Jaulen eines Hundes.

»Ich habe nie behauptet, ein Menschenfreund zu sein. Natürlich geht es mir darum, unseren Besitz zu halten – aber das nicht nur um meinetwillen, sondern zum Wohle aller.« Die Saiten schienen nunmehr zu miauen, als er sich zu ihr umdrehte. »Wahrscheinlich weißt du nicht, dass mein Vater spielsüchtig war. Die Schulden, die er gemacht hat – fast fünfzigtausend Pfund –, hätten uns beinahe das Genick gebrochen. In dieser Lage hätte ich es so halten können wie viele Grundbesitzer, nämlich das Land in immer kleinere Parzellen zu teilen, um noch mehr Pacht einzunehmen. Die Folge wäre wohl gewesen, dass ich fast alle Pächter in den Hungertod getrieben hätte. Ich hätte auch systematisch Wald abholzen können, das hätte etwa dreitausend Pfund im Jahr eingebracht, zumindest für einige Zeit. Aber ich wollte, dass sich langfristig etwas ändert, und das zum Besseren. Gewiss verstehe ich, dass Männer, die jahrhundertelang Rinder gezüchtet haben, es als Zumutung auffassen, Kelp zu ernten, Kelp bringt jedoch sehr viel ein. Mit dem Geld aus dem Verkauf des Kelps konnte ich nicht nur einen Großteil der Schulden tilgen, ich konnte auch ernsthafte Pläne entwickeln, neue Dörfer zu bauen, solche mit richtigen Häusern und nicht nur elenden Torfhütten, in denen man fast am Rauch erstickt.

Den Menschen gefällt es nicht, an der Küste und dort vom

Fischfang zu leben, doch irgendwie gilt es, die Zeit zu überbrücken, bis die Schafzucht Geld abwirft – im Übrigen genug, um kleine Manufakturen zu errichten, wo die Schafwolle verarbeitet wird. Und es ist doch besser, eigene Fische zu fangen als in den großen Städten fremde Fische auszunehmen, wie es so viele Frauen der Highlander tun müssen, um überleben zu können. Ich habe nie behauptet, dass Veränderungen nicht schmerzhaft und nicht mit vielen Opfern verbunden wären, dass es kein steiniger Weg wäre, auf den ich die Menschen führe. Aber manchmal gilt es, morsche Äste abzuschlagen, damit neue grüne Triebe wachsen können, und auch wenn der Baum den Mann, der die Säge führt, für einen Feind halten mag – in Wahrheit ist er keiner, sondern meint es nur gut.«

Verlegen rang Magdalene ihre Hände. »Warum hast du mir das nie auf diese Weise erklärt?«

»Du hättest all das längst wissen können, aber du warst noch nicht einmal bereit, die Haushaltsführung zu übernehmen.«

»Dann hättest du es zumindest den Menschen hier erklären können, anstatt Entscheidungen über ihre Köpfe hinweg zu treffen.«

»Glaubst du, ich habe nicht versucht, mit ihnen zu reden und ihnen meine Beweggründe zu erklären? Sie wollen mich nicht verstehen, nein, sie können mich nicht verstehen. Weil sie schrecklich ungebildet sind! Keiner von ihnen hat die Schriften von David Hume und Dugald Stewart, William Robertson und Adam Smith gelesen. Du doch auch nicht, oder?«

»Ich habe Rousseau gelesen. Und Alexander Pope« erwiderte Magdalene kühl.

»Und warum hast du mir das nie gesagt? Wir hätten darüber reden können, dann hättest du in mir nicht nur den grausamen Tyrannen gesehen.«

»Gewiss«, sagte sie bitter. »Und du in mir nicht bloß die

dumme Frau, die nichts von der Welt versteht, weil sie gerne Romane liest.«

»Ich habe nie angenommen, dass du dumm bist. Doch als ich merkte, dass du heimlich ins Dorf gehst und Nachrichten in der Burgruine hinterlässt, bin ich zu dem Schluss gekommen, dass du sehr leichtgläubig bist und dich blenden lässt. Du lässt dir von den Highlandern auf der Fiedel vorspielen und erkennst nicht, dass sie das rückständigste Volk Europas sind.«

Magdalene presste die Lippen zusammen. So gerne hätte sie ihn der Selbstgerechtigkeit gezeiht, so gerne ihm vorgehalten, dass er nicht nur ein Ausbeuter war, sondern ein Heuchler, wenn er sich am Schicksal der Highlander interessiert gab. Doch sie konnte sich der Verzweiflung, die jäh in seiner Miene stand und die aus jedem Wort sprach, nicht blindstellen, konnte nicht so tun, als würde sie nicht deutlich fühlen, wie schwer er an seiner Verantwortung trug.

Er würde lieber Violine spielen, als Menschen aus Dörfern zu jagen, lieber in London leben als hier … Aber er fühlt sich verantwortlich – für seinen Namen, seinen Besitz und auch für die Menschen, die hier leben. Sein Weg mag der falsche sein, er hat ihn dennoch mit gutem Willen eingeschlagen.

Ihr wiederum konnte man den guten Willen auch nicht absprechen, aber das, was David ihr vorwarf, dass sie vom Leben in den Highlands nichts verstand, hatte sie auch aus dem Mund von Andra gehört.

Zu wenig … zu wenig … zu wenig.

Was immer sie tat, war zu wenig. Im Dorf zu schuften und Seòras zu küssen, machte aus ihr keine Highlanderin. Und hier vor David zu stehen, ihn hilflos anzustarren und seinen Vorwürfen zu lauschen, machte sie nicht zur liebenden Ehefrau … erweckte eher den Wunsch zu fliehen und nichts mehr zu hören, nichts mehr zu sehen.

»Ich lasse mich nicht einsperren«, stieß sie hervor, weil das das Einzige war, auf das zu beharren ihr einfiel.

Keine Verzweiflung stand mehr in seiner Miene, nur Müdigkeit. »Warum nennst du es so? Hier im Herrenhaus bist du in Sicherheit.«

»Ich habe keine Angst vor den Highlandern.«

»Du hast ja keine Ahnung, wozu sie fähig sind. Eben haben mich Neuigkeiten aus Ester Ross erreicht. Die Unruhen sind eskaliert, Captain Cameron und sein Bruder wurden tätlich angegriffen.«

»Captain Cameron hat die Rinder eingesperrt!«

»Ja, aber einem gewissen Alexander Wallace, dem Anführer der Aufständischen, genügte es nicht, diese zu befreien. Er hat Cameron alle Waffen gestohlen und einen der Gewehrläufe hinterher mit bloßen Händen verbogen.«

»Er hätte damit auch auf den Pächter schießen können.«

»Nun, er hat hundert Mal auf ihn eingeschlagen, weswegen es ein Wunder ist, dass er noch lebt. Und danach wurden alle Schafe gestohlen. Wenn man sie nicht mit harter Hand führt, werden die Highlander zu Dieben und Mördern.«

»Sie werden zu Menschen, die für ihre Freiheit kämpfen.«

David trat wieder zu ihr, seine Miene war nunmehr ausdruckslos. »Ich habe mir gewünscht, dass du mich verstehst, dass du begreifst, wie hoch der Preis für die Freiheit ist – meist nämlich das eigene Leben, und das ist sie nicht wert. Aber ich brauche dein Verständnis nicht, um dich zu beschützen. Ich kann damit leben, dass du in mir den Kerkermeister und Tyrannen siehst. Bis die Unruhen vorbei sind, wirst du das Herrenhaus nicht mehr verlassen.«

XVIII.

1078

Als Hlothere durch das verbrannte Dorf schritt, war aus dem lauten Prasseln des Feuers längst ein Knacken geworden und aus den roten Flammen ein Glosen. Von zwei Häusern ging noch sengende Hitze aus, von allen anderen stieg nur dicker Qualm auf, der in seiner Nase und in seiner Kehle brannte. Er achtete nicht darauf, überwand auch die Furcht, von einem Dachbalken erschlagen zu werden, und lugte nach und nach in jedes zerstörte Haus. Er stieß auf etliche Tote und ein paar schreiende Verletzte, doch nirgendwo auf Aelswith.

Auch seine anderen Männer, deren Gesichter mittlerweile schwarz waren, suchten sie vergebens.

»Irgendein Lebenszeichen von ihr?«, fragte er, als sie zu ihm traten, doch ein Schulterzucken blieb die einzige Antwort. Der Krieger, den sie Käfer nannten, lief einem Hahn nach, dessen Kamm blutig und dessen Schwanzfeder verbrannt war, der aber noch schnell und wendig genug war, um sich nicht einfangen zu lassen.

»Lass es«, spottete Wildkatze, »es hängt doch kaum Fleisch an ihm. Besser, du schlachtest eine der Hennen.«

»Aber die sind rechtzeitig geflohen … und das Mädchen offenbar auch.«

»Verdammt, verdammt, verdammt!«, fluchte Hlothere und ballte seine Hand zur Faust. »So nah waren wir ihr noch nie.«

Auch Käfer stampfte auf den Boden, als er einsah, dass er den Hahn nicht erwischen würde. »Warum bleibt dieses verdammte Vieh überhaupt noch hier? Wen will es denn morgens mit seinem Kikeriki wecken? Etwa den hier?«

Er trat gegen einen Mann, der reglos vor ihnen lag und dessen Gesicht von einer Schicht Asche bedeckt war. Er war von einem Balken erschlagen worden, wohl als er das Feuer zu löschen versucht hatte. Seine Hände umklammerten noch den Eimer, das Wasser war längst nutzlos im Boden versickert.

Käfer trat noch einmal zu, doch Hlothere brachte ihn mit strenger Geste zum Einhalten. »Lass ihn in Ruhe«, befahl er, beugte sich selbst über den Toten und murmelte ein letztes Gebet. *»Lux aeterna luceat eis, Domine. Cum sanctis tuis in aeternum quia pius es Requiem aeternam dona eis, Domine: et lux perpetua luceat eis.«*

Obwohl er die Worte nur lautlos sagte, beschworen sie lebendige Erinnerungen. Er schloss die Augen, und da der Rauch prompt noch schmerzhafter in der Kehle kratzte, atmete er tief ein. Dieses Brennen war schließlich leichter zu ertragen als jenes hohle Gefühl in der Brust, das das Bild von sich und der toten Sethrid heraufbeschwor. Auch neben ihrem Leichnam hatte er gekniet, um ein letztes Gebet zu sprechen …

»Schau!«, rief Wildkatze da. »Einer lebt noch.«

Hlothere öffnete die Augen wieder, die zu tränen begannen, und erhob sich. Wildkatze stand über einem Mann, der auf dem Rücken lag, dessen rechtes Bein merkwürdig verdreht war und auf dessen Stirn eine blutige Wunde klaffte. Er klammerte sich regelrecht an den Pelz, den er um die Schultern trug, zumal Wildkatze einen begehrlichen Blick darauf warf. Hlothere scheuchte ihn weg, beugte sich selbst über den Mann.

»Wo ist die junge Frau?«, fragte er barsch. »Die Frau, die gestern das Dorf erreicht hat?« Der Mann starrte ihn nur aus leeren, glasigen Augen an, woraufhin Hlothere seine Hand hob und sie ihm auf die Stirn legte, als wollte er ihn streicheln. »Die Frau«, raunte er, um ihm unvermittelt den Zeigefinger in die blutende Wunde zu rammen. »Wo ist die Frau?«

Der Mann brüllte auf und schrie auch dann noch, als Hlothere seinen Finger längst zurückgezogen und das Blut am Pelz abgewischt hatte.

»Ich ... weiß ... nicht ...«, stammelte der Mann, als der Schmerz etwas abebbte.

»Wer war bei ihr?«

Dieses Mal musste Hlothere nur drohend die Hand heben, um den anderen zum Antworten zu bewegen.

»Ein ... ein Wanderarzt ... Mönch ... Gelähmter.«

Immer mehr Blut floss aus der Stirnwunde, und nun, da der Pelz etwas verrutscht war, sah Hlothere, dass auch in seiner Brust ein Stück Holz steckte. Er konnte nicht erkennen, welcher Gegenstand eingedrungen war, wusste nur, dass der Mann das nicht überleben würde. Er erhob sich, zog sein Schwert.

»Kann ich den Pelz haben?«, fragte Wildkatze. Hlothere sah seinen Ritter nachdenklich an. »Wenn ja, dann lass ihn mir, bevor er stirbt«, fügte der Krieger hinzu, »sonst ist er ganz blutig.«

»Der Pelz ist das Letzte, was diesem Mann geblieben ist«, sagte Hlothere, »das werden wir ihm nicht auch noch nehmen.« Ohne hinzuschauen rammte er dem Verletzten das Schwert in die Kehle. Der Mann sah die Waffe wohl nicht mehr kommen und war sofort tot. Seine reglosen Hände umklammerten immer noch den Pelz, auf den Wildkatze missmutig starrte.

»Sie waren zu viert unterwegs ... ob sie auch zu viert haben fliehen können?«, sinnierte Hlothere.

»Ich denke nicht«, sagte einer der Ritter, den sie einfach nur den Sachsen nannten, weil er groß und blond war. »Der hier ist schon mal nicht dabei.«

Er deutete auf einen weiteren Mann, der ebenfalls mit verdrehtem Bein auf dem Boden lag, allerdings nicht, weil er tödlich verwundet worden war, sondern weil seine Beine ihm nicht gehorchten. Er versuchte, sich auf die Arme aufzustützen und so weiterzukommen, schaffte es aber nicht zu fliehen.

Der Gelähmte …

»Der krabbelt ja noch langsamer als du, Käfer!«, höhnte Wildkatze und erntete von Hlothere einen drohenden Blick.

Seine Miene wurde ausdruckslos, als er auf den Gelähmten zuging und ihm seinen Fuß auf den Rücken stellte, sodass seine Arme nachgaben und er mit dem Gesicht voran im Dreck landete. »Du warst doch auch mit dem Mädchen unterwegs. Wo ist es jetzt?«

Der Mann schnaufte, zumindest klang es so. Als Hlothere ihm einen Stoß versetzte, sodass er auf den Rücken rollte, zeigte sich, dass er lachte.

»Denkst du, sie sitzt ruhig da und legt ihre Hände in den Schoß, während du die Häuser über unseren Köpfen anzündest?«

»Sag uns alles über sie!«

Das Lachen wurde lauter, die Faust, zu der sich Hlotheres Finger verschlossen, drohender.

»Wenn du auf ihn eindrischst, kann er uns nicht mehr viel sagen«, mischte sich Wildkatze ein.

Hlothere ließ die Faust sinken. »Was schlägst du vor?«

Wildkatze hob seine beiden Hände. »Mit meinen spitzen Nägeln kitzle ich sicher alles aus ihm heraus, was er weiß. Aber lass ihn uns von hier fortschaffen, sonst bin ich am Ende des Tages so schwarz, dass man mich nicht mehr Wildkatze, sondern den Verkohlten nennt.«

Aelswith biss sich auf die Fingerknöchel, um nicht aufzuschreien. Hilflos musste sie zusehen, wie Hlothere Nathair packte und ihn unsanft über den Rücken seines Pferdes warf, sodass der Kopf auf der einen, die leblosen Beine auf der anderen Seite herunterhingen. Nur weil Taraín sie festhielt, verharrte sie in ihrem Versteck.

Schon vorher hatte Taraín ungeahnte Kräfte bewiesen, als er sie aus dem brennenden Dorf weggezogen hatte. Während sie wie erstarrt die Flammen hatte wüten sehen, hatte er, sobald er aus Gruochs Haus gestürmt war, sofort erkannt, dass nicht mehr viel zu retten war. Mit der einen Hand hatte er Aelswith gepackt, mit der anderen den Strick um Earcs Hals. Der Esel war willig gefolgt, Aelswith hatte sich gewehrt, wollte sie sich doch vergewissern, ob auch die alte Gruoch, Bruder Nynias und Nathair den Flammen entkommen waren. Taraín hatte sich hingegen als unerbittlich erwiesen.

»Wenn du tot bist, hilfst du ihnen nicht.«

Sie war nicht sicher, ob irgendjemand ihnen helfen konnte. Sobald sie Taraín in ein nahes Waldstück gefolgt war, wo sie sich im Schutz der Bäume versteckten, hatte sie erkannt, dass die Gefahr nicht nur von den Flammen ausging, sondern auch von den Männern … nein, Rittern, die unter Hlothere das Dorf einkreisten, nachdem sie dort offenbar das Feuer gelegt hatten.

»Er hat mich bis hierher verfolgt«, stieß sie aus.

»Wie es aussieht, hat er dich nicht nur verfolgt, sondern auch das Dorf angezündet«, murmelte Taraín erbleichend.

»Hlothere … Hlothere …«, wimmerte Gael. »Wer ist Hlothere?«

Erst jetzt ging Aelswith auf, dass auch Gruochs Enkeltochter ihnen gefolgt war. In den Händen hielt sie eines der Hühner, doch dessen Kopf hing schlaff zur Seite. Entweder war das Tier vor Schreck gestorben, oder Gael hatte ihm vor Schreck den Hals umgedreht. Die Frau mit dem Furunkel krümmte sich ebenso hinter dem Gebüsch, und auch ein Junge, der an Husten litt, hatte es hierhergeschafft. Von Gruoch aber fehlte jede Spur.

»Weißt du, ob deine Großmutter fliehen konnte?«, rief Aelswith. Gael zuckte nur die Schultern. »Und Bruder Nynias? Siehst du irgendwo Bruder Nynias?«

Bruder Nynias war so stark, dass sie sich nicht vorstellen konnte, dass Flammen ihn bezwingen konnten. Den Rittern würde das schon eher gelingen – mindestens einem Verletzten hatte Hlothere schließlich die Kehle durchschnitten. Immerhin war der Rest vor ihm sicher, da er und seine Männer nun davonritten … allerdings mit Nathair.

»Warum sollte Hlothere das Dorf anzünden lassen? Er hat es doch auf mich abgesehen«, rief Aelswith verzweifelt, obwohl sie die Wahrheit längst ahnte. Als Hlothere die Pfeile auf Drostan abgefeuert hatte, hatte sie gedacht, er hätte sie von ihm befreien wollen, und als er ihr später nach Dunfermline gefolgt war, war sie überzeugt gewesen, dass er sie nach Edinburgh hatte zurückholen wollen. Doch als sie Gytha gefunden hatte, hatte sie zum ersten Mal vermutet, dass er um ihre Herkunft wusste und sie töten wollte.

Gael zog indessen ganz andere Schlüsse. »Diese Ritter kommen vom schottischen König. Vielleicht haben sie von Maelsnechtas Aufstand erfahren und wollen ihn niederschlagen.«

Aelswith lag es auf den Lippen zuzugeben, wer sie war und dass die Männer hinter ihr her waren, nicht hinter Maelsnechta, war sich aber plötzlich nicht mehr sicher, ob beides nicht zusammengehörte. Falls Hlothere von ihrer Herkunft wusste, hatte er vielleicht absichtlich darauf gewartet, bis sie ihn und seine Ritter zu Macbeth' Familie führen konnte, um alle gleichzeitig auszulöschen. Womöglich begleitete er seit Wochen jeden ihrer Schritte, und sie hatte, als sie das Dorf betrat, gleichsam ein Todesurteil über seine Bewohner ausgesprochen.

Alle Kraft schien aus Aelswith' Gliedern zu schwinden, als wären diese gelähmt wie Nathairs Beine. Nathair, der doch schon genug durchgemacht hatte ... der ihretwegen seine eigene Sippe hatte sterben sehen ... der sich jetzt in Hlotheres Händen befand.

»Wir ... wir müssen ihn befreien!«, sagte sie.

Taraín sah sie nahezu mitleidig an. »Sie sind längst davongeritten.«

»Dann werden wir ihnen folgen! Wir können nicht einfach hier sitzen und warten.«

»Gegen ein halbes Dutzend Ritter haben wir keine Chance.«

»Aber ich kann nicht zulassen, dass andere meinetwegen sterben!« Nun gelang es ihr doch noch, aufzustehen und ein paar Schritte zu machen, bald blieb sie aber an einer Wurzel hängen und fiel mit dem Gesicht voran in Blätter, die noch nass vom Morgentau waren. Nicht nur dieser nässte ihre Wangen, auch Tränen taten es. »Meinetwegen ... das ist alles nur meinetwegen geschehen.«

Taraín trat zu ihr, zog sie hoch und barg ihren Kopf an seiner Brust.

»Es ist nicht deine Schuld, und im Moment kannst du nichts für Nathair tun. Beruhige dich, bitte beruhige dich. Wir müssen uns überlegen, wie wir vorgehen. Den Rittern nachzulaufen wäre sinnlos, und falls du es trotzdem versuchst, muss ich dich fesseln wie damals.«

Aelswith löste sich von ihm, und als sie hochsah, merkte sie, dass er lächelte, wenn auch traurig. Ihr eigenes Lächeln fiel genauso schmerzlich aus.

»Wovon redet ihr da eigentlich?«, fragte Gael, die zu ihnen getreten war. »Weshalb denkst du, alles wäre deine Schuld?«

Aelswith blickte zum Dorf, von dem dicke Rauchsäulen hochstiegen, und musste an den Tag denken, da sie die tote Gytha gefunden und Mutlosigkeit und Verzweiflung sie übermannt hatten.

Und wenn die Wahrheit doch die Sonne war? Eine Sonne, die blind machte und das Land verbrannte? Und deren Strahlen sie auf diese Menschen gerichtet hatte, weil Aelswith diese Wahrheit so inbrünstig gesucht hatte?

Ihre Stimme klang krächzend, als sie sich an Gael wandte. »Deine Großmutter … sie wollte uns heute vom Rabenbanner erzählen. Weißt du mehr davon?«

»Von einem Rabenbanner?«, fragte Gael verständnislos.

»Es … es ist der Schlüssel zur Macht.«

»Ich verstehe kein Wort. Wovon zum Teufel redet ihr?«

Aelswith konnte nichts mehr sagen, so sprach Taraín an ihrer statt. »Nun, vielleicht verstehst du es nicht, aber ich könnte mir vorstellen, dass dein Bruder mehr weiß. Maelsnechta ist auch der Einzige, der uns helfen könnte, Nathair zu befreien. Kannst du uns zu ihm bringen?«

»Werde ich denn dort erfahren, wer du bist und welches Geheimnis du hütest?«, fragte Gael und starrte Aelswith neugierig an.

Diese ließ den Kopf sinken. »Ich fürchte, das werde ich auch selbst erst dort herausfinden.«

XIX.

1792

Magdalene strich über das Pergament. Es fühlte sich so rau wie die Haut eines alten Menschen an, und kurz vermeinte sie, es wäre tatsächlich ein lebendiges Wesen, das ihr die Geschichte von Aelswith nicht nur erzählte, sondern sie am eigenen Leib mitfühlen ließ.

Wie gut sie deren Sehnsucht verstand, endlich zu wissen, wer sie war und zu wem sie gehörte! Und noch besser konnte sie ihre Ohnmacht und Wut nachfühlen, weil sie immer wieder auf neue Hindernisse stieß!

Sie hatte in den letzten Wochen manchmal geglaubt, verrückt zu werden. Das Herrenhaus war groß und beherbergte unzählige Räume, und doch waren es zu wenige, um sich nicht wie in Kerkerhaft zu fühlen. Einmal hatte sich Magdalene so weit aus dem Fenster gebeugt, dass sie wohl hinausgefallen wäre, hätte Abigail sie nicht geistesgegenwärtig zurückgerissen.

»Gott sei Dank!«, hatte die Dienerin gerufen, doch was Abigail als glückliche Fügung erschienen war, war für Magdalene eine Enttäuschung gewesen. In jenem kurzen Moment, bevor sie auf den Boden aufgeprallt wäre, hätte sie sich zu fliegen wähnen können. So aber fühlte sie sich wie ein hilfloses

Küken, dem keine Flügel wuchsen, das nur durch einen dünnen Flaum geschützt war – nicht gelb wie die Sonne dieser, sondern grau wie der Nebel.

An diesem Nebel wäre sie wohl erstickt, wenn sie nicht während einer ihrer ruhelosen Rundgänge der letzten Tage in der Bibliothek eine neue Pergamentrolle gefunden hätte. Bald gab sie es auf, darüber zu rätseln, wer sie dorthin gelegt hatte, und erfreute sich einzig daran, in die Vergangenheit eintauchen und ihr eigenes Leben vergessen zu können. Zumindest erhoffte sie sich das von der Lektüre, als sie jäh feststellte, dass sie dem eigenen Schicksal dadurch nicht entkommen konnte, es vielmehr in dem von Aelswith gespiegelt schien. In unruhigen Zeiten, da ein Aufstand drohte, versuchte sie herauszufinden, worin ihre Bestimmung lag.

»Maggie?«

Magdalene ließ die Schriftrolle sinken. Herrgott, nicht einmal hier in der Bibliothek hatte sie ihre Ruhe vor Abigail! Genügte es nicht, sich ständig anhören zu müssen, wie gut sie es im Herrenhaus hatten und dass sie hier vor den Wilden sicher waren?

Rasch versteckte sie das Pergament in einer Schublade, obwohl Abigail sich ohnehin nicht dafür interessiert hätte. Mit vor Aufregung gerötetem Gesicht trat sie auf sie zu.

»Barbaren sind es!«, stieß sie aus. »Ich habe es immer schon gewusst.«

»Was ist denn geschehen?«, fragte Magdalene müde.

»Nach dem gemeinen Überfall auf Captain Cameron hat der vor Gericht Beschwerde eingelegt. Der Richter, der den Fall untersuchen lässt, hat alle möglichen Zeugen nach Alness berufen, aber jeder von ihnen wurde gehindert, dort anzukommen. Außerdem heißt es, dass die Menschen die gestohlenen Schafe nach Inverness treiben wollen, um sie von dort in den Süden zu bringen. Ach, warum konnten wir nicht in Edinburgh bleiben …«

»Du kannst dich ja als Schaf verkleiden und hoffen, dass man dich auch von hier vertreibt«, sagte Magdalene trocken.

»Maggie!«, rief Abigail empört. »Die Angelegenheit ist zu ernst, um zu scherzen.«

Magdalene unterdrückte ein Seufzen. »Ist das alles?«, fragte sie knapp.

»Ich soll dich wissen lassen, dass der Lord diverse Nachbarn eingeladen hat, um mit ihnen Maßnahmen gegen mögliche Ausschreitungen zu besprechen. Es wird ein großes Abendessen stattfinden, Giorsal will dir den Menüplan zeigen.«

Allein bei der Vorstellung, sich an Gerichten wie Hecht in Pfeffersauce, gefülltem Schweinemagen, Fasanenragout und Orangentorte zu delektieren, während offen darüber gesprochen wurde, wie man die Menschen hier weiterhin knechten und das Flämmchen Freiheit wieder ersticken konnte, schnürte sich Magdalenes Kehle zu.

»Giorsal trifft doch ansonsten auch immer allein die Entscheidung über das Menü.«

»Nun, heute hat sie dich gebeten, in die Küche zu kommen.«

Das letzte Mal, als sie die Küche betreten hatte, war Peigi noch Hausmädchen gewesen, und Magdalene erschien Giorsals Anliegen immer absonderlicher. Die Neugier überwog allerdings ihr Befremden, und sie erhob sich rasch, um nach unten zu gehen.

Als sie die Küche erreichte, hielt Giorsal ihr den Rücken zugewandt und redete gerade auf eine Dienstmagd ein. »Gib mir die Schürze und die Haube!«, befahl die Haushälterin.

Magdalene trat näher. »Was geht hier vor?«, fragte sie

streng, doch Giorsal wandte sich ihr erst zu, nachdem das Mädchen Schürze und Haube abgelegt hatte.

»Gut, dass Ihr ein dunkles Kleid tragt, Mylady.«

Magdalene blickte an sich hinunter, konnte sie sich doch gar nicht mehr daran erinnern, welche Kleidung ihr Abigail am Morgen gereicht hatte. Tatsächlich war es ein dunkelblaues Flanellkleid.

»Warum ...«

»Damit werdet Ihr kaum auffallen«, fiel Giorsal ihr ins Wort und reichte ihr Schürze und Haube.

»Was soll ich damit?«, frage Magdalene verwirrt, obwohl sie eine vage Ahnung überkam.

Giorsals Miene blieb wie immer ausdruckslos, aber ihre Stimme klang ungewohnt erregt, als sie erklärte: »Ich weiß, dass Ihr den Lord seit Tagen anfleht, endlich wieder das Haus verlassen zu dürfen. Ihr könntet es durch den Kücheneingang tun. Wenn man Euch für ein Dienstmädchen hält, wird niemand Euch aufhalten.«

»Ihr ... Ihr verhelft mir zur Flucht?«

»Eine Flucht würde bedeuten, dass Ihr nicht mehr zurückkommt, und das hoffe ich ja doch nicht. Aber ich kann verstehen, dass Ihr Euch unwohl fühlt, wenn Ihr hier regelrecht gefangen seid.«

Magdalene starrte auf Schürze und Haube. »Warum ...«

»Es ist natürlich Eure Wahl.«

»Wenn der Lord davon erfährt, werdet Ihr gewiss Schwierigkeiten bekommen.«

»Gewiss wird es Euch gelingen, alles zu verheimlichen. Ihr habt es ja auch verheimlichen können, dass Ihr über Wochen im Dorf gearbeitet habt.«

Magdalene sog scharf den Atem ein. »Vor Euch anscheinend nicht.«

Giorsal sagte nichts, sie zog nur die Brauen hoch, und was immer sie damit sagen wollte – ganz offensichtlich rügte sie Magdalene nicht für ihr damaliges Verhalten, sondern hieß es gut.

Magdalene stieg das Blut fiebrig heiß ins Gesicht, als sie Schürze und Haube nahm. Ihre Hände zitterten, als sie beides anlegte, aber als sie wenig später über die Küche den Garten erreichte und an der Hecke entlangging bis zum Ende des Grundstücks, überwog die pure Freude.

Frei, frei, frei ... endlich war sie frei!

Obwohl des Laufens entwöhnt, ging sie mit jedem Schritt schneller, rannte nicht nur vor ihrem Kerker davon, auch vor all den Zweifeln, die David in ihr gesät hatte, als er beteuert hatte, es letztlich gut mit den Highlandern zu meinen. Vielleicht stimmte das ja, und er handelte mit gutem Gewissen, und doch war sie sich jäh sicher, dass er nie hier entlanggegangen war und sich innerlich vor der Größe und Würde dieses Landes verneigt hatte: vor den grünen Hügeln, dem gelben Ginster, den weißen Birken, den dunkelblauen Seen. Bei ihrem Anblick hatte er sich wohl nur überlegt, wo Schafe grasen und neue Felder entstehen könnten, damit er dem Land noch mehr Einkünfte abringen und seinen Besitz erhalten könnte ... Ein Haus, das aus totem Stein gebaut war, während hier alles lebte – die Blumen, die Halme, die Bienen, die dicht über ihren Kopf summten. Gewiss, David mochte meisterhaft die Violine spielen, aber hatte er jemals dem rauen Lied der Highlands gelauscht? Hatte er nicht vielmehr versucht, diesem den eigenen Takt aufzuzwingen? Und hätte er, falls das Lied doch in seine tauben Ohren gedrungen wäre, nicht versucht, die Noten niederzuschreiben anstatt zu erkennen, dass das Rauschen von Bäumen und der Singsang der Vögel viel zu hell war, um sich von dunkler Tinte einfangen zu lassen?

Nein, David verstand die Menschen nicht, er fühlte den Herzschlag der Highlands nicht – nicht so wie sie in diesem Augenblick.

Sonderlich lange währte dieser nicht, denn als sie das Dorf erreichte, schienen auch ihre Ohren taub zu werden, und ihr Herz war nicht länger von der wilden Schönheit des Landes erfüllt, sondern von wachsender Furcht.

Sie hatte sich instinktiv gewappnet, Andra als Erstes zu begegnen und sich rechtfertigen zu müssen, warum sie von einem zum anderen Tag nicht wiedergekommen war, doch noch mehr Unbehagen, als der schroffen Frau gegenüberzutreten, bereitete ihr, dass weder diese noch jemand anderer zu sehen war – keine Kinder, keine Alten, keine Frauen, die oft vor dem Haus hockten und dort spannen oder Schafvlies kämmten. Die Luft und die Erde mochten von Leben erfüllt sein, das Dorf war wie ... tot.

Der Schweiß erkaltete auf ihrer Stirn.

Vertrieben ... David hat auch diese Menschen hier vertrieben ... er hat die Unruhen als Ausrede genutzt, um mit harter Hand vorzugehen. Seòras ... Andra ... Peigi ... sie sind alle nicht mehr hier ...

Doch dann erkannte sie, dass keine Spuren von Verwüstung zu sehen waren, die zumindest Seòras in einem letzten verzweifelten Kampf gewiss hinterlassen hätte, und sie begann seinen Namen zu rufen, immer lauter, immer schriller.

Die einzige Antwort war das Quietschen einer angelehnten Haustür.

Magdalenes Herz pochte immer heftiger. Der Gedanke, dass die Dorfbewohner vielleicht nur ihre Rinder auf eine entlegene Wiese geführt hatten, tröstete sie kurz, hielt sie aber nicht davon ab, weiterhin nach Seòras zu rufen, danach kurz zu lauschen, wieder das Quietschen zu vernehmen ... und noch etwas anderes … ein Stöhnen nämlich, lang gezogen und erbärmlich. Es kam von keinem der Häuser, sondern von einer der kleinen Hütten, die als Werkstätten genutzt wurden. Als Magdalene den Verschlag aufriss, wurde sie von einer Staubwolke eingehüllt, und erst nachdem sie mehrmals geniest hatte, erkannte sie, dass hier Huflattich getrocknet wurde – die Männer rauchten ihn wie Tabak, weil der zu teuer war –, außerdem hingen Weidenröschen von der Decke, aus denen Tee gemacht wurde.

»Ist hier jemand?«

Es war zu finster, um etwas sehen zu können, aber da war wieder das Stöhnen, und dieses Mal klang es vertraut.

»Peigi!«

Magdalene stürzte auf die junge Frau zu, die in einer der Ecken auf den Boden gesunken war. Wie es aussah, hatte sie aus Heidekraut gerade Bier brauen wollen, als sie vom Schmerz überwältigt worden war. Nicht von irgendeinem Schmerz … es waren Wehen.

»Lieber Himmel, warum bist du ganz allein hier?«, rief Magdalene entsetzt.

Peigi stöhnte eine Weile, ehe sie endlich klare Worte herausbrachte. »Die anderen … sind zur Hochzeit … sie wollen den Sieg über Captain Cameron feiern …«

»Was hat denn eine Hochzeit mit dem Aufstand zu tun?«

»Die Hochzeit … ist der Anlass, dass die Clans zusammenkommen … Sie wollen … ihr weiteres Vorgehen besprechen …« Peigi konnte nicht länger reden, sie biss sich auf die Unterlippe, um ein neues Stöhnen zu ersticken.

»Und warum haben sie dich zurückgelassen?«

Wieder verging eine Weile, da Peigi stumm litt. »Der … der Weg ist zu weit …«, stammelte sie schließlich. »In diesem Zustand kann ich nicht so lange gehen … die Hebamme hat gemeint, es dauert noch ein paar Tage … und …« Plötzlich umklammerte sie Magdalenes Hände so fest, dass sich ihre Fingernägel schmerzhaft tief in ihre Haut bohrten. »Ihr bleibt doch, Mylady?«, rief sie, und aus ihren Zügen sprach nicht nur Schmerz, sondern nackte Angst.

»Ich kann Hilfe holen …«

»Nein, geht nicht fort!«, schrie Peigi panisch. »Ihr müsst bleiben, bitte!«

Magdalene seufzte und versuchte gar nicht erst, der jungen Frau die Hand zu entziehen. Nicht nur, dass sie Peigi in ihrer Verzweiflung keinen Wunsch abschlagen konnte – womöglich lief sie auf dem Rückweg geradewegs David in die Arme, der niemals gestatten würde, dass sie Peigi beistand.

»Nun gut«, gab sie nach, »aber du kannst das Kind nicht hier bekommen. Wir müssen dich irgendwie ins Haus bringen.«

»Ich schaffe es schon zu gehen, wenn Ihr mich stürtzt. Wir müssen nur warten, bis die nächste Wehe vorbei ist.«

Und wieder bohrten sich die Fingernägel schmerzhaft tief in Magdalenes Haut.

Der Weg zu Peigis Haus, wo diese nicht nur mit ihrem Mann Robbie, sondern auch mit dessen Schwester, Schwager und etlichen Kindern lebte, erschien Magdalene ewig weit zu sein. Auf dem Tisch stand jede Menge Geschirr, doch dass es schmutzig war, konnte Magdalene nur am Geruch erkennen, nicht mit eigenen Augen sehen, weil es im Inneren so finster war. Das Feuer im Herd war längst erloschen, und Magdalene zweifelte daran, dass sie es wieder zum Brennen bringen könnte. Allerdings entschied sie, Kerzen anzuzünden.

»Wir dürfen sie doch nicht verschwenden!«, stöhnte Peigi.

»Ich werde schon für Ersatz sorgen«, sagte Magdalene.

Ihre Hände zitterten, als sie zu dem Kistchen griff, in der Zunder – getrocknete Pilze – aufbewahrt wurden. Sie hatte selbst noch nie Feuer gemacht, aber schon oft genug zugeschaut, um zu wissen, dass sie mehrmals den Feuerstein gegen ein Stück Metall schlagen musste, bis ein Funken erzeugt wurde, der wiederum den Zunder in Brand setzte. Daran konnte sie einen Holzspann entzünden, mit dem sie schließlich die Kerze zum Brennen brachte.

Als sie zwei weitere Kerzen entzündet hatte, hatte sich Peigi schon ins Bett gelegt – ein riesiger Holzkasten, in dem für gewöhnlich vier Menschen schliefen. Das Heidekraut, das als Füllung der Matratze verwendet worden war, verströmte zwar einen angenehmen Duft, aber Magdalene entging nicht, dass die Matratze über und über mit Schimmel überzogen war.

Sie stellte die Kerzen in den Ständer. »Was … was soll ich jetzt tun …«

Peigis Augen waren glasig. »Es darf nichts Böses im Haus sein.«

»Nichts Böses?«

»Ja … kein Tier … Der Teufel könnte davon Besitz ergreifen … manchmal verkriecht sich die Katze oben auf dem Dachbalken … oder dieses Huhn, das auf einem Auge blind ist. Ihr müsst es verjagen, Ihr müsst …« Die Worte gingen in ein Ächzen über, als Peigi von einer neuen Wehe geschüttelt wurde – und sie dauerte länger an als die anderen zuvor. Erst jetzt fiel Magdalene der Fleck auf Peigis Schürze auf.

»Hier ist nirgendwo eine Katze oder ein Huhn«, murmelte Magdalene.

»Dann müsst Ihr alle Flaschen entkorken … auch dort kann sich Böses verstecken … und den Spiegel, den mir meine

Schwägerin zur Hochzeit geschenkt hat … Ihr müsst ihn verdecken. Wenn der Säugling sich darin spiegelt, werden die Elfen das Bild entführen und damit gleichsam das Kind …«

Bei der nächsten Wehe bäumte sie sich schreiend auf. So unsinnig Magdalene es auch fand, zwei Flaschen zu entkorken, war sie doch froh, irgendetwas tun zu können. Nie hatte sie sich hilfloser gefühlt als in dem Augenblick, da sie zurück zu Peigis Bett trat. Ihr Gesicht war kalkweiß, die Lippen bläulich. Zart war sie immer schon gewesen, aber jetzt schien es, als würden die Schmerzen ihren dürren Leib regelrecht zerreißen.

»Du … du wirst bestimmt ein schönes Kind haben«, sagte sie, um der jungen Frau Mut zu machten.

Peigi schüttelte entsetzt den Kopf. »Niemand darf die Schönheit des Kindes rühmen … das zieht nur die Aufmerksamkeit der Elfen auf das Kleine.«

»Aber … aber …«, Magdalene brach ab.

Aber es gibt doch gar keine Elfen, wollte sie sagen und wusste doch, dass sie Peigi nicht davon überzeugen konnte.

Abergläubisch sind sie, glaubte sie Davids Stimme zu hören, sie wehren sich gegen sämtliche Neuerungen … heilen Krankheiten mit den verrücktesten Methoden … sind das rückständigste Volk Europas …

Magdalene versuchte, die Stimme zu ignorieren, und setzte sich aufs Bett. »Komm … gib mir deine Hand …« Nicht dass sie sich vor einer erneuten schmerzhaften Umklammerung nicht fürchtete, aber ihr fiel kein anderes Mittel ein, um der anderen zu zeigen, dass sie für sie da war.

Peigi hingegen schüttelte den Kopf. »Ihr müsst sieben Mal in Richtung Sonne um das Haus gehen, um die Geburt zu beschleunigen.«

»Was soll denn das bringen?«

»Tut es!« Peigi kreischte geradezu. »Tut es einfach!«

Erneut konnte sich Magdalene der Aufforderung nicht widersetzen. Die ersten Runden um das Haus fielen sehr schnell aus, bei den letzten ging sie immer langsamer, war sie insgeheim doch erleichtert, dem Haus eine Weile fernbleiben zu können. Ein wenig schämte sie sich dafür, und bald eilte sie wieder zurück.

Peigi stützte sich auf den Ellbogen auf. »Ihr habt doch keine Raben gesehen, oder?«

Magdalene schüttelte den Kopf.

»Ein Rabe, der übers Haus fliegt, ist immer ein Zeichen dafür, dass jemand stirbt ... genauso wie ein Hahn, der um Mitternacht kräht.«

»Es ist noch lange nicht Mitternacht«, murmelte Magdalene, aber das war weder Peigi noch ihr selbst ein Trost. Seit sie zum Dorf aufgebrochen war, war viel Zeit vergangen, und eigentlich hätte sie sich längst wieder auf den Heimweg machen sollen. Als sie jedoch wieder zum Bett trat, verschwendete sie keinen Gedanken mehr daran, sie schrie entsetzt auf.

»Du ... du bist ja voller Blut ...«

Jener Fleck auf Peigis Schürze war nicht nur größer, sondern auch dunkler geworden, und die Matratze war völlig von Blut besudelt. Peigis Blick folgte ihrem apathisch.

»Die Blüten oder Blätter vom Mastkraut ... Ihr müsst sie mir hinter das rechte Knie binden ... die Elfen ...«

Kurz verdrehten sich ihre Augen, sodass nur mehr das Weiße zu sehen war.

»Du brauchst kein Mastkraut, du brauchst einen Arzt!«, rief Magdalene.

Die Panik verlieh Peigi neue Lebenskräfte. »Kein ... kein Arzt!«, flehte sie. »Kein Mann darf in meine Nähe kommen!

Und ein Eisennagel ... Ihr müsst einen Eisennagel unter das Bett legen! Die Elfen ...«

»Hör mit den verfluchten Elfen auf.«

»Sie müssen doch alle sieben Jahre ein Kind dem Teufel opfern.«

»Nun, ich jedenfalls werde niemanden opfern, schon gar nicht dich der eigenen Dummheit!«

Peigi schien sie gar nicht gehört zu haben. Sie raunte etwas von einem blauen Faden, den sie sich um den Finger binden müsse, da er gegen das Kindbettfieber helfe, ehe ihr Kopf auf das Kissen sank.

Wie viel Zeit war seit der letzten Wehe vergangen? Doch deutlich mehr als zwischen den vorangegangenen! Und war das ein gutes oder ein schlechtes Zeichen?

Ganz sicher war es kein gutes Zeichen, dass die Blutlache größer wurde, und dass Peigi kein Wort mehr hervorbrachte.

»Peigi!«, flehte Magdalene. »Peigi, hörst du mich?«

Keine Antwort.

Magdalene löschte sicherheitshalber die Kerzen, ehe sie loslief. Bald ließ sie das Dorf hinter sich, lief über Wiesen und die Heide und verfluchte sich dafür, dass sie so lange gewartet hatte. Die Vögel oben am Himmel schienen feindselig zu keckern, die Hügel waren von Wolken umkränzt, als wollten sie sich vor ihr verstecken, die Seen standen fast schwarz da, als wäre das Wasser zu Pech geworden.

Nun hörte sie den Herzschlag des Landes genauso wenig, wie David ihn hören würde ... hörte nur seine Vorwürfe.

Warum hast du so lange bei ihr ausgeharrt, warum hast du nicht getan, was vernünftig war, warum hast du nicht sofort begriffen, dass du gegen ihren Willen handeln musst, um sie zu retten? Welche Anmaßung zu glauben, du könntest es selbst! Welche Anmaßung zu glauben, du wärest eine Highlanderin!

Und welche Anmaßung zu glauben, du wärest dem roten König eine Hilfe!

Magdalene stolperte, fiel, rappelte sich wieder auf. Über ihr kreisten keine Vögel mehr, doch in der Ferne sah sie Männer. Einer von ihnen war Davids Verwalter Tómas Elliott. In den letzten Monaten hatte sie ihn eisig ignoriert, wann immer sie ihm begegnet war, und ihn nicht minder verachtet wie ihren Ehemann und Caelan. Doch in dieser Lage hätte sie selbst den Teufel um Hilfe angefleht.

»Bitte!«, rief sie ihm entgegen. »Bitte! Ihr müsst einen Arzt holen!«

XX.

1078

In den zwei Tagen, die sie zu Maelsnechta unterwegs waren, regnete es ununterbrochen. Taraín hielt stets seinen Ledersack an die Brust gepresst, damit keines seiner Kräuter nass wurde, und er wünschte sich, dass er auch die beiden Frauen hätte trocken halten können. Natürlich war das unmöglich, doch Aelswith und Gael nahmen das schlechte Wetter so stoisch hin wie Earc, der selbst dann keinen Widerstand leistete, wenn er bis über die Knöchel im schlammigen Boden versank. Gael hob hin und wieder den Kopf, um die Richtung zu bestimmen, Aelswith starrte fast immerzu auf den Boden.

Am dritten Tag wurden sie erstmals wieder von Sonnenstrahlen geweckt. Die Wiesen dampften, als würden die Trolle, die da unten Gold herstellten, ein Süppchen köcheln, und die Luft war schwer und feucht.

»Nicht mehr lange und wir sind am Ziel«, sagte Gael. »Zumindest hoffe ich das. Ich weiß nicht, ob wir in der Burg, die wir bald erreichen, meinen Bruder wirklich antreffen. Er reitet stets zwischen mehreren Stützpunkten hin und her.«

Aelswith hob zum ersten Mal seit Langem den Kopf.

»Willst du mir nicht vielleicht doch sagen, wer du bist?«, fragte Gael.

Aelswith suchte Taraíns Blick, und er las deutlich die Frage darin, ob sie Gael die Wahrheit anvertrauen sollten oder nicht. Taraín wollte schon nicken, als er nicht weit von ihnen entfernt etwas erblickte. Er packte sie an die Schulter und riss sie mit sich.

»Was zum Teufel ...«, setzte Aelswith an.

»Psst!«, machte er und zog sie zu einer kleinen Baumgruppe, an deren dürren, trockenen Ästen kaum Blätter hingen und deren Wurzeln braunen Schlangen glichen.

»Dort hinten ... auf der Wiese ...«, stammelte er aufgeregt.

Das Land war hier weitgehend flach, nur an manchen Stellen schien der Boden gewellt, als wäre es vom Meer zurückgedrängt und dabei zusammengeschoben worden. Aelswith stellte sich auf die Zehenspitzen, um zu sehen, was Taraín als Erster auf der Wiese entdeckt hatte – einen Toten nämlich. Zumindest schien der Mensch, vermutlich ein Mann, tot zu sein, so reglos wie er dalag. Doch wenig später ließ sich ein Ächzen vernehmen, und obwohl Taraín nicht sicher sein konnte, ob sich vielleicht nur die Äste der alten Bäume bogen, konnte ihn nichts mehr in deren Schatten halten. Schon stürzte er auf den Leblosen zu.

»Warte!«, rief Aelswith und hielt ihn fest.

»Worauf? Der Mann muss gestürzt sein, kommt nicht mehr weiter, hat sich vielleicht den Fuß gebrochen!«

»Während er über eine Wiese ging?«, fragte Aelswith zweifelnd.

»Tatsächlich könnte es eine Falle sein«, warf Gael ein.

»Dennoch werde ich ihn nicht liegen lassen. Ihr beide könnt euch ja hier verstecken.«

Wieder sah er Aelswith lange an, wieder las er Zweifel in ihrer Miene, doch dann gab sie sich einen Ruck.

»Nun tu schon, was du nicht lassen kannst.«

Earc leistete deutlich mehr Widerstand. Taraín musste ihn eine Weile unbarmherzig am Strick ziehen, ehe er ihm folgte, und selbst dann kamen sie nur so langsam voran, dass Taraín sich über sein Ohr beugte und ihm zuflüsterte: »Bitte, hilf mir! Ich brauche dich, falls dieser Mann sich wirklich nicht bewegen kann.«

Endlich folgte ihm das Tier bereitwillig, doch Taraíns Unbehagen wuchs, als er dem Menschen dort immer näher kam. Woher dieses Unbehagen rührte, konnte er nicht genau sagen – vielleicht, weil sich jener Körper nicht bewegte, vielleicht auch, weil in seinem Bannkreis die ganze Welt wie tot war. Kein Lüftchen wehte, die Gräser standen starr wie Krieger vor der Schlacht. Weder summten die Bienen in der Nähe noch kreischten Möwen in der Ferne. Nur mehr zehn Schritte war er von dem Leblosen entfernt, der mittlerweile eindeutig als ein Mann auszumachen war, und während Taraín schon umdrehen und die Flucht ergreifen wollte, stapfte Earc unbeirrt weiter. Und dann konnte er gar nicht mehr zurück, selbst wenn er es gewollt hätte, denn er hörte seinen Namen rufen.

Taraín überwand die letzte Distanz. Der Mann lag bäuchlings auf der Wiese, auch das Haar am Hinterkopf hatte sich mit Schlamm und Blut vollgesogen. Als er sich aufzurichten versuchte, erkannte Taraín, woher dieses kam: Die Wangen waren von Wunden übersät, die ihm nur eine sehr spitze Waffe, wahrscheinlich ein Dolch, hatte zufügen können.

»Taraín …«, ächzte der Mann wieder.

Taraín sank neben ihm auf die Knie und stützte seinen Kopf. »Nathair!«, stieß er aus.

Das eine Auge war zu geschwollen, als dass er es hätte öffnen können, mit dem anderen starrte er Taraín unverwandt an. Mitleid stand in dem Blick, und während Taraín noch fieberhaft nach einer Erklärung suchte, wie Nathair hierhergekommen war, sagte der andere: »Es tut mir leid ...«

Da begriff er, dass Gael recht gehabt hatte, als sie eine Falle vermutete. Schon begann der Boden unter der Wucht von Pferdehufen zu vibrieren, und obwohl er nicht bestimmen konnte, von welcher Richtung die Tiere kamen, war er überzeugt, dass sie Gael und Aelswith alsbald eingekreist hätten.

Eine Falle ... eine Falle ... aber warum sollte Hlothere ihnen eine Falle stellen? Er und seine Ritter waren doch in der Übermacht. Wenn sie ihnen gefolgt waren, konnten sie sie mühelos überwältigen – es wäre nicht notwendig gewesen, Taraín von den Frauen zu trennen! Unmöglich, dass er sie hätte beschützen können, er schaffte es ja nicht einmal, Nathair auf seine Schulter zu wuchten!

»Lauf! Lauf wenigstens du!«, rief der ihm zu.

»Aber ...«

Jetzt drehte er sich um, und obwohl er ahnte, welcher Anblick ihn erwartete, entsetzte der ihn doch zutiefst. Ja, da war ein halbes Dutzend Ritter, die die Baumgruppe umstellten. Etliche saßen noch auf den Pferden, andere waren schon abgesprungen. Gael blieb starr stehen und wehrte sich nicht, als sie gepackt wurde, Aelswith dagegen suchte erst vergebens nach einem Fluchtweg und schlug dann mit Händen und Füßen um sich, als einer der Ritter sie festhielt. Ob des unbarmherzigen Griffs konnte sie sich kaum noch rühren, dennoch ließ sie den Kopf vorschnellen und biss dem Ritter in die Hand. Nicht dass sie damit viel auszurichten vermochte. Er trug Lederhandschuhe und spürte ihre Zähne deshalb wohl kaum.

»Lauf!«, brüllte Nathair. »Lass mich liegen ...«

Taraín versuchte wieder, Nathair über seine Schultern zu wuchten, doch es gelang ihm nicht. Nun packte er ihn unter den Achseln, zog ihn mit sich. Er kam nur erbärmlich langsam voran, aber als er keuchend den Kopf hob, sah er, dass die Ritter mit den beiden Frauen in die andere Richtung wegritten und keine Anstalten machten, sie beide zu verfolgen.

Anstelle von Erleichterung fühlte er nur Enttäuschung. Unerträglich war es anzusehen, wie Aelswith in der Ferne immer kleiner wurde, bis er schließlich gar nichts mehr von ihr zu sehen bekam. Kraftlos sank er auf seine Knie und zog Nathairs Kopf auf seinen Schoß.

»Eine Falle … ich verstehe das nicht … Eine Falle stellt einer, der auf List setzt … und auf List setzt einer, der schwach ist. Warum hat Hlothere dich auf die Wiese gelegt, warum dafür gesorgt, dass ich die Frauen zurücklasse? Nun sag schon! Sprich! Rede mit mir!«

Aber über Nathairs Lippen kam kein Laut. Auch sein zweites Auge hatte sich geschlossen, und als Taraín an seinen Schultern rüttelte, regte er sich nicht. Zwar hörte er ihn noch schwach atmen, doch an der Erkenntnis, dass sein Leben an einem denkbar dünnen Faden hing, änderte das nichts. Womöglich waren die Wunden im Gesicht nicht die einzigen, sondern er war auch an anderen Stellen verletzt worden.

Eine Weile war Taraín zu erstarrt, um Nathairs Kleidung aufzureißen und nach Verletzungen zu suchen, doch als Earc ihn sanft anstupste und ihm seinen warmen Atem in den Nacken blies, fand Taraín zurück ins Hier und Jetzt.

Eins nach dem anderen … eins nach dem anderen … er musste Nathairs Wunden versorgen, damit er überlebte … ihn später fragen, was passiert war … und dann musste er Aelswith befreien. Gewiss konnte er das nicht allein, aber Gael hatte gesagt, dass es nicht mehr weit zur Burg sei, wo Maelsnechta sich oft verschanzte. Mit viel Glück würde er ihn dort antreffen und ihn dazu bewegen können, Aelswith und Gael zu befreien.

An die Möglichkeit, dass jede Hilfe zu spät kam und die beiden Frauen bereits tot waren, wollte er gar nicht erst denken.

Wenn Hlothere Aelswith aus der Ferne gesehen hatte, hatte sie ihn immer an Sethrid erinnert. Nun fiel es ihm schwer, Ähnlichkeiten festzustellen. Als sie mit Käfer gekämpft hatte, hatte sie es doch tatsächlich geschafft, den dicken Mann zu Fall zu bringen, obwohl sie beide dabei in eine Schlammpfütze gefallen waren. Nicht nur ihr Haar war nun dreckig, auch ihr Gesicht war von einer dicken grauen Schicht bedeckt, und etwas Schlamm war ihr in den Mund geraten, denn als Wildkatze sie packte und hochzerrte, spuckte sie ihm den ins Gesicht.

Wildkatze hob die Hand, um sie zu schlagen, doch Hlothere ging rasch dazwischen. »Lass sie!«

Sonderlich dankbar war sie ihm dafür nicht. Als er sie auf sein Pferd gehoben hatte und sie weitergeritten waren, schlug und trat sie immer noch um sich. Er selbst spürte ihre Tritte kaum, doch das Pferd scheute und stieg. Kurz war die Versuchung groß, sie eigenhändig mit dem Gesicht voran in eine weitere Schlammpfütze zu drücken, doch stattdessen begnügte er sich damit, sie an Händen und Füßen zu fesseln. Nun konnte sie sich nicht mehr wehren, starrte ihn aber umso hasserfüllter an. Er gab den Befehl, Zelte aufzubauen, und wie immer taten das seine Männer, indem sie erst eine Lanze in den weichen Boden rammten und danach ein Leinentuch darüberspannten.

»Sollen wir die andere auch fesseln?«, wollte der Sachse wissen.

Hlothere kam erst jetzt dazu, die zweite junge Frau zu mustern, die sie gefangen genommen hatten, doch ehe er zu einem

Schluss kam, was er von der Frau halten sollte, sagte Aelswith schnell: »Lasst sie laufen. Sie ist nur eine Bäuerin.«

»Eine Bäuerin, so, so ...«, sagte Käfer, noch heiser vor Wut, weil sie ihn zu Fall gebracht hatte, und sichtlich lüstern, diese an jemandem auszulassen.

»Sie bleibt hier, ihr bewacht sie, aber ihr tut ihr nichts an!«, befahl Hlothere.

Er stieß Aelswith ins Zelt und konnte nicht anders, als an Sethrid zu denken. Nein, die beiden Frauen hatten nichts miteinander gemein. Verglichen mit Aelswith war Sethrid nur ein Schatten gewesen, der sich in nichts auflöste, sobald das Sonnenlicht ihn traf. Als sie damals gestorben war, war überdies kaum Blut geflossen – zumindest konnte er sich nicht daran erinnern, dass es an seinen Händen gehaftet hatte, als er ihren Leichnam an sich gezogen hatte.

Wenn Aelswith starb, dessen war er sich sicher, würde nicht nur ihr Blut, sondern auch das ihres Mörders fließen.

»Worauf wartest du?«, herrschte sie ihn an.

»Warten?«

»Töte mich doch endlich! Töte mich! Das hattest du doch von Anfang an im Sinn.«

»Töten?«

Er sprach das Wort aus, als nähme er es zum ersten Mal in den Mund. Vielleicht war das ja auch so. Er hatte nie übers Töten gesprochen, sich nie der Zahl derer gerühmt, die unter seiner Hand gefallen waren.

»Alle anderen hast du doch auch getötet ... Drostan ... Gytha ...«

»Gytha?«

Er war sich sicher, diesen Namen niemals zuvor ausgesprochen zu haben, und seine Verwirrung war wohl so offensichtlich, dass selbst Aelswith verunsichert war.

»Du hast mich von Anfang an verfolgt!«, rief sie. »Hast mich gejagt, um mich zu töten, weil ich … weil ich …«

»Weil du was bist?« Sie presste ihre Lippen trotzig aufeinander – etwas, das Sethrid nie getan hatte. Ihr Mund war leicht geöffnet gewesen, als sie ihn fragend angeschaut hatte. Damals … nach ihrer Hochzeit … als er betrunken das Brautgemach betreten hatte. »Ich trinke nicht mehr«, presste er hervor. Seine eigene Verwirrung spiegelte sich nunmehr in Aelswith' Zügen wider. »Und ich töte nicht mehr«, fügte er hinzu, »zumindest keine Frauen.«

Nicht mehr. Nicht mehr. Nicht mehr.

Nicht mehr seit damals, in seiner Hochzeitsnacht, da seine Sinne vom Wein betäubt gewesen waren, Sethrid so zart und er so grob gewesen war.

»Nun, dann lässt du eben andere deine Drecksarbeit tun, das macht es nicht besser«, schnaubte Aelswith. »Hauptsache, du kannst vor die Königin treten und ihr sagen, dass ich nicht mehr am Leben bin und von mir keine Gefahr ausgeht.«

Fast hätte er wieder dümmlich ihre Worte wiederholt.

Gefahr? Von welcher Gefahr sprach sie?

Doch bevor er eine Antwort auf diese Frage bekam, erkannte er, dass er selbst in Gefahr war – in dem Augenblick nämlich, als jemand das Leinen beiseiteriss, die Lanze, an der es hing, erbebte, und er ein Schwert blitzen sah. Er hatte sein eigenes gezogen, noch ehe er erkannte, dass nur der Sachse vor ihm stand.

»Schnell!«, schrie dieser. »Sie kommen von allen Seiten.«

Kurz begriff er so wenig wie zuvor im Gespräch mit Aelswith, doch als er sah, wie hinter dem Sachsen Wildkatze und Käfer verzweifelt gegen Angreifer kämpften, die wie aus dem Nichts aufgetaucht waren, wusste er, dass es in diesem Augenblick nicht darauf ankam, einen vernünftigen Gedanken zu fassen. Hier und jetzt ging es nur ums Töten. Und das war etwas, worüber man nicht nachdachte und sprach – man tat es einfach.

Als das Kampfgetöse lauter wurde, zerrte Aelswith einmal mehr an ihren Fesseln. Natürlich gaben sie nicht nach, schnitten sich nur schmerzhaft tief in ihre Handgelenke. Sie stöhnte, doch das war nicht zu hören – viel zu laut war das Klirren der Schwerter, das Stampfen der Hufe, das Keuchen der Menschen, das von draußen kam.

Taraín ... er hatte Maelsnechta geholt ... gemeinsam würden sie sie befreien ...

Sie hatte zwar keine Ahnung, wie ihm das gelungen war und warum Hlothere sie nicht getötet hatte, doch im Moment zählte nur, dass sie noch am Leben war, und wenn das so bleiben sollte, musste sie sich vom Kampfgetümmel entfernen.

Ächzend wälzte sie sich auf den Bauch. Wenn es ihr gelingen würde aufzustehen, könnte sie vielleicht mit den aneinandergefesselten Beinen springen.

Doch bevor sie es auch nur versuchen konnte, fiel etwas auf ihren Rücken. So schwer, wie es sich zunächst anfühlte, hielt sie es für einen Leichnam, doch als sie diesen abzuschütteln versuchte, ging ihr auf, dass bloß das Zelt über ihr zusammengestürzt war. Nun würde es noch schwerer sein, sich hochzukämpfen, ja, es war schon eine Kunst, tief Atem zu schöpfen, aber sie gab nicht auf, sondern nahm alle Kräfte zusammen. Sie vermeinte immer noch, den modrigen Geschmack des Schlammes zu schmecken, der ihr zuvor in den Mund geraten war. Schweiß brach ihr aus, und sie wischte ihn am Boden ab, indem sie ihre Stirn dagegenpresste, gleichzeitig nutzte sie den Druck aus, um den Oberkörper etwas aufzurichten.

Sobald das gelungen war, erhielt sie einen unsanften Stoß. Anstelle von Schlamm geriet das Leinen in ihren Mund, das ähnlich modrig schmeckte, dann kam sie auf dem Rücken zu liegen. Kurz wurde der raue Stoff noch fester auf ihr Gesicht gepresst, ehe sie unvermittelt kalte Luft traf ... und warmes Blut. Es tropfte von dem Schwert, das über ihr geschwungen wurde ... Hlotheres Schwert ...

Ich töte keine Frauen ... nicht mehr ...

Das war eine Lüge gewesen, natürlich, alles war eine Lüge, auch, dass er Gytha nicht kannte und es nicht auf ihren Tod abgesehen hatte.

Schon hob Hlothere das Schwert, stach zu ... allerdings nicht in ihre Brust, wie sie erwartet hatte, sondern nur in die Fesseln, die sich prompt lösten.

»Lauf weg!«, brüllte er. »Bring dich in Sicherheit!«

Ihre Hände und Beine waren wie betäubt, ihre Gedanken auch.

»Aber ...«

»Ich habe der Königin versprochen, dass dir kein Haar gekrümmt wird. Nun lauf schon!«

Er zerrte sie hoch, und obwohl ihre Füße weiterhin wie taub waren, gaben die Knie nicht nach.

»Du hast doch ...«, setzte Aelswith an.

»Es ist alles anders, als du denkst.«

Es waren die letzten Worte, die sie vernahm. Er sagte noch etwas, aber das ging in neuerlichem Klirren unter, das ganz dicht an ihrem Kopf ertönte. Sie war nicht sicher, ob jener fremde Krieger, dessen Schwert auf das von Hlothere prallte, ihn angegriffen oder ob Hlothere den Kampf eröffnet hatte, wusste auch nicht, ob sie ihm trauen konnte, wusste nur, dass sie fliehen musste, wenn sie überleben wollte.

Aelswith lief davon, blieb am Leinen hängen, lief weiter,

blieb an Wurzeln hängen, lief weiter, blieb an kniehohen Grashalmen hängen, lief immer noch. Sie blieb erst stehen, als sie in der Ferne ein Grüppchen Männer sah und feststellte, dass zumindest einer von ihnen ein vertrautes Gesicht hatte.

»Taraín!«

Er lebte, er war gekommen, um sie zu retten, er hatte Maelsnechta zu Hilfe geholt! Jetzt würde alles gut werden, jetzt würde sie alle Geheimnisse entschlüsseln, jetzt würde sie glücklich werden!

»Taraín!«

Sie lief wieder weiter, lächelte. Dann sah sie, wer neben ihm stand, und ihr Lächeln erstarb.

XXI.

1792

»Ruhig, ganz ruhig«, sagte die alte Muira. »Auch wenn es nicht kräftig schreit, dein Kind lebt, und es sind alle Glieder dran. Und sieh nur! Ich gebe ihm einen Löffel Butter mit Salz, der es stärken wird.«

Peigi konnte ihren Kopf kaum heben, und so verzweifelt wie sie dreinsah, schienen die Worte sie nicht zu trösten. »Zu wenig … das ist alles zu wenig«, sagte sie verzweifelt. »Man muss das Ende eines grünen Eschenzweigs ins Feuer halten und den Nektar, der herausläuft, dem Kind geben. Nur dann können die Elfen nicht …«

Muira, die Peigis kleinen Sohn in ihren Armen hielt, nickte verständig und strich der Wöchnerin liebevoll über den Kopf, aber Magdalene riss endgültig der Geduldsfaden.

»Herrgott, die Elfen sollten deine geringste Sorge sein! Du wärest beinahe gestorben! Und dein Kind auch!«

Dass es nicht zum Schlimmsten gekommen war, lag einzig daran, dass Magdalene gemeinsam mit Tómas Elliott Dr. Brinks geholt hatte, der gottlob eben im Herrenhaus eingetroffen war, um David zu besuchen. Peigi war zu schwach gewesen, um sich zu wehren, als er dem Kind auf die Welt geholfen hatte, doch kaum war dessen erster Schrei ertönt, der dem Miauen einer Katze glich, hatte sie wild um sich geschlagen. Zu Magdalenes Erleichterung war zu diesem Zeitpunkt – offenbar von Giorsal alarmiert – bereits die alte Muira eingetroffen, die früher als Hebamme gearbeitet hatte. Sie hatte sich um das Kind und um die Nachgeburt gekümmert, und nachdem Dr. Brinks das Haus verlassen hatte, hatte Peigi sich ein wenig beruhigt.

Allerdings funkelte sie Magdalene nun wütend an. »Ihr versteht nichts, Mylady, rein gar nichts. Mir wäre lieber, das Kind wäre tot, als dass es die Elfen holten.«

»Aber die Elfen sind nicht gekommen«, sagte die alte Muira beschwichtigend. »Und wenn du willst, gebe ich dem Kleinen etwas Erde mit Whisky.«

»Erde?«, schrie Magdalene entsetzt.

Peigi dagegen nickte begeistert. »Das stärkt die Verbindung zu diesem Land!«, rief sie.

»Und außerdem wurde dein Kind während der Flut geboren, nicht während der Ebbe«, fuhr Muira fort. »Das bedeutet, dass es ein leichtes Leben haben wird.«

Magdalene fragte sich, woher Muira den Stand des Meeres kannte, wenn es von hier aus doch nicht zu sehen war, aber sie sagte nichts.

»Du musst den Kleinen noch in kaltes Wasser tauchen, damit er stark wird«, verlangte Peigi nun.

»Kaltes Wasser?«, rief Magdalene. »Untersteht Euch!«

Die alte Muira blickte unsicher zwischen Magdalene und Peigi hin und her. Insgeheim gab sie wohl der Wöchnerin recht, wollte es sich jedoch auch nicht mit der Lady verscherzen.

»Nun ja, das kann auch bis morgen warten«, meinte sie ausweichend.

»Vom kalten Wasser wird das Kind nicht stark, sondern krank«, erklärte Magdalene.

»Wenn es krank wird, dann nur, weil es zu schwach für ein Leben in den Highlands ist.« Peigi schaffte es nun doch, den Kopf zu heben und funkelte Magdalene erneut wütend an. »Am besten, Ihr geht jetzt, Mylady.«

Ihre Stimme klang eisig, und auch in ihrem Blick stand nur ein stummer Vorwurf und nicht der geringste Dank dafür, dass sie ihr das Leben gerettet hatte. Magdalene schaffte es noch, sich ruhig abzuwenden, langsam zur Tür zu schreiten, sich dort ein letztes Mal umzudrehen und ihr zuzunicken, aber sobald sie ins Freie gelangte, wo das Dämmerlicht eben vom schwarzen Himmel verschluckt wurde, gaben ihre Knie nach. Sie hielt sich an einem Holzstoß fest, um nicht zu fallen, und war nicht sicher, welcher Drang stärker war – der, sich zu erbrechen oder der zu weinen. Am Ende entlud sich die Anspannung der letzten Stunde lediglich in einem rauen Schrei.

Danach fühlte sie sich etwas besser. Als sie sich allerdings aufrichtete, tanzten kleine Sterne vor ihren Augen.

»Sie ... sie sind alle so«, ertönte plötzlich eine Stimme.

Magdalene fuhr herum. Dr. Brinks hatte sich beeilt, dem Dorf zu entkommen, Tómas Elliott aber saß nicht weit von ihr auf einer Bank.

»Ihr seid noch hier?«, fragte Magdalene benommen.

Elliott schien sie nicht gehört zu haben, er starrte auf seine Knie. »Diese Angst vor den Elfen ... sie ist einfach nicht aus den Köpfen der Menschen zu bekommen. Ich hatte einen kleinen Bruder, von dem ein bösartiges Weib behauptete, er sei ein Wechselbalg, nur weil er etwas krumme Füße hatte. Er starb, weil sie ihm giftigen Fingerhut gab, um den Wechselbalg zu vertreiben, und anstatt die Alte kräftig durchzurütteln oder zu verfluchen, haben sich meine Eltern bei ihr bedankt, weil sie lieber ihr Kind auf dem Friedhof begruben, als einen Bastard des Teufels aufzuziehen.«

Aus den Sternen vor Magdalenes Augen wurden kleine Funken, die zu Boden regneten. Endlich klärte sich ihr Blick, und obwohl ihre Beine immer noch wacklig waren, konnte Magdalene ein paar Schritte machen und sich neben Elliott auf die Bank setzen.

»Ihr ... Ihr seid hier aufgewachsen?«

Bis jetzt hatte sie nicht mehr von Tómas Elliott gewusst, als dass er Davids Verwalter und genauso gnadenlos wie er war – und dass sie ihn verabscheute.

Er nickte. »Als ich ein Junge war, hat man viele Lehrer in die Highlands geschickt, damit die Kinder Unterricht bekommen und Englisch sprechen lernen – die Alten redeten damals schließlich nur Gälisch. Für die meisten war der Unterricht eine Qual. Sie haben lediglich notdürftig zu lesen gelernt und gerade mal, den eigenen Namen zu schreiben. Ich hingegen ... ich habe alles wie ein trockener Schwamm aufgesogen. Ich wollte unbedingt der Armut und dem Hunger entkommen – und mein Verstand war das einzige Mittel dazu. Weil ich mich als so begabt und strebsam erwies, nahm mich der Pfarrer unter seine Fittiche. Er hoffte wohl, ich würde seiner Berufung folgen, aber ich habe mich immer mehr für Zahlen als für Gott interessiert.«

Magdalene betrachtete ihn von der Seite und witterte hinter der vermeintlichen Arroganz tiefen Schmerz. Er hatte ein besseres Leben als seine Eltern führen wollen, hatte das auch erreicht, dafür jedoch mit seiner Familie brechen müssen.

»Ich weiß«, murmelte sie, »das Leben hier ist sehr hart und es gilt, vieles zu verbessern. Aber das tut man doch nicht, indem man Menschen aus ihrer Heimat vertreibt. Warum unterstützt Ihr meinen Mann?«

»Weil er anders ist als viele Landlords«, erklärte Elliott energisch. »Die meisten von ihnen denken nur an sich und den eigenen Reichtum. Der Lord will uns alle in eine bessere Zukunft führen.«

»Und diese Zukunft liegt allein in der Schafzucht?«, fragte Magdalene zweifelnd.

»Worin denn sonst?«, rief Elliott ungehalten. »Das Land gibt nicht genug her, die Nachfrage nach Rindern ist deutlich zurückgegangen, und obendrein wächst die Bevölkerung stetig. Wie soll man denn alle satt bekommen? Die Menschen hier denken wie Kinder und handeln wie Kinder. Wenn sie durch den Sumpf waten, waschen sie sich hinterher die Füße, anstatt auf die Idee zu kommen, den Sumpf trocken zu legen oder ihn mit einem Weg zu überbrücken. Wer sein Kind liebt, muss dann und wann streng sein und es züchtigen. Und auch wenn das Kind das nicht versteht, geschieht es dennoch zu seinem Wohl!«

»Ich kann mir nicht vorstellen, dass Gewalt der einzige Weg ist.«

»Habt Ihr Peigi nicht auch zu ihrem Glück gezwungen? Sie hasst Euch, weil Ihr einen Arzt ... einen Fremden geholt habt. Aber es war notwendig, um ihr Leben und das des Kindes zu retten. Manchmal muss man vermeintlich böse sein, um etwas Gutes zu vollbringen!«

Der Schwindel ließ nach, Magdalene fühlte dennoch einen schmerzhaften Druck auf ihren Schläfen, und ihr wurde kalt. Die Kleidung fühlte sich klamm an, wenn sie auch nicht sicher war, ob sie mit Blut oder nur mit Schweiß befleckt war.

»Ihr solltet mit mir zurückkehren zum Herrenhaus, Mylady. Der Lord wird von Dr. Brinks erfahren haben, was geschehen ist, und sich Sorgen machen.«

Der Verwalter erhob sich und bot ihr den Arm an, doch sie blieb sitzen und schüttelte energisch den Kopf.

»Ich will hier warten und den anderen erzählen, was passiert ist ...«

Nein, nicht den anderen, nur Seòras – aber das konnte sie nicht zugeben.

»Der Lord ...«

»Wenn er etwas dagegen hat, soll er eben kommen und mich holen. Menschen gewaltsam vertreiben, das kann er ja.«

Elliott blickte sie nur müde an. »Ich werde mir eine Ausrede einfallen lassen, seid trotzdem gewiss, dass die Menschen nicht verstehen werden, warum Ihr getan habt, was Ihr tun musstet. Als ich Verwalter wurde, habe ich meiner Familie regelmäßig Geld und Nahrungsmittel geschickt. Auf ihren Dank warte ich vergeblich – und auch Ihr werdet ihn nie bekommen.«

Eine Weile blieb Magdalene still sitzen, doch bald zitterte sie so stark, dass sie auf und ab zu gehen begann und – als der Wind ihr noch eisiger ins Gesicht wehte – wieder Zuflucht in Peigis Haus suchte. Gottlob war diese mittlerweile mit dem Kind an ihrer Brust eingeschlafen, und der friedliche Anblick entschädigte sie für vieles. Die alte Muira machte sich am Herd zu schaffen und murmelte irgendetwas über einen zinnenen Krug. Vielleicht sprach sie einen Zauber, doch solange sie keine Anstalten machte, das Kind in kaltes Wasser zu tauchen, war Magdalene alles recht. Danach verließ die Alte wortlos das Haus – entweder, um sich die Beine zu vertreten, oder weil sie überzeugt war, das ihr Mögliche getan zu haben –, doch schon wenig später ertönten erneut Schritte, und Robbie stürmte ins Haus.

»Peigi?«, rief er.

Magdalene, die am Rand des Bettes niedergesunken war, sprang auf und führte einen Finger an die Lippen. »Psst! Sie schläft doch!«

Robbie blieb wie angewurzelt stehen, blickte von ihr zu seiner Frau und dem schlafenden Kind und wieder zurück zu Magdalene.

»Du hast einen Sohn, einen gesunden, schönen, starken ...«, begann sie.

»Was macht Ihr noch hier?«, unterbrach er sie scharf.

Magdalene hatte bislang nicht viele Worte mit Robbie gewechselt. In ihren Augen war er ein linkischer junger Mann, der eigentlich noch nicht reif genug war, um zu heiraten und Vater zu werden. Einmal hatte sie ihn laut schreien hören, weil er bei einem Wettbewerb verloren hatte. Nun klang seine Stimme noch eisiger als die von Peigi zuvor.

»Ach so«, sagte Magdalene enttäuscht, »die alte Muira hat dir schon alles erzählt ...«

Drohend trat er auf sie zu. »Wie konntet Ihr nur! Einen Arzt ins Dorf bringen, noch dazu einen Freund des Lords, der uns vertreiben will!«

Magdalene sah ihn müde an. So viele Worte lagen ihr auf der Zunge, um zu erklären, dass ohne den Arzt das Kind in Peigis Leib steckengeblieben und mit der Mutter gestorben wäre. Aber sie wusste, dass er ihr nicht glauben würde, nein, nicht glauben *wollte*. Menschen wie Robbie zogen eine klare Grenze zwischen Freund und Feind, und diese Grenze war wie eine Mauer. Sie hatte versucht, auf dieser Mauer zu balancieren, um gleichsam in zwei Welten zu leben, nun fühlte sie, wie sie mitsamt ihrem Wissen schwankte.

Wortlos ging sie an Robbie vorbei nach draußen. Auch dort schien eine Mauer vor ihr aufzuragen ... oder vielmehr eine Wand aus Menschen ... wütenden Menschen. Nicht dass sie diese Wut aus sich herausschrien, sie schwiegen. Doch das Schweigen war fast noch schwerer zu ertragen, als es ein Geschrei gewesen wäre.

Jeder Einzelne starrte sie an, und in jedem Blick las sie den stummen Vorwurf.

Wie konntet Ihr nur?

Magdalenes erste Regung war zurückzuweichen, dann trat sie den Dörflern aufrecht entgegen.

Ich konnte nicht nur, ich musste sogar! David und Tómas Elliott haben gewiss nicht in allem recht, in manchem hingegen doch. Kinder seid ihr, wenn ihr an Elfen glaubt! Kinder, die endlich erwachsen werden müssen!

Sie sah sich suchend um, hoffte, dass wenigstens Seòras sie verstehen würde, aber erkannte nur Andra. Von ihr erwartete sie die meisten Vorwürfe, doch ausgerechnet sie war es, die jäh den Blick senkte, zurücktrat und ein leises »Danke!« murmelte.

Magdalene verstand die Welt nicht mehr. In diesem Augenblick entdeckte sie etwas abseits von den anderen Dorfbewohnern Seòras.

Sie rief seinen Namen, lief auf ihn zu, verharrte jedoch, noch ehe sie ihn erreichte. In seiner Miene stand nicht einfach nur ein stummer Vorwurf, sondern nahezu ... Verachtung. Richtete sich diese wirklich auf sie? Oder täuschte er sie nur vor, um die anderen nicht vor den Kopf zu stoßen?

Ehe sie es ergründen konnte, erklärte er knapp: »Ich bringe Euch jetzt nach Hause.«

Als er, ohne ihre Zustimmung abzuwarten, losging, war er so schnell, dass sie ihm kaum folgen konnte. Magdalene wäre beinahe über die eigenen Füße gestolpert, weil sie die Blicke der anderen in ihrem Rücken fühlte. Nach der Hälfte der Wegstrecke forderte der lange, zermürbende Tag seinen Tribut, und sie sank erschöpft auf die Knie.

Seòras hielt inne, machte dennoch keine Anstalten, ihr aufzuhelfen.

»Hätte ich sie denn sterben lassen sollen?«, brach es aus ihr hervor.

Endlich sah er sie wieder an, doch im schwindenden Licht glich sein Gesicht einer grauen Maske, hart und kalt.

»Natürlich nicht«, sagte er schnell. »Ihr habt getan, was Ihr tun musstet. Wahrscheinlich hätte ich in dieser Lage auch einen Arzt geholt.«

Obwohl er genau das sagte, was sie zu hören erhofft hatte, waren seine Worte kein Trost. Wenn er Verständnis zeigte, ihre Entscheidung gar guthieß – warum schenkte er ihr dann kein Lächeln, sondern ging nun einfach wieder weiter?

»Seòras …«

Wieder blieb er stehen, doch dieses Mal drehte er sich nicht zu ihr um. »Ich bin Euch dankbar für alles, was Ihr für uns getan habt, Mylady. Aber jetzt ist Eure Hilfe nicht länger nötig.«

»Was … was meinst du?«

»Die Highlander werden gemeinsame Sache machen. Heute fanden in etlichen Kirchen der Highlands Versammlungen statt, um Pläne zu schmieden. Wir werden durchsetzen, dass keine neuen Schafe ins Land gebracht und die, die bereits hier sind, wieder in den Süden getrieben werden. Außerdem verlangen wir, dass die Pacht reduziert wird und die Pächter mehr fruchtbares Land erhalten. Wir werden unsere Ziele erreichen – notfalls mit Gewalt.«

Am Ende seiner Rede ballte er die Fäuste, was ein Zeichen von Entschlossenheit und Kraft sein mochte, zugleich auch feindselig wirkte.

Magdalene erhob sich und trat zu ihm, um ihm ins Gesicht zu sehen. »Das … das ist doch wunderbar.«

»Gewiss.« Etwas zweifelnd blickte er auf sie hinunter. »Den letzten Weg bis zum Haus solltet Ihr allein zurücklegen, der Lord darf uns nicht zusammen sehen.«

Obwohl seine Stimme zum ersten Mal etwas weicher klang, fühlte sie plötzlich, dass er log. Es war ihm gleich, ob David sie zusammen sah oder nicht – er wollte einfach nur keine Zeit mehr mit ihr verschwenden.

»Seòras …«, brachte sie heiser hervor. Er nickte ihr nur zu. »Seòras!« Dieses Mal schrie sie seinen Namen, packte ihn am Kilt, hielt ihn fest. »Du kannst mich doch nicht einfach so behandeln! Mich einfach so zurücklassen! Ich stand immer auf deiner Seite … auf der Seite des roten Königs.«

»Wie ich schon sagte, ich bin Euch dankbar.«

»Dankbar?« Ihre Stimme war schrill und hoch. »Ich will keine Dankbarkeit, ich will … ich will …«

Ich will deine Liebe. Ich will deine Küsse. Ich will in deinen Armen vergessen, wer ich bin … Oder mehr noch: Ich will vergessen, dass ich nicht weiß, wer ich sein soll.

Doch sie brachte kein Wort hervor.

»Mylady«, sagte er mit rauer Stimme. »Ihr seid eine tapfere Frau. Aber Ihr seid keine Highlanderin.«

Alles in ihr erstarrte, nur tief in ihrem Innern glühte noch ein Hoffnungsfunke. »Es ist wegen Peigi. Du denkst, dass es doch ein Fehler war, dass ich …«

»Nein!«, fiel er ihr hart ins Wort. »Selbst wenn Ihr Peigis Kind eigenhändig auf die Welt geholfen hättet, werdet Ihr niemals das werden, was dieses Kind von Geburt an ist … Ein Teil von uns.«

Sie fühlte sich so hilflos wie damals, als sie unermüdlich geschuftet hatte, ohne jemals Lob von Andra zu bekommen, doch heute gesellte sich zu ihrer Ohnmacht Trotz. Wenn Andra jetzt vor ihr gestanden hätte, hätte sie ihr Lauge aufs Kleid geschüttet, heißen Talg vor die Füße gegossen oder Torf ins Gesicht geworfen. Und Seòras hätte sie in diesem Augenblick am liebsten geschlagen.

»Du hast mich geküsst!«, brach es aus ihr hervor.

Der Drang, ihn zu schlagen erstarb, als seine Miene nicht länger eisig, sondern … mitleidig wurde.

»Weil ich Euch damals noch brauchte, nicht, weil ich Euch liebe oder begehre. Die einzige Frau, die ich je liebte und begehrte, war Ríona. Gehabt Euch wohl, Mylady. Wenn Ihr klug seid, überzeugt Ihr den Lord davon, zurück nach Edinburgh zu gehen. Niemand wird ihn hier vermissen … Und ich fürchte, Euch auch nicht.«

Sie starrte ihm nach, wie er in der Dunkelheit verschwand. Bei jedem Atemzug vermeinte sie, dass Asche ihre Brust füllte und ihr Herz zu Stein wurde.

Schwärze, nichts als Schwärze.

Als sie das Herrenhaus verlassen hatte, waren die Eschen und Eichen im satten Grün gestanden, hatte das Licht die Birken wie ein silbernes Feuer verzehrt, waren die Wiesen von Schlüsselblumen, Hasenglöckchen und Malven gesprenkelt gewesen. Jetzt schien es ihr, als wären die Bäume verbrannt, und falls von den Blumen noch ein süßer Geruch hochgestiegen wäre, hätte ihn der eisige Wind weggeweht.

Die Wahrheit ist wie eine Ähre im Wind, hatte Caelan spöttisch gesagt, doch nun fühlte sie sich selbst wie eine. Sie würde geknickt werden, würde niemals Früchte bringen, würde langsam absterben und im dunklen Boden versinken. Nicht dass dieser Gedanke beängstigend war. Wäre sie tot, müsste sie nichts mehr fühlen. Jetzt gelang das nur, indem sie lief, immer schneller lief, geradewegs auf den Wald zu. Weißdorne und Espen wuchsen dort ebenso wie Haselnusssträucher, in deren Dickicht sie sich verfing. Dornen zerrissen ihr Kleid und drangen tief in ihren Unterschenkel – ein Schmerz, den sie willkommen hieß, desgleichen das warme Blut, das über ihre Schenkel perlte. Sie blieb nicht stehen, woraufhin noch mehr Ranken sie festzuhalten schienen, sie zum Stolpern, zum Fallen brachten. Schon schrammte sich die Stirn an der rauen Rinde eines Baumes auf, blutete noch mehr. Gut so, gut so …

Sie erhob sich, lief weiter. Zweige schlugen ihr ins Gesicht, Tau lief über ihren Rücken, knöcheltief versank sie in einem Bächlein. Wieder stürzte sie, schlug sich dieses Mal das Knie auf einem Stein auf, und als sie am Boden lag, holten die Gedanken sie ein, denen sie bis jetzt davongelaufen war … Zumindest einer … ein besonders lauter … besonders beängstigender.

Du bist ganz allein im Wald, und es ist Nacht.

Die Feuchtigkeit drang langsam durch ihr Kleid, die Panik hingegen umkrampfte ihr Herz blitzschnell.

Sie konnte nicht hierbleiben … musste nach Hause … musste sich in Sicherheit bringen … Denn noch war sie nicht tot, noch die Ähre nicht verdorben, noch war da genug in ihr, das sich nach Sonnenlicht und Wärme sehnte!

Magdalene atmete tief durch, versuchte aufzustehen, doch der Schmerz, der ihr Knie durchzuckte, war höllisch. Sie konnte ihren verdrehten Fuß aus dem eisigen Wasser des Baches ziehen, konnte ihn vorsichtig betasten – nur aufstehen oder gar einen Schritt tun, das konnte sie nicht.

Einen Ast … ich brauche einen Ast … einen langen und dicken, auf den ich mich stützen kann.

Sie blickte sich um, vermochte in der Schwärze aber die dünnen Zweiglein nicht vom knorrigen Holz der kräftigen Baumstämme zu unterscheiden. Noch nicht einmal die Hand vor den eigenen Augen konnte sie sehen. Nur hören konnte sie … konnte sie nur allzu gut: das Heulen und Ächzen, das Knacken und Rascheln. Was von alldem klang am unheimlichsten? Und war es nur eine Eule, die da traurig kreischte oder gar ein Wolf, der den Mond anheulte? Nein, am Himmel war kein Mond zu sehen – es ließ sich nicht einmal ein Schimmer des silbrigen Lichts erahnen!

Magdalene unterdrückte ihre Furcht, wälzte sich auf den Bauch, robbte weiter. Endlich ertastete sie ein Stück Holz. Sie umklammerte es so fest, dass sich die raue Rinde tief in ihre Handinnenfläche grub, zog daran. Kein Ast ... kein Ast ... nur ein Stück Wurzel, das aus dem Boden ragte und ihr nicht helfen würde.

Tränen schossen ihr in die Augen, perlten über Wangen, und ihre Wärme gemahnte daran, dass ihr Körper völlig ausgekühlt war. Die Zähne klapperten, als sie weiterrobbte, die Finger waren so gefühllos, dass sie nicht wusste, was sie als Nächstes ertastete – Holz, Moos oder nur einen großen Farn.

Sie zog ihre Hand zurück, richtete sich etwas auf, rieb die Finger aufeinander, und als das nichts nutzte, pustete sie darauf. Doch selbst ihr Atem schien kalt zu sein.

Ihr Umhang, wo war eigentlich ihr Umhang? Hatte sie ihn etwa bei Peigi gelassen?

Magdalene wälzte sich auf den Rücken, versuchte, die Beine anzuziehen und zu umschlingen. Wieder loderte Schmerz in ihrem Knie auf, doch sie ignorierte ihn, versenkte ihren Kopf zwischen die Beine und fand so etwas Wärme. Wenn sie so sitzen blieb, würde sie vielleicht nicht erfrieren. David würde sie mittlerweile gewiss suchen lassen ... er würde im Dorf nach ihr fragen ... Und Seòras würde ihm sagen, wo er sie das letzte Mal gesehen hatte ...

Seòras, Seòras, Seòras.

Niemand wird Euch hier vermissen ...

Die Trauer über diese Worte war kalt und grau gewesen, während die Wut, die jetzt in ihr erwachte, laut und hitzig schien. Lange erwärmen konnte sie sie jedoch nicht. Schon bald war sie wieder zu Asche zerfallen.

Sie rieb sich erneut die Hände, presste ihr Gesicht auf die Knie, hätte jetzt auch nichts gesehen, wenn Sonne auf sie gefallen wäre. Nur hören konnte sie immer noch gut – nicht nur das bedrohliche Lied des finsteren Waldes, auch ein … Schnauben.

Das Schnauben eines Pferdes?

»Hilfe!«, schrie sie. »Bitte helft mir!«

Sie blickte hoch, das Schnauben kam näher, und noch bevor sie das Tier sah, erblickte sie ein flackerndes rotes Licht. Eine Fackel … der Reiter trug eine Fackel …

Kerzengerade saß er auf dem Tier, dessen Hufe im feuchten Waldboden versanken. Schon hatte es den Bach durchquert, schon zog der Reiter an den Zügeln, um es zu verhalten, schon sprang er ab, sodass sie sein Gesicht sehen konnte.

Nein, nicht das Gesicht, sondern eine Maske … die Maske des roten Königs.

»Bitte … bitte helft mir …«

Trotz des schmerzenden Knies sprang sie auf, konnte sogar drei Schritte machen. Beim vierten drohte sie umzufallen, doch da hatte der rote König sie bereits erreicht und aufgefangen. Sie sank an seine Brust. Ob der Stoff seines Umhangs weich war, fühlte sie nicht, nur, dass Schlottern und Zähneklappern nachließen. Sogar den Schmerz in ihrem Knie vergaß sie kurz, regte sich stattdessen doch etwas anderes: Neugier … und Hoffnung.

Wenn der rote König Seòras und dieser ihr in den Wald gefolgt war, war das ein Zeichen dafür, dass er sich doch um sie sorgte!

Sie löste sich etwas von ihm, blickte hoch, sah anstelle von Augen nur dunkle Höhlen.

»Danke«, presste sie hervor.

Magdalene tat, als würde sie gleich wieder kraftlos zusammensinken, hob stattdessen aber unvermittelt die Hand, ertastete die lederne Maske und riss daran. Sie saß so fest, als wäre sie mit der Haut verschmolzen, dann löste sie sich doch, und sie sah in ein Gesicht ... Sah es, erkannte es, schrie auf.

Die Wahrheit war keine Ähre im Wind ... die Wahrheit war der Wind selbst. Er wehte, nein, er blies stürmisch alle Gewissheiten hinfort.

XXII.

1078

Aelswith' Erleichterung erstarb. Taraín war hier, und es ging ihm gut, zumindest in dem Augenblick, als sie ihn erreichte. Doch sie war nicht sicher, wie lange noch, denn die beiden Männer, die sich rechts und links von ihm drohend aufgebaut hatten, machten einen wütenden Eindruck.

Es waren die zwei, denen Taraín Rizinusöl ins Essen gemischt hatte und die danach vom Durchfall gequält worden waren, vor allem aber wohl auch von der tiefen Scham, solcherart von einem Mann überlistet worden zu sein, der kein Krieger war. Jetzt war Taraín ihnen ausgeliefert. Schon ballten sie ihre Hände zu Fäusten und schlugen ihn, bis er sich krümmte. Wenn sie noch kräftiger zudroschen, würde er bald auf dem Boden liegen, und so zornig, wie sie ihn anschrien, würden sie sich nicht damit begnügen, ihn dort liegen zu lassen, sondern ihn zu Tode treten.

»Lasst ihn!«, schrie sie verzweifelt.

Einer der beiden ließ tatsächlich die Fäuste sinken. »Welches Vögelchen kommt uns denn da entgegengeflattert?«, fragte er höhnisch.

Auch der andere fuhr zu ihr herum. »Nun, ein Schwan ist es schon mal nicht«, stellte er mit Blick auf Aelswith' Haar fest, das über und über schlammverschmiert war, »es hat ganz graue Federn.«

»Vielleicht singt es dennoch.«

»Ach, weitaus hübscher klingt es, wenn die Vögelchen nicht singen, sondern kreischen.«

So froh Aelswith auch war, dass die beiden Männer von Taraín abließen, so bange wurde ihr zumute, als sie jetzt drohend auf sie zukamen.

»Lasst sie!«, schrie nunmehr Taraín und merkte zu spät, dass er einen Fehler gemacht hatte, erkannten die Männer doch, wie sie ihm noch mehr Qualen zufügen konnten als nur mit ihren Fäusten.

Diese ließen sie sinken, um Aelswith zu packen, und nachdem zunächst nur ihre Augen begehrlich über ihren Körper wanderten, folgten bald schwielige Hände.

Aelswith drehte den Kopf so weit wie möglich, nicht nur, um dem säuerlichen Atem zu entgehen, der ihr ins Gesicht schlug, sondern auch, um zu sehen, wie es um den Kampf stand. Sie hätte es nie für möglich gehalten, aber in diesem Augenblick hoffte sie, dass Hlothere die Angreifer besiegen und sie retten würde. Doch als sie sah, wie viele fremde Krieger sein Lager mittlerweile umstellt hatten, sank ihr das Herz. Auch Hlothere selbst schien aufgegangen zu sein, dass er gegen diese Übermacht nichts ausrichten konnte. Er kämpfte zwar immer noch, nicht jedoch, um die Männer zurückzuschlagen, sondern um zu seinem Pferd zu gelangen. Sobald er es erreichte, schwang er sich auf seinen Rücken und ritt los. Zwei seiner Ritter taten es ihm gleich, die anderen lagen leblos auf dem Boden. Nein, von Hlothere konnte sie sich keine Hilfe erhoffen.

»Lasst sie!«, schrie Taraín wieder, doch die Hände griffen nur noch brutaler zu.

»Das Vögelchen gibt ja gar keinen Mucks von sich. Ist ihm etwa das Schnäbelchen zugewachsen?«

»Oh, ich weiß schon ein Mittel, es wieder aufzubekommen.«

Schon drängten sich Finger in ihren Mund, und die Versuchung, zuzubeißen, war groß. Stattdessen verharrte sie ganz steif und dachte fieberhaft nach.

Jene Männer hatten sich Maelsnechta anschließen wollen ... was dafür sprach, dass jene Krieger, die Hlothere in die Flucht geschlagen hatten, von diesem angeführt wurden ... Taraín hatte wahrscheinlich nach ihm gesucht, um sie zu retten, war jedoch nicht nur auf seine Truppe gestoßen, sondern auf die beiden hier, die noch eine Rechnung mit ihm offen hatten. Die anderen Krieger von Maelsnechta hingegen, von denen einige wenige Hlotheres Verfolgung aufgenommen hatten, während die meisten an den Leibern der Toten nestelten, um ihnen Schmuck und Waffen zu stehlen, zürnten ihm gewiss nicht ... Und ihr erst recht nicht.

Aelswith wusste plötzlich, was sie zu tun hatte. Sie wartete, bis der eine endlich seinen Finger aus ihrem Mund nahm, um ihre Brust zu umfassen, und schrie aus voller Kehle: »Ich bin Macbeth' Kind! Ich bin Macbeth' Kind ...«

Sie war nicht sicher, wie oft sie den Satz wiederholte, nur, dass er jedes Mal verzweifelter klang. Anstatt zu erschrecken und zurückzuzucken, lachten die beiden Männer schallend, als hätte sie einen Scherz gemacht. Taraín hingegen schien längst aufzugehen, dass ihre Worte die Wirkung verfehlten. Er bückte sich, hob einen Stein auf, trat näher. Aelswith bezweifelte, dass er damit sonderlich viel ausrichten konnte. Selbst wenn er einen am Hinterkopf träfe und der ohnmächtig niedersinken würde, gab es immer noch den zweiten, der sich nicht ebenso wehrlos würde niederstrecken lassen.

Ob ihrer Frucht zog sich ihre Kehle zusammen, doch ehe Taraín den Stein wirklich schleudern konnte, ehe er in den Männern nicht einfach nur Rachsucht, sondern Mordlust säte, ertönte eine Stimme: »Was geht hier vor?«

Es war die Stimme einer Frau, wie Aelswith verwundert aufging, und hatte dennoch so viel Gewicht, dass die Männer Aelswith augenblicklich losließen. Obwohl die schwieligen Hände nicht länger über ihren Körper wanderten, vermeinte sie, sie immer noch zu spüren. Eine Weile stand sie vor Ekel wie erstarrt da, ehe sie den Blick zu heben vermochte und die Frau musterte, die dort auf dem Pferd saß.

Nie hatte sie jemanden gesehen, der so alt und so jung zugleich schien. Alt, weil sich neben den Mundwinkeln zwei tiefe Furchen in die Wangen gruben und weil die wasserblauen Augen so müde blickten, weil sie mit krummem Rücken saß und ihre Hände gerötet und von dunklen Adern übersät waren. Jung, weil ihr volles Haar von einem dunklen Braun war – Aelswith konnte nicht sagen, ob Gott es ihr so gegeben hatte oder ob sie selbst nachhalf, indem sie es mit dem Sud von Erlenästen färbte. Auch reckte sie das Kinn selbstbewusst und erhob gebieterisch eine Hand.

»Also, was geht hier vor?«

Finnghuala ... die Frau musste Finnghuala sein, Maelsnechtas Mutter und die Witwe von Macbeth' Stiefsohn Lulach. Doch so offensichtlich dies schien, so wenig verstand Aelswith vieles andere.

Gael ... da war auch Gael ... Warum aber war sie über ihre Befreiung nicht erleichtert, sondern stand diese Angst in ihrem Gesicht? Ja, nicht nur Angst, auch Mitleid? Und warum schüttelte sie den Kopf, als gälte es, Aelswith zu warnen, und lag zugleich so viel Resignation in ihrem Blick, als wüsste sie, dass diese Warnung zu spät kam?

Noch mehr verwirrte es Aelswith, dass auf einem der Pferde und von einem Krieger gehalten Nathair saß. Er war also der Mann gewesen, der auf der Wiese gelegen hatte und dem Taraín hatte helfen wollen.

In Gedanken versunken merkte sie zu spät, dass Finnghuala sich mittlerweile an sie gewandt hatte und nun schon zum zweiten Mal befahl: »Wiederhole, was du gesagt hast.«

Aelswith konnte sich erst fassen, als Taraín ihren Arm nahm und diesen bekräftigend drückte.

»Ich bin Macbeth' Kind«, bekundete sie.

Finnghualas Miene blieb ausdruckslos. Weder Erstaunen noch Misstrauen standen darin, weder Freude noch Entsetzen.

»Wie kommst du darauf?«, fragte sie.

Verspätet begannen Aelswith die Knie zu beben, und wenn Taraín sie nicht gehalten hätte, hätten diese womöglich nachgegeben. Sie war überzeugt gewesen, dass sich endlich alle Teile des Mosaiks zum Ganzen fügen würden, sobald sie Maelsnechta erreichten, doch plötzlich ahnte sie, dass sie die bunten Steine bislang falsch zusammengesetzt hatte und dass das Bild, das sie am Ende ergaben, ganz anders aussah, als sie je vermutet hätte.

Sie brachte kein Wort hervor, doch Taraín begann an ihrer statt zu reden. Er erzählte von Drostan, einem der letzten Kampfgefährten Macbeth', der später als Wanderheiler durchs Land gezogen war, der von dem Kind wusste, das eine Geliebte Macbeth' erwartet hatte, und auch, dass es irgendwie in die Hände von König Malcolm geraten war, der es unter falschem Namen an seinem Hof großzog. Drostan hatte den Tod gefunden, als er dieses Kind von dort zu befreien und zurück nach Moray zu bringen versucht hatte, und so hatte das Kind selbst alles darangesetzt, dorthin und somit gleichsam zu seiner wahren Familie zu gelangen.

Finnghualas Gesicht verzog sich immer noch nicht. »Und du denkst wirklich, dieses Kind wärest du«, sagte sie an Aelswith gewandt.

Sie führte ihr Pferd ganz nah an diese heran, und als das Tier schnaubte, stieg ihr sein heißer Atem ins Gesicht. Aelswith hätte schwören können, dass Finnghualas Atem dagegen eiskalt war.

»Ja ... so ist es ...«, stieß Aelswith aus. »So muss es sein ... meine Amme konnte mir nicht mehr sagen, was sie wusste ... sie wurde ermordet. Aelswith ist mein Name oder zumindest der, den König Malcolm mir gegeben hat. Du kennst wahrscheinlich meinen richtigen.«

Finnghuala starrte sie eine Weile nur schweigend an. »Ja«, sagte sie schließlich, »ja, ich kenne den Namen von Macbeth' Kind.«

Anstatt ihn endlich zu sagen, hob sie wieder Hand, um dieses Mal ein Zeichen für den Aufbruch zu geben. Schon zog einer ihrer Krieger Taraín auf sein Pferd, ein anderer trat auf Aelswith zu.

»Aber was ...«, setzte sie an.

Wieder fiel ihr Blick auf Gael, wieder las sie Mitleid und Resignation in deren Miene.

Ich habe irgendetwas grundfalsch verstanden ... Das Mosaik, es besteht nicht aus leuchtend bunten Steinen, sondern aus dunklen, glanzlosen.

Letzteren glichen zumindest Finnghualas Augen, die jäh nicht mehr wasserblau zu sein schienen, sondern grau wie der Nebel waren. Falls die Wahrheit die Sonne war, würden deren Strahlen von diesem Nebel verschluckt werden.

Als sie eine Burg erreichten, türmten sich Wolken am Himmel und ließen der milchigen Sonne nur ein winzig blaues Fleckchen, um von dort etwas Wärme zu spenden. Aelswith fröstelte gleichwohl, umso mehr, als dunkle Vögel über ihrem Kopf ihre Kreise zogen und ein bedrohliches Kreischen ausstießen.

Die Burg hatte wenig mit den königlichen Residenzen in Edinburgh oder Dunfermline gemein. Die Wände waren zwar ähnlich dick, aber nicht so hoch. Unten waren sie von rötlicher Farbe, oben hatte man graue Bruchsteine übereinandergestapelt, zwischen denen große Löcher klafften. Es sah aus, als hätte man aus den Überresten eines alten Dún eine neue Festung errichten wollen, dafür jedoch weder genügend Zeit noch ausreichende Mittel gehabt.

Finnghuala hielt das nicht davon ab, stolz auf das Gebäude zu zeigen: »Mittlerweile haben wir die meisten Burgen im Land unter unsere Kontrolle gebracht«, erklärte sie, »nicht nur die von Inverness, auch Dún da Lamh, von wo aus wir den Pass von Badenoch nach Lochaber kontrollieren, außerdem die Burgen in der Nähe von Nairn und Burghead an der Küste. Diese Feste ist zwar einst von einem Feuer zerstört worden, aber es blieben genügend Steine übrig, die man wieder übereinanderwuchten konnte.«

Ob von diesen Steinen trotz der grauen und roten Farbe wohl ein beißender Gestank ausging, der die Kehle verätzte und die Augen tränen ließ? Zumindest fiel Aelswith das Atmen immer schwerer.

»Warum erzählst du das alles?«, fragte sie.

Finnghuala presste grimmig die Lippen zusammen. »Damit ihr wisst, was auf dem Spiel steht ... und auch, dass ich nicht böse bin, nur weil ich Unschuldigen nach dem Leben trachte. Mir bleibt keine andere Wahl.«

Eben ritten sie durch ein schmales Tor in den Hof, wo ein längliches, reetgedecktes Haus errichtet worden war, daneben standen kleine Hütten, die wohl als Vorratskammern, Werkstätten und als Stall dienten. Der hölzerne Turm, der in einer der Ecken aufragte, sah etwas wacklig aus, von dort hatte man jedoch gewiss einen guten Ausblick auf das umliegende Land, vielleicht sogar bis zum Meer. Bedacht war er nicht, was bedeutete, dass man die Rauchsäule von Weitem sehen könnte, wenn man dort oben ein Alarmfeuer entzündete.

Der Krieger, vor dem Aelswith während des Ritts hatte sitzen müssen, sprang vom Pferd und zog sie unsanft zu Boden. Sie verstauchte sich den Fuß, achtete aber nicht auf diesen Schmerz.

... weil ich Unschuldigen nach dem Leben trachte ...

Auch Taraín war vom Pferd gestiegen und blieb im Hof stehen, ein weiterer Krieger brachte indes Nathair in eine der Hütten. Was ihm dort blühte, wusste Aelswith nicht. Sie sah nur, dass sich Nathair nicht wehrte, ihr noch nicht einmal einen letzten Blick zuwarf. Erst jetzt ging ihr auf, dass Earc nicht mit ihnen gekommen war, ja dass sie ihn schon während des Kampfes nicht gesehen hatte, und sie schämte sich, das Tier vergessen zu haben. Zugleich war sie erleichtert, dass Taraín offenbar den Esel fortgejagt hatte, als er auf Finnghualas Truppe gestoßen war, und das Tier deshalb in Sicherheit war.

Gael glitt als Letzte vom Pferd. Anstatt wie Aelswith und Taraín abwartend stehen zu bleiben, wandte sie sich an Finnghuala.

»Mutter, ich bitte dich«, flehte sie, »überleg es dir anders! Du kannst doch nicht so grausam sein ...«

Finnghuala brachte sie mit einer gebieterischen Geste zum Schweigen. »Drostan hätte sich damals nicht einmischen sollen. Warum hat er nicht verstanden, dass es nur *einen* starken Erben geben darf und dass dies Maelsnechta ist? Wenn er damals das Kind nicht gerettet hätte, hätte keiner mehr von ihm gesprochen. Und das Kleine hätte nichts bemerkt. Es hätte keine Angst vor dem Tod gehabt, weil es noch nicht wusste, was es bedeutet zu leben. Alles wäre leichter gewesen.« Nachdenklich wiegte sie den Kopf, ehe sie wieder das Kinn reckte. »Geh jetzt hinein!«

Gaels kniff die Augen zusammen, und Aelswith hoffte, sie würde erneut aufbegehren. Stattdessen duckte sie sich und flüchtete in das Langhaus.

Finnghuala wandte sich an Aelswith. »Am besten du folgst ihr«, sagte sie.

Aelswith' Augen weiteten sich. Wenn sie die Worte richtig deutete, hatte Finnghuala schon gleich nach dessen Geburt Macbeth' Kind nach dem Leben getrachtet, weil sie in diesem einen möglichen Rivalen ihres Sohnes sah, und nun gedachte sie, das Versäumnis von damals – nämlich das Kind zu beseitigen – nachzuholen. Warum aber wollte sie dann, dass sie, Aelswith, ins Haus ging? Um sie vor Gaels Augen zu töten?

»Schau mich doch an!«, rief Aelswith und deutete auf ihr Kleid voller Flecken und Risse. »Du kannst doch nicht ernsthaft denken, dass ich eine Bedrohung für deinen Sohn bin! Ich, eine Frau, die nicht einmal allein auf dem Pferd sitzen kann, die keine Waffe trägt, die fern von hier aufgewachsen ist, noch dazu bei einem verhassten König! Denkst du wirklich, ich könnte Maelsnechta die Macht in Moray streitig machen? Das Gegenteil ist der Fall! Ich kann ihm helfen, seine Macht zu stärken, wenn ich mich für ihn erkläre, wenn ich ihm alles erzähle, was ich vom Hof in Edinburgh weiß, wenn ich ...«

Finnghuala hatte Gael nachgeblickt, als diese ins Haus gegangen war, nun drehte sie sich langsam wieder zu Aelswith um. Ihre Augen sahen so müde aus wie zuvor, aber es war etwas darin zu lesen, das Aelswith überraschte – gleiches Mitleid nämlich wie in Gaels Miene, auch gleiche Resignation.

»Sei doch einfach still, du dummes Mädchen«, sagte sie und nickte einem der Krieger zu, der prompt sein Schwert zog.

Das Klirren ließ Aelswith zusammenzucken, doch das hielt sie nicht davon ab, den Rücken zu straffen.

»Gott verfluche dich«, setzte sie an, doch die Worte blieben ihr im Hals stecken, als sie sah, auf wen sich das Schwert richtete – nicht auf sie nämlich, sondern auf … Taraín. Und als sie seinen Blick suchte, las sie in diesem die Wahrheit, die er schon viel früher erkannt zu haben schien.

Jene Wahrheit glich keiner Sonne, die blendete, sie glich einer Faust, die endgültig das Bild zerbersten ließ, das sie aus den vielen Steinchen zusammengelegt hatte. Ein neues erstand aus den Scherben, und endlich begriff sie.

Dritter Teil

Unter dem Rabenbanner

XXIII.

1792

»Das ist nicht möglich«, stieß Magdalene aus und wich zurück. »Das ist einfach nicht möglich. Wie … wie …?« Sie konnte nur aufrecht stehen, weil sie sich an einem Baum festklammerte und weil der Schock darüber, wer sich hinter der Maske verbarg, den Schmerz im Knie überwog. Sie zitterte noch heftiger als zuvor. »Wie … wie …?«, setzte sie wieder an, brachte aber kein weiteres Wort hervor.

»Du willst wissen, wie ich durch den Wald geritten bin, ohne dass Äste gegen meinen Kopf schlugen?«, gab der Mann zurück. »Nun, ich habe diesen rechtzeitig eingezogen, was ich auch dir geraten hätte.«

Magdalene fuhr sich mit der Hand an die Stirn. Richtig, sie war gegen einen Baum gerannt und hatte sich verletzt.

»Wie … wie konntet Ihr nur …«

»Wie ich dir folgen konnte?«, fragte Caelan mit jenem leisen Spott in der Stimme, für den sie ihn in der letzten Zeit so gehasst hatte. »Gewiss, das war sehr unhöflich von mir. Wahrscheinlich wolltest du diese lauschige Mondnacht ganz allein genießen. Soll ich wieder gehen?«

Tatsächlich drehte er sich zu seinem Pferd um.

Magdalene umklammerte den Holzstamm nunmehr mit

beiden Händen und wechselte unvermittelt auch zur vertraulichen Anrede. »Nein, du sollst mir sagen ... weshalb du ... der rote König ...« Ob des Zitterns biss sie sich in die eigene Zunge.

Er trat nun doch auf sie zu und reichte ihr seinen Umhang. Erst als sie sich bis zur Nasenspitze darin eingehüllt hatte, ließ das Zittern etwas nach. Die Sprache fand sie gleichwohl nicht wieder.

»Warum ich mich ausgerechnet roter König nenne?«, fragte er. »Nun, das ist eine lange Geschichte, von der du zumindest einen Teil kennen müsstest, nachdem du die alte Legende von Aelswith und Taraín gelesen hast.«

»Warst du es, der mir die Pergamentrollen zugespielt hat?«

Er zuckte die Schultern. »Ich bin für vieles, aber nicht für alles verantwortlich. Ehrlich gesagt habe ich keine Ahnung, wie sie in die Bibliothek gekommen sind. Nicht leugnen hingegen kann ich, dass die Rebellenakte meiner Verantwortung unterliegen.«

Magdalene schwindelte es. Ihre Erinnerungen schienen sich im Kreis zu drehen, unmöglich, sie anzuhalten. Caelan ... der rote König ... wie hatte er es bloß geschafft, dieses Geheimnis zu hüten?

»Damals ... im Dorf ... die Vertriebenen ... die alte Catriona ...«, stammelte sie.

Caelan nickte nachdenklich. »Du willst wissen, warum ich mich nicht offen gegen meinen Bruder gestellt habe?« Nicht nur Spott klang nun in seiner Stimme mit, auch Enttäuschung und Bitterkeit. »David hat mich doch noch nie ernst genommen. In seinen Augen bin ich nur ein Abenteurer, dem keine Gefahr zu groß ist, um sich nicht begeistert hineinzustürzen. Er war immer zu vernünftig, um es mir gleichzutun, und hätte niemals auf mich gehört. Ich wusste von Anfang an, dass ich den Menschen auf andere Weise helfen muss.«

»Aber warum hast du nicht wenigstens mir die Wahrheit gesagt?«

»Das hätte weder dir noch mir geholfen. Im schlimmsten Fall hättest du mich verraten, im besten Fall hättest du dir ständig schreckliche Sorgen gemacht.«

»Ich habe dich gehasst!«

»Es gibt Schlimmeres.«

Nein, dachte sie, das gibt es nicht. Nichts ist unerträglicher, als wenn jemand verkannt wird, wenn jemand, der Gutes tun will, angefeindet wird, anstatt verdienten Respekt zu erfahren. Wie ohnmächtig sie sich selbst gefühlt hatte, als die Dorfbewohner sie vorwurfsvoll angestarrt hatten! Und wie schwer es Caelan oft gefallen sein musste, das Possenspiel aufrechtzuerhalten!

»Es tut mir leid ...«, brach es aus ihr heraus.

»Nun, ich nehme an, mein Geheimnis ist bei dir sicher. Mir ist nicht entgangen, was du all die letzten Monate getan hast.«

Röte stieg ihr ins Gesicht, als ihr aufging, dass er sie mehr als einmal beobachtet haben musste, wohl auch, als sie im Dorf geschuftet hatte. Ob er vielleicht sogar gesehen hatte, wie sie Seòras küsste? Einmal zumindest hatte er sie von jenem weggeholt, wohl, um jeglichen Verdacht zu zerstreuen, er wäre ihr und dem Highlander wohlgesonnen.

»Wer weiß es sonst noch?«, fragte sie.

»Dass ich der rote König bin? Niemand ... zumindest hoffe ich das. Aber nun komm. Wir sollten uns beeilen, nach Hause zu kommen. Wahrscheinlich lässt David schon nach dir suchen.«

»Und dein Aufzug?«

»Keine Angst. In der alten Burgruine wartet Kleidung zum Wechseln. Kannst du allein gehen?«

Sie nickte, aber schon nach dem zweiten Schritt wurde der Schmerz in ihrem Knie unerträglich. Kurzerhand trug er sie zum Pferd, und sie kam nicht umhin, ihr Gesicht auf seine Brust zu senken.

»Warum?«, fragte sie leise.

»Warum ich mir Macbeth als Vorbild auserkoren habe? Nun, kein Held der schottischen Geschichte wurde mehr verkannt. Ich denke, das passt gut zu mir.«

»Nein, warum kamst du überhaupt auf die Idee, dich hinter dieser Maske zu verstecken und den englischen Regimentern das Leben schwerzumachen?«

Er schwieg lange, ehe er antwortete. »Warum sitzt du nicht im Salon, stickst und liest Romane? Warum baust du im Treibhaus keine Weintrauben an wie Lauren MacInnes, warum betrinkst du dich nicht regelmäßig wie Isobel Brinks? Warum scheust du den Dreck und die Armut im Dorf nicht ...?«

Wenn sie ehrlich war, wusste sie selbst nicht genau, was sie dazu getrieben hatte. Gewiss, sie hatte den Menschen helfen wollen, aber ein wenig auch sich selbst, und sie zweifelte, ob ihr zumindest eines von beiden gelungen war.

Die Wahrheit war ein Sturm, und mal wehte dieser aus der einen, mal aus der anderen Richtung.

Als Magdalene dicht an Caelan gepresst wenig später auf dem Pferd saß, spürte sie allerdings keinen Sturm, noch nicht einmal einen Lufthauch. Und als das Ross lostrabte, sie durch den Wald ritten und diesen bald hinter sich ließen, da überkam sie eine Ahnung von Wärme, eine Ahnung auch, wie es sich anfühlte, zu jemandem zu gehören.

Noch nie hatte sie David so laut schreien hören. Schon aus der Ferne hörte sie seine Stimme. Erst warf er dem Stalljungen vor, zu langsam zu sein, dann beschimpfte er Tómas Elliott, zuletzt wandte er sich an Matthew Brinks und gab ihm die Schuld an allem.

Caelan hatte Magdalene vor sich aufs Pferd genommen, und bis jetzt hatte sie es genossen, ihm die Führung zu überlassen. Nun aber forderte sie ihn auf, stehen zu bleiben und ihr herunterzuhelfen, damit sie die letzten Schritte zu Fuß machen konnte.

Just in dem Augenblick, als sich in Davids Geschrei Abigails verzweifelte Stimme mischte, rief sie: »Hier bin ich doch.«

David runzelte misstrauisch die Stirn, als traute er ihrer Stimme nicht, Abigail dagegen kam auf sie zugestürzt und zog sie in ihre Arme. Obwohl diese kleiner war als sie, schaffte sie es doch, Magdalenes Kopf an ihre Brust zu ziehen, sodass sie fast erstickt wäre.

»Maggie ... Maggie ... meine Maggie ...« So erleichtert Abigail zunächst war, so vorwurfsvoll blickte Abigail sie an, als sie sich von ihr löste und ihren Kopf zwischen die Hände nahm. »Wo bist du denn nur gewesen? Wir haben schreckliche Ängste ausgestanden. Wie konntest du das Herrenhaus nur heimlich verlassen?«

Auch David war näher getreten, allerdings ein paar Schritte von ihr entfernt stehen geblieben, und anders als Abigail machte er keine Anstalten, sie an sich zu ziehen.

»Das würde ich auch gerne wissen. Stimmt es, dass du einer Frau bei der Geburt beigestanden hast?«

Anscheinend hatten Tómas Elliott und Matthew Brinks David berichtet, und Magdalene überlegte fieberhaft, mit welchen Ausflüchten sie ihn beruhigen konnte.

Bevor sie jedoch einen Ton über die Lippen brachte, meldete sich Caelan zu Wort. »Eine Blume riecht nur süß, wenn auch ausreichend Sonnenlicht auf sie fällt. Und eine Lady, die nicht dann und wann an die frische Luft geht, verliert ihre Schönheit.«

»Nein«, schnaubte David, »Blumen duften, wenn sie sicher verwurzelt in dunkler Erde sind. Sobald man sie pflückt, verwelken sie. Und mir ist die Sicherheit einer Lady lieber als ihre Schönheit.«

»Nun«, warf Magdalene vermeintlich fröhlich ein, »es stimmt, dass ich heimlich das Herrenhaus verlassen habe, um spazieren zu gehen. Und es stimmt, dass ich Tómas Elliott und Dr. Brinks benachrichtigt habe, als ich von den Nöten erfuhr, in der eine der Highlanderinnen steckte. Bei der Heimkehr verstauchte ich mir aber den Fuß. Gottlob hat Caelan mich zufällig gefunden. Ich fürchte nur, dass ich jetzt nicht mehr viel länger aufrecht stehen kann.«

Davids Blick schoss von ihr zu Caelan und wieder zurück zu ihr. »Du warst wirklich im Dorf«, stellte er vorwurfsvoll fest. »Ausgerechnet an einem Tag wie dem heutigen! Bist du dir im Klaren darüber, was hätte passieren können?«

Wieder kam Caelan ihr zuvor. »Aber was hätte passieren können? Die Dorfbewohner sind doch allesamt nach Norden gegangen, um sich dort zusammenzurotten und unsinnige Forderungen zu stellen – wie die, die Pacht zu reduzieren. Wahrscheinlich hast du noch gar nicht die jüngsten Neuigkeiten aus Inverness gehört.«

Das Ablenkungsmanöver glückte. David hatte nicht länger einen Blick für Magdalene, sondern trat auf seinen Bruder zu. »Wovon redest du?«

»Die Bewohner etlicher Highland-Dörfer haben all ihr Geld zusammengelegt. Ganze sechzehn Pfund kamen zusammen. Und damit haben sie Schießpulver, Keulen und Bolzen gekauft.«

»Mein Gott!« David biss sich auf die Lippe. »Sie meinen es wirklich ernst.« Er wandte sich wieder an Magdalene. »Und ausgerechnet in dieser Lage wagst du es …«

»Ich werde es nicht wieder tun, das verspreche ich«, sagte sie schnell. »Aber jetzt muss ich mich ausruhen.«

Gottlob kam ihr Abigail zu Hilfe. »Ich bringe sie nach oben, Mylord«, erklärte sie.

Bereits der erste Schritt tat so weh, dass Magdalene aufschrie. Prompt drängte sich Caelan an Abigail vorbei und verkündete: »Ich trage sie.« Und ehe Magdalene sein Ansinnen zurückweisen oder David protestieren konnte, hatte er sie hochgehoben. Wenig später betraten sie das Herrenhaus, und er lief so schnell die Treppe hoch, dass Abigail kaum folgen konnte. »Er hat dir immerhin nicht den Kopf abgerissen«, flüsterte er ihr ins Ohr und lächelte.

Kurz erwiderte Magdalene das Lächeln, wurde aber rasch wieder ernst.

»Das mit dem Schießpulver … stimmt das?«

Caelan nickte. »Die Highlander planen tatsächlich einen Aufstand. Sie wollen die Gunst der Stunde nutzen, um sich vom Joch der reichen Grundbesitzer zu befreien.«

Sowohl Abigail als auch David waren ihnen ins Haus gefolgt, doch noch waren beide zu weit entfernt, um sie zu hören.

»Und du wirst ihnen helfen«, stellte Magdalene fest.

»Der rote König wird ihnen helfen. Wusstest du, dass es auch einige Jahre nach Macbeth' Tod zu einem Aufstand in Moray kam? Maelsnechta hat ihn angeführt, der Sohn von Lulach.«

Magdalene versuchte sich zu erinnern, ob sie davon schon etwas gelesen hatte, ihr Geist war nach dem langen Tag allerdings zu umwölkt, um einen vernünftigen Gedanken zu fassen.

»Und wie ist die Sache damals ausgegangen?«, fragte sie lediglich.

Caelan schüttelte nur den Kopf, um umso entschlossener zu bekunden: »Dieses Mal wird alles gut werden.«

Eben erreichten sie den Salon, und er setzte sie auf eines der Sofas. Obwohl sie ihm nicht länger ins Gesicht schauen konnte, war sie überzeugt, dass darin Zuversicht stand, dass er an das glaubte, was er gesagt hatte. Sie war davon nicht so überzeugt, aber viel zu erschöpft, um Angst zu haben.

XXIV.

1078

»Das ist nicht möglich«, stieß Aelswith aus. »Das ist einfach nicht möglich. Wie … wie …?«

Taraín dagegen wusste, dass es sehr wohl möglich war, fragte sich nur, warum er nicht schon früher darauf gekommen war und eins zum anderen gefügt hatte.

Über ihm wurde das Schwert geschwungen, doch er hatte keine Angst vor dem Tod, sah nur, wie sich sein Gesicht im grauen Stahl spiegelte, und vermeinte, sich zum ersten Mal richtig zu sehen.

»Ich bin es«, stellte er ruhig fest. »ich bin Macbeth' Kind. Du hast mich schon einmal zu töten versucht, Finnghuala, am Tag meiner Geburt, aber Drostan hat mich vor deinen Männern gerettet. Er hat mich in ein Dorf gebracht, wo ich von einer Frau aufgezogen wurde, die ich stets für meine Mutter hielt, und als sie starb, hat er mich zu sich geholt. Er wagte es nicht, an einem bestimmten Ort zu bleiben, weil du immer noch nach dem Kind gesucht hast. Deshalb zog er mit mir durchs Land.«

Finnghualas Mundwinkel zuckten, und er war nicht sicher, ob sie gleich lachen oder weinen würde. Das Geräusch, das sie schließlich ausstieß, klang denn auch halb wie ein Kichern, halb wie ein Schluchzen.

Aelswith hingegen schrie auf. »Das ist nicht möglich! Warum hat Drostan denn dann mich aus Edinburgh entführt? Warum hat er gesagt, ich sei der Schlüssel zu einem neuen Alba? Und warum hat er mir im Augenblick seines Todes gesagt, ich sei Macbeth' Kind?«

»Bist du denn sicher, dass er es zu dir gesagt hat?«, fragte Taraín. »Ich saß doch auch über ihn gebeugt. Seine Worte hätten genauso gut mir gelten können wie dir.«

Aelswith starrte ihn an, und ihre Augen schienen immer größer zu werden. Sie lief auf ihn zu, umklammerte ihn, wandte sich dann an Finnghuala.

»Wenn Taraín ist, was ich zu sein glaubte, dann will ich mit ihm sterben.«

»Aelswith, nein!«, rief Taraín zutiefst erschrocken. Er versuchte, ihren Griff zu lösen, doch ihre Hände umklammerten seine Schultern unerbittlich.

»Du wirst dich nicht sinnlos opfern!«, schrie sie.

»Sinnlos ist es doch auch, wenn du stirbst.«

Taraín versuchte weiter verzweifelt, sich loszumachen, weswegen der Mann, der ihn mit dem Schwert bedrohte, nicht sicher war, was er nun tun sollte. Er ließ die Waffe wieder sinken und warf Finnghuala einen fragenden Blick zu.

Auch Aelswith richtete sich an sie. »Ich als Frau wäre deinem Sohn nicht gefährlich geworden, aber Taraín ist es ebenso wenig. Das Einzige, was er kann und will, ist, Menschen zu heilen, nicht Menschen zu töten.«

Wieder kam dieser merkwürdige Laut aus Finnghualas Mund. »Es ist nicht wichtig, was er kann und will. Es zählt nur, was man ihm zutraut. Lulach war lediglich Macbeth' Stiefsohn, in seinen Adern floss kein Tropfen seines Blutes. Taraíns Blut ist vermischt mit dem seiner piktischen Mutter …«

Taraín rauschte der Kopf. Wer seine leibliche Mutter wohl

gewesen war? Ob sie ihm noch seinen Namen gegeben hatte, der ebenfalls piktischen Ursprungs war? In Moray lebten viele Nachkömmlinge der Pikten … Menschen, die einst treu zu Macbeth gestanden hatten, weil sie ihn als König anerkannten, die jetzt wohl auch treu zu Maelsnechta standen, die aber wohl noch lieber einen der ihren als ihren Anführer erwählt hätten.

Finnghuala sagte nichts mehr, sie nickte dem Krieger zu, der prompt wieder sein Schwert hob. Aelswith schrie auf, noch panischer als zuvor, und dieses Mal bemühte sich Taraín gar nicht erst, sich aus ihrem Griff zu befreien, er wandte sich an Finnghuala.

»Warte!«, rief er. »Du weißt, wer *ich* bin, aber weißt du auch, wer *sie* ist?«

Finnghualas Blick schien noch müder zu werden, die Kerben um ihren Mund tiefer. »Was spielt das für eine Rolle?«

»Drostan hat mich mein ganzes Leben lang vor dir versteckt. Nachdem er Aelswith entführte, wollte er in den Norden aufbrechen. Er hielt sie für den Schlüssel zu Macbeth' Reich, und war sicher, dass er sich nun nicht länger verstecken musste. Willst du nicht wissen, welche Bedeutung Aelswith hat?«

Finnghuala wirkte nunmehr gereizt. »Welche Bedeutung soll dieses Mädchen schon haben? Es ist mir egal, ob es lebt oder stirbt. Wenn es dich nicht loslässt, werden eben euer beider Köpfe rollen.«

Und wieder nickte sie, wieder wurde das Schwert dicht über seinem Kopf geschwungen, wieder war Aelswith' Griff so schmerzhaft. Gleichwohl gelang es ihm, sie von sich zu stoßen – ob weit genug, dass sie von der Klinge verschont blieb, wusste er nicht.

Ehe diese seinen Nacken traf, ließ der Krieger das Schwert erneut sinken.

»Ich möchte es«, sagte nämlich plötzlich der Mann, der eben durch das Tor geritten kam. »Ich möchte sehr wohl gerne wissen, was es mit diesem Mädchen auf sich hat.«

Der Mann schwang sich vom Pferd, und dass er seine ersten Schritte mit etwas steifen Gliedern tat, war ein Zeichen dafür, dass er lange geritten sein musste. In seinem Gesicht waren allerdings weder Spuren von Müdigkeit noch von Schmerzen zu lesen, schien er doch einer jener Männer zu sein, die sich längst abgewöhnt hatten, dergleichen zu fühlen. Er trug einen Umhang mit Pelzverbrämung, die einstmals geglänzt haben musste, mittlerweile aber struppig wirkte und von Schlammspritzern übersät war. Ähnlich schien es sich mit seinem jugendlichen Tatendrang zu verhalten, der längst mit der Einsicht beschmutzt war, dass jede seiner Entscheidungen zu viel Gewicht hatte, um sie leichtsinnig und unbekümmert zu treffen. Das Misstrauen in seinen Zügen ließ ihn älter erscheinen, als er sein konnte – zumindest deutlich älter als Gael. Er hatte genauso rotes Haar wie diese, während er wie seine Mutter Finnghuala aus blauen Augen die Welt betrachtete.

Das also war Maelsnechta.

Aelswith' Erleichterung darüber, dass er hier so plötzlich erschienen war und der Krieger sein Schwert hatte sinken lassen, währte nicht lange. Maelsnechta schien keiner der Männer zu sein, von denen man sich Gnade erhoffen durfte. Nie würde er aufgrund von Mitleid eine Entscheidung treffen, sondern nur nach der nüchternen Berechnung, ob der Nutzen oder Schaden größer war, wenn er sie am Leben ließ.

»Du musst dich um diese Sache nicht kümmern!«, rief Finnghuala. »Ich werde mich darum kümmern und ein einstiges Versäumnis wettmachen. Du hast damit rein gar nichts zu tun.«

Maelsnechta machte einen steifen Schritt auf sie zu. »Du willst, dass ich der König von Moray bin. Also hat alles, was hier geschieht, mit mir zu tun.«

Finnghuala lag wohl ein Widerspruch auf den Lippen, aber sie verkniff ihn sich, schrie lediglich wütend auf, als sie sah, wer hinter Maelsnechta durchs Tor kam – niemand anderer als Gael nämlich, die sich nicht im Haus verkrochen hatte, sondern einen Hinterausgang benutzt haben musste, um den Bruder zu holen. Doch ehe Finnghuala sich auf sie stürzen und die Tochter für diesen Verrat anklagen konnte, hob Maelsnechta gebieterisch die Hand.

»Lass meine Schwester in Ruhe, Mutter. Was sie getan hat, tut nichts zur Sache.« Er wandte sich an Aelswith. »Wer also bist du?«

Aelswith zuckte hilflos die Schultern. »Um das herauszufinden, bin ich nach Moray gekommen. Ich bin mit vielen Lügen groß geworden und kann nicht sagen, welche der Wahrheit am nächsten kommt.«

Maelsnechta nickte, das Misstrauen schwand dennoch nicht aus seinen Zügen. Offenbar glaubte er ihr kein Wort, was weniger an ihr als daran lag, dass er niemandem recht vertrauen konnte.

»Was weißt du über sie?«, wandte er sich an Taraín.

»Nur dass mein Ziehvater meinte, sie sei der Schlüssel zur Macht in Alba.«

Maelsnechta runzelte die Stirn, Finnghuala hingegen konnte sich nicht länger beherrschen.

»Und das ist Unsinn!«, kreischte sie. »Sie ist doch nur eine junge Frau und hat keine Bedeutung. Viel wichtiger ist, dass wir endlich ihn in unserer Gewalt haben.« Sie deutete auf Taraín, und Aelswith stellte sich wieder schützend vor ihn. Sie war nicht die Einzige, auch Gael trat zwischen Taraín und ihren Bruder. »Einen unbewaffneten Mann zu töten ist feige. Und einen Mann zu töten, in dessen Adern Macbeth' Blut fließt, eine Torheit. Wenn er sich für dich erklärt, bist du stärker denn je!«

»Nein, wenn er endlich tot ist, bist du stärker denn je«, rief Finnghuala.

Maelsnechta fuhr zu seiner Mutter herum. »Du bist doch nur gekränkt, weil du damals überlistet worden bist.«

»Ich habe den Fehler gemacht, Drostan zu unterschätzen«, erwiderte Finnghuala schrill. »Und ich werde nicht zulassen, dass du den Fehler machst, Taraín zu unterschätzen.«

Aelswith war nicht sicher, in welche Richtung sie schauen sollte – ob zu Maelsnechta, hinter dessen Misstrauen sie nun doch noch ein wenig Menschlichkeit witterte, ob zu Finnghuala, die immer energischer darauf pochte, Taraín zu töten, oder ob zu Taraín selbst, dessen Blick so leer war, als hätte er bereits Abschied von der Welt genommen.

Nein, nein, nein, du darfst nicht sterben ... ich habe dir doch noch nicht gesagt, wie viel du mir bedeutest ... Ich habe dich kein zweites Mal geküsst ... Ich habe weder dir noch mir selbst eingestanden, dass mir eine Zukunft mit dir wichtiger ist, als die Rätsel der Vergangenheit zu lösen. Nein, nein, nein, du darfst nicht sterben, du darfst nicht einfach aufgeben!

Sie selbst hatte noch nicht aufgegeben. Und während sie fieberhaft nach einem Ausweg suchte, ertönten erneut Schreie – dieses Mal nicht aus Finnghualas, Gaels oder Maelsnechtas Mund, sondern vom Wachtturm, auf dem ein Krieger stand.

Alle Blicke schossen nach oben, und kurz herrschte Stille, als hätte die Welt selbst ihren Atem angehalten, doch schon bald brach umso ohrenbetäubenderer Lärm aus. Es erklangen so viele Geräusche gleichzeitig, dass Aelswith nicht sagen konnte, was das lauteste war.

Waren es die Befehle von Maelsnechta, dessen Stimme jäh so tief und dunkel klang wie ansonsten nur das Meer grollte? War es das Knirschen von Holz, als hastig das Tor geschlossen wurde? War es das Getrappel von Pferden, die näher kamen und von denen der Krieger dort oben panisch berichtete? Oder war es Finnghualas Gekreisch, dieses Mal nicht schrill, sondern verzweifelt?

Gael wurde ganz bleich. Unverwandt starrte sie auf den Krieger dort oben auf dem Turm, dessen Stimme plötzlich abriss. Ein Pfeil hatte ihn getroffen, und er fiel vom Turm. Ob er schon gestorben war, als die Spitze ihn durchbohrt hatte oder erst, als er auf dem Boden aufprallte, wusste Aelswith nicht – nur dass in seinem starren Blick noch jene Furcht stand, die sie selbst ganz und gar aushöhlte.

»Gütiger Gott!«, stieß Gael aus.

Taraín packe Aelswith so energisch, wie sie zuvor ihn gepackt hatte, und zog sie mit sich.

»Wohin?«, fragte er Gael. »Wohin?«

Aelswith hatte keine Ahnung, was er von der jungen Frau wollte, war nur erleichtert, dass Gael trotz des jähen Angriffs auf die Burg noch ihrer Sinne und ihres Verstandes mächtig war.

»Kommt mit!«, rief sie.

Erst als sie den Hof überquerten, ging Aelswith auf, dass sie auf jenen geheimen Ausgang zuliefen, durch den Gael zuvor geflohen sein musste, um den Bruder zu benachrichtigen.

Niemand hielt sie auf, stieg doch der Krieger, der Taraín mit dem Schwert bedroht hatte, mit einem Schild in der Hand selbst den Wachtturm hoch. Prompt prasselten Pfeile auf ihn ein, und einer traf seinen Unterarm. Er brüllte, zog sich aber den Pfeil aus dem Fleisch und kletterte weiter nach oben. Aelswith sah nicht, wie viele Holzsplitter in seinem Arm stecken geblieben waren, nur, dass er das Ende des Turmes erreichte und Befehle herunterbellte, woraufhin sich etliche Krieger, auch Maelsnechta, vor dem verschlossenen Tor positionierten, das ob seines morschen Holzes gewiss der größte Schwachpunkt der Burg war.

Ob sie den Angreifern standhalten würde – dem Lärm nach weit mehr als ein Dutzend? Und wer waren sie überhaupt? Etwa Hlothere mit seinen Männern, obwohl der doch kaum noch Ritter um sich scharte?

Aelswith fand keine Antworten. In dem Getöse um sie herum schien jeder nüchterne Gedanke zertrampelt zu werden, und dann hatte Gael sie auch schon zu einer der Vorratskammern gebracht. Sie war direkt an der Mauer errichtet worden, eine der Wände bestand aus Stein. Nachdem Gael ein Fass zur Seite geschoben hatte, das dort stand und dessen Inhalt – gesalzene Fische – ranzig roch, wurde ein kleiner Ausgang sichtbar.

»Nun mach schon!«, zischte Taraín Aelswith zu. »Du fliehst als Erste!« So schwer es ihr auch fiel, ihn loszulassen – sie sah ein, dass jener Gang zu schmal und zu niedrig war, um ihn gemeinsam mit ihm zu betreten. Nicht dass sie sich deswegen überwinden konnte, auch nur einen Schritt hineinzusetzen. »Aelswith! Nun mach schon! Wir haben nicht mehr viel Zeit! Bald wird das Tor nachgeben, und wenn ich auch nicht weiß, wer diese Angreifer sind, so bin ich mir sicher, dass sie nicht gekommen sind, um Macbeth' Kind zu retten.«

Aelswith machte weiterhin keine Anstalten, in den Gang zu kriechen. »Eben! Du bist in größerer Gefahr als ich! Mir wird man nichts antun.«

»Männer im Blutrausch tun Frauen immer etwas an. Ich könnte mir nicht verzeihen, wenn dir etwas zustieße, nun mach schon!«

Aelswith gehorchte immer noch nicht, doch da packte Taraín sie einfach an den Schultern und drängte sie unsanft in den Gang. Prompt verlor sie den Halt, strauchelte und prallte gegen eine Steinwand. Der Kopf brummte, das Bild vor ihr schien einen Sprung bekommen zu haben. Erst als sie tief einatmete und die modrige, kalte Luft in ihre Nase drang, erkannte sie, dass sie dem Ausgang auf der anderen Seite näher war als dem Eingang. Es wäre nur Zeitverschwendung, Taraín dazu zu bewegen, als Erster zu gehen. Nein, wenn sie ihm helfen wollte, musste sie so schnell wie möglich ins Freie gelangen. Sie ging erst gebückt, kroch dann auf allen vieren. Sie war nicht sicher, woraus die feuchte Masse bestand, in die sie griff – ob aus Schlamm, faulen Blättern oder verdorbenem Essen. Wie aus weiter Ferne vernahm sie Geschrei, ein dumpfes Dröhnen, Knirschen und Klirren, dann schien die Luft etwas wärmer zu werden, und wenig später traf sie Sonnenlicht. Aelswith schirmte ihre Augen ab, blickte sich um, nahm in der Ferne einen blauen Streifen wahr. Das Land, das sie vom Meer trennte, war nicht mit Bäumen, aber mit Gebüsch bewachsen – dornig und ausreichend hoch, um sich dahinter zu verstecken. Sie verkroch sich hinter dem erstbesten Strauch, und es war ihr gleich, dass eine Ranke ihr das Kleid aufriss und die Dornen einer anderen ihr Gesicht zerkratzte. Wichtig war nur, dass hier weit und breit keine Angreifer zu sehen waren, sich diese vielmehr alle am Tor auf der anderen Seite zusammengerottet hatten. Wenn sie von Busch zu Busch flohen, würden sie vielleicht bald das Meer erreichen …

Was sie dort tun sollten, wusste sie nicht, aber das war nicht wichtig. Wichtig war nur, dass Taraín endlich kam. Wo blieb er nur so lange?

Das Blut rann warm aus ihrer Wunde an der Schläfe, und daran, dass der erste Tropfen ihren Mund erreichte, erkannte sie, dass schon viel Zeit vergangen war – eigentlich ausreichend Zeit, um durch diesen schmalen Gang zu ihr zu gelangen. Sie leckte sich über die Lippen, nahm den Geschmack des Blutes wahr, war fast erstaunt, dass es so intensiv schmeckte.

»Taraín!« Gewiss war es ein Fehler, so laut zu rufen, sie konnte hingegen nicht anders. »Taraín! Taraín!«

Endlich hörte sie das Geräusch von Schritten, endlich rollten kleine Steine aus dem Gang – ein Zeichen dafür, dass jemand ihn betreten hatte. »Taraín …«

Dieses Mal rief sie seinen Namen nicht, sondern flüsterte ihn nur, und als sie sah, wer da durch den Gang kam, konnten ihre Lippen ihn nur noch lautlos formen.

Taraín …

Nein, der Mann war nicht Taraín … der Mann war Nathair, den Finnghualas Männer in eines der Häuser gebracht hatten …

Zunächst bewegte er sich auf allen vieren voran wie sie es getan hatte, doch unvermittelt richtete er sich auf und schritt auf zwei gesunden Beinen auf sie zu.

XXV.

1792

Obwohl es jetzt im Hochsommer nur selten regnete und der Himmel meist in einem strahlenden Blau stand, fröstelte Magdalene in diesen Tagen oft. Unruhig wanderte sie durchs Herrenhaus, und nicht einmal der Fund einer neuen Pergamentrolle konnte sie dazu bringen, am Schreibtisch sitzen zu bleiben. Sie las sie im Stehen, verstand die ersten beiden Male kaum etwas, las zum dritten Mal konzentrierter und war enttäuscht, als der Text einmal mehr abrupt endete und nicht verriet, ob Maelsnechta von dem feindlichen Heer, das seine Burg jäh angegriffen hatte, nun besiegt worden war oder nicht.

Nun gut, nach allem, was Caelan angedeutet hatte, war Maelsnechtas Aufstand zum Scheitern verurteilt gewesen, und weitaus drängender blieb die Frage, wer ihr das Pergament zugeschanzt hatte. Nachdem Giorsal ihr damals zur Flucht aus dem Haus verholfen hatte, vermutete Magdalene die Haushälterin dahinter, doch diese bewies ihre Ahnung mit keinem Wort und keiner Geste und machte überdies stets ein ausdrucksloses Gesicht, wann immer Neuigkeiten von den Unruhen in Easter Ross zu ihnen durchdrangen.

Tómas Elliott zeigte diese Beherrschung nicht. Sehr laut und empört klang seine Stimme eines Tages durch das Haus, und Magdalene musste gar nicht erst ihr Ohr an die Tür von Davids Arbeitszimmer pressen, um mehr zu verstehen. Es genügte, im Gang davor stehen zu bleiben.

»Zweihundert Leute haben sich in Brea und an anderen Orten versammelt. Sie haben fast alle Schafherden gestohlen, nur nicht die von Donald MacLeod, dem Sheriff, der die öffentlichen Angelegenheiten von Ross leitete.«

»Der ist allseits respektiert und gefürchtet«, warf David ein, »ein Zeichen dafür, dass die Menschen nicht jeglichen Anstand verloren haben.«

»Das ändert nichts daran, dass man die Schafherden, darunter auch jene von Captain Cameron, nach Strathrusdale treiben will und von dort in den Süden.« Eine Weile hörte Magdalene nur Schritte, war sich aber nicht sicher, wer da unruhig seine Kreise zog. Als unvermittelt die Tür aufgerissen wurde, stand jedenfalls David vor ihr. Er erstarrte, als er sie erblickte, Tómas Elliott hingegen fuhr ungerührt fort: »Donald MacLeod wird bald hier eintreffen.«

Davids Blick war streng, er maßregelte sie dennoch nicht, wandte sich nur wieder an den Verwalter. »Was will er von uns?«

»Er sagt, dass die Landbesitzer gemeinsam handeln müssen, um die Unruhen endlich zu beenden. Außerdem wird er die Regierung in London und Edinburgh informieren und dafür sorgen, dass die Zeitungen darüber berichten, wie gewalttätig die Rebellen sind und dass sie ihre eigenen Leute einschüchtern. Sie drohen ihnen gar, ihnen die Rinder wegzunehmen, wenn sie sich dem Aufstand nicht anschließen. Ich fürchte, wenn man ihnen weiterhin alles durchgehen lässt, werden sie irgendwann beginnen, uns die Häuser über den Köpfen anzuzünden.«

Davids Ausdruck wurde nunmehr nachdenklich. »Du solltest unverzüglich nach Edinburgh reisen«, wandte er sich an Magdalene.

Diese erschrak. »Aber ich kann doch nicht ...«

Ehe sie den Satz zu Ende brache, kam ihr Elliott zu Hilfe. »Davon würde ich dringend abraten, Mylord. Die Straßen sind nicht sicher, und wir wissen nicht, wozu die Rebellen fähig sind, jetzt, da sie über Waffen und Schießpulver verfügen.«

David schüttelte den Kopf. »Mein Gott, wann hat dieser Wahnsinn bloß ein Ende!«

»Ich fürchte, auf Gott können wir uns nicht verlassen«, sagte Elliott. »In vielen Kirchen haben die Pfarrer das gemeine Volk ermutigt, sich dem Aufstand – nein, mittlerweile ist es eine Revolte – anzuschließen. Wir können nicht auf himmlischen Beistand setzen, wir müssen selbst zur Tat schreiten. Donald MacLeod kommt schließlich hierher, um eine breite Front an Unterstützern hinter sich zu versammeln. In Dingwall soll es ein Treffen geben, und ich denke, man wird dort auch beschließen, London um militärische Hilfe zu bitten.«

Trotz seiner energischen Worte war Elliotts Blick nicht so kämpferisch, wie man vermeinen konnte. Vielmehr standen Müdigkeit, gar Überdruss darin. So überzeugt er sich gab, dass der Aufstand niedergeschlagen werden musste, schien er die dafür notwendige Gewalt nicht zu begrüßen.

Auch David blickte zweifelnd. »Das wird zu einem regelrechten Krieg führen. Ist das wirklich notwendig?«

Elliott zuckte die Schultern. »Wir haben es mit dem größten Aufstand seit Culloden zu tun, und wir dürfen nicht vergessen, dass auch in Frankreich die Revolution tobt. Selbst dort, so hört man, hat es sich schon herumgesprochen, was hierzulande vorgeht, und etliche der Revolutionäre hoffen, dass ihr Geist auf unser Land überschwappt.«

»Aber warum brauchen wir militärische Hilfe aus London? Es gibt doch genügend Highland-Regimenter!«

»Kann man denen denn trauen? Werden die Highlander, die sich darunter befinden, notfalls auf die eigenen Leute schießen? Die meisten Landlords vertrauen nicht darauf und haben deshalb ihre Pächter mit Waffen ausgerüstet. Etliche von diesen sind jedoch einfach damit davongelaufen und haben sich dem Aufstand angeschlossen.«

David seufzte lange und tief. »Gebt Bescheid, wenn Donald MacLeod eintrifft.«

Der Verwalter nickte. »Gut möglich, dass ihn der Chefjustiziar der Krone in Edinburgh begleitet.«

Nachdem Tómas Elliott den Raum verlassen hatte, ging David eine Weile im Kreis, ohne auf Magdalene zu achten. Hilflos sah sie ihm zu, fühlte, wie Angst ihr die Kehle zuschnürte, gleichwohl sie nicht einmal recht sagen konnte, wem ihre Sorge galt – ob Caelan, den Dorfbewohnern, Seòras ... oder nicht sogar ein wenig David selbst.

Wie Schachfiguren erschienen sie ihr alle, die man aufs Spielfeld gesetzt hatte und die nun gegeneinander antreten mussten, ohne dass sie über den nächsten Zug entscheiden konnten.

»Bitte«, setzte sie an, »du kannst es doch verhindern, dass ein Krieg ausbricht ... dass Gewalt das letzte Wort hat.«

David hielt inne. »Und wie soll ich das tun?«, fragte er. »Soll ich danebenstehen und applaudieren, wenn man Schafherden stiehlt? Soll ich mit den Highlandern Whisky saufen, um am nächsten Tag mit einem Brummschädel zu erwachen? Sie rühmen sich, dass das Land jetzt wieder ihnen gehört, aber das ändert nichts daran, dass dieses Land sie nicht satt machen wird. Glaub mir, am liebsten würde ich selbst sofort nach Edinburgh aufbrechen und dort bleiben. Aber ich kann nicht ... ich *darf* nicht.«

Magdalene wusste nichts zu sagen. Plötzlich musste sie wieder an die Pergamentrollen denken, an jene alte Geschichte von Maelsnechtas Aufstand. Noch war nicht gewiss, ob der jetzige ebenso scheitern würde wie der damalige – doch so oder so schien das Echo des Schreis von damals verzweifelt zu klingen.

Sie drehte sich um und floh.

In den nächsten beiden Tagen wurde Magdalene von einer merkwürdige Lethargie erfasst. Anstatt weiter durchs Haus zu geistern, blieb sie meist in ihrem Schlafzimmer – was zumindest Abigail glücklich machte –, und während sie im Bett lag, vermeinte sie, dass die Welt dort draußen stillstand oder sich so schnell drehte, dass man es gar nicht merkte. Hin und wieder lauschte sie nach draußen, vernahm aber weder ein verschwörerisches Flüstern noch lautes Geschrei. Keine Neuigkeit drang zu ihr – sie wusste nur, dass David nach Dingwall aufgebrochen war und mit der Botschaft wiederkehrte, dass sich Donald MacLeod tatsächlich an die Regierung gewandt hatte. Noch war allerdings weder von der Bewilligung von Truppen noch von deren Eintreffen in den Highlands die Rede.

Stundenlang saß sie später am Fenster und starrte in den Himmel. Er war nicht länger blau, sondern wolkenverhangen, die Sonne schien nicht kräftig, sie war eine fahle Scheibe, und in ihrem diesigen Licht klang das Lied des Landes, das oft so viele raue Töne aufzuwarten hatte, regelrecht sanft.

An einem Tag Anfang August sah Magdalene Caelan schließlich hektischen Schrittes über den Hof gehen. Seit er sie damals im Wald gefunden und sicher nach Hause gebracht hatte, hatten sie nie mehr unter vier Augen miteinander geredet – was, wie sie sich jetzt eingestand, nicht einfach nur ein Zufall gewesen war, sondern so von ihr gewollt. Nicht nur leise Scham darüber, dass sie ihm so viel Bösartigkeit zugetraut hatte, hatte sie davon abgehalten, seine Nähe zu suchen, auch Angst, von seinen Plänen zu erfahren und ihn in Gefahr zu wissen. Und es kam noch etwas Drittes hinzu – Zweifel nämlich, ob sie überhaupt Angst um ihn haben sollte. Letztlich war er doch ein Fremder, den sie kurz zuvor noch gehasst hatte.

Da er nun aber so entschlossen auf den Stall zuschritt, versiegte dieser Zweifel. Sie kannte kein Halten mehr und lief ihm so hastig nach, dass sie sich nicht einmal ausreichend vergewisserte, ob Abigail oder David sie dabei sahen, wie sie das Haus verließ. Gottlob hielt sie auf dem Weg in den Stall, wo Caelan eben sein Pferd sattelte, niemand auf.

»Wo … wo willst du hin?«

Er blickte nur flüchtig hoch, doch sie konnte die Antwort in seiner Miene lesen. Selten hatte sie ihn so ernst gesehen, blitzte doch meist Schalk in seinem Blick auf und waren die Mundwinkel spöttisch verzogen. Für beides hatte sie ihn verachtet, jetzt wünschte sie inständig, er würde einen Scherz machen oder erklären, dass für ihn alles nur ein Spiel war, er sich lediglich zum Zeitvertreib als roter König verkleidet hatte und dessen Taten eher Jungenstreiche als ernst zu nehmende Rebellenakte waren.

Vor ihr stand allerdings kein Junge, sondern ein erwachsener Mann.

»Gibt es … gibt es Neuigkeiten?«, stammelte sie.

»Nein … deswegen muss ich ja los.«

»Warum? Um von englischen Soldaten totgeschossen zu werden? Oder um selbst jemanden totzuschießen?«

»Es gibt eine dritte Möglichkeit …«

»Was denn außer Leben und Tod?«

Er hatte sich versteift, als sie den Stall betreten hatte, doch nun trat er so dicht zu ihr, dass sie seinen warmen Atem spüren konnte. Seine Miene blieb ernst, aber die Lippen verzogen sich zu einem traurigen Lächeln.

»Ich muss verhindern, dass überhaupt ein Schuss fällt. Mit all meinen Taten wollte ich den Menschen Mut geben, Selbstbewusstsein, das Gefühl, dass jemand auf ihrer Seite steht. Wenn ich gewusst hätte, dass all das in einen Krieg ausartet ... Oh, ich bin mir nicht einmal sicher, ob ich dann alles anders gemacht hätte – einen Teil allerdings schon. Und jetzt ist es meine Aufgabe, für Frieden zu sorgen.«

»Aber wie willst du das tun?«

»Die Menschen respektieren den roten König.«

»Sie kennen ihn doch nicht! Kaum einer hat ihn mit eigenen Augen gesehen! Du kannst nicht zu ihnen sprechen, sie würden sofort wissen, wer sich hinter der Maske verbirgt.«

»Dann muss ich eben einen anderen Weg finden.«

Sie ahnte, dass er keine Idee hatte, wie dieser ausschauen sollte, das hielt ihn hingegen nicht davon ab, die Zügel des Pferdes zu nehmen und es an ihr vorbei nach draußen zu ziehen. Als er am Pförtnerhaus vorbeiging und auf die Ruine zulief, rannte sie ihm nach.

Sie war diesen Weg oft gegangen, als sie hier Botschaften für Seòras versteckt hatte. Man musste eine kleine Leiter hochklettern, die in einen länglichen Raum – einstmals wohl die Halle der Burg – führte. Mittlerweile war nur mehr ein Teil überdacht und lediglich zwei der Wände waren halbwegs unzerstört. Hatte sie bis jetzt dem Zustand der Ruine nicht viel Aufmerksamkeit geschenkt, fiel ihr Blick nun auf einen grauen Stein, der in die Mitte des Raumes gerollt war.

Was hast du schon alles erlebt? Welche Schreie sind von

deinen Wänden gehallt? Wessen Blut ist auf dich gespritzt, das der Regen später abwusch?

Dem Stein war das alles gewiss gleich gewesen. Er war ja tot, vielleicht war das ganze Land tot oder zum Tode verdammt, vielleicht war jede blühende Blume eine Lüge und sie verrückt, für dieses Land zu kämpfen.

»Magdalene, warum bist du mir gefolgt?«

Caelan hatte im hinteren Teil des Raumes, den sie nie betreten hatte, einen weiteren Stein herausgezogen. In einem kleinen Hohlraum dahinter befanden sich die Maske, die Verkleidung und ... ein Schwert.

Magdalene erschauderte, als sie es sah. »Du kannst doch nicht ...«

»Ich bin nicht oft einer Meinung mit David«, fiel er ihr ins Wort, »aber im Augenblick ist es im Herrenhaus am sichersten. Bitte bleib dort! Ich weiß, die Untätigkeit macht dich verrückt, aber du kannst nichts tun.«

»Und wenn du ebenfalls nichts tun kannst? Du ... du hättest dich auch als jemand anderer verkleiden können. Stattdessen hast du Macbeth, den roten König, erwählt, den man zwar später verleumdet hat, der zu Lebzeiten jedoch mächtig gewesen ist. Ging es dir etwa auch nur um Macht? Darum, nicht länger im Schatten deines Bruders zu stehen? Nicht mehr nur als leichtsinniger Abenteurer zu gelten?«

»Wenn David mich hier und heute sehen würde, würde er mir vorwerfen, genau das zu sein.«

»Bist du es denn?«

»Ein Abenteurer? Ja. Leichtsinnig? Manchmal. Aber vor allem bin ich ein MacBrannan.« Er hielt kurz inne, ließ das Schwert sinken und trat zu ihr. »Ich mache das alles nicht, weil ich einen Zeitvertreib suchte, sondern weil dieses Land seit Jahrhunderten meiner Familie gehörte. Wir müssen ...«

Er brach ab.

»Was müsst ihr?«

»Ich erkläre es dir, wenn ich aus Easter Ross zurückkomme«, sagte er und begann, sich zu verkleiden.

Magdalene sah Caelan zunächst scheinbar ohnmächtig zu, stellte sich ihm aber in den Weg, sobald er in Richtung Leiter ging.

»Auch David handelt aus Pflichtgefühl. Du ... du könntest mit ihm reden.«

»Warum? Er glaubt, dass man Fortschritt mit Gewalt durchsetzt. Ich nicht.«

»Nun, jetzt will er keine Gewalt. Ihr könntet gemeinsam ...«

»Lass mich endlich vorbei.«

Als sie sich immer noch nicht rührte, packte er sie an den Schultern und schob sie rüde zur Seite. Sie wehrte sich nicht, sobald er sie losließ, trat sie allerdings wieder zwischen ihn und die Leiter, und ehe er sie erneut an den Schultern packen konnte, umarmte sie ihn ungestüm und lehnte ihren Kopf an seine Brust.

»Himmel, Magdalene, was tust du denn da?«

Das wusste sie selbst nicht genau. Sie wusste nur, dass sie ihn entweder begleiten wollte oder ihn dazu zu bringen, zu bleiben – Hauptsache, sie musste nicht ohne ihn sein.

Wieder packte er sie an den Schultern, und dann riss sie ihm die Maske vom Gesicht, stellte sich auf die Zehenspitzen und küsste ihn. Caelan erstarrte, aber als sie seinen Nacken umschlang und zärtlich an seinen Lippen zu knabbern begann, gab er seinen Widerstand auf und öffnete seinen Mund.

Als sie sich voneinander lösten, war sein Lächeln wieder traurig. »Ich habe stets damit gerechnet, dass du mich eines

Tages ohrfeigen wirst, auf das hier war ich nicht vorbereitet.«

Sie hob die Hand. »Oh, ich kann dich auch ohrfeigen, wenn es sein muss Hauptsache, du bringst dich nicht sinnlos in Gefahr!«

»Aber ich kann nicht einfach abwarten, ich werde …«

Er brach ab, und kurz hoffte Magdalene, dass sie ihn endlich überzeugt hatte, dass er ihren Worten nichts mehr entgegensetzen konnte. Dann fühlte sie, wie er wieder versteifte. Sein Blick richtete sich starr auf die Leiter, und als sie sich umdrehte, erkannte sie, wer auf der obersten Sprosse stand. Seòras. Nie war er ihr stolzer erschienen, nie war sein Blick rätselhafter gewesen.

Nicht nur, dass er gesehen hatte, wie sie sich küssten. Vor allem war ihm nicht entgangen, welche Kleidung Caelan trug. Bevor einer von ihnen etwas sagen konnte, kletterte Seòras die Leiter hinunter und lief davon.

Sekunden vergingen, ohne dass sich einer von ihnen rührte. Als Magdalene es schließlich tat und Seòras nachlaufen wollte, hielt Caelan sie fest.

»Warte!«, rief er. »Es ist zu spät! Du wirst ihn nicht einholen können.«

»Aber wir können doch nicht zulassen …«, setzte sie an.

… dass er zu David läuft. Dass er ihm sagt, dass wir uns geküsst haben und dass du der rote König bist.

Sie wusste nicht, was für David schlimmer wäre.

Caelan strich ihr beruhigend über die Schultern. »Er hat keinen Grund, uns zu verraten.«

Magdalene fühlte sich kaum getröstet. Was den Kuss anbelangte, mochte Caelan recht habe. Der Zustand ihrer Ehe war

Seòras' geringste Sorge. Eifersucht war erst recht nicht zu erwarten, hatte er sie selbst damals doch nur aus Berechnung geküsst. Aber dass Caelan der rote König war ... der Mann, der sich oft als sein Feind erwiesen hatte ... der so viel Zeit seines Lebens nicht in Schottland, sondern in Indien verbracht hatte, ja, der nicht einmal hier aufgewachsen war – das alles würde den Stolz eines Highlanders gewiss empfindlich treffen!

Den Gedanken noch mehr Macht geben, indem sie sie aussprach, wollte sie allerdings nicht.

»Komm«, murmelte Caelan, »ich begleite dich zurück zum Herrenhaus ...«

»Und dann? Wirst du dann bleiben?«

»Wir werden sehen«, wich er aus und begann, sich wieder umzukleiden.

Als sie die Allee entlanggingen und sie David schon von Weitem sahen, bekam sie es mit der Angst zu tun. Sie traute ihrem Gemahl durchaus zu, dass er seine Pflicht vor seinen Bruder stellte und ihn der Staatsgewalt auslieferte. Doch David schien die Wahrheit nicht auch nur zu ahnen.

»Gut, dass du da bist!«, rief er lediglich, sobald er sie beide erreichte.

»Ich habe Magdalene vorgeschlagen, ein paar Schritte im Freien zu machen«, sage Caelan schnell, »sie hat an Kopfschmerzen gelitten, und ich war sicher, dass du nichts dagegen hast, solange ich in ihrer Nähe bleibe.«

Flüchtig sah David zu ihr, doch er schien sie nicht richtig wahrzunehmen oder zu realisieren, dass sie sich seinem strikten Verbot erneut widersetzt hatte.

»Fraser of Lovat«, berichtete er seinem Bruder aufgeregt, »Fraser of Lovat hat sich den Rebellen entgegengestellt. Mit bewaffneten Männern hat er die Brücke über den Beauly besetzt, sodass ihnen der Weg abgeschnitten wurde.«

Magdalene hatte keine Ahnung, wo sich der Fluss Beauly befand und wer Fraser of Lovat war, doch Caelan nickte und lachte spöttisch, als erfreute ihn diese Nachricht zutiefst.

»Fraser ist ein kluger Mann.«

»So ist es«, pflichtete David bei. »Und das ist er immer schon gewesen. Er meinte stets, das größte Problem des Nordens sei der Mangel an Manufakturen. Wenn die Menschen genug Arbeit hätten, kämen sie nicht auf die Idee, Dummheiten zu machen.«

»Aber Fraser kann sich nicht allein gegen diese Übermacht stellen.«

»Nun, das muss er auch nicht. Eben hat der Lord Advokat in Edinburgh dafür gesorgt, dass das 42. Regiment in den Norden geschickt wird. Außerdem wird Geld gesammelt, um eine weitere Truppe zusammenzustellen ... und um Gefängnisse zu bauen.«

Magdalene vermeinte, dass ihr der Kopf platzte.

Gefängnisse bauen ... der Lord Advokat ... das 42. Regiment ...

Und sie hatte Caelan geküsst ... Seòras hatte sie gesehen ... und er wusste nun auch, dass Caelan der rote König war ...

Wie schaffte es Caelan bloß, so eine gleichmütige Miene aufzusetzen? Und nahezu kühl zu sagen: »So haben die Rebellen keine Chance.«

David nickte zufrieden. »Das denke ich auch. Wir werden weiterhin auf Nachrichten aus dem Norden warten. Hier im Dorf ist gottlob alles ruhig.«

Magdalenes Kopfschmerzen ließen etwas nach, als sie zurück zum Herrenhaus gingen, stattdessen schien ihr das Herz wie eine Eisenfaust gegen die Brust zu schlagen. Während David mit dem Pförtner sprach und ihm Anweisungen gab, wandte sich Magdalene hastig an Caelan.

»Du … du wirst doch jetzt bleiben … du siehst doch ein, dass du nichts tun kannst.«

Er wich ihrem Blick aus, als er antwortete: »Auf jeden Fall bleibe ich bis morgen früh. Bis dahin weiß ich, ob Seòras reden wird.«

Den Rest des Tages stand Magdalene am Fenster und starrte in den Hof, zerrissen von Angst und Hoffnung. Sie wusste nicht, was sie sich wünschen sollte – dass Seòras Caelan anklagte oder nicht. Abigail ermahnte sie jede halbe Stunde, dass sie sich endlich setzen und etwas essen sollte, doch Magdalene reagierte nicht. Erst als es Abend wurde und nur noch einige Fackeln den Hof erleuchteten, war sie sich sicher, dass Seòras nicht mehr erscheinen würde.

Sie ließ sich von Abigail vom Fenster fortziehen, entkleiden und in Richtung Bett führen, obwohl sie glaubte, keinen Schlaf zu finden. Doch die Aufregung des Tages verlangte ihren Tribut, und sie nickte irgendwann ein. Ebenso wirre wie beängstigende Träume suchten sie heim. David spießte mit dem Bogen seiner Violine ein Schaf auf … Sie küsste Seòras, um zu erkennen, dass er in Wahrheit Caelan war, und als sie ihn wieder küsste, umarmte sie plötzlich die tote Catriona, die lauthals lachte. Und da war Peigi, die ängstlich fragte, ob denn auch keine Raben über das Haus flögen, sie seien ein schlechtes Zeichen … ein Zeichen für den Tod.

Tod … Tod … Tod …

Tatsächlich wurde Magdalene von einem Krächzen geweckt, als sie jedoch mit steifen Gliedern und einem säuerlichen Geschmack im Mund ans Fenster trat, war am bleichen Himmel kein Vogel zu sehen, und statt des Krächzens erklangen jäh Stimmen.

Nur mit ihrem dünnen Nachthemd bekleidet, stürzte sie in den Gang.

»Was ist passiert?«, kreischte sie.

Abigail hastete auf sie zu. »Herrgott, du holst dir noch den Tod!«

Aber der Boden ist doch voller Teppiche ... wenn du ihn für kalt hältst, hast du Kälte noch nie gespürt ...

Sie selbst wurde von dieser Kälte gepackt, als Abigail fortfuhr: »Denk dir ... der rote König wurde bei den Rebellen im Norden gesehen. Auch er hat sich dem Aufstand angeschlossen, und alle Welt spricht davon, dass nun Krieg droht. Ach, Kindchen, wir sollten fliehen.«

Die alte Dienerin wollte sie zurück ins Schlafzimmer ziehen, doch Magdalene schlug Abigails Hand weg. »Woher weißt du das?«

»Was denn?«

»Nun, dass der rote König im Norden ist ...«

»Mr. Elliott hat es deinem Schwager gesagt, und der hat ...«

»Caelan ist noch hier?«

»Gottlob! Das fehlte ja noch, dass auch er in den Norden aufbräche!«

»Er ist wirklich hier?«

»Er nimmt gerade sein Frühstück ein, ich werde dir deines gleich im Bett servieren. So blass und dünn wie du geworden bist, musst du ordentlich essen. An Tagen wie diesen brauchst du all deine Kräfte.«

Magdalene war wie betäubt. So erleichtert sie darüber war, dass Caelan noch im Herrenhaus weilte, so besorgt war sie über das Gerücht, dass sich der rote König den Rebellen im Norden angeschlossen hatte.

XXVI.

1078

Aelswith starrte fassungslos auf Nathair. Der Mann, der bis jetzt ohne Bruder Nynias' Hilfe keinen Schritt hatte machen können, stand breitbeinig vor ihr und starrte auf sie herunter.

Ein Irrtum ... ich muss mich irren ... meine Sinne gaukeln mir etwas vor.

Doch das Blut, das aus ihrer Wunde an der Stirn sickerte, schmeckte wie Blut eben schmeckte, was bedeutete, dass sie ihren Sinnen sehr wohl trauen konnte ... wenn auch nicht Nathair.

»Du ... du kannst gehen?«, stieß sie aus.

Er beugte sich zu ihr hinunter. »Ich kann auch das«, sagte er, und erst jetzt sah sie, was er in den Händen hielt – einen Dolch, dessen Klinge er an ihre Kehle führte.

»Du willst mich töten?«

»Unsinn! Ich will nur verhindern, dass du wegläufst oder schreist. Der Kampf ist ohnehin bald zu Ende ...«

Sein Gesichtsausdruck war immer etwas verdrossen gewesen, was sie darauf zurückgeführt hatte, dass er gelähmt war, an Schmerzen litt und sich Bruder Nynias ausgeliefert fühlte. Jetzt stand in seinen Augen hingegen ein boshaftes Glitzern.

»Zu Ende ...«, wiederholte sie seine letzten Worte.

»Die Aufständischen können dem Heer des Königs nicht lange Widerstand leisten. Wir hätten sie längst besiegen können, aber etwas hatte Maelsnechta König Malcolm stets voraus. Er kennt das Land hier besser, weiß um jedes Loch, in das er sich notfalls verkriechen konnte. Und was blieb da der Katze anderes übrig, als zu warten? Wobei … sie konnte noch etwas tun – ein Stückchen Käse vor das Loch legen und so die Maus hervorlocken.«

Aelswith begriff so vieles nicht, eines hingegen war ihr plötzlich klar. »Und ich war der Käse«, brachte sie beklommen hervor.

»Nun ja, wenn man dich so ansieht, verletzt und verschmutzt wie du bist, mag man annehmen, dass der Käse schimmlig geworden ist. Aber mach dir keine Sorgen. Sobald dich Hlothere wieder heim zur Königin gebracht hat und du ein Bad genommen hast, wirst du wieder jung und frisch aussehen.«

»Hlothere …«

Die Namen schienen in ihrem Kopf regelrecht zu tanzen. Nathair … Hlothere … die Königin … der König … Maelsnechta … Finnghuala … Gael … Taraín … Oh, was war mit Taraín geschehen? Es haftete doch kein Blut an dem Dolch? Nathair hatte nicht etwa auf ihn eingestochen, damit er den Gang freigab?

»Taraín!«, schrie sie.

»Er lebt«, sagte Nathair, »zumindest noch. Wobei ich mir nicht vorstellen kann, dass das lange so bleiben wird. Schließlich ist er Macbeth' Kind.«

»Wusstest du das von Anfang an?«

»Wenn ich ehrlich sein soll, war es mir egal. Ich habe nur gehofft, dass Drostan mir den Weg zu Maelsnechta weist, und als Drostan starb, weil Hlothere so dumm war, ihn anzugreifen, habe ich darauf gesetzt, dass du es an seiner statt tust.«

Aelswith war nicht sicher, ob die Kampfgeräusche von der Burg leiser wurden oder das Rauschen ihres eigenen Bluts so laut, dass sie kaum mehr etwas hören konnte. Doch gleichwohl sie sich wie betäubt fühlte und keine Farben mehr wahrnahm, sah sie die Wahrheit plötzlich ganz deutlich vor sich.

»Hlothere dient der Königin«, murmelte sie. »Er hat von ihr den Auftrag erhalten, meine Entführer zu verfolgen, mich sicher heimzubringen und darauf zu achten, dass mir kein Haar gekrümmt wird. Du hingegen dienst dem König, und als du die richtigen Schlüsse gezogen hast und zu der Erkenntnis gelangt bist, wer Drostan war, wolltest du nicht, dass ich befreit werde. Du wolltest nur die Aufständischen finden.«

Nathair grinste stolz und nickte, während in Aelswith Erinnerungen hochstiegen. »Damals ... bevor Hlothere uns eingeholt hatte ... da lag ein Verwundeter auf der Straße. Das warst du, nicht wahr?«

Nathair nickte wieder. »Die meisten Ritter wissen nicht, wie stark man ist, wenn man sich schwach stellt. Schon damals wollte ich euch vorgaukeln, gelähmt zu sein, weil ihr dann gezwungen gewesen wäret, mich mitzunehmen.«

»Doch Hlothere hat deinen Plan vereitelt, und deshalb bist du in Richtung Dunfermline aufgebrochen ... zu Gytha.«

»Ich habe rasch herausgefunden, dass du eine Vertraute hast. Und als ich sie entführte und tötete, erreichte ich zwei Ziele auf einmal. Zum einen konnte sie dir nicht mehr die Wahrheit über deine Herkunft sagen. Zum anderen konnte ich vorgaukeln, selbst ein Opfer ihrer Mörder geworden zu sein.«

»Dabei hast du das Dorf mit deinen Männern selbst zerstört und alle getötet ... und später ... als wir bei Gruoch waren, hast du auch dieses Dorf angezündet – in der Hoffnung, dass du so schneller erfährst, wo Maelsnechta steckt.«

Nathair kicherte, als spräche sie über die amüsanteste Sache der Welt, wurde aber rasch wieder ernst. »Einmal mehr kam mir Hlothere in die Quere, das war dieses Mal allerdings nicht so schlimm. Es war sogar ein rechter Spaß, ihn zum Narren zu halten! Er hielt mich doch tatsächlich eine Weile für einen Gelähmten, bevor ich ihm die Wahrheit sagte – nämlich dass ich ein Ritter des Königs sei. Ich glaube, am liebsten hätte er mich sofort getötet, er wusste natürlich, dass er das nicht durfte.«

»Also hat er dich freigelassen.«

»Und ich konnte so tun, als wäre ich verwundet worden und als läge ich hilflos auf dem Boden. Wer immer des Weges käme, das wusste ich, hätte keine Angst vor mir, wäre zugleich aber neugierig darauf zu erfahren, was mir zugestoßen war.«

»Du hast gehofft, dass du so mehr über Maelsnechtas Verbleib erfährst.«

»Leider entdeckte mich nur Taraín, was mich ziemlich enttäuschte, doch dann begegneten wir auf der Suche nach Maelsnechta Finnghuala mit ihren Truppen, und wie es weiterging, weißt du. Die Truppe, die uns auf dem Weg in den Norden stets heimlich folgte, hat die Streitmächte des Königs alarmiert, sobald wir die Burg erreichten.«

Das Kampfgetümmel war mittlerweile ohne Zweifel leiser geworden. Es waren nur mehr vereinzelte Schreie zu hören, dann und wann ein Ächzen, vor allem schwere Schritte.

»Steh auf, Mädchen!«, befahl Nathair. »Du hast mir sehr geholfen, ob du es nun wolltest oder nicht. Hlothere hat mir nicht geholfen, ist mir sogar ziemlich lästig gefallen, aber er dient nun mal der Königin, und diese würde König Malcolm niemals einen Wunsch abschlagen. Ich werde dich darum zu Hlothere bringen, und dieser führt dich nach Edinburgh.«

Aelswith rührte sich nicht. Erst als er den Dolch an seinen Gürtel steckte und sie hochzerrte, begann sie sich zu wehren, und sobald sich sein Griff kurz lockerte, loszurennen. Nicht dass sie auch nur einen Augenblick dachte, sie könnte von ihm fliehen, wenn sie allerdings schon vor Hlothere trat, wollte sie es aufrecht und frei tun, nicht als Gefesselte.

Schon hatte sie die Burgmauer halb umrundet. Nathair war ihr zwar so dicht an den Fersen, dass sie ihn fluchen hören konnte, hingegen weit genug von ihr entfernt, als dass er ihr nicht wieder die Klinge des Dolches an die Kehle halten konnte.

Taraín ... Taraín ... Taraín ... lebte er wirklich noch? Oder war er getötet worden? Und wenn ja, von wem?

Warum konnte sie nicht an seiner Stelle sterben, es wäre ein so viel leichteres Schicksal, als wieder an Königin Margarets Hof zu leben und sich den Rest ihres Lebens fragen zu müssen, warum Drostan sie entführt hatte, warum sie der Schlüssel zu Albas Macht war. Und warum Drostan nicht nur sie, sondern auch Taraín in den Norden zu Maelsnechta hatte bringen wollen, wenn er doch wusste, dass Finnghuala ihm nach dem Leben trachtete.

Findet das Rabenbanner ... das war sein letzter Wunsch gewesen, und auch jetzt, da sie so vieles wusste, konnte sie sich immer noch keinen Reim darauf machen.

Über ihr krächzten tatsächlich Raben oder vielleicht nur Krähen. Bald, wenn die Toten innerhalb der Mauer zu verwesen begannen, würden es mehr werden – und schon jetzt war das Kreischen durchdringend. Ehe Aelswith entscheiden konnte, ob diese Laute unheilvoll oder spöttisch klangen, wurden sie von Nathairs Fluchen übertönt. Er kam ihr immer näher, und als der Schatten eines der Vögel auf sie fiel, wähnte sie sich plötzlich wie gelähmt, konnte keinen Schritt mehr machen und wurde alsbald von ihm eingeholt.

Taraín fuhr hoch. Eben noch hatte ihn tiefste Schwärze umfangen – nun schien es, als würden mehrere Blitze zugleich in seinen Kopf einschlagen und als wäre zur selben Zeit ein Donnern zu hören. Erst als er wieder zusammensank, jener grässliche Schmerz etwas nachließ, er sich betastete und am Hinterkopf eine Beule fühlte, ging ihm auf, dass dort draußen keine Naturgewalten am Werk waren, sondern zwei feindliche Heere aufeinanderprallten. Oder vielmehr nur ein Heer und eine überschaubare Truppe an Männern, die sich ohne Zweifel tapfer wehrten, aber gegen diese Übermacht nicht lange etwas ausrichten konnten.

Wieder versuchte er, sich langsam aufzurichten, spürte lehmigen Boden unter seinen Händen, sog einen säuerlichen Geruch ein. Richtig ... da war ein Fass mit gesalzenem Fisch gewesen ... Gael hatte es beiseitegeschoben, damit sie fliehen konnten ... Aelswith war schon sicher durch den Gang gelangt, doch er ... er ... er war niedergeschlagen worden!

Bei seiner nächsten Bewegung schien sein Kopf zu zerplatzen. Der Schmerz höhlte ihn aus und lähmte den Körper ebenso wie seine Gedanken. Doch er durfte sich nicht bezwingen lassen ... er musste denken ... nachdenken ... einen Plan fassen. Und vor allem musste er Aelswith folgen!

Dass draußen weiter der Kampf tobte, war schließlich ein Zeichen dafür, dass er nicht lange ohnmächtig gewesen war, und das bedeutete, dass Aelswith auf der anderen Seite des Ganges gewiss noch auf ihn wartete.

Stück für Stück kroch er in Richtung des grauen Lichtscheins, der den Weg nach draußen andeutete, hielt dann aber jäh inne – dieses Mal nicht wegen der Kopfschmerzen, sondern wegen des Stöhnens. Kurz war er überzeugt, es käme aus dem eigenen Mund, stellte dann hingegen fest, dass es aus dem hinteren Teil der Vorratskammer kam, wo noch mehr Fässer standen. Inmitten der Fässer saß Gael und starrte ihn mit weit aufgerissenen Augen an.

»Warum bist du noch hier?«, stieß er aus. »Warum bist du nicht längst geflohen?«

Jedes einzelne Wort war ein Kraftakt, als wäre der Weg zwischen Gehirn und Lippen lang und voller Hindernisse.

Gael sagte erst gar nichts, obwohl er nun in ihre Richtung kroch. Verspätet sah er, dass eine blutüberströmte Frau auf ihrem Schoß lag, die einen noch heftigeren Schlag als er auf den Kopf abbekommen haben musste. Ihn hatte wohl eine Faust oder ein dumpfer Gegenstand getroffen, während es bei ihr ein spitzer gewesen sein musste – vielleicht eine Streitaxt, vielleicht gar ein Schwert. Jedenfalls klaffte eine tiefe Wunde auf ihrer Stirn, und das Haar war dunkel vom Blut, das ihr auch über das Gesicht bis zur Nase rann. Sie atmete dieses Blut ein, röchelte, schnaufte, hustete. Nun liefen einige Tropfen über die Kerben neben ihrem Mund, über ihre Lippen und über ihr Kinn.

»Finnghuala …«, murmelte Taraín.

»Ich … ich kann sie nicht allein lassen«, stammelte Gael.

»Wer … wie …?«

»Nun geh schon! Flieh wenigstens du!«

Doch Taraín blieb wie erstarrt hocken und konnte seinen Blick nicht von der verletzten Frau lassen. Gab es eine Chance, dass sie überlebte, selbst wenn der Schädelknochen gebrochen war?

Vage erinnerte er sich daran, dass Drostan einst einen Mann

behandelt hatte, der vom Baum gefallen war. Mit einem Meißel hatte er die spitzen Knochen, die aus dem Kopf ragten, zurechtgefeilt, und die Haut darüber zusammengenäht. Der Mann war am Ende doch gestorben, aber immerhin erst nach drei Tagen. Gänzlich unmöglich war es also nicht, dass man eine solche Verletzung überstand. Schon tastete er nach seinem Lederbeutel, stellte erleichtert fest, dass er ihn noch nicht verloren hatte, und öffnete ihn.

»Was tust du denn da?«

»Deiner Mutter helfen.«

»Sie ist so gut wie tot.«

»Die Wunde sieht schlimmer aus, als sie ist.«

»Sie ist so gut wie tot«, bestand Gael. »Bald werden die Ritter des Königs die Vorratskammer erstürmen.«

»Sie werden doch keine Frau töten!«

Gael blickte ihn zweifelnd an. »Nun, dich werden sie auf jeden Fall töten.«

Taraín zog ein Stück Leinen aus dem Beutel und presste es auf Finnghualas Kopfwunde. Die eigenen Schmerzen waren wie fortgeblasen, und seine Gedanken lahmten nicht länger. Die Wunde … er musste sie auswaschen … vielleicht befand sich in einem der Fässer Wein oder zumindest Bier … und danach konnte er versuchen, sie zu nähen … sie zu verbinden.

Gael sagte nichts mehr, Finnghuala hingegen starrte ihn aus ihren wasserblauen Augen an und begann jäh Worte zu formen.

»Man … könnte … glauben … du … nicht Macbeth' Sohn … sondern Lulachs …«

Taraín achtete nicht darauf. Er ging von Fass zu Fass, beugte sich darüber, roch daran.

Tu, was du kannst, tu, was du musst. Ob es das Richtige ist und auch das, was du willst, ist nicht so wichtig.

»Man … man hat behauptet, Lulach sei wahnsinnig gewesen«, fuhr Finnghuala röchelnd fort, »doch das … das war eine Lüge. Malcolm hat so viele … so viele Lügen in Umlauf gebracht. Aus Macbeth machte er einen blutrünstigen Mann, aus Lulach einen … einen Verrückten. Aber Lulach war nicht verrückt. Lulach war ein … Kälbchen.«

Taraín hatte weder Bier noch Wein gefunden, nun zog er aus seinem Beutel eine kleine Schere, um damit Finnghualas blutverschmiertes Haar abzuschneiden. Die Strähnen waren so dick wie ein Hanfstrick.

»Ein Kälbchen?«, fragte er verwirrt.

»Ja … das ist die Bedeutung des Namens Lulach … Kälbchen … und dieser Name passte zu ihm. Lulach war freundlich, zutraulich … stand etwas unsicher auf seinen Beinen und sehnte sich nach süßer Milch, nicht nach Blut. Er war weder ein großer Krieger noch ein großer König.« Finnghuala packte unerwartet kraftvoll Taraíns Handgelenk. »Lass mich mit meinem Haar sterben!«, rief sie.

»Du musst nicht sterben!«

»Doch, das muss ich … und mein Haar … ich hatte immer so volles Haar … es ließ sich kaum bändigen. Ich war stärker als Lulach, ich musste es sein. Als Gruoch von Macbeth' Geliebter und dem Kind erfahren hatte, wollte sie nicht, dass es stirbt. Aber Gruoch konnte sich erlauben, gut und gnädig zu sein, sie hatte ja einen starken Mann. Ich nicht. Ich hatte ein Kälbchen an meiner Seite und musste dafür sorgen, dass … dass mein Sohn ein Stier wird. Doch nun ist er es, der von Hufen zertrampelt wird. Lass mir wenigstens mein Haar … lass mir wenigstens meinen Tod …«

Immer wirrer wurden ihr Worte. Längst hatte sie Taraíns Hand losgelassen, doch auch so versuchte er nicht mehr, ihr zu helfen. Solange draußen Lärm tobte, hatte er um ihr Leben kämpfen wollen, nun, da die Schwerter jäh verstummt waren, wusste er, dass er nichts mehr tun konnte.

Da draußen gab es niemanden mehr zu töten ... und hier drinnen niemanden mehr zu retten.

Finnghualas Augen, die eben noch aus ihren Höhlen gequollen waren, schlossen sich. Ganz sanft nahm sie nunmehr seine Hand und drückte sie. »Weißt du ... der wahre Gründer von Alba war ein gewisser Giric ... doch seinen Namen spricht niemand aus, alle haben ihn vergessen. Und das ist das Schlimmste ... vergessen zu werden. Macbeth wird für alle Zeiten ein Despot bleiben, Lulach ein Narr. Ich weiß nicht, was man aus Gruoch machen wird, aber man wird sich an die Königin an Macbeth' Seite erinnern. Von Maelsnechta dagegen wird niemand wissen und von mir auch nicht.«

Ihr Griff lockerte sich, ihr Kopf fiel zurück in Gaels Schoß.

»Ich werde dich nicht vergessen, Mutter«, sagte Gael erstickt, aber Taraín war nicht sicher, ob Finnghuala es noch hörte. Und ob es, selbst wenn es so war, ein Trost für sie wäre.

Hlothere wusch sich die Hände, ehe er das Zelt betrat. Er wollte nicht mit Blutspuren vom Kampf vor Aelswith treten, gleichwohl er sich bei der Schlacht im Hintergrund gehalten hatte. Genau genommen wusch er sich die Hände jedoch nicht wegen der Blutspuren, sondern weil er Nathair unfreiwillig berührt hatte.

Schon früher hatte er ihn nicht gemocht, seit dem Augenblick, als er ihn in dem Gelähmten wiedererkannt hatte, hatte er ihn regelrecht gehasst! Nathair war wirklich das, was sein Name bedeutete – eine Schlange. Er ging nicht auf beiden Beinen durch die Welt, er züngelte sich durchs Unterholz und kämpfte statt mit einem Schwert mit Gift. Und glitschig wie die Haut einer Schlange hatte sich auch sein triumphierendes Grinsen angefühlt.

Ohne Zweifel, dies war der Tag von Nathairs Triumph. Nicht nur, dass seine Truppe Maelsnechta besiegt hatte … er hatte auch ihn, Hlothere, zum Narren gemacht, der er wochenlang durch halb Alba geritten und vergebens nach Aelswith gesucht hatte. So lange konnte er die Hände gar nicht waschen, um die Erinnerung an dieses widerliche Grinsen loszuwerden!

Als er schließlich zu dem Zelt trat, waren seine Hände kalt, sein Herz dagegen brannte, seit ihn zuvor Aelswith' Blick getroffen hatte, verzweifelt und leer zugleich. Obwohl sie so wenig mit Sethrid gemein hatte – einen Blick wie diesen kannte er. Ein solcher Ausdruck hatte während ihrer letzten Atemzüge auch in Sethrids Gesicht gestanden – dieser stumme Vorwurf an die Welt, zugleich aber auch diese Resignation.

Als er das Zelt betrat, hielt Aelswith jedoch ihr Gesicht zwischen den Knien vergraben. Die Flut ihres dunklen zerzausten Haares fiel über ihren Rücken. Moos, Sand, Steinchen und Ranken hatten sich darin verfangen.

Hlothere blickte unsicher auf sie hinunter und räusperte sich.

Sie blickte immer noch nicht hoch, aber fragte: »Ist er tot?«

»Maclsnechta?«, gab Hlothere zurück. »Nein … noch nicht. Nathair wollte ihn lebend in die Hände bekommen. Schließlich kann es sein, dass sich andernorts noch Aufständische verstecken. Der König will sie bis zum Letzten vernichten. Er hat lediglich Gael freigelassen, weil diese schließlich keinen Schaden anrichten kann.«

Nun hob sie doch kurz den Kopf. Ihre Augen waren rot, als

hätte sie geweint. »Ist er tot?«, wiederholte sie, als wäre keines seiner Worte zu ihr gedrungen.

Da erst begriff er, dass sie nicht Maelsnechta meinte, sondern Taraín ... Drostans Ziehsohn ... Macbeth' Kind.

Hlothere schüttelte den Kopf. »Er wird mit Maelsnechta und den anderen Überlebenden gefangen gehalten. Aber ich fürchte, man wird ihn nicht lange am Leben lassen.«

Sie ließ hörbar ihren Atem entweichen, gab sonst jedoch kein Geräusch von sich – weder ein Stöhnen noch ein Seufzen oder Schluchzen. Nur ihr ohnehin schon bleiches Gesicht schien noch eine Spur blasser zu werden.

Hlothere kniete sich zu ihr. »Ich hatte es nie auf ihn abgesehen ... und dir wollte ich erst recht nie ein Leid zufügen. Der König kann hingegen nicht zulassen, dass ein Sohn von Macbeth, selbst wenn er unehelich geboren wurde, überlebt.«

Wieder schien es, als würden seine Worte sie nicht erreichen. Sie umklammerte mit beiden Händen ihre Knie, sodass die Fingerknöchel weiß hervorstachen.

»Wer bin ich?«, fragte sie.

Eine wunderschöne Frau.

»Das weiß ich nicht so genau«, murmelte er. »Du stammst aus einer einflussreichen Familie aus Northumbrien.«

Sie nickte wie betäubt. »Northumbrien ... das Gebiet zwischen England und Alba ... Einst hat ein König namens Siward dort geherrscht, der mit Malcolm gegen Macbeth gekämpft hat. Aber das Bündnis hat nur kurz gewährt.« Hlothere nickte, und zum ersten Mal sah sie ihn an. »König Malcolm hat immer wieder Raubzüge nach Northumbrien unternommen und Menschen versklavt. Vielleicht sind meine Eltern seinetwegen gestorben, und Margaret fühlte sich verpflichtet, die Sünden ihres Mannes wiedergutzumachen.«

Ach, Mädchen, man kann Sünden nicht wiedergutmachen. Was ich Sethrid angetan habe, wird auch nie wieder gut.

»Northumbrien wurde in den letzten Jahren von zwei Seiten bedroht«, sagte er. »Nicht nur von König Malcolm, auch von William von der Normandie.«

»Die Menschen dort müssen unendlich viel gelitten haben, müssen diejenigen hassen, die ihnen so sehr zusetzten. Genauso wie man hier in Moray Malcolm hasst, weil er Macbeth' Mörder ist. Gut möglich, dass sich Ritter aus Northumbrien Maelsnechtas Aufstand angeschlossen hätten, um sich an Malcolm zu rächen. Und ich, die Tochter einer einflussreichen Familie, wäre gleichsam das Banner gewesen, unter dem man ihre Kräfte einte. Wenn Drostan eine tatkräftige Truppe von Northumbrien nach Moray gebracht hätte, hätte Finnghuala nie auch nur versuchen können, Taraín zu töten. Sie hätte zulassen müssen, dass beide Männer gemeinsam um Morays Freiheit kämpfen.«

Er verstand nicht länger, wovon sie redete. »Was ... was meinst du?«, fragte er verwirrt.

»Drostan wollte gar nicht in den Norden aufbrechen, er hat lediglich eine falsche Spur gelegt, als er zunächst diese Richtung wählte. In Wahrheit wollte er mich nach Northumbrien bringen.« Er begriff immer noch nicht, was in ihr vorging, fragte aber nicht mehr nach. »Und das Rabenbanner«, fuhr sie fort, »vielleicht befindet sich das Rabenbanner gar nicht in Alba, sondern in Northumbrien.«

»Aelswith ...«

Kurz brannte ein Feuer in ihrem Blick, aber es erlosch alsbald und ließ nur graue Leere zurück. Bei den nächsten Worten zitterte ihre Stimme. »Kann ich ... kann ich ihn noch einmal sehen?«

Hlothere blieb eine Weile vor ihr hocken und sagte nichts.

Als sie ihr Gesicht erneut zwischen den Knien vergrub, streckte er seine Hand aus und strich ihr über das Haar.

Wie sehr er sich in den letzten Jahren gewünscht hatte, Sethrid noch einmal zu sehen, in dem golddurchwirkten Kleid, das sie am Tag ihrer Hochzeit getragen hatte, mit den rosigen Wangen und den milchig weißen Händen.

»Ich … ich kann dir nichts versprechen, aber ich werde sehen, was sich machen lässt«, antwortete er nun doch.

Im Stillen schwor er sich, notfalls der Schlange Nathair den Kopf ab- oder ihm wenigstens einen Giftzahn auszuschlagen, wenn jener die letzte Begegnung der beiden zu verhindern versuchte.

XXVII.

1792

Magdalene stürzte in das Speisezimmer. Der rote König … der rote König war bei den Rebellen gesichtet worden … aber Caelan saß da … saß ganz ruhig da, führte eine Tasse an die Lippen … eine Tasse, auf der kleine roséfarbene Weideröschen abgebildet waren.

Wie konnte es sein, dass sie so lange auf die Röschen starrte? Wie konnte es sein, dass sie in all der Aufregung noch Farben wahrnahm? Und wie konnte es sein, dass er seelenruhig Tee trank und, als er die Tasse wieder auf den Unterteller stellte, freundlich lächelte?

»Guten Morgen!«, sagte er, nahm einen Löffel und führte nunmehr ihn an den Mund. Sie sah nicht, ob es ein Silber- oder Bronzelöffel war und ob er Porridge aß oder etwas anderes.

»Der rote König …«

»Du musst dir keine Sorgen machen, Magdalene«, ertönte eine Stimme von der anderen Seite der Tafel, und erst jetzt gewahrte sie, dass auch David eben sein Frühstück einnahm … oder vielmehr nur davor saß. Sowohl seine Tasse als auch sein Teller waren noch voll. »Wir werden den Aufstand niederschlagen und den roten König ein für alle Mal dingfest machen. Willst du mit uns frühstücken?«

Und aus einer Tasse mit Weideröschen trinken?

Obwohl in den letzten Wochen ihr Verständnis für den Ehemann gewachsen war, erfasste sie nun blanke Wut.

Du hast kein Recht, aus solchen Tassen zu trinken, nicht du, der jedes Weideröschen zertritt oder Schafen erlaubt, es niederzutrampeln.

Doch wenn Caelan sich beherrschen konnte, musste sie das auch schaffen. Sie nickte, setzte sich, schaffte es irgendwie, dieses Frühstück zu überstehen. Hinterher war sie nicht sicher, ob sie auch nur einen Schluck getrunken hatte. Die Weideröschen waren vor ihren Augen verschwommen, bis David endlich verkündete, dass er an seinem Schreibtisch zu tun habe und den Raum verließ.

Ihre erste Regung war, sämtliches Geschirr vom Tisch zu schleudern, doch da war Caelan schon aufgesprungen.

»Wir müssen sofort ins Dorf.«

»Du denkst dasselbe wie ich!«, stieß sie aus. »Du denkst, dass Seòras ...«

Sie konnte den Satz nicht zu Ende bringen, aber Caelan nickte düster.

»Macbeth, der letzte keltische König, ist hier in den Highlands so etwas wie ein Nationalheiliger. Seòras ist zu stolz, um zuzulassen, dass nur ich in dessen Verkleidung schlüpfe.«

»Aber was können wir im Dorf ausrichten?«

»Vielleicht erfahren wir, was er vorhat, und können es irgendwie verhindern. Die Menschen hassen mich, dich hingegen nicht ...«

»Das stimmt«, sagte sie, »mich hassen sie nicht. Verachtet aber werde ich trotzdem.«

»Dennoch lassen sie womöglich mit sich reden.«

Der erste Weg führte sie zur Ruine. Nicht dass sie davon sonderlich überrascht waren, aber die Verkleidung war verschwunden: die Maske, der Schild, das Schwert.

»Verdammt!«, fluchte Caelan unbeherrscht. »Warum habe ich all das hiergelassen?«

»Weil du dir Sorgen um mich gemacht hast«, sagte sie kleinlaut, »weil du mich zum Herrenhaus begleitet hast ...«

Nahezu entsetzt sah er sie an. »Ich wollte nicht dir die Schuld daran geben.«

Sie zuckte die Schultern. »Ich weiß.«

Der Raum schien noch niedriger zu werden, zu eng auch, um hier beisammenzustehen, über Seòras nachzudenken, den Kuss und darüber, was er bedeutete – ob er ein Zeichen echter Gefühle war, die sie für den Schwager hegte ... wieder hegen durfte, nun, da sie wusste, wie er wirklich dachte, oder ob er nur ein Zeichen dafür war, dass sie sich an jede männliche Brust sinken ließ, wann immer ihr das eigene Leben über den Kopf wuchs, dass sie somit dumm und schwach war.

Nun, an diesem Tag würde sie das nicht zulassen, heute würde sie entschlossen handeln. Wenig später stapfte sie in Richtung Dorf, Caelan überließ ihr die Führung. Schon aus weiter Ferne sahen sie die Rauchsäulen der Häuser zum Himmel steigen, doch ehe auch die Dächer sichtbar wurden, kam jemand auf sie zugerannt.

»Mylady!« Die hohe Stimme erinnerte sie an die von Peigi, doch zu ihrem Erstaunen stellte Magdalene wenig später fest, dass es Andra war, die sie rief. Die große, stolze Frau ließ ihre Schultern tief wie nie hängen, sie keuchte erschöpft, und in ihrem Blick stand nackte Angst. »Mylady ... wisst Ihr ... mein Bruder ... wo ist er ...« Soeben hatte sie sie erreicht und hielt schwer atmend inne. Was immer sie sagen wollte, war wohl weniger eine Frage als vielmehr eine Feststellung, denn ehe

Magdalene einen Ton herausbrachte, fuhr sie fort: »Ich glaube, er hat eine Riesendummheit gemacht.«

Magdalene konnte immer noch nichts sagen, aber Caelan forderte Andra ruhig auf: »Sag mir alles, was du weißt.«

In Andras Blick spiegelte sich nicht länger Furcht, nur Müdigkeit. Ein einziges Mal hatte Magdalene sie zuvor schon so schwach gesehen – an jenem Tag, als Gordie ins Highland-Regiment eingetreten war und seine Mutter ihn nicht davon hatte abhalten können.

»Ich fürchte, das ist nicht viel ... gestern ist Seòras einfach verschwunden, ohne sich von jemandem zu verabschieden. Ich bin mir sicher, dass er nach Easter Ross aufgebrochen ist. So viele Männer zieht es in diesen Tagen dorthin. Sie glauben, dass sie dort Helden werden ... Als wäre es heldenhaft, wenn man Schafe vertreibt. Am Ende werden die, denen die Schafe gehören, sie ja doch nur totschießen.«

Ihre Lippen zitterten, und sie biss darauf.

»Ich glaube, Seòras hat sich als roter König verkleidet«, sagte Caelan ruhig.

Falls Andra über diese Enthüllung überrascht war, zeigte sie es nicht. Sie wirkte nur noch verzweifelter. »Wisst Ihr eigentlich, warum man ihn ›rot‹ nennt? Ich denke, das kann nur zwei Gründe haben – entweder weil sein eigenes Blut überreich geflossen ist oder weil er dieses selbst vergossen hat.«

»Nun, mit dem Schwert, das der rote König hat, kann er nicht viel anrichten. Einst wurden die Kriege hier in den Highlands mit dieser Waffe ausgefochten, diese Zeiten sind allerdings vorbei. Heimlich in der Nacht konnte der rote König manch Unheil anrichten, aber gewiss siegt er nicht im offenen Kampf.«

Andra kreuzte die Hände über der Brust, als müsste sie sich

an sich selbst festhalten, um aufrecht stehen zu bleiben. »Er hat doch nicht nur das Schwert. Er hat auch die Pistole unseres Vaters mitgenommen, die noch aus der Zeit von Culloden stammt. All die Jahre wurde sie nicht geladen, doch Seòras gehörte zu den Männern, die in Inverness Schießpulver kauften.« Ihr Blick blieb eine Weile an Magdalene hängen, fuhr dann zu Caelan. »Es ist … es ist feige von mir, Euch das alles zu verraten, und Seòras wird mir nie verzeihen. Aber ich bitte Euch: Seht zu, dass er festgenommen wird, bevor … bevor er auf jemanden schießen kann!«

Ihre Stimme zitterte nunmehr wie ihre Lippen, und Magdalene fragte sich, warum sie jemals Angst vor Andras strengem Blick gehabt hatte, sich von ihr so gedemütigt gefühlt hatte, weil sie nicht ausreichend gelobt worden war, und warum sie damit gehadert hatte, keine der stolzen Highlanderinnen sein zu können.

Dabei bin ich ja wie sie, und sie ist wie ich … eine Frau, die aus Sorge um die Menschen, die sie liebt, vergeht, und die versucht, das Richtige zu machen, obwohl ihr dafür nur die falschen Mittel bleiben.

Plötzlich nahm Magdalene Andra an den Schultern und zog sie an sich. »Ganz ruhig«, redete sie beschwichtigend auf sie ein, »Seòras wird gewiss unversehrt zu dir zurückkehren.«

Eine Weile verharrte Andra in der Umarmung, ehe sie sich von ihr löste, nickte und davonging. Nicht weit von ihr erzitterten die Blütenblätter der Heideröschen im Wind. Sie waren viel blasser als die auf der Porzellantasse.

Sie schwiegen den ganzen Rückweg über, doch Magdalene ahnte, was in Caelan vorging. Er würde nicht länger bleiben und abwarten. Er würde nach Easter Ross aufbrechen, würde mit Seòras zu reden versuchen, würde vielleicht von einer Kugel aus dessen Pistole getroffen werden …

Nein, nein, nein! Nicht einmal vorstellen wollte sie sich das! Caelan war doch kein Dummkopf, er hatte auch in Indien manche Schlacht und Belagerung überlebt! Er würde Mittel und Wege finden … Aber welche?

Als vor ihnen die Ruine aufragte, blieben sie beide stehen.

»Du wirst mich nicht davon abhalten, Seòras nachzureiten«, erklärte er.

»Als Caelan MacBrannan oder als der rote König?«

»Ich werde mir eine neue Maske machen. Und Schwerter gibt es im Herrenhaus viele.« Er schwieg kurz. »Du weißt doch, dass ich es tun muss, nicht wahr?«

Magdalene sah ihn nachdenklich an. »Gibt es irgendetwas, das wir tun *müssen*? Haben wir nicht immer die Wahl?«

»Wenn wir zwischen Tod und Leben wählen können, wer entscheidet sich denn dann freiwillig für den Tod?«

»Du tust es doch, wenn du dich in diese Gefahr begibst!«

Seine Lippen verzogen sich zu einem schmerzlichen Lächeln. Er trat ganz dicht zu ihr, und obwohl sie dem Herrenhaus schon so nah waren und man sie von dort sehen könnte, hob er plötzlich die Hand und fuhr ihr über die Wange. Sie erschauderte unter der Berührung seiner unerwartet weichen Fingerspitzen.

»Es gibt viele Arten zu sterben … Am langsamsten und qualvollsten geschieht es, wenn man sich selbst verrät und deshalb nichts von einem bleibt.«

Sobald seine Hand ihr Kinn erreichte, ließ er sie wieder sinken.

»Leb wohl!«, sagte sie heiser.

Er lächelte immer noch. »Hast du mir nichts anderes zu sagen als diesen Abschiedsgruß?«

Sie rang nach Worten, aber es fielen ihr keine ein. So bückte sie sich, pflückte eine Sumpfmyrte und versuchte nicht daran zu denken, dass Seòras ihr einmal eine geschenkt hatte. »Diese Pflanze soll süße Träume schenken.«

»Ich will nicht schlafen, sondern wach bleiben.«

»Ja, weil du um Freiheit kämpfst. Aber ist der Traum von dieser nicht der süßeste von allen?«

»Die Freiheit wurde hier so oft mit Füßen in den Schlamm getreten, dass sie nicht länger duftet.«

»Nur weil Blumen welken, bedeutet das nicht, dass an ihrer Stelle nicht neue wachsen können.«

Er nahm die Blume und betrachtete die Blätter – ein Anblick, den sie nicht lange ertrug. Als sie schnell an ihm vorbeiging, war er es, der ihr ein sanftes Lebewohl nachrief.

Es ist nicht für immer, sagte sie sich, es ist nicht für immer, wir werden uns wiedersehen. Und ich persönlich werde dafür sorgen.

Er hatte gesagt, dass man langsam und qualvoll starb, wenn man sich selbst verriet. Es gab hingegen noch eine andere Möglichkeit: Sie konnte ihn verraten, damit er lebte.

XXVIII.

1078

Jenes Loch, in dem Taraín und Maelsnechta gefangen waren, erinnerte Aelswith an den Gang, durch den sie aus der Burg geflohen war – nur, dass es etwas größer war und sie darin sogar aufrecht stehen konnte. Es war wohl entstanden, als man auf den Resten uralter Mauern neue errichtete, und später hatte man es mit einem Brett verschlossen. Die Ritzen von diesem waren breit genug, dass etwas Licht und frische Luft hereinkamen, wenn auch nicht genug, um den eigentümlich salzigen Geruch zu vertreiben, der hier festhing. Aelswith konnte nicht sagen, ob er vom nahen Meer kam oder vom Angstschweiß all jener, die hier vor Taraín eingesperrt gewesen waren.

Taraín allerdings schwitzte nicht, er schlotterte vor Kälte, doch als Aelswith ihm ihren Umhang reichte, lehnte er ihn ab.

»Herrgott, du nimmst ihn!«, befahl sie streng und drückte ihn einfach in seine Hände.

Er ließ ihn zwar nicht fallen, legte ihn sich aber auch nicht um die Schultern.

Als sie vorhin dieses Loch betreten hatte, waren ihre Blicke kurz ineinander versunken, jetzt senkte er seinen Kopf, starrte auf den rauen Stoff, und das Schweigen war nicht mehr erfüllt von Freude über ihr Wiedersehen, sondern von Trauer, weil es wohl ihr letztes sein würde.

Zumindest waren sie ungestört, denn Taraín und Maelsnechta waren die einzigen Gefangenen hier, und Letzteren hatten die Ritter des Königs eben geholt, um ihn zu verhören. Aelswith wusste nicht, wann er zurückkommen würde und wie lange Hlothere ihr bei Taraín zu bleiben vergönnte. Sie wusste nur, dass sie jeden Augenblick ausnutzen musste, wenn auch nicht, wie.

Sollte sie ihm erklären, wie alles gekommen war und welchen gemeinen Plan Nathair verfolgt hatte? Sollte sie ihn beschimpfen, weil er sich um die verletzte Finnghuala gekümmert hatte und ihm darum die Flucht misslungen war? Oder sollte sie die Hoffnung beschwören, dass sie ihn doch irgendwie würde retten können? Als sie schließlich den Mund öffnete, kam nur sein Name heraus.

»Taraín.«

Und er erwiderte: »Aelswith.«

Und als sie den Mund zum zweiten Mal öffnete, sprang er auf und umarmte sie. Ihre Lippen fanden sich, öffneten sich. Warum sollte sie nach Worten ringen, die womöglich Lügen waren, wenn doch ihre Körper eine ganz eigene Sprache beherrschten, eine, die nur die Wahrheit kannte, nur die Sehnsucht, den süßen Schmerz, den alles verzehrenden Hunger, schließlich auch die Lust, wenngleich sich diese nur zaghaft Bahn brach.

Eine Weile begnügten sie sich mit Küssen. Erst als sie außer Atem waren, breitete Taraín den Umhang auf den Boden aus. Die Steine bohrten sich dennoch spitz in ihren Rücken, als sie sich darauflegte, aber Aelswith störte sich nicht daran. Selbst auf dornige Ranken hätte sie sich gebettet, solange Taraín nur auf ihr liegen würde. Noch zögerte er, kniete über ihr, betrachtete sie, als sähe er sie zum ersten Mal, und zitterte noch heftiger als zuvor.

»Du bist so schön.«

»Bin ich nicht … aber das ist nicht wichtig.«

In der Sprache des Körpers gab es kein Schön oder Hässlich, Richtig oder Falsch, Sauber oder Schmutzig. Nur jene Kraft gab es, die sie aneinanderfesselte. Sie umfasste seinen Nacken, zog ihn erst an sich und ihm dann die Tunika vom Leib. Seine Haut war glatt und weich, und als sie sie mit Küssen übersäte, wurde sie auch endlich warm. Sie spürte den harten Stein nicht mehr unter sich, gleich so, als wäre entweder dieser geschmolzen oder als wäre nichts von ihr zurückgeblieben, in das das Leben sein Wunden schlagen konnte.

Die Sprache ihrer Körper kannte immer noch keine Lügen. Das Streicheln, Liebkosen, Küssen war so echt, die Gier aufeinander so groß. Erst in dem Moment, da ihre Körper verschmolzen, gaukelten sie ihnen etwas vor – dass es nämlich nur sie beide auf der Welt gäbe und die ganze Welt ihnen gehörte, dass das Leben sie nicht prüfte, sondern sich ihnen in Fülle schenkte, dass der Tod keinen Schrecken hatte, sondern sein Tor zu durchschreiten, in den Sternenhimmel zu fliegen verhieß.

Als jene Wellen, die ihren Körper überliefen, lau wurden, begriff Aelswith, dass die Welt immer noch voller Gefahren war und der Tod, den sie eben willkommen geheißen hatte, nur ein kleiner, nicht der ewige gewesen war. Letzterer war immer noch kalt und schwarz, und die funkelnden Sterne, die sie zu sehen geglaubt hatte, waren das Erste, was er verschluckte.

Taraíns Haut wurde wieder kalt, wenngleich er nicht mehr zitterte – nicht so wie sie.

»Nimm den Umhang«, sagte er, und weil er wieder Wörter gebrauchte, verlernten die Körper zu sprechen.

Der Rücken schmerzte, über die Schenkel lief es feucht, ihre Glieder wurden steif.

Wieder sprachen sie ihre Namen aus – »Taraín!«, »Aelswith!« –, doch allein sie zu sagen, war bereits eine Lüge.

Wie lange würde es auf dieser Welt noch einen Taraín geben und wie lange eine Aelswith, wenn er nicht mehr lebte?

Tränen stiegen in ihr auf, aber sie schluckte sie, weil sie nichts spüren wollte, das heißer war, als zuvor ihre Lust.

»Ich musste es tun«, sagte er.

»Ich weiß.«

»Andernfalls hätte ich mich selbst verraten ...«

»Ich weiß.«

»Ich liebe dich.«

»Ich liebe dich auch.«

Sie schmiegte sich an Taraín, und sie starrten auf den nackten Stein. Alt war er, uralt, viel älter als ihre Ängste und Sorgen und ihre Trauer ... Nur nicht älter als ihre Liebe, weil diese ihr irgendwie als unendlich erschien. Ihre Körper waren nicht mehr verschmolzen, aber Aelswith fühlte, dass sie einen Teil seiner Seele in ihrer Brust trug und er einen Teil von ihrer in seiner, und dieser Gedanke tröstete sie.

Als Aelswith den Kerker verließ, fiel graues Licht auf sie. Kurz war sie nicht sicher, ob es die Abend- oder Morgendämmerung war, kurz auch nicht, ob es Wärme spendete oder sie frösteln ließ. Sie fühlte nichts, fühlte nur Taraíns Berührungen. Oh, wenn sie sich die Erinnerung daran nur ewig bewahren könnte, wenn diese gleich einer unheilbaren Wunde nie vernarbten, wenn sie nur diesen Augenblick festhalten könnte, die

Zeit anhalten, dafür sorgen, dass Taraíns Haut warm, sein Blut heiß, sein Blick wach blieb!

Aber die Zeit tropfte, tropfte … tropfte so wie Regen. Bald würde ein Eimer gefüllt sein, bald ein Trog, und die Erinnerungen an die Lust würden unsäglichem Schmerz weichen.

»He, Mädchen, was machst du noch hier?«

Es war Nathairs Stimme, die sie vernahm, und die verdrossen klang, weil er nicht bemerkt hatte, dass Hlothere sie zu Taraín begleitet hatte. Aelswith wusste nicht, ob sie auf ihn losgehen und ihn kratzen, beißen, schlagen sollte oder lieber schnell davonlaufen, um sich nicht durch ihn zu beschmutzen. Ehe sie eine Entscheidung treffen konnte, ertönte eine weitere Stimme.

»Nun komm schon.«

Hlothere zog sie sanft fort, brachte sie zurück zum Zelt. Schon nach der ersten Hälfte der Wegstrecke gaben ihre Beine nach, und er hob sie hoch und trug sie. Trotz allem war es nicht unangenehm, sein Herz schlagen zu hören. Die Erinnerungen an Taraíns Berührungen erwiesen sich nunmehr zwar flüchtiger als Nebel, der vom Wind zerrissen wurde, doch etwas anderes in ihr war umso stärker: Hoffnung.

Als er sie im Zelt absetzte, hielt sie ihn fest. »Warte!«

Er sah sie fragend an.

»Taraín war bereit, sein Leben zu opfern, aber ich bin nicht bereit, das zuzulassen.«

Sein Blick wurde mitleidig. »Du kannst nichts tun.«

»Ich nicht, vielleicht jedoch … du.«

Seine Augen schienen in den Höhlen zu versinken. »Ich kann mich nicht gegen den König stellen.«

»Taraín ist keine Bedrohung für den König.«

»Es ist nicht wichtig, was er ist, sondern was er sein könnte.«

Aelswith lagen noch mehr Worte auf den Lippen. Von Taraíns Heilkünsten wollte sie sprechen und davon, wie friedfertig er war, aber auf einmal wusste sie: Wenn sie Hlothere überzeugen wollte, musste sie mit anderen Mitteln kämpfen. »Nun«, sagte sie, »ich wiederum könnte deine Ehefrau sein.«

Dass sie bei Taraín gelegen hatte, schien nur noch ein vager Traum zu sein. Viel deutlicher erschien das Bild vor ihr, wie sie unter einem Mann wie Hlothere lag – einem Ritter mit rauen Händen, breiten Schultern, schweren Gliedern –, wie sie unter ihm erstickte. Aber das wollte sie ertragen, auch darauf verzichten, Taraín wiederzusehen, die Hoffnung aufgeben, jemals glücklich zu sein ... wenn er nur lebte.

»Aelswith ...«

Daran, dass seine Stimme zitterte, erkannte sie, dass sie die richtige Entscheidung getroffen hatte. Er hatte sie nicht nur nach Edinburgh zurückholen wollen, um der Königin einen Gefallen zu tun. Er hatte es auch gewollt, um sie weiterhin so anschauen zu können wie damals in der Waffenkammer – gierig, sehnsüchtig, hungrig.

»Ja, ich werde deine Ehefrau«, bekräftigte sie, »vorausgesetzt, du befreist Taraín.«

»Aelswith ...«, sagte er wieder. Sein Gesicht war hager wie nie. Es hatte sie stets an einen Totenkopf erinnert, doch nun stand dieser Tod auch in seinen Augen.

»Ich war schon einmal verheiratet ...«

»Du kannst es ein zweites Mal sein.«

»Ich habe meine Frau Sethrid geliebt ...«

»Du kannst auch ein zweites Mal lieben.«

»Ich habe meine Frau getötet. Ich wollte es nicht, aber ich habe es getan.«

In seinem Blick stand nur Schmerz, während ihr Körper völlig leblos schien. Sie spürte nichts, weder Kälte noch Wärme, weder Ekel noch Entsetzen, als sie auf ihn zutrat und seine Hand nahm.

»Nun, das wirst du kein zweites Mal tun. Darauf vertraue ich.«

Er sagte nichts, als er sich von ihr losmachte und aus dem Zelt trat, doch sie wusste, dass er fieberhaft nach einer Möglichkeit suchte, Taraín zu retten.

XXIX.

1792

Magdalene wartete eine Weile, nachdem sie nach Hause zurückgekehrt war, doch als das Rot auf ihren Wangen verblasst war, klopfte sie an die Tür von Davids Arbeitszimmer.

Niemand antwortete ihr, der Raum war leer.

Wie so oft lagen eine Unmenge Briefe auf seinem Schreibtisch, aber auch der Kasten, in dem sich die Violine befand. Magdalene trat darauf zu und streichelte kurz mit den Fingerkuppen darüber. Sie öffnete den Kasten, betrachtete das Instrument, das auf rotem Samt vor ihr lag, strich nun auch zaghaft über die Saiten, die weniger Musik, als vielmehr ein Stöhnen von sich zu geben schienen.

Obwohl du die Violine spielst, wärest du bereit, auf Highlander zu schießen.

Und obwohl Seòras die Fiedel spielt, ist er wohl bereit, auf die Landlords zu schießen.

Selbst als sie vom Gang her die Stimmen von Tómas Elliott und David hörte, hörte sie nicht auf, über die Saiten zu streichen.

»Sie haben sich in Boath zusammengeschlossen.«

»Das ist doch nur fünfzehn Meilen von Dingwall entfernt, nicht wahr?«

»So ist es«, sagte Elliott. »Nicht nur die Soldaten der fünften Kompanie sind dorthin gekommen, auch die Männer von Fraser of Lovat, MacLeod und von Cameron, auf dessen Grund und Boden die Rebellion begonnen hat. Gegen diese Übermacht können sich die verdammten Highlander unmöglich durchsetzen.«

Verdammte Highlander …

Und dabei bist du selbst einer …

Aber wie könnte sie Elliott Vorwürfe machen, wenn sie doch ebenfalls einen Verrat plante?

Elliott entfernte sich, während David auf der Schwelle verharrte, als er sie sah. Eine der Saiten schnitt sich schmerzhaft tief in ihren Finger.

»Ich muss mit dir reden«, murmelte sie.

»Spielst du etwa auch Violine?«, fragte er.

Sie schüttelte den Kopf. »Nur das Cembalo, wie du schon weißt. Und als kleines Mädchen hatte ich Harfenunterricht.«

»Das wusste ich nicht.«

Du weißt so vieles nicht … nichts über mich … nichts über deinen Bruder.

Als er zu ihr trat, wich sie zurück. Nahezu geräuschlos verschloss er den Violinenkasten, und ihr entging weder, dass er blasser war als sonst und dass sich etliche Strähnen seines Haares aus dem dunklen Samtband, mit dem es im Nacken zusammengebunden war, gelöst hatten.

»Wirst du auch nach Boath reiten, wenn die Soldaten den Aufstand niedergeschlagen?«, fragte sie.

Er nahm den Violinenkasten und stellte ihn so heftig in einen Schrank, dass die Saiten erneut gedämpft aufstöhnten.

»Ich weiß, du heißt es nicht gut … du willst nicht, dass man den Menschen mit Gewalt antwortet … und du willst nicht, dass ich etwas damit zu tun habe.«

»Doch«, sagte sie plötzlich. »Eigentlich will ich sehr wohl, dass du nach Boath reitest.«

Seine Augen weiteten sich erstaunt. »Aber …«

»Damals als Kind hat es ganz scheußlich geklungen, wenn ich die Harfe spielte. Ich glaube, ich war nicht dafür gemacht, lange still zu sitzen. Beim Lesen war das etwas anderes – da konnte ich in meiner Fantasie laufen und tanzen und springen. Die Musik dagegen …«

»Magdalene, ich verstehe nicht, worauf du hinauswillst!«

Sie atmete tief durch. »Du sollst nicht nur nach Boath reiten, du *musst* sogar! Um deinen Bruder zurückzuholen.«

»Caelan? Er ist doch …«

»Er ist auf dem Weg dorthin. Und Seòras, der die Kleidung des roten Königs trägt, auch.«

»Seòras ist der rote König?«

»Nein«, wieder atmete sie tief durch, »das ist Caelan.«

David riss die Augen auf. »Magdalene, was redest du denn da? Hast du den Verstand verloren?«

Sie trat auf ihn zu und legte ihre Hand auf seine Brust. Sie hatte ihn nie mit Caelan verglichen, doch nun ging ihr auf, um wie viel kleiner David war. Hatte Caelan ihn für einen Schwächling gehalten und als Kind oft verprügelt, oder hatte er ihn als den Älteren respektiert und als Erben anerkannt? Und hatte Caelan als roter König wirklich nur den Highlandern helfen wollen, oder war auch Verachtung für den Bruder im Spiel gewesen?

Wer war in diesen Tagen schon ein echter Held …?

Sie war es ganz bestimmt nicht, als sie zu reden fortfuhr. »Nein, ich habe den Verstand nicht verloren. Ich glaube, ich war noch nie so klar wie jetzt. Und ich glaube, ich verstehe auch, wie es dir geht. Manchmal tut man, was man tun muss, und das nicht, weil es gut ist, sondern weil es den geringeren

Schaden mit sich zieht. Aber das heißt nicht, dass es einem gefällt. Und es heißt auch nicht, dass es den größten Nutzen hat.«

»Magdalene ...«

»Nein, hör mir zu, ich bitte dich, hör mir in aller Ruhe zu!« Und sie erzählte ihm alles, erzählte, wie sie Caelan einmal als rotem König begegnet war, ihn allerdings nicht erkannt hatte, erzählte, dass sie im Wald wieder auf ihn getroffen war und ihm die Maske entrissen hatte. Sie erzählte, dass Seòras die Wahrheit herausgefunden hatte und wohl in seinem Stolz verletzt war und dass auch Caelan in Richtung Dingwall aufgebrochen war, um das Schlimmste zu verhindern. Nur dass sie den einen wie den anderen geküsst hatte, erzählte sie nicht. »Du ... du hast deinen Verstand doch auch nicht verloren!«, schloss sie. »Du willst kein Blutvergießen! Caelan hat sicher nur das Beste im Sinn, aber wenn er mit Seòras spricht, wird er ihn noch wütender machen. Du musst deinen Bruder aufhalten, notfalls mit Gewalt! Nimm so viele Männer mit, wie du hast, und natürlich auch Tómas Elliott ...«

Während sie sprach, schien die Falte auf Davids Stirn immer tiefer zu werden. Mehrmals hatte er dazu angesetzt, sie zu unterbrechen, doch er hatte nur ein raues Flüstern herausgebracht. Jetzt breitete sich erst Verwirrung in seinen Zügen aus, dann Fassungslosigkeit.

»Ich kann dich hier nicht schutzlos zurücklassen.«

»Dann werde ich eben mitkommen.«

»Das geht erst recht nicht.«

Sie nahm seine Hand und drückte sie. »Doch, es geht. Die Highlander werden nicht auf mich schießen, weil ich mich für sie eingesetzt habe, und die Soldaten werden nicht auf mich schießen, weil ich eine Frau bin. David! Ich habe dir alles anvertraut, weil ich weiß, dass du dich nie derart von Gefühlen hinreißen lassen würdest wie Caelan. Und dein Verstand weiß sehr wohl, dass es das Richtige ist, wenn ich mit dir komme.«

Kurz erschien es ihr als ungerecht, ihn auf den Verstand einzuschwören, wenn sie doch selbst vor allem aus Angst gehandelt hatte, aber sie erreichte, dass er endlich nickte.

»Du tust nichts ohne mein ausdrückliches Einverständnis. Und Tómas Elliott wird mit den anderen Männern stets ein Stück vorausreiten, um uns vor möglichen Gefahren zu warnen.«

»Gewiss.« Ehe sie den Raum verließ, um sich umzukleiden, drehte sie sich ein letztes Mal um. Sie sah, dass David auf einen Stuhl gesunken war und sein Gesicht in die Hände stützte. Eine unsichtbare Last lag auf seinen Schultern – nicht nur die Schulden des Vaters, wie sie ahnte, auch die Verantwortung für den jüngeren Bruder, der zwar immer größer und stärker gewesen sein mochte als er, aber auch leichtsinniger.

Obwohl er verglichen mit ihm so schmächtig wirkte, war Magdalene allerdings überzeugt, dass David die Last stemmen konnte – so wie sie mit der Schuld, die sie auf sich lud, leben würde.

Vielleicht könnten sie einander bessere Eheleute sein, als sie je vermutet hatte.

Magdalene war schon seit Längerem nicht mehr geritten, und dass der Weg so weit war, sie mehrmals rasten mussten und schließlich die Nacht das letzte Tageslicht verschluckte, machte es nicht leichter, sich auf dem Pferderücken zu halten. Doch sie wusste, dass sie sich ihre Erschöpfung nicht anmerken lassen durfte, hätte David sie dann doch sofort heimgeschickt. Auch so versuchte er es mehrmals. Bei jeder Wegkreuzung sah er sie an und schien mit sich zu ringen, und nur weil sie jedes Mal seinen Blick ruhig erwiderte und bekräftigend nickte, schwieg er.

Ihre Hände wurden immer steifer, gleichwohl sie in festen Lederhandschuhen steckten, und irgendwann fühlte sie die Zügel des Pferdes kaum mehr. Die Kapuze ihres Mantels hatte sie sich tief ins Gesicht gezogen, doch immer wieder wurde sie vom keuchenden Wind verweht. Schon im Tageslicht war ihr die Gegend als Einöde erschienen, jetzt in der Finsternis wirkte das Land gar regelrecht feindselig, ganz so, als hätte noch nie jemand einen Schritt hierher zu setzen gewagt und als beginge der Erste, der es tat, einen unverzeihlichen Fehler.

Vielleicht wäre es am besten, wenn hier keine Menschen lebten, dachte Magdalene, dann würde niemand um die Highlands streiten, niemand hier Blut vergießen wollen ...

Allerdings würde dann auch niemand das Land für seine herbe Schönheit rühmen ...

Einmal mehr hielt David unvermittelt sein Pferd an.

»Es ... es geht schon«, sagte sie schnell, »es ist nicht zu anstrengend für mich.«

Er hob lediglich die Hand. »Hast du das auch gehört?«, fragte er.

»Was denn?«

Sie spitzte die Ohren. Seit sie losgeritten waren, hatte sie sich instinktiv gegen einen Schuss gewappnet oder ein anderes eindeutiges Zeichen dafür, dass der Kampf zwischen Schafbesitzern und Highlandern längst entbrannt war. Doch es war nichts dergleichen zu hören, nur ein Rauschen, als würde der Wind durch eine besonders dichte Blätterwand fahren.

»Vielleicht solltest du wirklich ...«, setzte David an und brach ab.

Es war kein Rauschen, das da erklang ... oder zumindest keines von Blättern. Vielmehr erzeugten Grashalme dieses

Geräusch ... Grashalme, die hier kniehoch standen, nun unter Schritten knickten, vielen Schritten.

»Es ist doch nicht möglich, dass es so viele sind!«, erregte David sich. »Und warum hat Tómas Elliott uns nicht gewarnt?« Er hatte bei der letzten Rast eine Fackel entzündet und hielt sie nun hoch, doch die Flamme flackerte zu stark, als dass man mehr sehen konnte als eine flüchtige Bewegung in der Ferne. War dorthinten etwa ein Wald? Aber nein, da bewegte sich etwas! Ein riesiges Heer schien auf sie zuzumarschieren! »Das ... das ist doch nicht möglich!«, stieß David erneut aus. »Niemals können so viele Soldaten gleichzeitig unterwegs sein.«

Er hatte unwillkürlich sein Pferd gewendet und befahl ihr, Gleiches zu tun, und obwohl Magdalene nicht unverrichteter Dinge heimkehren wollte, ging seine Panik auf sie über, und sie gehorchte ihm. Als sie sich jedoch ein letztes Mal umdrehte, stieß sie ein nervöses Kichern aus.

»Das sind doch gar keine Soldaten. Das ... das sind Schafe!«

Der Boden begann zu vibrieren, zumal ihre Pferde nicht nur schnaubten, sondern nervös zu tänzeln begannen, und als Magdalene an den Zügeln zog, bemerkten auch die Tiere, dass keine Gefahr drohte. Die Schafe, die auf sie zukamen, liefen zwar ziemlich schnell, doch noch war keine Panik ausgebrochen. Sie folgten der Führung eines Hütehundes, der laut kläffend die Herde umkreiste und ihnen die Richtung wies. Diese wiederum gab ein Reiter vor, der wenig später folgte.

»Ich bin Lord MacBrannan!«, rief David in die Finsternis. »Und wer seid Ihr?«

Falls der andere antwortete, wurde seine Stimme von Mähen und Getrappel übertönt, doch wenig später hatte er sie ohnehin erreicht. Magdalene atmete erleichtert aus, als sie erkannte, dass er nicht bewaffnet war und auch keine Uniform, sondern ähnlich schlichte dunkle Kleidung trug wie Tómas Elliott. Er hob seinen Hut, als er David grüßte, und nannte seinen Namen, doch Magdalene vergaß ihn gleich wieder.

»Wohin bringt Ihr die Schafe?«, fragte David.

»Sie standen im Weg, und deswegen führe ich sie fürs Erste in den Süden. Morgen können sie gewiss wieder dem rechtmäßigen Besitzer übergeben werden, da dieses Spektakel ja nun endlich ein Ende hat.«

Es war zu finster, um in seiner Miene zu lesen, ob er sie erleichtert oder bösartig angrinste. Magdalene war ja selbst nicht sicher, was sie ob seiner Worte fühlte.

Das Spektakel ... ein Ende ...

»Was ist passiert?«, fragte David.

»Ich weiß gar nicht, warum sich die Highlander wehren, Schafe zu züchten«, erwiderte der Mann. »Sie sind ja selbst so dumm wie diese. Rotten sich zu einer Herde zusammen und laufen in alle Himmelsrichtungen davon, sobald ein Schuss fällt. Es wird nicht leicht sein, sie alle wieder einzufangen. Bislang ist es nur bei achten gelungen ...«

Acht ... acht ... acht, echote es in Magdalene.

»Ein Schuss?«, fragte David hingegen besorgt. »Das Heer hat also die Aufständischen angegriffen. Gibt es Tote?«

Der Mann zuckte die Schultern. »Von einem Angriff kann nicht die Rede sein, es genügte, ein wenig Verwirrung und Angst zu säen. Gut möglich, dass ein paar Lämmchen totgetrampelt wurden – wobei die Highlander, das muss man ihnen zugutehalten, gut auf die Tiere aufgepasst haben. Vor einer knappen Stunde haben drei Kompanien die Aufständischen in Boath eingekreist. Sie haben keinen Widerstand geleistet, wussten sofort, dass es sinnlos ist ... Wie ich schon sagte: Sie sind dumm wie Schafe.«

Kein Kampf ... kein Kampf ... keine Toten ... keine Toten ...

Eine Weile war in Magdalenes Gedanken nur für diese wenigen Wörter Platz.

»Und jetzt?«, wollte David wissen.

»Acht der Rebellen wurden gleich vor Ort festgenommen, und der Rest ist in die Wälder geflohen – ich denke, etliche treiben sich auch in dieser Gegend herum. Doch spätestens im Morgengrauen werden sie dingfest gemacht sein. Dieser Aufstand war niemals ein Sturm, immer nur ein laues Lüftchen.«

Der scharfe Wind, unter dem sich die Flamme von Davids Fackel einmal mehr duckte, schien seine Worte Lügen strafen zu wollen, aber selbst der Wind konnte das Gelächter des Mannes nicht übertönen, als er seinem Pferd die Sporen gab, um den Schafen zu folgen.

»Wartet!«, rief David ihm nach. »Der rote König wurde doch in Boath gesehen. Wurde auch er gefangen genommen?«

»Ach, der ...« Der Mann hatte sein Pferd zwar angehalten, wandte sich aber nicht mehr zu ihnen um, sondern machte lediglich eine wegwerfende Bewegung. »Ich glaube mittlerweile, dass er nur ein Hirngespinst war. Wer hat ihn denn schon je wirklich gesehen?«

»Heute Nacht war er also nicht zugegen?«

»Doch, man hat ihn allerdings angeblich an so vielen Orten gleichzeitig gesehen, dass ich mittlerweile vermute, man hat einfach einem Schaf eine Maske aufgesetzt.«

An so vielen Orten gleichzeitig ... oder zumindest an zweien gleichzeitig ...

Was hatten Seòras und Caelan getan, dass die Kompanien die Rebellen umstellten? Sie zum Durchhalten aufgerufen, zum Nachgeben überredet oder den Flüchtigen geholfen? Waren sie sich gar begegnet?

Der Mann ritt endgültig fort, das Mähen der Schafe verstummte ebenso wie das Kläffen der Hunde, und die Stille, die folgte, schmerzte geradezu in Magdalenes Ohren.

»Wir ... wir sollten wieder umkehren ...«, sagte David.

»Aber Caelan! Er ist irgendwo da draußen!«

»Du hast es doch gehört! Der Aufstand wurde niedergeschlagen, die Highlander haben eingesehen, dass sie sich gegen diese Übermacht nicht wehren können. Wenn Caelan klug ist, legt er diese dumme Kostümierung ab und kehrt heim. Wenn man ihn hingegen damit erwischt, wird er verhaftet. Dann kann ich nur versuchen, ihn wieder freizubekommen.«

Magdalene war sich nicht sicher, ob Seòras auch einsichtig sein würde. Ehe sie etwas sagen konnte, ertönten jedoch wieder Geräusche. Stimmen erklangen in der Ferne, und wenig später erleuchteten noch mehr Fackeln die Finsternis. Sie bewegten sich so schnell, dass die, die sie trugen, wohl laufen, wenn nicht gar reiten mussten, doch anstatt sich ihnen zu nähern, schienen sie sich im Kreis zu bewegen, ganz so, als wären Sterne auf die Erde gefallen und hätten sich dort verirrt.

»Du wartest hier!«, befahl David und ritt schon auf die Lichter zu.

»David!«, rief sie.

Doch er hörte nicht auf sie – vielleicht, weil ihre Stimme nicht kräftig genug war und vom Geschrei übertönt wurde, das dorthinten plötzlich zu hören war.

David gab seinem Pferd die Sporen. »Ich bin David MacBrannan!«, rief er. »Wer ist da?«

Die Stimmen schwiegen abrupt. Anscheinend hatte er sie eingeschüchtert ... Zumindest dachte Magdalene das zunächst ... hoffte es ... ehe sich eine kalte Hand um ihr Herz legte.

»David!«, schrie sie. Auch sie schlug ihre Fersen in die Flanken des Pferdes, und prompt galoppierte es los. Die Rebellen ... sie hatten aufgegeben ... der Sturm war nur ein laues Lüftchen gewesen ... Was aber, wenn Seòras darüber gar nicht enttäuscht war? Wenn er damit gerechnet hatte, dass der Aufstand am Ende zum Scheitern verurteilt sein würde? Wenn er ihn und das allgemeine Chaos nur für seine Zwecke nutzen wollte? »David!«

Dieses Mal hörte er sie und blieb stehen. Er sprang vom Pferd, reichte auch ihr die Hand, um ihr hinunterzuhelfen. »Bleib hinter dem Pferd stehen, dann bist du geschützt«, befahl er.

»Geschützt vor was?«, wollte sie fragen und wusste es im selben Moment. Wusste plötzlich, dass Seòras die Kleidung des keltischen König angelegt hatte, um statt mit seinem Volk gegen seinen Feind zu kämpfen.

Davids Fackel war nunmehr wieder die einzige Lichtquelle, es war stockdunkel.

»David ... bleib bei mir ... ich fürchte, dass ...«

Er machte sich von ihr los. »Ich muss wissen, was dort vorne los ist.«

»David!«

Nun blendete sie doch wieder Licht – zumindest ganz kurz, ganz grell und ganz dicht vor ihnen, gleich so, als würde ein Blitz die Welt erleuchten. Und obwohl sie instinktiv die Augen schloss, konnte sie ein Gesicht sehen und es erkennen.

Der Blitz erlosch, aber wie bei einem Gewitter folgte der Donner. Zumindest hörte sich das Geräusch, das die Stille zerriss, ein wenig so an. Es war bereits verklungen, als Magdalene aufging, dass sie keinen Donner vernommen hatte, sondern einen Schuss.

Stille, nichts als Stille, finstere, kalte Stille. Solange der Schuss in ihren Ohren hallte, schienen kleine, schmerzhafte Wellen über ihren Körper zu jagen und ihn zu beleben. Doch als David leblos zu Boden sank, fühlte sie ihre Glieder jäh nicht mehr und sackte auf die Knie.

Stille, finstere, kalte Stille. Sie konnte David nicht sehen, nicht, ob seine Augen starr und leblos oder flehentlich und Hilfe suchend auf sie gerichtet waren, nicht, ob jener feuchte Fleck auf der Brust größer wurde, nicht länger auch, wer auf ihn geschossen hatte. Wer immer es getan hatte, war längst davongelaufen, und kurz floh sie selbst – nicht vor David, aber vor der bitteren Erkenntnis, was geschehen war.

Es ist nicht möglich, dass Seòras auf David geschossen hat.

Nicht möglich, dass er hier liegt und stirbt.

Nicht möglich, dass ich untätig neben ihm sitze.

Sie sprang auf, öffnete den Mund, wollte etwas schreien, aber brachte keinen Ton hervor. Als sie es ein zweites Mal versuchte, packte eine Hand ihren Fuß.

»Magdalene ... bleib bei mir ...«

Selbst wenn sie um Hilfe hätte schreien können, wäre ihre Stimme wohl vom Mähen übertönt worden. Die Schafe stießen es aus, die gerade noch gen Süden getrieben worden waren, ob des Schusses aber wild durcheinanderliefen – manche zurück in die Richtung, aus der sie gekommen waren. Als der Boden erneut unter ihren Hufen vibrierte, beugte Magdalene sich über David, um seinen Körper mit dem ihren zu schützen, doch die Schafe schienen den Tod zu riechen und zogen einen weiten Kreis um sie. Nur einige wenige blieben stehen, glotzten sie an.

»Hilfe … wir brauchen Hilfe«, stammelte Magdalene.

Sie fühlte warmes Blut auf ihrer Hand, als sie David abtastete, fühlte, wie sein Atem immer schwächer wurde. Nicht länger hielt er ihren Fuß umklammert, aber ihr Handgelenk, und sein Blick war unverwandt auf sie gerichtet.

»Magdalene … bleib bei mir«, wiederholte er.

Sie hob vorsichtig seinen Kopf, zog ihn auf ihren Schoß, strich über seine Stirn, wie sie es noch nie getan hatte.

»Ich bin doch bei dir … und ich bleibe …«

Ich bleibe, bis du stirbst.

Sie wusste, dass er sterben würde. Selbst wenn die Kugel sein Herz verfehlt hatte – er verlor zu viel Blut. Sie umarmte ihn und versuchte seinen zitternden Körper zu wärmen, obwohl der eigene vom Schock völlig ausgekühlt war. Zumindest ihre Hände, die ihn weiterhin streichelten, waren es nicht.

Stille, wieder nichts als Stille, aber nicht länger finstere, sondern silbrige, und nicht länger kalte, sondern gnädige.

XXX.

1078

Das Heer des Königs hatte um die zerstörte Burg ein Camp errichtet. Am Abend zuvor war der Boden so trocken gewesen, dass die Männer geflucht hatten, als sie Lanzen und Stöcke hineinbohrten, die die Leinendächer stützen sollten. In der Nacht hatten sich jedoch wahre Regenfluten über sie ergossen, und nun fluchten die Männer, weil der Boden matschig war, das Holz feucht und morsch und weil etliche Zelte zusammenfielen.

Das von Hlothere stand noch, und hier wartete Aelswith. Obwohl sich die Sonne weiterhin versteckte, war es dennoch warm, gleich so, als würden sich die Wolken mit ihrer Wärme aufladen und auch die Welt zum Glühen bringen. Ihr Haar kräuselte sich, Schweißtropfen perlten über das Gesicht. Sie wischte sie nicht ab, war nur erleichtert, dass es keine Tränen waren. Noch gab es ja Hoffnung ... zumindest wollte sie daran glauben.

Ein reißfestes Seil war diese Hoffnung zwar nie gewesen, aber Spinnen fingen ja auch in hauchdünnen Fäden ihre Beute. Warum sollte nicht zumindest einer der Wachtposten des Königs daran haften bleiben?

Als dieser das Camp am Tag zuvor persönlich erreicht

hatte, hatte Hlothere auf ihn eingeredet und ihn zu überzeugen versucht, dass von Taraín keine Bedrohung ausging. Leider hatte Malcolm von Nathair alles über dessen Herkunft erfahren und war nicht bereit gewesen, sich umstimmen zu lassen.

»Ich gebe nicht auf«, hatte Hlothere später zu Aelswith gesagt und war mit einem Schlauch Wein fortgegangen. Diesen wollte er einem Wachtposten anbieten, um ihn betrunken zu machen und Taraín zu befreien.

Ach, wenn er dem Wachtposten nicht nur Wein geben würde, sondern auch Taraíns Kräuter, dachte Aelswith. Dann würde er alsbald tief und fest schlafen …

Daran, dass unzählige Wachtposten um die Burg positioniert waren, wollte sie gar nicht denken, und sich noch weniger sagen, dass es nicht genügte, Taraín aus dem steinernen Verlies zu befreien. Noch schwieriger würde es werden, ihn aus der zerstörten Burg zu bringen. Selbst den Geheimgang, von dem sie Hlothere berichtet hatte, mussten die beiden ja erst erreichen …

Sie unterdrückte ein Seufzen, schwitzte, wartete, schwitzte, wartete. In der Nacht hatte sie nicht geschlafen, jetzt schlossen sich ihre Augen wie von selbst. Sie war überzeugt, keinen Augenblick Ruhe zu finden, doch als sie sie wieder aufschlug, war das Licht fahler, und sie hörte Stimmen und Schritte.

»Wohin willst du, Mann? Du kannst doch nicht einfach mitten durch das Camp marschieren?«

Aelswith erkannte Hlotheres Stimme, und das war im Moment das Einzige, was für sie zählte. Sie sprang so stürmisch hoch, dass beinahe das Zelt eingestürzt wäre, rannte hinaus und wäre beinahe auf dem schlammigen Boden ausgerutscht. Ein wuchtiger, breiter Mann fing sie auf und lachte dröhnend.

»Dreckig bin ich genug für uns beide – sieh zu, dass wenigstens du nicht in die Pfützen fällst, sondern sauber bleibst.«

»Bruder Nynias!«, rief Aelswith.

»Du kennst ihn?«, fragte Hlothere verwirrt.

In seinem Gesicht stand Misstrauen, doch sie konnte es rasch vertreiben, als sie erklärte, dass Bruder Nynias jener Mönch sei, der sie auf ihrer Reise begleitet hatte. Was sie aber nicht vertreiben konnte, war der Ausdruck von Resignation in Hlotheres Gesicht, und die Erleichterung darüber, Bruder Nynias lebend wiederzusehen, wich bitterer Enttäuschung.

»Es … es ist dir nicht gelungen«, sagte sie.

Hlothere schüttelte den Kopf. »Es waren einfach zu viele …«

Unvermittelt brach Aelswith in Tränen aus, die sie bis jetzt hatte schlucken können. Hlothere starrte verlegen zu Boden, Bruder Nynias hingegen runzelte die Stirn.

»Aber, aber! Bei meinem Anblick solltest du doch nicht weinen! Zumal ich, als ich nach dem Feuer nach euch suchte, zumindest auf den Esel gestoßen bin.«

Er deutete hinter sich, und als Aelswith Earc erkannte, ging ihr vor Freude das Herz auf. Zugleich verkrampfte es sich schmerzhaft, weil nur sie, nicht auch Taraín das Tier hinter den Ohren kraulen konnte, und wieder weinte sie.

»Aber, aber«, sagte der Mönch erneut, »wenn jemand dir ein Leid zugefügt hat, schlage ich ihm mit dem Hammer auf den Daumen.«

Aelswith schluckte die Tränen und wurde ihres Schluchzens Herr. »Ach, es wären gar so viele Daumen … du kämest gar nicht mit dem Schlagen nach.«

Bruder Nynias sah sie fragend an. »Die Psalmen betet man nicht rückwärts, und auch Geschichten erzählt man am besten von Anfang an. Was ist geschehen?«

Aelswith deutete mit ihrem Kinn auf das Zelt, woraufhin Bruder Nynias dröhnend lachte. »Sehe ich so aus, als würde ich darin Platz finden?«

»Nun«, mischte sich Hlothere ein, »wo immer ihr miteinander reden wollt, ihr solltet leise sein.«

Aelswith sah ihn ärgerlich an. »Alle Welt kann hören, was ich von Nathair oder dem König halte!«

»Der Gelähmte lebt noch?«, fragte Bruder Nynias.

»Er lebt noch, gelähmt ist er hingegen nicht und war es nie. Du hast ihn die ganze Zeit vergebens geschleppt.«

Bruder Nynias lief rot an, doch ehe er zu brüllen beginnen konnte, hob Hlothere abwehrend die Hände. »Still!«, sagte er. »Meinetwegen könnte ihr Nathair laut verfluchen. Aber ihr solltet leise überlegen, wie wir Taraín befreien können.«

»Du sagtest doch, es seien zu viele Wachtposten.«

»Zu viele, als dass ich sie überlisten könnte. Ich habe dennoch eine Idee. Der Mönch sieht zwar nicht wie ein solcher aus, wenn er hingegen tatsächlich einer ist, kann er uns helfen.«

Taraín fuhr aus einem unruhigen Schlaf hoch. Einen gnädigen Augenblick lang wusste er nicht, wo er war, doch als sein Blick auf die grauen Wände fiel und die feuchte, schwere Luft seine Lungen füllte, sank er enttäuscht zurück. Er hatte gedacht, dass er die Kerkerhaft ertragen würde, nachdem ihm in all den Jahren auch Kälte und Hunger kaum je etwas anzuhaben vermocht hatten. Doch es zeigte sich, dass ihm das enge Gefängnis deutlich mehr zusetzte. Er sehnte sich nach Aelswith, sehnte sich nach Earc, sehnte sich auch danach, durch Wälder zu streifen und Hügel zu besteigen, den Meereswind einzuatmen, Möwen kreischen zu hören, ja, zu diesen Möwen hochzublicken und zu wissen, dass er frei wie sie war und selbst bestimmen konnte, wohin er ging.

Bevor er sich wieder in Träume flüchtete, die schöner als sein Leben waren, vernahm Taraín ein Stöhnen. Er richtete sich auf, sah, wie sich Maelsnechta in der gegenüberliegenden Ecke krümmte. Man hatte Maelsnechta wohl einmal mehr zu einem der grausamen Verhöre abgeholt.

Er war sich nicht sicher, wie die Männer des Königs ihm erneut Geheimnisse abzuringen versucht hatten – ob mit Fäusten, mit der Peitsche oder mit glühendem Eisen. Er wusste nur, dass dieser geschundene Mann eine solche Behandlung nicht mehr lange würde überleben können.

Taraín kroch zu ihm und versuchte im trüben Licht auszumachen, welche Verletzung am schlimmsten war. Das geschwollene Auge sah übel aus, aber das hatte Maelsnechta schon am Tag zuvor gehabt. Die blutenden Schnitte im Gesicht waren hingegen frisch, ebenso die Beule am Hinterkopf. Außerdem war Maelsnechtas Tunika aufgerissen und sein Bauch mit blauen Flecken übersät. Seufzend ließ sich Taraín auf seine Fersen sinken. Besser er überlegte nicht, welche Verletzung am schlimmsten war, sondern welchen Schmerz er am ehesten lindern konnte.

Eine Weile wühlte er in seinem Beutel und zog Kräuter hervor, deren Geruch ihm einst so vertraut gewesen waren und die ihm jetzt so fremd erschienen. Wie sollte er Maelsnechta damit bloß helfen können?

Eine Stimme in ihm sagte, dass er ihm am besten jenen Trunk aus Sternmiere, Bilsenkraut, Mohn und Weißdorn machte, wie ihn Drostan seinerzeit Aelswith verabreicht hatte – nur dieses Mal in größerer Menge, damit Finnghualas Sohn nicht mehr aufwachte –, doch kaum rang er sich dazu durch, packte Maelsnechta ihn am Armgelenk.

»Was tust du?«

»Dir helfen.«

Kein Stöhnen kam nunmehr über seine Lippen, sondern ein Lachen, aber von so einem geschundenen Menschen klang beides gleich. »Du bist ein Narr. Warum willst du ausgerechnet mir helfen?«

»Warum nicht? Du hast mich vor deiner Mutter geschützt.«

»Wenn ich ehrlich bin, weiß ich nicht, ob ich dich wirklich am Leben gelassen hätte.«

»Selbst dann würde ich deines retten wollen.«

Unter Schnaufen und Ächzen richtete Maelsnechta sich auf und lehnte sich an die Wand. Sein Haar schien steif wie Leder, weil es sich mit Blut und Dreck vollgesogen hatte.

»Stimmt, du hast sogar meiner Mutter zu helfen versucht. Und das, obwohl sie dich töten wollte.«

»Das Heilen ... es ist nun mal nicht einfach nur das, was ich tue, es ist das, was ich bin.«

Maelsnechta versuchte, das unversehrte Auge zu öffnen. Es gelang ihm gerade weit genug, dass Taraín die Resignation in seinem Blick erkennen konnte. »Ich wiederum bin zum Krieger erzogen worden. Mit vier Jahren habe ich zum ersten Mal auf einem Pferd geritten, mit sechs zum ersten Mal ein Schwert gehalten. Ich fürchte, bei mir ist es das Töten, was ich nicht nur tue, sondern was ich bin.«

»Sag das nicht. Kein Mensch ist der ... Tod. Auch keine Pflanze ist der Tod. Es gibt zwar welche, die giftig sind, es kommt allerdings darauf an, wie viel man von ihnen zu sich nimmt. Auch sie können Leben schenken.« Maelsnechta streckte die Hand von sich, als wollte er prüfen, ob er noch alle Finger hatte, er diese strecken und wieder zur Faust ballen konnte. Taraíns Worte schienen ihn nicht erreicht zu haben.

»Wenn du getötet hast«, fuhr dieser fort, »dann doch nicht, weil es dir Spaß machte, sondern weil du um Freiheit kämpftest!«

»Und jetzt habe ich meine Freiheit ebenso verloren wie mein Land.«

Das Schweigen, das sich über sie senkte, war so grau und modrig wie die Wand. Maelsnechta hob die zweite Hand, konnte auch deren Finger strecken, es war hingegen sichtlich mit mehr Schmerzen verbunden.

»Deine Mutter ...«, setzte Taraín an, »... sie hätte sich vor mir nicht fürchten müssen ... du bist der einzig würdige Nachfolger von Macbeth. Und als König ist es nun mal wichtiger, dass man töten, nicht dass man heilen kann.«

Maelsnechta zuckte die Schultern, und ein neuer Schmerz verzerrte sein Gesicht. »Ich bin mir dessen gar nicht so sicher. Macbeth' Weg an die Macht war von Toten gepflastert, später hat er sich dann nach Frieden gesehnt, und er hat diese Pilgerreise nach Rom unternommen, um für seine Sünden zu büßen. Vielleicht wird man König, wenn man töten kann, vielleicht bleibt man es auf diese Weise auch. Aber um ein guter König zu sein, muss man Wunden heilen können. Meine Mutter war tatsächlich dumm, als sie glaubte, du wärest eine Gefahr für mich. Stattdessen wärest du mir wohl vielmehr eine große Hilfe gewesen. Gemeinsam hätten wir das Land lenken können.«

Taraín nickte düster. »Und nun haben wir beide die Freiheit verloren ...«

Maelsnechta zog mühsam seine Knie an seinen Leib, um seinen Kopf darauf zu stützen. Er konnte auch das unverletzte Auge nicht länger offenhalten. Als Taraín schon glaubte, dass er eingeschlafen wäre, murmelte er plötzlich: »Was genau ist denn schon Freiheit? Meine Mutter hat mir immer eingebläut, für die Freiheit zu kämpfen, aber sie meinte nur die des Landes, nie meine. Ich bin nie frei gewesen, mir ist immer schon diese Pflicht aufgebürdet worden, mich meiner Vorfahren als würdig zu erweisen … Ich konnte nie tun, was ich wollte.«

»Das heißt, du hast dich nicht frei, sondern gefangen gefühlt?«

»Vielleicht«, murmelte Maelsnechta. »Wobei es nicht wirklich gestört hat. Du sagtest doch eben selbst, dass auch eine giftige Pflanze Teil des Lebens sei. Vielleicht erlangt man nur wahre Freiheit, wenn man die eigene opfert.«

Maelsnechta seufzte, ehe er zur Seite sank und endlich einschlief. Taraín kramte nicht länger in seinem Lederbeutel, er hockte sich neben Maelsnechta, schob dessen Kopf behutsam auf seinen Schoß und schloss die Augen. Er fand keinen Schlaf, aber eine Ahnung von Frieden. Weder hatte er je einen Bruder gehabt noch sich nach einem solchen gesehnt, und Maelsnechta kam in diesem Augenblick einem Bruder am nächsten.

Wie viel Zeit vergangen war, als sich jäh Schritte näherten, wusste er später nicht. Taraín saß noch ganz steif da, während Maelsnechta hochfuhr und voller Angst ausstieß: »Sie holen mich schon wieder …«

»Lieber Himmel!«, entfuhr es Taraín. »Das überstehst du nicht.«

»Das ist vielleicht auch gut so.«

Taraín konnte seine Schicksalsergebenheit nicht teilen. Fieberhaft überlegte er, wie er die Männer dazu bringen könnte, Maelsnechta in Ruhe zu lassen, lieber ihr Mütchen an ihm zu kühlen, obwohl er wahrscheinlich noch viel weniger Schläge als der Krieger ertrug. Doch wer wenig später den Kerker betrat, war niemand, der Schmerzen zufügen wollte, sondern … ein Mönch. Zumindest wusste Taraín, dass es ein Mönch war.

Maelsnechta starrte den Riesen verwirrt an. »Wer bist du denn?«, fragte er.

In der Tat hatte Bruder Nynias selten weniger mit einem Gottesmann gemein gehabt als in dieser Stunde, da er völlig verdreckt und in Lumpen vor sie trat. Allerdings war er groß und breit wie eh und je, und er musste den Kopf einziehen, um in der winzigen Kammer aufrecht stehen zu können. Sehr lange hielt er das nicht aus, so ließ er sich auf die Knie sinken.

»Also zwingt mich der König, der unsere keltische Kirche den Benediktinern ausliefert, doch noch auf die Knie«, sagte er und lachte dröhnend.

Maelsnechta starrte ihn verständnislos an, doch Taraín hatte keine Zeit, ihm zu erklären, wer Bruder Nynias war. »Was machst du hier?«, fragte er den Mönch. »Wirst du etwa mit uns hier eingesperrt?«

»Von wegen! Mit euch beten soll ich, das ist alles. Das konnte der König mir schließlich nicht verwehren, hat er doch zu viel Angst, dass Aelswith ihn sonst bei der Königin verraten würde.«

»Aelswith ... ist sie ...?«

»Aelswith geht es gut, dem Esel übrigens auch. Wie ich mit ihm hierhergekommen bin, ist eine lange Geschichte, und für diese haben wir keine Zeit. Wie du dir denken kannst, bin ich nicht wirklich zum Beten gekommen.«

Maelsnechta sah ihn kopfschüttelnd an. »Er ist wirklich ein Mönch?«, ging ihm verspätet auf.

»Du müsstest den Hammer sehen, den er normalerweise bei sich trägt«, sage Taraín, »dann könntest du dir das noch weniger vorstellen.«

»Stimmt, der Hammer«, sagte Bruder Nynias und deutete auf seine leere Brust. »Den hat man mir doch tatsächlich abgenommen.«

»Einen Hammer?«, fragte Maelsnechta verständnislos.

»Nun, ich brauche keinen Hammer, um dich zu befreien – dafür reicht das hier.«

Und schon zeigte er ihnen ein dunkles Stück Stoff, das Taraín nach einer Weile als großen Umhang ausmachte.

»Selbst wenn du mich in einen Umhang hüllst, lassen sie mich nicht frei.«

»Nun, ich habe nicht vor, dich in einen Umhang zu hüllen, sondern mich selbst. Mich lassen sie wiederum sehr wohl frei, sie werden zu spät bemerken, dass ich jemanden unter diesem Umhang versteckt habe.«

Dieses Mal war es Maelsnechta, der lange vor Taraín begriff, was Bruder Nynias plante.

»Eine gute Eingebung«, sagte er zu dem Mönch und wandte sich dann an Taraín. »Ich hoffe, dass dieser Plan glückt, denn du hast es verdient, hier rauszukommen. Menschen, die heilen, sollten vom Krieg verschont bleiben. Und es ist ja nicht deine Schuld, dass du Macbeth' Kind bist.«

Wie betäubt lauschte Taraín dem anderen.

Freiheit ... Aelswith wiedersehen ... Menschen heilen ...

Aber manchmal musste man mit Gift heilen ... und manchmal bedeutete Freiheit, die eigene zu opfern ...

»Es ist auch nicht deine Schuld, dass du Lulachs Sohn bist«, murmelte er, »gleichwohl hast du die Pflichten, die es mit sich bringt, auf dich genommen.«

Bruder Nynias hatte eben den Umhang ausgebreitet und war aufgestanden. Er fluchte, als er sich den Kopf anschlug.

»Wir müssen uns beeilen, sonst ersticke ich hier noch. Nun komm schon, Taraín ...«

Taraíns Blick fiel wieder auf den Lederbeutel, und wieder dachte er an das Schlafmittel, das Drostan Aelswith verabreicht hatte und das in zu hoher Dosis tötete.

»Wir machen alles so, wie du es vorschlägst«, sagte er und wusste plötzlich, was zu tun war. »Nur eine Sache nicht.«

Aelswith stach sich wie an dem Tag, da sie aus der Burg geflohen war, an einer dornigen Ranke. Wie damals floss ihr Blut, wie damals schmeckte es salzig, und wie damals bewies die Tatsache, dass ein Tropfen sich seinen Weg von ihrer Schläfe zu den Lippen gebahnt hatte, dass Zeit vergangen war, viel Zeit ... Vielleicht zu viel Zeit ... vielleicht schaffte Bruder Nynias es nicht, Taraín zu befreien.

Sie wartete dort, wo sie seinerzeit Nathair in die Hände gefallen war – am Ende jenes geheimen Ganges, der aus der Burg führte. Bruder Nynias hatte gemeint, auf diese Weise am schnellsten ins Freie zu gelangen, sobald er mit Taraín den Kerker verlassen hatte, und dass nicht nur er, nein, sie alle dafür beten sollten, dass niemandem die vier Füße auffielen, die während dieses kurzen Weges unter dem Umhang hervorragten.

Aelswith saß wie erstarrt da, wartete, lauschte, vernahm in weiter Ferne Schritte und Stimmen und ein Geräusch, als ob Kieselsteine den Gang hinunterrollten. War das ein Zeichen dafür, dass dort oben jemand war?

Aber weiterhin nur Stille ...

Fast bereute sie es, Hlothere weggeschickt zu haben. Er hatte mit ihr warten wollen, doch sie hatte ihn bedrängt, ein Auge auf die Wachtposten zu haben. Gottlob war der, der ihrem Plan am gefährlichsten werden könnte, nicht mehr hier. Hlothere hatte berichtet, der König habe Nathair in den Süden geschickt, da er nach der Niederschlagung der Revolte in Moray einen neuen Feldzug nach Northumbrien plane.

Stille ... immer noch nur Stille.

Der Blutstropfen, der von ihrer Stirn geperlt war, war getrocknet, als sie endlich doch ein Knacken vernahm. Obwohl es auch aus der anderen Richtung hätte kommen können, streckte sie ihren Kopf in den Gang.

»Bruder Nynias?«

Keine Antwort.

Wie dumm es war, sich zu verraten! Aelswith biss sich auf die Lippen, um nichts mehr zu sagen, konnte aber gleichwohl kaum noch ruhig warten. So begann sie, den Gang langsam nach oben zu kriechen, was eine längere, schweißtreibendere Angelegenheit war, als von der Burg ins Freie zu gelangen. Endlich hatte sie es geschafft und lugte vorsichtig in jene Vorratskammer, von der der Gang seinen Ausgang nahm.

»Was tust du denn hier?«

Sie hatte sich also doch nicht getäuscht und tatsächlich Bruder Nynias' Schritte vernommen. Der war eben dabei, den Umhang abzulegen, um nicht im Gang steckenzubleiben, als er Aelswith erblickte. Diese hatte keine Augen für ihn. Unter dem Umhang war nur Bruder Nynias ... kein Taraín ...

»Ist es nicht geglückt?«, rief sie entsetzt.

»Doch«, sagte er, aber in seinem Blick standen Trauer und Mitleid. »Doch, nur ...«

Sie war nicht sicher, ob er abbrach oder weitersprach, denn nun sah sie die Gestalt, die an einer der Wände lehnte. Der Mann war auf ein umgefallenes Fass gesunken, weil er sich wohl nicht länger aufrecht hatte halten können. Er wirkte sehr schmal ... so schmal wie Taraín im Vergleich zu den Kriegern immer gewesen war. Als sich der Mann stöhnend hochkämpfte, erkannte sie hingegen, dass es nicht Taraín war, sondern ... Maelsnechta.

»Du?«, entfuhr es ihr.

Sie blickte von ihm zu Bruder Nynias und wieder zurück. »Das kann nicht sein ... das ist nicht möglich ...«

In jenem peinvollen Schweigen, das folgte, ahnte sie die Wahrheit. Natürlich war es möglich. Taraín hatte getan, was er glaubte tun zu müssen ... er hatte Maelsnechta die Flucht ermöglicht ... hatte sich für ihn geopfert. Nein, nicht für ihn, für Moray oder vielmehr jenes Alba, über das einst sein Vater geherrscht hatte – ein starkes, unabhängiges, friedliches Alba. Wenn jemand die Tür zu diesem Reich öffnen konnte, war es nicht er, es war Maelsnechta.

Der Sohn Lulachs und Finnghualas hatte sich eben erhoben, und auch in seinem Blick stand Mitleid. »Es war nicht meine Eingebung«, sagte er, »sondern seine ... Er hat mich regelrecht dazu gedrängt ...«

Wenn er mühelos vor ihr hätte stehen können, wäre sie vielleicht auf ihn losgegangen und hätte ihn geschlagen. Doch so geschunden wie Maelsnechta sich da duckte, so verschwollen das eine Auge war und mit so vielen blauen Flecken sein Gesicht übersät, war er das falsche Opfer ihrer Wut. Auf Bruder Nynias hätte sie wiederum einschlagen können, er hätte ihre Faust wohl kaum gespürt.

Wohin sollte sie nur mit ihrer Wut ... nein, es war ja keine Wut mehr ... nur Trauer ... unendliche Trauer!

»Wir können nicht mehr warten, wir müssen weg ...«, hörte sie wie aus weiter Ferne Bruder Nynias sagen.

»Ja«, murmelte Aelswith, »geht ... geht schnell ...«

»Aber ...«

»Geht!«, rief sie. »Mir wird nichts passieren, ich muss zu Taraín ...«

Sie las in Bruder Nynias' Blick Zweifel, doch er sprach sie nicht aus, sondern verschwand mit Maelsnechta im Gang. Hlothere wiederum hielt seinen Kopf gesenkt, als er zu ihr trat, sodass sie nicht einschätzen konnte, wie er Taraíns Entscheidung aufnahm. Durch seine Stimme klang jedenfalls ein wenig Mitleid, als er ihren Namen aussprach.

»Aelswith …«

Sie ertrug das Mitleid nicht, sie war sich auch nicht sicher, ob sie es ertragen würde, Taraín zu sehen. Dennoch verlangte sie mit zittriger Stimme: »Bring mich zu ihm …«

»Aelswith …«, sagte er wieder.

»Bring mich zu ihm!« Dieses Mal brüllte sie.

Was danach genau geschah, versickerte im Nebel der Erinnerungen. Später konnte sie sich weder entsinnen, was Hlothere zu ihr gesagt hatte, noch, wie es ihm gelungen war, dass man sie einmal mehr in jenes feuchte Loch gelassen hatte. Sie konnte sich noch nicht einmal mehr ins Gedächtnis rufen, ob sie mit oder ohne seine Hilfe hinuntergeklettert war, wusste nur,
dass sie plötzlich dort gewesen war und auf Taraín hinuntergeblickt hatte – auf Taraín, wie er da schlief.

So entspannt wie sein Gesichtsausdruck gewesen war, hatte ihn die Wirklichkeit wohl nicht in das Traumreich verfolgt. Licht und süß und lieblich war jenes.

Dann war ihr Blick auf das Ledersäckchen gefallen, und plötzlich war ihr bewusst geworden, was er getan hatte, dass er nicht träumte, dass er niemals wieder erwachen würde. Sie hingegen erwachte. Kein gnädiger Nebel stand noch zwischen ihr und der Welt. Die Wirklichkeit wurde grau wie dieser – und eiskalt.

XXXI.

1792

»Mylady ... bitte, Mylady ... Ihr ... Ihr müsst ...« Die Stimme brach ab. Magdalene war nicht sicher, ob der andere wirklich nicht mehr sprach oder ob sie ihn nur nicht mehr hörte. Jenes Rauschen in ihren Ohren wurde jedenfalls immer lauter ... übertönte die Stille des Todes ... das Pferdegetrappel ... die Rufe von Männern. »Mylady!«, drang die Stimme wieder durch das Rauschen.

Als sie hoch in Tómas Elliotts Gesicht blickte, fühlte sie, dass jene unsichtbare Grenze zwischen dem getöteten David und der restlichen Welt endgültig zusammenbrach. Oder dass vielmehr sie nicht länger zu ihm gehörte, sondern zu dieser restlichen Welt. Sie ertrug es nicht mehr, ihn weiterhin in den Armen zu halten, legte ihn vorsichtig auf den sumpfigen Boden, merkte erst jetzt, dass sich ihr Samtkleid mit Schlamm vollgesogen hatte. Kurz schien auch ihre Seele von einer zu dicken Schmutzschicht bedeckt zu sein, als dass sie noch etwas hätte fühlen können, doch als ihr Blick wieder zu Tómas Elliott glitt und sie hörte, was er sagte, bekam diese Sprünge.

»Es war der rote König!« Die Beine unterhalb des Knies schienen gefühllos. Sie schaffte es zwar, aufzustehen, aber schon nach dem ersten Schritt sank sie gegen Elliott, der sie geistesgegenwärtig auffing. »Aber habt keine Angst, Mylady«, fuhr er rasch fort. »Das Militär verfolgt ihn, wird ihn bald verhaften, und dann bekommt er seine gerechte Strafe.«

Wieder war da nur das Rauschen. Oder nein, etwas anderes ... das Echo jenes Schusses, der Momente zuvor die Stille zerrissen hatte ... der aus der Pistole eines Mannes gekommen war, der eine Maske trug.

»Der ... der rote König ...«, stammelte sie, aber konnte nicht weitersprechen. Wie sollte sie auch, wenn es doch keinen Sinn hatte, vom roten König zu sprechen. Es gab ja nicht nur einen ... es gab derer zwei, den echten und den falschen, wobei sich der falsche wahrscheinlich für den echten hielt ... Ach, was für ein Unsinn, eine Linie zwischen echt und falsch zu ziehen, gut und böse, den Highlandern und den Lowlandern, den Pächtern und den Landbesitzern! Die einzige Grenze, die wirklich unüberwindbar war, stand zwischen Leben und Tod! Sie starrte auf David, dessen Leib so schmächtig wirkte, und schluchzte auf. »Der rote König ...«, begann sie wieder, »... er kann es nicht gewesen sein ... er hätte nie auf David geschossen ... der rote König ist doch niemand anderer ...«

»Es gibt etliche Zeugen«, fiel Tómas Elliott ihr ins Wort.

Zeugen? Sie waren doch ganz allein gewesen, von den Schafen abgesehen, die mittlerweile Gras zu fressen begannen. Allerdings konnte sie die wiederum nur erkennen, weil mehrere Fackeln hochgehoben wurden – genau wie noch vor einigen Augenblicken.

Die zuckenden Flammen warfen unruhige Schatten auf die Gesichter einiger Soldaten und Highlander, und unter Letzteren entdeckte sie nun Seòras. Er sah weder sie noch den toten David an.

Der rote König ... es gibt Zeugen ...

Zeugen wie Seòras etwa? Würde er wirklich darauf beharren, den roten König gesehen zu haben und wie dieser auf den Lord schoss, obwohl er selbst der rote König war? Oder zumindest dessen Verkleidung angelegt hatte?

Nun, er hatte genug Zeit gehabt, sich wieder umzuziehen, sich unter die anderen zu mischen, während die Soldaten jenem gefolgt waren, der der echte rote König, aber der falsche Mörder war.

»Nein, er war es nicht ... er ... er ...«

Er will Seòras nur schützen, indem er seine Tat auf sich nimmt ...

»Ganz ruhig, Mylady, sie werden ihn erwischen.«

Die Nacht war immerhin sein Verbündeter, die Nacht und das Land mit seinen vielen Hügeln und Wäldern und Flüssen und Lochs, das Land, das er besser kannte als die Soldaten, das Land, das er liebte. Leider hatte das Land keine Stimme, um zu sagen, dass alles eine Lüge, eine Täuschung war ... nicht einmal sie hatte eine Stimme, ahnte sie doch, dass Caelan es ihr nie verzeihen würde, wenn sie die Wahrheit sagte. Sie hatte ihn einmal verraten, und nun war David tot, sie konnte ihn kein zweites Mal verraten, auch wenn das bedeutete, dass er selbst sterben würde.

Magdalene hatte sich von Tómas Elliott losgemacht und war wieder auf die Knie gesunken.

»Wir müssen ... ihn ... wegbringen ... aufbahren ...«

»Natürlich, Mylady ... ich habe schon dafür gesorgt, dass die Kutsche kommt ... ich werde Euch nach Hause bringen.«

Es ist nicht mehr mein Zuhause, ist es nie gewesen, wird es nie sein ... genauso wenig wie das Dorf ...

Die Highlander stritten eben mit den Soldaten, wie sie verspätet erkannte. Was dieses wilde Durcheinander, dieses wütende Stimmengewirr ausgelöst hatte, begriff sie zunächst nicht, doch dann übertönte Seòras die anderen, indem er rief: »Caelan MacBrannan ist der rote König.«

Seine Stimme zitterte nicht ob dieser Worte – die von Tómas Elliott hingegen schon, als er wütend auf Seòras losging. »Was für eine infame Verleumdung!«

»Es ist keine Verleumdung! Fragt doch die Lady, sie weiß es ebenfalls.«

Durch seine Stimme klang nicht nur Verachtung, auch ein wenig Mitleid. Und dass er immer noch an ihr vorbeistarrte, war wohl nicht nur Ausdruck von Gleichgültigkeit, sondern von schlechtem Gewissen. Doch dieses hielt ihn nicht davon ab, zu wiederholen. »Ja, fragt sie doch!«

»Lass die Lady aus dem Spiel, du Hund.«

»Die Wahrheit wird so oder so ans Licht kommen …«

Aber die Wahrheit ist eine Ähre im Wind … und sie wird von euch Lügnern zertreten …

»Warum sollte der Bruder des Lords …«, setzte Tómas Elliott an.

»Nun, warum schon?«, rief Seòras. »Auf diese Weise kommt er leicht ans Vermögen seines Bruders und kann alle Schuld auf die Highlander abwälzen.«

»Genug jetzt!«, brüllte der Verwalter. »Schweig!« Er hob drohend die Faust, Magdalene hingegen war der zweifelnde Unterton in seiner Stimme nicht entgangen. »Ich bin sicher, es wird sich alles aufklären«, sagte Tómas an sie gewandt. »Wenn wir erst des roten Königs habhaft werden …«

»Er … er …«, setzte sie an.

Er war es nicht.

Doch ehe sie das aussprechen konnte, ertönte wieder Stimmengewirr. Dieses Mal klang es triumphierend, und es waren auch nicht Seòras und die Soldaten, die durcheinanderschrien, es waren die Reiter, die auf sie zukamen.

»Wir haben ihn!«, rief einer.

Magdalene schloss die Augen. »Er ... er ...«, setzte sie wieder an.

»Und er hat alles gestanden!«, fügte der Offizier hinzu.

Tómas Elliott erstarrte. »Ist es ... ist es wirklich Caelan MacBrannan?«

Wieder war da nur das gnädige Rauschen, sodass sie die Antwort nicht mehr hören musste. Es war auch nicht wichtig, sie las sie ja in Elliotts Miene, las sie auch in Seòras' Gesicht. Erstmals sah er nicht an ihr vorbei, er starrte sie an, wartete darauf, ob sie etwas tun würde, und als sie nur schwieg, erkannte sie in seinem Gesichtsausdruck etwas, für das sie einige Wochen zuvor noch ihr Leben gegeben hätte: Respekt und Dankbarkeit.

In diesem Augenblick war sie für ihn doch eine der ihren, eine stolze Highlanderin. Sie hingegen fühlte sich so einsam wie nie zuvor in ihrem Leben.

XXXII.

1078

Stunde um Stunde verrann. Aelswith starrte auf Taraín, bis das Bild vor ihren Augen zerfloss. Sie hielt ihn auf ihrem Schoß, bis sie ihre Beine nicht mehr spürte, und, was noch schlimmer war, auch seinen Körper nicht mehr. Vielleicht hatte der gar kein Gewicht mehr, vielleicht war er leicht geworden wie die Seele, die längst davongeflogen war. Die Spalten zwischen den Holzbrettern waren zwar schmal, doch das genügte wohl für eine zarte Seele, um zu fliehen.

Ach, wenn ich ihr nur folgen könnte … wenn es eine Möglichkeit gäbe, wieder mit ihm vereint zu sein …

Das Licht schmerzte in ihren Augen, und als sie ihren Kopf wieder senkte, fiel ihr Blick auf den Lederbeutel. Sie könnte ihn nehmen, könnte ihn durchwühlen, könnte nach den Kräutern suchen, mit denen Taraín sich vergiftet hatte und darauf hoffen, dass noch genug übrig waren. Wenn Taraín für Maelsnechta gestorben war, warum sollte sie dann nicht für ihn … nein, *mit* ihm sterben?

Doch sie nahm den Lederbeutel nicht. Sie glaubte nicht, dass da noch Kräuter übrig waren. Und sie glaubte auch nicht, dass ihr Tod irgendeinen Sinn ergab. Nur wenn sie lebte, konnte sie Taraíns Werk vollenden.

Sie legte den Leichnam auf den Boden, strich ein letztes Mal über seine wächsernen Wangen, beugte sich vor und küsste sein dunkles Haar. Gerade zur rechten Zeit erhob sie sich, denn eben nahten Schritte.

Der Mann, der wenig später in das Loch stieg, hatte nichts mit einem Krieger gemein. Königin Margaret sorgte dafür, dass ihr Gemahl Malcolm nicht die Kleidung eines solchen trug, sondern eine purpurne, mit goldfarbenem Garn bestickte Tunika, einen mit Hermelinpelz verbrämten Umhang, juwelenbesetzte Fibeln, Broschen, Ringe und Ketten. Zwar hing ein Schwert an seinem Gürtel, aber er hielt einen Stock mit vergoldetem Knauf in der Hand. Sein Sattel und sein Zaumzeug, hieß es, seien auch vergoldet und außerdem mit vielen kleinen Vögeln aus Gold behängt. Wenn sie aneinanderstießen, klänge es wie das Lachen eines jungen Mädchens.

Aelswith war nicht sicher, ob sie solche Laute in diesem Augenblick hätte hören können. Was sie jedoch sehen konnte, war, dass König Malcolm hinter all der Pracht ein verdrossener, müder … und grausamer Mann war.

Taraín hat sich selbst getötet, doch an seinem Tod trägst gleichwohl du die Schuld.

Aelswith ließ sich ihre Gedanken nicht anmerken. Sie stand auf, um sich gleich darauf auf die Knie sinken zu lassen. »Mein König.«

Er stützte sich nunmehr auf seinen Stock, als er näher trat. »Ach, Mädchen, was du alles hast durchmachen müssen.«

Sie hob ihren Blick. Malcolm Canmore nannte man ihn, was so viel hieß wie »großer Kopf«, doch sein Kopf wirkte wohl nur deshalb mächtig, weil seine Schultern so schmal waren. Hoffentlich konnte sie lenken, was dieser Kopf dachte …

»Ein Feigling«, sagte sie und deutete auf Taraín. »Maelsnechta war ein Feigling … er hat sich nicht ins Schwert fallen lassen, sondern Gift genommen …«

Malcolm starrte sie lange an. In seinem großen Kopf schien es zu rumoren, und kurz hatte sie Angst, dass er ihre Lüge sofort durchschaute. Doch dann ging er auf Taraíns Leichnam zu, schlug erst mit dem Stock dagegen, trat ihn dann mit seinem Fuß.

Du triffst ihn nicht mehr, er spürt das nicht mehr, er hört auch nicht meine Lüge, denn seine Seele tanzt draußen über den Wolken …

»Das soll Maelsnechta sein?«, fragte er. »Aber der andere …«

»Sie haben ihre Rollen vertauscht und Eure Krieger die ganze Zeit an der Nase herumgeführt. Ich weiß das, denn ich habe viel Zeit mit Taraín verbracht, und ich kann beschwören, das hier ist er nicht.«

»Maelsnechta hat sich selbst umgebracht?«, rief der König fassungslos. »Wie merkwürdig. Wobei Hlothere dasselbe sagte …«

Aelswith war dankbar, dass sie ihre schwere Lüge nicht allein tragen musste. Wobei es eigentlich gar nicht so schwerfiel fortzufahren.

»Dieser andere, der geflohen ist … Taraín … seinetwegen müsst Ihr Euch keine Sorgen machen, mein König. Er behauptet, Macbeth' Kind zu sein, aber ich glaube nicht, dass das stimmt. Und selbst wenn – er ist ein Mann, der nur mit Heilkünsten vertraut ist, jedoch kein Schwert halten kann und sich niemals gegen Euch stellen wird.«

»Was nichts daran ändert, dass wir ihn jagen werden, bevor wir zurückkehren in den Süden.«

Richtig … er plante einen Feldzug nach Northumbrien … ihre fremde Heimat, an die sie keine Erinnerung mehr hatte …

die noch mehr geschunden werden würde ... aus der er noch mehr Menschen entführen, versklaven würde ... Menschen, mit denen sie verwandt war.

In diesem Augenblick konnte sie kein Mitleid mit ihnen haben, konnte nur dankbar sein, dass Nathair bereits auf dem Weg zu ihnen war und ihre Lüge nicht aufdecken konnte.

»Hlothere wird dich zurück nach Edinburgh bringen«, sagte der König, »die Königin wird sich freuen, dich wohlbehalten wiederzusehen.«

Aelswith nickte und folgte dann Malcolm ins Freie. Sie wagte es nicht, einen letzten Blick auf Taraín zu werfen, hatte sie doch Angst, dass zu viel Liebe, zu viel Trauer darin stünde. Die Sonne blendete sie draußen, doch sie hielt die Augen offen und blinzelte nicht wie Malcolm.

Anscheinend ist nicht die Wahrheit die Sonne, sondern die Lüge ... Und mir ist es gelungen, den König kurz blind zu machen ...

Einen kurzen Augenblick lang spürte sie nicht nur grenzenlose Verzweiflung und Trauer, auch ein wenig Schadenfreude.

Um sie herum herrschte Lärm, doch Aelswith achtete nicht darauf. Hlothere hatte erklärt, dass sie im Zelt warten solle, bis er und seine Männer sich zum Aufbruch gerüstet hatten, und sie hatte sich gefügt. Doch je länger sie allein mit ihren Gedanken war, desto schwerer wogen sie. Sie erhob sich, trat nach draußen. Pferde wurden gesattelt, Schilde und Schwerter poliert, Waffenröcke geflickt. Hlothere war nirgendwo zu sehen, aber Bruder Nynias trat auf sie zu.

»Aelswith! Ich habe dich gesucht!«, rief er, um etwas leiser hinzuzufügen: »Ich wollte dir nur sagen, dass ich mich darum gekümmert habe ... um seine Bestattung, meine ich.«

Aelswith sah ihn fragend an.

Bestatten … bestatten … Wen denn? Warum denn …?

»Maelsnechta …«, setzte sie an.

»Er ist in Sicherheit.«

»Taraín …«

»Seinetwegen bin ich zurückgekommen. Der König hat mir erlaubt, ihn zu begraben und Gebete über seine Seele zu sprechen. Soll ich dir zeigen, wo ich …«

»Nein«, fiel sie ihm hart ins Wort.

»Nein?«

Abendlicht sickerte eben durch das Blätterdach der nahen Bäume, und sie wollte nicht daran denken, dass Taraín irgendwo unter feuchter Erde lag. Viel lieber stellte sie sich vor, dass er das rötliche Licht war, das um die Zweige tanzte und sie kitzelte.

»Wir werden uns wohl nicht wiedersehen …«, murmelte sie.

Nynias sah sich misstrauisch um. »Komm ein Stückchen mit, damit wir gebührend Abschied nehmen können.«

Niemand stellte sich ihnen in den Weg, da Hlothere offenbar darauf setzte, dass sie nicht fliehen würde. Wohin denn auch und vor wem? Überall auf dieser Welt war sie allein, ganz allein.

Bald war das Rauschen der Blätter lauter als die Stimmen der Männer, und Aelswith erkannte, dass Earc hier wartete. Erst als sie auf ihn zulief, ihn zwischen den Ohren streichelte und sein raues Fell sie kitzelte, stiegen jene Tränen auf, die sie bis jetzt zurückgehalten hatte. Nicht dass sie ihnen gestattete, über ihre Wangen zu perlen. Sie wusste, wenn sie zu weinen begänne, würde sie nicht wieder damit aufhören.

»Du hast mir immer noch nicht gesagt, wie du den Esel gefunden hast«, sagte sie mit erstickter Stimme.

»Genau genommen hat er wohl mich gefunden. Nach dem Feuer im Dorf habe ich euch tagelang gesucht … und dann stand er plötzlich vor mir. Was für ein stures Tier er ist. Ich musste ihm manchmal mit dem Hammer drohen, damit er weiterging.«

»Aber du hättest ihn nie wirklich geschlagen …«, sagte Aelswith, kraulte Earc wieder hinter den Ohren, versank im Blick seiner dunklen Augen, die alles zu begreifen schienen und wie sie stumme Tränen um Taraín weinten.

»Taraín hat mich gebeten, für ihn zu sorgen«, murmelte der Mönch.

»Aber du kannst ihn doch nicht mit ins Kloster nehmen!«

»Was wohl heißt, dass ich nicht ins Kloster gehen kann.«

»Und was willst du sonst tun?«

Bruder Nynias grinste breit. »Wenn ich etwas in den letzten Wochen gelernt habe, so, dass es mir gefällt, von einem Ort zum anderen zu gehen. Ich werde als Wanderprediger umherziehen wie Gottes Sohn und werde notfalls hier und da ein paar Steinmetzarbeiten anbieten. Der Esel ist genügsam und frisst Disteln. Notfalls tue ich das eben auch.«

Aelswith' Blick glitt über die wuchtige Gestalt des Mönches. Von seiner Tonsur war nichts mehr zu erkennen, und die Kutte war derartig verschmutzt, dass sie wohl stehen würde, wenn er sie auszog – ganz zu schweigen davon, dass seine Fuß- und Fingernägel so lang gewachsen waren, dass sie eine nicht minder ernst zu nehmende Waffe wie sein Hammer waren.

»Ach, Bruder Nynias …«, seufzte sie.

Er trat ganz dicht an sie heran, und sie dachte schon, er wollte sie umarmen – etwas, das sie nicht hätte ertragen können –, aber als ihr schon der Gestank von seinem Schweiß in die Nase stieg, flüsterte er nur: »Du sollst wissen: Wenn auch ich nicht im Kloster leben werde, so wird es doch Maelsnechta an meiner statt tun. Ich sage dir besser nicht, in welchem, um euch beide nicht zu gefährden. Jedenfalls ist er dort sicher … Wenn auch der Möglichkeit beraubt, einen neuen Aufstand zu planen … zumindest fürs Erste.«

Aelswith wusste nicht, wie sie die Nachricht aufnehmen sollte. Hatte am Ende der Flucht, für die Taraín sein Leben gab, nicht ein neuer Kampf stehen sollen, kein Gebet?

Allerdings gab es so viele Arten zu kämpfen und jene, bei der Schwerter genutzt waren, waren nicht unbedingt die gewesen, die Taraín am liebsten gemocht hatte.

»Ich verstehe«, murmelte sie.

»Aber ich habe dich nicht nur hierhergebracht, damit du Earc streicheln und ich dir von Maelsnechta erzählen kann, sondern … ihretwegen«, fuhr der Mönch fort.

Er deutete in Richtung einer mächtigen Eiche, an deren Stamm ein altes Weiblein lehnte. Sein Gesicht war gefurcht wie die Rinde, sodass man kurz denken mochte, sein Leib wäre ein weiterer Ast, der aus dem Baum wuchs. Falls diese Frau allerdings wirklich aus Holz war, war es gewiss ein besonders hartes, das nicht so leicht brechen konnte und das, wenn man es verbrannte, beißenden Rauch spuckte.

»Gruoch!«

»Ich sagte doch, der Tod will mich einfach nicht«, sagte die Alte mit verschmitztem Lächeln.

Sie blieb sitzen, als Aelswith zu ihr hastete. »Du hast den Brand im Dorf überlebt?«, rief diese.

»Dank seiner Hilfe, ja«, Gruoch deutete mit ihrem Kinn auf Bruder Nynias.

»Das stimmt«, sagte der. »Dies war der Grund, warum ich mich weder um euch noch um Nathair kümmern konnte, als das Feuer ausbrach. Ich habe Gruoch eine Weile geschleppt.

Verglichen mit Nathair, dieser Schlange, war sie jedoch leicht wie eine Feder.«

Gruoch lachte. »Was eigentlich ein Wunder ist. Ich trage so viele Erinnerungen mit mir, und die meisten sind dunkel und schwer. Aber es sind ja meine Erinnerungen, und folglich krümmen sie nur meinen Rücken.«

Der Mönch zog sich zurück, damit sie unter vier Augen sprechen konnten.

»Was willst du jetzt tun?«, fragte Aelswith.

»Mit meinen Erinnerungen? Nun, sie behalten. Was bleibt mir denn anderes übrig? Sie kleben ja doch wie Harz an mir.«

»Nein, ich meinte mit dem Rest deines Lebens.«

Gruoch zuckte die Schultern. »Das, was man nun mal mit dem Leben tut. Es leben, ob es einem gefällt oder nicht. Ich denke, ich werde zurück ins Dorf gehen, nach Überlebenden suchen und es mit ihnen wieder aufbauen. Wenn ich Glück habe, falle ich von einem Dach, wenn ich es mit Stroh zu decken versuche, und breche mir das Genick. Wenn ich Pech habe, breche ich mir nur Arme und Beine.« Aelswith hatte nicht das Gefühl, dass an der Alten irgendetwas brechen könnte. »Nun ja«, fuhr Gruoch fort, »Bruder Nynias hat versprochen, mich dorthin zu begleiten. Wir werden bald aufbrechen, und hoffentlich sieht uns bis dahin niemand. Nicht dass Gefahr von mir droht, aber ich bin nun mal Macbeth' Witwe, und Malcolms Ritter würden in mir wohl nicht das sehen, was ich bin – nämlich ein altes Weib, das mehr Leid als Glück erfahren hat. Sie würden die bösartige Gattin eines grausamen Despoten sehen.«

Schnaufend richtete sie sich auf, als sie sich von der Eiche entfernen wollte, hielt Aelswith sie fest.

»Warte!«, rief sie. »Ich habe so viel begriffen: Wer ich bin und wer Taraín war, was Drostan plante und warum, weshalb

Nathair uns hintergangen hat und was Hlothere mit der ganzen Sache zu tun hatte. Nur eines weiß ich immer noch nicht: Wo ist das Rabenbanner? Warum sollten wir es finden?«

Gruoch blieb stehen und sah sie eine Weile verschmitzt an. Schließlich kehrte sie zurück in den Schatten des Baumes und ließ sich wieder an den Stamm sinken.

»Das ist eine lange Geschichte«, sagte sie, »wenn ich sie dir wirklich erzählen soll, will ich dabei nicht stehen.«

XXXIII.

1792

»Willst du dir das wirklich antun?«, fragte Abigail. Einmal mehr zog die Dienerin ein hellblaues Seidentüchlein aus ihrer Tasche und wischte sich über die Augen. Magdalene konnte sich nicht daran erinnern, Abigail je so oft weinen gesehen zu haben. Sie selbst hatte längst keine Tränen mehr. So nickte sie entschlossen, als sie auf die breite Tür aus glänzendem Ahornholz zuging.

»Ich ... ich muss ihn sehen«, bestand sie.

Abigail schnäuzte sich geräuschvoll. »Natürlich ... Auch wenn es dir deinen Mann nicht wiederbringt, verschafft es dir zumindest ein wenig Genugtuung, wenn sein Mörder verurteilt wird.«

Obwohl Magdalene eben noch entschlossen gewesen war, die Tür zu öffnen, blieb sie stehen. In den letzten Wochen hatte sie oft gelogen, aber es fiel ihr niemandem gegenüber so schwer wie bei Abigail, und einmal mehr konnte sie es kaum ertragen, ihr die Wahrheit zu verschweigen. Doch als Abigail zu schluchzen aufhörte, fand auch Magdalene die Fassung wieder. Was hinter den Türen dieses Raumes geschah ... geschehen würde ... war Caelans Entscheidung, nicht ihre.

Mehr als ein Monat war seit Davids Tod vergangen, und da

er kein einziges Mal das Geständnis zurückgenommen hatte, dass er auf seinen Bruder geschossen hatte, würde sie nicht das Gegenteil behaupten.

Abigail hakte sich bei ihr unter, als sie den Gerichtssaal in Inverness betraten, wo das Gericht unter Vorsitz von Lord Stonefield tagte. Magdalene hatte sich vor dem Wiedersehen mit Caelan gefürchtet, doch noch wurde sein Gesicht von unzähligen Köpfen verstellt. Die Luft war zum Schneiden dick, und so dicht gedrängt wie die Zuschauer des Prozesses standen, war es bereits ein Glück, ein Fleckchen freien Boden zu finden. Die Stühle und Bänke waren alle besetzt. Abigail schnäuzte sich wieder, was jetzt aber eher so klang, als würde sie ersticken und nicht schluchzen. Magdalene machte sich behutsam von ihr los und stellte sich auf die Zehenspitzen. Weiterhin versuchte sie vergeblich, einen Blick auf die Anklagebank zu erhaschen. Die Einzigen, die sie sah, waren zwei streng blickende Konstabler der Polizei, die die Angeklagten vom Gefängnis von Inverness hierhergeführt hatten. Außerdem nahm sie kurz die weiße Perücke des Richters wahr, ehe sie von einem Ellbogen getroffen wurde und wieder auf ihre Fersen sank.

Sie wollte demjenigen, der sie angerempelt hatte, einen empörten Blick zuwerfen, sah aber nur in ein trauriges, verzweifelt dreinblickendes Gesicht – er war wie alle anderen wohl ein Angehöriger eines der Angeklagten, die auf ein mildes Urteil hofften. Manche hatten den Kilt angelegt, andere trugen schlichte graue Hosen, niemand war so elegant gekleidet wie sie. Matthew und Isobel Brinks hatten sie schließlich ebenso wie Lauren und Adam MacInnes wissen lassen, dass sie nicht am Prozess teilnehmen würden.

»Ich finde es unmöglich, dass er nicht hinter geschlossenen Türen stattfindet, sondern das gemeine Volk dabei ist«, hatte sich Lauren empört.

»Aber es ist doch verständlich, dass die Familien der Angeklagten dabei sein wollen!«, hatte Magdalene wenig überzeugend entgegnet.

»Das hätten sich die Unruhestifter vorher überlegen müssen. Womöglich kommt es vor Gericht wieder zu einem Tumult, und das fehlte uns noch, nach all der Gewalt.«

Lauren hatte diese Gewalt nicht am eigenen Leib miterleben müssen und gebärdete sich dennoch so, als hätte sie zugesehen, wie David niedergeschossen wurde – etwas, das Magdalene schweigend hingenommen hatte. Gottlob erwartete man von einer trauernden Witwe nicht viele Worte – nur Isobel konnte es nicht lassen, ihr dann und wann einen Schluck Whisky aufzudrängen. Fast immer lehnte sie ihn ab, nur jetzt, da sie schwindelte, sehnte sie sich regelrecht nach dem scharfen Getränk. Ehe ihr allerdings die Sinne schwanden, hatte sich Abigail wieder bei ihr untergehakt und sie mit sich gezogen.

»Komm, Liebes. Hier ist doch noch ein freier Stuhl.«

Offenbar war es ihr gelungen, einen Knaben wegzuscheuchen, der hier neben seiner Mutter Platz genommen hatte. Abigail drückte Magdalene auf den Stuhl, doch die wehrte sich, raffte das schwarze Samtkleid, das sie seit Davids Tod trug, und stieg auf den Stuhl, anstatt sich auf diesen zu setzen. Niemand achtete darauf, denn eben wurden mehrere Zeugen verhört – neben Pächtern, Schafhirten und Farmern auch Kirchendiener –, und Magdalene hatte endlich einen freien Blick, wenngleich der zunächst nicht auf Caelan fiel, sondern auf Tómas Elliott, der seine Aussage bereits gemacht hatte und ihr höflich zunickte.

Obwohl sie nie wirklich warm mit Davids Verwalter geworden war, hatte er sich in den letzten Wochen als unverzichtbare Hilfe erwiesen. Er hatte sich darum gekümmert, dass David in seinem Bett aufgebahrt wurde, dass man ihm das beste Hemd anzog, die Hände kreuzte und ihn mit einem weißen Bettlaken bedeckte, sodass man die Brustwunde nicht sehen konnte und es den Anschein machte, er schliefe. Sein Ausdruck war ernst gewesen und die Stirn wie immer leicht gerunzelt, als würde er nachdenken, doch Magdalene klammerte sich an die Vorstellung, er würde der Musik seiner Violine lauschen.

Außerdem hatte Elliott dafür gesorgt, dass alle Gemälde im Haus verhängt wurden.

»Warum das denn?«, hatte Magdalene gefragt. »Ihr steht dem Aberglauben doch sonst so skeptisch gegenüber ...«

»Nun, das hat nichts mit dem Aberglauben, sondern mit Respekt vor dem Toten zu tun.«

Respekt hatten auch die Nachbarn erwiesen, als sie gekommen waren, um diverse Gaben zu bringen – Wein, Getreidekuchen, Käse, Butter und Whisky. Tómas Elliott hatte dafür gesorgt, dass alles in die Küche gebracht wurde und die Gäste bald wieder gingen.

Magdalene atmete tief durch, ehe sie ihre Augen von Elliott löste, Caelan suchte, ihn endlich fand. Ihr Herz trommelte schmerzhaft gegen ihre Brust. Sein Gesicht war schmal und bleich, aber es gab kein Anzeichen dafür, dass ihn die Wachtposten misshandelten. Seine Kleidung war schlicht und sauber, sein Haar im Nacken mit einem Samtband zusammengebunden. Er schien gar nicht zu hören, was der Zeuge eben aussagte.

Schau mich an, bitte schau mich an!, dachte Magdalene.

Als er tatsächlich seinen Kopf hob und ihre Blicke ineinander versanken, tat es so weh, dass sie es kaum ertrug. Sie kämpfte gegen den Drang an, den Kopf zu senken, versuchte sogar zu lächeln, aber ihre Mundwinkel zuckten lediglich. Er hingegen schaffte es, seine Lippen zu einem Lächeln zu verziehen, wenngleich es mitleidig wirkte. Jäh begann der Stuhl, auf dem Magdalene stand, zu wackeln, und Abigail zog sie rasch herunter.

»Es war eine ganz schlechte Idee, hierherzukommen«, schimpfte sie. »Komm mit!«

»Aber ich muss ...«, setzte Magdalene an.

Ich musste es doch sehen ... dass Caelan wirklich vor dem Richter sitzt ... dass ihm wie all den anderen Rebellen der Prozess gemacht wird ... Wobei er der Einzige ist, der des Mordes angeklagt wird. Und dass er immer noch nicht die Wahrheit sagt ...

»Komm, nun komm endlich!«

»Aber ich kann doch nicht ...«

Wieder stellte sich Magdalene auf die Zehenspitzen, sah nun nicht länger Caelan, jedoch Peigi, die mit ihrem kleinen Sohn ebenso in der ersten Reihe Platz genommen hatte wie Andra. Mit bleichem Gesicht starrte diese auf Seòras, den man wie viele andere verhaftet hatte, dem man jedoch nur Unruhestiftung vorwarf.

Magdalene überlegte, sich einfach vorbeizudrängen oder wieder auf einen Stuhl zu steigen, als sie eine Stimme vernahm.

»Lady MacBrannan?«

Ein junger Mann trat auf sie zu, mit einem kleinen Notizbüchlein in der einen und einem Kohlestift in der anderen Hand. Sie konnte sich nicht erinnern, ihn je gesehen zu haben, nahm nur wahr, dass er als einer der wenigen sein Haar gepudert hatte.

»Ja?«, fragte sie.

»Ihr seid es wirklich«, stellte der junge Mann fest. »Nun, eigentlich ist das nicht weiter erstaunlich, schließlich ist heute das Urteil zu erwarten.«

Das Bild vor ihr zerbrach in viele Scherben, und sie zweifelte, dass es je wieder ganz werden würde. »Wer seid Ihr?«

»John Lettice«, erwiderte er. »Ich beobachte den Prozess und werde später einen Bericht für ein Journal darüber schreiben.«

Er blickte sie freundlich an, und sie konnte sich vage erinnern, seinen Namen schon einmal gehört … oder vielmehr gelesen zu haben. Wenn sie sich nicht täuschte, war er ein Dichter, obwohl sie nicht wusste, ob er Romane oder Verse schrieb.

»Wenn Ihr den Prozess von Anfang an beobachtet habt, habt Ihr Euch gewiss eine Meinung gebildet, wie das Urteil ausfallen wird?«

John Lettice zog sie ein wenig zur Seite, woraufhin sie noch weniger sehen konnte.

»Der Prozess erscheint mir unerwartet fair zu verlaufen«, erklärte er. »Der Richter ist bestrebt, wirklich alle Zeugen zu Wort kommen zu lassen. Ich denke, die meisten der vermeintlichen Rebellen haben nichts zu befürchten. Insbesondere die Gewaltakte gegen Captain Cameron werden wohl als Akt der Selbstverteidigung ausgelegt.«

»Sie werden freikommen?«

»Die meisten Angeklagten ja … Ich glaube, in Edinburgh und London hat man nichts dagegen. Es wurden zwar strenge Strafen gefordert, aber jeder weiß, dass es sinnlos ist, noch mehr Öl ins Feuer zu gießen. Vielleicht werden die Rädelsführer eine Geldstrafe bekommen, einige von ihnen auch eine Haftstrafe, kaum eine wird jedoch länger als ein paar Monate währen. Nur in den wenigsten Fällen wird man die Angeklagten zur Deportation verurteilen.«

»Ich verstehe …«, murmelte Magdalene, und aus den vielen Scherben vor ihren Augen wurden Funken.

»Sie müssen sich natürlich keine Sorgen machen«, sagte John Lettice schnell.

»Sorgen?«

»Der Fall Ihres Schwagers ist ganz anders gelagert. Er hat einen wehrlosen Mann erschossen … und die Richter von Inverness zögern seit dem Murder Act von 1752 nicht, Todesurteile auszusprechen. Ich bin sicher, dass der Gerechtigkeit genüge getan und der Mörder Ihres Mannes öffentlich gehängt wird.«

Wieder lächelte er sie freundlich an.

Warum schreibt Ihr keine Gedichte anstelle dieses Prozessartikels …? Warum schreibe ich keine Gedichte …? Warum bin ich hier und nicht in der Bibliothek meines Vaters …? In was bin ich nur hineingeraten?

Nicht dass seine Worte sie überraschten. Sie wusste seit Wochen, dass Caelan bei seiner Lüge bleiben, und sie wusste seit Wochen, wie das Urteil lauten würde. In diesem Augenblick wusste sie aber vor allem, dass sie doch nicht würde zuhören können, wie es ausgesprochen wurde.

Als Abigail wieder an ihrem Ärmel zupfte und sie mit sich zog, wehrte sie sich nicht.

Im Gefängnis von Tolbooth bei Inverness war es kalt, doch zumindest waren Boden und Wände sauber und trocken. Lediglich in einer Ecke hing ein Spinnennetz, auf das Magdalene beharrlich ihren Blick gerichtet hielt, oder vielmehr auf den winzigen schwarzen Punkt an einem der hauchdünnen Fäden. Womöglich hatte die Spinne sich kleingemacht, damit die Opfer nicht ahnten, wie groß die Gefahr war und wie gierig das Insekt auf ihr Blut war. Wobei es hier keine Fliegen gab … auch keine Mücken … Hier war alles tot. Oder nein, nicht alles. Neben ihr saß eine Frau und weinte sich die Augen aus. Immer wieder hob sie ihre weiße Schürze und wischte sich über das faltige Gesicht, doch sobald sie sie sinken ließ, liefen neue Tränen aus den Augen und Rotz aus der Nase.

Wenn die Frau nicht gerade schluchzte, zählte sie Namen auf. »Ennis, Eideard, Eòsaph, Eachan …«

Magdalene hatte zunächst nicht darauf geachtet, sondern unverwandt auf das Spinnennetz gestarrt, aber als dieses vor ihren Augen verschwamm, blickte sie hoch.

»Wer sind die Menschen, deren Namen du aufzählst?«

Zunächst wiederholte die Frau sie nur: »Ennis, Eideard, Eòsaph, Eachan …« Doch ehe sie aufs Neue zu schluchzen begann, fügte sie hinzu: »Ich bin Tilda Mackenzie.«

Magdalene begriff. Hugh Breck Mackenzie war ebenso wie John Aird zur härtesten Strafe verurteilt worden, nämlich zu sieben Jahren Deportation.

»Wie soll ich bloß für meine Kinder sorgen?«, rief Tilda unter Tränen. »Und was soll ich meinem Mann zum Abschied sagen?«

Dieser Abschied war zumindest nicht für immer. Tilda konnte sich an die Hoffnung klammern, ihren Mann in sieben Jahren wiederzusehen. Falls hingegen Magdalene Caelan nach dem heutigen Besuch noch einmal sehen wollte, würde sie die Hinrichtung in zwei Tagen besuchen müssen. Sie wusste schon jetzt, dass sie das nicht ertrüge – sie war sich nicht einmal sicher, wie sie das heutige Treffen durchstehen konnte.

Dennoch erhob sie sich entschlossen, als einer der Konstabler ihren Namen aufrief und sie mit sich winkte. Sie warf einen letzten Blick auf das Spinnennetz. Ja, der schwarze Punkt war tatsächlich eine Spinne – nur lag diese nicht auf der Lauer, sie war schon vor langer Zeit vertrocknet.

Dummes, dummes Tier, warum hast du nicht anderswo dein Netz gesponnen? Dummer, dummer Caelan, warum musst du unbedingt für die Tat eines Fremden sterben?

Wie im Gerichtssaal war er erstaunlich gefasst, als sie wenig später vor ihn trat. Seine Kleidung war immer noch sauber, wenn sie auch etwas knittrig wirkte, und um seine Schultern hing ein dunkler Mantel, der ihn vor der feuchten, modrigen Kälte in der Zelle schützte. Jäh erinnerte sie sich an die erste Begegnung, da er so farbenfroh, ja exotisch gekleidet gewesen war, und sie brauchte all ihre Kraft, um die aufsteigenden Tränen zu schlucken. Wenn sie weinte, würde sie nicht reden können, aber sie musste noch diese eine Frage stellen ... musste es tun oder würde niemals ihren Frieden finden.

»Warum?« Die Zelle war klein und hatte nur ein winziges rundes Fenster, das vergittert war. Auch hier war es sauber, wenn die Wände auch nicht geweißt waren. Caelan stützte seine Hände auf einen niedrigen Tisch, der voller Furchen und Wachsspuren war, obwohl keine Kerze darauf stand. »Warum?«, fragte sie wieder, nachdem sie sich auf einen wackligen Stuhl gesetzt hatte. Unwillkürlich kreuzte sie die Hände über der Brust.

Caelan starrte auf die Tischplatte. »Der Aufstand ... er ist endgültig gescheitert, nicht wahr?«, fragte er.

Magdalene nickte. »Schon seit Ende August herrscht wieder Ruhe ...«

Grabesruhe.

»Aber die Zeitungen ... es heißt, dass sie vor allem im Süden Schottlands sehr wohlwollend über die Rebellen berichten. Stimmt das?«

Er hob den Kopf, sah sie flehentlich an, und statt Verzweiflung fühlte sie Wut hochsteigen. Was scherte es sie, was in den Zeitungen stand? In einigen Tagen würde berichtet werden, dass man ihn gehängt hatte ... Nicht als Rebellen, sondern als ... Brudermörder!

Dann nickte sie, hatte sie doch tatsächlich in einem sogenannten Newsroom in Inverness, wo alle wichtigen Journale des Landes auslagen, etliche von diesen gelesen.

»Im *Edinburgh Evening* stand, wie verzweifelt die Highlander sein müssen, nachdem viele aus ihren Dörfern und Farmen vertrieben wurden. Und der *Courant* hat von den Landbesitzern mehr Menschlichkeit und Gerechtigkeit verlangt. Zugleich wurden die Highlander gelobt, weil es im Verlauf des Aufstands nicht zu Blutvergießen kam. Kein einziges Schaf wurde getötet, obwohl es etliche Gelegenheiten dafür gegeben hätte. Die Menschen haben, als sie die Tiere in Richtung Süden trieben, viele von ihnen sogar getragen, wenn diese nicht mehr laufen konnten.«

Caelan seufzte. »Dann war der Aufstand doch für etwas gut. Selbst in London hört man nun vom Schicksal der Highlander. Wenn weiterhin berichtet wird, können die Landherren nicht einfach mehr tun, was sie wollen. Es … es war nicht umsonst.«

Magdalene atmete tief durch. »Aber du … du stirbst vergebens. Oder denkst du, es hat irgendeinen Sinn?«

»Ach, Magdalene …«

»Ich weiß, du willst Seòras schützen, das hingegen wäre auch anders möglich gewesen. Es waren so viele Menschen in der Nähe – wer hätte denn beweisen können, wer auf David schoss?«

»Das ist es ja.«

»Wie bitte?«

Er sah sie an, nahm vorsichtig eine ihrer Hände, streichelte darüber. Die Berührung ging ihr durch und durch. »Ich tat es doch nicht für Seòras. Ich tat es für alle Highlander.«

»Was haben denn die Highlander damit zu tun, dass …«

»Wenn einer von ihnen einen Lord erschossen hätte«, fiel er ihr hart ins Wort, »wäre das für alle anderen Landbesitzer doch ein Vorwand, künftig mit noch härterer Hand vorzugehen, die Menschen noch mehr zu unterdrücken und auszubeuten. Wann immer sie sich künftig dagegen wehren würden und es zu kleinen Rebellenakten käme, wäre der Verweis auf Davids Ermordung ein hinlängliches Argument, sofort mit aller Gewalt zurückzuschlagen. Und in den Zeitungen würde niemand seine Sympathie für das geknechtete Volk ausdrücken. Schafe zu stehlen ist eine Sache – einen Mann niederzuschießen eine ganz andere. Weißt du, anfangs war aus vielen Berichten auch Sympathie für die Revolutionäre in Frankreich herauszulesen, aber vor einigen Wochen kam es dort zu grausamen Morden, und mittlerweile werden sie allesamt verurteilt. Es regiert nur mehr die Angst, dass es auch hier zu einer Revolution kommen könnte.«

Magdalene entzog Caelan ihre Hand. »Dennoch«, murmelte sie, »es ist ein zu großes Opfer ...«

Er schüttelte den Kopf. »Meine Familie lebt seit Jahrhunderten hier und hat sich immer für Land und Leute verantwortlich gefühlt. Erst nach Culloden begann der Niedergang. Vater hat sich verschuldet, und David war zwar bestrebt, alles besser zu machen als er, hat aber die Menschen hier nie verstanden.«

Magdalene hatte bis jetzt die leise Hoffnung nicht aufgegeben, sie könnte ihn doch noch dazu bewegen, sein Geständnis zurückzunehmen. Als er sie jetzt anstarrte, ernst und ausdruckslos wie nie, erschauderte sie.

»Caelan ...«

»Dass ich mich als roter König verkleidet habe«, murmelte er, »das war kein Dummejungenstreich. Es hat mich auch nicht Abenteuerlust dazu getrieben, zumindest nicht nur. Bei jedem meiner heimlichen Anschläge war ich mir darüber im Klaren, dass ich sterben könnte. Du hast doch gehört, dass einmal auf mich geschossen wurde. Damals bin ich tatsächlich nur knapp entkommen, dennoch habe ich nicht aufgegeben. Ein Kampf ist kein echter Kampf, wenn man nicht zum Äußersten bereit ist ... also bereit, für die Sache zu sterben.«

Magdalene erwiderte seinen Blick lange Zeit. »Du denkst, es ist die größte Prüfung zu sterben?«, fragte sie dann. »Ich denke, es ist für die, die zurückbleiben, die größere Prüfung weiterzuleben!«

Er stand auf, begann auf und ab zugehen, doch der Raum war zu klein. »Ich wünschte, ich könnte dir diesen Schmerz ersparen.«

»Ach, Caelan ...«

Sie glaubte ihm sogar. Sie wusste nur, dass nichts und niemand ihr den Schmerz ersparen könnte, und kurz war ihr lieber, ihn zu fühlen, als gänzlich betäubt zu sein. Sie erhob sich, ging auf Caelan zu, presste ihr Gesicht an seine Brust, hielt ihn fest. Er streichelte über ihren Rücken, und seine Hände zitterten dabei. Schließlich hauchte er einen Kuss auf ihre Stirn, so sanft, so liebevoll, dass sie überzeugt war, auf ewig den Abdruck seiner Lippen dort zu spüren. Viel zu schnell trat er zurück.

»Schon damals, als ich dich das erste Mal in der Bibliothek sah, habe ich meinen Bruder um seine Frau beneidet«, sagte er heiser, »und erst recht, als ich fühlte, was in dir steckte ... dieser Mut ... diese Stärke ...«

»Wie soll ich ohne dich mutig und stark sein?«

»Du warst es doch auch, als du mich gehasst hast ...«

Ja, dachte sie, aber jetzt liebe ich dich ... und Liebe macht so verwundbar.

Laut bekannte sie ihre Liebe nicht, war sie doch überzeugt, dass sie für ihn im Angesicht des Todes nur eine Last sein würde.

»Wir hätten glücklich werden können«, sagte sie.
»Leb wohl, Magdalene«, sagte er. »Leb wohl.«

Als sie die Zelle verließ und den engen Gang entlangging, hörte sie Tilda Mackenzie wieder weinen. Anscheinend hatte auch sie in der Zwischenzeit Abschied von ihrem Mann genommen, hinterher jedoch nicht die Kraft gefunden, das Gefängnis zu verlassen. Sie saß auf derselben Bank wie zuvor – allerdings nicht allein. Erstaunt betrachtete Magdalene die Frau, die Tilda tröstend an sich gezogen hatte.

»Was soll nur aus mir werden? Aus meinen Kindern?«, lamentierte Tilda, begann wieder deren Namen aufzuzählen, und nun merkte Magdalene sich diese, ja wusste plötzlich, dass sie sie nie wieder vergessen würde.

Ennis, Eideard, Eòsaph, Eachan … das waren die Namen von Menschen, die ihren Schmerz teilten. Oder nein, sie teilten ihn nicht, jeder hatte den eigenen zu tragen, und andere weinen zu hören machte diesen nicht kleiner. Fast noch schlimmer war es, in eine mitleidige Miene zu schauen, in die von Andra nämlich, die sich nun sanft von Tilda löste und auf Magdalene zutrat.

Magdalene versteifte sich. »Du kennst Tilda?«

»Nein«, sagte Andra, »aber … aber wir teilen doch alle dasselbe Los.«

Ähnlich wie an dem Tag, als Seòras als roter König das Dorf verlassen hatte, ließ Andra den Kopf hängen.

»Nein«, sagte Magdalene mit rauer Stimme, »nein, du teilst unser Los nicht. Dein Bruder lebt noch, dein Bruder wurde nicht verbannt … dein Bruder wird nicht hängen … nicht so wie mein Schwager.«

Das Wesentliche ließ sie unausgesprochen – und das, obwohl Seòras den Tod verdient hätte –, aber diese Worte schienen doch wieder und wieder durch den kleinen Raum zu hallen und wurden selbst von Tildas Weinen nicht übertönt. Magdalene ertrug es nicht länger, floh an die frische Luft, doch selbst als das milde Sonnenlicht auf sie fiel, glaubte sie noch, den Geruch von Caelans Zelle einzuatmen.

»Mylady …«

»Was willst du denn noch?«, schnaube Magdalene so rüde, wie Andra oft mit ihr gesprochen hatte.

»Ihr solltet wissen, dass …«

»Ich weiß genug«, fiel Magdalene ihr scharf ins Wort. »Und du weißt es auch. Du weißt, dass dein ehrenwerter Bruder einen anderen Mann für sich sterben lässt. Beim Prozess hättest du doch aufstehen können und laut verkünden, dass nicht Caelan auf den Lord geschossen hat, sondern Seòras.«

Andra wirkte mit einem Mal alt, uralt. »Denkt Ihr wirklich, Mylady, dass man mir geglaubt hätte, solange Caelan etwas anderes sagte?«

»Nun, vielleicht hätte man dir nicht geglaubt und Caelan trotzdem zum Tode verurteilt, aber das ändert nichts daran, dass es das Richtige gewesen wäre.«

»Richtig … falsch … was heißt das schon? Euer Schwager denkt, er täte das Richtige, und mein Bruder dachte das auch. Mittlerweile zweifelt er daran, hadert mit sich und der Welt und fühlt sich erbärmlich, weil ehrlos wie nie.«

»Der Arme!«, höhnte Magdalene.

»Er wollte nicht, dass man Caelan zum Tode verurteilt.«

»Aber meinen Mann töten wollte er schon!«

»Ach, Mylady … Ich weiß, Ihr habt so viele Gründe, Seòras zu zürnen. Und glaubt mir, ich heiße weder gut, dass er Euch belogen hat, noch dass er auf den Lord schoss. Ich kann es mir nicht erklären, kann Euch nur sagen: Er ist nicht mehr der Alte seit Ríonas Tod. Ihr hättet Seòras kennen müssen, als sie noch lebte.«

»Die Frau, die er geliebt hat, ich weiß«, sagte Magdalene, und ihre Kehle wurde eng.

Ungewollt stiegen Erinnerungen auf, wie Seòras ihr von Ríona erzählt hatte und wie beeindruckt sie von dieser Liebe gewesen war, fast ein wenig neidisch darauf. Wie dumm, dass sie Liebe als etwas Erstrebenswertes angesehen hatte, obwohl sie doch nur Schmerz brachte!

»Ihr erinnert Euch doch an die alte Catriona, nicht wahr?«, fragte Andra. »Die Frau, die starb, als ihr Dorf geräumt wurde. Wusstet Ihr, dass sie Ríonas Großmutter war und dass diese nach ihr benannt worden ist?«

Magdalene lauschte gleichgültig. »Na und?«

»Ich will ihn nicht rechtfertigen ... aber ... aber Seòras fühlte sich so schuldig, als Ríona starb. Gewiss, sie war nicht die erste Frau, die eine Fehlgeburt erlitt und diese nicht überlebte. Aber er sagte sich wohl, dass sie noch leben könnte, wenn er sie nicht geheiratet hätte und sie nicht guter Hoffnung geworden wäre. Ich habe ihn nie so gesehen. Er hat mehr getrunken denn je und weniger gearbeitet. Erst nach dem Tod der alten Catriona hat er die Dunkelheit ein wenig aus dem Herzen bannen können, sah er wieder ein Ziel, einen Lebenssinn.«

»Sich an David zu rächen«, sagte Magdalene müde. »Weil an Ríonas Tod nur das Schicksal schuld war, an dem der alten Catriona jedoch David. Ihn konnte Seòras hassen und verfluchen.«

Andras Hand schnellte plötzlich vor, packte sie, bewies, dass doch noch Kraft in ihr wohnte. »Hass ist noch viel gefährlicher als Trunkenheit. Whisky macht einen schweren Kopf, aber der Hass macht ein schweres Herz. Nach einem

Besäufnis genügt es, den Kopf ins kalte Wasser zu stecken, nach dem Rausch des Hasses wird man hingegen nicht so schnell nüchtern.«

»Du hast doch eben gesagt, dass Seòras sich erbärmlich fühlt.«

Andra seufzte schwer. »Nun, zumindest bereut er, was er Caelan angetan hat. Wirklich, Mylady.«

»Selbst, wenn ich es glauben könnte – was nutzt es Caelan?«

Bis jetzt hatten sie allein im Innenhof des Gefängnisses gestanden. Nun kamen einige Männer in Uniformen näher und warfen ihnen misstrauische Blicke zu. Andra hakte sich bei Magdalene unter und zog sie mit sich, und ehe diese sich unwirsch freimachen konnte, flüsterte sie ihr ins Ohr: »Seòras' Reue nutzt in der Tat niemandem etwas ... aber ... aber ... das heißt nicht, dass wir Euch nicht helfen können ... Euch und Caelan.«

»Wir?«, frage Magdalene zweifelnd. »Etwa du und Seòras?«

»Nein«, sagte Andra und starrte sie eine Weile eindringlich an. »Ich meine mich und Gordie. Ihr erinnert Euch doch noch an Gordie, oder?«

Vage stieg das Bild von jenem trotzigen jungen Mann vor ihr auf, der mit seiner Mutter gestritten und sein Heimatdorf verlassen hatte, ohne sich zuvor wieder mit ihr zu versöhnen.

»Dein Sohn ... er ist ins Highland-Regiment eingetreten ... wie ... wie ...« Die Luft, nach der sie japste, war frisch und belebend. »Wie kann er Caelan helfen?«, fragte sie jäh aufgeregt.

»Das könnt Ihr Euch doch denken«, erwiderte Andra.

XXXIV.

1078

»Raben«, murmelte Gruoch, und ihre Stimme klang so krächzend, als wäre sie selbst einer dieser schwarzen Vögel, »ich habe mich immer gefragt, warum auf dem Banner Raben abgebildet sind ...«

Aelswith war zunächst vor dem Baum stehen geblieben, vor dem Gruoch saß, doch da ihr Rücken bald schmerzte, setzte sie sich neben sie. Von Gruochs Körper ging Wärme aus, von der rauen Rinde der süßliche Duft nach Harz. Beides belebte sie.

»Du hast das Banner gesehen?«, fragte Aelswith.

»Du doch auch«, sagte Gruoch.

»Wie meinst du das?«

»Und Taraín hat es erst recht gesehen. Genau genommen hat er das Rabenbanner sogar eine Weile getragen.«

Aelswith zweifelte an Gruochs Verstand, umso mehr, als diese die Augen schloss und den Kopf in den Nacken legte. Sie lechzte nach den wenigen Sonnenstrahlen, die durch die Baumkrone fielen.

»Kein Mensch kann fliegen«, sagte sie plötzlich.

»Was hat das damit zu tun?«

»Alles und nichts. Wie gesagt, ich weiß bis heute nicht,

warum auf dem Banner Raben und nicht Wölfe oder Schlangen oder Bären abgebildet sind. Gefährliche Tiere sind alle, aber zugleich solche, die man fangen kann. Sie leben schließlich auf der Erde. Raben dagegen fliegen, und das können wir Menschen nun mal nicht.«

»Aber manchmal müssen Raben rasten …«

»So ist es …«, murmelte Gruoch. »Niemand kann für immer fliegen, noch nicht einmal die Raben … niemand ist für immer sicher vor Feinden … und niemals herrscht für immer Frieden …« Das Schweigen, das folgte, währte noch länger als zuvor, und da Gruoch die Augen weiterhin geschlossen hielt, dachte Aelswith kurz, sie wäre eingeschlafen. Als sie schon zu dem Schluss kam, dass sie von der Alten nichts Vernünftiges erfahren würde, richtete sich Gruoch abrupt auf. »Das Rabenbanner stammt von den Wikingern. Ich glaube, für diese sind Raben heilige Vögel, die irgendetwas mit ihrem Gott Odin zu tun haben. Wie du weißt, haben sich Wikinger ganz im Norden unseres Landes niedergelassen, und einer ihrer Könige hieß Sigurd. Eines Tages wurde er von einem anderen König nach Irland gelockt, einer Insel, die der unseren sehr ähnlich ist. Sie wird vom Meer gepeitscht, die Hügel sind bewaldet, und immerzu fließt Blut. An einem Ort, den man Clontarf nennt, kam es zu einer großen Schlacht, und Sigurd nahm – mit einer Prophezeiung seiner Mutter im Ohr – daran teil. Eine Hexe sei Sigurds Mutter gewesen, so heißt es, und sie habe ihm gesagt, dass er in dieser Schlacht den Sieg erringen werde, wenn bloß das Rabenbanner nicht fiele. Auch dass jeder, der das Rabenbanner trage, in dieser Schlacht sterben werde.« Gruoch grinste, als wäre es komisch, über den Tod zu reden. »Die Schlacht währte stundenlang, war grausam und blutig, und ich möchte nicht wissen, wie schmutzig das Rabenbanner wurde. Auf den Boden aber fiel es nicht, gleichwohl sich die Prophezeiung erfüllte und jeder Bannerträger starb. Denn sobald einer von ihnen auf die Knie sackte, war immer ein anderer zur Stelle, der das Rabenbanner übernahm. So starb Mann um Mann. Sigurd hatte in der Zwischenzeit Hunderte von Feinden getötet, er wusste, der Sieg war in greifbarer Nähe, er wusste hingegen nicht, ob seine Kräfte noch reichen würden. Plötzlich sah er den letzten Bannerträger wanken, sah, wie das Banner zu Boden fiel, und da stürzte er darauf zu, entriss es ihm und trug es nun selbst.«

»Und damit hat er sein Schicksal besiegelt.«

Gruoch nickte. »Die Schlacht war für ihn gewonnen. Leider wurde er in dem Augenblick, da alle anderen den Sieg bejubelten, von einem Pfeil getroffen, den ein sterbender Feind abgefeuert hatte ...«

Nach der langen düsteren Geschichte klang das Rascheln der Blätter im Wind wie Musik. Aelswith hob den Kopf, blickte ins Geäst. Es schimmerte im verglühenden Tageslicht, als wäre es mit Bronze überzogen.

Wenn ich lange genug in die Baumkrone starre, kann ich vielleicht vergessen, wie viel Blut auf dieser Welt fließt ... der Baum weiß schließlich auch noch nicht, dass der Herbst ihm bald gewaltsam die Blätter entreißt. Und selbst wenn er es weiß, scheint es ihn nicht zu bekümmern.

»Wie kann das Rabenbanner ein Schlüssel zur Macht sein?«

»Ach herrje«, seufzte Gruoch. »Männer sind so dumm. Sie wissen zwar, dass sie nicht fliegen können wie Raben, aber anstatt sich auf den Rücken zu legen und ihnen zuzuschauen, wie sie den Himmel durchpflügen, wollen sie sie am liebsten von dort herunterschießen. Es gibt Dinge, die kann man nicht besitzen ... die *soll* man nicht besitzen ... und das Rabenbanner gehört dazu. Drostan hat das leider nicht verstanden.«

»Was ist nach jener Schlacht von Clontarf passiert?«

Gruoch schwieg wieder lange, und danach klang ihre Stimme sehr müde. »Einer von Sigurds Söhnen hat es nach Hause gebracht. Dort wurde es von König zu König weitervererbt, so auch an Thorfinn, den Herrscher von Caithness und Sutherland, den beiden Provinzen, an die Moray grenzt. Macbeth hat sich oft mit ihm bekriegt, doch als er eine Pilgerreise nach Rom machte, brach Thorfinn ebenso dorthin auf. Die Wege der Männer kreuzten sich, und als Zeichen ihrer Versöhnung schenkte Macbeth dem anderen sein Schwert und dieser ihm das Rabenbanner. Ich glaube nicht, dass es für Thorfinn ein großes Opfer war, es aufzugeben. Vielleicht war er sogar froh, es loszuwerden, denn mancher behauptete, dass es verflucht sei, und dass jeder, der es trüge, sterben müsse.«

»So wie Macbeth starb.«

»Ja, in der Schlacht von Lumphanan. Wobei er schon zuvor geschwächt war – seit der vernichtenden Niederlage am Siebenschläfertag in Dunsinane nämlich. Damals verlor er gegen Malcolm und Siward von Northumbrien. Und damals ging auch das Banner verloren. Es heißt, Siward habe es an sich gebracht, und es heißt, der Fluch erfüllte sich einmal mehr, weil Siward kurz danach starb.«

»Also befindet sich das Rabenbanner in Northumbrien, und deswegen wollte Drostan, dass wir es suchen. Auf diese Weise wollte er uns zu seinem wahren Ziel lotsen. Das Rabenbanner zu finden, hieße, mit jener Truppe Northumbrier zusammenzustoßen, die Morays Kampf um die Freiheit, gleichsam den Kampf gegen Malcolm mit Maelsnechta … ja mit Taraín ausfechten würden.«

»Ich sagte doch schon, die Männer sind Narren. Sie glauben, dass man nur das besitzt, was man in den Händen hält, und heißen nur solches Land ihr eigen, das sie zuvor mit dem Blut ihrer Feinde gedüngt haben.«

»Dabei muss der, der das Rabenbanner besitzt, doch sterben.«

Gruoch sah sie lange an, und jäh schien ihr Blick wach wie nie. »Ich glaube nicht, dass das Rabenbanner verflucht ist … Ich glaube, es verkündet eine Botschaft. Sigurd trug es, obwohl er wusste, dass er sterben würde. Er tat es, weil er sonst die Schlacht nicht gewonnen hätte. Er hat sich selbst geopfert für eine große Sache. Und siehst du, deshalb verstehe ich nicht, warum ein Rabe darauf abgebildet ist. Raben würden sich nie für eine große Sache opfern.«

Aelswith begriff jetzt, warum Gruoch der Überzeugung war, dass nicht nur sie selbst das Rabenbanner gesehen, sondern dass Taraín es getragen hätte. Er war bereit gewesen, für eine Sache zu sterben, die größer war als er selbst.

»Denkst du, dass es dumm ist, sich zu opfern? War Taraín dumm?«

»Wie könnte ich das sagen, wenn seinetwegen mein Enkelsohn lebt? Dafür bin ich dankbar. Du wiederum solltest stolz auf ihn sein, weil er so selbstlos war. Aber weißt du …«, Gruoch hustete, »Männer müssen nicht nur berühren, was sie zu besitzen glauben. Sie sind auch überzeugt, dass der Tod die größte Herausforderung ist. Sie halten sich für mutig, weil sie in eine Schlacht ziehen und zu sterben bereit sind. Und sie halten sich für mutig, weil sie andere töten. Zu sterben und zu töten verlangt viel weniger Mut als zu leben … weiterzuleben.«

Gruoch erhob sich, was lange dauerte, und hinterher schnaufte sie. »Wir Frauen sind viel mutiger … wir leben … wir müssen leben, und weil das schwer genug ist, haben wir keine Hand frei, um auch noch ein Banner mit uns zu schleppen. Mach dir also keine Gedanken mehr darüber, wo es ist.«

Aelswith blickte Gruoch nach, wie sie zu dem Bächlein

ging, wo Earc stand und Wasser trank, und bei seinem Anblick ging Aelswith auf, wie durstig sie selbst war. Trotzdem fiel es ihr schwer, sich von dem Baumstamm zu lösen. So lange hatte sie an ihm gelehnt, dass sie die Lebenskraft, die er aus dem feuchten Boden zog, auch in ihren Adern pulsieren wähnte. Erst nach einer Weile trat sie zu Gruoch.

»Was ist eigentlich aus Gael geworden? Ich habe gehört, dass König Malcolm sich ihr gegenüber gnädiger zeigte und sie freiließ.«

Gruoch tauchte ihre Hände ins Wasser, in dem diese jung und glatt wirkten. »Ich fürchte, sie will auch nicht nur leben, sie will töten.«

»Wie meinst du das?«

»König Malcolm hat sie freigelassen, weil sie nur eine Frau ist. Doch anders als Maelsnechta wird sie sich in keinem Kloster verkriechen. Taraíns Opfer hat sie tief bewegt, und sie will nicht, dass es sinnlos war. Anscheinend hat einer von Maelsnechtas engsten Verbündeten fliehen können … ein gewisser Angus. Gael will ihn heiraten und mit ihm den Kampf um Morays Freiheit fortführen.« Gruoch lachte auf. »Für mich hingegen ist dieser Kampf vorbei … und ich denke, für dich auch …«

Aelswith folgte ihrem Blick, sah nicht weit entfernt Hlothere stehen und sie zu sich winken. Auch sie tauchte ihre Hand nun in den klirrend kalten Bach, drückte die von Gruoch dann zum Abschied. Später streichelte sie Earc ein letztes Mal und umarmte Bruder Nynias.

»Ich könnte den da mit meinem Hammer erschlagen«, sagte der Mönch und deutete auf Hlothere.

»Nein«, sagte Aelswith, »es ist nicht seine Schuld, dass er das Versprechen, Taraín zu befreien, nicht halten konnte. Nun muss ich meinen Teil der Abmachung erfüllen. Ich weiß jetzt, wer ich bin, aber ich weiß immer noch nicht, wer ich sein will. Ich wünsche Gael das Beste, es stimmt dagegen, was Gruoch sagte – ihr Kampf ist nicht meiner. Ich werde nicht töten, ich werde nicht sterben … ich werde leben.«

»Dann wünsche ich dir dafür Gottes Segen«, sagte Bruder Nynias ernst.

Aelswith starrte an ihm vorbei. »Vergiss niemals das Versprechen, das du Taraín gegeben hast – dass du nämlich für seinen Esel sorgen willst«, murmelte sie, und sie hörte schon nicht mehr, wie der Mönch dieses Versprechen bekräftigte, weil sie nun entschlossen auf Hlothere zuging.

XXXV.

1792

Magdalene war vor Angst so starr, dass sie die Kälte lange Zeit nicht spürte. Als sie schließlich doch zu zittern begann und ihr die Zähne klapperten, lief sie auf und ab. Sie sah den Boden vor ihren Füßen nicht, aber spürte, wie schlammig er nach dem letzten Regenguss war. Ihre Schuhe wurden immer klammer und schwerer, das hielt sie dennoch nicht davon ab, Schritt vor Schritt zu setzen.

»Ihr … Ihr müsst nicht hier warten, Mylady«, sagte Andra. »Hier könnt Ihr ja doch nichts tun, falls es schiefgeht …«

»Aber falls es gelingt, dann ist das hier meine einzige Möglichkeit, ihn noch einmal zu sehen. Das Herrenhaus kann er ja nie wieder betreten, weil man ihn dort als Erstes suchen würde.«

Andra zuckte die Schultern. »Dann wartet doch wenigstens in der Kutsche!«

»Wo denkt Ihr hin? Der Kutscher darf ihn doch erst recht nicht sehen … wenn er … wenn er …«

Wenn Caelan und die beiden anderen Inhaftierten aus dem Gefängnis fliehen würden.

Zumindest hatte sich Gordie zuversichtlich gegeben, dass

das durchaus glücken könnte. Fremd sah der junge Mann in der Uniform des Highland-Regiments aus – fremd, erwachsen und stolz, dass seine Mutter seine Hilfe suchte. Magdalene war bei diesem Gespräch dabei gewesen und hatte deutlich gespürt, welche große Überwindung die Bitte Andra gekostet hatte, und mit wie viel Genugtuung sie Gordies erfüllte.

»Natürlich werde ich helfen!«, hatte er ihnen zugesichert. »Und es wird mir gelingen! Ich habe gehört, dass viele Soldaten insgeheim auf der Seite der Verurteilten stehen, sogar etliche der Konstabler. Ich bin sicher, dass sie sich bestechen lassen.«

Seine Zuversicht hatte Magdalene Mut und Hoffnung verliehen, doch als sie nun nicht weit vom Gefängnis in Tolbooth warteten, inmitten von Lagerhallen, in denen niemand arbeitete, und die Mondsichel sie vom Himmel her spöttisch anzulächeln schien, packte sie plötzlich die Angst.

»Wie will er es bloß schaffen?«, fragte sie ein ums andere Mal. »Wie will er es bloß schaffen?«

»Nun, mit Whisky«, sagte Andra. »Whisky ist das Gold der Highlands. Für eine Flasche wird der Konstabler gerne den Schlüssel zu den Zellen herausrücken.«

»Und wenn ausgerechnet der kein Säufer ist?«

»In den Highlands gibt es keine echten Säufer«, sagte Andra streng, »aber Whisky schlägt trotzdem niemand aus.«

»Und wenn Gordie etwas falsch macht ...«

»Er ist ein kluger Junge!«

»Du hast ihn nicht für sonderlich klug gehalten, als er ins Highland-Regiment eingetreten ist.«

»Das stimmt«, gab Andra zu. »Ich habe ihn einen Dummkopf geschimpft. Vielleicht war ich die Dumme, weil ich nicht gesehen habe, welche Chancen sich ihm dadurch bieten.«

Magdalene ging immer hastiger auf und ab. Allein bei dem

Gedanken daran, dass Caelan am kommenden Morgen gehängt werden würde, wenn die Flucht misslang, schien sich ihr selbst ein Strick um den Hals zu ziehen.

Es muss gelingen ... es muss gelingen ... es muss ...

»Und ich war auch ein Dummkopf, als ich Euch nicht sofort die Wahrheit sagte«, murmelte Andra. »Dass Seòras Euch nämlich nur ausnutzen wollte. Ich war immer nur unfreundlich und streng, weil ich hoffte, Euch damit zu vertreiben ...«

»Er ist dein Bruder.«

»Aber Ihr seid eine Frau, und wo kommen wir hin, wenn Frauen nicht mehr zusammenhalten?«

Magdalene zögerte, doch dann nahm sie Andras raue, schwielige Hand und drückte sie. Als plötzlich ein Geräusch ertönte, ließ sie sie abrupt los. Es klang wie das Quietschen eines Tores, und schon stürzte Andra auf den Eingang des Gefängnisses zu, doch ehe sie in den Hof gelangte, hielt Magdalene sie zurück, denn es war keiner der Flüchtigen, nur ein Konstabler, der einen Kontrollgang machte, ehe er wieder im Inneren verschwand.

»Verdammt!«, entfuhr es ihr.

Enttäuscht kehrten sie zu den Lagerhallen zurück. Vor einer hatte sich eine Pfütze gebildet, und als Magdalene hineintappte, hörte sie ein Platschen, fühlte, wie die Feuchtigkeit ihre Schenkel hochkroch. Und dann war da auf einmal noch ein Platschen, obwohl sie doch wie erstarrt stehen geblieben war und auch Andra reglos hinter ihr verharrte.

Und wieder war da dieses Platschen, waren da Schritte, die durch Pfützen tappten, war da Gordies Stimme, der halb ängstlich, halb stolz rief: »Mutter?«

Durch Andras Körper ging ein Ruck. Sie hastete zu ihrem Sohn und zog ihn an sich, Magdalene selbst fühlte sich nicht in der Lage, auch nur einen einzigen Schritt zu machen. Zu groß war ihre Angst, dass Gordie gleich sein Scheitern eingestehen würde.

Doch hinter ihm erschien eine weitere Gestalt. »Wohin jetzt?«

Es war nicht Caelans Stimme, sondern die eines fremden Mannes. Magdalene nahm im fahlen Mondschein nicht viel mehr wahr, als dass er kurzes schwarzes Haar hatte, Pockennarben und über dem linken Auge eine Narbe. Vermutlich war es Hugh Breck Mackenzie.

»Über den Moray Firth in Richtung Ross«, hörte Magdalene eine andere Stimme, die ihr ebenso fremd war. Dieser Mann – der zweite Highlander, der zur Deportation verurteilt worden war – hatte ungewöhnlich breite Schultern und trug einen kurzen Mantel.

Gordie hatte sich aus der Umarmung seiner Mutter befreit. »Es war gar nicht so schwer ... wie ich schon sagte ... etliche der Soldaten wollen insgeheim, dass die Gefangenen freikommen ...«

»Dennoch werden sie die Verfolgung aufnehmen. Wir müssen so schnell wie möglich von hier verschwinden«, rief Mackenzie.

»Aber ich fürchte, Ross ist nicht weit genug. Dort werden sie als Erstes nach uns suchen.«

»Sollen wir lieber in Richtung Westen gehen? Zur Isle of Skye?«

»Auch dort können wir nicht ewig leben.«

Magdalene hatte kaum Sinn für die Worte. Sie drängte sich an den Männern vorbei, starrte in die Dunkelheit. Der Mond grinste nicht mehr spöttisch, sondern versteckte sich hinter den Wolken. Da war niemand! Caelan war immer noch im Gefängnis!

Als sie schon kraftlos auf die Knie sinken wollte, ertönte plötzlich seine Stimme: »Um wirklich für immer frei zu sein, müssen wir Schottland verlassen ... Wir müssen ein Schiff besteigen und in die Neue Welt aufbrechen.«

Die Wolken rissen auf, und silbriges Licht fiel auf Caelan. Magdalene bemerkte gar nicht, wie sie auf ihn zulief, kam erst wieder zu sich, als sie ihm um den Hals fiel und ihr Gesicht an seine Brust drückte.

»Oh, Caelan ...«, setzte sie an.

Die Erleichterung, dass ihm die Flucht gelungen war und das Todesurteil nicht vollstreckt werden würde, höhlte kurz ihr Denken aus. Doch als er sich von ihr losmachte, wurde ihr der Sinn seiner Worte bewusst.

Nicht in Schottland bleiben ... Schiff ... Übersee.

»Du ... du wirst Schottland wirklich verlassen?«

»Ich muss es«, sagte er leise.

Bis jetzt hatte für sie nur gezählt, dass er lebte. Erst nun, da er sie aus leeren Augen ansah, ging ihr auf, welchen Preis er für das Leben würde bezahlen müssen und welchen sie. Sie konnte die Tränen nicht mehr zurückhalten.

Eine Woche war vergangen seit Caelans Befreiung. Magdalene saß in der Bibliothek und breitete alle Pergamentrollen vor sich aus, die sie je gefunden hatte – die letzte erst nach ihrer Rückkehr aus Inverness. Sie erzählte die Geschichte von Aelswith zu Ende, die ihren Geliebten am Ende verloren hatte ... genauso wie sie Caelan verloren hatte, wenn auch nicht an den Tod. So schwer es ihr gefallen war, von ihm Abschied nehmen zu müssen, konnte sie sich zumindest damit trösten, dass die Flucht gelungen war, dass man zwar fünf Pfund Belohnung auf die Geflohenen ausgesetzt hatte, dass sie aber wahrscheinlich mittlerweile Greenock erreicht hatten – jenen Hafen an der Westküste, von dem die Schiffe in die Neue Welt aufbrachen.

An der Tür der Bibliothek klopfte es, und wenig später trat Giorsal ein. »Ihr habt mich gerufen, Mylady.«

Magdalene nickte. »Ich wollte Euch schon seit Langem etwas fragen.«

»Es ist alles für Eure Abreise vorbereitet. Ihr könnt morgen in aller Frühe aufbrechen.«

Magdalene erhob sich.

Gleich nach Davids Tod hatte ihr Vater ihr einen Brief geschrieben, darin lang und breit erklärt, welche Pflichten ihn in Edinburgh hielten, sodass er ihr nicht persönlich beistehen könne, sie jedoch dazu eingeladen, nach Hause zurückzukehren und nun, da sie Witwe war, wieder das beschauliche Leben von einst aufzunehmen. Erst wenige Tage zuvor hatte sie ihm geantwortet und ihm ihr baldiges Kommen angekündigt.

»Ich danke Euch, dass Ihr Euch um alles gekümmert habt«, murmelte Magdalene geistesabwesend.

»Was wollt Ihr mich denn nun fragen?«

Magdalene deutete auf das Pergament. »Das ... das ist doch von Euch, oder?«

Giorsal trat näher, und wie immer spiegelte ihr ausdrucksloses Gesicht keine Gefühle wieder. »Was ist das?«, fragte sie und klang ehrlich erstaunt.

»Eine alte Legende ... von König Macbeth ... oder vielmehr von seiner Tochter, seiner vermeintlichen Tochter. In Wahrheit war Taraín sein Kind, und er starb, als er ...« Sie brach ab, weil Giorsal ihre Stirn immer tiefer runzelte.

»Ihr seid tatsächlich ahnungslos«, stellte Magdalene verblüfft fest.

Giorsal sah sie verwirrt an. »In den Highlands erzählt man sich manche Geschichten von Macbeth, aber ich kann mich nicht erinnern, je von dieser gehört zu haben.«

»Wer hat dann diese Pergamentrollen nach und nach in der Bibliothek versteckt? Ich war sicher, dass Ihr es gewesen seid ... und dass sie eigentlich nicht für mich, sondern für Caelan bestimmt waren, um ihn in seinem Kampf zu bestärken.«

Giorsal zuckte die Schultern. »Ich fürchte, ich muss Euch enttäuschen, Mylady. Es stimmt, dass ich ahnte, wer sich hinter der Maske des roten Königs verbarg. Und es stimmt auch, dass ich Caelan dafür bewunderte, nicht verachtete. Aber damit ...«, sie deutete auf die Rollen, »damit habe ich rein gar nichts zu tun.«

Nun war es an Magdalene, verwirrt zu sein. Wer hatte dafür gesorgt, dass sie von dieser Legende erfuhr? Vom wahren Macbeth, der kein besonders gütiger König gewesen war, hingegen auch kein besonders grausamer? Und vor allem von seinen Nachkommen, die für die Freiheit Albas kämpften?

Sie ging im Kopf alle Menschen durch, die Zugang zur Bibliothek hatten, und obwohl sie zunächst vermeinte, nie und nimmer eine Erklärung zu finden, blieben ihre Gedanken bei einem hängen.

»Ich danke Euch«, wiederholte sie knapp, nickte Giorsal zu und verließ die Bibliothek.

Als sie wenig später das Schlafzimmer betrat, saß Abigail am Fenster und flickte den Saum ihres grünen Samtkleides.

Mein Gott ... dieses Kleid habe ich getragen, als David starb ... Sie kann doch nicht ernsthaft glauben, dass ich es wieder anziehen werde?

Abigail blickte auf. »Ich dachte, das Kleid wäre für die lange Reise gut geeignet. Oder willst du weiterhin nur schwarze

Kleidung tragen? Ich meine, dieses dunkle Grün sieht bei schlechtem Licht fast wie Schwarz aus.«

Magdalene schob einen der goldbestickten Stühle ganz dicht zu Abigail heran und setzte sich. Abigail wandte sich wieder ihrer Näharbeit zu.

»Du warst es, oder?«, sagte Magdalene leise. »Die Legende von Macbeth ... Du hast mir die Pergamentrollen zugeschanzt. Du wusstest, dass ich hier unglücklich bin, und du wusstest auch, wie gerne ich lese.«

Abigail nähte unbeirrt weiter. »Ich hatte keine Ahnung, dass diese Schriften irgendetwas mit Macbeth zu tun haben.«

Magdalene ließ hörbar ihren Atem entweichen. »Und trotzdem hast du ...«

»Es war nicht ich, es war dein Vater, Maggie! Er hat mich damit beauftragt!«

Magdalene starrte sie fassungslos an. »Aber ...«

Die alte Dienerin seufzte. »Dein Vater hat immer bejaht, dass du so viel gelesen hast. Und er hatte ein schlechtes Gewissen, weil er dich zur Heirat mit Lord MacBrannan gezwungen hat. Gewiss, dein Onkel hat ihm eingeredet, dass es das Beste für dich sei, aber er ahnte wohl, wie schwer dir die Eingewöhnung fiel. Diese Pergamentrollen haben sich in der Bibliothek eures Hauses in Edinburgh befunden. Er wollte sie dir anscheinend schon vor langer Zeit zeigen, beschloss dann aber, sie dir erst jetzt und auf diese Weise zuzuspielen.«

Das erklärte also die langen Zeitabstände zwischen ihren Funden.

»Hätte nicht einfach eine Kiste mit Büchern genügt?«, fragte Magdalene, nicht sicher, ob sie verärgert oder gerührt sein sollte.

»Nun, in Büchern stehen fertige Geschichten. Diese Legende, so meinte dein Vater, lasse vieles offen und werde deine

Fantasie beflügeln …« Ins Reich dieser Fantasie war sie tatsächlich oft geflüchtet, nur befand es sich in diesem Fall nicht fern der hiesigen Welt, sondern war Teil von dieser. Doch das war ihrem Vater gar nicht bewusst gewesen. »Dein Vater dachte sich wohl, dass du überall ein Zuhause fändest, wenn du dich einer Sache widmen würdest, die du von Herzen gerne tust.« Abigail ließ das Samtkleid sinken. »Ich hingegen war stets davon überzeugt, dass dein einziges Zuhause Edinburgh ist. Wie froh ich bin, dass wir dort bald wieder leben werden!« Sie nähte hektisch weiter und stach sich prompt in den Finger.

Magdalene erhob sich und blickte hinaus in den Hof, wo Tómas Elliott Befehle erteilte. Er würde fürs Erste die Verwaltung des Besitzes übernehmen, und er hatte Magdalene versprochen, gut für die Pächter zu sorgen. Keiner der Bewohner sollte aus dem Dorf vertrieben werden, auch wenn das die Pläne vereitelte, die Ländereien für die Schafzucht zu nutzen.

Dass du überall ein Zuhause fändest, wenn du dich einer Sache widmen würdest, die du von Herzen gerne tust …

Das Pergament … es war doch nur für sie bestimmt gewesen … nicht für Caelan oder für irgendeinen anderen Bewohner der Highlands. Nein, für eine junge Frau aus Edinburgh, in deren Adern nicht nur schottisches, auch das englische Blut ihrer Mutter floss, das Blut einer Frau, die Distel und Rose zugleich war. Ihrem Vater war die Brisanz dieser Legende entgangen, und doch hatte er bewirkt, dass sich ihr Blick auf die Welt veränderte, dass sie mit einem Mal sicher war: Es ist kein Zufall, sondern eine Botschaft gewesen, dass mir diese Legende in die Hände gefallen ist.

»Wirst du nun das grüne Kleid tragen?«, fragte Abigail. »Ich kann auch etwas anderes für dich rauslegen.«

»Ich denke, ich werde es tragen«, murmelte Magdalene. Plötzlich wusste sie, dass sie den Erinnerungen an Davids Tod nicht davonlaufen konnte, nur wenn sie dieses Kleid nicht mehr trug. Und sie wusste auch, was sie tun sollte ... tun musste. »Es ist ein guter Stoff und gewiss warm genug für die lange, anstrengende Reise ... Aber diese Reise ...«, sie sah Abigail an, »diese Reise wird nicht nach Edinburgh führen.«

»Nicht nach Edinburgh?«, fragte die Dienerin. »Wohin denn dann?«

»Nach Schottland.«

»Aber wir sind doch schon in ...«

»Ich meinte das neue Schottland«, fiel Magdalene ihr ins Wort. »Nova Scotia. Dort werde ich eine neue Heimat finden. Und dort werde ich tun, was ich immer schon tun wollte.«

XXXVI.

1078

An Aelswith wurde von allen Seiten gezupft und gezerrt. Eines der Mädchen befestigte eine Brosche an ihrer Brust, ein anderes schwere Goldgehänge an ihren Ohren. Ein weiteres strich die Tunika aus rot glänzender Seide glatt, während das vierte ihr Haar zu vielen kleinen Zöpfen flocht, an deren Ende goldene Kugeln befestigt wurden. Als eine der Kugeln auf den Boden fiel und dieser Laut das Geschnatter kurz übertönte, zuckte Aelswith zusammen und hob abwehrend die Hand.

»Lasst mich … lasst mich kurz in Ruhe.« Die Mädchen hörten nicht auf sie, redeten wieder wild durcheinander und beteuerten, wie schön, wie aufregend es sei zu heiraten. Hlothere sei sicher ein guter Mann, ein wenig ernst zwar und streng, aber gewissenhaft und ehrlich. Es gebe zwar merkwürdige Gerüchte um den Tod seiner ersten Frau, aber darauf solle sie nichts geben. »Lasst mich!«

Aelswith schrie nun, und prompt erstarb das Geschnatter, und sie blickte in bestürzte Gesichter. Schon bereute sie die rüden Worte. Eigentlich war es doch schön, dass sich irgendjemand an ihrem Hochzeitstag von Herzen freute, wenn sie selbst schon nichts fühlte, gleich so, als wäre ihr Inneres ein schwarzes Loch, in dem alles versickerte wie in einem tiefen, kalten Brunnen.

»Schenkt mir ein paar Augenblicke mit der Braut!«, ertönte da von der Tür her eine Stimme.

Die Mädchen zuckten zusammen, ließen Brosche, Goldknöpfe, Zöpfe und Tunika los und beeilten sich, nach draußen zu kommen, ehe die Königin ihnen den Befehl erteilen konnte, für das Brautpaar zu beten.

Aelswith blieb steif stehen, als Margaret auf sie zutrat. Die Königin war noch dünner und blasser als früher, die Adern unter ihrer Haut wirkten noch dunkler. Vielleicht lag das daran, dass sie in der Zwischenzeit noch mehr gefastet hatte, stundenlang den Armen die Füße gewaschen und Waisenkinder auf ihrem Schoß gefüttert hatte. Vielleicht auch daran, dass sie in jüngster Zeit oft mit ihrem Mann stritt, weil sie sich seiner Goldschätze bediente. Gut möglich schließlich, dass Margaret gar nicht schwächer als früher aussah, Aelswith in der Zwischenzeit aber so vielen starken und lebendigen Frauen begegnet war, dass sie sie unweigerlich mit ihnen verglich.

Immerhin schien Margarets Lächeln ehrlich gemeint. Sie drückte sie auf den Stuhl und begann, die letzten noch offenen Strähnen zu flechten.

»Du weißt, dass du dich immer noch anders entscheiden kannst«, sagte sie leise. »Du könntest auch in ein Kloster gehen.«

»Ihr seid seinerzeit doch auch nicht ins Kloster gegangen.«

Margaret hielt kurz inne, ehe sie weiterflocht. Die Zöpfe wurden sehr fest, und es ziepte, dieser Schmerz machte Aelswith jedoch nichts aus.

»Es war immer mein Wunsch, das musst du mir glauben«, sagte die Königin leise. »Als ich damals nach meiner Kindheit im ungarischen Exil nach England zurückkehrte, wurde ich von Benediktinerinnen erzogen, und ich war mir früh sicher, dass ich eine von ihnen werden wollte.«

»Aber dann musstet Ihr England verlassen.«

Margaret nickte. »Als William der Bastard England eroberte, flohen wir zunächst zum Bischof von Durham und fanden dort Zuflucht, doch nachdem mein Bruder vergebens versucht hatte, die Krone zurückzugewinnen, waren wir selbst dort nicht mehr sicher. Wir wollten mit einem Schiff nach Ungarn aufbrechen, wo meine Familie schon einmal Zuflucht vor ihren Feinden fand, der Wind trieb uns hingegen an die Küste Albas. König Malcolm nahm uns am Strand von Fife in Empfang und brachte uns nach Dunfermline. Ich weiß nicht, ob es Zufall oder Gottesfügung war, dass seine Frau Ingeborg gerade gestorben war. Jedenfalls gefiel ich ihm, jung und schön wie ich war, und außerdem wusste er, dass er mit einer Heirat William den Bastard ärgern könnte, weil unsere Kinder einen Anspruch auf Englands Thron hätten. Wie auch immer. Wenig später traute uns Fothad, der letzte keltische Bischof von St. Andrews. Mein Bruder war nicht so begeistert von der Hochzeit … und wenn ich ehrlich bin, war ich das auch nicht.«

Aelswith erhob sich. So dicht wie sie vor Margaret stand, fiel ihr zum ersten Mal auf, dass sie größer war als die Königin. Auch die vielen kleine Makel sah sie zum ersten Mal – die grauen Strähnen im blonden Haar, die Kerben in den Wangen, die blauen Ringe unter den Augen. Und da war dieser spöttische Zug um Margarets Lippen, den man an einer Frau, die doch alles so ernst nahm, nie vermutet hätte.

»Wenn Euer Glaube so stark war, warum habt Ihr dann nicht an Eurer Berufung festgehalten und habt König Malcolm gebeten, Euch in ein Kloster zu bringen?«

Margaret wandte sich ab. Ihr Schleier wurde von einem schmalen Reifen festgehalten, an dem sich viele kleine silberne Plättchen befanden. Bei jeder abrupten Bewegung stießen sie aneinander und gaben ein sanftes Klingeln von sich. Nicht dass dieses lange zu hören war. Nach wenigen unruhigen Schritten, die sie auf und ab ging, blieb Margaret wieder ganz still stehen.

»Männer halten sich für stark«, murmelte die Königin, »aber Gott ist stärker. Es gibt eine Geschichte von König Knut, der einst England mit seinem Reich im Norden vereinte. Mächtig und unbesiegbar wähnte er sich darum, doch als er eines Tages an der Küste entlangritt, begann das Meer jäh zu schäumen. Die Flut zog auf, obwohl eigentlich Ebbe herrschen sollte, und König Knut wurde wütend. Er hob die Hand und befahl der Flut, sich zurückzuziehen. Er war es gewohnt, dass man ihm gehorchte, und bass erstaunt, dass das Meer ihm den Gehorsam verweigerte. Das Meer wurde natürlich einzig von Gott gelenkt, und Gott lachte über ihn. Er ließ mehrere seiner Ritter elend ersaufen.«

Plötzlich vermeinte Aelswith die Schreie der Ertrinkenden zu hören, sah ihre aufgedunsenen Leichname im Wasser treiben, sah plötzlich auch Taraín, wie er leblos auf ihrem Schoß lag.

»Das findet Gott unterhaltsam?«, fragte sie scharf. »Dass unschuldige Männer sterben?«

»Nein«, sagte Margaret, »er findet es amüsant, wenn Männer dann und wann einsehen müssen, dass ihnen nicht die Welt gehört.«

Aelswith starrte sie verwirrt an. »Und was hat das damit zu tun, dass Ihr den König geheiratet habt, anstatt ins Kloster zu gehen?«

»Wahrscheinlich nichts. Aber es ist der Grund, aus dem ich

an Gott glaube. Ich glaube an ihn, weil er stärker ist als jeder Mann, stärker als all jene, die Unglück über mein Leben brachten, stärker als die, die mir so oft meine Heimat nahmen.«

»Ihr denkt, wenn Ihr Gott dient, schenkt er Euch etwas von seiner Stärke?«

Wieder erschien dieses spöttische Lächeln auf den Lippen der Königin. »Mein Urgroßvater war Aethelred der Unfertige, und dieser wollte kein König sein. Eigentlich war er auch nicht dafür bestimmt, die Krone zu tragen. Doch dann wurde sein Halbbruder ermordet, und er musste es … musste es, aber wollte es immer noch nicht. Er weinte und weinte, bis seine Mutter mit einem Kerzenständer auf ihn einschlug.«

»Das heißt, auch sie war stärker als ein Mann.«

»In jedem Fall war sie klüger. Viele Frauen sind klüger als ihre Männer – auch ich bin das. Bei den Benediktinerinnen habe ich gelernt, fließend Latein zu sprechen. Ich habe die Schriften aller großen Kirchenväter gelesen und viele Chroniken. Ich glaube an Gott, ich glaube dennoch nicht an das, was Männer mir sagen.«

Sie trat zurück zu Aelswith und flocht ihr die letzten Zöpfe. Gleichwohl Margaret wie die Braut prächtig gekleidet war, schien es dieser kurz, als stünde die Königin ganz nackt vor ihr, nun, da sie ihr Innerstes offenbart hatte. Nicht dass Aelswith daraus sonderlich schlau wurde.

»Ich verstehe es immer noch nicht«, sagte sie. »Warum habt Ihr Malcolm geheiratet und seid nicht ins Kloster gegangen, wenn Ihr doch stärker und klüger als die Männer sein wolltet?«

»Wenn die Torheit der Welt Weisheit für Gott ist, und die Weisheit der Welt Torheit für Gott, dann heißt das doch auch, dass eine Frau, die Gott dient, stark sein kann, obwohl sie eigentlich schwach ist. Und dass sie damit nicht nur Gottes

Existenz beweist, sondern ihn lauter rühmt als mit jedem Gebet oder Lobgesang.«

»Gewiss.«

»Im Kloster hätte ich diese Stärke nicht so deutlich bekunden können. Ich musste einen anderen Weg gehen, um sie zu zeigen und damit jeden Tag Gottes Existenz zu beweisen.«

»Und das tatet Ihr, indem Ihr einen mächtigen Mann geheiratet habt?«

»Nein.«

»Indem Ihr Albas Kirche reformiert?«

»Nein.«

»Indem Ihr Euch um Arme und Waisen kümmert, fastet und stundenlang betet?«

»Nein. Das alles kann ich nicht tun, weil ich Malcolms Frau bin. Ich kann es tun, weil ich ihm mehrere Söhne geboren habe. Denn weißt du, Aelswith, am stärksten ist eine Frau nicht, wenn sie eine Ehefrau ist, eine Ordensfrau oder eine Königin. Am stärksten ist sie, wenn sie eine ... Mutter ist.«

Plötzlich konnte Aelswith deutlich vor sich sehen, wie die Mutter von König Aethelred auf den weinenden Sohn einschlug. Sie musste auch daran denken, wie Margarets kleiner Sohn Edmund ihr damals Blaubeeren gegeben hatte – weil er nämlich ganz genau wusste, wie es war, gezüchtigt zu werden, und deshalb Mitleid hatte. Ohne ihn und die Blaubeeren wäre ihr Leben vielleicht ganz anders verlaufen.

Nun war sie es, die lächelte, während die Königin wieder ernst wurde.

Sie weiß es, ging es Aelswith plötzlich auf, und ich weiß es auch ... In mir ist nicht alles leer ... In mir wächst ein Kind, Taraíns Kind ... Ich habe es eigentlich sofort gewusst ... schon in dem Augenblick, als ich den Toten hielt und fühlte, dass ich selbst nicht tot bin, sondern lebendig wie nie.

»Also«, sagte die Königin. »Willst du vielleicht doch lieber eine Ordensfrau werden?«

»Nein«, sagte Aelswith und flocht sich den letzten Zopf selbst. »Ich werde auch eine Mutter sein.«

Anders als bei seiner ersten Hochzeit, bei der das große Festmahl zu einem Besäufnis ausgeartet war, er selbst viel zu viel getrunken und all die vielen Scherze über die Hochzeitsnacht auch noch befeuert hatte, wollte Hlothere das heutige Fest mit klarem Verstand erleben. Doch obwohl er keinen Schluck trank und es auf der Feier gesittet zuging, fühlte er sich seltsam benebelt, und als die Nacht anbrach, vermeinte er, dass nicht nur ein Tag zu Ende vergangen war, sondern hundert Jahre.

Aelswith, die er doch immer für stärker als Sethrid gehalten hatte, war nur ein bleicher Schatten ihrer Selbst. Ihr Blick war in sich gekehrt, ihre Bewegungen waren fahrig. Den ganzen Tag über hatte sie ihm keine einziges Mal in die Augen gesehen, und jetzt zögerte sie, sich ins Bett zu legen. Er glaubte zu spüren, was sie davon abhielt – gleiche Furcht nämlich, die damals auch Sethrid erfasst hatte. Jene hatte die Angst gepackt, weil er so viel getrunken hatte und nicht mehr Herr seiner Sinne gewesen war, Aelswith, weil sie wusste, was er seinerzeit getan hatte.

Hlothere ertrug den Anblick ihrer zitternden Hände, die an den Zöpfen nestelten, nicht länger. Er verließ das Gemach kurz und kehrte wenig später mit einem Krug Wein wieder. Dunkelrot, fast schwarz war der, und als er in den Krug blickte, spiegelte sich sein Gesicht darin.

Wenn ich nur einen Schluck trinke, werde ich wieder der Hlothere von einst werden, sinnesfreudig, unbeherrscht, andauernd betrunken.

Noch führte er den Krug aber nicht an seine Lippen, er stellte ihn vor Aelswith auf einen Tisch.

»Vielleicht bist du durstig.«

Sie starrte auf den Wein. »Du denkst, wenn ich meine Sinne betäube, fällt es mir weniger schwer?«

Er stellte erleichtert fest, dass ihre Hände nicht mehr zitterten. »Nein, ich denke, du sollst alles wissen. Ich habe Sethrid nicht getötet, weil ich so grausam war ... Ich habe sie getötet, weil ich einfach nur dumm war. Anstatt mich an meiner Braut zu erfreuen, habe ich zu viel getrunken und war nicht mehr ich selbst. Einst nährte jeder Tropfen Wein nämlich einen Dämon in meiner Brust. Immer größer, immer zügelloser wurde dieser. Ich weiß nicht einmal mehr, was genau in meiner Hochzeitsnacht passiert ist. Ich glaube, Sethrid war enttäuscht, weil sie zum ersten Mal nicht mir ins Gesicht sah, sondern diesem Dämon. Und sie wusste nicht, wie man mit ihm umging. Anstatt ihn gewähren zu lassen, hat sie im Vorwürfe gemacht, und dann schlug er ... Nein, er hat ja keinen eigenen Leib ... Dann schlug *ich* zu. Ich tat es noch nicht einmal sehr fest. Ein Mann, der keinen geraden Schritt machen kann, führt seine Faust weder mit Bedacht noch mit Härte. Dennoch war sie hinterher still. Ich legte mich auf sie, machte sie zu meiner Frau und war froh, dass sie sich nicht wehrte. Erst als ich am Morgen erwachte, mit einem Brummschädel und dem säuerlichen Geschmack von Erbrochenem in meinem Mund, und ich in ihre offenen Augen starrte, sah ich, dass sie tot war.«

Aelswith hatte schweigend gelauscht. Kein Vorwurf stand in ihrer Miene, auch keine Angst. Wieder war ihr Blick nach innen gerichtet, als hätten seine Worte sie gar nicht erreicht.

Hlothere beugte sich vor und nahm so ungestüm den Krug Wein, dass einige Tropfen über seine Hand perlten. »Drei Dinge können jetzt geschehen. Ich kann diesen Krug leer trinken, und dann wird der Dämon erwachen. Vielleicht wird er dich töten, und vielleicht ist es das, was du willst. Auch du könntest aus dem Krug trinken und damit deinen eigenen Dämon nähren. Vielleicht wird er meine Berührungen besser als du ertragen, und vielleicht ist es das, was du willst. Wir könnten aber auch beide nüchtern bleiben, uns als Mann und Frau erkennen, obwohl du von Sethrid weißt und ich von Taraín, und ein Leben führen, das weiß Gott nicht immer glücklich sein wird, aber erträglich. Und vielleicht ist es genau das, was du willst – in jedem Fall ist es das, was ich mir wünsche.«

Wieder hatte sie schweigend gelauscht. Sie stand auf, nahm ihm den Krug ab und stellte ihn zurück auf den Tisch. Nun lief auch über ihr Handgelenk ein roter Tropfen.

»Du weißt nicht alles von mir und Taraín«, erklärte sie ruhig. »Du weißt, dass ich ihn geliebt habe, wie ich nie wieder einen Mann werde lieben können. Aber du weißt bis jetzt nicht, dass ich ein Kind von ihm erwarte. Ich dachte, ich könnte lügen und so tun, als wäre es deines. Das hast du hingegen nicht verdient, das hat Taraín nicht verdient und das Kind erst recht nicht, und ich habe es auch nicht verdient.« Nun war es wieder die alte, die starke Aelswith, die ihn anstarrte, während er nicht wusste, wer er selbst war. Die Empörung und dieses bittere Gefühl, betrogen worden zu sein, verschlugen ihm die Sprache. »Drei Dinge können jetzt passieren«, fuhr Aelswith deshalb ruhig fort. »Du kannst deine Faust heben und mich wie Sethrid erschlagen. Du kannst mich fortschicken und die Ehe für nicht gültig erklären. Oder du kannst mich als deine Frau anerkennen und ein Leben führen, das weiß Gott nicht immer glücklich sein wird, aber erträglich, ein Leben mit einem Kind, das nicht deines ist, sondern Macbeth' Enkelkind. Vielleicht ist es das, was du willst – in jedem Fall ist es das, was ich mir wünsche.«

Hlothere atmete tief durch, fühlte keine Empörung mehr, keine Enttäuschung und keine Wut. Er nahm den Krug, schüttete ihn aus, und gleichwohl der Wein einer Blutlache glich, als er in den Balken versickerte, wusste Hlothere plötzlich, dass niemand hier einen gewaltsamen Tod sterben würde – nicht er, nicht sie, nicht das Kind.

»Ich werde das Kind wie meinen eigenen Sohn oder wie meine eigene Tochter erziehen«, erklärte er. »Ich werde es beschützen und werde es lieben, werde ihm ein guter Stiefvater sein, so wie Macbeth Lulach einer war. Aber wisse: Ich werde dafür sorgen, dass dieses Kind dem König dient und sich nie gegen ihn erhebt. Die Zeiten haben sich verändert. Das Alba von einst, ein unabhängiges Reich weit im Norden, wo die Menschen nach ihren eigenen Bräuchen und Sitten lebten, gibt es nicht mehr. In den nächsten Jahren wird ein neues Alba erstehen, eines, in dem nicht nur Schotten, auch Angelsachen und Normannen leben, Mönche vom Süden und vom Osten. Dieses Alba wird die Heimat des Kindes sein.«

Der säuerliche Geruch des Weins stieg in seine Nase, während Aelswith unverwandt auf den roten Fleck starrte.

»Die Königin«, sagte sie leise, »hat mir eine Geschichte von Knut erzählt, der dachte, er könnte das Meer befehlen. Doch das Meer beugte sich ihm nicht, es riss seine Männer in den Tod. Niemand kann nämlich das Meer besitzen, niemand in den Krieg gegen das Meer ziehen. Mit welchen Waffen wollte er es denn auch töten? Mit dem Land verhält es sich anders als mit dem Meer. Man kann es unterwerfen und den Menschen, die dort leben, den eigenen Willen aufzwingen. Nur was sie denken und in ihren Herzen fühlen – das kann man ebenso wenig bezwingen oder befehligen wie die Flut.« Sie blickte hoch. »Dieses Kind wird vor dem König auf die Knie fallen, es wird den Gottesdienst feiern, wie es die Königin tut, es wird das Essen zu sich nehmen, das wir ihm auftischen, und die Kleidung tragen, die wir ihm geben. Es wird nach deinem Vorbild zu kämpfen und zu reiten lernen, wenn es ein Knabe ist, oder nach meinem Vorbild zu sticken und über den Haushalt zu wachen, wenn es ein Mädchen ist. Ja, wir werden ihm befehlen, was es zu tun hat. Aber wir werden keine Macht darüber haben, was es fühlt und denkt. Wir werden es im neuen Alba großziehen, werden ihm dennoch nicht verbieten, sich nach dem alten Alba zu sehnen.«

Hlothere hielt Aelswith' Blick stand, trat näher, legte seine Hände um ihre Schultern. Er fühlte kein Zittern, fühlte nur, dass ein König vielleicht keine Macht über das Meer hatte – er jedoch über seine Erinnerungen, und dass diese seinen Blick auf die Zukunft nicht verstellen würden.

»Ich nehme an, du willst immer das letzte Wort haben«, sagte er und zog sie an sich.

Sie wehrte sich nicht, war weich und warm, und kurz vermeinte er, dass sein eigener Körper schmelzen würde, solange er ihren an sich presste.

»Nicht ich, die Freiheit will das letzte Wort haben«, sagte sie, aber über diese Worte dachte er nicht länger nach, weil sie nun aufs Bett sanken.

Epilog

1104

Der Säugling erinnerte Aelswith sowohl an sich selbst als auch an Taraín. Er hatte ihr dunkles Haar, das sie an ihrer Tochter Tira immer vermisst hatte, und seine hellen Augen, die sich bei Tira nur wenige Wochen nach der Geburt braun gefärbt hatten. Vor allem aber war er fast immer still, während Tira oft geschrien hatte – nicht nur, wenn sie hungrig, auch wenn sie satt gewesen war. Tiras kleiner Sohn hingegen schien von einem tiefen Frieden erfüllt zu sein und blickte zugleich ernsthaft wie ein alter Mensch in die Welt.

Gut möglich natürlich, dass Aelswith etwas in ihm sah, das er nicht war. Und vielleicht sollte sie ihm gar nicht wünschen, Taraín zu gleichen – einem Mann, der lieber heilte, als tötete, der sich am Ende selbst geopfert hatte, anstatt für sein Leben zu kämpfen, und der es auch in diesen Tagen in Moray schwer gehabt hätte. Dennoch genoss sie es, dass die Erinnerungen an ihn nicht wehtaten, küsste ihre stolze Tochter auf die Stirn und erklärte, dass ihr Sohn stark und gesund sei.

Aelswith fühlte sich nach der langen beschwerlichen Reise von Edinburgh nach Moray alles andere als stark, sondern sehr erschöpft, und auch die Frau, zu der sie trat, sobald sie das Gemach von Mutter und Kind verlassen hatte, wirkte müde.

In all den Jahren hatte Aelswith Gael nicht wiedergesehen. Es war ihr bei der Begrüßung schwergefallen, in der alten Frau das rotlockige Mädchen von einst wiederzuerkennen. Ihre Strähnen hatten sich längst grau gefärbt, das glatte Gesicht war gerunzelt, und in den Augen lag nicht mehr jener Glanz der Jugend. Gleichwohl verzogen sich die Lippen nun zu einem Lächeln.

»In dem Kleinen liegt die Zukunft«, sagte sie.

Aelswith seufzte, denn wenn sie an die Zukunft dachte, machte die ihr vor allem Angst. Sie wusste, dass Angus – Tiras Mann und Gaels Sohn, den diese nach seinem Vater benannt hatte – einen Aufstand plante und sich das Chaos zunutze machen wollte, das in Alba seit König Malcolms Tod herrschte.

Ein Machtkampf war zwischen seinem Bruder und seinen Söhnen – sowohl denen aus erster als auch denen aus zweiter Ehe – ausgebrochen, und dass sich am Ende nicht alle gegenseitig umgebracht hatten, lag nur daran, dass die Anglonormannen einmarschiert waren und dass deren König William Rufus schließlich Margarets Sohn Edmund zum König ernannt hatte. Im Süden dankte man es ihm – hier in Moray wetterte man, dass man einen starken keltischen König wolle, keinen verlängerten Arm eines Normannenherrschers.

»Komm mit«, riss Gael Aelswith aus den Gedanken, »ich will dir etwas zeigen.«

Als Aelswith ihr folgte, stieg ihr bei jedem Atemzug beißender Rauch in die Kehle. Sie wusste nicht, ob er vom Feuer im Kamin kam oder ob er von den verkohlten Steinen hochstieg, aus denen die einstmals zerstörte Burg neu errichtet worden war, nur dass der Gestank hier beharrlich festhing.

Es dauerte eine Weile, bis sie die lange Halle durchquert hatten und die kleine Kammer dahinter erreichten, in der Gael seit dem Tod ihres Mannes lebte. Sie war schlicht eingerichtet, nur eine der großen Truhen wies kostbare Schnitzereien auf. Aelswith hatte diese Truhe einst ihrer Tochter geschenkt, als diese nach Moray aufgebrochen war und Gaels Sohn Angus geheiratet hatte. Damals hatte sich Kleidung und Schmuck darin befunden – heute waren es Pergamentrollen.

»Was ist das?«, fragte Aelswith.

»Das Vermächtnis meines Bruders Maelsnechta.«

»Er ist schon lange tot, nicht wahr?«

Gaels Züge wurden traurig. »Er ist im Kloster gestorben, ja ... Aber die Zeit, die ihm blieb, hat er nicht nur zum Beten genutzt. Er hat im Skriptorium seine Geschichte aufgeschrieben ... und auch die Geschichte von dir und Taraín ... von Drostan und vom wahren Macbeth.« Aelswith rollte ein Stück Pergament auf, das sich weich anfühlte – fast ein wenig wie die Haut ihres neugeborenen Enkelsohnes. Gerade noch hatte sie die Tränen schlucken können, doch als nun ihr Blick auf Taraíns Namen fiel, konnte sie diese nicht länger zurückhalten. »Maelsnechta hat zwar nie wieder mit einem Schwert gekämpft«, murmelte Gael, »aber die Feder ist doch auch eine Waffe, oder? Und sei es nur gegen das Vergessen oder gegen Lügen.«

Aelswith' Hände begannen zu zittern. »Manchmal habe ich das Gefühl, alles wäre erst gestern geschehen.«

Gael packte sie an den Schultern. »Nimm diese Pergamentrollen mit in den Süden. Ich weiß nicht, was hier geschehen wird. Ich weiß nur, dass in Moray so schnell kein Frieden herrschen wird. Ich will, dass die Geschichte in Sicherheit ist.«

Aelswith rollte das Pergament wieder zusammen. »Diese Schriften vertraust du mir an, aber meinen Enkelsohn soll ich hierlassen?«

Gael seufzte. »Als mein Sohn am Hof des Königs ausgebildet wurde, Tira kennenlernte und sich die beiden verliebten, wusstest du doch, was geschehen würde. Dass Tira ihn nämlich in den Norden begleiten würde, und dass Angus sich nicht ewig angepasst geben würde. Dennoch hast du der Ehe zugestimmt.«

»Es wäre nicht möglich gewesen, wenn Hlothere noch gelebt hätte.«

»Wie ist er eigentlich gestorben?«

Aelswith atmete tief durch. Es war nicht leicht, darüber zu sprechen, leichter hingegen, als auf dem Pergament Taraíns Namen zu lesen. Sie hatte Hlothere respektiert, in gewisser Weise gemocht, aber nicht geliebt. In knappen Sätzen berichtete sie, wie Königin Margaret nur wenige Monate nach ihrem Mann gestorben war. Einer ihrer Söhne brachte ihren Leichnam von Edinburgh nach Dunfermline, doch Malcolms Bruder Donald Ban hatte verhindern wollen, dass er jemals dort ankam und noch mehr Gläubige anziehen würde. Gerüchten zufolge hatte sich Nebel über den Zug gesenkt, damit Donald Ban sie nicht aufhalten konnte, aber Aelswith kannte die Wahrheit. Hlothere und seine Ritter hatten gegen Donalds Truppen kämpfen müssen, um Margarets Leichnam zu schützen. Es war ihm zwar gelungen, er hatte jedoch dabei den Tod gefunden.

»Er starb, als er eine tote Königin schützte«, murmelte sie.

Gael sah sie zweifelnd an. »Ist sie denn wirklich tot? In den Herzen der Menschen doch sicher nicht. Viele behaupten, Margaret sei eine Heilige gewesen, und ziehen Kraft aus dem Gebet.«

»Du denkst, Hlotheres Opfer war nicht vergebens?«

»Ich hoffe zumindest, Taraíns Opfer war nicht vergebens ... und dass es nie vergessen wird.«

Aelswith nahm die Pergamentrollen an sich. »Bevor ich wieder zurückkehre nach Edinburgh, will ich so viel Zeit wie möglich mit meinem Enkelsohn verbringen.«

Ja, sie wollte ihn sehen, berühren, sich an Taraín erinnern und sich an der Gewissheit laben, dass vielleicht nicht nur sein Tod einen Sinn gehabt hatte, sondern vor allem ihre Liebe zu ihm, weil daraus schließlich ihre Tochter und nun dieser Enkelsohn hervorgegangen waren.

»Weißt du eigentlich, was sein Name bedeutet?«, fragte Gael.

»Brannan?«

»Ja ... das ist das keltische Wort für Rabe ...«

Raben können fliegen ... ganz anders als wir Menschen ... Wenn nur die Männer nicht so dumm wären, die sie, anstatt bloß hochzuschauen, vom Himmel schießen wollen ...

»Nun ja«, sagte Aelswith, »dann lass uns hoffen, dass das Rabenbanner nicht nur für die Bereitschaft steht, für eine große Sache zu sterben, sondern auch, für eine große Sache zu leben.«

Anders als ihr hatte Gruoch Gael wohl nie vom Rabenbanner erzählt, denn diese sah sie nun fragend an. »Was meinst du?«

»Ach, das ist nicht so wichtig. Raben, so heißt es, sprechen alle Sprachen, die der Tiere und die der Menschen, und wenn ich es mir aussuchen könnte, würde ich mir wünschen, dass Brannan die Sprache des Lebens und des Friedens spricht, nicht die des Todes und des Krieges, dass er die Menschen, die hier leben, lieben und beschützen kann, ohne dass er sein Leben opfern muss, und dass er, wenn er dereinst zu einer Waffe greift, diese eine Feder ist und nicht das Schwert.«

Gael öffnete den Mund, und es war ihr anzusehen, dass sie ihr eigentlich widersprechen wollte. Statt dies zu tun, murmelte sie nach langem Schweigen jedoch: »Wenn ich ehrlich bin, wünsche ich mir das auch.«

1792

Der Hafen von Greenock mit seinen drei weit ins Meer hinausragenden Steinmolen wurde immer kleiner, und auch das schmucke Städtchen auf der anderen Seite des Meeresarmes schrumpfte bald. Am längsten war das grüne Dach jener Herberge zu sehen, in der Magdalene die letzten Tage verbracht hatte.

Das Schiff brach in Richtung Kanada auf … genauer gesagt zur Provinz Nova Scotia, die so hieß, weil sich viele schottische Auswanderer dort niedergelassen hatten. Um noch einen Platz zu bekommen, hatte sie anstelle der üblichen drei Pfund das Doppelte zahlen müssen, dafür aber eine Kabine Erster Klasse erhalten. Sehr lange hatte sie es dort nicht ausgehalten, sondern war wie alle anderen zur Reling gehastet, um der Heimat einen letzten wehmütigen Gruß zu entrichten.

Himmel und Meer waren dunkelgrau, die hochspritzende Gischt hingegen weiß. Magdalene sog tief den salzigen Geruch ein und lachte auf, als ein paar Tropfen Wasser ihr Gesicht trafen, ein kleines Mädchen, das mit seinen Eltern und fünf Brüdern in Richtung Neue Welt aufgebrochen war, kreischte vor Vergnügen.

Andere Passagiere machten keinen so glücklichen Eindruck. Nicht nur, dass sie – wohl für immer – Abschied von der Heimat hatten nehmen müssen, außerdem machte ihnen der heftige Wellengang zu schaffen. Magdalene selbst verspürte noch keine Übelkeit, nur ein Grummeln im Magen, doch sie war nicht sicher, ob das so bleiben würde. Als sie kurz das Geländer losließ, schwankte das Schiff unter ihr, als wäre es ein lebendiges Wesen, das sich reckt und streckt, und prompt geriet sie ins Stolpern. Sie wäre wohl gefallen, wenn Caelan sie nicht aufgehalten hätte.

»Vorsicht!«, rief er. »Du musst dich immer festhalten. Wenn du dir den Arm brichst, wird dir die Fahrt noch länger und beschwerlicher erscheinen ...«

Er klang beinahe strenger als in den letzten Tagen, da er ihr die Reise auszureden versucht und in den schlimmsten Farben ausgemalt hatte, was sie auf hoher See und erst recht nach der Ankunft erwartete. Aber Magdalene hatte sich davon nicht abschrecken lassen, und obwohl er es nicht zeigen wollte, entging ihr das glückselige Leuchten in Caelans Augen nicht, weil sie dieses Abenteuer gemeinsam bestehen würden.

»Lass uns wieder hineingehen, es ist kalt.«

Magdalene fügte sich, obwohl ihr weder der scharfe Wind etwas ausmachte noch die kreischenden Möwen, die das Schiff eine Weile begleiteten, ehe sie zurück zum Festland flogen. Allerdings wollte sie keinen Augenblick der Reise vergeuden, und bald hatten sie die kleine Kabine erreicht. Auf der Koje lagen Stricke, mit denen sie sich in den Nächten würde anbinden müssen, um nicht hinauszufallen. Tisch und Stuhl wiederum waren an den Boden genagelt, sodass sie nicht hin und her rutschen konnten, und im Tisch befand sich ein Loch, in dem ein Tintenglas steckte.

Kurz vor ihrer Abreise hatte Magdalene die Tinte darin

selbst hergestellt – war das doch etwas, das sie im Dorf gelernt hatte. Sie hatte Galläpfel mit Zweigen und Knospen von der Eiche in einem rostigen Topf gekocht und dem Sud später etwas Lampenruß hinzugefügt. Außerdem hatte sie etliche Gänsefederkiele gespitzt, mit denen man schreiben konnte. Was ebenfalls schon auf dem Tisch bereit lag, war ein Stapel Papier. Ohne Zweifel war er dick, wenngleich sie sich nicht sicher war, ob er ausreichen würde, um die Geschichte von Aelswith und Taraín zu erzählen – und das viel ausführlicher, als es die alte Legende tat.

Caelan hatte sie bis zu ihrer Kabine begleitet, blieb nun aber auf der Schwelle stehen. »Du willst also wirklich einen Roman schreiben.«

»Es war immer schon mein Traum. Ich habe es bislang nur nicht gewagt, ihn Wirklichkeit werden zu lassen.«

»Und wer soll ihn in Nova Scotia lesen?«

»Nun, die Schotten, die dort leben … Menschen, die ihrer Heimat entrissen wurden, die entwurzelt sind … Ich möchte ihnen etwas geben, das sie daran erinnert, und ihnen zugleich zeigen, dass die Freiheit etwas ist, das man im Herzen trägt – ebenso wie Schottland. David meinte immer, Romane zu lesen, sei ein frivoles Vergnügen. Ich aber denke mir, dass die Feder doch auch eine Art Waffe ist. Man kann mit ihr manchen Kampf ausfechten – und sei es nur gegen das Vergessen oder die Lügen.«

Wieder machte das Schiff einen Ruck, und nun war es Caelan, der stolperte und sich gerade noch rechtzeitig am Tisch festhielt. Flüchtig berührten sich ihre Hände, doch sie zuckten beide zurück. Seit seiner Flucht hatten sie sich nicht wieder geküsst, noch nicht einmal umarmt, Magdalene wusste jedoch, dass während der Fahrt genügend Zeit blieb, um sich besser kennenzulernen, zu entscheiden, wie stark und aufrichtig ihre Gefühle zueinander waren und wie sie künftig miteinander leben wollten.

Sie nahm eine der Federn und tauchte sie in die Tinte.

»Und wie beginnt dein Roman?«, fragte Caelan.

»Mit der Geburt von Macbeth' Kind … Taraín. Wobei die Leser noch nicht wissen sollen, dass das Kind ein Junge ist. Sie sollen Aelswith später dafür halten – so wie sie es selbst ja lange Zeit glaubte. Eine Amme hilft dem Kind auf die Welt, aber wittert den Tod. Sie denkt, dass das Kind sterben wird, doch am Ende ist sie es, die der Tod holt …«

»Das ist grausam.«

»So ist leider das Leben.«

»Wohl wahr …« Nachdenklich starrte Caelan auf die Pergamentrollen, die Magdalene auf der Koje ausgebreitet hatte. »Kaum zu glauben, dass diese Rollen aus der Bibliothek deines Vaters stammen. Auch ich war stets überzeugt, dass Giorsal sie mir zuspielte, um mich daran zu erinnern, von wem die MacBrannans abstammen.«

Magdalene schrieb den ersten Satz.

»Hast du das eigentlich schon früher gewusst?«

»Dass der Stammvater der MacBrannans ein gewisser Brannan war, das ja. Aber dass dieser der Enkelsohn von Aelswith und Taraín und somit der Urenkel von Macbeth war, war mir neu. Was für ein absonderlicher Zufall, dass ausgerechnet ich, der ich mich als roter König verkleidet habe, mit Macbeth verwandt bin.«

»Vielleicht war es kein Zufall, sondern Fügung.«

»Ich denke, so etwas gibt es nur in Romanen, und ich frage mich, ob deiner nicht schrecklich traurig wird. Macbeth wurde von seinen Feinden besiegt, sein Name beschmutzt. Lulach erging es ebenso, und Taraín ist auch gestorben. Gaels Sohn Angus, Tiras Mann, widerfuhr ebenfalls kein besseres

Schicksal. Auch er versuchte einen Aufstand wie Maelsnechta – auch er scheiterte und wurde getötet.«

»Aber Brannan hat überlebt …«

»Und später die Burg errichtet, von der heute nur noch die Ruine geblieben ist. Irgendwann wird man mich wohl für tot erklären und der Besitz an irgendeine ferne Verwandtschaft übergehen. Dann wird das Gebäude endgültig zerfallen und nichts wird mehr an Brannan erinnern.«

Magdalene beugte sich über das Papier und schrieb mit kratzender Feder wieder ein paar Wörter. »Dieses Buch wird an ihn und alle anderen erinnern …«

»Stimmt ja, du sagtest, die Feder sei auch eine Waffe. Damit du sie nutzen kannst, hole ich aber ein Öllampe, sonst ist es bald zu finster zum Schreiben.«

»Sie wird vom Tisch fallen.«

»Dann muss ich mich wohl zu dir an den Tisch setzen, sie halten und dir zuschauen, während du die Geschichte meiner Familie … gleichsam die Geschichte Albas aufschreibst.«

Magdalene blickte auf, lächelte Caelan an, und er erwiderte das Lächeln. Als er später mit der Lampe zurückkehrte und sie im flackernden Lichtschein weiterschrieb, schwiegen sie. Es war nichts weiter zu hören als das Tosen des Meeres, das Ächzen des Schiffes und das leise Kratzen der Feder.

Historische Anmerkung

Dank Shakespeare gibt es kaum Orte auf der Welt, an denen der Name Macbeth nicht bekannt ist. Sein Werdegang zum Bösewicht begann aber ohne Zweifel in Schottland, wenngleich die englischen Chronisten rasch diese negative Bewertung übernahmen und ebenfalls einen wichtigen Beitrag lieferten, damit Shakespeare ihn zum Prototypen des unrechtmäßigen Tyrannen machen konnte.

Mit den historischen Tatsachen hat sein Drama kaum etwas gemein, wobei man zugeben muss, dass die wenigen halbwegs gesicherten Fakten überschaubar sind. Schließlich hat Macbeth' Dynastie das Königtum verloren, weswegen es kaum schriftliche Quellen und erst recht keine archäologischen Funde gibt. Während von Macbeth' Frau Gruoch überhaupt nur ein einziger schriftlicher Verweis existiert – sie wird in einer Schenkungsurkunde des Klosters St. Serf erwähnt –, berichten zumindest einige wenige Chronisten über Macbeth' Herrschaft und beschreiben das damalige Alba als fruchtbar und friedlich. Ein Heiliger war er gewiss nicht, aber seine grausamen Taten wie zum Beispiel die Ermordung seines Vetters waren für seine Zeit durchaus nicht außergewöhnlich.

Warum kam es später zu dieser »Verleumdungskampagne«?

Man mag nachvollziehen, dass Macbeth' direkter Nachfolger Malcolm, der sich seine Krone erst erkämpfen musste, nicht gerade freundlich auf den einstigen Rivalen um die Macht zu sprechen war. Doch das erklärt noch nicht die jahrhundertlange Verunglimpfung.

Begreiflicher wird diese, wenn man in die Zeit des schottischen Bürgerkriegs im 12. und 13. Jahrhundert blickt – einer Zeit, in der so etwas wie ein Nationalbewusstsein entstand. Damals ging es den Chronisten darum, dass Robert the Bruce als einzig wahrer König wahrgenommen und der Anspruch seiner möglichen Rivalen um die Macht als illegitim diskreditiert wurde. Obwohl Macbeth ehelicher Geburt und über die Mutterlinie mit seinen Vorgängern verwandt war, machte man ihn zum Bastard und nach und nach auch zum Prototypen des unrechtmäßigen Herrschers.

Die angelsächsischen und normannischen Chronisten wiederum – Mönche wie Symeon of Durham, William of Malmesbury oder Florence of Worcester – waren nicht zuletzt aufgrund der Überfälle auf Northumbrien generell der Überzeugung, dass die Schotten Barbaren waren. Für sie war Königin Margaret die einzige Lichtgestalt, und um hervorzuheben, dass sie Schottland gewissermaßen zivilisiert hatte, musste nicht nur ihre eigene Lebensleistung besonders gewürdigt, sondern die der vorangegangenen Monarchen schlecht gemacht werden. Aus diesem Grund wird auch ihr Mann Malcolm oft als ignoranter Wilder dargestellt, doch da dieser es immerhin geschafft hatte, der militärischen Macht von William the Conqueror zu trotzen, wurden die antischottischen oder vielmehr antikeltischen Ressentiments vorzugsweise auf Macbeth übertragen.

In den späteren Jahrhunderten überboten sich die Autoren dann darin, die Geschichte um den letzten keltischen König immer dunkler zu gestalten. Erst erlangte Macbeth nur dank übersinnlicher Mächte den Thron, später galt er gar als Sohn des Bösen. Und im 16. Jahrhundert beschreibt Hector Boece in seiner *History of the Scottish*, in der Macbeth übrigens nur mehr ein General von Duncan ist, erstmals auch Lady Macbeth als skrupellose, machthungrige Königin. Auf diesem Text basierend, verfasste Raphael Holinshed die *Chronicles of England, Scotland and Ireland*, die Shakespeare als Quelle benutzte.

Die jahrhundertelange Verleumdungskampagne betraf übrigens auch Macbeth' Nachkommen. Sie wurden entweder als dumm oder verrückt bezeichnet wie sein Stiefsohn Lulach, oder sie verloren sich weitgehend im Dunkel der Geschichte wie Lulachs Sohn Maelsnechta. Über ihn lassen sich nur sehr wenige Quellen finden. So berichtet die *Angelsächsische Chronik*, dass es 1078 zu einem Aufstand von Maelsnechta kam und dass der von Malcolm niedergeschlagen wurde. Seine Mutter Finnghuala, von der es in anderer Quelle heißt, dass sie schon 1058 starb, wurde damals offenbar gefangen genommen, während Maelsnechta die Flucht in ein Kloster gelang, wo er 1085 starb. Die Behauptung, dass Margaret am Tod von Maelsnechta beteiligt war, muss man wohl ins Reich der Legenden verweisen. Allerdings spricht viel dafür, dass Angus, ein Sohn von Maelsnechtas namenloser Schwester, die ich im Buch Gael genannt habe, zu Beginn des 12. Jahrhundert erneut einen Aufstand wagte – jedoch wie sein Vater scheiterte.

Die Ereignisse im Jahr 1792, an das man in Schottland als Bliadhna nan Caorach, das Jahr des Schafes, denkt, sind zweifellos besser dokumentiert. Damals kam es zum ersten Mal zu einem systematischen Aufstand gegen die Clearances, die gewaltsame Umsiedlung oder Vertreibung der Highlander zugunsten großer Schaffarmen. Allerdings war dieser weder mit Erfolg gekrönt noch blieb er lange im öffentlichen Bewusstsein haften. Es dauerte Jahrzehnte, bis ähnlich heftig Widerstand geleistet wurde – zum Beispiel bei der großen Rebellion auf der Isle of Skye 1881.

Dass in der Zwischenzeit dennoch dann und wann Interesse an den schottischen Highlands erwachte, lag ausgerechnet an den Romanen der Romantik, in denen das keltische Element Schottlands verherrlicht wurde. Vor allem die Bücher von Walter Scott, der viele Reisen durch das Land unternahm, fanden in England reißenden Absatz. Er prägte das Bild des Highlanders als naturverbundenem, robustem Helden, der friedlich sein Land bewirtschaften will, jedoch von den Engländern, die als brutale Unterdrücker auftreten, daran gehindert wird.

Dieses Bild entspricht zwar nicht immer der Realität, doch Walter Scott trug wesentlich zur Sensibilisierung für das Schicksal der Highlander bei – seine Feder war in gewisser Weise also eine Waffe. Einen weiblichen Walter Scott wie in meinem Buch gibt es nicht, doch zu schreiben, ob nun Prosa oder in Versform, war durchaus eine weit verbreitete Tätigkeit nobler Frauen dieser Zeit.

Eine Statue von Walter Scott steht übrigens auch in Nova Scotia – jener Provinz in Kanada, die nach dem Unabhängigkeitskrieg für viele Schotten das bevorzugte Ziel der Emigration wurde. Bis heute spielen die kulturellen Wurzeln eine große

Rolle für ihre Nachfahren. Jährlich versammeln sich die Clans zu den Highland Games, wo gälische Musik und Sportarten gepflegt werden. Allerdings darf nicht vergessen werden, dass die Ansiedlung der Schotten in Nova Scotia teilweise auf Kosten der dortigen Ureinwohner ging, der Mi'kmaq, einem indianischen Volk, das seinerseits die Heimat verlor.

Wie alles in der Geschichte gilt es, beide Seiten der Münze zu betrachten, und selten findet man in der Bewertung historischer Ereignisse die eine absolute Wahrheit, die nicht biegsam wie eine Ähre im Wind ist.

Julia Kröhn